DE SCHOTSE ONTDEKKING

Eerder verschenen van Karen Swan bij Xander Uitgevers

*Een Noorse winternacht* (2019)
*De Spaanse belofte* (2020)
*De Ierse erfenis* (2020)
*De Zweedse affaire* (2021)
*Het winterse avontuur* (2021)
*De Griekse ontsnapping* (2022)

KAREN SWAN

# De Schotse ontdekking

XANDER

Uitgegeven door Xander Uitgevers
www.xanderuitgevers.nl

Oorspronkelijke titel: *The Christmas Secret*
Oorspronkelijke uitgever: Pan Macmillan
Vertaling: Ireen Niessen
Omslagontwerp: ZeroMedia
Omslagbeeld: FinePic
Auteursfoto: Alexander James
Zetwerk: Michiel Niesen, ZetProducties



Eerste druk 2022

ISBN 978 94 0161 865 6 | NUR 302

*Voor Sally, Mhairi en Muirne*
*Mijn drie gratiën*

# PROLOOG

*Kilnaughton Bay, Islay, de westkust van Schotland, 30 april 1932*

*Daar ergens.*

*De eerste keer dat hij aan de dood was ontsnapt, was dat daar ergens geweest, in de verraderlijke wateren die zich van hier tot de kust van Ierland uitstrekten. Maar vandaag was er vanaf deze kliffen, nu de zee deinde als hemelsblauwe zijde, geen teken van de verschrikkingen van die avond in het verleden toen windkracht tien over het oppervlak raasde en er onder water projectielen werden afgevuurd.*

*Ze staarde naar de horizon met de wind in het gezicht, alsof ze adem ingeblazen kreeg die haar weer tot leven bracht. Hij voelde hier dichterbij, en ze dacht dat ze, als ze hard genoeg zou hopen en bidden, misschien zijn voetafdrukken in het zand zou zien, zijn geur op de bries zou waarnemen. O, omvatte dit eilandje maar iets van hem. De pensionhoudster van haar logement had haar verteld dat de zaden van de gaspeldoorn die op deze heidegrond groeide, wel veertig jaar in de grond konden overleven om dan toch weer te ontkiemen. Mocht ze niet hopen op een spoor van hem?*

*Maar de hoop was vervlogen, al vele jaren geleden. De dood had achter hem aan gejaagd, voor een tweede keer naar zijn enkels gehapt en geweigerd hem te laten gaan. Hij had heel hard gevochten, zeiden ze, deze vriendelijke onbekenden met hun weelderig rollende klinkers en stille ogen.*

*Een aantal keren hadden ze hem opgegeven, maar was hij door de koorts heen gebroken en als een geestverschijning uit de mist teruggekeerd, met holle wangen en hijgend van de achtervolging.*

*Hij had een sterk gestel, zeiden ze met een tedere glimlach, met ogen die fluisterden, met handen die zachtjes dansten. Zelfs na al die jaren leefde hij voort in hun herinnering. Ze hadden bewondering voor hem gehad.*

*En dan te bedenken dat hij van haar was geweest...*

*Ze sloot haar ogen en liet de wind op zich afkomen. Er lag een onbeschrijflijke troost in dat simpele feit: hij was van haar geweest, en de dood – die bij zijn laatste poging weliswaar had gezegevierd – kon haar die waarheid niet afnemen.*

*Een geluid – een stem? – vond zijn weg naar haar oor, waarop ze omkeek en een vrouw zag komen aansnellen. Hoewel de bries met haar haren speelde als een kitten met strengen wol, bewoog ze met een sierlijk gemak. Ze had een tenger figuur en intelligente ogen, was duidelijk een jongedame van goede komaf. Maar al was haar schoonheid delicaat, ze had niets kwetsbaars. Ze zag er sterk en resoluut uit. Imponerend.*

*'Bent u de Amerikaanse?' vroeg de vrouw met een heldere directheid.*

*'Ja.'*

*De vrouw zuchtte en gaf een knikje. 'Ze zeiden dat ik u hier kon vinden. Ik dacht dat ik u had gemist.'*

*'Wat is er dan?'*

*'Voor u weggaat... moet ik u iets laten zien.'*

*Maar dat had ze al gedaan. Haar instinct wist het al.*

*Hij was ook van háár geweest.*

# 1

## *Mayfair, Londen, vrijdag 1 december 2017*

'Met de assistente van Alex Hyde.'

Louise Kennedy's zakelijke stemgeluid doorboorde de stilte van het kantoor met het hoogpolige tapijt, waar de ruimte werd gekenmerkt door vleugjes geur van de witte pioenrozen.

'Nee, het spijt me, die is niet bereikbaar. Met wie spreek ik?'

Haar vingertoppen met hun gelakte nagels stonden klaar boven het toetsenbord, de cursor op het schermpje knipperde terwijl ze wachtte op de naam. Rechts van het toetsenpaneel knipperde een rood lampje. Een andere cliënt die belde. Ze was net een luchtverkeersleider die de continue stroom van vliegtuigen in goede banen moest zien te leiden.

'Ik heb een naam nodig als ze terug...' Ze zorgde ervoor dat ze niet in de microfoon van haar headset zuchtte toen de beller volhield, haar niet geloofde. Het was duidelijk iemand die niet gewend was nul op het rekest te krijgen. Haar vingers bewogen ongeduldig in de lucht alsof ze een pen ronddraaide. Het rode lampje knipperde nog steeds. Ze moest binnen een minuut opnemen. Je wist nooit of het urgent was, en op dit niveau wás urgent ook werkelijk urgent: er konden banen, vermogens, zelfs levens op het spel staan.

'Nee, dat is niet mogelijk.' Een keurig verzorgde wenkbrauw ging omhoog nu de stem van de beller scherper begon te klinken. 'Omdat ze in New York is.' Haar ogen vielen weer op het rode lampje. 'Dat is vertrouwelijk,' zei ze kordater, want ze wist heel goed hoe ze moest omgaan met mensen die zichzelf belangrijk vonden. Het was waarschijnlijk de eigenschap die al Alex' cliënten gemeen hadden. 'Maar ik kan haar wel vragen om u te bellen. Weet ze waar het over gaat?' Haar vingers begonnen weer te bewegen.

Buiten draaiden de blauwe zwaailichten van een ambulance achter de van taupekleurige jaloezieën voorziene ramen langs. De wazig witte hemel hing vol regenwolken en er liepen mensen in dikke jassen met hun hoofd gebogen over hun telefoon, de stoep nog glad van de laatste bui, een paar minuten geleden.

Ze perste haar lippen op elkaar terwijl de man bleef doorpraten. Zoals ze al had verwacht. 'Ik begrijp het. Dus u bent een potentiele nieuwe cliënt.' Zijn zelfingenomen manier van spreken had een intense persoonlijke band gesuggereerd, maar vermoedelijk was er alleen sprake geweest van een korte kennismaking op een cocktailparty of was Alex' naam op gedempte toon gevallen tijdens een diner, met dezelfde geheimzinnigheid omkleed als een vrijmetselaarshanddruk.

'Het spijt me, maar we hebben een wachtlijst, en Ms Hyde heeft tot mei geen ruimte meer.' Haar ogen vielen weer op het rode lampje. Dat knipperde nog steeds. Nog wel. Tien seconden… 'Zal ik uw gegevens noteren, zodat we tegen die tijd contact kunnen opnemen?'

Haar wenkbrauwen schoten verder omhoog nu zelfingenomen overging in pedant. Hij realiseerde zich misschien niet dat zij de poort was die toegang bood tot Alex, dat zij werd betaald om clienten na te trekken en hun dossiers aan te leggen en bij te houden. 'Nou, zoals ik al zei, Ms Hyde zit momenteel in het buitenland, en ik kan u niet vertellen wanneer ze terug zal zijn. Goed, als u me wilt excuseren… Er wachten andere cliënten. U mag natuurlijk op den duur terugbellen als u van gedachten ver…'

Ze stond op het punt de verbinding te verbreken en hield haar blik op het knipperende rode lampje gericht.

Drie, twee, een…

Maar toen liet ze haar hand op het bureau vallen alsof ze was neergeschoten; de woorden klonken nog na in haar oor alsof ze stuk voor stuk met een knal over de lijn waren binnengekomen. Ze leunde naar voren op haar ellebogen en keek geconcentreerd naar de cursor op het scherm. Het rode lampje was nu uit. Helemaal vergeten, in feite. Er viel een lange stilte.

'Sorry, kunt u dat herhalen?' zei ze ten slotte met een ongebruikelijke trilling in haar anders altijd zo deftig afgemeten stem. 'Ik geloof dat ik u niet goed heb verstaan.'

## *New York, dezelfde dag*

Alex Hyde staarde omlaag naar Wall Street. Daar heerste het ego, pulserend als een spier met mensen die door het verkeer zigzagden – te laat voor een vergadering of afspraak en blijkbaar gepantserd tegen de stroom woest toeterende gele taxi's met hun knipperlichten. Op straathoogte zouden hun statussymbolen zowel subtiel (een met kleur omstikt knoopsgat van een handgemaakt pak bijvoorbeeld) als nadrukkelijk (een Rolex Oyster, een Caribisch gebruinde huid) aanwezig zijn, maar van hierboven leken deze mensen niet meer dan metalen schaafsel op een magneetbord dat alle kanten op werd gestuurd; allemaal verdrongen ze zich op weg naar hun bestemming. Op weg naar hierboven. Hier op de achtennegentigste verdieping was de plek waar ze zouden willen zijn, en de man met wie ze praatte was degene die ze zouden willen zijn. Een heerser over het universum, het middelpunt van de macht, de bron van alle energie, al het geld.

Maar geen van hen zou het zo ver schoppen. Zij zagen zichzelf niet vanuit haar perspectief. Ze zagen zichzelf niet van enkele passen afstand, laat staan vanaf tweehonderd meter hoogte. Zelfs hun eigen spiegelbeeld onthulde niet wat Alex allang wist: dat ambitie geen garantie was, dat talent en doorzettingsvermogen niet zouden volstaan. En als ze dat niet wisten, hoe konden ze dan de ladder beklimmen die leidde naar deze letterlijk hoge positie?

De man achter haar wist het wél, maar hij had dan ook het geluk gehad haar te leren kennen toen hij werd benoemd tot president van de Bank of America. Het beste wat hij ooit voor zijn carrière had gedaan was niet alleen te beséffen maar ook toe te geven dat het hem allemaal boven de pet ging. Ze keerde de felle decemberzon die een witte strook over de straat wierp de rug toe, liep langzaam weer het vertrek in en keek hem aan. Zijn ongeruste ogen keken vanuit een fronsend gezicht terug.

'Howard, weet je nog dat we het in ons vorige gesprek hebben gehad over *edge*, over scherpte? Opereren op het scherp van de snede?'

Hij keek haar aandachtig aan, als een antilope die met zijn ogen een leeuw door het lange gras volgde. 'Ja.'

Ze ging weer in de stoel tegenover hem zitten, haar slanke figuur discreet geflatteerd door de stijlvolle ivoorkleurige Phillip Lim-jurk. Haar middellange kastanjebruine haar viel golvend op haar schouders dankzij de föhnsessie van vanochtend – god, wat was ze dol op de *blowout bars* in deze stad – en ze had maar een heel klein beetje make-up op, want haar olijfkleurige huid glansde nog steeds van de paar dagen mindfulness in Costa Rica de afgelopen maand. 'En wat hebben we daarover gezegd, kun je me dat vertellen?' Ze hield haar hoofd meelevend schuin, met een zachte uitdrukking op haar gezicht, hoewel haar donkerbruine ogen een vragende blik behielden.

'Je zei dat iemand alleen scherp kan presteren als die persoon zich compleet voelt en goed in zijn vel zit?'

Ze knikte. 'Dat klopt. We hebben de juiste blend nodig om scherpte te verkrijgen.' Ze glimlachte. 'Het klinkt tegenstrijdig, nietwaar? Blend, edge – dat zijn toch zeker tegenovergestelde termen? Maar alleen als de vier factoren van ons leven – de fysieke, geestelijke, sociale en spirituele elementen – met elkaar in balans zijn, kunnen we evenwichtig functioneren. Pas dan beschik je over de scherpte om de dingen duidelijker te zien, slimmere besluiten te nemen en met helder zelfvertrouwen te handelen.' Haar gezichtsuitdrukking veranderde. 'Maar als we een van die elementen verwaarlozen, komen onze prestaties in het gedrang. Hoe kunnen we verwachten dat onze gedachtegangen flexibel werken wanneer we niets lezen of leren behalve de vertrouwelijke memo's die in de bank circuleren? Hoe kun je de stress die gepaard gaat met het bereiken van je targets hanteren als je je personal trainer afzegt? Je kunt het lichaam niet laten verzwakken, de geest op de automatische piloot zetten of emoties laten afvlakken. Je kunt niet in een vacuüm opereren. Niet op dit niveau. De lucht hierboven is te ijl, Howard.'

Hij zuchtte, want hij wist waar ze op doelde. 'Je zegt dat ik haar moet opgeven.'

'Je weet dat ik nooit iets voorschrijf, dat ik slechts adviezen geef,' wierp ze tegen terwijl ze haar telefoon op de armleuning van haar stoel geluidloos voelde trillen. 'Maar als er niets meer is, als tussen jullie alleen nog zielloze energie bestaat...' Ze haalde haar schouders op. 'Dan moet je je afvragen of de juiste blend nog wel binnen bereik is.'

Howards knokkels verbleekten ietwat toen hij zijn armleuning met een blik van opwellend ongeloof omklemde. 'Je bedoelt Yvónne?'

'Nou, laten we die mogelijkheid eens nagaan,' zei ze met gespreide handen om een open blik te suggereren. 'Blijf je bij haar uit plichtsgevoel?'

'Eh... Plichtsgevoel?' stamelde hij. 'We zijn al vierendertig jaar getrouwd! Dat is een groot deel van ons leven.'

'Ja. Een te groot deel, misschien? Denk je achteraf dat je eerder een andere weg had moeten inslaan?'

Howard keek geschokt. 'Zo eenvoudig is het niet. We hebben vier kinderen.'

'Volwassen kinderen die alle vier hun eigen gezin hebben,' zei ze met een kalm knikje. 'Weet je, met schuldgevoel verander je het verleden niet, Howard. En met een angstige blik verander je de toekomst niet. Het is een ingrijpend besluit, dat we misschien wel steeds hebben vermeden te overwegen.'

Howard sloeg zijn ogen even neer en keek haar vervolgens weer aan. De onzekerheid was af te lezen van zijn aristocratisch ogende gezicht, dat minstens twee keer per week op foto's in *The Wall Street Journal* verscheen, en dat de afgelopen verkiezingscampagne in de hele stad op posters te zien was geweest vanwege zijn rol als de belangrijkste financieel adviseur van de burgemeester. 'Maar de vorige keer zei je dat ik Kayleigh moest verlaten.'

'Nee, ik heb nooit gezegd dat je wie dan ook moest verlaten, Howard,' zei Alex streng, en ze liet haar kin op haar duim en wijsvinger rusten. 'Het gaat om de blénd, weet je nog? En jij zei dat Kayleigh "zich als een idioot gedroeg", dat ze onredelijke eisen stelde, dat ze wilde dat je Yvonne voor haar zou verlaten, dat ze dreigde naar je huis te komen, naar de pers te stappen. Je zei dat je niet kon slapen, dat je je niet op je werk kon concentreren. Nou, dat waren dus geen ideale omstandigheden. Je realiseerde je dat je niet op het scherp van de snede kon functioneren zolang die situatie voortduurde. Dus hebben we het gehad over het idee dat je Kayleigh zou opgeven.' Alex draaide haar hand naar buiten. 'Aan de andere kant vertel je me nu al drie kwartier dat je haar steeds weer opzoekt, dat ze je ondanks haar idiote gedrag het gevoel geeft dat je lééft.'

Ze haalde haar schouders nog eens op. 'En als dat zo is, doe het dan niet – geef haar niet op. Als zij je zo'n goed gevoel geeft, is het misschien tijd om de balans te heroverwegen. Misschien heb je deze verandering nodig om voorlopig weer het perfecte evenwicht te vinden.

Mensen veranderen, Howard, onze behoeften en verlangens veranderen. Wat vierendertig jaar geleden voor jou werkte, hoeft nu niet per se meer te werken. Wees moedig en zie dat onder ogen. Te veel mensen blijven hangen in een sleur. Ze laten zichzelf door burgerlijke conventies in een keurslijf snoeren. Maar jij maakt daar geen deel van uit, Howard, jij ontstijgt de massa. Die regels zijn niet op jou van toepassing. Jij kunt doen wat je wilt en als Kayleigh jou het verfrissende gevoel geeft dat je leeft, kies dan voor haar.'

'Maar... alles wat ze gedaan heeft dan? De bedreigingen?'

'Ze wilde alleen maar dat je voor haar zou kiezen. Als jij Yvonne verlaat, heeft ze geen reden meer om zich idioot te gedragen.'

Ze ging achteroverzitten in haar stoel en zwaaide met één been heen en weer. Er viel een lange stilte.

'Ik weet het niet, hoor,' zei hij aarzelend.

Alex boog zich naar voren en liet haar ellebogen op haar knieën rusten, haar handen voor zich ineengestrengeld. 'Ze geeft je het gevoel dat je weer jong bent, toch?' vroeg ze met een intense blik.

Hij knikte.

'Onverslaanbaar. Machtig. Viriel. De man die je vroeger was.'

Hij knikte opnieuw.

'Zij is jouw sleutel, Howard, om die man van toen weer te kunnen zijn.'

Howard knipperde met zijn ogen. 'Maar... Ik bedoel, jezus, ze is mijn huis binnengedrongen. Ik denk dat ze misschien wel labiel is.'

'Luister nou, vergeet alle redenen waarom het níét zou werken. Je hebt alleen een reden nodig waarom het wél gaat werken. En jullie zijn gek op elkaar. Je hebt me zelf verteld dat ze een honger in je opwekt die niet te stillen valt. Meer motivatie heb je niet nodig.'

Haar telefoon trilde weer, maar Alex hield haar blik op Howard gericht. Ze zag de twijfel in zijn ogen, de onmiskenbare angst die de gedachte aan het waarmaken van een droom in de echte wereld veroorzaakte. 'Dit is precies waar we in onze eerdere sessies mee bezig zijn geweest: als je scherp wilt blijven, moet je groei en verandering in je leven brengen. Aanvankelijk hebben we het geprobeerd met dat liefdadigheidsinitiatief in Angola en je poging de K2 te beklimmen.' Ze ging weer rechtop zitten. 'Maar als Kayleigh het antwoord is, laten we dat dan omarmen. En blijf niet zitten waar je zit om aan verwachtingen te voldoen, Howard. Wat goed voor jou is, is goed voor de hele bank. Perfectioneer de blend en daarmee ook de edge.'

'Maar Yvonne dan...'

'Die kan haar eigen boontjes wel doppen. En je zult jullie huwelijk van vierendertig jaar ongetwijfeld recht doen door haar in financieel opzicht goed achter te laten. Je bent tenslotte een gentleman.'

Howard knipperde met zijn ogen. 'Ik weet niet of dit...'

'Het gaat om jou, Howard. Om wat jou als mens compleet maakt.' Ze glimlachte. 'Weet je wat de meest vertelde leugen is? Die miljoenen mensen elke dag weer vertellen?'

Hij schudde zijn hoofd.

'"Het gaat goed met me." Dat zeggen ze de hele tijd, ook als het niet waar is. Of júist als het niet waar is. Gaat het goed met je, Howard? Is je leven zoals je het je zou wensen zolang je samen bent met Yvonne? Of zou je liever je leven met Kayleigh delen? Met wie ben je samen wanneer je "Het gaat goed met me" zegt? En met wie leef je in een leugen? Met een van beiden in elk geval. Ik denk dat we inmiddels wel kunnen stellen dat je niet met allebei verder kunt gaan. Je aandacht is dan te verdeeld – bovendien ben jij te goed voor een dergelijk compromis, Howard. Je hebt principes en eergevoel.' Ze haalde diep adem. 'Je bevindt je dus op een tweesprong. Je moet een besluit nemen. Neem je het juiste besluit, dan krijg je je scherpte terug.'

Haar telefoon trilde voor de derde keer – het teken dat het dringend was. Ze glimlachte weer en stond op. 'Luister, ik snap dat het veel is om te bevatten. Verandering kan bedreigend voelen. Waarom laat je het niet een paar dagen bezinken? Dan werken we daarna aan een strategie.'

Howard stond ook op en knikte. 'Bezinken, ja. Oké.' Hij keek beduusd, alsof hij in de elektrische greep van een taser vastzat.

Alex liep met hem mee naar de deur. 'Ik zal Louise vragen om contact met Sara op te nemen en iets in te plannen. Een lunch? Misschien moeten we deze opwindende nieuwe ontwikkeling gaan vieren.'

Howard friemelde aan de knopen van zijn jasje terwijl zij de deur opendeed. 'Een lunch? Ik weet het niet. Volgens mij zit ik al behoorlijk vol...'

'Natuurlijk, iedereen heeft het tegen Kerstmis razend druk. Maakt niet uit, we laten de logistiek aan onze personal assistants over.' Ze gaf hem een stevige handdruk. 'Het is een uitstekende sessie geweest, Howard. ik denk dat we een keerpunt hebben bereikt. De verandering waar we naar op zoek waren. Denk er goed over na en dan komen we weer samen als je er klaar voor bent.'

Alex sloot de deur terwijl hij langzaam naar de lift liep. Meteen pakte ze haar telefoon en belde het enige nummer waarvandaan zij ooit op dit toestel werd gebeld.

'Louise?' Ze liep terug naar de ramen en keek weer omlaag naar het metalen schaafsel dat zich nog steeds in kronkelende golven naar het magnetische noorden verplaatste. 'Nee, prima, we waren al zo ongeveer klaar.'

Ze stapte uit haar schoenen en voelde een pijnlijke opluchting nu haar voeten zich bevrijdden en ze acht centimeter kleiner werd.

'O, dat zou je kunnen zeggen,' zei ze met een zucht. 'Ik heb hem stof tot nadenken gegeven en zo waarschijnlijk zijn huwelijk gered. Bel zijn personal assistant maar voor een vervolgafspraak over twee weken.'

Ze schrok van een plotselinge flits langs het raam en zette een stap achteruit. Het duurde nog een moment voordat haar ogen registreerden wat ze had gezien en ze besefte dat het een slechtvalk was, een van de vele die zich op de talrijke gebouwen in New York hadden gevestigd, waar ze zweefden op de thermiek en joegen op de duiven die vrolijk door de avenues heen en weer fladderden. Ze keek hoe de valk moeiteloos voortgleed op een opwaartse luchtstroom. 'Hoe dan ook, wat is er aan de hand?'

Ze legde een hand op het glas, keek omlaag en zag dat de valk plotseling een duik maakte naar een onfortuinlijke, argeloze duif, enkele verdiepingen lager. Zijn snelheid was duizelingwekkend, geholpen door de wolkenkrabbers die als alternatieve bergen dienstdeden. Ze had eens van iemand gehoord dat slechtvalken in een duikvlucht meer dan driehonderd kilometer per uur konden bereiken. Tegenwoordig waren ze in grotere aantallen in Manhattan te vinden dan waar ook ter wereld, en ze gedijden hier veel beter dan hun soortgenoten in het wild. Ze hapte gefascineerd naar adem toen de valk toesloeg. De duif wist niet wat hem overkwam. Hij werd overmeesterd door een roofvogel die in alle opzichten in het voordeel was: niet alleen in hoogte of snelheid, maar vooral door zijn aanpassingsvermogen. Deze valken waren de belichaming van alles wat ze tegenover haar cliënten predikte.

Wacht... Het duurde een moment voordat de woorden in haar oor het tafereel dat zich voor haar ogen afspeelde inhaalden. Ze wendde zich af van het raam en staarde nietsziend weer het lege kantoor in. 'Zeg dat nog eens. Wát wil hij dat ik doe?'

*Edinburgh, twee dagen later*

Er tikte natte hagel tegen de ramen, als een kitten die vanuit de kou naar binnen wilde, en de kamer was tochtig, waardoor het haardvuur zich onrustig roerde bij de vlagen die hun weg naar de vlammen vonden. Maar Alex zat comfortabel in de oranje fluwelen fauteuil. Ze had het al twee dagen warm, al sinds ze in New York het telefoongesprek met Louise had beëindigd. De belofte van deze deal had zich als een gloeiend kooltje in haar binnenste genesteld.

Sholto Farquhar keek haar aan en knipperde traag, ongehaast met zijn ogen. Hij was er niet de man naar om zich te laten opjagen. 'Dus zo zit het, Ms Hyde. Onze kaarten liggen op tafel.' Hij zette zijn vingers voor zijn lippen tegen elkaar. Zijn wangen waren rood verweerd. 'Wat zegt u ervan?'

'Nou, ik denk inderdaad dat u mijn hulp nodig hebt,' antwoordde ze, zijn gebaar op dezelfde ontspannen wijze spiegelend. 'Uit alles wat u me zojuist hebt verteld, vind ik het buitengewoon dat u het tot hier hebt gebracht zonder het bedrijf verdere schade toe te brengen. Het is prijzenswaardig dat u het probleem hebt weten te beperken.'

Sholto stond op en liep over het geruite tapijt naar een ronde tafel van palissanderhout, waarop een karaf en een paar kristallen tuimelglazen stonden. Ze keek hoe hij voor hen beiden een laagje whisky inschonk.

'Met ijs?'

Ze schudde haar hoofd.

Goedkeurend knikkend liep hij terug met de glazen. 'Onze dertig jaar oude Reserve,' zei hij terwijl hij haar met onderzoekende ogen een glas aanreikte.

'Mijn favoriet.'

Hij nam plaats in de bordeauxrode fluwelen stoel tegenover haar. 'U bent trouwens best jong voor iemand met zo'n uitmuntende reputatie.'

'Dank. Dat vat ik op als een compliment.'

'Het kostte een hoop tijd en moeite om uw nummer te pakken te krijgen.'

'Nou, ik probeer overbodige telefoontjes zoveel mogelijk te vermijden. En ik neem elk jaar maar een handvol cliënten aan. Ik werk het liefst nauw samen met een beperkt aantal. En de ervaring leert dat degenen die me nodig hebben ook over de middelen beschikken om me te vinden.'

Hij trok een wenkbrauw op. 'Uw personal assistant overtuigen viel ook niet mee. Ik heb met de Russische ambassade nog vriendelijker telefoongesprekken gevoerd.'

Alex grinnikte. 'Ik zou niet weten wat ik zonder haar moet.'

'Nou, ik waardeer het zeer dat u uiteindelijk wel met me wilde afspreken, op een zondag nog wel. Ik neem aan dat het weekend u heilig is.'

'Ik ben altijd beschikbaar voor mijn cliënten.'

Sholto trok weer een wenkbrauw op – duidelijk blij met deze opmerking – en hief zijn glas. '*Sláinte*. Op uw gezondheid.'

'Sláinte.'

Hij keek hoe ze een slokje van het amberkleurige vocht nam, maar ze liet niets merken van de hitte in haar keel toen ze slikte. Na een moment merkte ze tot haar lichte verbazing dat ze het best lekker vond.

'Ik vind het meer dan wie ook spijtig dat het zover heeft moeten komen, maar hij is een ongeleid projectiel,' zei Sholto, die weer ter zake kwam.

'Daar lijkt het inderdaad wel op. Die affaires zijn op zijn minst onbezonnen – hij stelt het bedrijf bloot aan god weet wat voor aanklachten over grensoverschrijdend gedrag. Maar om ook nog een medebestuurslid in zijn gezicht te slaan tijdens een familieberaad?' zei ze vol afkeer. 'En een computer door het raam te gooien?' voegde ze er afkeurend aan toe. 'Zoiets heb ik nog nooit gehoord. Hij lijkt me qua temperament en fysiologie ongeschikt voor zijn rol; die kan hij niet aan. Wat je bij een CEO wilt zien – als je in zijn of haar brein zou kunnen kijken – is veel testosteron, het "dat-kan-ik-hormoon", maar een laag gehalte aan cortisol, het stresshormoon. Deze man vormt de klassieke rampzalige combinatie van een hoog gehalte aan testosteron én cortisol. Als de druk hem te hoog wordt, ontploft hij, dus is hij een risicofactor.'

Sholto zuchtte met een treurige blik. 'Het is niet per se helemaal zijn eigen schuld. Ik ben bang dat zijn vader te toegeeflijk was, en u weet wat ze zeggen over de roede sparen.'

Ze hield meelevend haar hoofd schuin. 'Hebt u kinderen?'

'Twee jongens. Torquil en Callum.' Hij grinnikte. 'Ik zeg "jongens", maar ze zijn allebei in de dertig en al minstens vijftien jaar vijftien centimeter langer dan ik.'

'En werken zij ook voor het bedrijf of zijn ze alleen aandeelhouder?'

'Ze hebben allebei een belangrijke functie – Tor is onze financieel directeur en Callum leidt de afdeling vermogensbeheer hier in Edinburgh.'

'Wat vinden zij van hem?'

'Ze konden in hun jeugd goed met elkaar overweg – met name Callum en Lochie – maar ze houden nu afstand. Ze zijn alle drie veranderd en heel verschillende mensen geworden.'

Alex dacht even na. 'En hoeveel familieleden zitten er nu in de raad van bestuur? U, Lochlan...'

'Torquil en Callum.'

‘Ook nog leden die geen familie zijn?’ vroeg ze.

‘Ja, vier. Twee externe bestuurders, een voormalige werknemer en een huidige werknemer – onze meesterblender. Hoezo?’

‘Ik ben gewoon geïnteresseerd in de samenstelling van jullie bestuur. Familiebedrijven met naar verhouding veel familievertegenwoordiging doen het over het algemeen beter, maar dat effect kun je wegstrepen als het om meer dan vijftig procent gaat. Want een familiebedrijf kan weliswaar profiteren van de grotere emotionele binding, maar de rivaliteit tussen broers en zussen omtrent opvolging en dergelijke zaken kan er ook voor zorgen dat conflicten gemakkelijker ontsporen – zoals op jullie familieberaad.’

‘Nou, niemand kan beweren dat de verwantschap genetisch gesproken groot is. Lochie is mijn achterneef en hij en mijn zoons zijn elkaars achterachterneven, dus ik weet niet of dat in uw hypothese past – of niet.’

Alex dacht er even over na. ‘Waarschijnlijk wel. Ze zijn genoeg verwant om niet aan elkaar te kunnen ontsnappen, maar níét genoeg om echt om elkaar te geven. Zitten er ook vrouwen in de raad van bestuur?’

‘Eén. Mhairi MacLeod. Zij is senior partner bij een groot advocatenkantoor.’

Alex knikte. ‘Afhankelijk van jullie statuten kan het goed zijn om nog ten minste één vrouwelijke bestuurder toe te voegen. Besturen met genderdiversiteit zijn over het algemeen stabieler, met minder verloop en minder conflicten.’

‘Ms Hyde, ik geloof echt wel dat u gelijk hebt, maar het enige conflict dat bij Kentallen speelt, komt voort uit één persoon: Lochlan Farquhar. Die altijd nét binnen de grenzen van de bedrijfsregels opereert. Hij gaat telkens weer tegen zowel de wensen van het bestuur als die van de familie in.’ Zijn gezichtsuitdrukking werd donkerder. ‘Mijn bedrijf is verantwoordelijk voor de driehonderdeenenveertig banen op het eiland. Onze distilleerderij trekt jaarlijks meer dan een miljoen bezoekers en we doneren één procent van ons bedrijfsresultaat – vorig jaar vijfenzestig miljoen pond – aan lokale goede doelen. De raad van bestuur is niet de enige partij die zich de ondergang van Kentallen niet kan veroorloven.’

'Dat begrijp ik.'

'Hij mag gewoonweg niet zo blijven doorgaan – god weet dat het alleen maar bergafwaarts gaat sinds de dood van zijn vader. Het is duidelijk dat hij daaronder lijdt en we hebben allemaal op verschillende manieren geprobeerd er voor hem te zijn – door met hem te praten, hem steun te bieden. Maar hij is een zelfdestructieve rebel en ik ben nu bang dat hij ons allemaal meesleurt in zijn ondergang, of dat nou zijn bedoeling is of niet.' Hij fronste. 'Zijn gedrag van de afgelopen paar maanden is beneden alle peil geweest, dat weet hij zelf ook.'

'Zeker, jullie hebben ongelooflijk veel van hem gepikt. Als jullie geen familiebedrijf waren geweest, was hij allang ontslagen.'

Hij boog zich naar voren en de whisky in zijn tuimelglas klotste tegen het geslepen kristal. 'Ik besef dat het een onorthodox verzoek is, maar ik denk dat u wel begrijpt hoe lastig de situatie is waarin we ons bevinden. De gebruikelijke manieren die er zijn om een dergelijk probleem op te lossen zijn voor ons geen optie. Bovendien willen we de familieverhoudingen niet nog verder verstoren.' Hij schraapte zijn keel. 'Kunt u doen wat we vragen?'

'Ja.'

'In het genoemde tijdsbestek?'

'Dat hangt ervan af met hoeveel onwil hij me tegemoet zal treden.'

'Ik vermoed dat hij er eerder positief tegenover zal staan.'

'Nou, gegeven die mindset en de omvang van de taak zijn wekelijkse sessies en videobellen niet de methode. Ik zal echt intensief met hem moeten samenwerken.' Ze keek hem aan. 'Maar ja, ik denk dat ik het tegen Kerstmis wel voor elkaar krijg.'

Hij glimlachte, trok een borstelige grijze wenkbrauw op en stak zijn hand uit. 'Dus we hebben een deal?'

Alex bleef hem rustig aankijken; ook zij liet zich niet opjagen. 'Ja,' antwoordde ze glimlachend, en ze gaf hem een stevige handdruk. 'We hebben een deal.'

# 2

## *Thompson Falls, Montana, 23 januari 1918*

*Er lag een golvend sneeuwdek in het vroege ochtendlicht, opgebold als een marshmallow en nog zonder dierensporen. Het land strekte zich voor haar uit, volmaakt roerloos en stil, alsof het zijn afwezigheid wilde benadrukken – hij was nu twintig dagen geleden naar Washington vertrokken en daarvandaan waren ze achttien uur geleden aan hun trektocht door de nacht begonnen: de negen kilometer door de sneeuw naar de plek waar de trein vertrok. Hij zou nu wel in New York zijn.*

*New York, ver hiervandaan. Tot vorige maand had het een andere wereld geleken. Maar over twee weken zouden zijn laarzen zelfs de bloederige slagvelden in Europa betreden. Dan zou hij ervaren hoe anders het daar was.*

*Ze bleef op het trapje naar de veranda staan, want de wollen sjaal om haar schouders bood weinig bescherming tegen de kou. Vanuit het bosje kale bomen zag ze een vos tevoorschijn komen en tot zijn buik in de sneeuw wegzakken terwijl hij door de droge sneeuw trippelde. Zijn rode vacht leek een verdwaalde vlam in het witte landschap.*

*Ze keek hoe hij stopte – de snuit omhoog en één poot geheven als een van hun oude jachthonden – om een geluid of geur op te vangen. Een hertmuis? Een kangoeroegoffer? Een kleine wangzakeekhoorn? Als hij geluk had een prairiehaas? Hij zag er mager uit en leek een goed maaltje wel te kunnen gebruiken. Ze hield haar adem in en wachtte terwijl hij roerloos stilstond. Toen maakte hij een plotselinge sprong, met alle vier de poten tegelijk omhoog, zijn lijf gekromd en zijn snuit omlaaggericht terwijl hij met een plof in de sneeuw dook, zodat hij er deels door bedekt raakte.*

*Een ogenblik later kwam de vos triomfantelijk boven met een slaphangende graslandwoelmuis tussen zijn kaken en keek ze hoe hij terug naar de bomen draafde en uit het zicht verdween.*

*Hij zou weleens het enige andere levende wezen kunnen zijn dat ze vandaag of deze week te zien kreeg, en ze wist dat het gebaar zinloos was – want wat had het voor nut om een banier met blauwe ster achter het raam te hangen als niemand die zou zien? Maar het was het enige wat ze kon doen om haar offer te symboliseren: een ster ter ere van hem – haar geliefde – die vocht in andermans oorlog.*

*Ze staarde naar de muren van haar wereld en stuurde een schietgebedje de lucht in. Ze moest sterk blijven. Ze moest moedig zijn en het moeilijkste doen wat ze kon bedenken: wachten.*

## *Port Ellen, Islay, woensdag 6 december 2017*

De ferry meerde met een verrassende gratie aan. De met roest bespikkelde romp van het vaartuig uit de jaren vijftig tikte beleefd tegen de grote stootkussens van de steiger. Alex zag vanachter de dikke ramen hoe mannen met gele laarzen en waterproof overalls de touwen om de robuuste meerpalen bevestigden, waardoor de deining die haar op de route vanaf het vasteland had gekweld afnam.

Ze ging vlug van boord, want ze wilde graag weer letterlijk vaste grond onder de voeten voelen. Ze werd altijd snel zeeziek en ze wist zonder het te checken dat ze nu een groenige teint had, zelfs met de Chanel Les Beiges-foundation op haar gezicht.

'Miss Hyde?'

Een gedrongen man met een ruige grijze snor zette een stap naar voren en nam haar reistas van haar over. 'Hamish Macpherson, van de distilleerderij,' zei hij terwijl hij haar kordaat de hand schudde. 'Welkom op Islay. U hebt er een mooie dag voor uitgekozen.'

Alex, die niet goed wist of hij dat echt meende, weerstond de neiging om naar de woelige lucht boven haar hoofd te kijken, of achterom naar de schuimende golven van de zee.

'Hallo. Fijn dat u de tijd hebt genomen me te komen ophalen.'

'*Aye*. Nou, het kan lastig zijn om de afslag te vinden als je niet weet waar je moet kijken. "Rechtsaf voorbij de lijsterbes" is in het verleden geregeld niet duidelijk genoeg gebleken voor een aantal van onze gasten.'

Ze keek hem aan, nog steeds zonder te kunnen inschatten of hij het ironisch bedoelde of sikkeneurig was. 'O hemel. Het valt te hopen dat ze de weg uiteindelijk wel gevonden hebben.'

'Nope,' zei Hamish schouderophalend. 'Er is nooit meer wat van ze vernomen,' zei hij op onheilspellende toon, maar ze ontwaarde een kleine twinkeling in zijn hazelnootkleurige ogen.

Alex lachte en volgde hem over de steiger naar de wal. Ze kon hem met gemak bijhouden, hoewel ze hoge hakken droeg en de keitjes nat waren – Louise beweerde altijd dat ze een marathon zou kunnen afleggen op Choo's – maar de wind duwde hard tegen hun rug en blies haar donkere haar voor haar gezicht. Ze trok de kraag van haar jas dichter om haar nek. Langs een stenen muurtje lagen oranje visnetten en lege kreeftenfuiken. Er waren twee vissersboten aangemeerd en een paar mannen gooiden emmers water over het dek. Voor hen stond Port Ellen – de op een na grootste plaats op het eiland – in het gelid alsof het op haar inspectie wachtte. Een reeks grote witte rijtjeshuizen strekte zich voor haar uit langs de welving van een strand, allemaal fraai, maar zonder opsmuk zoals een krans op de deur of bloempotten. Erachter rees het welvende land omhoog.

Ze stopten bij een oude, licht olijfkleurige Land Rover die eruitzag alsof hij in de Eerste Wereldoorlog dienst had gedaan. Hij was niet zozeer geparkeerd maar eerder midden op de weg neergezet, zodat hij de weg blokkeerde voor een blauwe tractor die stationair stond te tuffen en te ploffen. Alex zag de bestuurder ervan tegen de muur van de buurtsuper staan, waar hij aan een sigaret lurkte en las wat er op het aankondigingsbord stond.

'Hoi, Euan!' riep Hamish zwaaiend terwijl hij Alex' tas achter in het vehikel gooide en zich op de bestuurdersstoel hees. Louise had haar grotere koffers al eerder met de trein vanuit Londen vooruitgestuurd.

'Aye!' De tractorbestuurder zwaaide terug en nam nog een lange trek van zijn sigaret voordat hij de peuk op de grond liet vallen en die onder zijn zool uitdrukte. Vervolgens liep hij rustig naar de cabine.

Alex glimlachte bij zichzelf terwijl ze haar veiligheidsgordel vastmaakte – eenzelfde situatie zou in Mayfair heel anders zijn verlopen. De dop van een thermosfles piepte vanonder het deksel van een opbergvak tussen de stoelen voorin, en de radio leek met ducttape op zijn plaats te worden gehouden. Alex had het idee dat het in de auto kouder was dan erbuiten.

Ze reden weg langs nog een paar rijen strenge witte huizen, waarna ze bijna onmiddellijk in het open landschap terechtkwamen, met dichte hagen die aan weelderige velden grensden, en waar de kenmerkende geur van turf in de lucht hing. 'Welke distilleerderij is dat?' vroeg ze, wijzend naar de rokende schoorsteen aan de andere kant van de baai.

'Lagavulin,' antwoordde Hamish zonder te hoeven kijken.

'Aha. De vijand.'

Hamish maakte een geluidje dat suggereerde dat dat inderdaad best zo kon zijn, en hij sloeg rechts af naar een weg die langs de ruïne van een oude kerk naar de glooiende heuvels leidde.

'En wat is jouw taak bij Kentallen?'

'Ik werk in de koperslagerij.'

Alex kneep haar ogen samen. Dankzij Louises uitmuntende research had ze zich de afgelopen dagen en de hele reis hiernaartoe kunnen inlezen in niet alleen het bedrijf maar de hele branche, en ze voelde zich bijna voldoende ingewijd in het procedé van het distilleren om zelf in de whisky aan de slag te gaan, wat ze niet van plan was.

'Daar worden de ketels gemaakt en onderhouden, toch?

'Aye.'

'Ze worden met de hand vervaardigd, heb ik begrepen, en de vorm beïnvloedt de condensatie, wat het karakter van de whisky mede bepaalt?'

'Je hebt je huiswerk gedaan, hoor ik wel.'

Ze glimlachte. Voorbereiding was een van haar sterke punten. 'Als ik het me goed herinner, is de vorm van de ketel zo ongeveer het belangrijkste element in het distillatieproces,' voegde ze er nu met een tikkeltje trots aan toe.

'Aye, maar zeg dat niet tegen de blenders, want dan zijn ze in hun wiek geschoten.'

'Dat moeten we zien te vermijden,' mompelde Alex met een glimlach.

'Juist.'

Hamish leek niet de behoefte te voelen om de stilte te vullen (hoewel je eigenlijk niet van stilte kon spreken met het geronk van de motor van de Land Rover) en ze maakte dankbaar gebruik van de gelegenheid om haar nieuwe omgeving voor de komende drie weken rustig in zich op te nemen. Het landschap welfde bescheiden. Ze had rotsige bergen en door de wind geteisterde heide verwacht, maar de golvende velden werden omlijst door stenen muurtjes, en het palet van staalgrijs, heidetinten en grasgroen werd verzacht door witte nevel. Atlantische wolken veegden de zon van de hemel. In de verte zag ze een groepje edelherten bij een bosje staan grazen, de bok met zijn kop omhooggestoken – dominant en beschermend.

'Hebben jullie al sneeuw gehad?' vroeg ze toen ze een bocht namen en de linkerwielen in een kuil zakten, zodat ze allebei op hun stoel op en neer stuiterden.

'Twee weken geleden een beetje. Niet om over naar huis te schrijven.'

'Toen ik uit New York wegging, begon het er net te sneeuwen. De nacht na mijn vertrek schijnt er meer dan een meter te zijn gevallen. Ik was gelukkig net op tijd weg.'

'Is dat niet altijd zo?'

'Sorry?'

'Dat het gelukkig stemt de stad uit te zijn?' Er gleed een ironische uitdrukking over zijn gezicht als een laag overdrijvende wolk.

'Je bent zo te horen geen stadsmens?' vroeg ze terwijl ze keek of er boven haar hoofd ergens een handgreep was waar ze zich aan kon vasthouden. Ze vond er geen en duwde dus maar met de ene handpalm tegen het raam en steunde met de andere op de stoel.

'Ik ben zes kilometer hiervandaan geboren en de langste periode dat ik van het eiland af ben geweest, was negen dagen, in 1982.'

'Wat was daar de reden voor?'

'Het overlijden van mijn moeder in een ziekenhuis in Glasgow.'

'O, wat naar.'

Hamish wierp een licht spottende blik opzij, misschien omdat het al zo lang geleden was, of omdat zij er niets mee te maken had.

'Is er een ziekenhuis op het eiland?'

'Verderop in Bowmore, en in ons dorp is een huisartsenpraktijk. Je voelt je toch niet ziek, mag ik hopen?'

Ze schudde haar hoofd. Het klonk eerder als een bevel dan een vraag. 'Nee.'

'Mooi zo. Anders zou het weer hier korte metten met je maken. December kan een genadeloze maand zijn. Geen tijd om *peely-wally* te zijn.'

'Peely-wally,' herhaalde Alex langzaam. Ze sprak een aardig mondje Frans, Duits, Spaans, Italiaans en Mandarijn, maar Schots was nieuw voor haar.

'Aye.' Hamish knikte en keek voor zich uit. Een schaap stak zijn kop over een stenen muurtje terwijl ze voorbijreden. 'Reken maar niet op prachtig winterweer.'

'Dat zit wel goed. Ik ben hier niet voor het weer.'

'Nee,' zei Hamish, die een afkeurende blik opzijwierp naar haar rode Proenza Schouler-jas, haar jurk en haar hoge hakken. 'Ik heb gehoord dat je hier bent om het moreel op te krikken.'

Als hij 'dat je hier bent om regenbogen te planten' zou hebben gezegd, had hij niet veel sceptischer kunnen klinken. 'Dat klopt,' zei ze met een glimlach, en ze keek opzij om zijn reactie te peilen. 'De raad van bestuur vindt dat er een frisse wind nodig is. Je weet wel, om iedereen weer in zijn kracht te laten staan,' zei ze met opgetrokken neus.

'In zijn kracht?' Hamish keek oprecht verbijsterd en Alex bedacht dat hij waarschijnlijk net zoveel van kantoortaal begreep als zij van het Schots.

'Maak je geen zorgen, ik zal het personeel niet bij de eikenhouten vaten laten paintballen in het kader van teambuilding. Ik heb alleen het verzoek gekregen om met specifieke managers te werken.'

Tot haar verbazing liet Hamish lachend zijn hoofd achterovervallen.

'Wat is er?' Ze grijnsde. 'Wat is daar zo grappig aan?'

'Ik hoop voor je dat je Lochie niet bij die gekkigheid gaat betrekken?'

'Lochie?'

'Aye, de baas. Ik denk niet dat hij zal meegaan in die nonsens.'

'Nee?' vroeg ze, totaal niet beledigd. 'Waarom niet?'

'Omdat Lochie nou niet echt...' Hamish keek weer even opzij en hield plotseling zijn mond. 'Ach, daar kom je snel genoeg zelf achter.'

Teleurgesteld door zijn discretie ging Alex weer rechtop zitten en keek door de voorruit naar buiten. 'Nou, heb je misschien toch wat tips voor me, over hoe ik met de baas moet omgaan?'

Hamish grinnikte. 'Aye. Hou je hoofd erbij, lieg niet tegen hem en maak hem nooit zo kwaad dat hij wel een gat in de muur zou willen slaan.'

Alex fronste. 'Waarom niet?'

'Omdat hij dan een gat in de muur slaat.'

'O,' zei ze terwijl ze over de weg voorthobbelden, om een heuvel heen, waarachter weer een open landschap van weiden met schapen voor hen lag. 'Goeie tip. Staat genoteerd.'

# 3

De thuisbasis van Kentallen Whisky lag aan een kleine, diepe baai. Daarachter oogde het deinende grijze North Channel nog steeds dreigend, maar in de omhelzing van de armen van de baai was het oppervlak kalm als een vijver, en zo helder dat Alex zelfs van een afstand het zeewier in het lichte water kon zien zwieren. Het land aan de overkant rees op en vormde de voet van de indrukwekkend paarsgetinte heuvels in de nabije verte. Een paar velden verderop zag ze een bescheiden stenen kapelletje en een boerencottage. De distilleerderijgebouwen waren wit geverfd, en afgezien van een langgerekt blok met drie verdiepingen aan de achterkant en een schoorsteen die als een vinger de hemel in wees, waren ze laag, met rieten daken en ruwe muren. In zwarte letters stond er KENTALLEN over de lengte van één gebouw geschreven en op de binnenplaats lagen honderden vaten in rijen opgestapeld. In het midden prijkte een koperen ketel die niet langer dienstdeed, zo glad en bolvormig als een enorme metalen ui.

'We zijn er.' Hamish zette de motor uit, liet de sleutels in het contact zitten en sprong uit de Land Rover.

Alex volgde en nam de omgeving meteen goed in zich op: de paar fietsen die tegen een muur stonden, een rode kat die op een van de vaten lag te slapen, het geluid van vaten die in elkaar werden gezet, van vaten die vanbinnen werden gebrand, van damp die sissend uit ketels ontsnapte. Een vrachtwagen die voor een van de grotere gebouwen geparkeerd stond, werd geladen door een team van stevige kerels die de grote vaten over de klep omhoogrolden op een manier die ze eerder verwachtte te zien in een sterkemannenwedstrijd. De onderkant van een aantal was rood geverfd en voorzien van een stempel met KENTALLEN, SINCE 1915.

'Als je de baas moet hebben, zijn kantoor is deze kant op,' zei Hamish, die haar voorging naar het rijtje laagbouw in het midden, waar de fietsen naast de deur stonden.

‘Moet ik mijn reistas meenemen?’ vroeg ze, met haar duim gebarend naar de achterbak van de Land Rover.

‘Nee, tenzij je van plan bent onder het bureau te gaan slapen,’ antwoordde Hamish.

Alex ontweek de plassen om haar hooggehakte schoenen te ontzien, terwijl hij over de binnenplaats banjerde zonder zich bewust te zijn van de spetters op de achterkant van zijn broekspijpen. Hij klopte luid op de deur en ging meteen naar binnen. Met zijn ene hand aaide hij automatisch over de kop van een fraaie maar ietwat modderige zwartwitte Engelse springerspaniel die hem kwam begroeten.

‘Dat is Rona,’ deelde Hamish mee terwijl hij vragend rondkeek in wat een leeg kantoor leek te zijn. ‘Hè? Waar is die man nu weer naartoe?’ mompelde hij. ‘O, en ze bijt niet, hoor. Ze is vriendelijk, op het belachelijke af zelfs,’ zei hij toen hij de onzekere blik op Alex’ gezicht zag. ‘Je moet eerder uitkijken voor Diabolo.’

‘Diabolo?’

‘De kat.’

‘O.’

Hamish haalde zijn schouders op. ‘Nou, ik weet niet waar de baas uithangt. Ik heb tegen hem gezegd dat ik je zou ophalen.’

‘Het maakt niet uit. Ik neem aan dat hij niet lang zal wegblijven,’ zei Alex, die haar blik van de hond liet glijden en om zich heen keek. Het vertrek was donker en had een laag plafond en een vloer van enorme zwarte oude tegels, die zo vaak gepoetst waren dat ze glommen. Er smeulde en knisperde een klein vuur in de openhaard rechts van het bureau. Alex moest de neiging weerstaan om de bureaulamp aan te knippen; het grauwe grijze daglicht aan de andere kant van de met zwarte stalen kozijnen omlijste ramen leek ineens te stralen vergeleken met het schemerdonker hierbinnen.

Hoe kon iemand hier werken, vroeg ze zich af, denkend aan haar eigen lichte kantoor met vloerverwarming en uitnodigende zachtleren stoelen, met de koraaltuin in het wandaquarium dat een mild blauw licht afgaf – perfect om haar overspannen CEO’s te kalmeren.

‘Ik zal kijken of hij in de mouterij is. Eh... doe alsof je thuis bent,’ zei Hamish, die door de deuropening verdween.

Alex en Rona staarden elkaar weer aan, waarna de hond een vermoeide zucht slaakte en door het vertrek draafde om weer voor het vuur te gaan liggen. Alex bleef staan en probeerde een eerste indruk te krijgen van de persoon die in deze ruimte thuishoorde.

De puinhoop op zijn bureau deed vermoeden dat hij slordig was. Ze trok haar lip op bij het zien van de wirwar aan papieren op het werkoppervlak en twee... nee, drie halflege koffiebekers die er als pilaren deels onder schuilgingen. Een stuk van een bord dat aan de andere kant tevoorschijn piepte – ze durfde amper te kijken – toonde restjes van het eten van gisteren (spaghetti bolognese?). Er stond een paar uitgetrapte modderige sportschoenen onder het bureau, de veters nog gestrikt en de achterkant ingedeukt. Aan een gewei aan de muur achter de bureaustoel hing een jasje met stropdas nog in de doorzichtige hoes van een stomerij. Het gewei was versierd met een goudkleurige kerstslinger, en wat was dat voor rood geval? Ze liep ernaartoe en tuurde naar het ding achter de stomerijhoes waar ze een glimp van had opgevangen. Een beha.

Op een diepe vensterbank stond een groen-witte vaas, zo te zien vintage jaren tachtig, met wat verdroogde stokjes erin die, vermoedde Alex, ooit verse bloemen waren geweest. Waarschijnlijk in diezelfde jaren tachtig. Er bungelde een bokszak aan een dakbalk waar een paar rode bokshandschoenen overheen hing.

Ze onderwierp de papieren op het bureau nog eens aan een onderzoekende blik. Er leek geen enkele ordening in te zitten, de paperassen die op elkaar lagen, leken geen enkel verband met elkaar te houden. Ze zag een verslag van de Scotch Whisky Association over de groei van de vraag naar whisky in India en Zuid-Amerika, een inventarislijst van whiskyvoorraden, een spreadsheet met veel grote getallen, een exemplaar van *The Field*, een print van een blog voor whiskykenners, een catalogus van Sotheby's over een veiling van uitgelezen wijnen en dranken in 2012, een verjaardagskaart met een scheetgrapje, getekend door 'Alle jongens van KW', een vergeeld exemplaar van *The Sun* dat openlag op de derde pagina, een bureauagenda van 2016 (die was geopend op 6 december, de datum van vandaag – ze wist niet of dat het onrustbarender maakte of niet)...

Alex had genoeg gezien. Ze zette een stap achteruit en vatte het in haar hoofd allemaal kort samen. Op het eerste gezicht constateerde ze dat deze man inderdaad slordig was, evenals chaotisch, vol adrenaline, te amicaal met het personeel, ongeorganiseerd en snel afgeleid. Kortom: ze zag nu al dat hij onprofessioneel was, en ze kon zich niet voorstellen dat er veel voor nodig was om haar ervan te overtuigen dat hij, zoals Sholto had gezegd, ook incompetent was. De man leidde de grootste onafhankelijke maltwhiskydistilleerderij van Schotland (dus ook van de wereld), maar zijn kantoor had zomaar dat van een bookmaker of een verstrooide professor kunnen zijn.

Alex liep naar het raam, dat uitzicht bood op de binnenplaats. Ze observeerde het liefst ongezien: mensen toonden hun ware zelf als ze niet wisten dat ze werden bekeken, en vanaf dit gezichtspunt kon ze door de open deuren van het L-vormige gebouw aan de overkant kijken. In een van de units links liepen wat mensen met rubberlaarzen, een werkbroek en een rood poloshirt heen en weer om over de vloer te vegen. Een man van in de twintig stond bij de deur een telefoongesprek te voeren. Hamish stond in de deuropening te praten met iemand die buiten haar gezichtsveld stond. Hij gebruikte niet veel lichaamstaal, maar ze zag genoeg van zijn rollende ogen en hoofdknik in haar richting om te weten dat hij het over haar had. Ze wachtte. Hij zette zijn handen op zijn heupen. Ongeduld. Frustratie.

Voerde hij een gesprek met de baas? En weigerde hij om naar haar toe te komen en met haar te praten? Sholto had haar gewaarschuwd dat Lochlan Farquhar een tegendraads type was.

Na een snelle blik op de slapende hond liep ze het kantoor uit en wandelde ze over de binnenplaats naar de plek waar Hamish stond te praten. Ze werd begroet door de herrie van alle bedrijvigheid die er heerste. Hamish leek verbaasd te zijn haar te zien toen ze binnenkwam, haar arm al uitgestrekt naar een man die, zag ze nu, begin dertig was en een dikke bos goudblond haar had, gecombineerd met een blozend gezicht, sproeten en de meest frivole glimlach die ze ooit had gezien. Hij was ongelooflijk aantrekkelijk, maar het was duidelijk te merken dat hij dat zelf ook maar al te goed wist.

Ze prees zichzelf inwendig om haar inschatting van hem terwijl hun handpalmen elkaar raakten. Als ze uit een line-up de man moest kiezen die bij dat rommelige kantoor hoorde, zou ze hem hebben gekozen: arrogant, bevoorrecht, verwaand. Waarom zou hij opruimen als iemand anders dat voor hem kon doen? Ze zag dat hij zijn privileges met de paplepel ingegoten had gekregen. Alles was hem in de schoot geworpen. Zijn bureau en hij waren voor elkaar gemaakt.

'Mr Farquhar, ik ben Alex Hyde.' Ze glimlachte en schudde zijn hand met een stevige greep en met een lichte stemverheffing om over het lawaai heen te komen.

'Miss Hyde? Mrs?' vroeg hij met een weelderig accent.

'Miss.'

Zijn glimlach werd groter.

'Maar noem me alsjeblieft Alex.'

'Alex,' herhaalde hij, met een nóg grotere glimlach.

Ze wachtte even in de verwachting dat hij haar op zijn beurt zou vragen om hem Lochlan te noemen, maar toen hij dat niet leek te gaan doen, voegde ze eraan toe: 'Ik zie er erg naar uit om met u te gaan samenwerken, Mr Farquhar. Ik neem aan dat de bestuursvoorzitter u heeft laten weten dat ik zou komen?'

'O jazeker, we hebben het allemaal gehoord,' zei hij op warme toon, voordat hij plotseling merkte dat Hamish er nog stond. 'O, dank je, kerel, ik regel het verder wel.'

'Maar...'

'Ik zei dat ik het verder regel.'

'Bedankt voor de lift, Mr Macpherson,' zei Alex toen Hamish zachtjes mopperend en met een donkere gezichtsuitdrukking wegliep.

'Ah, let maar niet op hem. Hij is stug, zoals wij dat in deze contreien nu eenmaal zijn. Heb je een goede reis gehad?'

'Prima. Tot de overtocht met de ferry. Reizen over water is niet aan mij besteed.'

'Er staat een flinke deining. Ze voorspellen noodweer voor de komende dagen. Je hebt geluk dat je nog bent overgekomen. De ferry's blijven vanaf zes uur vanavond liggen tot het voorbij is.'

Ze glimlachte. 'Mooi zo.'

Hij fronste verbijsterd zijn wenkbrauwen. 'Serieus?'

'Ja, natuurlijk. Het is mijn eerste echte, authentieke ervaring met het leven op een eiland – afgesneden worden van het vasteland!' zei ze op samenzweerderige toon.

'O, aha. Nou, ik denk dat we net genoeg in voorraad hebben om erdoorheen te komen,' reageerde hij grijnzend. 'We zullen in elk geval geen dorst hebben!'

'Zo is het,' zei ze, nu goed om zich heen kijkend. De ruimte was heel groot, veel groter dan die van buitenaf leek, met een gewelfd plafond en zichtbare dakspanten. Verschillende groepjes mannen waren druk in de weer: sommigen klopten de duigen van enorme houten vaten uit elkaar, anderen stapelden ze op pallets. Een deel van de vaten werd opnieuw in elkaar gezet met ijzeren hoepels en op een lopende band getild, klaar om gebrand te worden. Ze had zo veel over deze processen gelezen dat ze bijna het gevoel had ze eerder van dichtbij te hebben gezien. 'Wat een indrukwekkende organisatie hebben jullie hier. Hoeveel mensen werken op deze locatie?'

'O, eh, ongeveer... vijfhonderd? Vijfhonderdvijftig? Zoiets,' zei hij, rondkijkend naar de teams, die allemaal hard aan het werk waren.

'Echt? Zóveel?' vroeg Alex, die zijn lichaamstaal observeerde. Ze wist heel goed dat hier driehonderdeenenveertig mensen in dienst waren, en nog eens vierentwintig wereldwijd, en dat er drie keer zoveel werkten in de productieketens van glas, doppen, buisjes, etiketten, verpakkingen, controle, opslag en distributie. Dat hij de aantallen op zijn eigen loonlijst niet kende, was op zijn minst verontrustend. Hij was dan misschien een aantrekkelijke, zeer charmante verschijning, maar met alleen charisma maakte je geen winst.

'Heb je zin in een rondleiding? Die geef ik meestal niet zelf, maar voor jou maak ik graag een uitzondering,' bood hij aan.

Ze knikte en hield haar oordeel voor zich. 'Ja, een rondleiding lijkt me heel interessant.'

Ze liet hem voorgaan, het gebouw uit, waarna ze over de keitjes naar het gebouw ernaast liepen. De wind was vlageriger geworden sinds haar aankomst op het eiland, en ze kon nog net de witgekuifde golven op de zee zien. Het zou nog maar een paar uur duren voordat de ferry's stopten, maar ze vroeg zich af of ze misschien al eerder zouden worden stilgelegd.

'Hoelang blijf je eigenlijk bij ons?' vroeg Lochlan terwijl hij een schuifdeur opende en een stap opzij zette om haar binnen te laten. 'Lang genoeg om een keer samen te gaan dineren, hoop ik?'

Alex raakte er niet door van haar à propos, ze was aan dergelijke vleierij gewend (maar meestal niet zo snel al) en ze was zich ervan bewust dat het meestal ging om een poging de aandacht af te leiden van prestatie naar persoonlijkheid. 'Ik blijf zolang jullie me nodig hebben,' zei ze op neutrale toon, waarbij ze hem recht aankeek. Het was de beste methode om een halfbakken verleiding af te wijzen en elke illusie van een romantische onderstroom de kop in te drukken.

Nou ja, meestal dan.

'Mooi,' antwoordde Lochlan met een grote grijns. 'Dan hebben we dus een date.'

Alex fronste en wilde hem corrigeren, maar op hetzelfde moment draaide hij zich om en gebaarde naar een paar hoge rode geometrische machines. 'Oké, nou, dit zijn de moutmolens. Daarin wordt de gedroogde mout gemalen.'

Ja, dat wist Alex, maar ze bleef geïnteresseerd knikken terwijl hij verder praatte, waarbij ze zag dat hij zijn nek iets rekte, als een soort tic, en dat hij met zijn linkervoet over zijn enkel bleef wrijven, met zijn armen over elkaar geslagen. Hij gaf tegenstrijdige signalen af, hoewel ze vermoedde dat hij zich daar niet van bewust was.

Ze volgde hem naar de naastgelegen afdeling, waar twee enorme stalen kuipen de ruimte domineerden. Een man in een overall keek op toen ze binnenliepen. 'Hoi,' zei hij toen hij de baas zag en aanstalten maakte om naar hen toe te komen.

'Hoi,' zei Lochlan snel. 'Let maar niet op ons. We doen een korte rondleiding. We laten je zo weer met rust.'

'Wie is dat?' vroeg ze zacht terwijl ze keek hoe de man aarzelde, vervolgens knikte en terugliep naar waar hij aan het werk was.

'Dat is eh... Jock.'

'Jock...'

Lochlans wenkbrauwen schoten verbaasd omhoog toen hij merkte dat ze meer details wilde weten. 'Jock, eh, goh, wat is zijn achternaam ook alweer...' Er viel een lange stilte. 'Nee, het schiet me niet te binnen. Ik kom er nog wel op.'

'En wat doet Jock?'

'Hij houdt zich bezig met deze beauty's,' zei Lochlan met een gebaar naar de stalen gevaarten.

'O, de beslagkuipen?' vroeg Alex, en ze sloeg hem nauw gade.

'Hoe weet jij...' Lochlans ogen werden groot. Hij verbaasde zich gemakkelijk. Bijna te gemakkelijk. 'Dus je bent niet helemaal nieuw in deze business?'

'O jawel, ik vrees dat ik tot vorige week nog nooit een glas scotch had gedronken...'

Lochlan keek geschokt. 'Nog nooit?'

'Niet mijn ding, vrees ik, maar ik twijfel er niet aan dat ik een connaisseur zal zijn tegen de tijd dat ik hier vertrek.'

Hij schudde zijn hoofd. 'We zouden onze plicht verzaken als je níét als whiskykenner zou vertrekken. Maar wat is jouw gebruikelijke drankje dan? Laat me raden. Een champagne-spritzer.'

Alex keek hem afkeurend aan. 'Wodka. Liefst Kauffman Luxury Vintage. Veertien keer gedistilleerd en twee keer gefilterd.'

'Klinkt als sterk spul.'

'Het is zuiver. Je houdt er geen kater aan over.'

'Hou je niet van katers?'

'Wie wel? Bovendien heb ik er geen tijd voor. Ik kan me niet veroorloven om dagen op de bank te liggen.'

'Jammer, dat zijn nou net de beste dagen.'

Alex trok glimlachend een wenkbrauw op. Hij leek zich niet te realiseren dat hij een kuil voor zichzelf aan het graven was. Onprofessioneel, onproductief, inefficiënt... Sholto had gelijk: hij was verwend, speelde gewoon zijn rol. Hij had deze functie alleen maar omdat hij die na de dood van zijn vader automatisch had gekregen. Dit zou eenvoudiger worden dan ze had verwacht. Als het zo doorging, zou ze binnen een week weer van het eiland zijn.

'Nou, helaas kunnen we met Kentallen geen katervrije ervaring beloven,' ging hij verder. 'Onze whisky is afkomstig uit de grond waarop we lopen, dus hij is turfachtig en warm en complex. Ik garandeer je, als je hiervan een fles achterover hebt geslagen, heb je de volgende ochtend een zonnebril nodig als je de koelkast opendoet.'

Alex schoot in de lach. 'Dan hou ik het maar bij een glas.'

Ze liepen de binnenplaats weer op. Het was niet zozeer een rondleiding, maar eerder een ongedwongen introductie die haar de mogelijkheid bood om hem in een neutrale setting mee te maken. Tot nu toe deed hij zijn uiterste best om zijn autoriteit te manifesteren door te flirten (mannen gebruikten vleierij vaak als manier om de controle te behouden) en een gemoedelijkheid die grensde aan nonchalance (wat extreem vertrouwen in zijn eigen kunnen suggereerde). Maar ze vroeg zich af hoe hij zich tegenover haar in een een-op-eensessie zou voelen, waar hij deze twee middelen niet tot zijn beschikking zou hebben en niet degene zou zijn die de touwtjes in handen had.

'En? Waar gaan we nu heen?' vroeg ze. Ze zag een klein groepje vrouwen uit een lang, laag gebouw aan de overkant tevoorschijn komen. Het waren de eerste vrouwen die ze tot nu toe had gezien. 'Wat bevindt zich daar?'

'De kantine. Wil je er een kijkje nemen? Of...' Hij keek om zich heen. 'Of zullen we naar de mouterij gaan?' Hij wees naar een gebouw achter haar rechterschouder.

Alex zag dat de vrouwen hun nieuwsgierige blikken toewierpen toen ze langsliepen. Twee van hen bekeken openlijk haar compleet rode outfit, en een grijnsde een beetje besmuikt naar Lochlan.

Alex dacht aan de beha. Sholto had haar al verteld dat Lochlan een aantal verhoudingen had gehad. Misschien met een van hen?

'Hm. Nee, alle mouterijen lijken op elkaar, toch?' Ze wendde haar blik af en draaide zich langzaam om. 'Wat is dat daar?'

Ze wees naar een modern ogend, laag gebouw met veel glas aan het uiteinde van de binnenplaats. Het lag achter de gerenoveerde bijgebouwen waar ook zijn kantoor zich in bevond en keek uit over een veld en de zee achter een stenen muurtje.

'Daar wordt de whisky geblend en bevindt zich het bezoekerscentrum.'

'Aha, daar komt het dus allemaal samen? Laten we daar dan naartoe gaan.'

'Doen we,' zei hij, en hij ging haar voor. 'Vertel eens... Wat voor functie heb je eigenlijk precies?' vroeg hij met enige nieuwsgierigheid in zijn stem.

‘Ik ben leiderschapsconsultant. Of executive coach. Businesscoach, hoe je het maar wilt noemen.’

‘Leiderschapsconsultant,’ herhaalde Lochlan, en hij keek haar met hernieuwde belangstelling aan. ‘Je bent wel heel jong om zo’n... dominante positie te bekleden, hè?’

‘Er is niets dominants aan,’ zei ze luchtig lachend. ‘Ik heb een ondersteunende rol, geen sturende. De leider heeft zelf alle antwoorden al – daarom bekleedt hij of zij zo’n hoge functie. Mijn taak is simpelweg te helpen het schip op koers te houden wanneer het water woelig wordt.’

‘En hoe doe je dat dan?’

‘Door te luisteren, mee te leven, wat strategische tips te geven om het zelfvertrouwen op te krikken, de productiviteit een boost te geven. Het is een wetenschap en als je de formules eenmaal kent, kun je ze op de meeste businessmodellen toepassen.’

‘Toch lijk je me veel te jong om muffe oude dinosaurussen de weg te wijzen.’

‘Rekent u zichzelf daar ook toe?’

‘Hè?’

‘Leeftijd doet er niet toe. Ik zal nooit weten wat u over de whiskybranche weet, maar dat hoeft ook niet. Ik moet alleen maar mijn technieken toepassen om u te helpen een betere leider te worden: sterker, ondernemender, dynamischer en flexibeler – doorhalen wat niet van toepassing is.’

‘Je vindt mij dus niet sterk en dynamisch?’ vroeg hij met weer die flirterige klank in zijn stem en ondeugend twinkelende ogen.

‘Daar kan ik onmogelijk iets over zeggen zolang ik nog bezig ben me een beeld van u te vormen, Mr Farquhar.’

‘Je bent bezig een beeld van me te krijgen?’

‘Natuurlijk.’

Zijn ogen lichtten op. ‘En wat is tot nu toe je indruk?’

‘Dat komt allemaal in mijn verslag. We kunnen er verder over praten tijdens onze eerste bespreking.’

‘Tijdens een etentje?’

‘In het vertrek waar ik kantoor mag houden.’

‘Ik denk dat een etentje meer materiaal zal opleveren voor een verslag. Vanavond? Acht uur?’

'Vanavond ga ik mijn eerste bevindingen noteren en bijkomen van de lange reis.'

Ze stonden nu voor het bezoekerscentrum. Het licht daarbinnen glansde goudkleurig door de glazen deuren met zwarte stalen kozijnen. Hij had zijn hand al op de kruk gelegd en ze zette een stap naar voren om hem te dwingen de deur te openen, want ze had geen zin om in dit weer buiten te blijven staan. De wind, die nog in kracht was toegenomen, waaide dwars door haar niet gevoerde jas, dus ze had het koud tot op het bot. Ze huiverde waarderend toen ze de warmte in stapte. Ze wreef in haar handen en blies erin.

Haar ogen dwaalden door de ruimte. Die was zo'n zeven bij vijf meter groot, met glazen planken die van achteren waren verlicht en waarop honderden flessen stonden uitgestald. Het licht dat zo naar binnen werd geworpen was van een nog warmere ambertint dan het vanaf de binnenplaats had geleken. Het vuur in een houtkachel in de hoek knisperde en er stonden verschillende eikenhouten vaten door de ruimte verspreid, die dienstdeden als tafels. Rond een ervan had zich een groepje verzameld voor een proefsessie die werd geleid door een jonge vrouw met een bril en hazelnootbruin haar in een paardenstaart. Enkele mensen uit de groep draaiden zich om en keken nieuwsgierig naar Alex. Dat lag aan haar rode kleding, wist ze. Het was een verkeerde keuze geweest. Ze had energie willen uitstralen – misschien alvast wat kerstachtige vriendelijkheid – maar de kleur was te direct in deze omgeving, waar alles aquarelzacht getint was.

Ze zag twee mannen bij de kassa staan, hun hoofd gebogen terwijl ze iets lazen. Ze praatten zachtjes met elkaar.

'Morgen. Morgen dan,' zei Lochlan met gedempte stem terwijl hij achter haar aan naar binnen ging en zag dat er een proeverij gaande was. Ze liep langzaam rond en keek naar de etiketten en verschillende flessen van de vintage edities.

'Morgen? Afgesproken, acht uur. Ik verheug me erop. Ik ben blij dat u ook graag 's ochtends productief bent. Dat is een goed teken.'

'Nee, ik bedoelde...'

'Ik weet precies wat u bedoelde, Mr Farquhar.' Ze bleef stilstaan en keek hem recht aan. 'Mag ik Lochlan zeggen?' vroeg ze vervolgens, aangezien hij het zelf weer niet aanbood. Maar in één ding had hij gelijk – ze moesten elkaar leren kennen, en dat betekende elkaar tutoyeren en enig fysiek contact maken. Ze legde lichtjes een hand op zijn arm. 'We gaan in de nabije toekomst tenslotte nauw samenwerken.'

Lochlan aarzelde en zijn blik schoot naar de twee mannen bij de kassa. Ze keek zelf ook en zag dat ze naar hen keken.

'Nou?' drong ze aan toen hij geen antwoord gaf. 'Is dat oké?'

'Eh, natuurlijk.' Lochlan knikte en zijn ogen flitsten weer even naar de twee mannen, die naar de deur liepen, zoals ze vanuit haar ooghoeken zag. Wie waren dat?

'O, zou je ons alsjeblieft aan elkaar willen voorstellen?' vroeg ze, geïntrigeerd door zijn duidelijke ongemak om hun aanwezigheid. 'Ik wil graag de teams leren kennen. Ik zal de komende dagen sowieso wat mensen moeten spreken.' Ze vroeg zich af of hij de namen van deze werknemers wél zou weten, Ze was vastbesloten om de directe interactie tussen hem en de managers die hij aanstuurde gade te slaan. Hun lichaamstaal zou haar veel vertellen over wat ze van hem vonden. Of ze hem respecteerden en of ze zich bij hem op hun gemak voelden – of niet.

'Eh… jongens,' riep Lochlan terwijl hij ze wenkte.

De beide mannen leken het niet prettig te vinden om zo aangeroepen te worden, maar terwijl hun gezicht betrok, werd Alex' glimlach breder.

'Ik wil jullie graag voorstellen aan Alex, eh…' Zijn stem stierf weg. Hij was haar achternaam vergeten. Alweer een miskleun.

'Hyde. Alex Hyde,' zei ze, en ze stak haar hand uit.

De man die het dichtst bij haar stond gaf haar een handdruk. Hij was tegen de een meter tachtig en een eind in de vijftig, schatte ze. Hij had kleine, diepliggende ogen en volle, schrale wangen. 'Jimmy MacLennan.'

'Aangenaam kennis te maken, Jimmy. Ik ga hier de komende weken werken in een adviserende functie. Mag ik vragen wat jouw taak hier is?'

Jimmy keek beide andere mannen even aan voordat hij antwoord gaf.

'Ik heb de leiding over het pakhuis.'

'Uitstekend,' zei ze met een knikje. 'Nou, ik hoop dat we elkaar binnenkort te spreken krijgen. Ik ben zeer geïnteresseerd in jouw kijk op de zaak.'

Jimmy knikte, maar leek veel minder enthousiast bij het vooruitzicht dan zij.

Alex wendde zich tot de andere man, die openlijk nors keek. 'Hallo. Ik ben Alex Hyde,' zei ze opnieuw. Ze stak haar hand naar hem uit en bleef vriendelijk glimlachen, ook toen ze een plots, verrassend vonkje voelde opvlammen toen hun ogen contact maakten.

De man keek haar een moment aan, zijn lichaamstaal vijandig en gesloten, waarna hij haar met onmiskenbare tegenzin de hand schudde. Hij leek halverwege de dertig te zijn en had lichtbruin haar en hazelnootkleurige ogen met gouden vlekjes. Zijn haar zat in de war en zijn kleren – jeans met een overhemd – waren casual chic maar toch een beetje verfrommeld, alsof hij met beren had gestoeid, hout had gehakt of aan het paalwerpen was geweest. Hij was knap op een ruige manier en nam haar met onverholen argwaan en een diepe frons in zich op. Had ze maar donkerblauwe kleding aangetrokken, dacht ze weer. De locals leken van slag te raken van haar stadse kleuren. 'En u bent...'

Hij wierp een blik op Lochlan. 'Zijn neef.' Alsof dat een afdoende antwoord was.

Maar dat was het ook min of meer. Want nu zag ze dat hij een donkerder versie van de goudblonde Lochlan was, maar dan zonder diens ongedwongen, hartelijke manier van doen.

'Ah, nog een lid van de Farquhar-clan.' Ze negeerde zijn botheid door nog beleefder te zijn. Dat was een ijzersterke truc: mensen vonden het over het algemeen moeilijk om vijandig te blijven tegenover een glimlach. 'Torquil, neem ik aan?' En toen hij niet meteen antwoord gaf: 'Nee? Dan bent u...'

'Al te laat voor een afspraak,' reageerde hij kortaf. 'Excuseer.' En met een vluchtige blik op zijn neef en zonder nog een woord te zeggen draaide hij zich om en vertrok.

Alex keek hem verbijsterd na. Er kwam een koude windvlaag naar binnen toen de deur openging en weer achter hem sloot.

Lochlan en Jimmy keken ook verbluft, maar toen ze hun blik ontmoette, haalden ze slechts verontschuldigend hun schouders op.

'Let maar niet op hem,' zei Lochlan. 'Hij trekt wel bij.'

Jimmy snoof. 'Meestal wel.'

# 4

## *Islay, Schotland, 2 februari 1918*

*'Ga eens weg bij dat raam.'*

*De stem van haar vader klonk vermoeid. Hij had zijn gezicht nog op de krant gericht en zijn leesbril stond op het puntje van zijn vlezige neus terwijl hij fronste in het schemerige licht.*

*'Maar vader, hij zei dat hij zou schrijven.'*

*'En dat zal hij vast doen. Als hij in de gelegenheid is. Je moet meer geduld oefenen, Clarissa. Deze godvergeten oorlog schikt zich niet naar jouw wensen.'*

*Ze zuchtte en liep bij het raam vandaan. Het glas bleef nog even wazig van haar adem. De eerste zeemist kwam aanrollen over de gazons. Haar vader had gelijk. Ze kon wachten; dat was het minste wat ze kon doen. Haar broer zou de pen ter hand nemen zodra dat kon.*

*Ze nam weer plaats in haar leunstoel bij het haardvuur en pakte haar boek, zich afvragend wat hij nu deed en waar hij was. Ergens in Frankrijk, dat was het enige wat ze wist. Zou hij in Parijs zijn geweest? Daar hadden ze in hun kindertijd van gedroomd – hun eigen grand tour – in de dagen voordat de oorlog een zwarte sluier over Europa had gelegd en de zon, de toekomst, de hoop had weggenomen.*

*'Geen nieuws is goed nieuws,' zei haar moeder telkens weer als ze handenwringend door de hal liep. Clarissa wist dat zij dat ook moest geloven, ook al zag ze in gedachten alle mogelijke verschrikkingen voor zich waar hij de afgelopen week of gisteren of vandaag aan was blootgesteld. Haar ouders hadden haar altijd een levendige verbeeldingskracht toegedicht, maar dit was angstaanjagender dan wat ze zelf zou kunnen verzinnen: de krantenkoppen berichtten over vlammenwerpers en machinegeweren, over giftige gele en groene gassen, over mannen die blindelings over lijken struikelden, vluchtten voor het geweervuur, stikten in de loopgraven, hun longen en huid vol blaren. Als Percy terug*

*zou komen, hoe zou hij dan ooit nog dezelfde persoon kunnen zijn als die hij voorheen was? Over Archie maakte ze zich geen zorgen, die had altijd een haarfijn gevoel voor zelfbehoud gehad, maar Percy was te goed, te zachtaardig.*

*Ze waren allemaal veranderd door de oorlog. Haar eigen dagen op de gerstvelden waren lang en slopend, de kou verdoofde haar handen en voeten met een gevaarlijke kilte waarvan ze ruw en rood en beblaard werden. Ze staarde ernaar bij het licht van het vuur. Ze kon zich hun bleke zachtheid van voorbije jaren amper nog voor de geest halen, en hoe Phillip had geglimlacht toen hij zijn lippen erop drukte en haar een leven vol rozen en muziek beloofde dat nu nooit werkelijkheid zou worden, maar dat ergens op een veld in Ieper tot as was verschroeid.*

*Mrs Dunoon, de huishoudster, kwam binnen met het dienblad voor de avond: een stuk kaas, gerstcrackers, een in plakjes gesneden appel en een pot thee. De porseleinen kopjes trilden op hun schoteltjes toen ze het blad neerzette. Zij was ook vermoeid door de haar toebedeelde taken: in haar eentje kookte ze voor hen drieën, deed ze alle was en hield ze de vijf kamers die ze nog gebruikten schoon en warm. In de overige achtentwintig was al het meubilair met lakens afgedekt. Voorheen bestond de huishoudelijke staf uit negen mensen, maar nu nog slechts uit twee: Mrs Dunoon en haar echtgenoot, die het domein en de moestuin onderhield en haar invalide vader als chauffeur rondreed. Maar nu was ook hij opgeroepen, net als iedereen – je kreeg een oproep om aan het front te vechten of om landarbeid te verrichten; ook waren er eilandbewoners die Islay hadden moeten verruilen voor de stad om op de scheepswerven en in de munitiefabrieken te gaan werken. 'Mrs Farquhar komt wat later beneden en heeft gezegd dat u alvast zonder haar kunt beginnen.'*

*'Dank u, Mrs Dunoon,' zei Clarissa's vader, waarna de huishoudster zich met een knikje weer terugtrok.*

*Clarissa schonk thee voor hem in terwijl hij zijn krant opvouwde en in de vlammen keek. 'Wilt u naar de radio luisteren?' vroeg ze, en ze overhandigde hem de kop.*

*'Nee, maar het zal wel moeten,' zei hij met een zucht, zich schrap zettend voor het nieuws over weer een slachtpartij ver hiervandaan.*

*'We mogen de ogen niet sluiten voor de werkelijkheid, hoe zwaar die ook te verdragen is.'*

*Clarissa liep naar de radio en draaide aan de knoppen. Er klonk geruis, gepiep en gekraak tot er een helder, beschaafd stemgeluid de kamer in kwam. Ze ging weer zitten, stijf en met rechte rug, en pakte met trillende handen haar kop en schotel op.*

*Geen nieuws was goed nieuws. Hij zou terugkeren.*

*Ze moest alleen maar wachten.*

## *Islay, woensdag 6 december 2017*

De bed and breakfast waar ze verbleef lag slechts drie kilometer van de distilleerderij vandaan, vlak bij de kust op een kleine klif waarachter het land naar de nabije heuvels omhoogglooide. Het was een kaal en misschien wat sober uitziende boerderij, maar met zijn acht ramen en een deur met een portaaltje ervoor in het midden had het gebouw een plezierige symmetrie. In tegenstelling tot de meeste lokale huizen was het niet geverfd en had het verweerde granietstenen muren. Er kringelde een rookpluim uit een van de schoorstenen, maar die werd meteen weer weggeblazen door een plotselinge windvlaag. Het erf en de buitengebouwtjes lagen vlak achter het toegangshek en in de kleine tuin met een stenen muurtje eromheen bolde een wit laken wild wapperend op aan een waslijn.

Er brandden lampen op de benedenverdieping links van de deur, en terwijl Alex Hamish nog eens bedankte voor de lift stapte ze uit en zag ze binnen schaduwen op de muren bewegen van iemand die er rondliep. Het was schemerig en afgezien van een bloedrode lijn die over de grijze rand van de wereld lag, oogde de hemel als een woelig geheel van grauwe wolken die elk moment emmers water over het landschap zouden kunnen uitstorten.

De storm stond op het punt los te breken en er begonnen al dikke regendruppels te vallen. Alex holde het stenen pad op met haar reistas onhandig bungelend aan haar schouder en een hand boven haar hoofd in een halfslachtige poging haar kapsel te beschermen. Ze klopte op de deur en wachtte.

'Ja?' De vrouw die opendeed had een bolrond, zacht gezicht met kleine, donkere ogen die aan krenten deden denken. Ze was lang voor een vrouw van haar generatie – ongeveer een meter vijfenzeventig – en haar witte haar zat in een knot waar wat lokken uit waren losgeraakt. Ze droeg een schort op een tweed rok en een zo te zien handgebreid vest. Naast haar stond een zwart-witte bordercollie die zijn ogen op Alex gericht hield.

'Hallo. Ik ben Alex Hyde. Ik heb een kamer bij u gereserveerd.'

Er ging een halve seconde voorbij voordat er bij de oude vrouw iets begon te dagen. 'Och ja, de *Sassenach*, de Engelse,' zei ze met een dansend accent. 'Je blijft hier een poosje, toch?'

'Dat klopt,' antwoordde Alex. 'De boeking is voor onbepaalde tijd. Ik vrees dat ik geen idee heb hoelang ik hier zal blijven.'

'Nou, zo hebben we het graag. Hoef ik minder lakens te verschonen. Kom binnen, kom binnen. Ik ben Mrs Peggie.'

Alex volgde haar door een stenen portaal – waar jassen en laarzen elk oppervlak leken te verhullen – naar een gang met lambrisering, deuren links en rechts en achteraan een donkerbruine houten trap. Voor de achtermuur stond een gehavende rieten hondenmand tussen nog meer rubberlaarzen en paraplu's. Er lag een gehaakt katoenen kleedje op een spiegelkastje aan de linkerkant, dat deels werd bedekt door een ondiepe schaal met enkele sleutelsets erin.

'Het gaat buiten behoorlijk tekeer,' zei Alex, die haar haar gladstreek. 'Het schijnt dat er code rood is afgegeven?'

'Och, wat een toestand met die stoplichtcodes van tegenwoordig; de dieren laten het je snel genoeg weten hoor, als er iets is om je zorgen over te maken. Deze kant op, ik leid je wel even rond.' Ze ging Alex voor naar de kamer links naast de voordeur. Die was in een zachte mintgroene tint geverfd, er lagen donkere kleden op de houten vloer en de gordijnen die voor de ramen hingen waren groen met paarse bloemetjes. Er stonden twee kleine vierkante tafels in een hoek van vijfenveertig graden ten opzichte van elkaar. Ze waren allebei gedekt met een wit tafelkleed, bestek en een vaasje met zijden bloemen. Een deur in de hoek leidde naar de keuken erachter, vermoedde Alex. 'Dit is de eetkamer. En daar hebben we Mr P.'

'*Hullo*,' klonk een stem achter de deur, en ze ving een glimp op van een smal, bleek gezicht met een onregelmatige baard en helderblauwe ogen.

'Hallo!'

'Hier worden het ontbijt en avondeten geserveerd, maar je kunt ook op je kamer eten, als je dat liever doet,' zei Mrs Peggie. 'En als je buiten de deur gaat dineren, laat me dat dan weten bij het ontbijt, zodat ik weet op hoeveel eters ik moet rekenen.'

'Prima. Hoe laat is het ontbijt?'

'Van zes tot negen. Ik hou het liever om half negen voor gezien, maar er zijn van die mensen die graag willen uitslapen,' zei ze met een zucht.

'Nou, ik zit dichter bij de zes dan de negen. Ik sta meestel vroeg op,' zei Alex, die haar ogen door de kamer liet rondgaan.

'Wat doe je voor de kost, als ik vragen mag?'

Ze glimlachte. 'Ik ben managementconsultant.'

'Och, daar lijk je me veel te jong voor. En heeft dat je naar Islay gebracht?'

Alex knikte. 'Ik ga bij Kentallen aan de slag.'

'Zoals bijna iedereen hier, dus,' zei Mrs Peggie, en ze rolde met haar ogen. 'Dus je gaat het eiland niet verkennen? Vogels kijken?'

'Nee.'

'We krijgen hier vooral toeristen en vogelspotters. Er komen hier noordse sternen broeden voordat ze terugvliegen naar de zuidelijke oceanen. Och, nou ja, da's niet voor iedereen.' Ze haalde diep adem en vouwde haar handen voor haar buik ineen. 'En heb je nog wensen voor het ontbijt? Bloedworst? Kippers?' vroeg ze in één adem door.

'Nou, havermoutpap met honing en banaan zou fijn zijn.'

'We gebruiken onze eigen havervlokken.'

Alex' gezicht lichtte op. 'En kan de pap met amandelmelk worden gemaakt?'

'Watte?'

'Amandelmelk?'

'Sinds wanneer worden amandelen gemolken?' vroeg Mrs Peggie verbluft.

'Nee...' Alex liet het gaan. 'Het is prima. Havermoutpap met honing en banaan en een kop earlgreythee zou heerlijk zijn.'

‘We hebben alleen gewone Engelse melange.’

‘Uitstekend.’

Alex bleef glimlachen terwijl Mrs Peggie haar meeloodste naar de zitkamer aan de andere kant van de gang. Daar stonden een met geribd velours beklede bank en twee leunstoelen met een pioenrozenpatroon en een kleine televisie op een standaard. Op de schoorsteenmantel stond weer een vaasje met zijden bloemen, naast een art-decoklok, waarvan het luide tikken de stilte in de kamer doorbrak.

‘Als je wilt, kun je de avonden met Mr Peggie en mij doorbrengen. De televisieontvangst is niet altijd even goed, helemaal niet met dit weer, maar de programma’s zijn meestal aardig te volgen. Speel je whist?’

‘Whist?’

‘Het kaartspel. Voor als het slecht weer is.’

‘O.’ Alex trok een verontschuldigend gezicht. ‘Nee. Nee, ik vrees van niet.’

‘Nou, Mr P. kan het je vast snel bijbrengen.’

‘Eerlijk gezegd zal ik de meeste avonden aan het werk zijn,’ reageerde Alex snel.

‘’s Avonds?’

‘Ja, helaas wel. Ik heb cliënten in verschillende tijdzones. Nu we het er toch over hebben, hoe is het bereik hier?’

‘Bereik?’

‘Van de wifi. Kan ik hier facetimen? Ik moet misschien wat zaken bespreken met enkele cliënten.’

Mrs Peggie keek haar aan of ze water zag branden. ‘Heeft dat te maken met computers? Er is een internetcafé in het dorp,’ zei ze aarzelend. ‘Weten ze daar waar je het over hebt?’

Alex onderdrukte een zucht. ‘Ja, daar ga ik wel van uit. Dank u wel. Ik ga er morgen naartoe.’

‘Ik zal je je kamer laten zien.’ Mrs Peggie ging haar weer voor naar de gang, sloot de deur van de oude zitkamer achter zich, viste een sleutelset uit de schaal en begon de trap op te lopen. Dat deed ze langzaam, met een hand op de leuning, en de treden kraakten onder haar gewicht.

'We hebben vannacht geen andere gasten, maar morgen komt er een Spaans stel met een klein kind. Hopelijk een kind dat slaapt,' zei ze lichtjes hijgend toen ze boven waren en links afsloegen. 'Mr P. heeft zijn rust nodig.'

Ze liep naar de kamer aan het eind van de overloop. Enkele vloerplanken kraakten en Alex weerstond de neiging om een scheef hangende ingelijste zwart-witfoto van een landschap weer netjes recht te hangen.

'Ik heb de blauwe kamer voor je, aangezien je langere tijd bij ons zult blijven. Hier heb je het mooiste uitzicht over zee. Op een heldere dag kun je Ierland misschien zelfs wel zien, maar reken er niet op. Deze kamer ligt ook het verst van die van Mr Peggie, dus word je niet gestoord als hij de koeien naar buiten gaat brengen.'

'Moet hij dus vroeg op?'

'Bij het ochtendgloren.' Mrs Peggie draaide de deur van het slot en ze stapten een kleine maar nette slaapkamer met ramen naar twee kanten binnen. Het was buiten te donker om iets te zien van het uitzicht, maar de ramen waren omlijst met mooie blauwgeruite gordijnen met geplooide draperieën erboven, en aan de gevelzijde zag ze een vensterzitje. Er hing een eenvoudige maar fraaie aquarel van een meer aan de muur, zo te zien door een goede amateurschilder gemaakt. Er stond een kledingkast, in de hoek hing een wastafel en het bed was opgemaakt met lakens en een roomkleurige, gebreide deken; er lang een keurig stapeltje camelkleurige handdoeken op het voeteneinde. Alex keek verontrust rond. Er was geen dekbed (ze kreeg het altijd ijskoud onder een laken en deken). Geen bureau. Weinig stopcontacten. Geen televisie. Geen radio. Geen deur naar een badkamer. En er ontbrak nog iets…

Wacht even. Geen badkamer?

Ze keek Mrs Peggie verschrikt aan. 'Hoort er geen badkamer bij?'

'Aye. Daar is de wastafel,' zei de oude vrouw met een knikje naar het lichtblauwe porseleinen exemplaar in de hoek.

'Ja, maar… de wc? En de douche?'

'Verderop in de gang, de laatste deur links voor de trap. Geen zorgen, die deel je alleen met de gasten in de groene kamer. Mr Peggie en ik hebben onze eigen badkamer.'

Alex onderdrukte een huivering. Ze had in haar hele leven nog nooit een badkamer met een onbekende gedeeld. Maar er zat niets anders op. Dit was de enige kamer die Louise op deze korte termijn had kunnen vinden zonder dat ze om de dag haar boeltje weer moest pakken en het hele eiland over zou moeten hoppen. Bovendien lag dit pension het dichtst bij de distilleerderij, wat nog belangrijker was.

'Ik hoop dat alles zo naar wens is?' vroeg Mrs Peggie, die haar gadesloeg.

'Natuurlijk. Helemaal in orde, dank u wel.'

De pensionhoudster knikte, maar haar samengeknepen lippen lieten zien dat ze Alex' bezwaren had opgemerkt. 'Nou, dan kun je je spullen gaan uitpakken, hoewel dat niet al te lang zal duren – je hebt niet veel bij je. Het eten is over een uur klaar. Aardappelsoep vooraf, daarna beenham, aardappelpuree en kool.'

'Eh...' Alex voelde een flits van bezorgdheid door zich heen trekken terwijl ze weer om zich heen keek. Er ontbrak inderdaad nog iets. 'Is mijn bagage afgeleverd?'

'Bagage?'

'Mijn koffers. Die zijn met een eerdere trein vooruitgestuurd, en ik heb begrepen dat ze met een taxi hiernaartoe zouden worden gebracht.'

Mrs Peggie haalde haar schouders op. 'Jack is al zeker een week niet meer deze kant op gekomen.'

'Wie is Jack?' Alex probeerde haar stem niet schril te laten klinken.

'De taxichauffeur.'

'Is er maar één? En had niemand anders ze kunnen brengen? Misschien heeft hij gewoon nog geen tijd gehad om ze te af te geven?'

'Nou, soms helpt zijn schoonzoon hem, als hij last heeft van zijn been.' Ze schudde haar hoofd. 'Jicht is een vreselijke kwaal.'

Maar Alex had nu even geen mededogen met Jack de taxichauffeur. Ze wilde haar koffers. Die had ze nodig. Ze had alleen maar een tandenborstel, pyjama en hardlooptenue bij zich. 'Kunnen we erachter komen wanneer mijn bagage arriveert? Kunt u hem even bellen?'

De ferry's gingen niet meer – ze checkte het op haar telefoon. Ze zouden minstens twee dagen niet meer uitvaren. Er zou vanaf het vasteland niets worden bezorgd. Geen voedsel of post, en zeker geen paarse T. Anthony-koffers met de kleding die ze de komende drie weken hier nodig zou hebben.

'Ik zal bellen, maar Jack is heel betrouwbaar. Als hij je koffers zou hebben, had hij die afgeleverd. Je hebt kleren nodig, begrijp ik?'

'Ja.' Alex gebaarde naar haar voor deze omgeving totaal ongeschikte jurk en jas, die na de reis van vandaag zo ongeveer smeekten om naar de stomerij te worden gebracht.

'Maak je geen zorgen. Ik leg wel wat voor je klaar. Er hangen nog kleren in de kamer van mijn dochter.'

Alex aarzelde. Ze schatte Mrs Peggie begin tachtig, wat wilde zeggen dat haar dochter waarschijnlijk in de vijftig was. In het beste geval was haar dochter eveneens een zakenvrouw die haar figuur had behouden, een ruim kledingbudget hanteerde, vaak op bezoek kwam en hier een kleine garderobe achter de hand had, in het slechtste geval ging het om afdankertjes uit een jarenzeventigjeugd. 'Bedankt, heel vriendelijk van u,' stamelde ze, want ze wilde niet onbeleefd overkomen. 'Maar wilt u het toch nog even checken bij Jack?'

'Aye.' Ze draaide zich om naar de deuropening. 'Over een uur staat het eten klaar, zoals ik al zei.'

'Eigenlijk zou ik vanavond graag in mijn kamer willen eten, als u het niet erg vindt. Ik moet nog wat administratieve zaken afhandelen.'

'Zoals je wilt. Je sleutel zit in de deur. Die mag je 's ochtends in de schaal achterlaten of meenemen, ik heb een reservesleutel voor het schoonmaken.'

'Dank u. Heel erg bedankt.'

Mrs Peggie verliet de kamer en de deur viel met een klik dicht. Alex bleef even staan, hulpeloos en gefrustreerd. Ze verveelde zich nu al. Ze liep naar het raam en staarde de donkerte in, maar zag alleen haar eigen spiegelbeeld. Buiten jammerde de wind, die bovendien de ramen in hun sponningen liet trillen, en Alex knipperde met haar ogen toen ze iets wits zag fladderen. Het beddenlaken dat nog aan de lijn hing? 'O...' Ze draaide zich om, maar ze hoorde Mrs Peggies voetstappen al beneden op de vloer van de gang en toen ze zich weer naar het raam keerde, goot het al van de regen.

Ze pakte haar telefoon om Louise te bellen – die had de track-and-tracecode voor haar koffers – maar er was geen ontvangst. Niet één staafje. Ze hield het toestel omhoog, duwde het tegen het glas en liep naar het andere raam. Niets. Ze zat hier in een uithoek en de storm maakte het er niet beter op.

Alex zuchtte en probeerde haar frustratie te laten varen – het had geen zin je in een situatie als deze op te winden. Zoals ze haar cliënten steeds weer uitlegde, was het zinloos om je te verzetten tegen iets waar niets aan te veranderen viel. Ze liep naar het bed en pakte de enkele spullen die ze wél bij zich had uit: ze legde de katoenen herenpyjama van Turnbull & Asser op haar kussen, bracht haar tandenborstel, houtskooltandpasta, Perricone MD-huidserum en vochtinbrengende crèmes naar de wastafel, zette haar sportschoenen bij het raam en legde haar hardloopkleding in de bovenste la van de ladekast. Het boek dat ze aan het lezen was, een biografie over Aung San Suu Kyi, legde ze op het nachtkastje.

Het enige wat er verder nog in de reistas zat, was een map met documentatie over Kentallen. Ze schopte haar hooggehakte schoenen uit, liet zich met de map op het bed zakken en liet in gedachten de ontmoetingen van die middag de revue passeren. Al met al was het een teleurstellende start geweest, chaotisch en rommelig. Aan de ene kant leek het erop dat haar taak hier een stuk gemakkelijker uitvoerbaar was dan ze had verwacht: Lochlan Farquhar – een flirt, respectloos en onprofessioneel – kon zijn verantwoordelijkheden duidelijk niet aan; aan de andere kant zouden diezelfde eigenschappen hem tot een lastige klant maken – hem de goede kant op sturen zou een heuse heksentoer worden.

Ze sloeg de map open en begon de cijfers weer door te nemen. Kentallens geschatte groeipercentage was teruggebracht naar twee procent: deels vanwege het verlies van een belangrijke distributeur op de nieuwe groeimarkt Indonesië, deels omdat het marktaandeel van de single malts kleiner was geworden ten opzichte van de blends en lager geprijsde whisky's als Amerikaanse bourbon, maar toch voornamelijk doordat hun charismatische doch incompetente CEO slechte of overhaaste besluiten nam en het bedrijf runde alsof het zijn persoonlijke speeltuin betrof, waar hij naar believen de meisjes kuste en de jongens plaagde...

Alex gaapte. De cijfers voor haar ogen werden wazig terwijl er iets – een vermoeden, een idee – in haar achterhoofd opdoemde. Het was de hele middag al in haar onderbewustzijn aanwezig geweest, maar ze kon er net niet bij. Ze voelde dat de vermoeienissen van de afgelopen dag haar lichaam parten begonnen te spelen. Het was afmattend om altijd de bemiddelende rol te hebben – de constante glimlach, de inlevende knikjes, het voortdurende oogcontact – om nog maar te zwijgen van de lange reis hiernaartoe, met de overstap in zowel Glasgow als de haven van Tarbert. Ook had ze het bijna de hele tijd koud gehad in haar niet al te verstandig gekozen kleren. En dan had ze ook nog een jetlag: ze was vanuit New York rechtstreeks naar Edinburgh gevlogen, terwijl daar een intense week van sessies met een cliënt in Wenen aan vooraf was gegaan. Haar biologische klok was compleet in de war. Ze gaapte nog een keer, legde haar hoofd achterover op het kussen en sloot haar ogen. Ze zou zichzelf de luxe van een dutje gunnen. Dat raadde ze haar cliënten altijd aan en ze volgde graag haar eigen adviezen op. Tien minuten, meer had ze niet nodig – volgens onderzoek van NASA werden cognitieve vermogens en het geheugen al verbeterd na een slaapsessie van tien minuten – en dan zou ze zich weer met de spreadsheets gaan bezighouden. Tien minuten maar…

Ze schrok wakker van het geluid van protesterende koeien die van de warme melkstal naar de winderige velden werden geleid. Alex keek verontrust om zich heen. Het licht dat door een kier heen piepte, was nog schemerig, maar het was al ochtend. Ze lag volledig gekleed op het bed, maar er was een wollen deken over haar heen gelegd en de gordijnen waren dichtgetrokken. Er stond een dienblad met een allang koud geworden maaltijd op de ladekast en naast haar op het nachtkastje was een glas water neergezet. Op het stoeltje in de hoek tussen de ladekast en het grootste raam lag een stapeltje opgevouwen kleren.

'O!'

Had ze de hele nacht doorgeslapen? Niet te geloven. Ze knipperde een paar keer met haar ogen. Ze had normaal gesproken nooit een seintje nodig om haar na tien minuten te wekken – ze had zichzelf goed getraind – en ze kon zich de laatste keer dat ze zo lang of zo goed had geslapen niet heugen. Maar ze was dan ook gewend aan het leven in de stad, en de afwezigheid van lawaai en lichtvervuiling had haar in een diepe slaap gewiegd.

Ze zwaaide haar benen over de rand van het bed en stond voorzichtig op. Haar lichaam voelde stijf aan en ze vroeg zich af of ze vannacht überhaupt een beweging had gemaakt. Ze liep naar het raam aan de gevelzijde, trok het gordijn open en keek naar buiten om zich te oriënteren na haar komst in de stormachtige duisternis. Het uitzicht dat haar begroette was tegelijk lieflijk en woest. Aan de ene kant leek het landschap geschilderd in delicate aquareltinten – zachtgrijs, lichtblauw, mosgroen, en rokerig wit – en hing de zeemist als een krans over de velden waar de traag voortbewegende kudde koeien zich naartoe begaf, terwijl de eeuwenoude verre heuvels door de nevel werden omhuld. Aan de andere kant geselde de ontketende god van de wind zowel het land als de zee, blies hij de grassen plat en de bomen krom, en zweepte hij de blauwgrijze golven in het North Channel op alsof hij de kloof tussen dit eiland en de Ierse kust verder wilde verbreden. Het geluid van de wind had haar de hele nacht als een ruisend wiegelied in slaap gehouden.

Ze legde haar voorhoofd tegen het glas. Nu had ze geen excuus om haar hardloopoutfit aan te trekken; het zou gekkenwerk zijn om in dit weer te gaan joggen. Ze liep naar de ladekast en bekeek de kleren die er voor haar waren klaargelegd – een middelblauwe jeans met wijd uitlopende pijpen, een appelgroene blouse met een puntkraag, een donkerblauwe Ierse trui en een van ouderdom verweerd paar bruinleren veterlaarsjes. Dit kon toch niet waar zijn?

Ze slaakte een zucht, pakte een handdoek van het stapeltje aan het voeteneinde van het bed, deed de deur open en tuurde de gang in, speurend naar de geopende deur die naar de badkamer zou leiden. Ze liep er op haar tenen naartoe, kromp ineen bij het kraken van de vloerplanken en stond vervolgens in de deuropening te staren naar een zalmroze badkamer, compleet met badmatjes en een elektrische douche, die zo te zien net zo oud was als de jeans.

Dit was niet wat ze gewend was – verre van, ze reisde altijd eersteklas en verwachtte in een badkamer als vanzelfsprekend marmer aan te treffen – maar ze sloeg er geen acht op. De knagende gedachte die haar had dwarsgezeten kwam weer in haar opborrelen en ze bleef zeker een minuut met open mond naar de tegels staan kijken nu het vage gevoel van gisteren plotseling hout sneed.

Ze draaide de kraan open, stapte onder de douche, sloot haar ogen en liet de ramen beslaan terwijl er een gezegde door haar hoofd speelde: *Al is de leugen nog zo snel, de waarheid achterhaalt haar wel.*

Anderhalf uur later zat ze in de bureaustoel toen de deur openging en Rona snuffelend binnenkwam, op de voet gevolgd door haar baas. De frons die ze zich van gisteren herinnerde werd dieper toen hij het kantoor binnenstapte, zijn lichtbruine haar door de wind verwaaid en zijn gezicht op onweer.

'Goedemorgen, Lochlan,' zei ze met een stralende glimlach terwijl ze bleef zitten waar ze zat: op zijn stoel. 'Klaar om aan het werk te gaan?'

# 5

'Callum heeft al uit de school geklapt dus?' zei Lochlan na een lange stilte op vernietigende toon. Hij deed de deur achter zich dicht en begon zonder enige verontschuldiging zijn jas uit te trekken.

Rona, die naar haar toe kwam om even aan haar hand te snuffelen en weer te constateren dat ze goed volk was, draafde naar haar waterbak in de hoek en begon te drinken.

'Callum? O, ik veronderstelde dat hij Torquil was. Maar het antwoord is nee.'

Lochlan draaide zich om en keek haar weer aan. Zijn gezichtsuitdrukking was argwanend, wrokkig. Zoals ze hem gisteren al had ingeschat. Vijandig.

'Hoe weet je dan dat hij...'

'Deed of hij jou was? Lichaamstaal. En hij voldeed niet aan de profielschets, hoewel de staat van je bureau me bijna had overtuigd. Ik heb overigens het idee dat deze chaos eerder voortkomt uit te veel dadendrang dan te weinig,' zei ze achteloos, om uit te stralen dat ze zich niet druk maakte om de grap die ze met haar hadden uitgehaald, en ze liep naar de kleine waterkoker die ze een paar minuten eerder al had gevuld en aangezet. De distilleerderij kwam inmiddels tot leven met het geluid van zware deuren die werden opengeschoven, het geluid van stemmen en zware voetstappen op de binnenplaats, en dat van vaten die over de keitjes gerold werden.

'Thee? Of koffie?'

Lochlan staarde haar aan. 'Wat ben je aan het doen?'

'Ik pak de waterkoker.'

'Nee, ik bedoel, wat is hier de bedoeling van? Waarom loop jij in mijn kantoor de assistente uit te hangen terwijl we allebei weten dat je dat bepaald niet bent?'

Ze glimlachte, besloot dat hij eruitzag alsof hij wel wat cafeïne kon gebruiken en schepte een volle theelepel oploskoffie in een mok. 'Ik stel je op je gemak, Lochlan.'

'Nou, dat gaat je dan niet goed af.'

Ze glimlachte terwijl ze het kokendhete water erbij schonk en een scheutje melk toevoegde. Sholto had gelijk gehad: hij was een tegendraads type.

Toen ze niet reageerde, voegde hij eraan toe: 'En ik kan me niet herinneren dat ik je toestemming heb gegeven me te tutoyeren.' Achter zich hoorde ze dat hij plaatsnam in zijn bureaustoel om de schijnbare overhand weer te krijgen.

'Dat komt doordat je niet de beleefdheid hebt kunnen opbrengen om me te begroeten of fatsoenlijk kennis met me te maken. Je hebt je naam niet eens genoemd,' zei ze luchtig. 'En na dat geintje van gisteren vind ik dat je nu niet moeilijk moet gaan doen.' Ze liep naar hem toe en gaf hem de koffie met een glimlach op de lippen en haar ogen op de zijne gericht, waarbij ze dat ergerlijke vonkje in haar binnenste weer negeerde. Ze zou hem met vriendelijkheid overladen om zijn weerstand te breken. 'Mijn tijd is kostbaar en ik verspil hem liever niet. Ik ben hier helemaal naartoe gekomen om jou te ontmoeten.'

Hij nam de mok met tegenzin aan. 'Ik heb je niet gevraagd hiernaartoe te komen.'

'Nee. Maar jullie bestuursvoorzitter wel.'

Zijn ogen kregen een donkere blik. 'Sholto is een gevaarlijke ouwe gek.'

'Gevaarlijk?'

'Omdat hij zelf niet inziet dat hij gek is.'

Alex knikte. 'Aha. Interessant. Nou, dat is iets waar we het over kunnen hebben in de loop van onze sessies. Ik neem aan dat je te horen hebt gekregen dat wij worden geacht met elkaar te gaan samenwerken?'

'Ja. Maar ik kan je nu al vertellen dat je hier voor niets naartoe bent gekomen. Want wij gaan niet met elkaar samenwerken.'

'Ik vrees van wel. Tenzij je een ontslagbrief wilt indienen, die ik dan aan de voorzitter kan overhandigen?'

'Waarom zou ik?'

'Omdat dit je laatste kans is. Als je weigert met me samen te werken, denk ik dat hij het bestuur bijeen gaat roepen en een motie van wantrouwen tegen je zal indienen.'

Lochlan grijnsde zelfgenoegzaam. 'Dat kan hij helemaal niet.'

'O, er valt altijd wel iets te vinden. Als juristen eenmaal beginnen te wroeten, vinden ze echt wel iets wat hij kan gebruiken.'

Lochlan keek haar dreigend aan – een intimiderende aanblik – maar Alex wendde haar ogen niet af en wist de neutrale uitdrukking op haar gezicht te behouden. Hij had haar reactie nodig om zijn woede te voeden en deze confrontatie te laten escaleren, maar de emotie liep alleen bij hem hoog op. Zij was hier niet persoonlijk bij betrokken, voor haar was het een zakelijke kwestie.

'Je hebt hier trouwens een extra stoel nodig,' zei ze kalm terwijl hij haar bleef aankijken.

'Wat?'

De opmerking deed wat ze had verwacht. De impasse was doorbroken.

'Nou, vind je niet dat je mensen moet uitnodigen om te gaan zitten als ze bij je langskomen?'

'Nee.' Hij spuwde het woord bijna uit.

'Maar stel dat ze een probleem hebben? Iets met je willen bespreken?'

'Een probleem?' zei hij spottend. 'Wat voor bedrijf denk je dat we hier runnen? Het is geen counselingpraktijk of café. Ik ontvang hier geen mensen met problemen.'

'Het moreel van het personeel zou een van je prioriteiten moeten zijn. Het heeft rechtstreekse invloed op de productiviteit. Organisaties veranderen niet, ménsen doen dat. Hun welzijn is jouw zorg. Een ketting is zo sterk als de zwakste schakel.'

'Jezus, is de toon nu gezet? Ga je me de hele week met deze psychologische prietpraat bestoken?'

'O, ik ben bang dat we langer dan een week aan elkaar vastzitten.'

Zijn ogen vernauwden zich. Hij had een mannelijke energie, krachtig en brutaal, en zijn aanwezigheid vulde de ruimte. 'En wat heb je in godsnaam aan? Hoe moet ik je serieus nemen als je er zo uitziet? Is dit een poging om je aan de omgeving aan te passen of zo?'

'Het zijn kleren van de dochter van mijn pensionhoudster,' zei ze rustig, en ze controleerde of de punten van de kraag nog steeds onder de ronde hals van de trui verstopt zaten. Het commentaar stak toch, het raakte aan haar ijdelheid. Ze had gehoopt dat de jarenzeventiglook haar goed zou staan, op een hippe retromanier à la Ines de La Fressange of Alexa Chung. Nee dus. 'Mijn bagage is nog op het vasteland.'

'En er gaan nog minstens een dag lang geen ferry's?' Lochlan grinnikte; hij had meteen door hoe het zat. 'Wat een ellende. Je zult je wel behoorlijk opgelaten voelen, als die glamourachtige outfit van gisteren meer jouw ding is.'

'Het is maar voor een paar dagen. Geen ramp.'

'Dat zeg jij, maar ik moet ernaar kijken.'

Alex wierp hem onwillekeurig een geïrriteerde blik toe, waar ze meteen weer spijt van had. Ze mocht zich niet door hem op stang laten jagen. Als hij ook maar één manier zou vinden om haar te ondermijnen, zou hij die gebruiken, daar was ze van overtuigd. Ze liep weer naar hem toe en paste haar toon aan. 'Luister, Lochlan, ik ben je vijand niet.'

Zijn ogen lichtten fel op. 'Daar denk ik anders over.'

'Ik ben hier om te helpen,' zei ze, en ze ging op de rand van het bureau zitten.

Hij leunde op zijn beurt achterover in zijn stoel met zijn handen achter zijn hoofd ineengevouwen – een klassieke houding om macht mee uit te stralen, ruimte in te nemen. 'Heb ik geen behoefte aan.'

Ze maakte oogcontact, keek hem strak aan. 'Je kunt dit bedrijf niet leiden als je je blijft gedragen zoals je dat de afgelopen tijd hebt gedaan. Mocht je het nog niet gemerkt hebben: je balanceert op een koord boven een diepe afgrond.'

'Ik heb een uitstekend evenwichtsgevoel.'

'Maar hoelang nog? Want zolang je het bestuur tegen je in het harnas blijft jagen, ben je geïsoleerd en dat maakt je kwetsbaar.'

'De maan trekt zich ook niets aan van huilende wolven,' sneerde hij.

Ze knipperde met haar ogen. Die uitdrukking kende ze niet. 'Je hebt me nodig.'

'Nee hoor.'

'Oké, dan heb ik jou nodig.'

Hij fronste. 'Lijkt me onwaarschijnlijk.'

'En als ik je nou zou vertellen dat het geld dat ik met deze opdracht verdien is bedoeld om een familielid in grote nood te helpen?'

Zijn ogen gleden over haar heen en leken haar huid te prikkelen. 'Dan zou ik zeggen dat ik daar niets van geloof.'

'Waarom niet?'

'Je hebt het geld overduidelijk niet nodig.'

'Hoe weet jij dat nou? Je weet helemaal niets van mij.'

Hij trok spottend een wenkbrauw op. 'Je hebt een Jaeger-LeCoultre-horloge om, die diamantjes in je oren zijn minstens driekwart karaat, je bent gebruind – wat in deze tijd van het jaar wil zeggen dat je in een tropisch land op vakantie bent geweest – en zo'n perfect kapsel vind je niet ten noorden van Kensington.'

'Heel goed. Je hebt dus een scherpe blik,' zei ze glimlachend. 'Zal ik je dan nu vertellen wat mij aan jou is opgevallen?'

Hij realiseerde zich dat hij in de val was gelopen en legde zijn voeten op het bureau om nog meer ruimte in te nemen en daarbij ook nog een snufje respectloosheid en geringschatting te verspreiden. 'Ik heb het gevoel dat ik daar niet onderuit kom.'

'Je bent intuïtief, zelfverzekerd, dynamisch, dwingend en ik vermoed – als het jou uitkomt – charismatisch.'

Er viel een stilte. 'En het slechte nieuws?'

'Je bent prikkelbaar, arrogant, onzeker, wantrouwend en nogal op jezelf.'

'Arrogantie en onzekerheid gaan toch zeker niet samen?'

Alex was onder de indruk. Hij liet zich niet van zijn stuk brengen door haar meedogenloos directe analyse, beheerste zijn gevoelens en ging in op de logica.

'Dat zou je misschien denken, maar arrogantie is vaak een manier om kwetsbaarheid te verbergen, een middel om de waarneming van anderen te beïnvloeden en zo het eigen ego te beschermen.'

Lochlan rolde met zijn ogen. 'Jezus, hou toch op,' mompelde hij.

'Typerend,' zei ze. 'Het rollen met de ogen...'

Voor ze het wist, zwaaide hij zijn voeten van de tafel en ging vlak voor haar staan. 'Luister, dit was een fascinerend gesprek,' zei hij sarcastisch. 'Maar helaas moet ik je nu verzoeken te vertrekken. Ik ga aan het werk.'

'Ja. Met mij samen.'

'Nee,' zei hij afgemeten. 'De groeten, Miss... hoe je ook alweer heet.'

Ze ging zelf ook staan. 'Hyde. Alex Hyde. En ik ga nergens heen.'

'En ik laat me niet commanderen door iemand die eruitziet als een kruising tussen een kleuter en een hippie.' En met die woorden pakte hij haar bij de arm en begeleidde haar naar de deur. 'Nog bedankt voor de koffie.' En voor ze nog iets kon uitbrengen had hij haar buiten gezet en de deur voor haar neus dichtgeslagen, waarmee hun eerste sessie tot een abrupt einde was gekomen.

'Wat een rotzak,' zei Louise met gedempte stem terwijl ze vluchtig haar ogen opsloeg om er zeker van te zijn dat de vrouw die bij de waterkoeler zat haar niet kon horen. 'Niet te geloven, inderdaad.' Ze wachtte tot Alex op adem was gekomen. 'Je hebt helemaal gelijk.'

Ze knikte terwijl de vlagen woede van haar werkgeefster als lava door de lijn bleven golven. Ze bestudeerde haar nagels.

'Hm, zeker.'

Zocht naar gespleten haarpunten. (Uiteraard niet één.)

'Ik bedoel, wie doet zoiets nou?'

Sloeg een man gade die zich buiten vooroverboog om zijn schoenveter te strikken.

'Zo te horen een klassieke gamma.' Ze had hier lang genoeg gewerkt en voldoende verslagen getikt om de principes van het verandermodel van Graves te kennen, en deze kerel – driftig, opstandig, rebels, destructief, het type dat zijn kont tegen de krib gooide – was meer gamma dan ze ooit in rapporten was tegengekomen.

'O, absoluut. Hij heeft het over zichzelf afgeroepen. Je hoeft je nergens schuldig over te voelen... Nee, dat meen ik. Je doet gewoon je werk. Je bent een professional. En hij bepaald niet, als ik jou zo hoor.'

Er kwam een eind aan de tirade – of Alex had even geen adem meer over – en Louise nam een rechte, alerte houding aan, want ze wist dat haar werkgeefster op het punt stond weer ter zake te komen. Ze ging nooit langer tekeer dan enkele minuten. Dat was een van Alex' sterke punten: het vermogen om te vergeven, te leren en door te gaan. Ze bleef niet hangen in bitterheid en of spijt. Ze ging altijd weer verder, nam altijd weer een positieve houding aan.

'Ja, ik heb je de track-and-tracecode geappt, maar ik heb je koffers ook al opgespoord. Ze staan klaar in de havenplaats. Ik heb gevraagd of ze met een helikopter overgebracht konden worden, maar ze zeggen dat het te hard waait, behalve misschien voor een Sea King.' Ze zweeg even. 'Of wil je dat ik daarachteraan ga?'

Ze staarde naar haar reflectie op het beeldscherm, kneep haar ogen tot spleetjes en tuitte haar lippen.

'Ja, vind ik ook. Dat is misschien een beetje...' Ze wilde 'extravagant' zeggen, maar in Alex' wereld werden hemel en aarde bewogen als er echt iets voor elkaar moest worden gebokst. 'Dan komen ze met de eerste ferry die vertrekt. Ik krijg een telefoontje zodra het anker is gelicht.'

Ze hoorde aan Alex' ademhaling en het geluid van de wind dat ze weer in beweging was gekomen. Het ging daar zo te horen behoorlijk tekeer. Het klonk eerder alsof ze een tocht over de toendra maakte dan liep te ijsberen op een Schots eiland.

'Ja, ik heb het in de agenda gezet voor over precies een week. Ik heb zijn assistente verteld dat jij weg bent voor dringende zaken en dat het een videobelsessie wordt.'

Ze keek door het raam naar een bus die stopte in het drukke verkeer. De wegwerkzaamheden aan Piccadilly veroorzaakten lange files, helemaal tot aan Hyde Park Corner en zelfs Park Lane, en in alle zijstraten – waaronder deze straat – kwam het vast te staan.

'Nee, verder gaat alles prima. Carlos heeft zijn afspraak van negen uur moeten verzetten; ik geloof dat zijn auto weer is weggesleept... Ja, ik weet het. Maar Jeanette heeft vandaag aan de lopende band afspraken met haar cliënten en ik heb die van jou allemaal naar het nieuwe jaar kunnen verplaatsen.'

Louise fronste toen de verbinding begon te haperen en Alex' stem af en toe begon weg te vallen. 'Wat? Een *hággis*?' Haar frons werd dieper. 'Nee, ik heb geen idee hoe een haggis er in het wild uitziet. Is zo'n beest gevaarlijk? Alex?'

Alex staarde het wilde dier aan. Of de geit, in feite. Ze had er nog nooit een van zo dichtbij gezien en al helemaal niet zo'n exemplaar met zulke lange, verwaaide haren. (Kennelijk had de wind niet alleen haar eigen kapsel geruïneerd.) Ze was zich een hoedje geschrokken toen het dier zojuist over het muurtje was komen aanlopen en met zijn rubberachtige lippen aan haar oor had geknabbeld.

Het duurde even tot haar hartslag weer tot rust kwam, en ze stond het opdringerige schepsel nog steeds aan te kijken toen links van haar een deur opengging en er een jonge vrouw naar buiten tuurde.

'Is alles in orde?' vroeg ze, en ze keek om zich heen voordat haar blik op Alex bleef rusten – of eigenlijk op Alex' outfit. 'Ik dacht dat ik iemand hoorde gillen,' zei ze.

'Sorry, dat was ik.' Alex trok een grimas terwijl de wind weer vat op haar haren kreeg. De föhnsessies in New York waren nog slechts een vage herinnering. Ze duwde haar haar uit haar gezicht en hield het met een hand op zijn plaats. Ze voelde zich opgelaten. Hoeveel mensen hadden gezien dat ze door hun CEO de deur uit was gegooid? Zijn kantoor lag aan de binnenplaats. Alle gebouwen en units die eromheen lagen, de mouterij, de eesterij, de distillatieruimte, de kuiperij, de bottelarij en het pakhuis waar de vaten rijpten, keken erop uit. En dan was er nog de langgerekte kantine aan de andere kant. Met andere woorden, iedereen had het voorval kunnen zien.

'Ik zat te bellen op het muurtje en ik ben bang dat deze... deugniet besloot me te besluipen.'

De vrouw lachte, waarmee haar gezicht niet langer vermoeid en ernstig oogde, maar vrolijk en benaderbaar. 'Dat is Wet Lips Wendy. Ze staat bekend om haar kusjes en slechte adem.'

'O.' Alex wierp nog een behoedzame blik op het schepsel met de lange wapperpony en de vlezige lichtroze lippen die soepeltjes heen en weer bewogen terwijl ze smakkend een pluk gras verorberde.

De vrouw liep naar haar toe en stak haar hand uit. 'Ik ben Skye, trouwens. Ik ben een van de blenders. Ik heb je gisteren al gezien, meen ik?' Ze duwde haar bril over haar neusbrug omhoog.

'Hallo, ja. Ik ben Alex Hyde. Ik ben managementconsultant.'

Skye trok een serieus gezicht. 'O jee. Hebben we iets verkeerd gedaan hier?'

'Nee hoor, zo zit het niet,' antwoordde Alex met een glimlach.

'Wat doet een managementconsultant eigenlijk precies?' vroeg

Skye, die bibberde en haar handen gekruist over haar borst legde. 'Ben je... een soort therapeut?'

'Nee, maar mijn werk houdt wel in dat ik veel observeer en luister. Ik interpreteer de handelingen en gevoelens van mijn cliënten eerder dan dat ik ze voorschrijf wat ze moeten doen. Ik hou ze een spiegel voor en belicht hier en daar een andere hoek.'

'En hoelang blijf je hier?'

'Dat ligt eraan. Ik blijf zo lang als nodig is. Dat kan drie dagen of drie weken zijn. Maar voor de kerst moet ik beslist terug zijn.' Ze zou willen dat ze morgen al naar huis kon. Het was al weken geleden dat ze een nacht in haar eigen appartement had doorgebracht, een bad had genomen met haar favoriete Miller Harris-olie, op de bank had zitten relaxen in haar kasjmieren Bella Freud-trainingspak, naar *Pillow Talk* had gekeken, nippend van een glas Puligny-Montrachet.

Ze vroeg zich af hoe oud Skye was. Ze leek maar een beetje jonger dan zijzelf te zijn, misschien een jaar of zevenentwintig? Ze had halflang hazelnootbruin haar en een lichte huid met sproetjes. Haar bril met draadmontuur gaf haar een delicaat boekenwurmachtig uiterlijk. Ze droeg een witte laboratoriumjas en Alex herinnerde zich haar als de vrouw met de paardenstaart die ze gistermiddag voor het groepje in het bezoekerscentrum had zien staan praten. 'Hoelang werk je hier al?'

'O, in verschillende functies sinds ik nog maar een turf hoog was, maar ik ben na mijn studie officieel als blender begonnen. Mijn vader is hier de meesterblender. Hij heeft me van kleins af aan ingewijd in het vak.'

'Aha, dus de Farquhars zijn niet de enigen voor wie Kentallen een familiebedrijf is?'

'Nee. Mijn opa was hier ook meesterblender, en er zijn nog veel meer mensen als wij in het dorp die hetzelfde werk verrichten als hun vaders en grootvaders.'

'Is het een leuke baan?'

'Aye. Mijn vader zegt altijd dat het beste aan blender zijn is dat het een generatie duurt voordat een fout die je maakt wordt opgemerkt.'

'Grappig,' zei Alex grijnzend, die haar ergernis om Lochlans gedrag voelde wegtrekken. 'Ik zou willen dat dat ook voor mijn vak

gold. Helaas komen mijn fouten snel bovendrijven.'
'Maar jij maakt vast geen fouten,' zei Skye.
'Iedereen maakt fouten.'
'Nou, jij lijkt me iemand die er weinig maakt. Trouwens, toen je gisteren het bezoekerscentrum kwam binnenlopen vroeg een van de whiskyproevers of je een beroemdheid was.'
'Echt? Waarom?'
'Ik weet het niet, ik denk dat je een enorm internationale uitstraling had.'
'Mijn hemel. Nou, vandaag zou die vraag niet gesteld worden, denk je wel?' zei ze met een ironische glimlach en een gebaar naar haar kleren.
'Je ziet er heel... anders uit,' antwoordde Skye diplomatiek.
'Noodgedwongen. Mijn koffers zijn gestrand in Tarbert. Dit zijn kleren van de dochter van mijn pensionhoudster.'
'O. Waar logeer je?'
'Crolinnhe Farmhouse.'
'O mijn god!' riep Skye uit met haar handen voor haar mond. 'Bij Mrs Peggie? Maar haar dochter is ongeveer zou oud als mijn moeder!'
'Tja, welkom in haar jeugd,' zei Alex, die hulpeloos haar handen omhooghield. '1976 heeft gebeld. Het schijnt zijn kleren terug te willen.'
'Ongelooflijk,' reageerde Skye lachend. 'Ze zal wel een tiener zijn geweest toen ze dat droeg?'
'Geen idee.' Alex zuchtte. 'Maar ik vrees dat mijn reputatie hier zwaar onder kan lijden. Ik had gehoopt dat ik er een hippe vintage vibe aan kon geven, maar het werkt niet echt, hè?'
Skye zweeg een moment. 'Weet je, ik kan je wel wat lenen tot je je koffers terug hebt.'
Alex weifelde. 'Echt?' Ze kon niet zien wat Skye onder haar labjas droeg, maar er piepte in elk geval geen puntige blousekraag bovenuit.
'Aye. Ik bedoel, geen dure kleren of zo. Geen designerlabels, maar ze zijn in elk geval een stuk meer van deze tijd.'
'Dat kan bijna niet anders, aangezien Wet Lips Wendy er momen-

teel nog beter uitziet dan ik.' Alex slaakte weer een zucht. 'Weet je het zeker?' Ze kon amper geloven dat ze zich nog geen vierentwintig uur op het eiland bevond en dit de tweede onbekende was die aanbood kleding aan haar uit te lenen.

'Natuurlijk. Kom vanavond maar langs, dan zoeken we wat outfits voor je uit.'

'Wat ontzettend aardig van je. Bedankt. Als je het echt niet vervelend vindt?'

'Nee hoor. En...' Skye aarzelde even. 'Heb je zin om ook te blijven eten?'

'O,' zei Alex bescheiden. 'Ik wil me niet opdringen. Het is al geweldig dat je me aan fatsoenlijke kleding helpt, je hoeft niet ook nog eens moeite te doen om voor me te koken.'

'Nou, ik kook toch voor mezelf en het zou leuk zijn om je beter te leren kennen, al helemaal omdat je een tijdje zult blijven. Mijn verloofde woont in Glasgow en is hier alleen in het weekend, dus ik vind het juist fijn om gezelschap te hebben. Er komen hier niet veel mensen van mijn leeftijd.'

'Hoe oud ben je, als ik vragen mag?' vroeg Alex nieuwsgierig.

'Zesentwintig. En jij?'

'Eenendertig.'

'Praktisch een tweeling dus,' zei Skye met een grijns. Ze stond op van het muurtje en veegde het gruis van haar handen. 'Ik ga weer aan het werk. Kom je om zeven uur?'

'Graag. O... Ik heb je adres niet.'

'Geen zorgen, dat geeft Mrs Peggie je wel. Tot vanavond dan maar.' En met een zwaai verdween ze weer naar binnen.

Alex zuchtte en haar glimlach verdween terwijl ze achterom over de binnenplaats naar het witte gebouwtje met de rokende schoorsteen en de gesloten deur keek. Ze wist dat ze terug moest gaan om het nog eens te proberen, maar hoe kon ze in deze kleren respect afdwingen?

Nee, ze kon zich beter terugtrekken om morgen een nieuwe aanval op het vijandige kamp te wagen. Ze had tijd tot Kerstmis, ze kon zich wel een dagje veroorloven. Dit was een ongelukkige start geweest – een ongelukkige herstart feitelijk, na het spelletje dat Lochlan en zijn neef gisteren hadden gespeeld – maar dat deed er niet toe in het grote geheel. Ze was niet zonder reden de beste in haar vakgebied, en in zekere zin maakte zijn gedrag haar opdracht alleen maar gemakkelijker. Ze zou hem laten genieten van zijn vermeende succesje. Ze wist wie uiteindelijk het laatst zou lachen.

# 6

## *De ss Tuscania, Britse wateren, 5 februari 1918*

*Het gejoel van de mannen vulde alle hoeken tijdens de bokswedstrijd in de scheepskantine. Het geschreeuw, gevloek, gelach en gehijg waren niet van de lucht terwijl het troepenschip zich een weg door de deinende donkere golven baande. Soldaat Ed Cobb stond tegen een scheidingswand geleund. Er druppelden zweetpareltjes over zijn voorhoofd en zijn eigen vuisten waren gebald terwijl hij toekeek. Hij had gewed op Walt Mooney, de jongen die in de kooi naast hem sliep – hij kwam ook uit Montana, had bovendien als houthakker gewerkt voor hij in dienst ging, en had kracht voor twee.*

*Er klonk gebrul toen Walt na een snelle 2-2-1-combinatie een flinke stoot op Harold Schwartz' kin gaf en hij achterwaarts wankelde, recht in de armen van de toeschouwers, die tevens dienstdeden als ringtouwen. De juichende winnaars verdrongen zich om Jack Hawkins heen, die het wedgeld beheerde, maar Ed bleef staan. Hij had het warm, ongebruikelijk warm, en hij legde een hand op zijn voorhoofd. Dat voelde klam aan. Hij rilde ook en zijn ledematen waren zwaar als lood. Was het hier echt zo heet? Niemand anders zweette zo ontzettend.*

*Hij liet de herrie achter zich en liep tussen de mannen door de ruimte uit, op weg naar de kooien beneden. Het was bijna half vijf en het zou straks etenstijd zijn, waarna een rustiger tijdverdrijf zou volgen in de vorm van kaartspellen.*

*Commandant Kellogg knikte toen ze elkaar passeerden in de gang naast de turbinekamer, en Ed salueerde met een energie die hij niet voelde, waarna hij gebogen tegen een schot leunde en verder liep naar zijn kooi.*

*Hij was er bijna aangekomen toen een enorme explosie hem van de sokken sloeg en door de gang wierp terwijl het schip heftig schudde en meteen naar stuurboord begon over te hellen. De lampen waren uit-*

*gegaan en de kortstondige stilte die volgde in de duisternis was doordrenkt van angst.*

*En toen begon het geraas – het gegier van stoom dat uit de fluit van het schip ontsnapte, de hoge kreet die door de gangen weerklonk en die hij herkende als de stem van een jongen uit Kentucky die volgens hem vast en zeker over zijn leeftijd had gelogen.*

*'We zijn er geweest!' gilde het joch met opengesperde ogen terwijl hij rende voor zijn leven. 'We zijn er geweest!'*

## *Islay, donderdag 7 december 2017*

'Dus je eet hier niet?' vroeg Mrs Peggie een tikje gepikeerd. Ze had wel op haar gerekend.

'Nee. Het spijt me. Het is pas een uur geleden afgesproken. Skye heeft namelijk aangeboden me wat kleren te lenen.'

'Maar je hebt al kleren. Wat is er mis met wat je aanhebt?' vroeg Mrs Peggie, nu nog gepikeerder.

'Niets. Helemaal niets. Ze zijn alleen... wat aan de krappe kant.'

'Aye,' zei Mrs Peggie knikkend. 'Jane was nog maar een tiener toen ze die kleding droeg.' Ze rechtte haar rug, stak haar boezem vooruit en kruiste haar armen eronder. 'Nou, ik hoop dat Skye je dubbele porties serveert. Je kunt wel wat meer vet op de botten gebruiken.'

Alex wist niet goed wat ze daarop moest antwoorden, dus zei ze niets.

'Ontbijt je hier morgen wel?'

'Zeker.'

'Ik heb heerlijke kippers.'

'Heel vriendelijk, maar havermoutpap is prima,' zei Alex beslist.

'Zoals je wilt. O, en het Spaanse gezin is aangekomen,' zei Mrs Peggie. 'Ik heb een opstapje bij de wc gezet voor de peuter – hij schijnt nog niet goed te kunnen richten.'

Alex probeerde geen grimas te trekken. Zij was tenslotte degene die een badkamer met dat kind moest delen. 'Eh, oké...' mompelde ze. Wat moest ze anders zeggen? 'Skye zei dat u me haar adres kon geven?'

'Natuurlijk.'

'En ik vroeg me af of u Jacks telefoonnummer voor me hebt. Ik zou graag willen dat hij me vanavond brengt. En weer terugbrengt, uiteraard.'

'Och, aan Jack heb je nu niks. Hij is op het vasteland. Hij komt op zijn vroegst overmorgen terug.'

Er trok een rimpel in Alex' voorhoofd. Hoelang was hij daar al? Geen wonder dat haar koffers waren gestrand! 'Zijn schoonzoon dan?'

'Niet nodig. Mr Peggie moet vanavond wat afleveren bij Euan Campbell, hij kan je onderweg afzetten.'

'Dat hoeft echt niet. Ik kan een taxi nemen. Ik heb er toch een nodig om me terug te brengen.' Ze bedacht dat ze Louise moest vragen een auto met chauffeur voor haar te regelen; ze had meer flexibiliteit en vrijheid nodig om te kunnen komen en gaan.

'David ligt al om negen uur in bed, hij moet er altijd vroeg weer uit.'

'Wie is David?'

'De schoonzoon van Jack. Die werkt in de visserij. Elke ochtend om vier uur op.'

Alex beet op haar lip in een poging haar frustratie te onderdrukken. Dus de jichtige taxichauffeur van het eiland zat vast op het vasteland en diens schoonzoon, zijn vervanger, moest om negen uur naar bed?

Hadden deze mensen nog nooit gehoord van het gezegde 'de klant is koning'? Ze verwachtte niet de 24/7-service van New York en Londen, maar dit was belachelijk.

'Maak je niet druk, we regelen wel wat,' zei Mrs Peggie met een klopje op haar arm. 'Zal ik intussen een kop thee voor je zetten? Je ziet er verkleumd uit.'

Alex knikte vermoeid. 'Heel graag, dank u wel.'

'Een stukje *shortbread* erbij?'

'Nee, bedankt. Alleen thee, graag.'

'Och, kom nou, je gaat er niet dood aan. Ga maar naar boven. Ik kom zo wel met een dienblad. Het water is heet, mocht je zin hebben om in bad te gaan.'

Alex liep naar haar kamer. Ze was geenszins van plan om midden op de dag een bad te nemen. Ze moest aantekeningen maken, telefoontjes plegen en bovendien dat internetcafé zien te vinden voor een videobelsessie met New York, want ze moest zeker weten dat Howard Connolly geen stommiteit beging door werkelijk zijn vrouw te verlaten. Ze zou haar rode jas aantrekken, want het kon niet zo zijn dat hij haar uitgedost als Karen Carpenter zou zien. Ze was misschien niet eens zo heel ver bij het Schotse vasteland vandaan, maar deze dag leek ver van de realiteit verwijderd, onwerkelijk, alsof ze zichzelf in een lachspiegel bekeek. Alles was hier anders: geen wifi, geen bedrijfshiërarchie zoals zij die kende, geen deftige pakken of dubbele espresso's. In plaats daarvan knabbelden er geiten aan haar oor en hingen er beha's aan geweien, en bij het passeren van de eetkamer zag ze door de deuropening een paar corrigerende onderbroeken over de rugleuning van de stoelen gespannen. Ze voelde zich net Alice – of Alex – in Spiegelland.

'Ah, daar ben je,' zei Skye, precies op het moment dat Mr Peggies groene tractor achter haar op straat verder reed, rammelend over de keitjes. 'O! Jeetje!'

'Ja, sorry,' zei Alex met een zucht terwijl de wind haar haar weer aanviel en de stank die haar hiernaartoe had begeleid hun kant op blies. 'Mijn chauffeur moet een lading mest afleveren.'

Ze probeerde te glimlachen, maar eigenlijk voelde ze zich tamelijk ellendig en stond het huilen haar nader dan het lachen. De jetlag hielp natuurlijk ook niet, evenmin als het feit dat ze in de iets meer dan vierentwintig uur dat ze zich op dit eiland bevond, haar koffers was kwijtgeraakt, voor de gek was gehouden door de plaatselijke casanova, door haar cliënt de deur uit was gezet, terwijl er ook nog een geit aan haar oor had geknabbeld en ze nu naar koeienmest rook. 'Het spijt me. Ik stink een uur in de wind – en jij zult wel een gevoelige neus hebben.'

Er viel een korte stilte en ze hoopte maar dat Skye haar bedrukte stemming niet zou aanvoelen.

'Een gevoelige neus...' herhaalde Skye, en er speelde een glimlach om haar lippen.

'Nou, ja, je bent blender van beroep. Je zult wel een uitstekend reukvermogen hebben. En dat ik een lift heb gekregen met de mestlading mee is misschien niet zo...'

Maar ze kon haar zin niet afmaken, want plotseling zwiepte de wind haar haar als een emmer water over haar gezicht, waarop Skye haar hoofd lachend achterovergooide bij de aanblik. Het duurde een ogenblik voordat Alex toch maar niet in tranen maar ook in lachen uitbarstte, zodat ze allebei de slappe lach kregen en tegen de muur moesten leunen om niet om te vallen.

'Kom binnen,' zei Skye ten slotte, terwijl ze nog nagrinnikend de tranen van haar wangen veegde. 'Anders denken de buren nog dat we dronken zijn.'

Alex volgde haar de warmte in en streek haar haren met haar handen glad. Skye woonde in een van de rijtjeshuizen aan de waterkant in het hart van Port Ellen, met uitzicht op de steiger en vlak bij de kleine supermarkt. De gevel was wit geschilderd, met aan beide zijden van de zwarte deur een raam. Er stond een bak drinkwater onderaan een stenen trapje.

'O, wat prachtig,' riep Alex uit toen ze een voorkamer binnenliep die zo uit een Laura Ashley-catalogus afkomstig kon zijn, met geruite leunstoelen in pasteltinten, een taupekleurige bank, een eikenhouten schouw en boekenplanken die kreunden onder het gewicht van boeken, dvd's en foto's. Het was niet het type interieur dat snel in *World of Interiors* zou verschijnen, maar het had een knusse sfeer en de details waren een warme weerspiegeling van de levens die er werden geleefd: de bergschoenen die bij de haard stonden te drogen, een paar voetbaltrofeeën op de schoorsteenmantel, een mand met vishengels bij het raam en stapels bruidstijdschriften op de vloer naast de bank. En uit de keuken kwam een heerlijke geur van zo te ruiken een kipschotel.

'Nou, het is bescheiden, maar we voelen ons hier thuis,' zei Skye bijna verontschuldigend.

We. Alex herinnerde zich dat ze het had gehad over haar verloofde in Glasgow. 'Hoe heet je verloofde?'

'Al. Of voluit Alasdair Gillespie!'

'Skye Gillespie,' zei Alex glimlachend. 'Klinkt goed.'

'Ja hè,' giechelde Skye, die er jonger uitzag nu ze geen laboratoriumjas droeg, hoewel ze tot Alex' lichte schrik een kort zwart jurkje van spijkerstof aanhad, met daaronder een paars-geel gestreept T-shirt met lange mouwen dat zo van de homepagina van de Topshop leek te komen. 'O, waar zijn mijn manieren? Wil je wat drinken? Een whisky? Of heb je liever wijn?'

'Ik zeg altijd: 's lands wijs, 's lands eer...'

Skye glimlachte en liep de keuken in. Alex ging bij het vuur staan en bekeek de foto's die op de schoorsteenmantel stonden – sommige in zwart-wit. Skye als klein meisje op een kleine rotsformatie met rode laarsjes aan met lieveheersbeestjes erop, haar haar in twee vlechtjes en een roze brilletje op haar neus; Skye en een jongetje – haar broertje? – samen in een roeiboot gezeten, ieder met een grote roeispaan in de handen; Skye op de schouders van een man met een volle zwarte baard en vriendelijke ogen; Skye die als baby in haar doopjurk een kus krijgt van haar liefhebbende moeder; een plaatje van de haven dat in de jaren vijftig leek te zijn genomen, zo te zien aan de geparkeerde auto's en de kleding van de voorbijgangers...

'Kijk eens, alsjeblieft.'

Alex ging weer rechtop staan terwijl Skye de kamer binnenkwam met een paar glazen, een fles Kentallen-12 en een schaaltje met wat blokjes pure chocolade. 'Ik stond net deze foto's te bekijken,' zei Alex. 'Wat een schatje was jij als kind.'

Skye grijnsde hoofdschuddend en schonk voor beiden een glas whisky in. 'Ach ja, die laarsjes met lieveheersbeestjes. Ik was er zo dol op dat ik ze volgens mijn moeder het liefst nog in bad en in bed aan wilde hebben... Proost! Of zoals we hier zeggen: *sláinte mhath!*'

'Sláinte mhath!' herhaalde Alex. Ze nam het glas met een knikje aan en ging op de bank zitten. Skye nestelde zich in een van de leunstoelen. 'Dat heb ik soms ook als ik een nieuw paar schoenen heb, eerlijk gezegd,' zei Alex, die het gesprek weer oppakte. 'Ik wil ze dan eigenlijk niet meer uitdoen.'

'Aye, en waarom zou je ook, want je hebt vast prachtige schoenen. Vast wel een aantal van Jimmy Choo, Christian Louboutin...'

'Nou, wel een aantal.' Allemaal.

'Ik draag een paar Louboutins op de bruiloft. Ik kan niet wachten,' zei Skye enthousiast. 'Alasdair bestierf het zowat toen hij het bonnetje zag.'

'Heeft hij al gezien wat je aantrekt?'

'Och, nee zeg. Ik ben superbijgelovig, ik wil als het even kan geen ongeluk in ons leven brengen.'

'Dat begrijp ik,' zei Alex instemmend, hoewel zij dat bijgeloof niet had. Zij geloofde dat je je eigen geluk creëerde. 'Wanneer is de bruiloft? Ik zie dat je een hoop tijdschriften hebt.'

'Aye. De drieëntwintigste.'

'December?'

'Ja.'

'Je komt heel kalm over voor een vrouw die over een paar weken gaat trouwen!'

'Nou, dit is de stilte voor de storm. We verhuizen meteen na de huwelijksreis naar Glasgow, dus ik moet ook nog dozen inpakken. Op de bovenverdieping ben ik zo ongeveer klaar en nu moet ik hier aan de slag. Maar we hebben al heel veel geregeld. De meeste voorbereidingen voor de bruiloft – de jurk, de kerk, de predikant, de zaal, de band, de taart, de catering – zijn al een tijdje geleden getroffen.'

'Indrukwekkend. En hebben jullie ook bruidsmeisjes of bruidsjonkers?'

Skye grijnsde. 'Nou, je zult me wel voor gek verklaren, maar mijn hond wordt de ringdrager!'

'Hè?' Alex verslikte zich bijna.

'Ik weet dat het idioot klinkt, maar zij is de liefde van mijn leven – afgezien van Alasdair, natuurlijk – dus ik moest een manier zien te vinden om haar een van de hoofdrollen toe te bedelen. We hebben een prachtige nieuwe zachtblauwe riem voor haar gekocht, dus kan zij ook dienen als mijn *something blue*. En we binden de ringen met een satijnen lint aan haar riem.'

'Jeetje, doe er voor de zekerheid maar een dubbele knoop in!' zei Alex lachend.

'Dat zei mijn moeder ook al. Ze is bang dat de ringen ergens op weg naar het altaar verloren zullen raken.'

'Nou, ik vind het hartstikke leuk. En erg origineel! Jullie gasten zullen het niet vergeten, dat is zeker. Maar waar is je hond eigenlijk?' Alex keek om zich heen.

'Bij mijn ex. We hebben haar ieder de helft van de tijd. Hij brengt haar later op de avond hiernaartoe.'

'O. Oké. En dat gaat dus goed?'

'Meestal wel. Het wordt gemakkelijker. Toen we net uit elkaar waren, hadden we vreselijke ruzies over wie haar met Kerstmis of Pasen zou hebben, dat soort dingen, maar het gaat nu allemaal een stuk soepeler.'

Alex hield haar hoofd schuin. Het klonk haar als een nachtmerrie in de oren.

'Hoelang zijn je ex en jij samen geweest?'

'Zes jaar. We kregen vlak voor ik ging studeren een relatie. Mijn gebruikelijke uitmuntende timing!' zei ze rollend met haar ogen.

'Is jullie relatie op een nare manier geëindigd?'

'Dat kun je wel zeggen.' Skye sloeg haar ogen neer. 'Hij heeft me de bons gegeven. De avond voor we zouden gaan trouwen.'

'Wát?' reageerde Alex vol ongeloof.

'Het is niet zo erg als het klinkt.' Ze kneep haar ogen samen. 'Nou ja, eigenlijk wel. Ik bedoel alleen maar dat hij me voor een fout heeft behoed. Het huwelijk zou een ramp zijn geworden. Kort daarna leerde ik Al kennen en deze keer zit het goed, dat weet ik gewoon.'

'Hoelang daarna?'

'Ongeveer een maand.'

'Wow, dat is heel snel. Wat vond je ex daarvan?'

Skye trok een wenkbrauw op. 'Hij ging drie dagen lang aan de zuip aan de andere kant van het eiland.'

'Dus hij mag jou wel vlak voor jullie huwelijk in de steek laten, maar jij mag niet verliefd worden op een ander?' Alex fronste. 'Sorry, maar wat een stuk ongeluk. Hij heeft het recht helemaal niet om iets te vinden van wat jij doet of met wie je omgaat.'

Skye keek haar aan. 'Ben jij getrouwd?'

'God, nee zeg,' zei ze, waarna ze er haastig aan toevoegde: 'Ik bedoel, het zou natuurlijk fijn zijn, maar ik heb geen tijd voor een man. Ik reis veel te veel voor mijn werk.'

'Ik kan bijna niet geloven dat jij nog niet bezet bent,' zei Skye.

Alex haalde haar schouders op. 'Ik heb er gewoon geen prioriteit aan gegeven. Mijn carrière is mijn grote liefde.'

'Tot nu toe,' zei Skye veelbetekenend.

'Misschien voor altijd, ik zie wel.'

Skye liet haar kin op haar hand rusten en keek haar met vernauwde ogen onderzoekend aan. 'Voelen mannen zich door jou geïntimideerd, denk je?'

'Eh... Sommige misschien wel. Ja, misschien.' Absoluut.

'Je werkt vast met veel machtige mannen.'

'Ja, dat klopt. En machtige vrouwen. Vijfendertig procent van mijn cliënten is vrouw, maar ik zou willen dat het er meer waren. Ik zou graag zien dat nog meer vrouwen de rol zouden innemen waar ik vaak mannen in begeleid. Soms heb ik het gevoel deel uit te maken van een patriarchaal complot: ik help die mannen om hun functie te behouden. Dat is frustrerend.'

'Maar als je zo nauw samenwerkt met zoveel mannen, word je dan nooit...'

Alex schudde haar hoofd al voordat Skye de vraag kon afmaken. 'Ik hou mijn zakelijke en persoonlijke leven strikt gescheiden.'

'Maar je zult toch weleens in de verleiding zijn gekomen?' drong Skye met nieuwsgierig glanzende ogen aan.

'Nee. Ik laat de gedachte gewoon niet toe. Bovendien respecteren machtige mannen een even machtige vrouw vaak wel, maar ze willen niet per se met haar trouwen. Helaas hebben maar weinig van mijn mannelijke cliënten een echtgenote met een carrière op hetzelfde niveau.'

Skye zuchtte. 'God, ik ben eigenlijk ook zo'n vrouw die zich ondergeschikt maakt. Ik ben altijd van plan om mijn carrière op de eerste plaats te zetten, maar uiteindelijk volg ik mijn man. Na mijn studie kwam ik hier terug voor mijn ex, hoewel al mijn vrienden in Glasgow zaten, en nu ik hier gesetteld ben met dit huis en mijn baan en andere vrienden ga ik weer weg vanwege mijn verloofde.'

'Nou, hopelijk ben je in de gelegenheid je werk elders op te pakken. Ik zeg niet dat we ons liefdesleven helemaal moeten opofferen voor onze carrière; het is een prettige gedachte als het een het ander niet hoeft uit te sluiten.'

'Vind ik ook.'

'Waar gaan jullie precies wonen?'

'O, het is niet ver. In Killearn, een plaatsje vlak bij Glasgow. Al werkt in het centrum van de stad en ik heb een baan gevonden als meesterblender bij Glengoyne Distillery. Die is daar in de buurt.'

'O, geweldig. Meesterblender is een promotie, toch?'

'Aye. Ik treed in de voetsporen van mijn vader. Alleen niet hier.'

'Maar dan heb je je carrière niet opgeofferd voor een man. Je hebt allebei,' zei Alex. 'Ik noem dat een win-winsituatie.'

Skye grinnikte. 'Ach ja. Het is alleen wat ironisch dat ik eerst niet terug wilde en nu niet meer weg wil.'

'Zo werkt dat met ironie, die steekt de gek met je.'

'Zeg je dat zo in jouw vak?' vroeg Skye grijnzend.

'Zeker weten.' Alex trok haar wenkbrauwen opgewekt op, verbaasd dat ze het zo naar haar zin had. Ze kon zich de laatste keer dat ze een gewoon gezellig gesprek had niet heugen. Ze was altijd aan het netwerken.

Ze keek hoe Skye haar glas naar haar mond bracht, maar voor ze een slok nam eerst met gesloten ogen de geur diep opsnoof. Ze trok het glas weer weg, bracht het opnieuw naar haar mond en herhaalde het opsnuiven. Daarna dronk ze pas.

'Hoor je whisky zo te drinken?' vroeg Alex geïnteresseerd.

'O,' zei Skye met een ietwat opgelaten gezicht. 'Beroepsdeformatie. Ik kan het niet laten.'

'Nou, kun je me laten zien hoe het moet? Ik heb geen idee.'

'Natuurlijk,' antwoordde Skye verheugd, en ze schonk hun beiden nog een beetje in. 'Het eerste – of belangrijkste – waar je aan moet denken is dat whisky niet haastig gedronken moet worden, maar dat je ervan moet genieten. Het productieproces duurt lang en het drinken zou ook lang moeten duren, want dan komt de smaak pas goed tot zijn recht.'

'Oké,' zei Alex, die Skye imiteerde en haar vingers om de steel van het glas legde. Ze realiseerde zich dat ze whisky nog nooit geserveerd had zien worden in een glas met een steel.

'Goed, nu begroet je de whisky. Dus je brengt je neus ernaartoe en zegt hallo,' zei Skye op zangerige toon, lichtjes zwenkend met het glas, waarbij ze haar ogen dichtdeed en het aroma vier à vijf seconden op zich in liet werken.

'Hallo,' zei Alex haar na, al voelde ze zich een tikje belachelijk dat ze tegen een drankje zat te praten.

Daarna zwaaide Skye haar arm een stukje van zich af en bracht het glas weer naar haar mond. 'Hoe gaat het met je?' mompelde ze theatraal, deze keer kantelde ze het glas lichtjes en ademde diep in.

Alex deed haar precies na, met de theatrale intonatie en al.

'Uitstekend, bedankt.' Skye deed haar ogen open. 'Ruik je dat? Merk je hoe de drank begint te ademen?'

Alex knikte. Het leek op het ontluiken van een bloem. 'Ja.'

'Neem dan nu een slok maar hou de whisky in je mond. En dan tellen we terug vanaf tien...' Ze hield haar vinger omhoog en begon te tellen. Alex slikte op hetzelfde moment als Skye.

'Neem dan nu een blokje chocola,' zei ze, en ze hield haar het schaaltje voor. 'En neem nog een slok.'

Alex' ogen gingen wijd open toen de zoete smaak van de chocolade in haar mond contrasteerde met de soepele vurigheid van de whisky.

'Proef je hoe de smaken in balans zijn en elkaar aanvullen? Neem nu snel nog een slok.'

Dat deed Alex, met gesloten ogen van genoegen terwijl de laatste slok over haar tong walste en de verschillende smaken als muzieknoten door haar mond speelden. 'O mijn hemel,' wist ze uiteindelijk uit te brengen. 'Wow.'

'Smaakt goed, hè?' zei Skye tevreden. 'Je zou de achtentwintig moeten proeven. Die is van een heel ander kaliber.'

'Heel graag,' antwoordde Alex.

'Ja? Zullen we die dan eens gaan begroeten?'

Alex grijnsde. 'Laten we dat doen.'

Tweeënhalf uur later was de vergeten kipschotel aangebrand en hadden ze de 12, de 28, de 15, een 7 van de prille Virgin Oak-serie en ten slotte een bodempje van de beroemde Macallan-30 begroet.

Skye droeg de sleep van haar bruidsjurk en danste op een vinylalbum van The Police terwijl Alex voor het haardvuur rondjes draaide in een van Skyes samengestelde outfits – een goudkleurige geplooide midirok, roze sokjes met blauwe stippen, goudglinsterende sandalen met hoge hakken en een donkerblauw coltruitje. Het was een funky geheel, en ze vermoedde dat Skye veel tijd had besteed aan het combineren van de kledingstukken – ze bleef zich maar verontschuldigen dat er geen designerlabels aan zaten – en als Alex in de socialmediawereld had gewerkt, of in de modewereld, zou deze kleding misschien wel perfect zijn geweest. Maar voor een businesscoach die een aantal van de grootste bazen van beursgenoteerde bedrijven begeleidde? Nee.

Vanavond maakte dat echter niet uit. Die grote bazen zaten niet op een eiland aan de westkust van Schotland, zij waren door de heftige wind afgesneden van het echte leven. Zij dronken geen single malts in een cottage, samen met een whiskyconnaisseur die haar hond op haar bruiloft de ringen naar het altaar zou laten brengen.

Maar zij wél, en ze kon dus aantrekken wat ze wilde, geen haan die ernaar kraaide. Ze was even van de radar, zonder eigen kleren en zonder cliënt (althans zonder cliënt die wilde meewerken). Zolang de wind zo hard waaide, was ze eigen baas.

De deurbel ging – twee keer – voordat Skye door de kamer naar de gang wankelde om open te doen. 'Daar zal mijn schatje zijn!' dweepte ze, onderweg tegen de bank botsend, zodat haar lange sleep vervolgens over de kussens achter haar aan gleed.

Alex stopte met rondjes draaien en liep zelf zigzaggend naar de platenspeler – de muziek stond nogal hard, stel dat een van de buren de politie had gebeld? – en toen ze de naald had opgetild en 'Roxanne' halverwege stopte, hoorde ze de gespannen stilte in de gang ontploffen.

'O, god, sorry, we...' Skyes stem klonk verontschuldigend.

Was het de politie? Ze keek paniekerig om zich heen. Zouden ze een proces-verbaal opmaken? Bij zoiets mocht ze niet betrokken raken. Ze keek in de richting van de keuken. Was er een achterdeur? Vast wel! Ze moest...

Ze viel over de leunstoel die ze op de een of andere manier over het hoofd had gezien, maar terwijl ze overeind probeerde te krabbelen, hoorde ze zacht getik van poten op de vloertegels, het geroffel van een staart tegen de jassen, en ze slaakte een zucht van opluchting. Ze wond zich op om niks. Ze was dronken. Voor de verandering had ze zichzelf niet onder controle.

Maar als het de politie niet was... Alex strompelde door de kamer, nieuwsgierig naar de verbitterde ex, die rotzak die Skye in de steek had gelaten...

'Ik ben gebeld door Mrs P. met het verzoek je vriendin terug te brengen.' De man klonk kortaf.

Alex, die zich vasthield aan de bank, keek op. Haar chauffeur? 'Het is te hopen dat jij niet ook naar koeienmest ruikt!' riep ze. Meteen gaf ze een gilletje toen ze uitgleed over de elpees die op de vloer lagen, waarop ze over de bankleuning viel. 'Shit,' mompelde ze. Ze duwde haar haar uit haar gezicht en ondernam drie pogingen om weer op te staan.

Ze was bijna bij de deur toen de hond om de hoek naar haar toe kwam draven om aan haar hand te snuffelen.

Wat? Alex voelde een huivering door zich heen gaan.

Ze legde een hand tegen de deurpost, leunde ertegenaan en keek de gang in. De aanblik die haar begroette, leek wel een bevroren filmscène (nou ja, bevroren, eerder wiebelig – net een oude video): daar stond Skye met haar handen achter haar rug, waarin ze haar sleep schaapachtig bijeenhield alsof ze hem probeerde te verbergen. En op de drempel stond een aanvankelijk verblufte – en vervolgens misnoegde – Lochlan Farquhar.

# 7

'Moet je echt zo hard rijden?' vroeg ze met haar ene hand op de handgreep en de andere op haar voorhoofd.

'Ik rij maar veertig.'

Alex bracht haar hoofd achterover, sloot haar ogen en kreunde. Ze was misselijk. Met al die whisky in haar lijf was een rit in een lage sportwagen op deze kronkelige wegen door de heuvels niet wat ze nu nodig had. Ze kon eerder een ziekenhuisbed gebruiken, een zuurstoftank en een infuus met genoeg morfine om een week onder zeil te zijn, want zo lang zou deze kater duren, schatte ze in.

'Ik wist niet dat je Skye kende,' zei hij terwijl hij een bocht zo scherp nam dat de auto even op twee wielen reed. Dat gevoel had Alex althans.

Ze liet haar hoofd tegen de hoofdsteun leunen en keerde haar gezicht naar hem toe. Zijn profiel zag er in het maanlicht nors en opstandig uit: zijn kaak stond een stukje naar voren, zijn mondhoeken waren naar beneden gericht. Hij had verbazend lange wimpers die het voorhoofdsbeen raakten, merkte ze op. Zijn wangen en kin hadden een donkere schaduw van de stoppels die laat op de avond tevoorschijn kwamen. 'Ik wist niet dat jíj háár kende,' zei ze lijzig.

Hij hapte niet. 'Ik woon hier. Ik ken iedereen.'

'Ik bedoelde dat jullie...'

'Ik weet wat je bedoelde,' snauwde hij, en hij verstevigde zijn greep op het stuur.

Alex zuchtte en de kleine, met crèmekleurig leer beklede ruimte vulde zich met een intense stilte. Ze keek weer voor zich uit naar het schijnsel van de koplampen dat de donkere weg verlichtte. De ruitenwissers stonden op de hoogste stand want het goot van de regen. Hoewel ze liever door een ander – wie dan ook – was teruggebracht, was ze blij dat ze niet door dit weer hoefde te lopen. 'Waarschijnlijk had je geweigerd als je had geweten dat je mij zou komen ophalen.'

Een veelzeggend zwijgen. 'Je hebt gewoon geluk dat ik de hond sowieso moest brengen.'

Ze keek weer opzij, haar gezichtsvermogen net zo mistig als haar woorden. Ze kon nog steeds niet geloven dat Skye en hij een relatie hadden gehad.

'En gooi je me je auto uit zodra we er zijn?'

'Dat hangt ervan af,' mompelde hij.

'Waarvan?'

'Of je je weet te gedragen.'

Ze giechelde om zijn slechte humeur en hij wierp haar een blik toe. 'Hoeveel heb je eigenlijk gedronken?'

'Een héérlijke twaalf, gevolgd door een héérlijke achtentwintig, gevolgd door een héérlijke vijftien, gevolgd door een héérlijke zeven...' zei ze, afvinkend op haar vingers.

'Jezus...'

'En nog een héérlijke Macallan.' Ze fluisterde de naam alsof het *Macbeth* of een vies woord was.

Lochlan schudde zijn hoofd. 'Je beseft toch wel dat je van zo'n hoeveelheid drank misselijk wordt?'

'Nee hoor.'

'Jawel.'

'O god, ja, ik moet overgeven,' kreunde ze, en ze sloeg een hand voor haar mond. 'O god.'

Lochlan trapte hard op de rem. 'Niet in de auto!' blafte hij, en hij reikte voor haar langs om het portier te openen. De wind raasde naar binnen, de regen striemde over haar heen, zodat ze in enkele seconden doorweekt was, en ze draaide negentig graden om naar buiten te leunen, bij de handgestikte lederen stoelen vandaan. Maar opstaan lukte niet, de auto was te laag.

'Fuck,' mopperde Lochlan. Hij maakte zijn gordel los en sprong uit de auto. Hij trok haar op aan haar hand en hielp haar overeind, waarbij hij ervoor zorgde dat hij niet te dichtbij kwam. Ze wankelde naar de kant van de weg, leunde met haar hand op een stenen muurtje, boog haar hoofd voorover en wachtte.

Maar er gebeurde niets.

De felle wind had haar een oppepper van frisse lucht gegeven en de misselijkheid trok weg. Ze wist niet goed of ze daar blij mee moest zijn of niet.

'Ik geloof... Ik geloof dat het wel weer gaat,' mummelde ze na een minuut of twee.

'Geweldig,' zei Lochlan sarcastisch. Hij schudde geërgerd de regen van zijn armen en streek het haar uit zijn gezicht naar achteren. 'Dus nu zijn we allebei kletsnat. Zonder reden.'

'Jij bent niet bepaald een charmante goede samaritaan,' bitste ze.

'Wie zegt dat ik dat überhaupt wil zijn? Als het aan mij had gelegen, zou ik de hond hebben teruggebracht en had ik daarna een rustige avond gehad. In plaats daarvan sta ik hier in de stromende regen met een vrouw die in dronken toestand nog irritanter is dan in nuchtere staat. En dat wil wat zeggen.'

Het begon nog harder te regenen, waardoor ze met samengeknepen ogen moest turen om nog iets te kunnen zien, en ze voelde dat ze inkakte. Ze had nu de energie niet om tegen hem in te gaan. Ze voelde zich niet lekker en haar kleren waren zo nat dat de plooien van de rok glad waren getrokken door het gewicht van het water dat van de zoom droop. 'Ik... drink normaal eigenlijk nooit.'

'Dat is te merken.' Hij keek haar aan en zag dat ze lichtjes heen en weer wiegde – en niet door de harde wind. Hij zuchtte. 'Als je maar niet in mijn auto overgeeft, oké?'

'Oké,' zei ze, terugwankelend naar de auto, waarbij ze per ongeluk tegen hem aan botste toen hij haar op weg naar de bestuurderskant probeerde te passeren. Ze zwenkte opzij en hij moest haar vastpakken om te voorkomen dat ze achterovertuimelde – zijn greep verschilde weinig van de manier waarop hij haar vanochtend had vastgegrepen toen hij haar zijn kantoor uit gooide. 'Maar als ik het tóch doe,' murmelde ze met een ernstig gezicht en een zwaaiende vinger, 'koop ik een nieuwe voor je.'

'Een nieuwe Aston DB8?' zei hij spottend terwijl hij haar arm losliet.

'Zeker.' Ze haalde haar schouders op en zag dat er een vurige ring om zijn irissen lag, en ineens vroeg ze zich af of hij net zo goed zou zoenen als hij fronste. Want in dat geval... Ze schudde haar hoofd om de gedachte weg te jagen als een pony die vliegen probeert kwijt te raken. Ze was misschien dronken, maar ook weer niet zó dronken. Zo dronken was ze nooit.

Lochlan keek haar achterdochtig aan. 'Ja hoor.'

'In de kleur die je wilt,' zei ze met een zucht, en ze voelde dat ze ontspande, dat de vergetelheid lonkte. Ze kon haar ogen niet openhouden, de regen voelde prettig op haar huid. Nat was nat, ze kon nu niet nog natter worden en ze beleefde het op de een of andere manier als reinigend.

Plotseling had ze het gevoel dat ze viel, en hij wist haar nog net op te vangen door haar armen weer vast te grijpen. 'O, oeps, viel ik in slaap?' vroeg ze loom.

'Stap nou maar weer in.' Hij pakte haar bij de elleboog en loodste haar naar de passagierskant, waar hij als een politieman met zijn hand haar hoofd beschermde terwijl zij kermend bukte – of instortte.

Hij sloot de portieren weer en reed weg. Alex leunde achterover tegen de hoofdsteun. Ze wilde slapen maar werd steeds uit haar sluimer gehaald bij de scherpe bochten in de weg waardoor ze door elkaar werd geschud. Of lag het aan zijn rijstijl? Ze vroeg zich af of hij de bochten expres net wat te vlot nam om haar wakker te houden, maar om dat nu rechtstreeks te vragen ging te ver. Ze zou het liefst wegdoezelen.

'Nee, nog niet gaan slapen,' bleef hij waarschuwen, en hij gaf haar af en toe een por. 'Nog maar een kilometer.'

Maar haar ogen vielen toch dicht, en het volgende moment hoorde ze de klap van een portier dat dichtsloeg en zag ze toen ze haar ogen opsloeg de boerderij wazig in de koplampen staan. Haar portier ging open en de wind stortte zich weer op haar als een emmer koud water, terwijl Lochlan zich vooroverboog om haar uit de auto te helpen. Hij trok haar overeind.

'Kun je lopen?'

Ze probeerde iets te zeggen, maar haar stem leek het niet te doen. Het volgende moment had hij haar arm om zijn nek gelegd, en zijn eigen arm om haar middel, en liep hij met haar naar de deur. De wind en regen duwden met volle kracht tegen het hek, zodat ze het met moeite openkregen, en wervelden razend om hen heen terwijl ze moeizaam over het grindpad voortbewogen. Maar een ogenblik later stonden ze in de relatieve beschutting van het portaaltje, en weer een ogenblik later kwam Mrs Peggie tevoorschijn.

'Lieve help,' riep ze uit toen ze het doordrenkte tafereel zag. 'Hebben de *kelpies* jullie te grazen genomen?'

'De drank,' zei Lochlan, die niet in de stemming was voor grapjes over watergeesten en meteen naar binnen liep om de storm achter zich te laten. 'Welke kamer heeft ze?'

'De blauwe, achteraan,' zei Mrs Peggie, en ze wees langs de trap omhoog. 'Tss, ze is helemaal doorweekt.'

'Ik neem haar wel mee naar boven, misschien kunt u dan een kruik en een teiltje brengen.'

'Een teiltje? O hemeltjelief,' zei Mrs Peggie hoofdschuddend, en ze liep weg, een en al bedrijvigheid.

Alex hoorde de traptreden kraken onder hun gewicht nu Lochlan haar naar boven hielp. De gordijnen waren nog open en de stormachtige wind ging achter de ramen tekeer terwijl ze naar het bed werd geloodst.

'Je zult dat natte kloffie moeten uit...' Lochlan trok zijn arm weg en ze zwaaide vervaarlijk heen en weer. 'Ho!' zei hij, en hij pakte haar elleboog weer vast om haar rechtop te trekken. Haar hoofd wiebelde achterwaarts. 'Nee, niet gaan zitten. Dan wordt het bed nat.' Hij vroeg zich nu duidelijk af waar hij haar moest laten. 'Kom hier maar zitten.'

Hij leidde haar naar het vensterzitje, waar ze neerplofte en haar hoofd als een lappenpop voorover liet vallen. Hij hielp haar behoedzaam haar evenwicht te vinden en zette voorzichtig een stap achteruit, met zijn armen vooruitgestoken voor het geval hij haar weer zou moeten opvangen.

'Jezus, je moest jezelf eens zien,' mompelde hij terwijl hij zag hoe ze zijwaarts tegen de muur zakte en een stukje onderuitgleed. Ze probeerde niet opnieuw rechtop te gaan zitten, en na een moment waarin duidelijk werd dat ze niets anders van plan was dan in slaap te vallen, boog hij zich weer voorover en gespte de riempjes van de goudkleurige sandalen los, die nog ongeschikter voor een winderig Schots eiland waren dan een paar stelten. 'Waarom, wáárom heb je deze dingen in godsnaam aan?' Hij pakte gefrustreerd haar enkel vast en schudde de sandaal uit, zodat haar voet in zijn greep op en neer wiebelde. 'Het lijkt wel of je aangekleed bent door een kleuter.'

'En wat is daar mis mee?' wilde ze verontwaardigd weten. Ze deed een poging hooghartig te klinken – gebiedend – maar dat ging moeilijk met haar hoofd tegen de muur geleund terwijl ze naar hem keek en zag dat er twee van hem waren.

Hij keek haar aan, maar zijn ogen straalden nu niet zijn gebruikelijke minachting uit. Hij oogde eerder afgemat. 'Ik wist toen ik je voor het eerst zag dat je problemen zou veroorzaken,' zei hij hoofdschuddend.

'Ik zou hetzelfde over jou kunnen zeggen.'

'Jij wist niet wie ik was toen je me voor het eerst zag.'

'Jawel. Ergens wist ik het. Intuïtie. Jij paste bij de omschrijving die ik had gekregen. Callum was te...'

'Dom?'

'Flirterig.'

Hij staarde haar aan. 'Zeg je nou dat ik met je had moeten flirten om je kwijt te raken?'

Ze keek naar zijn gezicht en zag het nog steeds in tweevoud: dubbel zo knap, dubbel zo onuitstaanbaar. 'Nee. Flirten, liegen, vluchten, er is niets wat je had kunnen doen, ik had je uiteindelijk wel gevonden, want lichaamstaal is de sleutel, die vertelt altijd de waarheid.' De woorden liepen in elkaar over, geen komma's, geen pauzes.

'Ik zou bijna denken dat je dat echt gelooft.'

'Het is een wetenschappelijk bewezen feit... Wat nou? Waarom kijk je me zo aan?'

'Ik bedacht ineens dat het onvoorstelbaar is dat je stomdronken bent en toch nog een bedrijfspsychologisch betoog weet te houden alsof je spreker bent op een of ander congres. Ik weet niet of dat jou briljant of eerder arrogant maakt.'

'Het eerste,' zei ze, en ze stak een alwetende vinger in de lucht.

Hij zweeg en ze besefte dat hij haar enkel nog steeds vasthield, dat haar blote voet nog op zijn knie rustte.

Bij het geluid van de deurknop die tegen de muur klapte keek hij om naar Mrs Peggie, die als een ouderwetse hoofdzuster was uitgerust met een kruik, een thermoskan, dekens en een teiltje. 'Zo, dit zal haar goeddoen. Och,' zei ze verwijtend toen ze hen zag zitten. 'Heeft ze die natte kleren nog steeds aan? Dat kan haar dood wel worden.'

'Ik denk dat het eerder aan ú is om daar wat aan te doen, Mrs P.,' zei Lochlan terwijl hij overeind kwam.

'Aye,' antwoordde Mrs Peggie na een korte aarzeling. 'Daar heb je gelijk in. Zal ik het bad voor je laten vollopen, Lochie? Jij bent ook doorweekt. Het is een kleine moeite.'

'Nee. Ik zal jullie nu met rust laten. Ik ben toch in een paar minuten thuis.'

'Beloof me dan dat je een warm bad neemt als je er bent. Anders vat je nog kou.'

'Beloofd.'

Mrs Peggie zuchtte, opgelucht dat hij als het even kon niet zou doodgaan aan een longontsteking. 'Nou, dan kan ik haar maar beter uit die kleren en in bed zien te krijgen.'

'Gaat dat lukken, denkt u? Is Mr P. in de buurt?'

'Die ligt al onder de wol en ik weet ook niet of dit iets is waar hij me bij kan helpen.'

'Misschien niet.'

'Ga jij nu maar. Godzijdank heb jij haar opgehaald. Ik moet er niet aan denken wat er had kunnen gebeuren als ze in haar eentje haar weg terug had proberen te vinden.'

Lochlan wierp een blik op Alex. 'Nee.'

In de stilte die volgde, was Alex zich er vaag van bewust dat ze allebei naar haar keken, en ze vroeg zich af of ze werd geacht iets te zeggen. Maar waar was haar stem?

'Ze is wel een aparte, hoor,' zei Mrs Peggie zacht. 'Kwam hier binnen als een deftige dame, maar zonder haar dure kleren is ze net een verdwaald kind.'

'Hm.'

Er viel nog een stilte en Alex keek versuft weer op. Ze verwachtten toch echt dat ze iets zou zeggen.

Mrs Peggie boog zich voorover en begon zachtjes aan de mouwen van haar truitje te trekken.

'Ik ga. Succes, Mrs P.' Lochlans voetstappen verdwenen in de richting van de deur.

Alex probeerde haar hoofd op te tillen en nog een keer zijn blik te vangen toen hij zich nog even omdraaide. Ze moest hem bedanken. Hij was een klootzak, maar toch moest ze hem bedanken. Ze deed haar mond open om iets te zeggen.

'Tot morgen, Farquhar,' mompelde ze. 'En kom niet te laat.'

# 8

## *Britse wateren, 5 februari 1918*

*Er golfde water over de vloer van de machinekamer en de stroom haperde terwijl de zee de stoomketels raakte met een woest gesis. De noodverlichting was aangegaan en hij zag nu de bleke, vertrokken gezichten van zijn kameraden, die zich langs hem heen naar de ladders en de reddingsboten op het dek haastten. Het waren vrienden, mannen met wie hij kortgeleden had gekaart, die in paniek langsholden als een kudde op hol geslagen buffels: hier gold het recht van de sterkste, de zwakkere broeders werden omvergelopen en achtergelaten. Zelfbehoud ging boven beschaving, zoveel was zeker.*

*Op elke andere dag zou Ed tot de voorste mannen hebben behoord. Hij was lang en sterk voor zijn leeftijd, dankzij een leven lang houthakken met zijn vader. Maar vandaag leek hij watten in zijn hoofd te hebben, en bovendien werden zijn reflexen vertraagd door de schok. Hij had het gevoel dat hij stikte, dat de lucht uit de ruimte werd gezogen nu het water naar binnen raasde. Wat hij voelde, was geen angst, dat wist hij, want angst had hij in zijn twintigjarige leven al wel ervaren. Hij voelde zich eerder machteloos door de gedachte dat aan deze situatie niets te doen viel. Dit was niet te stoppen, er was niets tegen te beginnen.*

*Hij stond in zijn eentje in de gang toen hij een stem achter zich hoorde roepen. 'We zullen nog urenlang drijven, jongen! Dus bind je reddingsvest goed om en hou het hoofd koel. Zegt het voort.' Hij draaide zich om en zag dat het de commandant was, die met een arm rustig tegen de trap stond te leunen.*

*De woorden en de manier waarop ze werden uitgesproken, spoorden hem aan tot actie en hij beklom de trap, waarbij hij beide handleuningen moest vastgrijpen om zich op te trekken terwijl de Tuscania slagzij bleef maken. Vlak nadat hij het grote tussendek met uitgangen naar het bovendek had bereikt, werd het luik achter hem gesloten en begon de bemanning het vast te klemmen om het schot waterdicht te maken.*

*Hier hadden de meeste mannen zich verzameld, zich verdringend, smekend en vechtend terwijl de reddingsboten te water werden gelaten. Ed keek toe en vreesde dat ze elkaar zouden doden voordat ze zelfs maar met het water in aanraking waren gekomen.*

*'We zullen nog urenlang blijven drijven!' riep hij zo luid als hij kon, waarbij hij zowel de woorden als het kalme zelfvertrouwen van de kapitein kopieerde en van zijn handen een toeter maakte. 'Bind je reddingsvest goed om en hou het hoofd koel. Zegt het voort.'*

*Er werd op zijn oproep op dezelfde manier gereageerd als hij zelf op die van de commandant had gereageerd: de ervaring en de autoriteit die eruit spraken, blusten de paniek als water over vlammen, en terwijl de boodschap werd doorgegeven ontstond er orde vanuit het niets. De mannen begonnen elkaar te helpen, riepen de naam van hun slapies en verzamelden zich bij de hun aangewezen uitgang, zodat de noodverlichting aan was tegen de tijd dat Ed zelf op het dek stapte, waar de mannen rustig op de hun aangewezen ontmoetingsplek op redding stonden te wachten. De reddingsboten waren gelanceerd in de allereerste momenten na de ontploffing, en er klauterden mannen via touwen naar beneden om in de overvolle boten te komen. Hij zag dat de twee verpleegsters, de enige vrouwen aan boord, in veiligheid werden gebracht.*

*De reddingsboten voeren weg, gedragen door de deining van het schip, waarvan de voorsteven al het ijskoude water in stak. Er klonk een korte reeks explosies en de mannen keken geschrokken op terwijl er vanaf de brug lichtkogels werden afgeschoten die de donkere hemel en de zee om hen heen vuurrood verlichtten.*

*Het zou bijna een mooie aanblik zijn, ware het niet dat er inktzwarte taferelen zichtbaar werden: lichamen die in de zee dreven, mannen die elkaar bevochten om stukken drijfhout van de reddingsboten die bij de inslag van de torpedo meteen kapotgeslagen waren.*

*Ed voelde dat zijn gezichtsveld kleiner werd en dat zijn knieën begonnen te knikken. De aanval was nog maar een uur geleden, maar hij voelde zich er ouder door. Veranderd.*

*En toen zag hij plotseling vanuit de donkere avond de romp van een van de Britse torpedobootjagers uit hun konvooi langszij komen. Er werden touwen van de Tuscania naartoe geworpen en de soldaten gleden erlangs naar beneden. Ieder van hen hielp de man die na hem kwam en maakte dan plaats voor de volgende. De oefeningen uit hun training bewezen hun waarde terwijl honderden mannen van het schip werden gehaald. Ed keek toe in de relatieve warmte van de schoorsteen, vlak achter de brug. Hij zweette en rilde tegelijk. Hij zou snel aan de beurt zijn...*

*Maar de torpedojager, bomvol in de golvende zee, bleef niet langer en voer weer weg, in de richting van de kust. Een jongen die halverwege een touw hing, waagde een sprong, maar miste de boot nét en plonsde in het ijskoude water.*

*Ed zag het gebeuren, en het besef en de bijbehorende schok begonnen langzaam in te dalen. De kapitein gaf de achtergebleven mannen de instructie dat ze de rest van de lange touwen moesten oprollen en klaarleggen in afwachting van de volgende torpedojager. Er heerste een bevreemdend kalme stemming en de spanning werd omhuld door stilte terwijl ze het bevel opvolgden.*

*Ze wachtten. Ze wachtten. De noodverlichting was weer uitgegaan en de verlichte hemel was weer pikdonker, dus hadden ze alleen af en toe het schijnsel van een zaklantaarn of een gloeiende sigarettenpunt om wat te kunnen zien. De kapitein rolde een sigaret en maakte een grapje. Hij had een eerdere torpedoaanval overleefd en zijn houding maakte de mannen nerveus, maar het was duidelijk welk lot hun te wachten stond: nu de torpedojager weg was, zou het óf een late redding óf een wisse dood worden.*

*Er klonk een kreet. 'Kapitein! Kijk.'*

*De man wees het donker in en vanuit de duisternis kwamen zwak flitsende lichten tevoorschijn, en de contouren van nog een torpedojager. De soldaten juichten. De boot kwam langszij aan bakboord en er werden touwen naartoe gegooid. Ed voelde een paar handen op zijn rug die hem naar voren duwden. Het was de kapitein.*

*'Ga maar, jongen.'*

*Ed huiverde en zag dat het touw afwisselend strak werd getrokken en weer losser ging hangen terwijl de schepen onregelmatig op en neer deinden. Hij nam het touw tussen zijn handen en benen, probeerde zijn weg erlangs omlaag te vinden en voelde het touw aanspannen in zijn greep. De wind floot alsof hij door een tunnel heen waaide, de golven onder Ed rezen omhoog en hapten naar hem als wolvenkaken. Hij bleef voortgaan, hand over hand, zijn lichaam hunkerend naar verlossing terwijl elke vezel tegen de zwaartekracht streed. Hij was er bijna...*

*Maar de torpedojager zwenkte heftig opzij door een hoge golf, het touw trok plotseling strak en zijn handen gingen open als in een reflex. Even nog werd hij gered door zijn benen, door zijn enkels die het touw steviger omklemden nu zijn lichaam als dat van een trapezeartiest bleef bungelen, maar de koorts maakte hem minder alert en hij kon niet meer op tijd reageren. En terwijl zijn lichaam in zee stortte, was het niet het witte touw dat hij zag verdwijnen aan de zwarte hemel, maar een vrouw op het besneeuwde trapje voor hun huis, met een sjaal om haar schouders en liefde in haar ogen.*

## *Islay, vrijdag 8 december 2017*

Ze had de koffie al in haar hand toen de deur openging en Lochlan binnenliep. Hij bleef verrast staan toen hij haar zag en zuchtte toen ze hem de mok aanreikte en de lucht tussen hen mistig werd van de damp. 'Dit kun je niet menen.'

Alex rechtte haar rug, zodat ze in haar volle lengte van een meter vijfenzeventig voor hem stond, en glimlachte. 'Goedemorgen.'

Hij sloot even zijn ogen alsof hij bad om geduld, en Alex greep de gelegenheid aan om zijn hardloopoutfit te bekijken. Aan de opgespatte modder op zijn benen te zien had hij door turfland gerend. Rona zag er halfdood uit en sjokte zonder de moeite te nemen aan Alex' hand te snuffelen naar het haardvuur, dat al brandde.

'Het is verdomme net Groundhog Day.'

'Niet helemaal, toch?' vroeg ze met een gebaar naar haar wijde zwarte wollen broek, Céline-sneakers en grijze kasjmieren Chloé-sweatshirt. De storm was gaan liggen en de vissersboten waren alweer uitgevaren – de ferry's nog niet – en Louise had ervoor gezorgd dat haar gestrande koffers met een oefenvaart van de reddingsdienst waren meegenomen, in ruil voor een royale donatie. 'Een van ons tweeën is in elk geval beter gekleed.'

Hij keek haar aan, trapte de deur achter zich dicht en kwam het kantoor verder in. 'Je hebt je koffers dus terug,' zei hij grijnzend terwijl hij zijn hardloopschoenen zonder de veters los te maken uittrok, ze onder het bureau schopte en haar nadrukkelijk van top tot teen bekeek.

Ze trok haar schouders naar achteren en ging als een soldaat in de houding staan. 'Ja.' Ze was weer helemaal terug.

Hij nam de koffie zonder een bedankje aan en ging op de hoek van zijn bureau zitten. 'Nou, ik ben blij met de verbetering ten opzichte van je laatste uitdossing. Glittersandalen en enkelsokjes? Wat bezielde je?' spotte hij, zijn opstandige ogen op haar gericht terwijl hij een slokje nam. Ze wisten allebei dat het niet haar kleding was waar ze zich voor moest verantwoorden.

Alex slikte en haalde diep adem. Dit was het moment waar ze zich sinds vijf uur vanochtend voor schrap had gezet, het moment waar ze zich niet aan kon onttrekken als ze verder wilde met haar opdracht.

'Ja, nou, ik ben blij dat je erover begint,' zei ze met een geforceerde glimlach. 'Ik wil je bedanken voor gisteravond...'

Hij trok een wenkbrauw op.

'Het was ontzettend aardig van je om me terug te brengen.'

Hij nam een lange, langzame slok koffie en had overduidelijk plezier in de situatie. 'Ik had weinig keuze, eerlijk gezegd.'

'Nou, dat kan zijn, maar je hebt nog meer voor me gedaan...'

'O ja?' Hij leek te genieten van haar geworstel met het onderwerp en keek haar met twinkelende ogen aan.

'Me naar boven gebracht en... in bed gelegd.'

'In bed gelegd,' herhaalde hij, en ze vroeg zich af of hij doorhad dat ze geen idee had hoe ze precies in haar Turnbull & Asser-pyjama in bed was terechtgekomen.

'Ja,' zei ze knikkend en met vuurrode wangen. 'Dat was heel aardig van je.'

Hij nam nog een slokje en hield zijn ogen strak op haar gericht. Het was alsof ze door een tijger vanuit een boom werd bestudeerd.

Hij leek te wachten tot ze nog iets zou zeggen.

'En het spijt me ontzettend als de situatie ongemakkelijk voor je is geweest,' ging ze verder.

'Voor mij?' reageerde hij met een grijns.

'Natuurlijk. Ik schaam me diep. Het was zeer onprofessioneel van me en...'

'Waarom?'

Ze fronste. 'Hoe bedoel je waarom?'

'Waarom was het onprofessioneel van je?'

Lag dat niet voor de hand? 'Nou, omdat je mijn cliënt bent.'

'Zoals ik je steeds weer vertel, Hyde, nee, dat ben ik niet. Ik heb je niet ingehuurd en ik heb hier geen zin in. Je kunt wachten tot je een ons weegt voordat ik me jouw quasipsychologische blabla laat welgevallen.'

Met zijn blik daagde hij haar uit om te reageren op de overduidelijke belediging aan het adres van haar beroepsgroep, maar ze stak alleen maar glimlachend haar kin naar voren en hoopte dat ze er minder pips uitzag dan ze zich voelde.

'Oké dan,' zei ze zonder op zijn provocatie in te gaan, waarmee ze hem duidelijk maakte dat zij hierboven stond. 'Je zult wel blij zijn te horen dat Mr Peggie zo vriendelijk is mij zijn oude Land Rover ter beschikking te stellen zolang ik hier ben. Je schijnt op dit eiland geen auto te kunnen huren.'

Hij grinnikte. 'Nee.'

'Hoe dan ook zal ik je dus niet opnieuw lastigvallen.'

'Dat waag ik te betwijfelen.'

'Ik bedoelde...'

'Ik weet wat je bedoelde.' Zijn ogen glinsterden weer genadeloos bij de gedachte aan de gênante vertoning van gisteravond.

Ze zuchtte. 'Luister, Lochlan, of je het nou leuk vindt of niet...'

'Niet.'

Ze schraapte haar keel. 'Jullie bestuursvoorzitter heeft duidelijk de eis gesteld dat je met mij samenwerkt. Anders zal hij zich gedwongen zien jou uit je functie te ontheffen wegens ernstig wangedrag.'

Lochlan lachte schamper. 'Nope. Geloof me, als hij dat kon, had hij het inmiddels al wel gedaan.'

'Hij is de voorzitter van de raad van bestuur.'

'Laat hem maar een poging wagen.' Hij keek haar onverstoorbaar aan. 'Ik laat me de kaas niet van het brood eten.'

Alex staarde hem vol ongeloof aan. Hij dacht echt dat hij zich tegenover niemand hoefde te verantwoorden. 'Sholto zit niet te wachten op dit conflict. Hij wil gewoon dat het goed komt.'

'En wat ík wil, interesseert hem geen bal.'

'Je vergist je. Waarom zou hij me dan hebben ingehuurd? Hij wil dat het probleem wordt opgelost. Ik kan daarbij helpen.'

'Nee.'

'Jawel! Maar dan moet je meewerken, Lochlan. Je moet me vertrouwen.'

'Dat doe ik.'

Alex richtte zich hoopvol op. 'Echt?'

'Ja. Ik vertrouw erop dat je de deur deze keer zonder begeleiding zult vinden.'

Alex knipperde met haar ogen en voelde een bal van woede in haar buik ontstaan. Zo bot was nog nooit iemand tegen haar geweest. Ze had hem koffie en een zoenoffer aangeboden en dan behandelde hij haar zó? Had hij enig idee met welke invloedrijke mensen ze had gewerkt, welke ondernemingen ze vooruit had geholpen, nee, getransformeerd zelfs?

'Nee.'

'Nee?'

Ze zag de verbazing in zijn ogen en stak haar kin in de lucht. Hij moest eens wágen haar er weer uit te zetten!

'Nee,' zei ze standvastig. Zij ging nergens heen.

Er viel een oorverdovende stilte. Een moment waarin hun wilskracht wederzijds op de proef werd gesteld. Een moment dat hij op onelegante wijze verbrak.

'O, Hyde.' Hij stond zuchtend op en liep naar haar toe. 'Dan maar door schade en schande wijs worden, hè?' En hij pakte haar bij de elleboog en voerde haar mee naar de deur.

'Dit kun je niet menen! Nee! Nee!' Ze probeerde zich los te wurmen, maar zijn greep was te sterk. 'Niet weer!'

Hij trok de deur open en duwde haar de binnenplaats weer op.

‘Dat gevoel ken ik,’ zei hij lachend. ‘Ik dacht precies hetzelfde toen ik je vanochtend in mijn kantoor aantrof!’

En met een zelfingenomen grijns sloeg hij de deur voor haar neus dicht. Opnieuw.

Alex stond op de binnenplaats. Ze voelde zich opgelaten, ze voelde zich klein.

Maar niemand leek te hebben gezien hoe zij opnieuw gekleineerd was. Een paar mannen rolden wat vaten langs en knikten haar toe, en een man die de keitjes veegde, merkte haar pas op toen hij haar voeten bijna onder haar vandaan bezemde. Ze draaide een rondje en vroeg zich af waar ze zich deze keer zou verstoppen.

Het duurde een moment voor ze merkte dat er een andere sfeer heerste. Een gezellige bedrijvigheid die er eerder niet was. Nu de storm was geluwd en de hemel ijsblauw werd, stonden er mensen pauze te houden met koffie en een sigaret terwijl ze eerder alleen maar haastig beschutting zochten tegen de wind en regen. Ze hoorde het geluid van radio’s in de werkplaatsen en units. Er klonk gelach en vals gezang door de open ramen. De stemming op de distilleerderij was totaal tegengesteld aan de terughoudende, in zichzelf gekeerde sfeer van de afgelopen dagen.

God, bedacht ze, was dit al haar derde dag hier? Of pás haar derde dag?

Ze hadden in die tijd nul uren werk verricht, maar hoeveel was er met haarzelf gebeurd? Ze herkende zichzelf bijna niet. Vanaf het moment dat ze voet op dit eiland had gezet, was ze van de ene crisis in de andere beland. Dat ze haar kleren een paar dagen kwijt was geweest, was niet het ergste. Ze had het gevoel dat ze ook haar professionaliteit, waardigheid en trots had ingeleverd. Deels had ze de problemen aan zichzelf te wijten, maar Lochlan Farquhar profiteerde ervan, hij ontleende kracht aan haar zeldzame zwakheid.

Ze rekte zich uit en voelde weer een golf van misselijkheid opborrelen. Die onderdrukte ze door diep adem te halen – haar yogaleraar zou verbaasd zijn als hij wist dat ze de aangeleerde ademhalingstechnieken toepaste op het bedwingen van een kater – en concentreerde zich op de positieve kanten. Tenslotte was niet alles in Lochlan

Farquhars voordeel verlopen. Ze had hier al bondgenoten: zijn ex-verloofde, om te beginnen, en Mrs Peggie had vanochtend grote welwillendheid getoond door haar ontbijt – en een Alka-Seltzer-bruistablet – op een dienblad naar haar kamer te brengen. Ze had zelfs een bad laten vollopen en er epsomzout aan toegevoegd. Het water was zo heet geweest dat Alex even dacht dat ze zou flauwvallen toen ze erin stapte, maar de damp had haar poriën geopend en ze had de alcohol die ze nog niet was kwijtgeraakt door over te geven eruit gezweet. Intussen had ze haar gedachten geordend en een poging gedaan haar gestel en eigenwaarde te herstellen terwijl Mrs Peggie het bed had afgehaald om de whiskylucht weg te krijgen.

Ze keek achterom naar de ramen van Lochlans kantoor. Ze kon niet zien of hij daarbinnen naar haar stond te kijken, want de lampen waren niet aan. Hij beschouwde dit waarschijnlijk als weer een overwinning, maar zij beschikte over iets wat haar cliënten doorgaans van 'gewone' mensen onderscheidde: de kunst van het aanpassen. Hij had geen idee wat het haar persoonlijk had gekost om terug te keren naar zijn kantoor en hem weer onder ogen te komen, maar dat had ze toch gedaan. Haar nederigheid was het bewijs van haar vermogen zich aan te passen aan de situatie waar ze mee te maken kreeg, waarmee ze uiteindelijk de macht over zichzelf hervond. Door de confrontatie met hem aan te gaan had ze gisteravond achter zich kunnen laten, zodat hij niets meer had om tegen haar te gebruiken.

Ze fronste naar het donkere vensterglas. Ze vertelde haar cliënten altijd dat de snelste manier langs een probleem er dwars doorheen was, maar ze was er niet zeker van dat dit ook voor zijn problemen gold. Het was nu wel duidelijk dat een directe benadering bij hem niet werkte. In zijn geval leidde A niet per se tot B. Ze moest een andere manier zien te vinden.

In gedachten verzonken begon ze te lopen, in de richting van het blendinglab achter het bezoekerscentrum. Er was nóg iemand die ze onder ogen moest komen.

'Hé!'

Bij de schreeuw draaide ze zich om, bij de aanblik van de man die naar haar toe rende, slaakte ze een zucht.

'O, geweldig, dat ontbrak er nog maar aan,' mompelde ze onhoorbaar. Ze wachtte met een geduldige glimlach tot hij voor haar stond. 'Callum. Wat fijn je te zien.'

Zijn gezicht betrok toen hij haar zijn naam hoorde noemen. 'Ach. Dus de kaarten liggen op tafel?'

Ze onderdrukte een zucht. Meende hij dat nou? Dacht hij werkelijk dat ze zijn flauwe geintje de afgelopen dagen nog niet had doorzien? 'Ja, Callum, uiteraard. Maar wel een goeie grap, hoor. Je hebt me echt even voor de gek weten te houden.'

'Ach, nou ja, strikt genomen heb ik dat niet gedaan.'

'Pardon?'

'Nou, je kwam naar me toe, stelde jezelf voor en nam aan dat ik Mr Farquhar was – en dat klopt. Ik ging gewoon mee in jouw veronderstelling.'

Ze zuchtte. 'Je wist heel goed dat ik op zoek was naar Lochlan.'

'O ja?'

'Ja. Want je probeerde me een rondleiding door de distilleerderij te geven, hoewel je vrijwel geen enkel personeelslid bij naam kende of wist wat zijn of haar functie was.'

'Het is waar dat de werking van de gistkuipen nooit mijn bijzondere belangstelling heeft gehad,' grapte hij, in de hoop dat zijn aanstekelijke grijns haar een glimlach zou ontlokken.

En dat lukte bijna. Maar ze draaide zich met een kort, zakelijk knikje om en liep verder.

'Wacht...'

'Callum,' zei ze terwijl hij haar inhaalde en naast haar ging lopen. 'Ik begrijp dat onze kennismaking zeer vermakelijk is geweest, maar ik ben hier om te werken.'

'Nou ja, het viel te proberen.'

Ze trok een wenkbrauw op. 'Wat? Mijn geduld op de proef te stellen?'

'Je aandacht te trekken.'

Ze knipperde met haar ogen. 'Laat me je een tip geven: niet alle aandacht is wenselijk.'

'Maar Alice...'

'Ik heet Alex,' corrigeerde ze hem, en ze begon sneller te lopen.

'En ons etentje dan?' riep hij haar na toen ze bij de ingang van het bezoekerscentrum aankwam.

'Schrijf dat maar op je buik,' riep ze terug terwijl ze de glazen deuren met een luchtige glimlach opende.

'Maar...'

'Geen etentje, Callum.' En ze liet de deuren achter zich dichtzwaaien.

'Ze is in de proefkamer, laatste deur aan het eind van die gang daar.' De jongeman achter de kassa wees naar de dubbele deur achterin. 'Eh... hebt u een afspraak?'

'Ja,' zei Alex zelfverzekerd, en ze liep al weg. Nu ze weer gekleed ging in haar eigen uitmonstering, durfde niemand haar autoriteit in twijfel te trekken. Althans, zolang diegene de afgelopen twee dagen niet had gezien hoe ze zonder pardon uit het kantoor van de baas was gezet.

Skye stond met haar rug naar de deur toen Alex door het glas tuurde. Haar paardenstaart zwierde zachtjes heen en weer terwijl ze om een counter met kleine glazen flesjes heen bewoog, elk gevuld met whisky van een andere tint – van lichte karamel tot donkere marmelade. Ze was bezig ze in een glazen cilinder van ongeveer een meter hoog te schenken.

'Hoi.' Alex timede haar begroeting tussen twee handelingen van Skye in, maar toch...

'O!' riep Skye, en ze draaide zich om. 'Dat is schrikken.'

'Sorry.' Alex glimlachte verontschuldigend vanuit de deuropening.

'Nee joh, nee.' Skye schudde haar hoofd en zette het flesje dat ze in haar hand had neer. Ze had Alex duidelijk niet verwacht. 'Het is mijn eigen schuld. Ik ga zo op in het proces, ik...' Ze maakte haar zin niet af. Haar bleke gezicht kreeg een lichtrode kleur en ze kauwde nerveus op haar lip. 'Hoe gaat het met je?'

Alex liep de kamer in. 'Nou, de levertransplantatie was een succes.'

Skye barstte in lachen uit en bracht haar handen schaamtevol naar haar wangen. 'O mijn god, het spijt me ontzettend,' riep ze opgelucht. 'Ik weet niet wat me bezielde. Ik was wat al te enthousiast. Ik voel me vreselijk schuldig...'

'Nergens voor nodig. Ik heb het erg naar mijn zin gehad,' zei Alex lachend.

Skye liet haar handen zakken. 'Echt?' vroeg ze met een weifelende glimlach.

'Echt.'

'Ik dacht dat je me nu wel zou kunnen schieten.'

'Omdat je uitzonderlijk goede whisky hebt geschonken en me eraan hebt herinnerd hoe goed The Police was? Nee hoor.'

Skye grijnsde, nog een beetje beschaamd. 'Ik zag Lochie op de parkeerplaats. Hij zei dat je vandaag niet zou komen...'

'Dat mocht-ie willen!' Alex grinnikte. 'Maar hij was niet blij om me te zien, dat is zeker.'

'Nou, mocht het een troost zijn, ik heb ook een zware dag vandaag. Ik moet bijna vijfhonderd malts proeven.'

'Vijfhonderd?' vroeg Alex perplex.

'Ik bedoel, we spugen ze natuurlijk uit, maar toch...' Ze rilde.

'Je moet vijfhonderd whisky's proeven terwijl je een whiskykater hebt? Dat komt dicht bij een marteling, lijkt me.'

'Ik weet het,' antwoordde Skye kreunend, en ze liet haar hoofd in haar handen vallen.

'Eigen schuld, dikke bult.'

Er viel een korte, onzekere stilte en ze keek Alex door haar vingers aan. Daarna liet ze haar handen weer zakken.

'En je hebt je kleren terug, zie ik,' zei ze verwonderd, met een gebaar naar Alex' ingetogen maar peperdure kleding.

'Ja.' Alex rolde met haar ogen. 'Eindelijk! Ik heb de beste assistente ter wereld. Ik zal haar een flinke bonus geven – het spijt me te moeten zeggen dat ik haar vroeg in de ochtend nog dronken heb geappt dat ze er druk achter moest zetten. God sta me bij als ze ooit bij me weggaat.'

'Nou, het was het wel waard, je ziet er fantastisch uit.'

'O. Dank je. Het is wel een beetje saai, misschien.' Ze plukte bescheiden aan de zesdraadse kasjmieren trui. 'Lang niet zo spetterend als de kleren die jij voor me had klaargelegd. Niet te geloven dat ik ze ben vergeten mee te nemen toen ik vertrok. Mijn gebrek aan kleding was tenslotte de reden voor het hele bezoek!'

'In elk geval de aanleiding.' Skye grijnsde.

'Luister, ik vrees dat je mooie goudkleurige rok onderweg naar huis doorweekt is geraakt. Ik zal hem laten stomen als je het niet erg vindt daarop te wachten.'

'O, maak je daarover alsjeblieft niet druk.'

'De plooien moeten er weer in worden geperst. Maar ik zorg ervoor dat je hem zo snel mogelijk terugkrijgt.'

'Dat is echt niet nodig.'

'Ik sta erop,' zei Alex glimlachend.

Skye haalde haar schouders op, het maakte haar niet uit.

'Waar ben je precies mee bezig?' vroeg Alex, en ze liep naar de counter.

'Dit is een speciale blend voor een Russische cliënt. Of eigenlijk is zijn vrouw de cliënt, maar haar man wordt vijftig en ze wil een blend die zijn karakter weerspiegelt.'

Alex maakte een gebaar naar de counter boordevol flesjes.

'Dan zal hij wel een gecompliceerde figuur zijn,' zei Alex. Ze trok een wenkbrauw omhoog met een blik op de hoeveelheid. 'Dat zijn heel wat whisky's waar je uit kunt kiezen.'

'Aye, ik gebruik er vijftig.' Skye zuchtte vermoeid. 'Vijftig whisky's, te selecteren uit vijfhonderd.'

'Vijftig whisky's om één te maken? Trouwens, wacht eens, ik heb ergens gelezen dat Kentallen zelf geen blends produceerde?'

'Alleen in opdracht. En dit is mijn laatste project voor Kentallen, dus ik doe er mijn uiterste best op.' Glimlachend duwde Skye haar bril weer over haar neusbrug naar boven, waarna ze enkele flesjes aanwees. 'Dit is een vijftig jaar oude single malt die ik als basis gebruik.'

'Hoe weet je überhaupt waar je moet beginnen?' vroeg Alex vol bewondering.

'Daar gaan jaren ervaring aan vooraf.'

'Maar je bent nog heel jong!'

'Aye, maar mijn vader begon me al te trainen toen ik twaalf was.'

'Hij zal het wel jammer vinden dat je weggaat.'

'Een beetje wel, denk ik, maar hij ziet wel in dat het voor mij een promotie is. Als hij zijn functie hier niet opgeeft, heb ik tenslotte geen andere keuze dan te verhuizen.' Ze trok haar neus op. 'Want het zou niet goed voelen om te gaan werken bij een van de andere distilleerderijen op Islay. Kentallen zit me in het bloed.'

'Dat is heel loyaal van je. Ze zullen je hier vast enorm gaan missen.'

Skye keek een beetje ongemakkelijk. 'Aye, nou ja... de een misschien meer dan de ander.'

'O, sorry,' zei Alex. In de nevel van haar kater en haar eigen schaamte was ze helemaal vergeten dat Lochlan haar vlak voor hun huwelijk had laten zitten. 'Ik dacht er even niet bij na. Het was niet mijn bedoeling om...'

'Nee, het geeft niet. We hebben allemaal tijd gehad om aan het idee te wennen.'

Alex keek haar aan en besefte ineens dat ze hier een potentiële ingang had. Ze zou sowieso sleutelfiguren uit het managementteam moeten spreken, maar Skye was zijn ex-verloofde. Zij kende hem beter dan wie ook. 'Skye, luister eens... Zoals je weet, ben ik hier om Lochlan te helpen en het zal geen geheim zijn dat hij momenteel met het bestuur overhoopligt. Maar hij laat zich lastig benaderen. Hij wil niet eens met me praten en ik moet een manier zien te vinden om tot hem door te dringen.' Ze aarzelde. 'Mag ik jou wat vragen over hem stellen?'

'Wat voor vragen?' vroeg Skye enigszins ongerust.

'Nou, ik bedoel, het zal niet gemakkelijk zijn voor je zijn geweest om hier met hem te blijven werken. Vóór hem.' Alex kon zich niet voorstellen dat hij zich tegenover zijn ex goed gedroeg als hij zich tegenover háár niet eens professioneel of beleefd wist te gedragen.

'Nee, dat was... lastig,' zei Skye met een zucht. 'Het zal wat dat betreft fijn zijn om ergens anders een frisse start te maken, snap je?'

'Heeft hij het je moeilijk gemaakt? Je ondermijnd? Jou achtergesteld? Dat soort dingen?'

Er viel een stilte, en dat zei Alex genoeg.

'Nou, meestal loopt hij met een boog om me heen. Hij probeert alle contact met mij in feite te vermijden,' zei Skye diplomatiek.

Alex knikte. Ze zag dat ze haar armen om zichzelf heen had geslagen, zich kleiner maakte: een klassieke low-powerpose. Hoeveel had zijn mijdgedrag te maken met haar naderende vertrek, vroeg ze zich af. Skye had vol zelfverwijt beweerd dat zij altijd de mannen in haar leven volgde, maar sloeg ze nu niet eerder op de vlucht? Haar ex-verloofde was de grote man waar ze werkte. Deze situatie was toch zeker onhoudbaar? Ze kon in feite weinig anders dan vertrekken?

Alex had zelf haar buik al vol van zijn intimiderende, onvriendelijke gedrag, en ze kon zich goed indenken hoe het tussen hem en Skye gegaan zou zijn.

'Maar het maakt niet meer uit.' Skye haalde – loyaal – haar schouders op. 'Als het gaat om mengen en blenden wendt hij zich tot mijn vader. Ik heb amper iets met hem te maken, ik ben niet belangrijk genoeg.'

'Maar heeft hij je buitengesloten, uit vergaderingen, bij het versturen van memo's?' drong Alex aan. 'Want je hebt rechten, hoor. Dat mag hij niet zomaar doen.'

'Nou, zoals ik al zei, heeft mijn vader de leiding over deze afdeling, dus gaat hij naar alle managementvergaderingen en zo. Dus nee, het is meer dat hij niet eens binnenkomt als hij op zoek is naar mijn vader en ik hierbinnen in mijn eentje ben. En hij gebruikt zijn lunch nu in zijn kantoor in plaats van de kantine. Zulk soort dingen.'

Alex knikte, maar ze was er nog steeds niet van overtuigd dat Lochlan Skye er niet uit had gewerkt. Niet dat ze bewijs nodig had voor zijn slechte gedrag of zijn gebrek aan managementvaardigheden – dat was niet de reden voor haar komst hiernaartoe. 'Zou jij zeggen dat hij zichzelf van het personeel afzondert?'

Skye zuchtte. 'Aye.'

'Is hij veranderd sinds jullie uit elkaar zijn?' Skye zweeg een ogenblik, en toen ze geen antwoord gaf, voegde Alex eraan toe: 'Ik vraag dat omdat ik heb gehoord dat hij prikkelbaar, opvliegend, onbenaderbaar en onvoorspelbaar is... Ik heb de indruk dat mensen niet meer weten wat ze aan hem hebben.'

'Die eigenschappen heeft hij allemaal, maar ik geloof niet dat het ligt aan onze breuk. Hij werd al zo toen we nog samen waren. Toen zijn vader stervende was.'

'O. Wanneer was dat?' Sholto had hetzelfde gezegd tijdens hun gesprek.

'Anderhalf jaar geleden. Hij had het er erg moeilijk mee.' Skye beet op haar lip en staarde voor zich uit. 'Hij was boos, maakte de hele tijd ruzie. Ik kon niets meer goed doen. Het leek wel alsof hij me van zich af wilde duwen. En toen begon hij van alles in zijn eentje te doen. Hij sloot me buiten: trainde voor triatlons, ging bergbeklimmen, kajakken, jagen...'

Waarna hij ten slotte de knoop doorhakte en haar verliet, dacht Alex, die meelevend knikte.

'En zijn moeder? Kan hij goed met haar overweg?'

'Die is overleden toen hij zestien was.'

'O.' Dus het enig kind was wees geworden, helemaal alleen op de wereld? 'Dat verklaart een hoop.'

'Dat probeerde ik hem te vertellen. Dat al die woede in hem is ontstaan doordat hij het verdriet om zijn moeder nooit heeft verwerkt. Hij was dol op haar. En toen hij ook nog zijn vader verloor... Dat werd hem te veel.'

'Maar hij wilde het niet horen,' mompelde Alex. Dat verwonderde haar niets. Om te zeggen dat hij niet bij zijn gevoelens kon, was zoiets als zeggen dat een olifant best zwaar is. 'Dit is heel interessant, Skye. Het zegt iets over zijn kwetsbaarheden. Het bewijst dat hij menselijk is. Ik heb geprobeerd enige greep op hem te krijgen, maar hij wil niet eens even met me gaan zitten, laat staan praten. Dit is mijn derde dag op het eiland en tot nu toe hebben we alleen maar onenigheid gehad.' Ze trok een spijtig gezicht.

Skye slaakte een zucht. 'Tja, hij is een koppige klojo. Als hij iets niet wil, doet hij het niet.'

'Juist. Maar ik moet een manier zien te vinden om hem zover te krijgen dat hij met me wil samenwerken.'

'Ik weet niet wat ik daarover moet zeggen. Hij is zo dwars als wat.'

'Sholto heeft me verteld...'

'O, nou, dat is al je eerste probleem. Sholto en hij hebben een hekel aan elkaar. Als hij denkt dat jij voor hem werkt, zal hij zich tegen je verzetten.'

'Zelfs als hij daarbij zijn eigen glazen ingooit?'

'Zelfs dan.'

Alex zuchtte. Gewoonlijk begon het zware werk als ze begón met een opdracht, niet voor die tijd. Hij was een cliënt met een en al haken en ogen – alleen en eenzaam, afstandelijk, geïsoleerd en vol innerlijke woede. Normaal zou Alex zeggen dat hij zichzelf nog het meest dwarszat, maar hij bracht haar ook in een lastig parket.

'Alex.'

Ze draaide zich om en zag Callum tegen de muur geleund staan. Had hij daar de hele tijd op haar staan wachten? 'Callum,' zei ze met een zuinig glimlachje, inwendig geërgerd. Was ze niet duidelijk genoeg geweest? Hoe vaak moest ze...

'Ik heb een voorstel.' Hij zette zich met een voet af en slenterde naar haar toe.

'Sorry, maar ik heb het druk. Ik moet je broer zien te vinden, want ik wil hem graag spreken.'

'Torquil is er vandaag niet. Die doet zaken met de heren en dames van de bank.' Hij knipoogde. 'Wat wil zeggen dat hij een rugbywedstrijd in Murrayfield bezoekt.'

Geweldig, ziedde ze inwendig. Wat nu? Lochlan wilde niet met haar praten en de financieel directeur was weg op een bedrijfsuitje. Misschien kon ze gesprekken inplannen met een aantal afdelingsmanagers om meer materiaal over hem te verzamelen. Hamish kon haar vast wel aan wat mensen voorstellen. Ze had het gevoel dat hij hier respect genoot.

'Ik kom net bij Lochie vandaan.' Hij wachtte tot ze zou stoppen en zich omdraaien – en dat deed ze.

'En?' vroeg ze op behoedzame toon. Wat had Lochlan zijn neef precies verteld – had hij hem vermaakt met een gedetailleerd verslag van hun pijnlijke confrontaties?

'Het schijnt dat het tussen jullie niet al te soepel verloopt,' zei hij droogjes.

'Dat is deels aan jou te wijten. Jouw flauwe grap heeft me meteen op achterstand gezet door me de belangrijke eerste indruk te ontzeggen.'

'Die eerste indruk had geen verschil gemaakt. Hij wil gewoon niets met je te maken hebben.'

'Dat weet ik. Vanwege je vader. Als ik door die connectie al uit de gratie ben, waarom wil hij dan wel met jou te maken hebben?'

'Omdat ik familie ben?' zei hij schouderophalend, waarna hij er met een knipoog aan toevoegde: 'En omdat ik voor iedereen onweerstaanbaar ben.'

'Niet iedereen.' Het was duidelijk dat hij eraan gewend was dat hij met zijn charme en knappe uiterlijk iedere vrouw voor zich kon winnen.

Hij liet zich niet uit het veld slaan en liep glimlachend naar haar toe. 'Moet je horen, ik heb een plannetje bedacht.'

'Dat bevalt me maar niks,' zei ze, en ze sloeg haar armen over elkaar toen hij vlak voor haar bleef staan.

'Vertrouw maar op mij.'

'Dat kun je wel vergeten.' Hoe ironisch dat zij tegenover deze neef net zo klonk als Lochlan terwijl Callum net zo klonk als zij. Vond Lochlan haar net zo irritant, vroeg ze zich af, wanneer ze hem aanspoorde om met haar te praten?

Hij grinnikte. 'Luister, morgen vindt er voor de raad van bestuur een jachtpartij plaats op het landgoed van de familie. Dat is een jaarlijks terugkerende gebeurtenis om de teamgeest te bevorderen. Het is de reden waarom ik hier ben. Ga mee als mijn introducee. Mijn vader heeft moeten afzeggen, dus er is een plaatsje vrij.'

'En waarom zou ik meegaan?'

'Nou, omdat Lochie tijdens de jacht een stuk minder op zijn hoede is dan anders. Hij is een fervent jager.'

'Ik weet niet of ik wel bij die man in de buurt wil zijn als hij gewapend is.'

'Kun je zelf met een geweer overweg?'

'Natuurlijk.' Ze had zich jaren geleden toegelegd op elke sport die geliefd was onder haar cliënten. Ze kon ook prima tennissen, speelde golf met een handicap van zeven, had verstand van voetbal en kende de nieuwste scrumregels in het rugbyspel.

'Mooi.'

'Nee, niks mooi. Ik heb geen geweer bij me en...' O god, kreunde ze inwendig, niet weer. 'Ik heb geen geschikte kleding bij me voor zo'n gelegenheid.'

'Maakt niet uit, je kunt wel wat van mijn moeder aantrekken. Volgens mij hebben jullie ongeveer dezelfde maat.'

Alweer andermans kleren? Nog een keer lenen zou een hattrick betekenen! Ze keek op haar horloge. Het was nog geen elf uur. Louise kon best een vliegtuigstoel boeken en haar jachtuitrusting met een middagvlucht meesturen. Na wat Skye haar net over haar nieuwste cliënt had verteld, kon ze zich niet veroorloven een gelegenheid contact met hem te maken voorbij te laten gaan. Ze moest hem op de een of andere manier zien te bereiken en aan haar kant te krijgen.

Ze keek Callum met samengeknepen ogen aan. 'Als ik ja zeg, wat heb jij er dan eigenlijk aan?'

Hij schonk haar een verlegen grijns. 'Ah, ja. Nou, als je tijdens de jacht succes boekt bij Lochie, ga jij met mij uit eten.' Voor ze kon reageren stak hij zijn handen omhoog. 'Het is maar een etentje.'

Ze probeerde haar andere opties om Lochlan Farquhar over te halen tot samenwerking op een rijtje te zetten, maar hij had haar er nu twee keer uit gegooid en ze kon hem toch moeilijk dwingen door hem in zijn kantoor onder schot te houden... 'Waar?'

'De pub bij mij in de buurt maakt een heerlijke *shepherd's pie*. Ik vrees dat er geen chic, romantisch sterrenrestau...'

Aan de andere kant van de binnenplaats opende Lochlan de deur van zijn kantoor en kwam met grote passen naar buiten lopen. Hij droeg niet langer zijn hardloopkleding maar een jeans, een roodgeruit overhemd en een dikke donkerblauwe kabeltrui. Hij hield slechts een kort moment zijn pas in toen hij hen beiden als oude vrienden zag staan praten. Zelfs van deze afstand was van zijn gezicht af te lezen dat hij ervan baalde dat ze nog niet was vertrokken, dat ze hem dus nog steeds tot last was.

'Hé, hoi, Lochie!' riep Callum.

Maar Lochlan gaf zelfs geen knikje en liep verder naar de mouterij.

Alex besefte dat Callum gelijk had: niets kon doordringen tot een gesloten vuist, en ze zag dat zijn neef niet van plan was die te openen. Als ze steeds opnieuw in zijn kantoor zou verschijnen, zou hij haar er gewoon weer uit knikkeren. 'Oké, een etentje in de pub,' zei ze tegen Callum. 'Maar alleen als het plannetje succes heeft.'

'Akkoord,' zei hij grijnzend, en hij wreef zich vergenoegd in de handen. 'Ik zorg wel dat de plunje bij je wordt afgeleverd. Waar logeer je?'

‘Laat maar. Ik laat mijn eigen spullen opsturen.’

‘Oké, maar toch: waar logeer je? Ik moet het ook weten als ik je kom halen voor dat etentje.’

‘Je loopt op de zaken vooruit,’ zei ze laconiek. ‘Maar ik verblijf op Crolinnhe Farm.’

‘Ah, bij de gevreesde Mrs Peggie,’ reageerde hij opgewekt. ‘Heb je haar *eggy bread* al geprobeerd?’

‘Haar wat?’ Alex trok onwillekeurig haar neus op.

‘De lekkerste hartige wentelteefjes van Islay. Nee, van Schotland! Vraag of je ze morgen als ontbijt kunt krijgen.’

‘Ik peins er niet over, het klinkt ontzettend vies.’

Callum lachte terwijl ze weg begon te lopen. ‘Werkelijk, Alex,’ riep hij haar na. ‘Je moet leren van je hart geen moordkuil te maken.’

# 9

*Islay, zaterdag 9 december 2017*

'Zal ik nog wat koffie bijschenken?' vroeg een meisje met een thermosfles in haar hand.

'Graag,' zei Alex met een glimlach. Ze voelde zich ontspannen en prettig in de frisse ochtendlucht. Ze was voor het weer gekleed in haar mosgroene tweed kniebroek, lila kniekousen, een reservepaar van Mrs Peggies rubberlaarzen, een camelkleurige trui met V-hals over een zacht katoenen shirt, een bijpassend tweed jack en een bruine vilthoed met een veer op de rand. Ze zou de hele dag op haar buik in het struikgewas kunnen liggen en toch nog warm en droog blijven, en dat wilde wat zeggen bij deze temperatuur. De wolkenluchten hadden gisteren in de loop van de middag plaatsgemaakt voor een heldere hemel, en de temperatuur was flink gedaald, zodat ze vanochtend verrast werd door de rijp die over het gras had gelegen. Maar de mist die er hing was snel opgetrokken toen ze over de *moors* reed. De opkomende zon had de hemel een blos gegeven en de paarse tint van de heuvels in de verte intenser gemaakt. En bij gebrek aan ook maar het zachtste briesje waren de meertjes spiegelglad.

Ze keek om zich heen naar de groep die zich had verzameld. Iedereen was in opperbeste stemming, al was het nog maar half negen in de ochtend. De *beaters* – de drijvers – waren al vooruitgegaan met de honden terwijl de *guns*, zoals de jagers werden genoemd, van hun warme koffie genoten en monter over het terrein voor het landhuis van de familie Farquhar rondliepen, en de gamekeeper nog wat laatste dingen controleerde voor ze op weg gingen.

Callum had aangeboden haar op te halen, maar dat had ze geweigerd – hoe minder hij de indruk kreeg dat dit een 'date' betrof, hoe beter. Bovendien was ze er vrij zeker van geweest dat de van Mr Peggie geleende Class II Land Rover en de routebeschrijving van Mrs

Peggie haar probleemloos naar de juiste plek zouden brengen, wat inderdaad zo was. De met een adelaar gesierde, door stenen pilaren geflankeerde hekken die toegang boden tot het landgoed van de familie Farquhar, zo'n vijf kilometer verderop aan de weg, sprongen behoorlijk in het oog.

De oprijlaan was lang en kronkelig, met aan weerszijden grote rododendrons en sparren die slechts hier en daar een doorkijkje naar het land erachter boden. Het voorname landhuis lag op een verhoogd gedeelte met weelderige gazons eromheen. Alleen een doedelzakspeler en een grazend edelhert ontbraken nog aan de Highlandsfeer. In de verte glinsterde het water van de Sound in het bleke zonlicht, waarop de vissersboten van hieraf niet meer dan stipjes waren. Er krasten enkele roeken in de kale met mos begroeide berken.

Ze werd voorgesteld aan Bruce McIntyre, niet alleen de meesterblender van Kentallen en Skyes vader, maar ook, volgens Sholto, de enige afdelingsmanager die in het bestuur zat. Hij was uitzonderlijk lang en hij had suikerspinzacht wit haar en een grote snor. Er maakte maar één andere vrouw deel uit van de groep: Mhairi MacLeod, een advocaat die gespecialiseerd was in bedrijfsrecht. Ze had een rustige, beheerste manier van doen zonder drukke gebaren, en ze sprak met een zachte stem, waardoor mensen gedwongen werden zich naar haar toe te buigen als ze haar wilden verstaan. Alex vond haar meteen aardig en ze hadden binnen een paar minuten na hun kennismaking visitekaartjes uitgewisseld. Ze stonden te praten met een man die Peter McKinlay heette, de CEO van een onderneming in plastics uit Perth, en met Douglas Fives, de hoogste baas bij PWC in Edinburgh, toen Callum weer naar hen toe liep.

'Nou, alles is zo ongeveer gereed. Zijn jullie er klaar voor, *chaps*?' vroeg hij handenwrijvend, waarop iedereen instemmend reageerde. Hij zag er goed uit in zijn tweed kniebroek, het bijpassende jack en daaronder zijn bordeauxrode fleece, een kleur die zijn aantrekkelijke gezicht accentueerde. Dat wist hij zelf ongetwijfeld ook, maar ondanks zijn ijdelheid was het ook duidelijk waarom hij de afdeling vermogensbeheer van de familie leidde. Hij had een ongedwongen charisma dat vaak het verschil zou maken tussen een deal of geen deal. 'Er zijn in totaal acht jagers, dus we kunnen allemaal mee in de kar,' zei hij met een hoofdgebaar naar een terreinwagen, een verlengde Land Rover met een dak van canvas dat er ook af kon, maar er met deze kou natuurlijk overheen gespannen was. De *pegs*, de posities waarvandaan ze zouden schieten, waren al toegewezen. Callum en zij zaten op drie en vier, maar ze wilde liever weten waar Lochlan zou zijn. Ook wilde ze graag weten waar hij op dit moment was, want hij was nog niet aangekomen.

'Doet Sholto niet mee?' vroeg Peter McKinlay aan Callum.

'Helaas niet. Je kent hem: hij mist niet graag zo'n dagje in de open lucht, maar hij zit momenteel in Londen. Niets aan te doen, vrees ik.'

'Nou, dat levert ons meer kansen op,' zei Douglas Fives grinnikend. 'Die ouwe van je blijft maar schieten als hij de smaak te pakken krijgt.'

Alex was er heimelijk ook blij om. Gezien de ontvlambare aard van de relatie tussen Sholto en Lochlan zou het haar niet helpen als hij hier ook rondhing. Hoe minder Lochlan haar met hem associeerde, hoe beter.

Callum keek haar aan met die helderblauwe ogen van hem. 'Alles goed?' vroeg hij.

'Ja, zeker weten,' zei ze kordaat.

'Oké, klaar, chaps? Schiet op dan!' zei hij, lachend om zijn eigen woordgrapje.

'Moeten we niet op Lochlan wachten?' vroeg ze hem nadrukkelijk. Zijn aanwezigheid hier was tenslotte de hele gedachte achter háár aanwezigheid hier.

'Hij haalt ons in bij de eerste *drive*. Hij moet nog iets afhandelen...' Geërgerd vroeg Alex zich af wat dat kon zijn, zo vroeg op een zaterdagochtend. Het was nogal onbeleefd om het samenzijn voor de jacht te missen. 'En we beginnen in het bos naast zijn huis. Dus voor hem is het gemakkelijker om ons daar te treffen,' voegde hij eraan toe terwijl hij de groep voorging naar de terreinwagen.

Maar Alex zag een andere man vanuit het grote huis over het grind naar hen toe lopen met het natuurlijke zelfvertrouwen van iemand die er thuishoorde. Ze wist meteen wie hij was: hij leek op zijn vader, had dezelfde gedrongen bouw, ook een goeie kop met haar en dezelfde voorliefde voor opvallende kousen. (Bij hun ontmoeting in Edinburgh was haar opgevallen dat de sokken van Sholto oranje waren; de kousen van zijn zoon, waarvan een stukje zichtbaar was boven zijn laarzen, waren pauwblauw met paars.)

'Jij moet Torquil zijn,' zei ze, en ze stak haar hand uit. 'Alex Hyde.'

'Ah, Miss Hyde, ik had me er al op verheugd je te ontmoeten.' Zijn stem klonk vriendelijk, maar hij gedroeg zich gereserveerd. Hij had niets van de ruwe vijandigheid van zijn neef, en ook niets van de verraderlijke charme van zijn broer – hij leek in feite het tegendeel van beiden te zijn.

'Aangenaam kennis te maken. Goed dat onze wegen elkaar eindelijk kruisen.'

'Ja, ik was de hele week voor bankzaken in Edinburgh, maar ik neem aan dat mijn neef zich tijdens mijn afwezigheid als een goed gastheer heeft gedragen?'

Alex aarzelde. Ze wist niet hoeveel Sholto zijn zoon over haar aanwezigheid hier had verteld. 'Laten we zeggen dat het een interessant begin was. En dat ik er meteen helemaal in zat.'

'Goed om te horen. We hebben iemand nodig die ons de weg wijst, iemand die het grotere plaatje overziet. Als verhoudingen beginnen te verslechteren, zoals die van ons, kan het moeilijk zijn om de zaken helder en objectief te beschouwen, wat natuurlijk desastreus is voor de onderneming.'

'Nou, ik help jullie graag.'

'Gaan jullie nog mee of blijven jullie over het werk staan praten? Het is weekend, hoor,' riep Callum vanuit de terreinwagen, met een heupflesje in zijn hand.

Torquil zuchtte. 'Ik neem aan dat je al hebt kennisgemaakt met mijn broer?'

'O ja,' zei ze met een glimlach terwijl ze zich in beweging zetten. 'Hij heeft me zelfs uitgenodigd voor vandaag.'

'Ah.'

'Hij dacht dat het een goed idee zou zijn als ik de rest van het bestuur zou ontmoeten.'

'Zeker. Deze jachtpartij is gewoonlijk een van onze meest plezierige bijeenkomsten, en na de manier waarop de laatste jaarvergadering is geëindigd, hebben we wat plezier hard nodig. Hopelijk lukt het om de goede onderlinge sfeer te herstellen.'

Ze stapten in, waarop de andere in tweed gehulde achterwerken een stukje opschoven om ruimte te maken en Callum twee klappen op de zijkant van de terreinwagen gaf.

De gamekeeper, die tevens hun chauffeur was, reed weg. Ze passeerden het huis en volgden aanvankelijk de oprijlaan alsof ze terugreden naar de hekken, maar voor ze daar waren maakten ze een scherpe bocht naar rechts, het bos in. Daar reden ze over een onverharde weg met boomwortels en al licht bevroren groeven, zodat de passagiers zich goed moesten vasthouden om te voorkomen dat ze alle kanten op stuiterden.

Zo reden ze ongeveer twee kilometer door, waarbij de zon slechts hier en daar tussen de bomen door op de bosbodem scheen, die bedekt was met sparrennaalden en kussentjes mos. Alex zag een rode eekhoorn die op een hoge tak argwanend toekeek met een dennenappel tussen zijn pootjes. Aan hun linkerzijde ving ze door de bomen glimpen op van het open land. De glinsterende zee leek steeds dichterbij te komen en toen ze uiteindelijk een kwartier later het bos uit reden, spreidde het landschap zich als een boek voor hen open. Met de zon in hun gezicht en de modderige bosweg achter zich hotsten ze over het heidelandschap naar de eerste drive.

'Goed, chaps,' zei Callum, die als eerste uit de terreinwagen sprong, met zijn geweer in het leren foedraal over zijn schouder slingerend.

'Pegs een tot vier links naar beneden, bij het meer, vijf tot acht omhoog naar die bomen daar. Alex, volg mij maar,' zei hij vrolijk.

Ze wilde liefst hardop zeggen dat ze hier niet 'met hem samen' was – ze zag dat een paar van de oudere mannen elkaar een verwonderde blik toewierpen – maar het was niet handig om er drukte over te maken, dan zouden ze alleen maar denken dat ze misschien iets te hard protesteerde.

'Callum, waar is je neef?' vroeg ze terwijl ze naast hem voortbeende. 'Je hebt gezegd dat hij hier zou zijn.'

'En hij komt zo – ja, daar is hij al,' zei hij. 'Aye, en het ziet ernaar uit dat hij niet alleen is.'

Hij wees naar een huis, waarvan het fraaie leistenen dak en de hoge schoorstenen net zichtbaar waren achter een hoge muur. Bij het gietijzeren sierhek halverwege stond Lochlan voorovergebogen om een donkere vrouw met krullend haar te zoenen – die haar handen om zijn hoofd hield terwijl hij zijn armen naar achteren richtte om te voorkomen dat zijn geweer van zijn schouder zou glijden.

'Jezus, ze zal het wel ijskoud hebben,' mompelde Alex toen ze zag dat de vrouw alleen maar een beddenlaken om zich heen had gewikkeld.

'O, ik stel me zo voor dat hij haar wel warm heeft gehouden.' Callum grinnikte. 'Mijn neef is stiekem erg populair bij de dames.'

'Zo stiekem ook weer niet,' merkte Alex snibbig op, en ze wendde zich af toen ze zag dat Lochlan zich losmaakte en naar hen toe liep. 'Zijn affaires met het vrouwelijke personeel zijn bekend.'

Ze liepen naar de pegs en ze stopte de patronen in het magazijn van haar geweer.

'Goeiemorgen, neef,' riep Callum terwijl Lochlan passeerde. 'Goed geslapen?'

Lochlan wierp hem – hun allebei – zwijgend een blik toe, en ze was blij dat hij duidelijk nijdig was om haar hier te zien. Hem uit zijn evenwicht brengen was cruciaal: ze had maar een heel kleine opening nodig.

'Wat doet zij hier?' snauwde hij bot.

'Zíj heet Alex,' zei Callum met klem. 'En Alex is zo vriendelijk om in te vallen voor pa, aangezien die er niet bij kan zijn.'

Lochlan bromde wat voor zich uit, en Alex zag dat hij naar de eerstvolgende peg liep: een silhouet in het zonlicht met zekere voetstappen op het ruige terrein, alsof hij elke kluit aarde hier kende. Rona, die geen riem om had, volgde hem op de hielen.

'Relax. Jouw moment komt nog wel,' zei Callum, die zag hoe ze hem nakeek.

'O, dat weet ik,' antwoordde ze zelfverzekerd, net toen ze in de verte het fluitsignaal klonk – dat het begin van de drijfjacht aankondigde – waarop de beaters met stokken op boomstronken en in het gras begonnen te slaan, op fluitjes bliezen en trillers produceerden. Ze zetten haar gehoorbeschermer op en ontgrendelde de veiligheidspal, klaar om te richten en te schieten, haar ogen naar de lucht gericht.

Binnen een paar minuten vlogen de eerste vogels omhoog en

hoorde ze het knallen van de andere geweren. Ze wachtte tot zij haar eerste fazant in beeld zou krijgen en zag vanuit haar ooghoek dat Lochlan vier fazanten achter elkaar neerhaalde, plus een snip.

'Nu wij,' mompelde Callum naast haar met ongebruikelijk gespannen stem terwijl er twee vogels door de lucht voor hen vlogen. Hij legde aan, Alex deed hetzelfde en het volgende ogenblik schoten ze allebei.

'Je was fantastisch!' riep Callum uit toen ze terug omhoog naar de terreinwagen riepen.

'Dank je. Hoewel ik me nogal beledigd voel dat je zo verrast klinkt.'

'Je voelt je de hele tijd door mij beledigd.'

'Dat is waar.' Ze lachte onwillekeurig. Misschien was ze inderdaad wat te streng voor hem geweest, maar als hij zou stoppen met flirten zou ze ontspannen en veel aardiger tegen hem kunnen zijn. Ze liepen naast elkaar, hun adem in wolkjes voor hen uit, hun geweren over hun schouder geslingerd. De doordringende geur van het geweervuur hing in de lucht. Het was een uitstekende start geweest. Ze voelde zich relaxed en heerlijk warm nu de eerste drive achter de rug was.

'Hoe is het jou vergaan?' vroeg Callum zijn broer toen de groep zich weer bij de terreinwagen begon te verzamelen.

'Abominabel. Superslecht geschoten,' zei Torquil hoofdschuddend.

'O, dat valt best mee,' zei Peter. 'Je deed het beter dan die ouwe Dougie hier. Jij had je geweer tenminste geladen,' zei hij veelbetekenend.

'Jij niet dan?' vroeg Torquil met een blik op de accountant.

'Je hebt beloofd het niet te vertellen!' zei Douglas lachend.

'Hij had er een paar mákkelijk kunnen hebben,' klaagde Peter.

'Ja hoor! Als ik het me goed herinner, heb jij ooit ook weleens dergelijke missers gemaakt.'

'Geen ouwe koeien erbij halen, *old chap*.'

'En jij, Lochie?' vroeg Callum toen zijn neef kwam aanlopen met een gesloten uitdrukking op zijn gezicht, die volledig voor Alex bestemd was, daar was ze van overtuigd.

'Ach, niet slecht.'

Of misschien was die blik ook voor de anderen bestemd, dacht ze bij zichzelf toen ze merkte dat de luchtige stemming verdween toen hij verscheen. Ze keek toe terwijl iedereen hem om beurten de hand schudde, maar zijn afwezigheid bij het eerste verzamelmoment was zeker niet onopgemerkt gebleven en hij oogstte slechts hier en daar een afgemeten, formele glimlach.

'Niet slecht? Het ging meer dan goed, telkens als ik keek,' riep Pip, de vriendin van de gamekeeper. 'Rona raakte zowat uitgeput van het ophalen van je prooien.'

Lochlans hand reikte automatisch naar beneden om de hond over haar kop te aaien, waarop ze tegen hem aan schurkte terwijl ze met haar roze tong uit de bek stond uit te hijgen.

Alex keek naar Sam, de gamekeeper, die de op het gras gelegde vogels oppakte en ze op een trailer legde.

'Nou, Alex blijkt ook uitstekend te kunnen schieten,' zei Callum. 'Zij raakte alle vogels die ik miste, naast haar eigen natuurlijk.'

Lochlan staarde haar aan alsof haar succes zijn prestatie naar beneden haalde.

'Goed zo, Alex,' zei Douglas. 'Ik moet zeggen dat het leuk is dat er voor de verandering nog een tweede vrouw meedoet aan de jacht.'

'Wat probeer je daarmee te zeggen, Doug?' vroeg Mhairi stekelig, maar met een glimlach in haar ogen.

'Ik begrijp niet waarom er niet meer vrouwen jagen,' zei Alex. 'Tenslotte is het een kwestie van vaardigheid, niet van kracht.'

'Ze zijn te teerhartig,' zei Peter hoofdschuddend. 'Mijn vrouw kan de gedachte een levend wezen te doden niet verdragen. Het maakt niet uit hoe vaak ik haar vertel dat de jacht de plattelandseconomie en gemeenschapszin versterkt, of dat het geld dat ermee wordt verdiend naar de landgoederen gaat, en dat er werk wordt gecreëerd voor gamekeepers, beaters, jachtopzieners, enzovoort, of dat die vogels net zo goed worden gefokt om gedood te worden als kippen en schapen… Ze wil het niet horen.'

'Laat het gaan, old chap. Het draait allemaal om het killersinstinct,' zei Douglas, die een vuist in de lucht stak. 'En dat hebben de meeste vrouwen niet. Ze kunnen zichzelf er niet toe brengen de trekker over te halen.'

Alex stond op het punt te zeggen dat het niets te maken had met gender: er waren net zoveel mannen als vrouwen die niet wilden schieten, ongeacht de argumenten voor of tegen, maar ze kreeg de kans niet.

'Nou, kennelijk is dat voor Alex geen probleem. Ik denk dat ze zonder aarzelen een dier direct een kogel tussen de ogen zou kunnen jagen,' zei Lochlan bruusk, waarna hij een armgebaar naar de terreinwagen maakte. 'Gaan jullie mee?'

De tweede en derde drive leverden een gemengd resultaat op – letterlijk. Ze schoten op patrijzen en fazanten, en de laagstaande zon maakte het kijken en richten hier en daar moeilijk, maar Alex was al met al tevreden over haar prestaties. Vaste hand, scherpe blik, rustige ademhaling. Ze schoot voor tachtig procent raak en ze kon zich gemakkelijk meten met Lochlan, wat hem enorm ergerde, zo te merken bij elk compliment dat haar werd toegeroepen.

'Je bent boven verwachting goed, Alex,' zei Torquil monter toen ze elkaar allemaal weer troffen bij de terreinwagen. 'Toen mijn munitie op was, heb ik naar je gekeken. Je raakte bijna alles waar je op richtte.'

'Ze liet mij verdorie ver achter zich,' mopperde Callum lachend. 'Ik had je niet uitgenodigd als ik had geweten dat je zo'n eersteklas schutter was.'

'Nou, het is wel duidelijk dat jij de uitblinker van de dag bent,' zei Douglas, die zijn zilverkleurige bekertje sherry naar haar hief. 'Proficiat!'

'Proficiat,' herhaalden ze allemaal – op één na.

Ze waren inmiddels naar een plek aan de rand van het landgoed gereden, dat volgens Callum bijna duizend hectare besloeg. De zee lag achter hen aan de voet van de kliffen, die hier heel steil omhoogrezen. Ze bevonden zich op grote hoogte: Port Ellen en de distilleerderij waren buiten beeld en Alex leek de twee hoge heuvels die ze vanaf de boerderij in de verte kon zien, nu bijna te kunnen aanraken.

De vriendin van de gamekeeper liep rond en deelde warme worstjes uit. Alex was blij met de warmte. De jacht vroeg veel vaardigheid en concentratie, maar was geen al te actieve sport, en ze begon het gevoel in haar tenen te verliezen. Ze probeerde zich te verheugen op een stomend heet bad bij Mrs Peggie, maar haar verbeeldingskracht liet te wensen over. Ze probeerde haar tenen heen en weer te bewegen, maar dat was lastig in de dikke sokken die ze droeg. Ze wipte van de ene voet op de andere en ging nog net niet ter plekke staan joggen.

'Koude voeten?' vroeg Lochlan met een blik die suggereerde dat dat een teken van zwakte zou zijn.

Ze haalde haar schouders op. 'Een beetje. Mijn bloedcirculatie is niet de beste ter wereld.'

'Je bent ook wel aan de spichtige kant,' zei Lochlan. 'Wat meer vlees op de botten zou een wereld van verschil maken.'

'Wat een ontzettend botte opmerking, Lochie,' zei Torquil verontwaardigd.

Lochlan beloonde hem met een lange, koele blik en deed geen poging zich te verontschuldigen. De spanning was te snijden, zoals steeds wanneer Lochlan op de voorgrond trad.

'Nee hoor,' reageerde Alex met een glimlach. Ze liet de belediging moeiteloos van zich afglijden. 'Geen enkele vrouw vindt het erg om te horen dat ze dun is. Ook niet wanneer het niet als compliment bedoeld is.'

'Maar toch...'

'Ik raad je met neopreen gevoerde rubberlaarzen aan.' Callum deed een poging de situatie te redden.

'O ja,' zei Peter instemmend. 'Mijn vrouw zweert erbij.'

'Die van Le Chameau zijn mooi,' voegde Mhairi eraan toe, en ze showde haar eigen olijfgroene exemplaren.

'Of je gaat een keer écht jagen,' zei Lochlan op schampere toon. 'Daar word je wel warm van.'

'Hoezo écht jagen?' vroeg Torquil, licht ontstemd door de suggestie dat deze goed georganiseerde drijfjacht met alles erop en eraan niet 'echt' zou zijn.

'Nou, je weet wel, de vrije jacht, het ruigere werk zonder dat je het allemaal op een presenteerblaadje krijgt aangeboden.' Zijn ogen bleven op Alex gericht, uitdagend, intimiderend.

'O, dat heb ik ook wel gedaan,' zei Alex schouderophalend. Hoe kalmer ze bleef, hoe meer hij zich opwond, dat wist ze. Zij werd warm onthaald terwijl hij koel werd bejegend, en ze voelde op de een of andere manier dat dit haar kans was. Ze moest hem provoceren, een breekpunt zien te bereiken – en er was geen twijfel aan dat hij vandaag onder druk stond. 'Op een prachtig domein in Yorkshire. Appleton. Misschien ken je het wel?' Hij moest het kennen, dat kon niet anders. Het was een van de belangrijkste jachtgronden van het land.

'Nee.'

Hij loog. 'O, nou ja, waarom zou je ook? Het is maar ongeveer zesduizend hectare groot.'

Er viel een gespannen stilte en het was duidelijk dat niemand zijn ontkenning nog geloofde.

'Als ik het heb over écht jagen, bedoel ik – uiteraard – de MacNab,' zei Lochlan ten slotte.

Ze trok een wenkbrauw op en nipte van haar sherry. 'De MacWat?'

'Daarbij jaag je binnen vierentwintig uur een hert, twee stuks pluimwild en een zalm bij elkaar.'

'Klinkt leuk,' zei ze luchtig.

'Het is een stuk moeilijker dan het klinkt.'

'Als jij het zegt.'

'Ik zeg het.'

'Oké.' Ze haalde nog een keer nonchalant haar schouders op. Er vormde zich een klein glimlachje om haar lippen. Ze zag dat ze hem het bloed onder de nagels vandaan haalde – door hier te zijn, niet te vertrekken, niet te verliezen, niet op te geven.

'Ik ga volgend weekend.'

'O?'

'Op het domein van een bekende in Perth. Ga gerust mee.'

Ze trok een verontschuldigend gezicht, in de wetenschap dat hij haar wilde overbluffen, haar wilde laten weten dat hij haar in elke arena zou verslaan. Ze besloot een staaltje omgekeerde psychologie toe te passen. 'Nou, dat is een heel aardig aanbod, maar ik weet niet of ik hier volgend weekend nog wel ben.'

Zijn ogen vernauwden zich nu hij weer uit balans werd gebracht. 'Ik had begrepen dat je hier voorlopig nog wel zou zijn.'

'Tja, de zaken zijn niet volgens plan verlopen en ik heb ook nog andere cliënten die me nodig hebben. Als het niet gaat, heeft het weinig zin om te blijven.'

'En als de zaken plotseling wél volgens plan gaan verlopen...' merkte Callum op met een ondeugende blik in zijn blauwe ogen.

'Nou, dan ben ik hier nog wel een poosje,' antwoordde ze met een engelachtige glimlach.

'O, de MacNab meemaken is een absolute aanrader,' zei Peter McKinlay enthousiast. 'Ik heb er één keer aan meegedaan. Een ramp. Ik heb mijn vrouw bijna aan één oog blind gemaakt met de kunstvlieg, vervolgens viel ze achterover in de rivier en verdronk ze bijna, die arme schat. Het heeft me een vakantie naar Mauritius en een parelketting gekost voor ze me die actie vergaf, dat kan ik je wel vertellen.'

'Nou, aan mij zal het niet liggen,' zei Alex. Lochlan liet zijn blik op haar rusten. Haar achteloze houding was een uitdaging aan zijn adres, en dat wist hij: als hij de gelegenheid wilde hebben om haar op haar plaats te zetten, moest hij haar eerst toestaan hém op zíjn plaats te zetten.

'Oké, iedereen klaar voor de volgende ronde?' vroeg Torquil, die de sherrybekertjes verzamelde.

'Absoluut!'

Het gezelschap begaf zich over het lange gras terug naar de terreinwagen, en Callum kwam grinnikend naast Alex lopen. 'Ik geloof dat u me het genoegen van een etentje zult moeten gunnen, Ms Hythe,' mompelde hij. Maar ze stoorde zich deze keer niet aan zijn zogenaamde vergissing.

'Colin, ik geloof dat je gelijk hebt,' reageerde ze glimlachend, waarop ze allebei zo hard in lachen uitbarstten dat iedereen keek.

Toen ze een aantal uren later terugkwam bij de boerderij stond Mr Peggie als een bloedhond in de lucht te snuffelen en met een diepe rimpel in zijn voorhoofd naar de hemel te kijken.

'Er komt sneeuw,' zei de oude boer op onheilspellende toon. 'En veel ook.'

'Dat zal het leven er voor u niet makkelijker op maken,' zei ze terwijl ze haar laarzen, die onder de modder zaten, bij de achterdeur uittrok.

'Ach, een boom valt ook niet om bij de eerste houw.' Hij klonk als een oude bard en zag er ook zo uit.

Ze liepen samen de boerderij in, waar Mrs Peggie aan het fornuis in een pan stond te roeren.

'Goedenavond, Mrs Peggie,' zei Alex met een glimlach en haar neus in de lucht. Haar lange verblijf gaf haar een speciale status, die inhield dat ze welkom was in de keuken, waar ze graag bleef hangen terwijl Mrs Peggie kookte. 'War ruikt dat verrukkelijk. Wat kookt u vanavond?'

'Paddenstoelensoep en rundvleesstoofpot.'

'Mmm, lekker.'

'Het duurt nog wel een uurtje voor het klaar is. Heb je zin in thee?' vroeg de oude vrouw, haar handen aan een theedoek afvegend. 'Ik heb er *Dundee cake* of borstplaat bij.'

'Graag, maar zal ik theezetten? U hebt het druk. Mr P., wilt u ook?'

'Aye. Graag.' Hij ging aan de kleine keukentafel zitten, al op kousenvoeten, en pakte de *Ileach*, de lokale krant.

'Hoe was de jacht?' vroeg Mrs Peggie.

'Heel... productief,' antwoordde Alex met een tevreden glimlach.

'Goed zo.'

Alex liep naar de gootsteen en vulde de waterkoker. 'Zijn er vanavond gasten in de groene kamer?'

'Aye, Mr Newson uit Sutherland. Hij bezoekt zijn dochter en schoonzoon elk jaar rond deze tijd. En hij logeert dan altijd bij ons.'

Alex zette de waterkoker aan en leunde tegen het aanrecht. Dat klonk goed: een rustig iemand met een duidelijk doel die de hele nacht zou slapen – anders dan die Spaanse peuter. 'Hebben jullie veel van die vaste gasten?'

'Aye, aardig wat. Mr Newson elk jaar in december, en een ouder echtpaar uit Dorset komt altijd met Pasen, hoewel hij nu zoveel last heeft van zijn heup dat ik bang ben dat hij de trap niet meer op kan komen, toch, Mr P.?' vroeg Mrs Peggie, die kennelijk niet stilstond bij haar eigen gevorderde leeftijd.

Mr Peggie maakte een instemmend geluidje.

'En dan is er nog onze Amerikaan, Mr Horowitz, die elke zomer komt wrakduiken.'

‘Wrakduiken?’

‘O ja, dat is hier heel populair. Er zijn hier voor de kust een hoop schepen vergaan. Het zijn verraderlijke wateren. De stroming in de Sound of Jura, aan de andere kant van het eiland, heeft een snelheid van bijna vijf knopen, en aan deze kant liggen riffen vlak onder de oppervlakte. Dit is geen plek voor amateurzeilers, dat is een ding dat zeker is.’

‘Maar om helemaal uit Amerika te komen om híér te gaan wrakduiken? Er zullen voor hem dichterbij toch wel mogelijkheden zijn? De Bermudadriehoek, ik noem maar wat!’

‘Ah, maar het is iets persoonlijks. Zijn grootvader...’ Ze fronste even. ‘Of overgrootvader...’

‘Grootvader,’ zei Mr P. zonder van de krant op te kijken.

‘Zijn grootvader is omgekomen bij een scheepsramp en hij wil de herinnering aan hem in ere houden met zijn pogingen om bezittingen van het schip te vinden. Hij komt hier nu al zestien jaar.’

‘Mijn hemel.’ Alex pakte drie koppen die aan haakjes aan een plank hingen, en deed wat theezakjes in de bruine theepot.

‘Hij was opgetogen toen ze de klok omhoogbrachten. Dat is nu geloof ik twee jaar geleden.’

‘Wow. Dat is ongelooflijk... toegewijd van hem.’

‘Hij is een goeie kerel, Mr Horowitz. Er zijn tegenwoordig niet veel mensen meer die de tijd nemen om stil te staan bij de offers die voor hen zijn gebracht. O, dat is waar ook, wanneer ga je een begin maken met die dozen, Mr P.?’

Mr Peggies wenkbrauwen verschenen boven de krant uit.

‘Je hebt beloofd dat je alles voor de kerst klaar zou hebben en naar Jackie McKenna zou sturen. Je zei dat het slechte weer een goede smoes was om ze naar beneden te halen en ermee aan de slag te gaan.’

‘Ga ik ook doen.’

‘Dat zeg je al weken.’

‘Het weer was nog niet slecht genoeg. En ik had nog genoeg werk aan de muurtjes.’

‘Nou, er wordt voor de volgende dagen een flink pak sneeuw verwacht. Klinkt mij als de perfecte gelegenheid in de oren.’

'Ja, schat.'

Mrs Peggie snoof, zich er heel goed van bewust dat ze werd afgescheept. Ze keek even naar Alex, die het allemaal met een geduldige glimlach aanhoorde. 'Mr P.'s vader was de plaatselijke brigadier, en hij was degene die de lichamen moest identificeren als ze na een schipbreuk op de kust aanspoelden.'

'O god,' zei Alex met een frons. 'Wat afschuwelijk.'

'Aye, vast en zeker. Niet dat hij er ooit over praatte. Mr P. kwam er pas achter na zijn vaders dood. Hij vond dozen met brieven, foto's en logboeken op zolder. Hartverscheurend. Zijn vader had de brieven van wanhopige moeders en weduwes bewaard die wilden weten wat er met hun zoon of echtgenoot was gebeurd. Uit de aantekeningen die hij erop maakte, blijkt dat hij hun allemaal ook heeft teruggeschreven.'

'Heel nobel van hem.'

Mrs Peggie haalde haar schouders op. 'En zoals het hoort, als je het mij vraagt. Oorlog is al zwaar genoeg – en nog erger als je het lichaam van je dierbare niet eens kunt begraven.'

'U zult wel trots zijn op uw vader, Mr P. Zo te horen heeft hij veel mensen geholpen.'

'Aye,' klonk de stem vanachter de krant.

'Hij heeft beloofd dat hij al het materiaal aan het museum gaat doneren. Ze willen het graag toevoegen aan de collectie,' zei Mrs Peggie nu wat luider, voor het geval haar echtgenoot zich weer doof voor haar zou houden.

Alex roerde met een lepel door de thee, legde het deksel weer op de pot en begon in te schenken. 'Welk museum?'

'Het Museum of Islay Life in Port Charlotte. Daar komt het verleden weer tot leven. Ik kan je aanraden het eens te bezoeken.'

'Zal ik doen, bedankt voor de tip.'

'Het is fascinerend om te zien hoe het vroeger was.'

'Is er veel veranderd?' vroeg Alex, die de koppen thee uitdeelde.

'Vooral het aantal auto's, eigenlijk. En je zag mensen en paarden op de velden in plaats van tractors.' Mrs Peggie stopte met roeren in de pan, ging aan de keukentafel zitten en legde haar van pantoffels voorziene voeten op een bekleed voetenbankje.

'Oef.'

'Er zal ook wel de nodige informatie over de distilleerderijen te vinden zijn?' zei Alex, die weer tegen het aanrecht leunde, met haar handen om haar kop thee.

'Aye, zeker. Die zijn ook niet veel veranderd. Kentallen ligt op de plek van een oude boerderij, dus je ziet er de vroegere varkensstallen en schaapskooien.'

'Ah, ik vroeg het me al af. Ik dacht het al aan een deel van de gebouwen te zien. Vooral Lochlan Farquhars kantoor is behoorlijk... basic.'

'Dat was vroeger een stal, toch?' Mrs Peggie wendde zich tot haar echtgenoot.

'Aye.'

'Mr P.'s overgrootvader heeft het land voor de Eerste Wereldoorlog aan de Farquhars verkocht.'

'O, wow,' zei Alex glimlachend. 'Dus jullie families kennen elkaar al lang.'

'Alle families hier hebben wel wat met de Farquhars te maken. Mr P.'s boerderij levert gerst en turf aan de distilleerderij, en zij sturen ons de bostel, de afgewerkte mout, terug voor het vee. O, en mijn eigen moeder en tante hebben in het landhuis voor de familie gewerkt. Mijn moeder stond in de keuken en haar zus Morag was er dienstmeid.'

'U niet?'

'Ik was toen nog niet eens geboren, *lassie*,' riep Mrs Peggie zogenaamd beledigd uit, 'en de omstandigheden zijn in die tijd ook veranderd – daar zorgden de beide oorlogen wel voor. Nee, enkele maanden nadat de oorlog was uitgebroken moesten bijna alle mannen naar het front en werkten de vrouwen op het veld. Tante Morag was het enige overgebleven personeelslid in het huis, en zij werd dus huishoudster. Haar man verzorgde de tuin en was de chauffeur, althans tot hij als een van de laatsten ook werd uitgezonden om te vechten. Tegen de tijd dat ik werd geboren, zo'n vijftien jaar later, was de situatie nog niet veel anders: de distilleerderij hield amper het hoofd boven water en het huis had nog steeds een uitgeklede staf. Ik denk dat ik er wel werk had kunnen krijgen toen ik oud genoeg was

– die arme tante Morag was gestorven aan de Spaanse griep – maar Mr P. en ik trouwden toen ik achttien was en we hadden deze boerderij om draaiende te houden.'

'En zoveel jaren later houden jullie de boel hier nog steeds draaiende. Denkt u er nooit over om ermee op te houden en van uw oude dag te gaan genieten?'

'Dat doen boeren niet,' zei Mr Peggie. 'Die sterven.'

Mrs Peggie rolde met haar ogen en zette zich met haar handpalmen op de tafel af om weer op te staan. 'Ophouden? Sterven?' zei ze spottend. 'Dat zou nog eens wat zijn. Maar ik heb er geen tijd voor.'

# 10

## *Islay, maandag 11 december 2017*

Ze had al een dampende mok koffie in haar hand toen de deur van het kantoor openging.

'Goedemorgen,' zei ze, hem de mok aanreikend.

Lochlan, die onder de spetters modder van zijn hardloopsessie zat, zuchtte terwijl Rona bij hem wegliep om haar hand te besnuffelen. 'Allemachtig,' mompelde hij.

'Hoi, snoepie,' zei Alex zacht, woelend over de zachte hondenoren terwijl de viervoeter haar kop met de chocoladebruine ogen naar haar ophief. 'Jij bent een lieverd, hè?'

Nadat hij de deur met zijn voet had dichtgedaan, liep Lochlan binnen en nam de mok van haar aan. 'Jij laat er geen gras over groeien, hè,' bromde hij.

'We hebben al tijd genoeg verloren.' Ze liep naar het haardvuur om zich eraan te warmen. Het was nog koud in het kantoor, want de verwarming was het hele weekend niet aan geweest.

'Lekker hardgelopen?'

'Ja hoor,' zei hij tegen haar rug, wantrouwend alsof ze hem naar zijn pincode had gevraagd.

'Doe je dat elke dag?'

'Zolang het weer het toelaat.'

Ze keek hem vragend aan. 'Maar hoe komt je auto hier dan?'

'Die wordt gebracht door een tuinman,' zei hij verstrooid. 'Luister eens, gaat dat elke keer zo? Dat jij me bestookt met een vragenvuur?'

'Ik ben me van geen vragenvuur bewust,' zei ze schouderophalend. 'Ik probeer gewoon een gesprek aan te knopen.'

'En waar komt dat vandaan?' wilde hij weten, wijzend naar de met jute beklede leunstoel die ze bij de haard had gezet. Ze had hem gevonden in een van de bijgebouwtjes van de boerderij toen ze Mr Peggies Land Rover er na de jacht had geparkeerd. Een allang vergeten stofferingsproject van hun dochter dat na meer dan twintig jaar nog steeds wachtte op mooie nieuwe bekleding.

'O ja, goed idee toch, een stoel erbij? Zo kunnen we in een relaxtere sfeer met elkaar praten.'

'Dat ding ziet er meer uit als een veredelde kattenkrabpaal.'

Alex lachte. 'Ja, daar heb je wel gelijk in.'

Lochlan keek haar verwonderd aan – hij was er niet aan gewend dat ze het met hem eens was – en er viel een stilte. Deze nieuwe situatie zat onder het oppervlak nog vol valkuilen en ze hadden allebei hun eigen insteek en drijfveren.

'Oké dan,' zei ze glimlachend.

'Oké.' Hij onderwierp haar aan een onderzoekende blik en ze had weer het gevoel dat hij door de schone schijn van haar Altuzarrapantser heen keek – een prachtig antracietkleurig broekpak en een zachtroze zijden shirt – en de ladderzatte griet zag die vorige week ineengezakt in zijn auto had gezeten. Hij zou het niet vergeten en haar eraan blijven herinneren dat haar gebruikelijke overwicht erdoor was uitgehold. 'Wat nu? Je hebt eindelijk je zin.' Hij gebaarde schouderophalend om zich heen om het kleine wonder dat zij zich er beiden nog bevonden aan te duiden.

'Nou, ten eerste zou het fijn zijn als je dit als een samenwerking zou willen beschouwen in plaats van een ondervraging.'

'En wáár gaan we dan samen aan werken?'

'We gaan jou een betere leider maken, ik ga je helpen dit schip weg te loodsen van de rots waar je op afvaart. En kijk me maar niet zo aan, want álle leiders kunnen zichzelf verbeteren, zelfs degenen die een medebestuurslid níét in het gezicht slaan tijdens een jaarvergadering.'

Er verscheen een rimpel in zijn voorhoofd. 'Heeft Sholto je dat verteld?'

'Natuurlijk. En over de computer die je door het raam hebt gegooid.'

'Dat ding bleef maar haperen en ik raakte steeds kwijt waar ik net aan gewerkt had!'

Ze trok alleen maar een wenkbrauw op. 'En over het contract voor zeven miljoen met een Indonesische distributeur dat niet doorging omdat jij hun minister van Handel hebt beledigd.'

'Híj beledigde míj. Die vent wilde dat wij toestonden dat zij zélf gingen bottelen – en daar zouden ze kinderarbeid voor inzetten!'

Ze slaakte een zucht – hij zou altijd overal een antwoord op hebben en het had geen zin om weer onenigheid te krijgen. 'Luister, ik ben hier niet om jou te veroordelen. Je had ongetwijfeld je redenen. Laten we dat allemaal vergeten en opnieuw beginnen, oké? We hebben een slechte start gemaakt. We zijn niet eens fatsoenlijk aan elkaar voorgesteld dankzij de grap die je neef met me heeft uitgehaald.'

'Ach ja, Callum speelt het spel ook volgens zijn eigen regels,' zei Lochlan korzelig.

Ze liep met een vriendelijke glimlach naar hem toe. 'Dag. Ik ben Alex. Ik ben businesscoach, of leiderschapsconsultant, noem me maar wat je wilt.'

'Hallo Wat Je Wilt,' grapte hij, haar uitgestoken hand negerend tot ze die van hem dan maar greep.

'En jij moet Lochlan Farquhar zijn,' ging ze verder terwijl ze zijn slappe hand nadrukkelijk schudde. 'Zesendertig jaar oud, CEO van Kentallen Distillery, daarvóór handelsmanager, salesmanager en hoofd voorraadbeheer; ongetrouwd; baas van de lieve spaniël Rona; hardloper, atleet, uitstekend schutter en man van het volk.' Ze hield op zijn hand te schudden. 'Aangenaam kennis te maken.'

Op zijn beurt kneep hij zo stevig in haar hand dat ze bijna ineenkromp. Zijn ogen glinsterden nog steeds vol wantrouwen en Alex begreep hoe intimiderend hij kon zijn aan de andere kant van een onderhandelingstafel. Hij glimlachte niet om mensen op hun gemak te stellen en zocht niet zijn toevlucht tot zelfironie om ongemakkelijke momenten glad te strijken. Hij had een bijna onbehouwen directheid, wat prima zou zijn voor een jurist of bankier, maar voor een directeur die als taak had om grote afnemers te werven en nieuwe markten aan te boren, was het rampzalig. Hij moest een diplomaat zijn, geen bulldozer.

'Het goede nieuws is dat we de eerste sessie, waarin jij me drie uur lang alles vertelt wat er over jezelf te vertellen is, kunnen overslaan. Ik ken alle relevante aspecten van je persoonlijke en professionele leven, en dat is alles wat ik als uitgangspunt nodig heb.'

'Drie uur?' schamperde hij. 'Denk je dat ik zo lang over mezelf had kunnen zitten praten? Wat er over mij te weten valt, kun je kwijt op de achterkant van een sigarettenpakje.'

'Je doet jezelf tekort. Ik vind je een fascinerende man en ik ben ook zeer geïnteresseerd in wat anderen over je zeggen.' Dat was gelogen. Ze had schoon genoeg van deze man.

'Ik heb al gezegd dat je niet moet luisteren naar wat die verrekte Sholto over me te zeggen heeft.'

'Ik heb niet alleen met hem gesproken. Ook met enkele van jullie managers. En Callum en Skye.'

'Skye?' Zijn stem sloeg over als die van een tienerjongen. 'Waarom heb je met haar gepraat? Wat heeft ze gezegd?'

Alex keek hem aan, geïntrigeerd door zijn reactie. 'Ze had niets dan goeds te vertellen, het is duidelijk dat ze je respecteert.'

'O, dat betwijfel ik ten zeerste,' mompelde hij, waarop hij zich omdraaide en naar het bureau liep. Hij liet zich op de stoel zakken en bukte om zijn schoenveters los te maken. Het leek wel alsof hij zijn gezicht voor haar wilde verbergen.

'Maar ze vindt wel dat je geïsoleerd bent. Dat je jezelf hebt afgezonderd.'

'Dat mag ze vinden.'

'En ze denkt dat je vol woede zit.'

Hij zweeg en Alex haalde diep adem. Ze keek hoe hij aan de veters zat te prutsen, die met een dubbele knoop gestrikt waren en onder de modder zaten. 'Het zal wel een harde dobber zijn geweest om haar te verliezen.' Haar opmerking was met opzet dubbel op te vatten, en ze zag met belangstelling hoe hij met een ruk opkeek. 'Aan Glengoyne, bedoel ik,' voegde ze eraan toe, zich afvragend waarom hij zo onrustig werd van een gesprekje over zijn ex-verloofde, aangezien hij degene was die een eind aan de relatie had gemaakt. Maakte hij zich zorgen om wat ze over hem had gezegd? Als afgewezen vrouw?

'Ik had niet gedacht dat ze zou gaan werken bij een van de Lowland Ladies. Ze zou beter moeten weten.'

'Een van de wat?' vroeg ze geamuseerd.

'Zo noemen we de Lowland-malts. Ze zijn lichter en... vrouwelijker,' zei hij spottend. 'Bij gebrek aan turf.'

'Aha.' Ze was nog steeds niet thuis in de eigenaardigheden en nuances van het Schotse snobisme. 'Is er geen manier om haar te behouden?' Alweer een opzettelijke dubbele betekenis.

'Hoe zou ik dat dan moeten doen?' vroeg hij met een misprijzende blik in zijn ogen terwijl hij eindelijk weer rechtop ging zitten.

'Wat dacht je van een loonsverhoging?' opperde ze. Of haar vertellen dat je een vergissing hebt gemaakt, zei een stemmetje in haar hoofd.

'Ze gaat niet weg om financiële redenen,' zei hij kortaf.

Nee, ze ging voor de liefde. Alex vroeg zich af of hij het kon opbrengen het woord uit te spreken. Ze vermoedde dat hij erin zou stikken. 'Nee, dat is ook zo.'

Hij draaide zich om naar zijn bureau en trok een geïrriteerd gezicht toen hij zag dat ze orde in zijn chaos had geschapen. 'Waarom heb je dit gedaan? Je bent de schoonmaakster niet – en ook niet mijn personal assistant.'

'Een opgeruimd bureau geeft ook ruimte in het hoofd. Maar dat kan een goedkopere kracht je ook wel vertellen. Daar gaat het nu niet om. Laten we bij het onderwerp personal assistant blijven. Waarom heb je er geen?'

'Ik heb er geen nodig.'

'Je bent CEO van de grootste Schotse single-maltdistilleerderij in privébezit. Natuurlijk heb je er een nodig. Hoe kun je anders alles blijven overzien? Delegeren is geen teken van zwakte, Lochlan, en je geeft de touwtjes heus niet uit handen. Het maakt je een betere, effectievere manager.'

'Daar ben ik het niet mee eens,' mopperde hij, bladerend door de papieren, die nu netjes op een stapel lagen. 'Waar ligt dat financieel verslag, verdomme? Ik heb over twintig minuten een vergadering.'

Alex leunde naar voren en trok het voor hem uit de stapel. 'Moet je je niet eerst omkleden?' vroeg ze met een afkeurende blik op zijn klamme, vuile hardloopkleding.

'Ja, wat dus wil zeggen dat je nu beter kunt gaan. Zal ik je naar de deur begeleiden?' Zijn ogen twinkelden bij de herinnering aan de keren dat hij haar het kantoor uit had gezet.

Shit. Daar was ze ingestonken. Ze stak haar kin in de lucht, vastbesloten om deze keer waardig te vertrekken. 'Nee, dank je. Ik ben er zelf in gekomen, ik kom er ook wel weer uit.' Ze stond op en streek haar broek glad. 'Dan zie ik je straks wel bij de vergadering.'

Hij hief zijn hoofd. 'Wat? Jíj gaat daar niet heen!'

'Jawel,' zei ze kalm. 'Om je te kunnen helpen moet ik je management- en leiderschapscapaciteiten evalueren. Ik moet je in actie zien.'

'Geen sprake van,' snauwde hij.

'Ik vrees dat jij daar niet over gaat.'

'Die vergaderingen zijn vertrouwelijk. Jij maakt geen deel uit van dit bedrijf.'

Ze zuchtte. 'Lochlan, ik ben consultant, geen spion.'

'Nee. Gaat niet gebeuren.'

Ze haalde haar schouders op. 'Tot over twintig minuten. Ik ben erbij.'

'Met toestemming van wie dan wel?' wilde hij weten.

Ze hield haar hoofd schuin. Moest hij dat echt vragen?

Ze stapte de binnenplaats op en voelde een inwendig sprongetje van triomf bij de gedachte dat ze die woordenwisseling had overleefd – de strijd zelfs had gewonnen. De aanvaringen met Lochlan putten haar meer uit dan ze wilde toegeven, maar ze wist dat ze gewoon moest volhouden. Ze boekte langzaam vooruitgang, stapje voor stapje. Dit was al een hele verbetering.

Ze vroeg zich af of ze in de kantine ook koffie to go kon krijgen. Ze had behoefte aan cafeïne voor de volgende confrontatie. Ze had de attente gastvrouw voor Lochlan gespeeld, maar hij had haar niet gevraagd of zijzelf ook zin had in koffie.

Ze besloot erheen te lopen toen ze achter zich iets hoorde. Ze keek om en zag dat Torquil zijn hoofd om de deur van zijn kantoor had gestoken, twee deuren verderop. Het bood een vreemde aanblik, en ze zag ineens de paarden voor zich die ooit hun hoofd uit deze verbouwde stallen staken.

'Ah, Alex, ik dacht al dat jij het was.' Hij kwam naar buiten en stak vriendelijk zijn hand uit. 'Je hebt een gunstig effect op het glamourgehalte van onze bescheiden binnenplaats, kan ik wel zeggen. Hoe gaat het?'

'Prima. En nogmaals dank voor zaterdag. Ik heb me zeer vermaakt.'

'Nou, we vonden het fijn dat je erbij was, ook al leken wij vergeleken met jou een stelletje sneue amateurs,' zei hij grinnikend, en hij stak zijn handen in de zakken van zijn broek. 'Waar ben je mee bezig, momenteel? Kan ik je ergens mee helpen?'

'Eh, nou, ik heb net een kort gesprek met Lochlan gevoerd.'

'O. Was het nuttig?'

Alex trok haar neus op. 'Ach...'

'Aha.' Torquil fronste en zijn blik gleed naar de gesloten deur van Lochlans kantoor. 'Hm. Kunnen we... Kunnen wij even praten? Heb je een paar minuten?'

'Natuurlijk. En daarna woon ik jullie vergadering bij,' zei ze terwijl ze hem volgde naar zijn kantoor.

'Uitstekend. Koffie?'

'Graag,' zei ze met een dankbare glimlach, en ze bedacht dat het contrast met zijn neef niet groter had kunnen zijn – qua gedrag en zo te zien ook in zijn manier van werken. Torquils kantoor was schoon en netjes, helder verlicht en goed geordend, met dossierkasten langs een van de muren (er stonden ook kasten voor de open haard – waaruit bleek dat dit een werkkamer was, geen huiskamer). De muur rechts, aan de kant van de ruimte die tussen Lochlans en zijn kantoor lag, was doorgebroken en er stond een grote ronde tafel met stoelen. In feite zag die er meer uit als een eettafel dan een vergadertafel, maar in elk geval oogde dit vertrek zakelijk, in tegenstelling tot Lochlans kantoor, dat eerder een studentenkamer leek.

'Hoe drink je je koffie?' vroeg hij, een Nespresso-machine bijvullend. Alex kon wel huilen van blijdschap dat ze voor de verandering geen oplosbrouwsel hoefde te drinken.

'Een dubbele espresso, alsjeblieft.'

'Pittig voor half tien 's ochtends.'

'Ik heb dan ook een lastige start van de dag achter de rug.'

Torquil trok zijn wenkbrauwen op. 'Draait hij al bij?'

'Nee, niet echt. Voor het eerst in mijn loopbaan heb ik een cliënt die niet eens met me wil práten, laat staan meewerken.'

Hij knikte meelevend. 'Dus je snapt waar we steeds tegenaan lopen?'

'Ja, ik vrees van wel. En ik heb afgelopen zaterdag de spanning gevoeld die tussen hem en de andere bestuursleden heerste.'

'Hij heeft zichzelf inderdaad tot persona non grata gemaakt.' Torquil slaakte een zucht. 'Ik begrijp niet hoe hij het kan verdragen zo… buitengesloten te zijn. Je zou bijna denken dat hij erbij gedijt.'

'Nou, als woede zijn drijfveer is, kon je weleens gelijk hebben.'

Torquil keek haar verslagen aan. 'Ik begrijp niet hoe het zover heeft kunnen komen. Hij gedraagt zich niet alleen roekeloos of onbezonnen – hoewel dat al erg genoeg is – maar hij ondermijnt ook goede relaties met klanten. Ik moet een groot deel van de middag een belangrijk verzamelaar zien te sussen omdat Lochie de verkoop van een van onze zeldzame zestig jaar oude Reserve heeft tegengehouden – een verkoop waar ik persoonlijk maanden over heb onderhandeld en waarvoor de koper helemaal uit Hongkong is overgekomen – alleen maar omdat het Lochie niet aanstond dat die man zich had laten fotograferen met een van onze concurrenten.'

'Dat meen je niet.'

'Helaas wel. Ruziemaken binnen de onderneming is één ding, maar als hij denkt te kunnen bepalen met wie onze klanten wel of niet zaken mogen doen, nou, dan hebben we dus echt een probleem.'

'Zeker.'

'Lochie heeft altijd al wel de reputatie gehad dat hij… laten we zeggen recalcitrant was, maar als de pers lucht krijgt van zijn driftbuien en eisen…' Hij zuchtte.

'Hoe gaat het tussen jullie op het persoonlijke vlak?' vroeg Alex, en ze nam een slokje van haar sterke koffie.

'Ik zal er niet om liegen. We zijn nooit dik met elkaar geweest, maar sinds het voorval tijdens het familieberaad vorig jaar heb ik alles tussen ons strikt zakelijk gehouden.'

'O! Heeft hij jóú geslagen?' vroeg ze verbaasd. 'Dat had ik me niet gerealiseerd.'

Hij knikte.

'Wat was de aanleiding, als ik vragen mag?'

'Hij trok de stekker uit een deal waar we maandenlang mee bezig waren geweest toen Robert – zijn vader – nog aan het roer stond. Alles was geregeld, de contracten waren opgesteld. De gemoederen liepen hoog op.'

En dat was reden voor Lochlan om hem te slaan? 'Om wat voor deal ging het?'

'Een verkoop aan de Ferrandor Group. Ze waren daar al jaren geïnteresseerd, maar wij hadden steeds de boot afgehouden. Het leek nooit het juiste moment te zijn.'

'Maar toen dus wel?'

'Ja. De whiskybusiness lijkt wel wat op het pokerspel: je kunt de ander niet in de kaarten kijken en je probeert continu te voorspellen hoeveel vraag er over twaalf, vijftien, dertig, vijftig jaar zal zijn.' Er verscheen een wrang glimlachje op zijn gezicht. 'Het is bijna zeker dat je op zeker moment met een overschot of een tekort zult zitten. In deze bedrijfstak draait het om de lange termijn – tja, dat kan ook niet anders als je drie jaar moet wachten voor je überhaupt het woord "scotch" op het etiket mag zetten en er een fles van kunt verkopen!' Hij lachte. 'Soms denk ik dat we hartstikke gek zijn met onze pogingen te slagen in dit spel, maar mijn vader zegt dat de wijsheid komt van oude mannen die bomen planten, ook al weten ze dat ze nooit in de schaduw van hun gebladerte zullen zitten.'

Alex sloeg hem gade terwijl hij praatte – zijn lichaamstaal was open en relaxed, zijn toon vertrouwelijk. Hij gedroeg zich als een teamspeler in plaats van een despoot, zoals Lochlan.

'En waarom trok Lochlan de stekker uit de deal?'

'Omdat hij het kon? Ik weet het niet. Hij heeft nooit een overtuigend antwoord op die vraag gegeven, maar zijn vader was rond die tijd ernstig ziek, dus hij was sowieso behoorlijk labiel. Ik denk dat het vooruitzicht van nog meer verandering hem enorm beklemde.'

'En nu? Denk je dat ze bij Ferrandor nog steeds geïnteresseerd zijn?'

'Helaas is het momentum voorbij en zijn we niet meer de gewilde partij van ruim een jaar geleden.' Hij rolde met zijn ogen. 'Zelfs als ze daar géén grondige hekel hadden aan onze nieuwe CEO... In feite verwachten we de komende zes jaar een voorraadtekort. We hebben de voorspellingen tegenwoordig gemoderniseerd, de modellen zijn nauwkeuriger, maar twintig jaar geleden was het een ander verhaal.' Hij schudde zijn hoofd. 'En natuurlijk veranderen de handelsvoorwaarden ook nog drastisch.'

'Door de brexit?'

Hij schonk haar een spijtige blik en knikte. 'Negentig procent van alle scotch wordt geëxporteerd – Frankrijk is de grootste markt – en van de tweehonderd landen waar scotch wordt verkocht, hebben we in honderddrieënveertig al te maken met meer dan zeshonderd handelsbarrières. En nu de brexit daarbij komt... wie zal het weten?' Hij haalde zijn schouders op en lachte licht spottend. 'Om nog maar te zwijgen van de aanstaande vatencrisis en alles wat die met zich mee kan brengen.'

'Vatencrisis?' herhaalde ze.

'Ja. De eikenhouten vaten waarin we de whisky laten rijpen, bepalen voor vijfenzeventig procent het karakter van het eindproduct. Bruce, die je zaterdag hebt ontmoet...'

Ze knikte. De vader van Skye.

'De drank is het kind, het vat is de moeder, zegt hij altijd. De vaten zijn dus van essentieel belang voor ons. Wij kopen hoofdzakelijk tweehonderdlitervaten uit de Verenigde Staten die daar zijn gebruikt in de bourbonindustrie, en sherryvaten van vijfhonderd liter uit Spanje – de verhouding is vijfennegentig tegen vijf.'

Alex fronste. 'Hamish vertelde me in de distillatieruimte dat de ketels het belangrijkste onderdeel waren.'

'Van het distilleerproces, inderdaad,' beaamde Torquil. 'En als je het de mouters vraagt, zullen ze je vertellen dat het de gerst is, en de mannen van de eesterij zeggen dat het de turf is. En natuurlijk zijn al die elementen cruciaal voor de continuïteit van de smaak van Kentallen. Drank maken zonder koper is een probleem, maar je kunt helemaal geen whisky maken zonder eikenhout. Het vat is doorslaggevend.'

Ze nam nog een slokje koffie. 'En hoezo is er een crisis?'

'Volgens een wet in de VS mag een eikenhouten bourbonvat niet meer dan één keer worden gebruikt, maar daar komt misschien verandering in. De whiskybranche heeft drie miljoen "tweedehands" vaten per jaar nodig en Groot-Brittannië kan die onmogelijk leveren. Begin negentiende eeuw hadden we hier de meeste van onze eikenbomen omgehakt voor de bouw van oorlogsschepen om tegen de Fransen te vechten, dus begonnen we vaten te importeren vanuit Spanje en Frankrijk, en we halen ze ook al ruim honderd jaar uit Amerika – waar ze meer en goedkopere vaten hebben. Maar als de Amerikanen inderdaad hun eigen bourbonvaten gaan hergebruiken, worden ze schaarser en gaan de prijzen stijgen. Ze zijn al veel hoger geworden.'

'Waarmee jullie winst onder druk komt te staan,' mompelde Alex, die besefte dat het bedrijf langzaam ten onder zou kunnen gaan aan de drievoudige tegenslag van een beperkte voorraad, lastige handelsvoorwaarden en prijsverhogingen.

'Precies. Dus je zult wel begrijpen waarom het ons het juiste moment leek om te verkopen. Maar Lochie was het daar niet mee eens, dus...' Hij zuchtte en vertrok zijn mond tot een bittere streep. Alex kon het hem niet kwalijk nemen. 'Hoe dan ook, we stevenen dus af op een voorraadtekort en de moeilijkste handelsomstandigheden van het moderne tijdperk, en het lijkt erop dat we er niets tegen kunnen doen. We zijn een oceaanlijner die op een ijsberg afvaart – te groot om op tijd bij te sturen, te snel om te stoppen.'

'Maar Lochlan zal toch wel een strategie hebben? Hij is de CEO. Het is zijn taak om het bedrijf in goede banen te leiden en te streven naar zekerheid en winst.'

'Hij wil meer verscheidenheid.' Torquil trok zijn neus op alsof het een vies woord was. 'We hebben een imagoprobleem: jonge mensen willen geen whisky drinken, dat vinden ze meer iets voor hun vader. Ze drinken liever wodka, gin, tequila...'

Alex voelde een steek schuldgevoel. Zij was een van die mensen.

'Dus Lochie vindt dat we ook gin en wodka moeten gaan maken – met gebruikmaking van ons bestaande productieapparaat en de middelen die we al hebben.'

'En jij vindt van niet?'

Hij schudde zijn hoofd. 'Ik persoonlijk niet, nee. Ons specialisme is ons unique sellingpoint. We hebben het heel goed gedaan als traditioneel merk dat kleine hoeveelheden uitzonderlijke single malts produceert die hoog gewaardeerd worden en veel opleveren. Blends zijn goed voor negentig procent van de Schotse whiskyverkoop, maar in onze markt van tien procent zijn wij marktleider. Oudere whisky's in de super-premiumcategorie zijn de afgelopen jaren met dertig procent gegroeid en daar hebben wij van meegeprofiteerd. En dan heb ik het nog niet eens over het feit dat onze twintig nu de officiële malt van de Houses of Parliament is. We zijn twee keer achtereen Malt of the Year geweest, in 2014 and 2015, en waren vorig jaar tweede. We zullen nooit kunnen concurreren met bijvoorbeeld Glenlivet als het gaat om de productie: zij maken twaalf miljoen liter per jaar, wij vijf miljoen. Maar marktverzadiging is niet ons ding. En gin ook niet, naar mijn bescheiden mening.' Hij zuchtte. 'Maar het ziet ernaar uit dat ik de enige ben met dit standpunt – de meerderheid van het bestuur is voor. Daarmee heeft Lochie een belangrijke overwinning geboekt.'

'Nou ja, als het nodig is om het bedrijf uit te breiden... Je vader vertelde me dat Kentallen een grote investering nodig heeft?'

'Dat klopt, en het bestuur wil daarom – gesteund door het familieberaad en de aandeelhouders – overgaan tot de uitgifte van nieuwe aandelen.'

'Maar?'

'Maar Lochie wil uiteraard een andere weg bewandelen – hij wil dividendbetalingen uitstellen en de winst herinvesteren.'

'Aha.' Ze trok een gezicht. 'Dus een meerderheid is het eens over de volgende stap, alleen nog niet over hoe die genomen moet worden.'

'Daar komt het op neer. Niet alleen het familieberaad heeft tegen Lochies herinvesteringsplan gestemd, maar ook de vijfendertig procent andere aandeelhouders – en daartoe behoort een grote groep van werknemers en ex-werknemers die de kwartaalopbrengst van hun aandelen hard nodig hebben.'

'En hoe staat het er nu voor?'

'In limbo. Het ligt op tafel voor de volgende bestuursvergadering. Lochie is de grootste aandeelhouder. Hij bezit drieënvijftig procent, maar hij drijft zijn zin niet door. Nog niet.'

Ze fronste, denkend aan zijn arrogantie en zijn overtuiging dat Sholto hem niets kon maken. 'Hebben jullie een gekwalificeerde meerderheid nodig? Consensus is niet voldoende?'

'Nee. Volgens de statuten is er een duidelijke meerderheid nodig.'

'Maar als er genoeg stemmen vanuit het familieberaad en van de aandeelhouders komen, zijn jullie toch met meer?'

'Ja, als de familieaandelen gewone aandelen waren en geen preferente aandelen.'

'O jee,' zei Alex, die meteen begreep waar het probleem zat: de preferente aandelen van de familieleden hadden weliswaar als voordeel dat ze eerder en vaak een hoger dividend opleverden, maar dat ging ten koste van iets anders: stemrecht.

'Juist. De grote meerderheid van de aandeelhouders uit de familie heeft geen invloed op de manier waarop het bedrijf wordt geleid.'

Alex dacht even na. 'Maar als de familieleden preferente aandelen hebben, geldt dat toch ook voor Lochie?'

'Vroeger wel, althans dat gold voor Robert, zijn vader, maar die heeft ze jaren geleden omgezet in gewone aandelen. Lochies moeder kwam uit een rijk nest, dus Robert had de hogere opbrengst van de preferente aandelen minder nodig. Hij had liever stemrecht,' zei Torquil meesmuilend.

'Een vooruitziende blik dus.' Alex was onder de indruk van het scherpe zakelijke inzicht van Lochlans vader.

'Ja hè? En Robert profiteerde ook nog van het recht van eerste keus voor familieleden, elke keer als een neef of nicht wilde verkopen. Hij kocht zoveel mogelijk aandelen en heeft ze naar gewone aandelen omgezet.'

'Maar zelfs dan,' zei Alex, 'worden aandelen gewoonlijk over de generaties heen "verdund".'

'Ah, zeker, maar Lochie is enig kind in een lange lijn van enig kinderen die terugvoert tot een van de oprichters van het bedrijf.'

Alex' moest de informatie even verwerken. 'Jezus.' Ze wist niet of Lochlans fortuinlijke positie te danken was aan geluk of genialiteit. De kans dat een dergelijk scenario zich voordeed was verwaarloosbaar, maar toch had hij nu vetorecht. Het bestuur kon hem nergens toe dwingen en hem ook niet uit zijn functie ontheffen, want wat hij deed was legaal. Ze zaten in een impasse – met Lochlan de onwelwillende despoot die hen op de knieën wilde krijgen – en Alex was verbijsterd over zijn arrogantie in zowel het negeren van de consensus als zijn weigering op te stappen. Er waren maar weinig leiders, zelfs onder háár cliënten, die de vermetelheid en het ego hadden om vol te blijven houden dat hun manier de enige manier was.

'Dus eerst heeft hij de verkoop aan Ferrandor tegengehouden en daarna de uitgifte van aandelen geblokkeerd?'

'Ja, en achteraf lag het misschien voor de hand dat hij dat laatste zou doen,' zei Torquil schouderophalend.

'O ja?'

'Natuurlijk. Als we meer aandelen uitgeven, wordt zijn belang wél verdund, en ik weet zeker dat hij zich momenteel niet kan veroorloven er meer bij te kopen.'

Alex' wenkbrauwen schoten omhoog. 'Dus wat je zegt is dat hij de potentiële groei van dit bedrijf tegenhoudt en de wil van de aandeelhouders in de wind slaat om zijn eigen positie te beschermen?'

'Ik vrees van wel.' Torquil knikte.

'Maar dan zul je wel... woedend zijn,' zei Alex fel. Zij was zelf al hoogst verontwaardigd.

'Razend. Ontdaan. Wat al niet,' zei hij gelaten. 'Maar het is een zakelijke kwestie. En zo staan de zaken ervoor. We moeten ermee zien te leven en verdergaan.'

Alex zuchtte vol ongeloof. Dit ging alle perken te buiten. 'Waarom kan hij zich niet veroorloven zijn belang te vergroten?'

Torquil dempte zijn stem en wierp een snelle blik naar de open deur. 'Hij zit tot over zijn oren in een project dat hij probeerde op te zetten als dochteronderneming – en dat, moet ik eraan toevoegen, door het bestuur werd afgeraden.'

'Wat voor project?' vroeg ze, geïntrigeerd en blij dat niet alles voor Lochlan naar wens verliep.

'Hij heeft geprobeerd een handelsmodel te ontwikkelen voor kleine investeerders die in oude maltwhisky's geïnteresseerd zijn. Zoals je je wel kunt voorstellen, hebben we duizenden vaten whisky die rijpen in pakhuizen, en kost ons dat veel geld, omdat het jaren, soms tientallen jaren, duurt voor we ze kunnen verkopen en er winst op kunnen maken.'

Alex knikte. 'Ga verder.'

'Lochies zogenaamd briljante idee was om de nog niet gerijpte vaten whisky te verhandelen met als achterliggende gedachte dat zowel het merk als de markt in waarde zullen blijven stijgen.'

'Klinkt me als een goed idee in de oren,' zei ze schouderophalend. 'Als die vaten daar tien of twintig jaar alleen maar liggen, leveren ze toch geld op voordat ze daadwerkelijk aangebroken kunnen worden.'

'In principe is het ook een goed idee. Het probleem is de schaal die ermee gemoeid is. Wij behoren weliswaar tot de kleinere producenten, maar we maken nog steeds vijf miljoen liter per jaar – en elke liter daarvan is voorbestemd voor een bepaalde Reserve. Voor de continuïteit van de smaak en het specifieke karakter is het belangrijk dat deze vaten niet van elkaar worden gescheiden. Dus een verkoop moet van een grote omvang zijn, wat ver buiten het bereik ligt van de meeste particuliere investeerders. Simpel gezegd denken we dat de vraag er gewoon niet is.'

'Maar hij denkt van wel?'

'Ja, hij dacht van wel, maar het voorstel is afgeketst.'

Alex fronste. 'Denk je dat dit een rol zou kunnen spelen in zijn weerstand tegen de uitgifte van nieuwe aandelen? Is hij boos? Is dit zijn wraak?'

'Eerlijk gezegd zou niets me van hem nog verbazen.'

Achter zijn hoofd zag Alex plotseling iets over de binnenplaats vliegen – rond en roze. Ze keek Torquil geschrokken aan.

Torquil draaide zich om in zijn stoel en volgde haar blik uit het raam. 'O, dat,' zei hij grijnzend. Hij stond op en wenkte haar. 'Kom kijken.'

Ze liep naar hem toe en zag tot haar verrassing een aantal mannen in overall op de binnenplaats voetballen met een knalroze bal.

'Ze hebben net de bostelbuizen schoongemaakt,' zei hij terwijl hij keek hoe ze een balletje trapten.

'Wat is een bostelbuis precies?' vroeg ze.

'Bostel is het restproduct dat na het verwerken overblijft van de gerst en dat wordt gebruikt als veevoer. En het blijkt dat een voetbal maat vijf de perfecte afmeting heeft om de buizen schoon te maken. We gooien de bal er gewoon boven in en halen hem door de koker heen. De rommel komt dan mee.'

Alex lachte. 'Zoiets heb ik nog nooit gehoord!'

Hij grinnikte. 'Nee, het is een van onze minder orthodoxe methodes.'

'Wat een gezellig onderonsje,' zei een sarcastische stem achter hen. Ze draaiden zich om en zagen Lochlan met een stapeltje mappen in de deuropening staan. Hij had zich omgekleed en droeg een jeans met een grijze trui. Alex vond dat hij eerder gekleed was voor een zaterdagse lunch dan voor een managementvergadering.

'Ah, Lochie... Ik heb Alex net verteld welke uitdagingen het bedrijf te wachten staan,' zei Torquil kalm, terwijl hij wegliep bij het raam.

'Nou, dan zal ik wel over de tong zijn gegaan,' zei hij, en hij liep meteen door naar de naastgelegen vergaderkamer. Alex wierp Torquil een veelbetekenende blik toe. Na wat ze net had gehoord was de paranoia die Lochlan kennelijk voelde zeker niet onterecht.

# 11

De kantine – een koepelvormige zaal achter de vergistingsruimte – had een aangename sfeer. Achter de oude houten counter stonden vier vrouwen in blauw huisschort met bijpassend mutsje. De geur van een stoofpot leek in wolken van het plafond terug te veren en de damp van de roestvrijstalen keuken achter hen verwarmde het hele lokaal.

'Een koffie, graag,' zei Alex.

'Met een stukje shortbread? Of een scone?' vroeg de kantinemedewerkster.

'Nee, bedankt.'

'Het is bij de prijs inbegrepen.'

Alex glimlachte. 'Nee, echt alleen koffie, bedankt.'

Er viel een stilte. 'Oké, komt er zo aan.'

Ze voelde dat de vrouw met haar ogen rolde terwijl zij rondkeek waar ze zou gaan zitten. Alle tafels behalve twee waren bezet, het was dan ook de tijd tussen het elfuurtje en de lunch. De meeste houten reftertafels stonden in rijen in het midden, maar er stonden ook wat tafeltjes bij de ramen en ze liep naar een ervan in de hoek die het verst van de deur lag en waar het dus niet zou tochten.

Ze nam plaats en dacht na over de vergadering die ze net had bijgewoond. Het was duidelijk dat de jongere stafleden ontzag voor Lochlan hadden. Ze hielden hun koffiekopjes hoog voor hun borst – een zelfbeschermende houding – en vonden het moeilijk om oogcontact met hem te maken. Wat de toon van de discussies betreft, was Lochlan passief-agressief geweest en had hij de confrontatie gezocht. Over elk klein dingetje werd gesteggeld: van de kosten van de logo's op de nieuwe overhemden, de reparatie van de camerabewaking tot de gratis koekjes bij de koffie.

'Alsjeblieft.' De koffie werd voor haar neergezet en er klotste een beetje op het schoteltje.

'Bedankt.'

Als je het over de duivel had: er lag een stukje shortbread op de schotel en ze keek op naar de kantinejuffrouw, die verontschuldigend haar schouders ophaalde. 'Je bent nogal spichtig en ziet er verkleumd uit. En je hebt ervoor betaald. Maar je moet het zelf weten. Laat het eventueel maar liggen.'

Alex keek haar na. Waarom zei iedereen steeds tegen haar dat ze er 'spichtig' uitzag?

Ze legde haar handen om de kop en rilde. Ze realiseerde zich ineens dat ze het inderdaad koud had. De temperatuur onder de heldere hemel was gedaald en haar outfit – chic en ingetogen – was met dit weer niet toereikend om haar warm te houden. Ze was gewend aan eersteklaslounges op luchthavens en comfortabele kantoren, niet aan stenen gebouwen met koude ramen met stalen kozijnen. De energie die ze aan Lochlan Farquhar besteedde had haar steeds warm genoeg gehouden, maar die kon haar toch niet volledig beschutten tegen een temperatuur van min vijf.

'Hoi, Alex!'

Ze keek op en zag Skye binnenlopen. 'O, hoi.' Ze zwaaide terug. 'Kom je bij me zitten?'

Skye knikte, deed haar bestelling aan de counter en kwam naar haar toe.

'Hoe gaat het met je?' vroeg Skye, die neerplofte en de rode gebreide sjaal van haar hals haalde. Haar paardenstaart zwaaide heen en weer en haar wangen hadden een gezonde roze kleur. Ze zag er belachelijk jong uit en leek eerder in een schooluniform thuis te horen dan een laboratoriumjas.

'Goed. Dit is overwinningskoffie! Ik kom net van een vergadering met Lochlan.' Als ze het al alarmerend vond dat ze zo blij was omdat hij haar er niet uit had gegooid in plaats van verheugd te zijn over grote sprongen vooruit in de coaching, liet ze dat niet merken.

'Geweldig!' zei Skye enthousiast, en ze trok een verbaasde blik terwijl ze haar jas uittrok. 'Hoe heb je hem zover gekregen?'

Alex blies via haar wangen lucht uit haar longen. 'O, vooral door hem op te fokken, eigenlijk.'

'Hè?'

'Ik heb zijn ego bespeeld tot hij een punt bereikte waarop hij met me begon te onderhandelen: hij wil zo graag zijn superioriteit bewijzen dat hij bereid is dat op mijn voorwaarden te doen.' Na zijn houding tijdens de vergadering van zojuist vroeg ze zich wel af of hij het zou doorzetten. Werd de prijs die hij moest betalen voor de voldoening haar te verslaan op de MacNab hem niet te hoog?

'Slim hoor, goed gedaan. Gefeliciteerd. Ik moet toegeven dat ik er een hard hoofd in had. Hij is zo'n ontzettende stijfkop,' zei ze hoofdschuddend. 'O, heb je shortbread genomen? Zó lekker. Ik mag nu geen koekjes van mezelf. Er moeten nog wat pondjes af voor de bruiloft.'

'Helemaal niet, je bent hartstikke slank,' wierp Alex tegen.

'Lief dat je dat zegt, maar toch. Ik heb de jurk een paar dagen geleden weer gepast en óf ik heb te veel gegeten óf ze verwachtten dat ik meer zou afvallen dan ik heb gedaan, maar hij zat hier strak,' zei ze met haar handen om haar middel. 'Ze zeiden dat íédere bruid afvalt voor haar grote dag, maar...' Ze floot zachtjes tussen haar tanden. '... ik lijk de uitzondering op de regel te zijn.'

'Ik betwijfel of Alasdair het fijn zou vinden als je op weg naar het altaar half uitgehongerd flauwvalt.'

'Natuurlijk niet. Hij heeft niet veel op met al die "onzinnige diëten" zoals hij ze noemt. Maar ja, hij is dan ook een bonenstaak van een meter negentig die geen idee heeft hoe het is om de knoop van je jeans niet dicht te krijgen. Het is heel frustrerend: hij eet als een slootgraver terwijl ik al aankom als ik op een stengel bleekselderij knaag! Hij zal het wel niks vinden als hij dit weekend komt en 's avonds weer salade te eten krijgt.'

'O, hij komt naar Islay?'

'Aye. Dat wisselen we af. Ik ben dit weekend in Glasgow geweest, dus nu is het zijn beurt om hiernaartoe te komen – hij heeft vrijdag vrijgenomen om me te helpen de laatste spullen in te pakken. Ik zou je graag aan hem willen voorstellen.'

'Dat lijkt me leuk.'

Skye keek aangenaam verrast. 'Ja? Wat dacht je van samen eten in de pub aanstaande donderdag?'

'Gezellig, waar... O, wacht, voor die avond heb ik al een etentje gepland staan.'

‘Vrijdag dan?’

‘Ik ga komend weekend naar Perth – als onderdeel van mijn pact met de duivel.’ Alex sloeg haar ogen ten hemel.

Skye keek teleurgesteld. ‘Wat jammer. We gaan zondag lunchen bij mijn ouders en daarna neemt Al de laatste ferry van de avond terug. En de eerstvolgende keer dat ik hem dan weer zie, is in de kerk.’ Ze slaakte een opgewonden gilletje.

‘O, het spijt me. Ik zou hem graag ontmoeten.’

‘Kun je je etentje van donderdag niet verzetten?’

‘Ik weet het niet. Misschien wel. Het is Callum maar.’

‘Cállum?’ Skyes ogen werden groot. ‘Zijn jullie...’

Alex kreunde. ‘O god, nee! Nee. Nee, nee, neeee. Ik heb toegezegd dat ik met hem zou gaan eten in ruil voor een gunst die hij me heeft verleend. En ik kom mijn beloftes na.’

Skye keek haar aan. ‘Nou, kijk maar uit. Callum heeft nogal een reputatie als het om vrouwen gaat. Hij ziet er aantrekkelijker uit dan goed voor hem is.’

‘En dat weet hij zelf ook,’ grapte Alex, en ze rolde met haar ogen. ‘Maak je geen zorgen, ik kan hem wel aan.’ Ze zag dat Skye een gretige blik op het stukje shortbread wierp en ze hield haar het schoteltje voor. Skye beet op haar lip, maar schudde haar hoofd. ‘Vertel eens, waar gaat de bruiloft plaatsvinden?’

‘In St John’s, de kapel verderop aan de weg. En we houden de receptie hier.’

Alex zweeg een ogenblik. ‘Hier? In de distilleerderij?’

‘Aye. In het pakhuis.’ Ze sloot haar ogen en haalde diep adem. ‘Al die verrukkelijke whisky rijpend in eikenhout... We zullen het engelendeel inademen.’ Ze deed haar ogen weer open en zag Alex’ gezichtsuitdrukking. ‘Wat is er? Heb je nog nooit gehoord van het engelendeel? Dat is de whisky die door de vaten heen verdampt.’

‘Nee, dat is het niet.’

‘Wat dan?’

‘Nou... Wat vond Lochlan daarvan?’

‘Hij vond het prima,’ mompelde ze, maar haar houding werd terughoudender.

‘O.’ Alex was daar niet zo zeker van. Ze had gezien hoe hij op Skyes naam reageerde toen ze hem sprak in zijn kantoor. Het had hem pijn gedaan. Dat was het enige moment dat ze een glimp van kwetsbaarheid in hem had opgevangen. Nee, zij was er niet van overtuigd dat hij het 'prima' vond dat ze met Alasdair zou trouwen (en nog wel híér), wat hij ook mocht beweren.

Alex legde haar handen gevouwen voor zich op de tafel. Er begon zich in haar hoofd een gedachte te vormen als een foto in een donkere kamer. 'Mag ik je iets vragen?'

'Natuurlijk.'

'Mis je hem?'

Skyes mond viel open en haar lichaam verstijfde.

'Wat?'

'Ik bedoel, ruim een jaar geleden zou je nog met hem gaan trouwen en nu bereid je je voor op je bruiloft met Alasdair. Ik vroeg me gewoon af...'

Er welden meteen tranen op in Skyes ogen. 'Waarom vraag je me dat?'

Haar reactie was al net zo heftig als die van hem. Eén krasje over het oppervlak en er vloeide al bloed. 'Ik weet het niet. Ik dacht alleen... Nou, die avond bij jou thuis, toen ik jullie in de gang zag staan, vroeg ik me af of...'

'Of wat?'

'Of er nog steeds iets tussen jullie is?'

Skye keek haar verbijsterd aan. 'Tussen mij en Lochlan? Dat kun je niet menen!'

Weer zo'n overdreven reactie. 'Waarom niet?'

'Je begrijpt het niet,' zei Skye hoofdschuddend en met een gesloten blik. 'Ik wil er niet over praten. Het is te pijnlijk.'

'Oké,' zei Alex zacht. 'Het spijt me.'

Ze bleven een tijdje in stilte zitten en zwegen allebei toen de koffiejuffrouw Skyes koffie kwam brengen. Ze wachtten tot ze weer weg was en zaten allebei afwezig in hun koffie te roeren. Alex wist dat stilte soms net zoveel antwoorden opleverde als het stellen van vragen. En ja hoor...

'Waarom vroeg je me dat? Daar moet een reden voor zijn. Heeft hij iets gezegd?' vroeg ze ten slotte.

'Nee,' antwoordde Alex. 'Hij heeft niets gezégd. Maar dat zou hij toch ook nooit doen? Mij iets vertellen, bedoel ik. Ik ben de laatste die hij iets zou vertellen.' Skye bleef haar aankijken, want ze wist dat er meer over te zeggen viel. 'Het is meer de manier waarop hij reageert op jouw naam. Daardoor vroeg ik me af of er misschien nog iets tussen jullie speelt.' Ze haalde haar schouders op en toen Skye niet reageerde, voegde ze eraan toe: 'En nu de bruiloft eraan komt, vroeg ik me af of het misschien nuttig zou zijn om nog eens met elkaar te praten voordat... nou, voordat er geen weg terug meer is.'

'Ik hou van Al.'

'Ja, natuurlijk! Ik wilde niet suggereren...' Ze zweeg een moment. 'Luister, ik zeg niet dat Alasdair niet de juiste man voor je is. Ik heb hem nooit ontmoet, hij is vast geweldig en jullie zijn vast voor elkaar gemaakt. Maar als er nog dingen onuitgesproken zijn gebleven tussen Lochlan en jou... Je wilt niet aan je getrouwde leven beginnen terwijl er nog vraagtekens boven je relatie met je ex hangen, toch?'

Skye knipperde met haar ogen. 'Weet je zeker dat hij je niet voor zijn karretje heeft gespannen?'

'Skye, ik kan maar amper met hem overeenkomen dat gras groen is.'

'Maar dan...' Skye was van haar stuk gebracht.

'Het is alleen maar een observatie van mijn kant. Ik krijg betaald om op details te letten en te zeggen wat ik zie, en soms, nou ja...' Ze haalde haar schouders op. 'Soms is dat misplaatst, ongewenst. Het spijt me als ik te ver ben gegaan.'

De kantinejuffrouw kwam er weer aan. 'Ik was je shortbread vergeten,' zei ze tegen Skye, en ze zette een bordje neer.

Alex pakte haar eigen koekje ten slotte toch maar en nam een hapje. 'Mmm,' zei ze terwijl ze zag hoe Skye naar dat van haarzelf zat te staren. 'Heerlijk.'

De noordwestenwind blies met gure, koude vlagen in haar gezicht, maar ze stopte niet. Er was geen sprake van dat ze zou opgeven. Straks zou ze de landtong bereiken en zou het kustpad – voor zover je van een pad kon spreken – landinwaarts voeren. Dan had ze de wind in de rug en zou het minder zwaar worden. Aan haar linkerhand kolkte de staalgrijze zee, de storm van vorige week voorbij maar nog niet vergeten, en ze vroeg zich af wat het weer de komende tijd zou brengen. Het beïnvloedde het dagelijks leven van de eilandbewoners op een manier die mensen in de stad niet kenden. De loodkleurige hemel hing zwaar boven haar hoofd, maar af en toe wist de zon door een kier in de bewolking door te dringen om met zijn felle stralen de grijze diepten te verlichten en haar eraan te herinneren dat hij achter de wolken nog altijd scheen.

Terwijl ze doorrende, keek ze op haar Apple-horloge: ze had tien kilometer achter de rug en nog vijf te gaan. Tot nu toe was het gestaag opwaarts gegaan, maar dat betekende dat het laatste stuk heuvelafwaarts zou lopen, net nu haar benen steeds meer begonnen te gloeien. Ze passeerde verfomfaaide schapen en Schotse hooglanders in ommuurde velden, en ze was blij met de grote bemoste rotsen die hier en daar de wind braken. Ze spande zich nog wat meer in en trok een sprint over een korte steile helling – de laatste voordat het pad volgens de kaart op haar horloge van de grillige kustlijn terug landinwaarts zou leiden – maar toen ze op de top aankwam, hielden haar voeten op met rennen, niet van vermoeidheid, maar door de adembenemende schoonheid van het uitzicht dat haar begroette. De zon scheen weer omlaag in een schuin aflopende strook van licht over de zee, met de glooiende kliffen van de westkust als zilveren muren erachter. Als de goden nu in vlammende triomfwagens door de lucht zouden komen aanglijden, zou ze haar ogen gewoon geloven. Het had iets episch, dit eiland, het ene moment guur, het volgende majestueus – al naar gelang het licht dat erop viel.

Hijgend bleef ze met haar handen op haar heupen staan, haar paardenstaart nog zachtjes zwaaiend, en ze liep langzaam naar een verweerd bankje dat een eindje verderop stond. Ze liet zich er met een dankbaar kreuntje op zakken en keek uit over de zee terwijl ze met diepe teugen de frisse lucht inademde. De ferry die voorbijkwam zag er uit de verte mooier uit dan van dichtbij.

Een roodborstje dat op het bankje neerstreek, keek haar aan. Ze stak haar hand in haar zak en haalde er een stukje shortbread uit dat ze voor de kantinejuffrouw had verborgen tijdens een van haar koffiepauzes. Ze verbrokkelde het en strooide de kruimels over de rugleuning van het bankje. Het roodborstje wachtte even en hipte toen op zijn ranke pootjes vooruit. Maar toen het de kruimeltjes begon op te pikken, klonk er gekraak van twijgen en fladderde het geschrokken weg.

'O,' mompelde Alex, die een egel door het struikgewas zag scharrelen. Ze stak haar hand in haar zak om nog wat kruimels te zoeken, maar er kwamen vooral kleine plukjes stof uit tevoorschijn.

Helaas. Op dat moment vielen haar ogen op het koperen plaatje op de leuning. Ze streek er wat oude resten van bladeren af die in de lettergroefjes waren blijven hangen en tuurde om de tekst te kunnen lezen:

> TER NAGEDACHTENIS AAN EC
> EEN BLIK OP ZIJN GELIEFDE VADERLAND AMERIKA
> CF 1918

Bijna een eeuw oud? Hoe kon dit bankje er dan in vredesnaam nog steeds staan? Ze wiebelde heen en weer om de stevigheid te controleren, maar het leek nog solide genoeg te zijn. Het was dan ook goed beschut door het struikgewas, bovendien zat er waarschijnlijk bijna nooit iemand op. Wat jammer was, want blijkbaar was er ooit iemand geweest die hier met een hart vol liefde had gezeten.

Amerika dus? Het was moeilijk voorstelbaar dat zo'n enorm continent vanaf dit verlaten punt het eerste was wat je zou tegenkomen aan de andere kant van de oceaan, ver achter de horizon.

Ze zag de zeemeeuwen door de lucht zweven. Ze had Mrs Peggie bij het ontbijt tegen de nieuwe gasten die in de groene kamer verbleven – een ouder echtpaar uit Leeds – horen zeggen dat de wind soms papegaaiduikers van de buitenste eilanden deze klant op blies, maar vandaag waren er geen te zien.

Geen papegaaiduikers en geen Lochlan. Ze was na het koffiedrinken met Skye naar zijn kantoor gelopen, maar dat was gesloten en zijn auto was weg. Volgens Hamish, die voorbij was gekomen, was hij vertrokken naar een 'afspraak', maar Alex dacht er het hare van. Het kon net zo goed een afspraakje tussen de lakens met de brunette zijn als een afspraak met een accountant of een bankier of zelfs een turfsteker, als hij háár maar kon ontlopen.

Maar het was geen onvruchtbare dag geweest. Ze had nu een echte rondleiding gekregen en in de praktijk mogen zien waarover ze had gelezen voor ze hier arriveerde. En interessanter nog: ze had, eigenlijk buiten Sholto's directe opdracht om, kennisgemaakt met de teams en een start gemaakt met de gesprekjes met een aantal managers. Strikt genomen waren hun input en hun ideeën over hun CEO niet vereist, want dit was geen standaard 'prestatieverhogingsklus' en het maakte niet echt uit wat ze dachten, alleen maar wat híj dacht. Maar als hij weigerde mee te werken moest ze via andere bronnen dingen over hem te weten komen. Ze moest zijn zwakke punten zien te vinden. Skye was een goede bron, maar ook zijn belangrijke afdelingsmanagers hadden een boekje opengedaan over zijn agressieve houding en hoe hij zich afzonderde van de andere directieleden, zoals Torquil al had opgemerkt, aangezien ze van mening verschilden over strategieën om groei te realiseren.

Het was duidelijk dat Lochies overwinning niet veel waard was, en in de hele staf leek het idee te leven dat hij op deze manier niet lang meer kon doorgaan. Alex was geneigd daarin mee te gaan. Uit alles wat ze haar hadden verteld maakte ze op dat de druk hem al parten begon te spelen, en in het kader van de veranderdynamiek die ze gebruikte om leiderschapsprofielen te beoordelen, had zij – net als Louise trouwens – geconstateerd dat hij in de zogeheten gammafase zat, waarin het gedrag gefrustreerd, antisociaal en destructief wordt: een openlijk verzet tegen de status quo. Hoewel ze meestal werd ingehuurd als er sprake was van de daaraan voorafgaande bètafase, wanneer de eerste onzekerheden over de bestaande praktijk hun opwachting maakten, had ze al eerder cliënten gehad die in dit stadium waren beland, en ze wist dat hij nu twee opties had: op zijn schreden terugkeren of verandering forceren.

Ze dacht wel te kunnen raden waar hij voor zou kiezen. Ze zuchtte vermoeid, blij dat dit conflict haar persoonlijk niet raakte, haalde haar telefoon uit haar zak en checkte hoe het bereik hier was. Deze afgelegen plek was de enige sinds haar aankomst hier waar ze kon praten zonder te hoeven schreeuwen, waar ze niet half uit een raam hoefde te hangen voor een goede ontvangst. Ze scrolde door haar contacten en koos het nummer, waarna ze met een samengebalde vuist op haar schoot wachtte tot er zou worden opgenomen.

'Hoi, met mij.' Ze haalde diep adem en betrad haar eigen strijdtoneel. 'Hoe gaat het vandaag met hem?'

# 12

## *Islay House, Islay, 5 februari 1918*

*De wind loeide om het huis, deed de ramen trillen in hun sponningen en beroerde de bladzijden van het boek dat haar moeder ongelezen op het vensterzitje open had laten liggen. Clarissa was niet de enige die haar vrije uren met haar gezicht nagenoeg tegen het glas gedrukt doorbracht.*

*Ze reikte omlaag naar de stapel verstelgoed die aan haar voeten lag en pakte weer een sok die gestopt moest worden. Met haar hoofd gebogen zat ze ingespannen te werken, waarbij ze herhaaldelijk de losse lokken die uit haar knot ontsnapten achter haar oren stak. Haar vingertoppen zaten onder de prikjes van de naald.*

*De radio was uit, dus werkte ze in stilte door, haar vingers en armen behendig dansend. Ze zou dit in haar slaap kunnen doen, de bewegingen gingen net zo vanzelf als haar ademhaling. Vandaag was het dinsdag, maar morgen zou de avond precies hetzelfde verlopen. En de dag daarna ook.*

*Plotseling keek ze op. 'Wat was dat?'*

*'Hm?' vroeg haar vader vanuit zijn vertrouwde stoel bij de haard.*

*'Ik dacht dat ik iets hoorde.'*

*Hij liet zijn ogen door de kamer gaan en schudde zijn hoofd.*

*'Nee. Het is de wind maar.'*

*Ze fronste maar hervatte haar taak. Hierna moest ze aan de slag met haar vaders trui, die door motten was aangevreten, en haar eigen beddensprei. En als ze er nog fut voor had zou ze misschien nog de sokken afmaken die ze aan het breien was. Ze was er zo handig in geworden dat ze er nu twee tegelijk breide. Volgens haar vader konden zij en haar moeder de geallieerden inmiddels samen naar de overwinning breien.*

*Ze wierp een blik op haar moeder, wier voeten met dikke sokken onder haar rok vandaan piepten terwijl ze een dutje op de chaise longue deed. Ze was de zware lichamelijke arbeid niet gewend. Clarissa was nog minder gewend aan de aanblik van haar moeder met modder op haar gezicht. Ze was altijd een moeder van het decoratieve type geweest: zacht en aangenaam geurend, met een klaterlach en mooie ogen. Dat haar zoon vocht in de oorlog was te veel voor haar tere zenuwen.*

*Clarissa keek weer naar het haardvuur en haar blik dwaalde naar de spiegel boven de schoorsteenmantel. Ze hapte naar adem om wat ze daarin weerspiegeld zag. Haar stopwerk viel van haar schoot terwijl ze zich omdraaide om naar buiten te kijken. Ze ging staan en staarde door het raam.*

*'Mijn god.'*

*Haar vader keek op. 'Wat...' Hij kwam ook overeind en liep naar het raam.*

*De lucht was rood, er verspreidde zich een hels, bovennatuurlijk licht tussen twee punten aan de horizon, waardoor de zware zee donker glom.*

*'Rood duidt op duikboten in het gebied, toch, vader?'*

*Hij knikte grimmig en legde zijn handen op de rug. Samen bleven ze staan kijken, maar het was onmogelijk om details op het water waar te nemen.*

*'Moeten we... Moeten we niet naar beneden gaan?' vroeg ze. 'Het kan zijn dat er een schip in nood is.'*

*Haar vader zweeg even. 'Het is alleen maar een waarschuwingssignaal.' Hij draaide zich om en zijn stok tikte op de vloer terwijl hij terug naar de haard liep.*

*'Maar wat als er iemand gewond is geraakt? Die heeft misschien hulp nodig.'*

*'Laat je nou niet leiden door je fantasie. Het is een waarschuwing, dat zei ik net. Bovendien, wat voor hulp kunnen we bieden in het donker en onder deze omstandigheden?' vroeg hij, precies op het moment dat de wind weer harder begon te waaien en tegen de stenen muren beukte. 'Ik ga naar beneden zodra het licht wordt.'*

*'Maar vader...'*

*'Ik heb gezegd dat ik morgen ga kijken. Jij hoeft je er niet meer mee bezig te houden. Wat er ook aan de hand is, je kunt ervan op aan dat het niets voor een vrouw zal zijn. Laat het rusten,' zei hij streng.*

*Clarissa keek weer naar het haardvuur, bevangen door bitterheid. Maar ze pakte haar stopwerk en liet haar handen weer het gedachteloze ritme opvatten. Haar moeder lag nog steeds te slapen. Het was gewoon weer net zo'n avond als alle andere.*

*Het was nog steeds donker toen ze zich aankleedde. De kooltjes in de haard van haar slaapkamer gloeiden nog na. De wind was niet gaan liggen – die was eerder toegenomen – en ze trok haar jas strak om haar tengere gestalte heen terwijl ze via de keuken naar buiten liep en door de kruidentuin holde.*

*De fiets van Mr Dunoon stond waar hij altijd stond: tegen de stenen muur van het tuinschuurtje, wachtend op zijn terugkeer alsof hij slechts naar binnen was gegaan voor een kop thee in plaats van vertrokken naar de slagvelden in Europa. Ze pakte het stuur, voorzichtig om niet met haar vinger de bel te laten klinken, gooide haar been over de stang – waarbij ze haar rok met één hand bijeenhield – en fietste de oprijlaan af. Ze had nauwelijks geslapen, haar dromen koortsig en gespannen, en ze voelde zich gedreven door een onontkoombaarheid, een instinct dat ze niet kon verklaren.*

*Haar regenhoed dreigde een aantal keren van haar hoofd te worden geblazen terwijl ze door de tuinen reed, het landgoed af en verder over de open, winderige vlakten, de helling af naar de haven. Haar ogen traanden door de wind maar ze bleef zich een weg zoeken over het steeds hobbeliger pad. Er viel natte sneeuw, de temperatuur was genadeloos, en ze vroeg zich af waarom ze dit deed. Ze zou nog in haar zachte, warme bed kunnen liggen. En wat zou er te zien zijn? Haar vader had gezegd dat het om een lichtkogel ging, een waarschuwingsteken voor de andere schepen in de buurt, meer niet.*

*Maar nu ze dichterbij kwam, hijgend terwijl ze van het zadel kwam en extra hard peddelde om over een heuveltop te komen, zag ze dat er van alles gebeurde in het dorp: er liepen paarden langs de kust en er rookten schoorstenen op een tijdstip waarop normaal gesproken vrijwel iedereen sliep. Het was nog steeds vroeg, veel te vroeg voor de bewoners om al op te zijn. Zelfs de boeren stonden op dit vroege uur nog niet op. De zon piepte nog maar amper over de horizon, alsof hij aarzelde zijn licht te laten schijnen over wat hier was gebeurd.*

*Met een knoop in haar maag begon ze harder te trappen. Nu blies een windvlaag uiteindelijk toch haar hoed van haar hoofd terwijl ze de hoek om ging, het dorp in, en langs de rijen witte vissershuisjes reed. Er stonden vrouwen op straat de huilen.*

*'Wat....' hijgde ze, en ze gooide de fiets neer, die met draaiende wielen bleef liggen. 'Wat is er gebeurd?'*

*'Een Amerikaans troepenschip is gisteravond door een torpedo geraakt,' wist Maggie MacFarlane uit te brengen, haar ogen deppend met de hoeken van haar sjaal. 'Die arme, arme jongens.'*

*Clarissa kreeg buikpijn bij de herinnering aan de rode hemel. Ze had het geweten! Op de een of andere manier had ze het gevoeld. 'Zijn er overlevenden?' vroeg ze met een steek van weerzin tegenover zichzelf omdat ze zich zo gemakkelijk door haar vader had laten overhalen, warm en verveeld in het grote huis.*

*'Kijk zelf maar,' zei Morag McKenzie met een kingebaar naar de goudkleurige zandvlakte. Het was eb en het strand lag bezaaid met lange, rubberachtige slierten zeewier – en met lijken. Tientallen. Sommige op de buik. Sommige naakt. Sommige met losse repen huid door het schampen tegen de genadeloze rotsen waar ze zelf als kind op zoek naar mosselen over had rondgescharreld.*

*Nee.*

*Ze rende ernaartoe, naar de mannen die de gestorvenen nu behoedzaam in de kar laadden die boer Kilearan had meegebracht. Zijn paard stond al klaar om de grote wielen van het zand te trekken.*

*'Mr McLachlan,' riep ze naar de dichtstbijzijnde man, die net een deken over een dode soldaat legde. De striemende wind sloeg de natte sneeuw in haar gezicht, haar huid kleurde rood en ze werd verblind door haar eigen haar.*

*'Ga terug,* lass. *Dit is niet iets wat jij hoeft te zien.'*

*Ze streek haar haren uit haar gezicht. 'Zijn er overlevenden?'*

*De ploeger keek haar aan. Hij was zo te zien de hele nacht wakker geweest. Zijn gezicht zag blauw van de kou en hij was nat, uitgeput en hongerig. Ze zag dat hij in hemdsmouwen stond. 'Acht. Denken we.'*

*'Acht?' fluisterde ze. Meer niet? Van een troepenschip?*

*'Het was windkracht tien. Het is nog een wonder dat zoveel het hebben gered.' Hij gebaarde met zijn kin naar de andere kant van het*

*strand, waar de kliffen en hoge rotsen – gisteravond nog zo dodelijk – nu beschutting tegen de wind boden. Een groepje vrouwen deelde warme soep uit aan de overlevenden, die ineengedoken op het zand zaten en in dekens en jassen of wat maar voorhanden was geweest gewikkeld waren.*

*Ze liep wankelend naar hen toe, haar blik op de jonge mannen gericht, die met holle ogen naar de zee staarden. Sommigen van hen waren nog nat. Hadden ze de hele nacht in het water gelegen? Dat was toch onmogelijk, om zo lang te blijven leven bij deze temperatuur?*

*'Kan ik iets doen? Vertel me wat ik kan doen om te helpen.' Ze greep de arm vast van Amy MacKenzie, een naaister.*

*'We wachten op de kar van de oude Euan, zodat we de mannen kunnen vervoeren. Ze kunnen niet lopen – een paar omdat ze gewond zijn, maar de rest door de schok en onderkoeling. Ze zijn zwak en kunnen niet staan. We moeten ze zo snel mogelijk van het strand halen, en bij een haardvuur zien te krijgen. Ren naar het hotel en zeg tegen Muirne dat er water moet worden gekookt voor warme baden, en dat er meer kleren moeten komen. Veel meer kleren. Dit wordt hun dood nog. Ga maar gauw. Die daar ziet er niet best uit,' zei ze met gedempte stem en met een blik naar een soldaat die heftig zat te rillen. Zijn ogen waren roodomrand en zijn lippen ijsblauw. 'En neem het daarna over van Molly Buchanan. Ze is de hele nacht al boter aan het karnen. Haar arm valt er nog af als niemand haar helpt.'*

*'Boter?' vroeg Clarissa.*

*'Om scones te maken. Deze jongens moeten wat eten om ze inwendig weer op te kunnen warmen.'*

*Clarissa voelde opnieuw een scherpe steek van zelfverwijt. Zij had de hele nacht in een zacht bed geslapen, met een knisperend vuurtje in de haard, en deze jongens...*

*Ze keek weer naar de zee. Die lag er onheilspellend bij, met schuimende golven die zich woest tegen de grillige rotsen wierpen, zodat er wolken stuivend water naar de gure ochtendlucht omhoogwervelden. Er was geen...*

*'Wat is dat?' vroeg ze gespannen, wijzend naar iets lichts op de hogere rotsen. Haar voorhoofd kreeg een diepe frons terwijl ze probeerde door de natte sneeuw en nevel heen te turen.*

*'Wat?' Amy volgde haar blik.*

*'Het lijkt of daar iets ligt. Zie je? Ongeveer zes meter die kant op... Het is een lichaam!'*

*Het werd haar koud om het hart. De man lag op zijn rug, zijn lange, bleke hals ontbloot, een been op kniehoogte in een rare hoek naar buiten gebogen.*

*'O mijn hemel,' riep Amy. 'Er ligt er nog een! Daar!' Ze tilde haar rokken op en rende naar Donald McLachlan. 'Donald!'*

*De ploeger keek op. 'Leeft hij nog?'*

*'Dat weten we niet! Kom mee!'*

*Maar Clarissa was al vooruitgegaan en waadde door het ondiepe water. Ze hield haar jas omhoog, maar haar rokken waren doorweekt en zwaar, wat het moeilijk maakte om voort te bewegen, en de ebstroom probeerde haar omver te trekken.*

*'Ga het water uit!'*

*Ze hoorde hun geschreeuw terwijl ze voortwaadde, maar ze stopte niet. Ze kon niet nog dieper gaan, dat wist ze, maar als ze achter de vooruitstekende rotsen kon komen, kon ze er vandaar overheen klauteren naar de kliffen waar de soldaat lag. Dit was de enige manier om hem te bereiken.*

*Het was zwaarder dan ze had gedacht – niet dat ze erover had nagedacht, haar benen hadden haar hier zonder aarzeling of bewust voornemen naartoe gedragen – en het water was schokkend ijzig terwijl de deining enorm sterk was. Haar tanden klapperden en ze was doornat tot aan haar middel, maar ze wist een van de puntige rotsen vast te grijpen. Voorzichtig trok ze zichzelf tussen twee beukende golven door omhoog. De inspanning die dat vergde was onvoorstelbaar, zelfs voor een meisje dat tegenwoordig zestien uur per dag op het land werkte, maar ze wankelde verder, dankbaar dat ze het water uit was. Haar rokken hingen als kleine kinderen aan haar benen, waardoor het moeilijk lopen was.*

*Achter haar sloeg een grote golf op de rotsen, waardoor er een massa water opspatte, de druppels als kogels op haar rug, waardoor ze languit vooroverviel. Het zoute water beet in de schrammen die ze opliep en ze gilde het uit. Maar er klonken meer kreten en toen ze omkeek, zag ze dat Donald McLachlan en nog wat anderen nu ook het water in waren gegaan, met hun armen omhoog terwijl ze haar toeriepen dat ze terug moest komen.*

*Ze stond weer op en bleef klimmen. Haar handen waren inmiddels rauw en kapot en gevoelloos van de kou. Hij was nu nog maar een meter van haar verwijderd, hij lag vlak boven haar. Ze zag eerst alleen zijn gespreide vingertoppen die over een rots staken alsof ze de wacht hielden, maar toen ze om de rots heen was geklommen, zag ze vlakbij een enkele soldatenlaars liggen, nog steeds strak dichtgeregen, en ze voelde een huivering van angst om de ontzaglijke kracht die nodig moest zijn geweest om die van zijn voet te rukken. Af en toe gleed ze uit op de natte rotsen en het verraderlijke zeewier bleef zich tegen haar keren terwijl de golven achter haar te pletter sloegen en er grote wolken ijskoud zeewater opstoven die nog ijziger aanvoelden door de snijdende wind die haar natte huid en kleren bestookte.*

*'Ik kom eraan,' probeerde ze hem toe te roepen, verbijsterd over de zwakte van haar eigen stem. 'Ik ben er bijna. Er is hulp onderweg,' hijgde ze.*

*Met een laatste krachtsinspanning trok ze zichzelf op tot ze zich op dezelfde hoogte bevond als hij. Zijn ogen waren gesloten, zijn lichaam lag verwrongen in onnatuurlijke hoeken en zijn huid was zo bleek dat alle bloed uit hem leek te zijn weggetrokken.*

*'Hallo?' fluisterde ze, plotseling angstig. Ze had nog nooit een lijk van zo dichtbij gezien, er nog nooit een aangeraakt. Aarzelend legde ze een hand op zijn wang. Die was koud en ze voelde zijn stoppels zachtjes over haar huid schuren. Hij droeg alleen wollen onderkleding, en die was helemaal nat. De kleding had hem geen bescherming geboden, maar zijn lichaamstemperatuur waarschijnlijk alleen maar verlaagd.*

*Hij leek niet veel ouder dan zij te zijn – twintig, misschien eenentwintig? Net zo oud als Percy dan, maar jonger dan Phillip, die nog maar net tweeëntwintig was geworden toen zijn tank over die landmijn reed. Maar wat deed het ertoe? Dit was weer een jong leven dat verloren was gegaan. Ze pakte zijn hand die nog over de rots gespreid lag en hield hem tussen haar beide handen. 'Ik vind het heel erg,' fluisterde ze.*

*Donald McLachlan was nog maar zo'n anderhalve meter van haar verwijderd. 'Kom hier, lassie!' zei hij boos, en hij stak zijn hand naar haar uit. 'Wat bezielde je in godsnaam? Het had je dood wel kunnen worden!'*

*Ze keek hem met tranen in haar ogen aan. Het was allemaal voor niets geweest. Haar hoop dat ze iets goed kon maken was op de rotsen gesneuveld, net als het gebroken lichaam van deze soldaat. 'We zijn te laat,' zei ze zacht, en ze schudde haar hoofd.*

*Donald boog even zijn hoofd en zijn woede sloeg om in wanhoop. Hij liet zijn schouders hangen.*

*Maar toen voelde ze tussen haar handen een vinger bewegen.*

## *Islay, dinsdag 12 december 2017, vroeg in de ochtend*

Alex draaide zich rusteloos om, haar ogen waren gesloten maar ze was klaarwakker. De slaap wilde maar niet komen, de frustratie bleef maar knagen. Hoe kon ze werken als de cliënt niet met haar wilde praten? Ze had de rechtstreekse benadering geprobeerd, ze had verzoeningspogingen gedaan, ze had geprovoceerd – en desondanks was ze geen stap verder gekomen. De man was zo glad als een aal, hij weigerde zich te laten vangen.

Hij kon niet weten dat ze zou blijven tot ze haar opdracht tot een goed einde had gebracht, dat zijn spelletjes en tegenwerking bij haar niet zouden werken. Hij kon haar zijn kantoor uit gooien, haar overstemmen, haar negeren, haar kleineren… maar zíj zou winnen, want er was geen andere optie. Dit mocht niet mislukken. Deze klus bracht haar naar de top van haar ambities, ze had er de afgelopen veertien jaar naartoe gewerkt en ze zou zich niet laten verslaan door een arrogante, zelfingenomen man die vond dat het zijn geboorterecht was om zijn eigen belangen ver boven die van alle anderen te stellen.

Ze rolde zuchtend weer op haar rechterzij en staarde de donkere nacht in…

Maar het was niet donker.

Meteen zat ze rechtop in bed en haar adem stokte bij het zien van de gloed die de kamer als een lamp verlichtte. 'O mijn god,' riep ze uit, en ze gooide haar dekens af en rende naar het raam. De hemel was rood.

De gloed was in één gebied geconcentreerd, net buiten het zicht achter de moors, maar ze wist meteen waar de bron zich bevond. Ze wist wat er aan de hand was.

De distilleerderij stond in brand.

Dankzij Mr Peggies gewoonte om zijn overall en laarzen instapklaar bij de deur te laten staan, stonden ze na een paar minuten al buiten. Voor een man van in de tachtig was hij zeer kwiek en kon hij verrassend snel handelen. Zij namen de tractor, voor het geval er dingen opgetild of weggesleept moesten worden, en Mrs Peggie zou een paar minuten later met de Land Rover komen, zodra ze zich had aangekleed.

Alex zat stokstijf rechtop terwijl ze zo snel als verantwoord was door de duisternis reden, in de richting van de haven. In de koplampen zag ze dat de grassen bogen en heen en weer wuifden in de vlagerige wind die krachtig landinwaarts blies. De goden waren hun niet gunstig gezind.

'De brandweer zal er al wel zijn,' zei ze hoopvol, met een blik opzij naar Mr P.

Zijn gezichtsuitdrukking was niet bemoedigend. 'Er zit een brandweerkazerne in Bowmore, ruim vijftien kilometer hiervandaan, maar in Port Ellen zit alleen een vrijwillige eenheid. Het wordt alle hens aan dek totdat de lui uit Bowmore er zijn.'

Alex voelde haar spieren verstijven en het bloed stolde als beton in haar aderen terwijl ze verder denderden. De tanden van de vork staken in de lucht en de cabine stuiterde bij elke hobbel, maar dat ze zo hoog zaten, gaf hun het voordeel van een goed uitzicht, en toen ze de laatste heuvel achter zich lieten en de weg verder recht naar het dorp leidde, hapte ze ontzet naar adem. Het was een apocalyptisch schouwspel: er snelden silhouetten heen en weer met op de achtergrond een vurige lucht waarin vlammen als opgetogen duivels oplaaiden en de hitte leek te dienen en te brullen.

*Geknisper en gekraak. Gehoest. De verstikkende lucht...*

'Het is de gerstzolder,' zei Mr P. verbeten, en hij verstevigde zijn greep om het stuur terwijl hij de scherpe bocht naar rechts van de hoofdweg naar het weggetje van de distilleerderij maakte. Mensen uit het dorp – vooral mannen en tieners – renden mee over het pad, vrouwen en kleine kinderen keken toe langs de kade, de armen van moeders beschermend om smalle schouders terwijl ze hun ogen niet van de verwoesting konden afwenden. Veel van hen huilden, hun hand voor de mond geslagen, hoofdschuddend nu de hemel lichter werd en de vlammen zich lieten zien over het water, zich lieten horen boven het geluid van de wind uit.

Ze reden langzaam de binnenplaats op. Er waren schijnwerpers aan, maar vanwege het grote aantal mensen dat zich had verzameld konden ze niet verder komen dan net langs de gietijzeren hekken, waarvan het sierlijke ontwerp opvallend contrasteerde, vond Alex, met de sobere stenen gebouwen. Mr P. toeterde een paar keer om de menigte uiteen te drijven en het lukte om heel langzaam verder te komen, tot vlak bij de bottelarij, en in elk geval de weg vrij te maken voor de brandweer. Die was nog nergens te bekennen.

Ze klommen uit de cabine en bleven instinctief even staan om de hitte te ervaren – die zelfs van deze afstand drukkend was en de zuurstof uit de lucht zoog... *De haartjes in haar neus verschroeiend. Schurend in haar keel.* Alex' hart ging tekeer en haar ademhaling werd sneller en oppervlakkiger terwijl haar ogen alle kanten op schoten in een poging te bevatten wat er gebeurde. *Te ontsnappen...*

Hier was inmiddels een soort orde in de chaos ontstaan: er had zich een rij gevormd van het pakhuis – dat behoorde tot de originele boerderijgebouwen en dat zich het dichtst bij de bron van de brand bevond – tot de unit waar de mouterij, de vergistingsruimte en de distillatieruimte zaten: er werden vaten naar buiten gerold, een voor een, naar de andere kant van de binnenplaats, waar anderen ze weer op de juiste manier neerzetten, met het zegel naar boven.

'Ik ga vragen of ik met de tractor kan helpen om er meer tegelijk te verplaatsen,' riep Mr Peggie.

Alex zag hem in de menigte verdwijnen, wilde 'laat me niet alleen' roepen, maar voelde de kreet in haar keel verstommen. Ze was alleen... *Ze was alleen...*

Ze keek rond en zag Hamish, de koperslager en haar taxichauffeur op haar eerste dag, tussen de mannen die de vaten rolden. Hij liep paars aan en had een zwellende ader op zijn voorhoofd. Hij was niet de jongste meer. Ook Torquil was er. Hij stond met zijn hemdsmouwen opgerold en zijn gezicht zwart van het roet koortsachtig bevelen uit te delen.

'Alex!'

Ze draaide zich om en zag Skye haar kant op rennen.

'O mijn god, gaat het wel?' vroeg Alex, met een blik op haar roodomrande ogen en zwartbestofte huid.

'Aye. We zijn druk bezig geweest met het verplaatsen van alle zeldzame en historische flessen van het bezoekerscentrum en de proeflabs.' Ze was buiten adem en de vlammen werden weerspiegeld in haar brillenglazen.

*Flakkerend, opspringend, naar haar uithalend...*

'Kan ik ook wat doen?' vroeg Alex.

'Dat is allemaal klaar. We hebben ze in mijn vaders auto geladen en hij heeft een van de mannen gevraagd om ermee naar de boerderij van MacLennan te rijden, aan de andere kant van de baai,' hijgde ze met haar handen op haar heupen en haar blik gericht op het dramatische tafereel. Er welden tranen op in haar ogen toen ze achteromkeek naar de brandende mouterij. 'Ik kan het gewoon niet geloven.'

Ook Alex staarde ernaar. Het liefst wilde ze haar handen tegen haar oren duwen en het geluid van het vuur dempen, dat maar bleef bulderen en brullen. Mensen hadden het altijd over de kleur van vuur, over de hitte, maar zij vond zelf het geraas het angstaanjagendst, als van een monster uit de nachtmerries van haar jeugd.

'Weet je hoe laat het is begonnen?'

'Een uur geleden, denken ze. Er werd alarm geslagen door een nachtwaker bij Lagavulin.'

'Een uur geleden? Maar waarom is de brandweer er dan nog niet?' Ze keek paniekerig om zich heen... *De groeiende angst. De wanhoop.* 'Ik heb begrepen dat die vijftien kilometer hiervandaan zit. Dat is toch maar een kwartier rijden?'

'Bij Glenegedale is de weg geblokkeerd. Er is een vrachtwagen met boomstammen over een bevroren gedeelte uitgegleden en geschaard. Er kan niets langs tot er daar een rijbaan is vrijgemaakt.'

'Dat meen je niet!' riep Alex uit, haar ogen groot van ontzetting dat de tegengestelde elementen van vuur en ijs door een ongelukkig toeval zoveel schade konden berokkenen op dit kleine eiland. Toeval, niet meer dan dat. Een ellendig toeval. Niemand kon er wat aan doen.

'Denk je dat ze de voorraad zullen kunnen redden?' vroeg Alex, die met moeite kalm bleef. Zich probeerde te beheersen. Ze merkte dat ze beefde.

*Een roodgloeiend waas. Voortkruipende zwarte rook. Onder de deuren door. Het trage gekreun van brekend glas.*

'Ik weet het niet. De hitte zou het alcoholgehalte kunnen beïnvloeden en de rook zal waarschijnlijk door het hout van de vaten dringen.' Skyes stem klonk triest. 'Dat zullen we later pas weten. Het kan zijn dat we er op tijd bij waren.' Ze beet vertwijfeld op haar lip. 'Misschien.' Ze kauwde nerveus op een nagel terwijl ze naar de demonstratief dansende vlammen keek. 'Maar de distillatieruimte is nu de grootste zorg, daar ligt het grootste gevaar vanwege de ethanol...'

*Een explosie. Glas aan scherven. Gassen wervelend in de hitte. De lucht als een ventilator die de vlammen aanwakkert.*

'En de ketels zijn ons meest essentiële bezit. Zij geven Kentallen zijn unieke smaakprofiel. Als we die verliezen zal dat tien, vijftien, zelfs twintig jaar lang invloed hebben op onze voorraad.'

*Sirenes in de verte. Het flitsen van blauwe lichten.*

Ze schrokken beiden van een plotseling geluid. Het leek niet bij dit schouwspel te passen. Het was een geluid dat hier niet thuishoorde. Geblaf.

Skye gilde. 'Rona!'

Alex draaide zich om en zag de hond op de binnenplaats, dichter bij de brand, voor het kantoor van Lochlan. Ze sprong opgewonden naar de vlammen die hypnotiserend achter de ramen van de mouterij deinden.

'Rona! Rona! Kom hier, lieverd!' riep Skye, en ze rende naar de hond toe en sloeg haar armen om haar nek terwijl de viervoeter met haar staart tussen de benen tegen haar aan stond te trillen. 'Ach, schatje! Wat doe jij hier? Waar is...' Haar stem stierf weg en ze stond abrupt op met een verschrikte blik op haar gezicht. 'Waar is Lochie?'

'Lochie?' herhaalde Alex, en ze draaide een aantal keren rond als een kind dat zichzelf duizelig wil maken. Ja. Waar wás hij?

Iedereen hielp, droeg zijn steentje bij. Maar hij was nergens te bekennen.

'Lochie!' schreeuwde Skye met paniek in haar stem en met opengesperde ogen. Ze rende naar het dichtstbijzijnde groepje mensen en greep iemand bij de arm. 'Hebben jullie Lochie gezien?'

Een van de vrouwen wees naar zijn kantoor. Skye rende ernaartoe en Alex volgde. Rona bleef waar ze was op de keitjes, springend op haar voorpoten, grauwend en blaffend naar de vlammen, haar kop en staart laag.

'Lochie?' riep Skye, en ze gooide de deur naar zijn kantoor open. Maar daar was niemand. Ze draaide rond. De mouterij was hier maar een meter of vier vandaan en de hitte was enorm. Ze staken allebei hun handen omhoog in een afwerend gebaar. *Smeltend. Brandend. Razend. Stervend...*

'Waar is hij?'

Skye rende de binnenplaats weer op, met Alex op de hielen, net toen een plots geraas van glas iedereen naar adem deed happen. Een van de ramen was eruit geblazen en een jankende Rona holde naar Skye toe en liet zich naast haar op de grond zakken terwijl er een vlaag zwarte rook in hun richting kwam wolken. Ze klapten dubbel en hoestten. *Verstikkend. Smorend...*

Alex voelde dat haar arm werd vastgepakt en zag haar voeten in beweging komen terwijl Skye haar en Rona mee terug naar het kantoor trok. Ze smeet de deur dicht en hield zo een deel van de hitte, de rook, het geluid buiten. Maar niet de angst. Die was hierbinnen en daarbuiten. Ze maakten deel uit van dit verhaal. Het maakte al deel uit van hen.

Alex liet zich hoestend op haar knieën zakken. *Haar longen verstopt. Roet en toxines als een vuile mist vanbinnen. Tranende ogen. Verblind. Haar handen op de vloer. De smeltende onderkant van het tapijt...*

Ze hoorde water stromen en zag Skye bij de wastafel een mok met water vullen, die ze in één teug leegdronk, waarna ze hem weer vulde en naar haar toe bracht.

'Hier. Opdrinken,' zei ze, en ze drukte Alex de mok in handen.

Alex dronk, keek uit het raam en liet de mok uit haar handen vallen.

Haar lichaam verstijfde, zelfs haar hart liet even verstek gaan. Haar ogen bleven gericht op een bovenraam, waar ze iets had zien bewegen. Ze wachtte.

En ze zag het opnieuw.

Haar mond opende zich om een geluidloze schreeuw te vormen...

*Een gil. Struikelen langs het raam...*

'Wat is er?' vroeg Skye, die naar haar keek. En het vervolgens begreep. Haar blik schoot naar de vlammen. 'Nee...'

Er begon blauw licht over de witte muren te zwaaien en Skye slaakte een kreet. *Wild. Vertwijfeld.* Ze rende naar de deur en gooide hem open. 'Hier!' schreeuwde ze, wild met haar armen gebarend. 'Hier!'

Een paar mensen, opgeschrikt door de wanhopige schrilheid van haar kreten, draaiden zich om.

'Hier! Hij is binnen!'

De gezichtsuitdrukkingen veranderden, monden vielen open terwijl de noodkreet zich door de menigte verspreidde, zodat de mannen die uit hun rode brandweerauto sprongen zich meteen naar haar gestrekte armen haastten en haar blik volgden.

'Hij is in de mouterij!' schreeuwde Skye toen een brandweerman met masker bij haar bleef stilstaan, knikte en twee anderen het bevel gaf hem het brandende gebouw in te volgen.

*Uitpuilende ogen. Buitenaardse wezens...*

Skye gaf een gil terwijl ze door de rook werden opgeslokt. 'Hij kan daar niet binnen zijn. Dat kán niet,' snikte ze. Alex raakte haar schouder aan, maar het was een werktuiglijk gebaar. Automatisch. Ze voelde zich... ver weg. *Aan het plafond. Toekijkend.*

Skye begon heftig te huilen. Haar schouders schokten en ze kreunde en jammerde en probeerde zich om de paar seconden los te rukken, maar Alex hield haar stevig vast, haar blik strak op de mouterij gericht. Alles was roodgekleurd. Hitte. Geraas. Chaos. De vlammen werden met de minuut feller, de wind wakkerde het vuur nog verder aan terwijl er meer brandweerlieden met brandslangen aan kwamen rennen en die op het gebouw richtten.

De minuten verstreken. 'O mijn god, o mijn god,' kermde Skye. 'Waarom komen ze niet terug? Waar zijn ze? Hebben ze hem gevonden? Of kunnen ze hem niet vinden?'

Maar Alex' stem deed het niet, het voelde alsof er een wurgkoord om haar keel zat. Alles was nu stil, de wereld stond op mute terwijl ze een ondefinieerbaar silhouet vanuit het vurige waas zag opdoemen. Een moment later kwam het tevoorschijn en zag ze wat het was: twee brandweerlieden brachten Lochlan naar buiten, ieder met een arm onder zijn oksel. Zijn hoofd was voorovergezakt, zijn voeten sleepten achter hem aan.

'Nee!' gilde Skye, en ze rukte zich los. Deze keer kon Alex haar niet tegenhouden, haar greep had zijn kracht verloren. *Dood. Levenloos. Gebroken.*

Skye gooide de deur naar het kantoor open terwijl de brandweerlieden hem haastig binnenbrachten, op zoek naar beschutting tegen de rook en de hitte, en hem op de vloer legden. Er kwam een ambulancebroeder binnen, die meteen begon met de reanimatie: hij controleerde op ademhaling, opende zijn mond om de luchtwegen vrij te maken en begon de hartmassage.

*Zinloos. Hulpeloos. Hopeloos.*

'Het komt vast goed,' zei iemand tegen de snikkende Skye.

'Dat weet je niet!' riep ze. 'Dat weet je niet. Hij ademt niet!'

Alex staarde naar hem vanuit de hoek aan het plafond, ver weg van het besmeurde lichaam dat bewegingloos op de vloer uitgestrekt lag. Ze keek hoe ze beademden en pompten. *Geen lucht. Levenloos.* De man die vanaf het moment dat ze elkaar ontmoetten niets anders had gedaan dan sneren uitdelen en haar vernederen. De man over wie ze in alle eerlijkheid kon zeggen dat ze een grotere hekel aan hem had dan aan wie ook. Maar dat wilde niet zeggen dat hij dood mocht gaan.

'Toe nou, Lochlan! Vechten!'

Het was een wilde kreet. Uit haar mond. Alsof hij weer tot leven gewekt zou worden, alsof hij dit zou overleven, enkel en alleen om haar dwars te zitten.

*Dood. Dood. Dood.*

Dood…

Maar toen zag ze een vinger bewegen.

# 13

## *Kilnaughton Bay, Islay, 8 februari 1918*

*De stoet bewoog langzaam door het dorp, de voortstappende laarzen op de keitjes het enige geluid onder de treurzang van de doedelzakken. De overlevenden – degenen die daartoe in staat waren – liepen vooraan. Met hun legerjas en gemillimeterde haar onderscheidden ze zich van de tweedpakken en petten, de rokken en sjaals van de dorpsbewoners. De plaatselijke mannen hielden een geweer tegen de schouder gedrukt terwijl ze voortmarcheerden, en een Britse en een Amerikaanse vlag wapperden gebroederlijk in de wind. Zo liepen ze verder naar de kleine begraafplaats bij de baai die de mannen hadden voorbereid sinds die vreselijke nacht dat de tragedie had plaatsgevonden.*

*De grond onder hun voeten was stevig, want ondanks de felle wind en hier en daar wat natte sneeuw had het de afgelopen week niet veel geregend. De predikant ging de stoet kalm en waardig voor naar de nieuwe graven die leeg lagen te wachten. Dichtbij begon de verse aarde op de graven van gisteren langzaam op te drogen; de takjes van de heideboeketjes die erop waren gelegd raakten al los en werden verspreid door de wind.*

*De woorden van de predikant verhaalden van vrede en eeuwige rust, van eer en glorie toen een vlucht brandganzen – heel toepasselijk – met een bijna militaire precisie in V-formatie overvloog. En toen het tijd was voor de gevallenen om in de turfachtige grond van het winderige Schotse eiland te worden neergelaten, werden de geweren naar de lucht gericht en klonk er een drievoudig saluut dat tot in de wijde omtrek te horen was.*

## *Islay, donderdag 14 december 2017*

Na de vlammen kwam de sneeuw, die het ruige, kale, door wind geteisterde landschap omvormde tot een ongerept, donzig winterdecor dat op een ansichtkaart niet zou misstaan. De schapen zochten elkaar op bij de afbrokkelende muurtjes, de sporen van reeën bespikkelden de moors en aan de melkwitte hemel was al twee dagen geen glimp van de zon of de maan te zien geweest.

Ondanks de sneeuwval had het lang geduurd tot de mouterij niet meer narookte. De zwartgeblakerde dakbalken leken net ribben waarvan sommige waren ingezakt. De brandweercommandant had bevestigd dat de brand was begonnen op de gerstzolder (waar het droge graan werd bewaard) en zich snel naar beneden had uitgebreid, geholpen door de stortkokers naar de moutvloer eronder, vanwaar het vuur snel in de richting van de eesterij oprukte, waar de vlammen tegen de muren op klommen toen de eerste brandslangen werden opengedraaid.

Enkele uren nadat er alarm was geslagen hadden zich journalisten bij de hekken verzameld in een poging zich een beeld te vormen en om de werknemers die kwamen en gingen vragen te stellen. Maar Torquil had iedereen verzocht te zwijgen zolang het onderzoek naar de oorzaak van de brand nog gaande was en opzet nog niet was uitgesloten. Volgens hem hadden ze nog geluk gehad. De verloren gerstvoorraad kon gemakkelijk worden vervangen door extern in te kopen, de oude stenen muren en het leien dak van de mouterij hadden de brand vertraagd en er was hoop dat de stenen basis van het gebouw te behouden zou zijn. De rijpende whiskyvoorraad was gered (hoewel er nog werd getest om na te gaan of de hitte en rook er invloed op hadden gehad), het pakhuis was zo goed als leeg. En het belangrijkste: de ketels waren niet beschadigd.

De distilleerderij had een klap gekregen, maar die was niet fataal, en de grootste zorg voor de directie (naast de vraag hoe dit had kunnen gebeuren) was het opnieuw op gang brengen van het mouten – dat was stadium één van het distillatieproces waar alles op voortborduurde. Omdat Lochlan nog steeds tegen zijn wil in het ziekenhuis lag, had Torquil de leiding overgenomen, en Sholto vloog terug van zijn jaarlijkse decemberuitstapje op Mauritius om de schade met eigen ogen te kunnen zien. Zelfs Callum was meteen in actie gekomen en had door de donkere ochtenduren gereden om de eerste ferry naar het eiland te nemen.

De brandweer had het terrein rond de mouterij afgezet, maar de werknemers waren al bezig gegaan met het schoonmaken van de muren en vloeren van de andere units, waar ze probeerden de as en de roet en de geur weg te krijgen, de inventaris opmaakten en controleerden welke apparatuur en ontluchtingssystemen beschadigd waren.

Alex zelf had zich ingezet met een energie die iedereen behalve haarzelf verbaasde. Ze had dit een keer eerder meegemaakt en ze wist dat de schok de vijand was. In een hoekje huilend naar de muur staren hielp niemand en veranderde niets, en als ze de brandgeur, de rookvlekken op de muren en het astapijt op de grond kwijt wilden raken, moesten ze vegen en dweilen en boenen. Dus toen de brandweer de locatie de voorgaande dag helemaal had vrijgegeven, nadat er niets meer smeulde en de omliggende structuren waren gecontroleerd, en het personeel weer naar binnen mocht, was zij een van de eersten geweest die de handen uit de mouwen stak. Ze had haar Narciso Rodriguez-jurk en hoge hakken verruild voor een set reservekleding van de distilleerderij: een zwarte werkbroek en een rood poloshirt met het Kentallen-logo op de borst. Haar met een handdoek gedroogde haar had ze in een paardenstaart gebonden. Ze had de blikken wel gezien die een aantal werknemers wisselden toen ze een zwabber en emmer pakte en met Assepoesterachtige ijver aan de slag ging, maar ze trok zich er niets van aan. Ze voelde zich niet te goed om te helpen met de schoonmaak. Ze moest deel uitmaken van de herstelwerkzaamheden om redenen die zij nooit zouden kennen. Bovendien, wat kon ze anders doen? Nu Lochlan in het ziekenhuis lag omdat hij te veel rook had ingeademd, en de distilleerderij stillag, werkte deze week ook niemand anders volgens zijn of haar eigenlijke functieomschrijving. Dus zij had geholpen de keitjes op de binnenplaats schoon te borstelen, samen met Sheila, Liz en Flossie van de administratie, ze had Torquil geholpen met het dragen van kruiwagens vol geruïneerde bostel en onbruikbaar wort naar het vuur dat in het naastgelegen veld was aangelegd. Ze had met Callum gelachen toen hij haar hielp de buitenkant van de eesterij schoon te spuiten.

En toen de drie meter hoge kerstboom, die een maand geleden al was besteld, 's middags werd gebracht, behoorde zij tot het groepje dat hem in de hoek van de binnenplaats neerzette, vlak bij de hekken.

'Is het niet banaal – of respectloos – om een kerstboom te plaatsen vlak na zo'n vreselijke gebeurtenis die een onbeschrijflijke tragedie had kunnen zijn?' had Torquil haar op ernstige toon gevraagd.

'Mensen hebben meer hoop en geruststelling nodig in zware dan in vrolijke tijden,' had ze geantwoord.

En ze had gelijk gehad. Terwijl de boom werd opgezet hadden de dames in de kantine voor hete grog met scones gezorgd en had iemand een playlist van kerstliedjes gedraaid. En toen de zon was ondergegaan op hun eerste dag 'terug' en de lichtjes waren ingeschakeld, was er een gejuich opgegaan. De boom bleek plotseling een symbool van de veerkracht van de gemeenschap te zijn.

De enige die ontbrak – afgezien van Lochlan natuurlijk – was Skye geweest. Zij was bij hem gebleven sinds ze met hem in de ambulance was meegegaan naar het ziekenhuis in Bowmore, waar ze bij hem was blijven waken hoewel dat, volgens de verslagen van enkele werknemers die op bezoek waren geweest, totaal onnodig was: Lochlan was zijn gebruikelijke zelf alweer, zeiden ze, en hij dreef de verpleegkundigen tot waanzin met zijn ongeduld om naar huis te mogen. Hij had de stofcollectoren in de mouterij ontkoppeld om te voorkomen dat het vuur zich door het complete systeem zou verspreiden, waarmee hij de distilleerderij had behoed voor het risico van een explosie. Dat was ongelooflijk moedig. En dom. Het had zijn dood kunnen betekenen. Hijzelf vond alle heisa nogal overdreven.

Alex stond de ramen van zijn kantoor grondig te poetsen. Omdat het zo dicht bij de mouterij lag, was het de afgelopen paar dagen continu gelucht met alle ramen open, en een klein vuurtje in de haard om het ergste vocht en de kou die de sneeuwbuien brachten te verdrijven. Behalve de met jute beklede leunstoel die ze van de boerderij had meegenomen, was er geen stoffering aanwezig – geen gordijnen, geen tapijten – wat de taak wel wat gemakkelijker maakte, maar ze had de stenen vloer nu al een stuk of vijf keer gedweild en het water werd nog steeds zwart. Na de vierde keer had ze zijn reservepak, schoenen en sportschoenen meegenomen naar Crolinnhe, waar ze ze in het portaaltje van de boerderij had laten luchten.

Ze zette een stap achteruit om het resultaat van haar arbeid te bekijken. De prop krantenpapier met azijn die ze had gebruikt maakte haar hand zwart.

'Indrukwekkend.' De stem klonk ironisch. En hees. 'We zijn momenteel niet op zoek naar een businesscoach, maar er is wel een vacature voor een schoonmaakster, mocht je geïnteresseerd zijn.'

Alex draaide zich om naar Lochlan, die in de deuropening stond. Zijn ogen waren nog rood en ondanks zijn eveneens rode wangen en paarsrode lippen oogde hij erg vermoeid.

'Je bent er weer!' riep ze uit, en ze voelde een onverklaarbare opluchting nu ze hem daar zo zag staan, nog steeds ergerniswekkend, nog steeds sarcastisch.

'Ik ben ontsnapt bij de wisseling van de wacht van de verpleegkundigen.'

'Niet waar.' Maar er bleef een vraagteken in de lucht hangen – met hem kon je het nooit weten – en om zijn lippen krulde een glimlachje terwijl hij langzaam het kantoor in liep, recht op de stoel af.

Ze sloeg hem gade. Bewegen kostte hem moeite. 'Hoe voel je je?'

'Fris als een hoentje.'

'Je ziet er moe uit.'

'Jij zou er ook moe uitzien als je net achtenveertig uur gedwongen rust had gehouden.' Hij zonk neer op de stoel en hoestte lichtjes. Ze liep naar de wastafel om water voor hem in te schenken.

'Hier,' zei ze, en ze reikte hem het glas aan.

'Ook nog verzorgende. Ze hadden je in Bowmore goed kunnen gebruiken,' spotte hij met een opgetrokken wenkbrauw terwijl hij een slokje nam. 'Bedankt voor je bezoek, trouwens. Heb ik zeer gewaardeerd. Ik had wel dood kunnen zijn, zeggen ze.'

'Graag gedaan.'

Het was een grapje, in elk geval bedoelde ze het zo, maar in zijn blik zag ze nu geen misprijzen maar een vraag, en ze voegde eraan toe: 'Aangezien je mij niet kunt uitstaan, dacht ik dat je herstel niet bevorderd zou worden door mijn aanwezigheid aan je ziekenhuisbed.'

'Ik had je er anders graag door de beveiliging uit laten gooien, daar zou ik enorm van zijn opgefleurd.'

Zijn ogen glinsterden kwajongensachtig – hij was in een zeldzaam goed humeur – en ze betrapte zichzelf erop dat ze terugglimlachte. 'Dat geloof ik graag.'

Er viel een korte stilte en ze herinnerde zich de intense paniek die door haar heen was getrokken toen hij op deze vloer lag. Bij de gedachte aan haar wanhopige schreeuw en zijn daaropvolgende minuscule gebaar voelde ze zich op de een of andere manier naakt – alsof het masker af was gegaan.

Hij knipperde met zijn ogen en liet zijn blik over haar heen glijden. 'Het uniform staat je best goed. Misschien moeten we je hier écht een baan geven.'

'Haha, leuk hoor,' zei ze, en ze zette zich schrap voor de volgende sarcastische opmerking.

'Nou, je begint je hier duidelijk op je plek te voelen.'

'Ik kon niet veel anders dan hier aan het werk gaan zolang jij in het ziekenhuis lag.'

'Je had naar huis kunnen gaan.'

'Dat mocht je willen!' Ze klonk meer als haar twaalfjarige zelf dan haar eenendertigjarige versie met een appartement in Mayfair en een rekening bij een private bank.

'Hoi.'

Skye was in de deuropening verschenen.

'Hoi!' zei Alex opgewekt. 'Hoe gaat het met je?'

'Jeetje,' merkte Skye grijnzend op toen ze haar in het Kentallen-uniform zag. 'Ik herkende je bijna niet.'

'Volgens mij heb ik sinds mijn middelbareschooltijd dan ook nooit meer een paardenstaart gehad.'

'Niet te geloven dat ze je aan het schoonmaken hebben gezet.'

'Ik heb het aangeboden. Er viel niets anders te doen zolang Lochlan in het ziekenhuis de verpleegkundigen lag lastig te vallen.'

Skye kreunde. 'Och, heb je dat gehoord? Hij is een verschrikkelijke patiënt! Ze zijn geloof ik nog nooit zo blij geweest iemand uit te kunnen zwaaien.'

'Ik begrijp het helemaal,' zei Alex instemmend.

'Ik zit hier gewoon, hoor,' protesteerde hij, en hij draaide op zijn stoel rond naar het bureau – en naar Skye. 'Wat is er, trouwens?'

'Ik kwam alleen maar even checken of je je medicijnen hebt ingenomen?'

'Wilde ik net gaan doen.'

'Niet vergeten. Om de vier uur...'

'Jaja.' Hij knikte ongeduldig.

'Ook als je je goed voelt. Het is belangrijk om ze de eerste week regelmatig in te nemen om eventuele ontstekingen te voorkomen.'

'Dank je, maar ik red me wel.'

'Ja, maar is dat wel zo? Ik ken je immers...'

'Skye, ik zei dat ik me er wel mee red. Ik ben geen kind en jij bent niet mijn...'

Hij stopte en Alex zag dat Skye haar adem inhield. Wat was ze niet? Zijn verloofde?

'Jij bent mijn moeder niet,' zei hij met een geforceerde kalmte.

'Het spijt me. Ik wilde alleen maar helpen,' zei ze met zachtere stem.

'En je hébt me geholpen. Je bent echt... een steun voor me geweest. Maar het gaat goed met me. Ik zou alleen willen dat iedereen ophoudt me te betuttelen.'

Ze knikte. 'Oké.' Ze wierp Alex een blik toe en wist een zuinig glimlachje tevoorschijn te toveren. 'Tot later.'

'Ja, tot later.' Alex glimlachte terug, aan de ene kant gegeneerd dat ze getuige was geweest van de frictie tussen haar en Lochlan. Aan de andere kant geïntrigeerd.

Skye droop af en er viel weer een stilte. Een stilte die Alex niet durfde te verbreken, want ze zag hoe Lochlan haar nakeek. Zijn defensieve lichaamstaal – vooruitgestoken kaak, opgetrokken schouders, gebogen hoofd, kleine boze beweginkjes – waarschuwde haar dat ze beter kon zwijgen, dus draaide ze zich om en deed net of ze zich concentreerde op het maken van een prop krantenpapier voor het volgende raam. Het had geen enkele zin om vandaag te proberen met hem te werken, zelfs zíj was niet zo nietsontziend. Het was duidelijk dat hij rust nodig had en bovendien was zijn goede humeur verdwenen door de woordenwisseling met Skye. Hij was weer zijn gewoonlijke stuurse zelf.

Achter haar hoorde ze het geluid van pillen die uit een strip werden geduwd en het geagiteerde getik op zijn toetsenbord.

'Jezus nog aan toe,' zei hij een ogenblik later met gedempte stem.

'Wat is er?' vroeg ze, en toen ze omkeek, zag ze dat zijn blik strak op zijn beeldscherm gericht was.

Hij wierp haar een korte, koude blik toe. 'Niets.'

Het was duidelijk een terechtwijzing, dus ze draaide zich weer om terwijl hij zachtjes bleef vloeken. Na nog een minuut stond hij boos op – maar te snel, waardoor hij weer een hoestbui kreeg, en ze bleef geduldig wachten tot hij de rest van zijn water had opgedronken. Hij aarzelde voor hij weer in beweging kwam en ze voelde hoe hij baalde van zijn fysieke onvermogen. En van nog iets.

'Mocht iemand me nodig hebben, ik ga een van de oude opslagschuren inspecteren,' zei hij met een schorre stem.

'Oké,' antwoordde ze, hoewel ze vond dat hij zou moeten gaan zitten, en dat hij een jas moest aantrekken. Maar ze bleef over het raam wrijven en zag hem vervolgens over de keitjes – waar de sneeuw van was verwijderd – de hoek om lopen. Het idee dat ze voor de brand al had gehad, begon verder vorm te krijgen nu ze zijn woede en frustratie tegenover Skye zelf had waargenomen. Want ondanks alles wat Skye voor hem had gedaan, en hoewel ze in de ambulance had zitten huilen en aan zijn bed had gezeten, uiteindelijk was ze nog steeds verloofd met een andere man. En al over ruim een week zou ze met die man getrouwd zijn.

Lochlan Farquhar had weinig tijd meer en dat wist hij. Hij wist alleen niet wat hij ertegen kon doen.

Sholto's komst bleef niet onopgemerkt. Het geratel van de helikopter vibreerde in haar lijf toen hij landde in het veld tussen de distilleerderij en de kapel, en alle personeelsleden stopten hun werkzaamheden om te kijken hoe de bestuursvoorzitter voorzichtig in de sneeuw sprong en gebukt de neerwaartse luchtstroom uit rende. Alex hoorde wat sarcastisch gemompel – over zijn glanzende schoenen in de sneeuw en zijn gebruinde huid – voordat iedereen zich weer verspreidde en snel weer aan de slag ging.

Even voelde ze een kleine golf van paniek door zich heen gaan omdat een van haar cliënten haar zo gekleed zou zien gaan, maar het was niet te vermijden. En dit waren uitzonderlijke omstandigheden, en dat was nog zacht uitgedrukt.

Ze was bezig met het laatste raam toen hij zijn hoofd om de deur stak en ze zich omdraaide.

'Let maar niet op mij, ik ben op zoek naar Lochl...' Zijn stem stokte. 'Alex?'

Ze glimlachte, liep naar hem toe en schudde zijn hand. 'Sholto, hoe gaat het? Ik hoorde al dat je zou komen.'

'Ik herkende je bijna niet!' riep hij uit.

'Nou, er was werk aan de winkel...' zei ze schouderophalend. 'We dragen deze dagen allemaal een steentje bij.'

'Zeker, zeker, maar dat betekent toch nog niet dat jij je handen vuil hoeft te maken?'

'Het leek me goed voor de sfeer om de hiërarchische verhoudingen in een situatie als deze minder te laten gelden. En ik moet zeggen dat het personeel heel eensgezind is. Iedereen zet zijn schouders eronder. Je hebt hier een heel dynamisch team.'

'Onder Torquils sterke leiding, heb ik begrepen,' zei Sholto. 'Het schijnt dat hij ervoor heeft gezorgd dat de voorraad in slechts een paar uur uit het pakhuis is verwijderd?'

'Ja, hij heeft het geweldig gedaan. Hij is een geboren leider. Was híj mijn cliënt maar.' Ze rolde met haar ogen.

Sholto grinnikte. 'Als dat het geval was, zou ik je niet nodig hebben!' Hij fronste. 'Waar is Lochie trouwens? Ik heb gehoord dat hij uit het ziekenhuis is ontslagen, maar ik kan hem niet vinden.'

'Hij is ongeveer een uur geleden teruggekomen. Hij inspecteert nu een oude opslagschuur.'

'En hoe kwam hij over?'

'Nog vrij zwak, maar vertel hem niet dat ik dat heb gezegd. Hij zou eigenlijk rust moeten nemen.'

Sholto schudde zijn hoofd. 'Weer zo'n onbesuisde actie van hem, zomaar een brandend gebouw in rennen. Heb je de krantenkoppen gezien, die hem afschilderen als een of andere held?'

'Ja.'

'God weet wat hem bezielde,' mompelde Sholto.

'Ik hoorde dat hij de stofcollectoren heeft ontkoppeld om te voorkomen dat de hele distilleerderij via het buizensysteem zou worden verwoest. Al met al kunnen we concluderen dat dit een van zijn betere momenten is geweest,' zei ze mild.

'Maar stel je voor dat hij zou zijn omgekomen. Dan had je de krantenkoppen eens moeten zien. We zouden waarschijnlijk zijn gesloten wegens zogenaamde problemen met de veiligheid op de werkvloer, en dan hadden heel veel mensen geen werk meer. Zoiets moet je aan de mensen van de brandweer overlaten, die zijn daarop getraind.'

'Je hebt natuurlijk gelijk.'

Hij zuchtte. 'Ik betwijfel of hij hiervan heeft geleerd. Ik verwacht dat hij op dezelfde voet zal doorgaan, dat hij denkt dat hij onaantastbaar is en aan niemand verantwoording hoeft af te leggen.'

Alex had voor de verandering de neiging om het voor Lochlan op te nemen, maar ze besloot niets meer te zeggen. Het deed er niet toe of Lochlans handelwijze juist of moedig of gerechtvaardigd was geweest.

Sholto liep verder het kantoor binnen en ging op de rand van het bureau zitten. 'Waar zei je ook alweer dat hij was?'

'Een opslagschuur inspecteren of zoiets, zei hij.'

'Dus we kunnen wel even vrijuit praten?'

'Ik denk het wel.'

'Zeg eens, hoe staat het ervoor? Ik wil het heel graag weten, maar zoals ik tijdens ons gesprek in Edinburgh al zei, denk ik dat het waarschijnlijk beter is dat wij zo min mogelijk contact met elkaar hebben.'

'Daar ben ik het mee eens. Lochlan verzet zich tegen het idee dat hij met mij moet praten, laat staan met me samenwerken, en volgens mij komt dat deels doordat jij me hebt ingehuurd. In zijn beleving sta ik aan de kant van de vijand.'

'Hm. Dat verbaast me niets. Hij is een stijfkop. Het zal ook wel niet helpen dat je een vrouw bent.'

Alex vroeg zich af of dat waar was. Had dat hem ervan weerhouden haar zijn kantoor uit te gooien? Of zou hij haar gewoon hardhandiger hebben aangepakt als ze een man was geweest?

'Dus je bent nog niet veel verder gekomen?'

'Nee, om eerlijk te zijn niet. Ik dacht eerder deze week dat ik wat vooruitgang boekte, maar ik ben bang dat ik dat momentum kwijt ben nu de brand ertussen is gekomen. En afgezien daarvan weet ik niet wanneer hij voldoende hersteld is om met mij aan zichzelf te gaan werken. Hij heeft veel rook ingeademd.'

Sholto keek bezorgd, maar niet zozeer vanwege Lochlans gezondheid. 'Kun je het gestelde doel nog halen?'

Ze haalde diep adem en dacht na over de gebeurtenissen van de afgelopen dagen, het afgelopen uur zelfs: Skyes bemoeienis, Lochlans frustratie dat zij voor hem onbereikbaar was... Ze begon in toenemende mate te denken dat zijn voormalige verloofde zijn enige kwetsbare punt was. Zou dit bedrijfsprobleem in dat geval op een persoonlijk niveau kunnen worden opgelost? Kon het zijn dat de brand hun ogen had geopend voor hun ware gevoelens voor elkaar? En zou dit de zaak bespoedigen? 'Ik denk het wel.'

'Je denkt het wel?' herhaalde Sholto op sceptische toon.

'Ik ben ervan overtuigd dat...'

'Waarvan ben je overtuigd?' vroeg Lochlan, die plotseling in de deuropening verscheen en stokstijf stil bleef staan bij de aanblik van Sholto die op de rand van zijn bureau was neergestreken.

'Ah, Lochie,' zei Sholto. Hij stond op en liep naar hem toe. 'Miss Hyde vertelde me net dat ze ervan overtuigd is dat je binnen de kortste keren weer de oude bent. Is dat waar? We moeten een manier zien te vinden om voor de kerst de productie weer op gang te krijgen.'

'Voor de kerst? Jezus, hoe kom je erbij?' Lochlan lachte vreugdeloos. 'Voor het geval je het nog niet weet, we zijn alle gerst- en moutvoorraden kwijt, dus dat is een achterstand van twee weken, zelfs als we vandaag een nieuwe levering in de week zouden kunnen zetten – wat niet zo is, want de tanks zijn onbruikbaar geworden, dus eerst moeten we nieuwe hebben. En dan is er nog die kleine kwestie van de gerstzolder die compleet verwoest is, dus we hebben ook geen plék om meteen weer te beginnen,' voegde hij er met een flinke dosis sarcasme aan toe.

Sholto wierp hem een strenge blik toe en er viel een lange stilte terwijl ze wachtten tot hij was gekalmeerd.

Lochlan haalde diep adem en zette zijn handen op zijn heupen. 'Maar ik heb net een van de oude hooischuren bekeken,' zei hij op meer verzoenende toon. 'Die is eigenlijk niet groot genoeg, maar we hebben geen andere keus: de vloer is stevig en we kunnen er goed ventileren. Het zal niet al te veel tijd en moeite kosten om de ruimte schoon te maken en uit te rusten. En als de koperslagerij met spoed nieuwe tanks kan maken, kunnen we in het beste geval volgende week met een eerste lading beginnen – die kan dan in de kerstvakantie weken en is dan klaar om in het nieuwe jaar meteen de eestovens in te gaan.'

'Maar dat duurt dan nog drie weken,' zei Sholto afkeurend.

'Nou, wat is jouw voorstel dan?' reageerde Lochlan ongeduldig. 'Die brand was niet gepland, hoor. Niemand heeft deze situatie aan zien komen.'

'En waar komen we nu achter? Dat we geen enkele reserve hebben, geen plan B. Dit benadrukt alleen maar wat ik al jaren zeg: dat het hier te klein is. We hebben te weinig opslagruimte.'

'En zoals ik jou steeds vertel, heeft het geen zin om meer opslagruimte te hebben als we die niet kunnen vullen. We hebben een beperkte hoeveelheid turf tot onze beschikking. En die turf maakt Kentallen uniek. Die kunnen we niet laten overbrengen, die kunnen we niet namaken. Ik vind dat net zo jammer als jij, maar het is nou eenmaal een feit: onze grootste kracht is tevens onze grootste beperking. Wanneer accepteer je eens dat we klein kunnen zijn maar toch de grootste?'

'En wanneer accepteer jij eens dat er niet alleen winst te behalen valt uit bestendigheid, maar dat zekerheid ook van belang is? Zoiets zou nooit zijn gebeurd als we...'

'Als we wat?' snauwde Lochlan. 'De boel hadden verkocht?'

Sholto's wangen werden rood. 'Dit complex is te klein, de gebouwen zijn te oud en de technologie voldoet niet meer,' zei hij op onheilspellend kalme toon. 'We moeten met onze tijd meegaan. Ik zou denken dat jij – als jonge man – dat nog meer zou inzien dan ik.'

'O, maar dat zie ik wel in. Ik vind dat verscheidenheid het antwoord is, niet bestendigheid. We kunnen groeien en nog steeds eigen baas zijn.'

'Hoe dan? Waarmee?' schamperde Sholto. 'We hebben niet eens geld om de camerabewaking te repareren!'

'Je weet best hoe. Door de winst te herinvesteren.'

Sholto stak zijn hand omhoog. 'Ophouden. Dat voorstel is unaniem verworpen.'

'Niet unaniem. Bruce was voor. En ik denk dat Mhairi wel te overtuigen zou zijn...'

Alex, die de dynamiek tussen hen nauwlettend observeerde, zag dat Lochlans kaak trilde: hij kon zich nog maar net beheersen. Die woede was er altijd.

Achter Lochlan werd op de deur geklopt.

'Ja?' zei hij, en hij draaide zich om. Zijn gezichtsuitdrukking veranderde toen hij zag dat het Skye weer was. 'O, in godsnaam. Kijk, ik heb ze ingenomen,' snauwde hij, demonstratief schuddend met het doosje pillen.

'Daar kom ik niet voor,' zei Skye verbouwereerd. Gekwetst. 'Mijn vader vraagt of jullie naar hem toe willen komen. Hij staat voor het magazijn.' Ze keek naar Sholto. 'Jullie beiden.'

'Wat? Nu?' vroeg Lochlan, die de discussie duidelijk wilde voortzetten.

'Hij zegt dat het dringend is.'

Op verzoek van Sholto – ongetwijfeld omdat hij haar als buffer wilde gebruiken tussen hem en de licht ontvlambare Lochlan – ging Alex mee. Ze liepen over de binnenplaats langs de kantine en de koperslagerij naar het magazijn, waar de vaten buiten opnieuw waren opgestapeld in de nacht van de brand. Er lag verse sneeuw op de zeildoeken die eroverheen waren gelegd. Torquil was al ter plekke, hij stond met Bruce te praten.

'Sholto,' zei Bruce, en de mannen schudden elkaar de hand. 'Hoe gaat het?'

'Afgezien van wat voor de hand ligt?'

'Och, aye...' mompelde Bruce, die een verbaasde blik op Alex in haar Kentallen-broek en poloshirt wierp.

'Je hebt Miss Hyde al ontmoet, neem ik aan?' vroeg Sholto hoffelijk.

'Zeker. Ze heeft ons allemaal ver achter zich gelaten bij de jachtpartij vorig weekend. Hoewel ik je nauwelijks herkende, moet ik zeggen,' zei hij met een glimlach.

Alex keek omlaag naar haar werkkleding en haar blote armen. Plotseling had ze het koud. Het uniform was prima geweest toen ze zich in het kantoor in het zweet had staan werken, maar nu ze hier in de zacht vallende sneeuw stond, huiverde ze. Ze zou hier zo niet lang kunnen blijven staan. 'Nou, ik ben ook niet gewend undercover te gaan. Ik draag liever mijn eigen kleren,' zei ze glimlachend.

Lochlan snoof honend en ze wierp hem een blik toe – hoewel hij wel een punt had.

'Nou, goed dat jullie er zijn. Ik zal het kort houden, aangezien het stervenskoud is. Willen jullie eerst het goede of eerst het slechte nieuws?' vroeg Bruce, die stevig in zijn handen wreef terwijl de sneeuw bleef dwarrelen. Ze wipten alle zes van de ene op de andere voet om warm te blijven.

'Nog meer slecht nieuws?' vroeg Sholto grimmig. 'Hebben we daar niet genoeg van gehad?'

'Het hangt allemaal met elkaar samen, ben ik bang.'

'Laten we dan maar beginnen met het slechte bericht. Dan hebben we dat gehad.'

'Nou, zoals we al vreesden, heeft de brand inderdaad een deel van de voorraad aangetast. De eerste proeven die we van de zeven jaar oude Virgin Oak hebben genomen, vertoonden luchtbelletjes bij het schenken.' Hij zuchtte. 'Deze vaten stonden achter in het pakhuis, het dichtst bij het vuur, dus het zou kunnen dat het hierbij blijft, maar in het worstcasescenario is alles onbruikbaar geworden.'

Lochlan kromp ineen, wendde zich af en zette zijn handen op zijn heupen. Alex dacht aan wat Torquil haar had verteld over het voorraadtekort van de komende zes jaar: iemand had een generatie geleden een verkeerde inschatting gemaakt, en de situatie was dus al nijpend, ook zónder een destructieve brand. De Virgin Oak-vaten – die bij andere merken een goed resultaat opleverden – vormden een nieuwe, onbeproefde categorie voor Kentallen, maar Torquil had haar verteld dat ze hun enige kans waren om de voorraadcrisis te boven te komen.

'Maar luister, we wisten dat deze vaten er het ergst aan toe zouden zijn,' zei Bruce in een poging de pijn te verzachten. 'De rest is gelukkig ver van het vuur verwijderd gebleven, zodat we niet bang hoeven te zijn voor een al te grote temperatuurwisseling, en de sneeuw heeft geholpen om de stank van de rook in het pakhuis te verdrijven. Ik heb goede hoop dat de rest gespaard blijft als we de vaten de komende paar dagen terugplaatsen in het pakhuis en de temperatuur weer gaan reguleren.'

'Maar de zeven is onze winstmaker – lagere prijs, lichtere smaak,' zei Lochie abrupt. 'Zij boort de nieuwe markt aan, we hebben die aanvulling nodig om ons tekort op te heffen.'

'Aye, en het is een grote tegenslag. Maar het goede nieuws dat ik heb, kan deze strop misschien compenseren. Gek genoeg kan het zijn dat de brand ons een dienst heeft bewezen.'

'Zou je denken?' mompelde Lochlan sarcastisch, met een armgebaar naar de verschroeide ruïne achter hen.

'Bij alle verplaatsingen in de nacht van de brand zijn we in de hoek die het verst van het vuur lag een aantal vaten tegengekomen met een malt. Die lagen verborgen achter de vaten uit 1967. Ze lijken ooit met opzet achter een houten schot te zijn geplaatst.'

'En wat zit erin?' vroeg Lochlan.

'Dat is het nou juist, dat weten we niet. Deze batch staat niet in de inventaris en heeft er nooit in gestaan, voor zover we kunnen nagaan. Er is niets over te vinden. Ik had er geen idee van dat die vaten er lagen en ik kom hier al bijna vijftig jaar.'

Er viel een korte stilte.

'Wat wil je hiermee zeggen, Bruce?' Sholto fronste. 'Dat we een malt hebben waar niemand van wist?'

Bruce grijnsde en wreef in zijn handen, deze keer niet alleen vanwege de kou. 'Aye, precies. Ik zeg dat we de heilige graal hebben gevonden: een verborgen malt. Een vijfentachtig jaar oude verborgen malt.'

'Vijfentachtig?' stamelde Torquil terwijl ook de anderen naar adem hapten.

Alex keek rond: de mannen stonden Bruce met open mond aan te kijken en Skye grijnsde van oor tot oor. Dit was duidelijk een grootse vondst.

'Maar... het engelendeel,' wist Torquil uit te brengen. 'Er zal vrijwel niets van zijn overgebleven.'

'Dat dachten wij ook. Maar ik kan alleen maar zeggen dat jullie grootvader een uitmuntende kuiper in dienst moet hebben gehad. En het is erg vochtig in het gedeelte waar deze batch zich in het pakhuis bevond. We denken dan ook dat er ergens dichtbij een waterbron te vinden is. De verdamping is daardoor afgeremd. We moeten nog nader onderzoek doen, maar we schatten nu in dat we genoeg hebben voor zestig, misschien wel vijfenzestig flessen.'

'Van een vijfentachtig jaar oude malt,' zei Sholto ademloos. Hij herhaalde de woorden en leek wel gehypnotiseerd. 'Wat is de oudste die ooit op de markt is verschenen?'

'De zeventig jaar oude Mortlach uit Speyside,' antwoordde Lochlan zonder aarzelen. 'Vierenvijftig flessen à tien mille per stuk en honderdtweeënzestig kleine flesjes à tweeënhalfduizend.'

'Het overwegen waard,' zei Torquil knikkend. Hij maakte oogcontact met zijn neef en voor de verandering zaten ze beiden overduidelijk op dezelfde golflengte. 'Voor kleinere flesjes zal de markt groter zijn.'

'We kunnen nieuwe flesjes laten maken,' reageerde Lochlan. 'Er zal heel veel belangstelling voor zijn als deze whisky wordt gelanceerd – dus we moeten iets bijzonders creëren. Ik had een tijdje geleden een idee voor de komende Private Reserve Sixty, om de etiketten uit koperplaat te laten maken, maar dat is nog geschikter voor deze oude malt.'

'Ho!' Sholto stak zijn handen op. 'Laten we niet op de zaken vooruitlopen, heren. Dit moet in elk geval strikt vertrouwelijk blijven tot het zover is. Er mogen geen geruchten de wereld in worden geholpen over limited-editionflessen en speciale etiketten. Het is al erg genoeg dat de pers hier nog steeds rondhangt. Als de verkeerde personen hier lucht van krijgen, komen er straks nog dieven in de nacht om ons te bestelen.' Hij wendde zich tot de meesterblender. 'Bovendien is de belangrijkste vraag nog niet gesteld. Heb je deze whisky al geproefd, Bruce? En zo ja, hoe smaakt-ie?'

Bruce schudde zijn hoofd. 'Ik dacht dat we dat het beste samen konden doen. Dat wordt dan een bijzonder moment.'

'Dat hopen we,' zei Torquil voorzichtig. 'Stel dat-ie niet meer te drinken is?'

'Nou, er is maar één manier om daarachter te komen. Ik ga deze vaten naar het proeflab laten overbrengen. Daar is de beveiliging het strengst en we kunnen ze hier niet buiten laten. Zullen we vanavond om acht uur samenkomen in het lab? Ik realiseer me dat het laat is, maar we kunnen het beter discreet aanpakken en iedereen eerst naar huis laten gaan.'

'Mee eens,' zei Sholto met een knikje. 'Ik zie jullie allemaal weer om acht uur.'

De groep verspreidde zich. Ze liepen allemaal weg met meer veerkracht in hun tred dan toen ze bijeenkwamen.

'Een verborgen malt, dus?' vroeg Alex, die zich bij Skye voegde en naast haar verder liep. 'Het klinkt opwindend. Ik stel me zo voor dat dit voor een blender een droom is die uitkomt?'

'O, zeker, zoals mijn vader al zei, is zoiets de heilige graal voor een distilleerderij. Ik heb natuurlijk wel eerder van verborgen malts gehoord, maar meestal zijn ze dan opzettelijk achtergehouden door een meesterblender die niet wilde dat een bepaalde malt in een blend werd gebruikt omdat de kwaliteit daarvoor volgens hem of haar te hoog was.'

Alex trok vragend haar neus op. 'Maar... Kentallen produceert in principe geen blends.'

'Nee. En we geven ook geen eigen malts vrij aan anderen om in blends te verwerken.'

Alex stond stil. 'Dus waarom is deze whisky verborgen gebleven?'

'Geen idee.' Skye haalde haar schouders op. 'Maar mijn grootvader had er vast een bedoeling mee. Hij heeft mijn vader alles over Kentallen geleerd. Hij kan elke vintage hier geblinddoekt benoemen. Het is onvoorstelbaar dat er al die tijd eentje zelfs voor hem verborgen is gebleven. Deze whisky moet zijn achtergehouden om een heel goede reden.'

'Maar als jouw vader niet wist dat *zijn* vader hem had verborgen, zullen we die reden waarschijnlijk nooit achterhalen.'

Skye knikte schouderophalend. 'Nee. Vermoedelijk niet.' Haar ogen begonnen te glimmen. 'Maar als-ie zo goed smaakt als zou moeten na vijfentachtig jaar, maakt het dan nog wat uit?'

# 14

Ze rook de geur van het haardvuur lang voordat ze er was of de boerderij zelfs maar vanaf de moors had zien liggen. Ze trapte haar laarzen uit en liet ze in het portaaltje staan. De sjaal en muts met pompon die Mrs Peggie haar had geleend stopte ze terug in de doos op de vensterbank. Geen Burberry, maar Alex vond de zelfgebreide charme prettig. Ze hing haar jas aan de haak in de gang en wierp via de eetkamer een blik in de keuken, maar de stem die ze hoorde kwam van rechts.

'Hallo?' Ze stak met een vermoeide glimlach haar hoofd om de zitkamerdeur, die op een kier stond.

'Miss Hyde, daar ben je weer.' Mrs Peggie zat in de leunstoel van haar man bij het genoeglijk knisperende haardvuur. Er stonden wat dozen aan haar voeten. In de hoek was een kleine kerstboom neergezet. Die was kortgeleden omgehakt, want hij verspreidde een geur van turf en dennenhars, die zich vermengde met de rook van het elzenhout in de haard.

'Ja, ik ben er weer,' beaamde Alex. Ze had Mrs Peggie al een aantal keren gevraagd om haar Alex te noemen, maar accepteerde nu dat ze dat nooit zou gaan doen.

'Wil je een kopje thee?'

'Heel graag. Maar ik zet het zelf wel.'

'Nee, nee, ga jij je maar even warmen, je ziet er afgemat uit. Ik moet het rundvlees toch even checken. Sneeuwt het weer?' vroeg de oude vrouw terwijl ze de doos die op haar schoot stond op een bijzettafeltje zette. Ze begon zich met haar handen op de armleuningen omhoog te duwen.

'Ja, behoorlijk hard zelfs. Zal ik u even helpen?' vroeg Alex, die verder de kamer in liep en een hand uitstak om haar overeind te trekken.

'Och, dat is lief van je. Het is verdraaid lastig om zo stijf te zijn.'

'Maar u bent fitter dan veel mensen die half zo oud zijn als u.'

'Nou, ik heb last van mijn voet, dus ik heb mezelf nu het toch stil is in huis maar wat rust gegund en ben begonnen met het uitzoeken van de inhoud van deze dozen.'

'Het lijkt me een hoop werk om ze door te vlooien.'

'Aye.' Mrs Peggie zuchtte en schudde haar hoofd. 'Ga maar lekker zitten, dan ga ik thee voor ons zetten. Bekijk ze gerust.'

'Wat zit erin?'

'Het zijn de dozen van Mr P.'s vader. Voor het museum. Ik dacht: als het hem niet lukt er een begin mee te maken, doe ik het. Maar het is soms hartverscheurend, wat je leest. Ik vraag me af of hij het daarom steeds heeft uitgesteld.' Ze keek treurig voor zich uit. 'Vreselijk, wat die arme families moesten meemaken.' Hoofdschuddend verliet ze de kamer.

Alex liep naar de kleine tweezitsbank en keek naar de dozen. Er waren drie grote en een paar plattere exemplaren. Aarzelend, omdat ze niet wist wat voor tragiek ze zou aantreffen, opende ze het deksel van de dichtstbijzijnde doos.

Op een stapel papieren lag een klein donkerblauw boek met een leren kaft. Ze sloeg het open:

Logboek: brigadier James Peggie, 156795, stond er in bruine inkt op de eerste pagina.

6 FEBRUARI 1918

***Beschrijving:*** *blanke man. Gewicht 65 kg. Lengte 1,77 m. Leeftijd plusminus 18-25 jaar. Lichtbruin haar. Bruine ogen.*
***Kleding:*** *een zwartleren laars (linkervoet), bruine broek.*
***Bijzondere kenmerken:*** *snor. Gouden tand (kies rechterzijde). Niervormige moedervlek op linker bovenarm. Litteken van 2,5 cm op linkerknie.*
***Verwondingen:*** *schedelbreuk aan de rechterkant. Gebroken neus. Schrammen op beide wangen. Voortand boven ontbreekt. Gebroken rechterarm. Gebroken vingers aan de rechterhand.*
***Vermoedelijke doodsoorzaak:*** *schedelfractuur.*

***Beschrijving:*** *blanke man. Gewicht 84 kg. Lengte 1,83 m. Leeftijd plusminus 18-25 jaar. Donkerblond haar. Groene ogen.*
***Kleding:*** *wit hemd, witte onderbroek.*
***Bijzondere kenmerken:*** *tatoeage: 'Mary' op binnenkant rechterbiceps. Litteken blindedarmoperatie op de buik.*
***Verwondingen:*** *gecompliceerde breuk van de rechterdij.*
***Vermoedelijke doodsoorzaak:*** *verdrinking.*

***Beschrijving:*** *zwarte man. Gewicht 85 kg. Lengte 1, 82 m. Leeftijd plusminus 18-25 jaar. Zwart haar. Bruine ogen.*
***Kleding:*** *geen.*
***Bijzondere kenmerken:*** *tatoeages: zwarte zwaluw boven rechterschouderblad, prikkeldraad om rechterpols, grote jaguar op de onderrug.*
***Verwondingen:*** *linkerbeen ontbreekt.*
***Vermoedelijke doodsoorzaak:*** *bloedverlies.*

Ze fronste en liet haar ogen sneller over de woorden glijden: *verdrinking... verbrijzeld bot... litteken van 10 centimeter... interne verwondingen... 19... gebroken nek...*

Alex klapte het boek resoluut dicht. Nee. Dat wilde ze niet lezen. Nu niet. Nooit. Er was al genoeg ellende in de wereld en ze was nog niet eens bekomen van de brand. Ze had sindsdien niet meer goed geslapen en ergens in haar binnenste was de sleutel omgedraaid in het slot dat ze altijd dicht had gehouden.

Ze haalde een mosterdkleurige map uit de doos, waar vellen papier in zaten. Brieven.

*12 februari 1918*

*Geachte brigadier Peggie,*

*Ik heb uw naam gekregen van het oorlogsministerie in verband met de ondergang van de SS Tuscania nabij de kust van Islay. Ik ben de moeder van soldaat Harold Cooperson.*

*Hij is achttien jaar en mijn oudste zoon. Hij is 1,83 meter lang en woog 71 kilo toen hij vertrok. Zijn haar is lichtbruin, als het ruggetje van een lijster, en iedereen zegt altijd dat hij zo'n fraaie, krachtige kaak heeft. Zijn ogen zijn donkerbruin en hij heeft sproeten op zijn neus, maar niet op zijn wangen. Hij heeft geen opvallende moedervlekken, maar wel een lang litteken boven zijn rechterknie, van een ongeluk in de houtzaagmolen van zijn vader toen hij elf was. Hij is een jongeman die de aandacht trekt, als u snapt wat ik bedoel?*
*We hopen en bidden dat zijn verwondingen niet ernstig zijn en dat u liefs en groeten van ons aan hem kunt overbrengen. Thuis noemt iedereen hem Harry, dus ik zou het zeer op prijs stellen als u hem zo wilt noemen. Dan voelt hij zich misschien een beetje meer thuis. Ik weet dat hij er volwassen uitziet, maar hij heeft de middelbare school nog maar net achter de rug en voordat hij in dienst ging, was hij nog nooit een nacht van huis geweest.*
*We willen u en uw dorpsgenoten uit het diepst van ons hart bedanken. We hebben gehoord over uw reddingspogingen en wat u allemaal voor onze jongens hebt gedaan, en we hopen dat onze zoon een van de gelukkigen is die van uw goedheid kan getuigen. Als u ons ter geruststelling zou willen laten weten hoe het met hem gaat, zullen we u eeuwig dankbaar zijn.*

*Hoogachtend,*
*Kathleen Cooperson*

Alex legde haar vingers tegen haar lippen toen ze de aantekening zag die onderaan in bruine inkt met het keurige schuine handschrift was toegevoegd: *Verdronken. Lichaam op 6 februari aangespoeld. Moeder per brief d.d. 14 februari laten weten. Gouden horloge teruggezonden. JP.*

*12 februari 1918*

*Geachte heer,*

*Het bericht over de ramp met de ss Tuscania heeft Amerika bereikt en ik schrijf u in de hoop dat u mij kunt geruststellen inzake het welzijn van mijn echtgenoot, luitenant John Grantley. Hij geeft leiding aan het 6e bataljon, 20e genie, en hij is groot en sterk: negenentwintig jaar oud, tachtig kilo, een meter achtentachtig lang. Zijn haar is blond, zijn ogen zijn blauw en hij heeft een tatoeage van een roos op zijn rechterschouder. Hij heeft een rechte houding als hij loopt en hij kijkt degene met wie hij in gesprek is altijd recht aan. Zijn lievelingslied is 'Delilah' en onze dochter, Ella, heeft me gevraagd veel liefs aan hem over te brengen.*
*Ik zou het heel fijn vinden om van u te horen en zeker te weten dat mijn echtgenoot veilig en wel is, en herstellende in de zorgzame handen van de bewoners van Islay.*

*Hoogachtend,*
*Mrs Lavender Grantley*

*NB Gered door de HMS Pigeon. Naar Buncrana, Co. Donegal, Ierland gebracht; daarna, op 13 februari, naar Wiltshire Best Camp. Echtgenote op 16 februari brief gestuurd. JP.*

Alex leunde achterover, bladerde en zag hoeveel brieven het waren. Allemaal ademden ze een tastbare wanhoop, allemaal waren ze doordesemd van de soms ijdele hoop van vrouwen die duizenden kilometers verwijderd waren van hun echtgenoot of zoon die in een Europese oorlog meevocht.

Toch las ze verder.

*11 februari 1918*

*Geachte heer,*

*Ik heb uw naam doorgekregen tijdens mijn pogingen om te achterhalen hoe het gaat met mijn zoon, soldaat Edward Cobb. Hij is net negentien jaar oud en mijn enige kind. Hij is op 22 december 1917 in het leger gegaan en marcheerde nog geen week later naar Camp Washington om zijn land in deze missie te dienen. Hoewel hij van beroep houthakker is, is hij er erg trots op soldaat te zijn en voelde hij de dringende behoefte om zichzelf te bewijzen op het slagveld in Frankrijk. Maar ik heb de berichten gehoord over zijn troepenschip dat door de Duitsers tot zinken is gebracht, en ik kan niet anders dan me afvragen of hij er ooit is aangekomen.*
*Ik weet zeker dat u hem zult herkennen als ik hem beschrijf, want hij is een opvallende, knappe jongeman: 1,78 meter lang, slank, ongeveer 76 kilo. Hij heeft een lichte huid, donkerbruin haar en groene ogen, en een betoverende glimlach. Er zit een spleetje tussen zijn voortanden, maar dat is juist charmant, en het past bij zijn ongedwongen manier van doen. Hij is oprecht en vriendelijk, bescheiden en respectvol. Iedereen mag hem, dat weet ik zeker.*
*Ik stuur met deze brief zijn knuffelbeertje Berry, uit zijn kindertijd, mee. Ik weet hoe dat zou kunnen overkomen: een soldaat die speelgoed toegestuurd krijgt. Hij wilde het zelf dan ook niet meenemen naar Camp Washington, omdat hij licht bepakt moest zijn, maar ik kan het niet helpen – als hij gewond is, weet ik als moeder dat het hem zal troosten en bemoedigen om een stukje van thuis aan zijn bed te hebben.*
*Ik hoop en bid dat u hem op uw mooie eiland hebt opgevangen en dat hij veilig is en goed verzorgd wordt. Als u me kunt laten weten of het goed met hem gaat, zou ik u zeer dankbaar zijn, zoals u zich vast wel kunt voorstellen.*

*Met dank en een nederige groet,*
*Dorothy Cobb*

*NB Op 6 februari aangespoeld en door dorpelingen gered. Gebroken been. Meerdere breuken. Ernstige griep. Overgebracht naar Islay House om te herstellen. Inhoud van de brief: een speelgoedbeertje met oranje glazen ogen. Moeder op 9 februari bericht gestuurd. JP.*

*17 februari 1918*

*Geachte heer,*

*Ik hoop dat deze brief u snel bereikt en dat u een einde kunt maken aan onze grote bezorgdheid nadat we hebben gehoord van de...*

'Nou, Mr P. had weer gelijk,' zei Mrs Peggie, die binnenkwam en een dienblad op de kleine poef zette. 'Het zou kunnen dat we straks weer een paar dagen vast zullen zitten.'

Alex keek geschrokken op. 'Wat?'

Mrs Peggie gaf haar een kop thee. 'Het weer speelt ons opnieuw parten. Er zijn hier en daar al sneeuwbanken ontstaan en de weg naar het dorp is op een aantal plaatsen al bijna onbegaanbaar. Gelukkig hoef je nu niet naar Kentallen.' Mrs Peggie zuchtte. 'Och. En dan te bedenken dat je ook al in een storm bent aangekomen. Je hebt niet veel geluk gehad met het weer.'

'Nee.' Ze fronste. 'Wat is de Tuscania?'

Mrs Peggies gezichtsuitdrukking veranderde. 'Dat was de naam van het schip dat in deze wateren ten onder ging. De ss Tuscania. Met heel veel jonge mannen.'

Alex wierp een blik op de datum van een van de brieven. Februari 1918. 'Soldaten, dus?'

'Aye, Amerikaanse jongens. Waren bij vreselijk weer vanuit New York komen varen. En toen ze hun bestemming bijna hadden bereikt, sloeg het noodlot toe, ruim tien kilometer hiervandaan. Veel van hen hebben nooit voet op Europese bodem gezet.'

'Wat is er precies gebeurd?'

'De Duitsers,' zei Mrs Peggie met opeengeperste lippen. 'Ze hebben een torpedo afgevuurd en het schip tot zinken gebracht.'

Alex' gezicht vertrok. 'En er waren overlevenden?'

'Meer dan je zou denken. Er waren meer dan tweeduizend mannen aan boord en er zijn er maar zo'n tweehonderd omgekomen – en dat waren vooral degenen die in paniek raakten en te snel sprongen, recht de zee in, of met te veel mannen tegelijk in de reddingsboten gingen zitten. En er stond ook nog eens een harde storm die avond. Net als nu, trouwens.' Alex keek uit het raam en zag dat de sneeuwvlokken, die een uur geleden nog zachtjes omlaagdwarrelden, inmiddels wild waren gaan wervelen. 'De meesten werden opgepikt door onze torpedojagers die op patrouille waren, en naar Ierland gebracht, maar de omgekomen jongens en mannen...' Ze liet een korte stilte vallen. 'Hun lichamen spoelden aan op onze stranden. En de mannen die dachten dat ze veilig in de reddingsboten zaten, sloegen op de rotsen. Het was een van de verschrikkelijkste dagen ooit op Islay.'

'Wat afschuwelijk.'

'Ja. De arme eilandbewoners moesten de lijken bergen en begraven... Ze hebben wel wat overlevenden kunnen helpen, maar niet veel.'

Alex fronste nadenkend. 'Wacht eens, is dit het wrak waar u me over hebt verteld? Dat wrak waar de grootvader van uw Amerikaanse gast jaarlijks naar komt duiken?'

'Aye, inderdaad. En hij is niet het enige lid van zijn familie dat hiernaartoe is gekomen om zijn opa te gedenken. Zijn grootmoeder – de weduwe dus – is hier in 1932 geweest met de Gold Star Pilgrimage, om te zien waar haar echtgenoot was gestorven.'

'De Gold Star Pilgrimage?' herhaalde Alex terwijl Mrs Peggie naast haar op de bank kwam zitten. 'Daar heb ik nog nooit van gehoord. Wat is dat?'

'Dat was een door de Amerikaanse overheid betaalde reis voor alle moeders en weduwes van Amerikaanse soldaten die in de Eerste Wereldoorlog waren omgekomen. Zo konden ze zien waar hun dierbare was gesneuveld. Alle kosten werden gedekt – de overtocht, hotels, maaltijden. Er werd zelfs voor stoelen bij de graven gezorgd. En ze namen een foto van iedere vrouw naast het graf van haar dierbare, die ze mee naar huis mocht nemen, want in die tijd kon je niet zomaar een fotootje nemen van je ontbijt, of wat jullie jonge mensen ook doen tegenwoordig. Een foto betékende nog echt iets.'

'Wat geweldig dat ze dat deden – de Amerikaanse regering bedoel ik. Zoiets zie ik nu niet meer gebeuren.'

'Nee, maar vandaag de dag lijkt er ook geen sprake meer te zijn van eergevoel in oorlogen. Al dat fundamentalisme en extremisme... Het is gewoon barbaars.'

Ze leek een beetje van streek te raken, dus Alex hield erover op.

Mrs Peggie doorzocht de doos en haalde een stapeltje kleine zwartwitfoto's tevoorschijn. 'Ah, kijk eens aan.'

Samen bogen ze zich over de plaatjes. Mrs Peggie gaf ze een voor een aan haar door, en vertelde hier en daar wat ze zich nog kon herinneren. Ze zagen mensen die al lang dood waren, die petticoats en hoeden droegen, en laarzen en tweedjassen. Het was een bonte verzameling van verschillende taferelen en periodes: de oude dorpswinkel in Port Ellen, nu de supermarkt, maar alleen het moderne bord boven de deur was een noemenswaardige verandering; kleine vissersboten aangemeerd aan de kade; een stel vissers, allemaal in dikke trui en met een pet op, die hun netten repareerden en van wie er een een pijp rookte. Op sommige foto's stonden namen, plaatsen en data onderaan vermeld, op andere stond geen toelichting. Er was een foto bij van het schoolgebouw, waarvoor ongeveer vijftien kinderen in een keurige groep op het schoolplein stonden te poseren, alle met een tuniek tot op de knieën. Ook zag Alex een foto van een jonge vrouw op een kerkhof met een jongetje aan de hand en een charlestonkapsel dat onder een vilten hoed uit golfde.

Er waren wat boerentaferelen bij: mannen aan het werk op de gerstvelden, een boer die het vee met een lange stok over een laantje leidde, een groep turfstekers aan het werk. Vrouwen die picknickten op een veld, een cricketwedstrijd op het strand, een ezel bij een tuinhek, een tafereel op het kerkhof met een groep mannen in hemdsmouwen en geweren die naar de hemel gericht waren... Het was een bijzonder inkijkje in de geschiedenis van het eiland en zijn bewoners. Sommige gezichten kwamen een aantal keren terug.

'Is dit niet Kentallen?' vroeg Alex, en ze stak een zwart-witfoto van de mouterij en het kenmerkende pagodedak van de distilleerderij omhoog.

'Aye, en... kijk, dat is mijn vader, de tweede van rechts.'

Alex bestudeerde de afbeelding. Er stonden vijf mannen op de binnenplaats waar nu de koperen ketel prijkte, vier van hen met opgerolde mouwen en een schop voor zich in de aanslag, als een ceremonieel zwaard, terwijl de man in het midden een donker pak met brede schouders droeg.

'En die man in het midden is Archibald Farquhar, de oudste van de broers die Kentallen Whisky hebben opgericht. Hij was Sholto's grootvader en Lochies overoudoom.'

'Ik geloof dat ik wel iets van een gelijkenis zie,' zei ze, aandachtig kijkend naar de gereserveerde blik in die intense ogen van drie generaties geleden, waarin ze een glimp opving van haar gesloten cliënt. 'Ongelooflijk, er lijkt helemaal niet zoveel veranderd te zijn,' zei ze. De indeling was grotendeels hetzelfde gebleven, alleen door het verlies van de mouterij die zo recentelijk was verwoest, verschilde de skyline op de foto van de huidige, ruim drie kilometer hiervandaan. 'Ik bedoel, ik weet dat de technologie is verbeterd, maar de gebouwen en het landschap eromheen zijn nog hetzelfde.'

Mrs Peggie pakte de volgende foto en Alex zag Islay House, dat ze herkende aan de brede trap naar het bordes en de oprijlaan waar ze koffie hadden gedronken voor de jachtpartij en waar ze zich aan Torquil had voorgesteld. Er volgden verschillende plaatjes van het huis, genomen vanuit de tuin, met bloeiende rododendrons, een paar gordonsetters die majestueus op het gazon naast een man in een kniebroek en een Norfolk-jack lagen, een jonge vrouw die in een overkapte rieten stoel op een terras zat met een man van ongeveer dezelfde leeftijd naast haar, een verband om zijn hoofd en een holle blik in zijn ogen. Daarna volgde een foto uit een latere periode – van de trouwdag van Mr en Mrs Peggie. Alex zag een mooie bruid met een slank figuur, gekleed in katoenen kant en met een bosje heide in haar hand, haar wangen voller dan nu, maar haar kaak al net zo vastberaden. Mr Peggie, iets kleiner dan zijn vrouw, stond met brede borst en in zijn beste pak op de trap voor de kerk, zijn hand trots op de hare en zijn schoenen gepoetst tot ze net zo glansden als zijn ogen.

Op een andere foto zag ze een groepje verpleegsters naast hun patiënten in pyjama en kamerjas staan. Het leek geen typisch ziekenhuistafereel, vanwege een groot olieverfschilderij op de muur achter hen, en een grote open haard die in de hoek van de foto zichtbaar was. De patiënten – alleen maar mannen – zagen er mager en bleekjes uit, met grote ogen in hun ingevallen gezichten, maar hun glimlach was welgemeend. Een van hen had zijn been in het gips en een kleine teddybeer onder een arm geklemd, wat een grappig gezicht was.

Alex' blik werd naar hem toe getrokken. Naar hen samen. Want zijn verpleegster en hij glimlachten breder dan de rest, alsof ze een grapje deelden. Ze dacht niet dat het komische effect van het knuffelbeertje een rol speelde. Ze bracht de foto dichter naar haar gezicht en besefte dat de vrouw haar bekend voorkwam. Had ze haar ook al ergens anders gezien?

'Weet u wie dit is?' Ze liet de foto aan Mrs Peggie zien en wees de jonge vrouw aan.

'Aye, dat is Miss Clarissa. Clarissa Farquhar. De zus van Archie en de overgrootmoeder van Lochlan. Ze was een schoonheid.'

'Clarissa Farquhar,' herhaalde Alex. Ze bladerde snel terug door de foto's die ze in haar hand had en stopte bij die van de jonge vrouw die met het kind aan de hand op het kerkhof stond. 'Dat is ze ook, toch?'

'Zeker. Met haar zoon George. Ze heeft hem na de oorlog geadopteerd.'

Alex keek haar aan. 'Geadopteerd?'

'Aye. Er waren heel veel weeskinderen na de oorlog. Haar verloofde – ik geloof dat hij Phillip Robertson heette, hij was een telg van een andere voorname familie – was al vroeg in de oorlog omgekomen, en ik denk dat ze dacht dat ze nooit zou trouwen. Ze zal wel het gevoel hebben gehad dat dit haar enige kans was om moeder te worden. Tenslotte waren er heel veel jonge mannen naar het slagveld vertrokken en waren er maar weinig teruggekeerd. Archie is wel teruggekomen, maar de jongere Farquhar-zoon, Percy, behoorde tot de gevallenen. Hun moeder is er nooit overheen geraakt.'

'God, nee, dat begrijp ik. Hoe zou je over zoiets heen moeten komen?' vroeg Alex mistroostig. Ze wist maar al te goed dat geen moeder zich ooit volledig hervond na zo'n verlies. Ze keek weer naar de foto die in het ziekenhuis was genomen. 'Is dat dus Clarissa's verloofde?'

Mrs Peggie keek eens goed. 'Nee. Volgens mij zijn dit de Amerikaanse soldaten die de ramp met de Tuscania hebben overleefd.'

'Zo te zien heeft deze arme jongeman zijn been gebroken.'

Mrs Peggie keek nog eens. 'Ja, waarschijnlijk doordat hij door de golven tegen de rotsen is gesmeten. Als ik het me goed herinner, heeft zij hem gevonden,' zei ze, wijzend naar Clarissa.

'Echt?' vroeg Alex geïnteresseerd.

'Ja, nu weet ik het weer,' zei Mrs Peggie. 'Iedereen zei dat het een wonder was. Niemand begreep hoe hij de nacht onder die omstandigheden had overleefd, al helemaal omdat hij al halfdood was door de Spaanse griep vóórdat hij in het water terechtkwam.'

'De Spaanse griep?'

'Daar heb je toch weleens van gehoord? Dat was een vreselijke grieppandemie in 1918 en 1919 – alsof het leven nog niet zwaar genoeg was in die tijd! De troepen hadden er sterk onder te lijden. Volgens Mr P. zijn er meer Amerikaanse soldaten aan de griep gestorven dan door vijandelijkheden.' Hoofdschuddend richtte ze haar blik weer op de foto. 'Aye, iedereen hier kent het verhaal van die arme jongen. Hij was wekenlang ziek en bleef lang nadat zijn kameraden naar Engeland werden doorgestuurd. Ze dachten dat hij het niet zou redden, maar Miss Clarissa week niet van zijn zijde. Ze wilde per se dat hij het zou overleven.'

'Wow, dus... hij was aan boord van een schip dat tot zinken werd gebracht, werd op de rotsen gegooid, brak zijn been, overleefde de ijzige kou én de Spaanse griep? Zo te horen had hij een engeltje op zijn schouder zitten.'

'Nou, dat valt tegen. Hij is hier vier maanden gebleven om te herstellen. Maar toen zijn been was genezen werd hij naar Frankrijk gestuurd, waar hij negen dagen later om het leven kwam.'

'O god.' Alex' mond viel open. 'Wat vreselijk.'

'Iedereen was enorm van slag toen het bericht kwam. Mijn moeder heeft het er vaak over gehad. Ze zei dat hij tijdens zijn herstel veel vrienden had gemaakt en dat de mensen hier met genegenheid aan hem terugdachten.'

Alex keek weer naar de foto. 'Clarissa zal ook wel erg van streek zijn geweest. Zij had zijn leven gered en hem verpleegd.'

'Aye. Ze schijnt zich na die noodlottige gebeurtenis een poos te hebben teruggetrokken. Ik denk dat het haar te veel werd, nadat ze ook al haar verloofde en broer was kwijtgeraakt.'

'Heel begrijpelijk. Het moet afschuwelijk zijn als je steeds degene bent die achterblijft.'

'Dat denk ik ook. Ze is een tijdlang van het eiland weg geweest. Het was waarschijnlijk te pijnlijk om op een plek te blijven waar niemand ooit naar terug leek te keren.'

Alex nam een slokje van haar thee. 'Maar uiteindelijk is ze wel weer teruggekomen?'

'Aye, toen ze het jongetje had geadopteerd, keerde ze terug naar haar geboortegrond. Zoals het klokje thuis tikt, tikt het nergens, nietwaar?'

Alex onderdrukte de rilling die over haar ruggengraat trok toen ze aan haar eigen thuis dacht. 'Precies,' mompelde ze.

'Nergens.'

# 15

Vierentwintig. Vijfentwintig. Zesentwintig...

Ze schoot omhoog uit het water, hijgend, maar ze voelde zich nu tenminste schoon. Ze leunde met haar hoofd achterover tegen de zalmkleurige badrand, voelde dat haar stijve spieren eindelijk ontspanden in het epsomzout en bestudeerde haar teennagels. Normaal gesproken had ze komend weekend een afspraak bij de pedicure, maar daar was nu duidelijk geen sprake van. Zou de lak nog een week blijven zitten? Ze keek of er al ergens wat afbladderde.

Ze ging verschrikt rechtop zitten toen ze hoorde dat er op de voordeur werd geklopt. Hoe laat was het? Mrs Peggie en zij hadden beneden een uur foto's zitten kijken, maar daarna was ze meteen in bad gegaan, en ze lag er nog helemaal niet lang in. Ze strekte haar arm uit naar haar telefoon, die op de rieten wasmand lag, en er drupte water op de vloer. Twintig voor acht. Ze fronste, want ze wist zeker dat hij haar om acht uur zou ophalen.

Ze stapte snel het water uit en had net de lila handdoek om zich heen gewikkeld toen ze de stem van Mrs Peggie van onderaan de trap hoorde roepen. 'Miss Hyde?'

Alex zette een stap uit de badkamer. 'Ja?'

'Er is hier een meneer voor je.'

'Shit,' siste ze terwijl ze lichtelijk in paniek raakte. 'Eh... Ik ben nog niet klaar. Kunt u hem vertellen dat hij te vroeg is?' Wist hij niet dat het ongepast was om ruim voor de afgesproken tijd te komen?

Een korte stilte en toen...

'U bent te vroeg,' zei Mrs Peggie stijfjes.

'Nee hoor. We moeten er om acht uur zijn,' antwoordde een hese stem.

Alex keek geschrokken op. Wat? Ze liep op haar tenen door de gang en stak haar hoofd om de hoek. Ze keek langs de trap naar beneden – op hetzelfde moment dat Lochlan naar boven keek.

'O!' zei ze achteruitdeinzend en de handdoek nog strakker om zich heen klemmend. Ze wist niet wat ze moest doen. Ze wilde zich het liefst hier achter deze muur blijven verstoppen, maar dan zou dit een klucht worden. Bovendien viel er met deze grote handdoek om haar heen niets anders te zien dan haar schouders en de onderkant van haar benen. Onbekenden zagen op het strand een stuk meer. Ze haalde diep adem en liep de trap af met een zo waardig mogelijke glimlach op haar gezicht. Mrs Peggie trok zich discreet terug, maar niet voordat ze een tikje afkeurend naar Alex had gekeken. 'Lochlan, jou had ik niet verwacht.'

'Waarom niet? Bruce heeft ons gevraagd er om acht uur te zijn.' Hij leek niet op te merken dat ze alleen maar een handdoek droeg, en tot haar verbazing voelde ze zich lichtjes beledigd.

'Bruce?'

Zijn wenkbrauwen gingen omhoog. 'De proeverij? De mogelijk meest opwindende ontdekking uit de geschiedenis van Kentallen?'

Alex' mond viel open. 'Verwacht je dan dat ik daarbij ben?'

'Nou, Sholto zei wel "jullie allemaal".'

'Ja, maar hij bedoelde míj toch niet. Ik ben geen… Ik ben geen whiskykenner.'

De blik die in zijn ogen verscheen vertelde haar dat hij zich herinnerde dat ze een week geleden in elk geval wél een enthousiaste amateur was geweest. 'Nou, geloof me, je zult het echt wel proeven als dit een goeie malt is.' Zijn ogen vielen ergens op. 'Is dat… mijn pák?' vroeg hij verbaasd, en hij zette een stap achteruit om aan het donkergrijze flanel van het kostuum te voelen, dat nog steeds over een hangertje aan een haak in het portaaltje hing.

'O… ja,' zei ze rillend nu er een vlaagje wind naar binnen kwam.

Hij keek haar aan. 'Vertel me nou niet dat je nu ook míjn kleren draagt.'

Ze schoot in de lach. Hij kon erg grappig zijn als hij wilde. 'Nee! Ik heb het meegenomen om het na de brand te laten luchten. De geur zal nu wel verdwenen zijn.' Ze boog zich voorover om eraan te ruiken en raakte hem daarbij per ongeluk aan. 'Ja, bijna weg. De rooklucht bedoel ik dus,' voegde ze eraan toe toen ze zag dat hij haar vreemd aankeek. 'Ik… Ik heb ook je schoenen meegenomen, en je sportschoenen,' zei ze, en ze wees ernaar met een voet, waarbij ze onbedoeld haar blote benen onthulde.

Het duurde een ogenblik voor hij reageerde. 'Heel attent van je, Hyde.'

'Nou ja, jij bent een brandend gebouw in gerend. Ik heb je schoenen gered. Dat leek me wel het minste wat ik kon doen,' grapte ze met een laconiek schouderophalen. Ze hoopte maar dat ze daarmee iets van haar ongemak wist te verbergen.

Er viel een stilte en hij werd ongeduldig. 'Nou, waar wacht je nog op? Ga je maar snel aankleden.'

'Het spijt me enorm,' zei ze met een zucht. 'Natuurlijk zou ik graag meegaan, maar... ik kan niet.'

'Hoe bedoel je "ik kan niet"?' vroeg hij op een toon die suggereerde dat haar woorden nergens op sloegen. Het was een donderdagavond op het eiland Islay. Wat kon ze anders te doen hebben?

'Ik heb al plannen.'

'Nou, verander ze dan. Dit is een unieke gebeurtenis, zo'n kans krijg je maar één keer.'

'Dat gaat helaas niet.'

Hij kreeg een donkere blik in zijn ogen. 'Wat voor plannen kun je in hemelsnaam hebben die zo belangrijk zijn dat je ze niet kunt wijzigen voor deze gelegenheid?'

'Hallo, is er iemand thuis?' riep een stem buiten vanaf het pad. De deur – die op een kiertje stond – werd voorzichtig geopend en er verscheen een blond hoofd omheen. 'Wow!' zei Callum stralend toen hij haar in haar handdoek gewikkeld zag staan.

Alex trok de stof strakker om zich heen. 'Doe even normaal,' mummelde ze.

'O, hoi neef, hoe gaat het?' vroeg Callum toen hij het portaaltje binnenstapte en de nors kijkende Lochlan achter de deur zag staan. 'Ik dacht al dat ik die kar daarbuiten herkende. Wat doe jij hier?'

Het bleef even stil terwijl Lochlan haar een blik toewierp met een boosheid erin die ze niet kon verklaren.

'Ik kwam deze halen,' zei hij ten slotte, en hij reikte naar het pak en pakte de schoenen van de vloer – waarbij hij weer een hoestbui kreeg.

'Dat klinkt niet best, Lochie,' zei Callum, die op de een of andere manier tegelijk fronste en glimlachte. 'Moet jij geen rust nemen?'

'Het gaat prima met me,' mompelde Lochlan, hoewel hij er allesbehalve prima uitzag. 'Tot morgen.' En met neergeslagen ogen beende hij het portaaltje uit, zijn pak over zijn schouder geslagen.

Callum haalde zijn schouders op. 'Oké,' zei hij tegen haar met een verrukte blik in zijn ogen. 'Doe me een plezier en vertel me dat dit je outfit voor vanavond is.'

Hij was goed gezelschap, dat moest ze hem nageven. En hij was verrassend belezen. Bovendien leek hij echt naar haar te luisteren, en dat had ze absoluut niet verwacht.

De pub die hij had uitgekozen – The Stag – was gezellig en knus: de natuurstenen vloer was zwart van ouderdom, de muren waren Pruisisch blauw geverfd en het knisperende haardvuur in de hoek verspreidde een prachtig amberkleurig licht. Buiten naast het pad was een spar versierd met witte lampjes, in het licht waarvan ze het strodak van het lage stenen gebouw vaag kon zien.

Het was een traditioneel *blackhouse*, had Callum verteld toen hij zijn arm door de hare had gehaakt ('voor het geval het glad zou zijn') en haar de warmte in had geloodst.

The Stag was vooral een pub waar men kwam om wat te drinken, met een bar achterin en met leren banken en leunstoelen met tweedbekleding in verschillende samenstellingen in het midden opgesteld. Eromheen bevonden zich houten nisjes waar je kon zitten, zo dicht bij elkaar dat het onvermijdelijk was dat hun knieën elkaar af en toe raakten, en Alex was al snel schuin gaan zitten.

De rit hiernaartoe was ontspannen geweest. Callum was gemoedelijk gezelschap en terwijl zij nadacht over het feit dat Lochlan vanavond onverwacht op de stoep stond – wat had hem bezield? Zelfs als zij van plan zou zijn geweest om de proeverij bij te wonen, hadden ze het er niet over gehad dat hij haar dan zou ophalen – had hij met het gemak van een local over de ijzige wegen genavigeerd. Terwijl ze van de kust landinwaarts waren gereden, scheen het licht van de halvemaan zwak door de sneeuwwolken die nog boven het eiland hingen. Dit landschap had ze nog niet verkend tijdens haar hardloopsessies.

Ze zat als gehypnotiseerd te kijken hoe de koplampen van Callums stijlvolle Audi R8 bij elke bocht over een sprookjesachtig dennenbos of weids heidelandschap gleden. Ze waren alleen langs een paar gehuchten gekomen, en hier en daar een boerderijtje, dus toen ze zag dat er nog slechts één nisje vrij was, had ze zich afgevraagd waar al die mensen vandaan kwamen. 'Je moet hier altijd reserveren,' had Callum gezegd toen ze in de deuropening stonden.

'Je komt hier dus vaak?' had ze gevraagd, wat stekeliger dan ze bedoeld had, maar als hij dat al opmerkte, liet hij het niet merken.

Ze hadden allebei een Old Fashioned besteld, waar Callum aan had toegevoegd dat er Kentallen-15 voor moest worden gebruikt, en hij was gegaan voor de stoofschotel met hertenvlees terwijl zij erg tevreden was met haar zwartetruffelrisotto.

Nu zaten ze weer aan de whisky, maar deze keer slechts een bescheiden glas, en Alex voelde zich heel ontspannen. Ze had lekker gegeten en zat in de lome warmte van het haardvuur te genieten van de kerstliedjes die zachtjes klonken. Ze zat zijwaarts in de kleine nis, haar benen uitgestrekt op het bankje, en sloeg Callum gade terwijl hij haar vermaakte met een kostschoolverhaal over de keer dat hij 's nachts aan de riem van zijn kamerjas een pak koekjes had laten zakken voor een hongerige vriend die in de slaapzaal onder hem sliep.

Het was lang geleden dat ze met een man uit eten was geweest, de zakelijke afspraken niet meegerekend. Niet dat dit een date was. In zekere zin was het wél werkgerelateerd – ze had een deal gesloten en hield zich simpelweg aan haar belofte – maat ze had er niet op gerekend dat ze zich zou amuseren.

Hij zag er echt goed uit, peinsde ze terwijl hij om zijn eigen grapje lachte – stralend en onbezorgd. Hij had geen donkere kant en kennelijk geen duistere ambitie. Hij was gewoon de archetypische telg uit een rijke familie: geboren met geld en niets te bewijzen. Waarom zou hij ook? In zijn wereld opende zijn naam elke deur en veroverde zijn vrolijke gezicht alle harten.

Hij was zo anders dan zijn broer, en wat Lochlan betreft... Wat was dat toch met hem? Hij had een afwerende houding die grensde aan het agressieve, en een directheid die een hoop woede maskeerde, waardoor hij bot, onbuigzaam, gesloten en star overkwam. Vanmiddag was in veel opzichten onthullend geweest – afgezien van zijn reactie op Skye was het de eerste keer geweest dat ze hem met Sholto had gezien, en het was duidelijk dat die relatie was aanbeland op een punt waar ze het per definitie met elkaar oneens waren. De ervaring leerde haar dat…

Ze betrapte zichzelf erop dat ze weer aan hem dacht, aan haar cliënt, dat ze dus weer met haar werk bezig was terwijl ze een avond vrij had genomen. Concentreer je op Callum, zei ze tegen zichzelf. Ze nam een slokje en richtte haar aandacht weer op hem. Hij had het over… O, hij had het over haar.

'Hè?' vroeg ze, en ze ging weer recht zitten. 'Fairytale of New York' speelde op de achtergrond.

Hij glimlachte, voorovergeleund op zijn ellebogen en haar aankijkend met een belangstellende blik. Het was een techniek die ze haar cliënten aanraadde toe te passen bij ontmoetingen als ze verbinding en sympathie wilden uitstralen. 'Ik vroeg waarom jij in godsnaam niet getrouwd bent? Je bent succesvol, ambitieus, geestig, geweldig gezelschap – en, sorry dat ik het zeg, supersexy.'

'Niet iedere vrouw wíl trouwen, hoor. Sterker nog, dat hele gedoe met de witte jurk en de grote bruiloft is voor sommigen een nachtmerrie.'

'Natuurlijk, dat snap ik wel,' mompelde hij. 'Je bent een moderne vrouw. Wat heeft het huwelijk jou te bieden? Je hebt geen man nodig. Je bent financieel onafhankelijk, intelligent…'

Ze lachte. 'Hou op. Genoeg vleierij.'

'Maar heb je wel een vaste relatie?'

'Nee.'

'Of een los-vaste relatie?'

'Dat zijn mijn zaken.'

Hij klakte met zijn tong. 'Kijk, dat vind ik nou leuk aan je. Je draait er niet omheen. Maar weinig vrouwen zeggen wat ze echt denken.' Hij zweeg even en er speelde een glimlach om zijn lippen. 'Vertel eens wat jij leuk vindt aan míj,' voegde hij er met gedempte stem aan toe.

*Je ogen.* Ze trok een wenkbrauw op. 'Wie zegt dat ik überhaupt iets leuk aan je vind?'

'Jij bent een harde tante, zeg.' Hij schudde zijn hoofd met een brede lach op zijn gezicht. 'Maar ik heb heus wel gemerkt dat jij de bal steeds terugkaatst zodra het persoonlijk wordt. Daardoor wordt mijn interesse alleen maar groter. Ik wil weten hoe jij in elkaar zit, Alex, en ik ben van plan daarachter te komen.'

Alex glimlachte – kaatste de bal weer terug – in de wetenschap dat hij geen idee kon hebben. Als ze het hem zou vertellen zou hij haar waarschijnlijk niet eens geloven. Sommige verhalen waren simpelweg te verschrikkelijk om waar te zijn. Ze begon met haar vingers op de tafel te tikken. 'Hoe vaak kom je hier eigenlijk? Best vaak, heb ik de indruk,' vroeg ze, niet al te subtiel van onderwerp veranderend. 'Je woont toch in Edinburgh?'

'Dat hangt ervan af of hier mooie vrouwen vast zijn komen te zitten door storm of sneeuw.'

Ze wierp hem een blik toe, niet onder de indruk.

Hij stak verontschuldigend zijn handen op en lachte. 'Oké. Meestal kom ik hier om het weekend, maar met de recente extra vergaderingen wat vaker. Gelukkig maar, want anders had ik niet het grote genoegen gehad jou vorige week te ontmoeten.'

'Extra vergaderingen?' vroeg ze, plotseling alert.

Hij haalde zijn schouders op. 'Meer dan normaal. Maar niets bijzonders, hoor.' Hij nam een slokje van zijn whisky en ze weigerde te erkennen dat zijn goudblonde haar mooi glansde in dit licht. 'En hoe gaat het nu met die neef van me? Heeft de jachtpartij geholpen?'

'Dat had gekund als de brand er niet tussen was gekomen.' Ze zuchtte. 'Nee, het beetje vooruitgang dat ik had geboekt, is samen met de gerstzolder in vlammen opgegaan. Het gedoe met de brandweer, de politie en de pers, de schoonmaak en de herstart van de productie, en nu ook nog die verborgen malt... Het geeft hem allemaal het perfecte excuus om bij mij uit de buurt te blijven.' Ze leunde weer met haar hoofd achterover tegen de zijkant van de nis, zodat haar slanke, lichte hals zichtbaar werd. 'Ik weet werkelijk niet wat het is met deze klus. Het voelt alsof ik na elke stap vooruit weer drie stappen achteruit word geduwd.'

'Zo gaat dat met hem. Vat het niet persoonlijk op. Hij weet iedereen van zich af te stoten.'

'Maar ík word geacht onafstootbaar te zijn.'

Hij trok een wenkbrauw op. 'Dat woord bestaat niet.'

'Nee,' zei ze grijnzend. 'Maar je begrijpt wel wat ik bedoel.'

'Ja.'

Ze legde haar handen om haar glas heen en dacht na. 'Ik weet het niet, hoor. Hij is onmogelijk.'

'Nou, wat doe je normaal gesproken met moeilijke cliënten?'

'Ik ga het gesprek met ze aan. Ik praat met ze.'

'Praten? Serieus?' Callum wierp haar een sceptische blik toe. 'Dan kan ik je nu beter uit je lijden verlossen, want je kunt er net zo goed mee stoppen. Lochie gaat nooit van zijn leven praten over zijn gevoelens.'

'Ik pas de socratische benadering toe. Een beproefde methode van vragen stellen waarmee je tot de kern van elke kwestie komt. Het idee erachter is dat we allemaal de antwoorden op onze dilemma's zelf wel kennen en dat je die weet te ontsluiten.'

Callum nam nog een slokje en keek bedenkelijk.

'Heb je een plan B?'

'De honderdtachtiggradentactiek.'

'Wat?'

'Als het pad dat je bewandelt niet werkt en je niet vooruitkomt, keer je om en ga je in de tegenovergestelde richting verder.'

'En wat betekent dat in Lochies geval?'

Alex zweeg en dacht aan Skye. Als ze Lochie een U-bocht wilde laten maken, zou hij dan naar haar terug moeten gaan? Was haar de bons geven de grootste vergissing die hij ooit had begaan, zoals ze vermoedde? Of was er iets anders waar hij de confrontatie mee aan moest gaan? Iets ergers? Tenslotte had Skye haar verteld dat hij haar al maanden voordat hij het uitmaakte afwees. 'Dat weet ik nog niet, maar als het me ooit lukt om iets anders aan hem te ontlokken dan beledigingen aan mijn adres, zal ik het je laten weten,' zei ze vaagjes.

'Nou, ik hoop dat het je lukt. Niet verder vertellen, maar ik mis die gozer.'

Alex was verbaasd. 'Hadden jullie een goede band?'

'Ja. Dat zou je nu niet zeggen, hè? Maar inderdaad, we leken eerder broers dan neven, ik trok meer met hem op dan met Tor. We schelen maar acht maanden en we zaten op kostschool in hetzelfde jaar, we sliepen zelfs in dezelfde slaapzaal. We waren onafscheidelijk.'

'Wat is er dan gebeurd?' wilde ze weten.

Hij schudde zijn hoofd en keek naar het bodempje whisky in zijn glas. 'Het ging bij hem thuis niet goed. Hij maakte er een puinhoop van, liep vaak weg van school, schopte stennis. Toen overleed zijn moeder en kwam hij na de begrafenis niet meer terug. Ik heb hem daarna jarenlang niet meer gezien en toen ik hem wél weer zag, was hij een vreemde voor me.'

Alex keek naar hem. Zijn manier van doen was compleet veranderd, zijn blijmoedigheid verdwenen. 'Heb je ooit geprobeerd er met hem over te praten?'

'Jezus, nee. Je hebt hem zelf ontmoet! Met hem over gevoelens praten is geen optie. Als ik dat probeer, duwt-ie me zonder pardon het dichtstbijzijnde *loch* in.'

'Dus zwijgen is beter?' Het was haar beurt om sceptisch te kijken.

Hij keek haar aan en zag aan haar ogen dat ze meeleefde. 'Er zit niets anders op. Lochie kan het niet helpen dat hij zich zo gedraagt, hij is nu eenmaal zo geworden. Soms moeten we gewoon aanvaarden dat mensen door pijn kunnen veranderen, weet je?'

Dat mensen door pijn veranderen? Ze knikte en voelde dat de haartjes op haar arm overeind gingen staan. Ja, dat wist ze.

Op de terugweg zwegen ze allebei, en Alex had het gevoel dat er tussen hen een nieuwe balans was ontstaan, bijna alsof er iets in haar was verzacht. Die hoge muur van haar, die gewoonlijk zo moeilijk te beklimmen was, leek vanavond een beetje lager te zijn. Er kon misschien wel een touw overheen worden geworpen – en het voelde fijn om de teugels wat te laten vieren, één keertje maar, om even te mogen zijn zoals andere mensen, vrij in haar doen en laten.

Ze keek uit het raam naar de golvende moors, naar de verre lichtjes van huizen die als sterren uit de lucht leken te zijn gevallen terwijl ze over de kronkelweg terug naar de gerstvelden en de glinstering van de slapende zee reden.

Toen ze de boerderij naderden, sprong hij voor ze het wist de auto uit, gaf haar een arm en bracht haar over het tuinpad naar de deur, weer 'voor het geval het glad zou zijn'. Ze voelde zijn armspieren door zijn jas en ze rook zijn subtiele muskgeurtje in de bries. Het leek alsof ze uit een diepe slaap ontwaakte.

'Bedankt voor vanavond,' zei ze glimlachend toen ze in het portaaltje stonden. 'Ik heb het leuk gehad.'

'Nou, anders dan jij wist ík van tevóren al dat ik het leuk zou hebben.'

Ze glimlachte en voelde dat haar maag een kleine salto maakte toen hij zich een stukje naar haar toe boog en even wachtte.

'Even checken of er geen rechtse hoekslag aan zit te komen,' mompelde hij met zijn ogen op de hare gericht.

Ze lachte en hij gaf haar een zachte kus op de wang. De lach bleef in haar keel steken toen hun ogen elkaar weer ontmoetten. 'Zou je het heel erg vinden om nog eens met me uit eten te gaan? Ergens in de loop van volgende week?' vroeg hij, en hij liet zijn blik over haar wimpers glijden, over haar lippen, over haar haren...

'Verbazingwekkend genoeg zou ik dat niet erg vinden, nee.'

Hij grinnikte zacht. 'Altijd gewoon zeggen wat je denkt, Alex Hyde.' Hij rechtte zijn rug en schudde geamuseerd zijn hoofd. Hij draaide zich om, liep weg over het pad en keek nog een keer om voordat hij weer in de auto stapte. Het was een koude avond en de sneeuw leek de stilte op het eiland te bevriezen, maar ze bleef in de deuropening staan en keek hem na tot zijn rode achterlichten over de laatste heuvel waren verdwenen. Ze was net een normale vrouw die het fijn vond na een leuke date een kus te krijgen.

# 16

## *Islay, vrijdag 15 december 2017*

Hij was haar voor geweest. De waterkoker dampte nog na en de koffie in zijn rode mok was onaangeraakt, maar toen ze de deur opendeed, zat hij aan zijn bureau en lag Rona aan zijn voeten te slapen.

'O!' riep Alex uit. 'Je bent er al.'

Zijn ogen keken op, maar zijn voorovergebogen hoofd kwam niet in beweging. 'Het is míjn kantoor.'

Ze liep naar binnen en probeerde zijn stemming te peilen. Hij had meer kleur op de wangen dan gisteren en zijn ogen stonden helderder. Maar hij was duidelijk uit zijn hum. 'Hoe gaat het vandaag met je? Je ziet er een stuk beter uit.'

'O, grappig, ik dacht dat jij er een stuk slechter zou uitzien.'

'Dank je, dat zal ik maar als een compliment opvatten,' zei Alex op zonnige toon, want ze weigerde zich op stang te laten jagen door zijn terugkerende zinspelingen op het dronken tafereel na haar avond met Skye. Ze kon best whisky drinken zonder ladderzat te worden.

Haar tactiek werkte en hij sloeg haar misnoegd gade terwijl ze naar de waterkoker liep om voor zichzelf een kop koffie te maken.

'O, ga je gang, doe alsof je thuis bent,' zei hij sarcastisch. 'Kom binnen. Neem een kopje koffie.'

'Dank je,' zei ze met een stralende glimlach.

'En, hoe was je date?' sneerde hij na een lange stilte terwijl ze een mok afwaste en aan de melk rook.

'Het was geen date,' zei ze zonder om te kijken.

'Daar leek het anders wel op.'

Ze haalde haar schouders op, nam de tijd om te roeren en liep vervolgens naar de jute stoel. Ze zag dat zijn pak weer aan de haak achter de deur hing. 'Vertel me liever over jóúw avond,' zei ze glimlachend terwijl ze haar handen warmde aan de mok en hem over de rand aankeek. 'Was de smaak zo goed als jullie hoopten?'

Er viel een lange stilte voordat hij zijn pen neergooide en ronddraaide in zijn bureaustoel. Hij leunde achterover en legde zijn handen achter zijn hoofd – eiste ruimte op, speelde zijn rol. Hij keek haar met een ondoorgrondelijke blik aan, alsof hij zich afvroeg of hij haar genoeg vertrouwde om het oordeel met haar te delen. 'Voortreffelijk.' Het woord schuurde: ze zag dat het hem grote moeite kostte om zijn slechte humeur opzij te zetten en te erkennen dat er iets goeds te zeggen viel.

Ze hield haar adem in en keek hem verheugd aan. 'Echt?'

'Het mooiste moment van mijn leven.' Plotseling grijnsde hij en leek het of hij van binnenuit werd verlicht. Zijn ruwe kantjes werden zachter, zijn ogen glansden en dat onzichtbare pantser dat als een dikke laag om hem heen lag, viel zomaar weg. 'Jammer dat je er niet bij was. Er werd gisteren simpelweg een stukje Schotse geschiedenis geschreven.' Hij sloot zijn ogen bij de herinnering. 'God, het was nog beter dan we hadden durven hopen: een ongelooflijk rijke intensiteit met noten van sinaasappel en perzik en een vleugje karamel,' zei hij. 'Ik dacht dat Bruce ter plekke zou sterven. Beter kan niet, daar waren we het allemaal over eens.'

'Wat fantastisch,' zei ze, en daarmee doelde ze ook op het nieuwe temperament dat hij uitstraalde. Hij leek wel een ander mens, iemand die ze nog niet kende. Wat een passie en enthousiasme. Kon ze die positiviteit maar in goede banen leiden. 'Dat is dan een ongelooflijke ommekeer. Wie had ooit gedacht, toen we die brand dinsdagochtend vroeg zagen woeden, dat de week met zo'n hoogtepunt zou eindigen? Net een feniks die uit de as herrijst.'

Ze glimlachte en hij glimlachte terug, en heel even voelde het ontspannen tussen hen. Haar telefoon trilde en ze wierp er een blik op.

*Vind je het erg als ik je vertel dat ik vannacht van je heb gedroomd?*

Haar mond viel verbaasd een stukje open, maar haar glimlach werd onwillekeurig nog groter. Hoe kwam hij trouwens aan haar mobiele nummer? Had hij het van zijn vader gekregen?

Ze borg de telefoon weg en keek op, maar Lochlan had zich alweer afgewend en zat weer over zijn bureau gebogen te lezen. Ze sloeg hem gade terwijl ze een slokje van haar koffie nam. 'En hoe staat het ervoor met de nieuwe moutvloer? Gaat het lukken om de productie weer snel op gang te brengen?'

'We zijn er druk mee bezig,' mompelde hij. Hij pakte zijn pen en zette een handtekening. 'Het team werkt er hard aan om de ruimte schoon en geventileerd te krijgen en er worden met spoed nieuwe tanks vervaardigd. Ik heb goede hoop dat we aan het begin van het nieuwe jaar meteen weer verder kunnen.'

'Zo te horen heb je alles onder controle.'

'Zo te horen ben je onder de indruk.'

'Natuurlijk ben ik onder de indruk, Lochlan,' zei ze, en ze hield haar hoofd schuin. 'Hoezo? Had je gedacht van niet?'

'Ik heb geen flauw idee,' zei hij mat.

Zijn toon suggereerde dat het hem ook niet kon schelen. Ze keek hoe hij zich weer over zijn werk boog en zag dat hij gespannen was.

'Oké, nu het erop lijkt dat je mijn aanwezigheid iets langer dan vijf minuten achter elkaar kunt verdragen, is het misschien een idee om eindelijk met me te gaan samenwerken? Ik heb het nu wel gehad met koffiedrinken in de kantine en de grote schoonmaak van je kantoor.' Ze leunde naar voren, zette haar ellebogen op haar knieën en keek hem met een doordringende glimlach aan. 'Wat dacht je ervan? Hoe sneller we aan het werk gaan, hoe sneller je weer van me af bent. Denk aan de lange termijn.'

Dit was het meest overtuigende argument dat ze kon bedenken, en er viel een lange stilte. Ze wist dat hij alleen maar deed alsof hij de spreadsheet die hij had opgepakt daadwerkelijk las.

'Wat behelst die samenwerking eigenlijk precies?'

'Dat je met me praat,' antwoordde ze.

Hij zweeg.

'Kom op,' drong ze aan. 'In elk geval ben je dan voorlopig af van Sholto. Als je weigert met mij te sparren speel je hem allen maar in de kaart, dan bevestig je zijn grootste vrees. Ik weet dat ik jullie kan helpen. Je kunt me duizenden redenen geven waarom het tussen jullie niet botert, maar je hebt in feite maar één reden nodig om wél goed samen door één deur te kunnen.'

Hij keek haar onbewogen aan.

'Probeer het eens zo te zien: hoe sneller je meewerkt, hoe sneller ik je met rust zal laten.' Ze stak lachend haar armen in de lucht om een beeld op te roepen. 'Stel je voor dat je 's ochtends dit kantoor binnenkomt en ik hier níét ben. Heerlijk, toch? Dat is iets om naartoe te werken, of niet dan?'

Hij schraapte zijn keel en pakte het longdrinkglas met water dat op zijn bureau stond; hij had nog steeds last van zijn keel. 'Vooruit dan maar.'

Ze viel bijna van haar stoel. Hij stemde echt in? Wilde eindelijk met haar samenwerken?

'Uitstekend!' Ze stond spontaan op en draaide rond zonder te weten wat ze nu moest doen. In drie seconden vanuit stilstand naar honderd. 'Oké, nou, dan ga ik bezig met voorbereiden. Laten we... eh...' Ze wist niet waar ze met hem moest afspreken. 'Juist ja, ik heb een grote ruimte nodig. En stoelen.'

Hij trok een wenkbrauw op. 'Stoelen?'

'Ja, veel stoelen.'

Hij kreunde. 'O hemel, waar begin ik aan?'

Ze kreeg een idee en glimlachte. 'Denk je dat je de kantine voor een paar uurtjes kunt sluiten?' Ze stak haar handen omhoog in een verzoenend gebaar. 'Ik weet het, ik weet het. Maar kun je me alsjeblieft gewoon vertrouwen?'

Hij knipperde met zijn ogen en keek haar aan alsof ze gek was. 'Goed, om drie uur dan maar,' zei hij met een zucht. 'Voor de duur van één uur.'

'Twee,' zei ze bliksemsnel.

Hij kneep zijn ogen samen. 'Anderhalf.'

'Deal.' Met een stralende blik liep ze huppelend naar de deur. Daar draaide ze zich nog even naar hem om, met haar hand op de deurknop. 'Weet je, ik denk dat je jezelf zult verrassen en dat je er uiteindelijk zelfs plezier aan zult beleven.'

Hij keek op. 'Dat denk ik niet.'

Ze bewoog haar vinger heen en weer. 'Ik denk van wel, zoals je er ook plezier aan beleeft om mij niet leuk te vinden. Het is een nieuwe hobby voor je. Het biedt afleiding.'

Hij zuchtte en pakte de pen weer op. 'Dat je me afleidt, is in elk geval zeker,' mompelde hij, en hij richtte zijn aandacht weer op zijn papierwerk terwijl zij de sneeuw in stapte.

Hij was vroeg, gedreven door nieuwsgierigheid. 'Wat is dit nou?' vroeg hij argwanend. Ze had de kantinetafels naar de muren geschoven, zodat er in het midden ruimte was ontstaan, en ze zat op een stoel – een van de vele die eromheen stonden.

'Dit,' zei ze trots, 'is een opstelling, ook wel constellatie genoemd.'

Zijn gezicht betrok. 'Als je denkt dat ik mijn horoscoop ga laten trekken...'

'Relax,' zei ze met een lach. 'Het heeft niets met horoscopen te maken. Dit is een beproefde techniek die veel gebruikt wordt, en niet alleen in bedrijfscontext.'

'Veel gebruikt waarvóór?' vroeg hij terwijl hij langzaam vanaf de deur naar binnen liep.

'Het blootleggen van spanningen en het oplossen van conflicten.'

'Weten de Verenigde Naties hiervan? Er is nog een conflict in het Midden-Oosten dat nodig moet worden opgelost. Misschien kunnen zij zo'n constellatie gebruiken.'

Alex liet zich door zijn sarcasme niet uit het veld slaan en kon het zelfs wel waarderen. 'Kom nou maar.'

Hij liep verder, door de tafels en stoelen zigzaggend als een kind dat in de hoek moest gaan staan. Hij nam plaats op de stoel naast haar.

'Goed dan,' zei ze, en ze merkte op dat zijn voet op en neer wipte, een teken van nervositeit. Zijn lichaam vertelde hem bijna letterlijk dat hij moest vluchten. 'Wat ik vandaag zou willen doen, is praten over de problemen die jíj ervaart in jouw rol en hoe jij denkt dat we die zouden kunnen oplossen.'

'Simpel. Het probleem is Sholto en de oplossing is een nieuwe bestuursvoorzitter.'

Ze hield haar hoofd schuin. Liet hem zijn hart luchten. 'En waaróm is Sholto het probleem? Was hij de reden waarom je die computer door het raam gooide?'

'Nee.'

'Was hij op dat moment in de buurt?'

'Nee, hij was in Edinburgh, waar hij verdomme altijd is.'

'Was hij aanwezig toen je de Indonesische minister van Handel – ik citeer – "een volslagen idioot" noemde?'

'Nou, nee, maar...'

'Maar je denkt toch dat Sholto de bron van jouw woede is?'

Lochlan keek haar aan en knipperde met zijn ogen. 'Ik vind hem een gevaarlijke gek.'

Het was een opzettelijke herhaling van wat hij in hun eerste gesprek had gezegd, een nadrukkelijke reminder dat er niets was veranderd in de bijna twee weken dat zij hier nu was.

Ze ging rechtop zitten met haar handen om haar knieën geklemd. 'Lochlan, ken je het spreekwoord "niemand is een eiland"?'

'Kom nou alsjeblieft niet met dat soort clichés.'

'Het is een cliché omdat het waar is. We bewegen ons allemaal binnen verschillende relatiesystemen – op ons werk, in onze persoonlijke en culturele omgeving, in onze familiekring. Elk systeem kent zijn eigen loyaliteiten en geeft ons een ander gevoel over onze plek in de wereld. Maar ze hangen ook allemaal met elkaar samen.

Binnen de eisen die elk systeem aan ons stelt, moeten we evenwicht zien te creëren, een balans tussen werk en vrije tijd: we willen productief zijn, maar we willen ook onze vrienden en familie zien, en tijd voor onszelf hebben, toch? Als we de juiste balans hebben gevonden, geeft dat ons een compleet of voldaan gevoel, maar als er een factor ontbreekt, lijdt alles daaronder. Binnen elk relatiesysteem spelen drie elementen een rol: ik, wij en het. Probeer je ze voor te stellen als drie elkaar overlappende cirkels. Als een van de elementen in een systeem uit balans is, veroorzaakt dat opstopping of weerstand, met ondermijning van het systeem als gevolg. Stel dat ik hier zou werken: ik kan niet optimaal voor jou (het element "wij") presteren als ik me gedeprimeerd voel, die felbegeerde promotie niet krijg of als mijn man vreemdgaat, en dat betekent dat het bedrijf (oftewel het element "het") daaronder lijdt.'

'Ik heb je al gezegd dat ik geen Lieve Lita voor het personeel ga spelen.'

'Dat wordt ook niet van je gevraagd. En deze sessie draait om jou. Bij wie kun jíj terecht als je de balans kwijtraakt?'

Hij staarde haar aan alsof het een domme vraag was.

'Bij niemand. Ik ga gewoon hardlopen.'

Ze knikte en sloeg hem nauwlettend gade. 'Oké, prima. Daar komen we nog op terug. Nu even weer naar Sholto. Denk je dat je problemen met hem werkgerelateerd zijn of liggen ze eerder in de familiesfeer?'

'Werkgerelateerd.' Hij had niet geaarzeld.

'Weet je dat zeker?'

'Dat zei ik toch?'

'Denk je dat je net zo kwaad op hem zou zijn als hij geen familielid was?'

'Ja.'

'Jij denkt niet dat jij hem vanuit die persoonlijke relatie – bewust of onbewust – veel negatiever kunt bejegenen dan als hij alleen maar een collega zou zijn?'

'Nee.'

'Ben je ook kwaad op Torquil?'

Hij snoof. 'Nou, dat wás ik voorheen niet.'

'Wat bedoel je daarmee?'

Hij zuchtte en trok weer een muurtje op. 'Niets.'

Ze keek hem langzaam knipperend aan toen ze zich ineens herinnerde dat Torquil degene was die hij op het familieberaad in zijn gezicht had geslagen. Ze nam zich voor ook terug te komen op de problemen met zijn financieel directeur. 'En ben je kwaad op Callum?'

'Nee.'

'Je voelt naar hem toe geen enkele negativiteit?'

Lochlan haalde zijn schouders op.

'Hij zei dat jullie vroeger de beste maatjes waren...'

Lochlans ogen flitsten op. 'Heeft hij je dat op jullie date verteld? Wat heeft hij nog meer over me gezegd?'

'Niets bijzonders. We hebben het niet specifiek over jou gehad,' jokte ze. 'Het kwam gewoon aan de orde in het gesprek. Hij zei dat hij jullie vriendschap miste.'

Lochlan keek de andere kant op. 'Tja, nou, mensen veranderen nu eenmaal.'

'Zoiets zei hij ook, hoewel zijn exacte woorden waren dat mensen door pijn veranderen. Heb jij pijn, Lochlan?'

Lochlan wierp haar een blik toe en legde met een zucht van ongeduld zijn handen op zijn knieën. 'Luister, wat is hier precies de gedachte achter? Mijn hoofd loopt om. We hebben verdomme net een brand gehad, de productie is vertraagd, ik moet de grootste ontdekking die ooit binnen dit bedrijf is gedaan gaan managen en jij vraagt me hier tussen een stuk of wat stoelen te gaan zitten om je te horen vertellen over jouw date met mijn flierefluiter van een neef. Ik heb geen tijd voor...'

'Je hebt wél tijd, en zal ik je vertellen waarom? Omdat dit bedrijf niet effectief kan worden geleid als zijn boegbeelden met elkaar in conflict zijn. Het maakt niet uit wat je doet: je kunt de productie weer op gang brengen, prachtige nieuwe flessen voor de verborgen malt laten maken of een nieuwe moutvloer laten aanleggen, maar uiteindelijk heb je daar niets aan als er aan de top problemen blijven spelen. Het element "het" zal vastlopen als je het "wij" tussen Sholto en jou niet op orde brengt. Jullie kunnen niet met elkaar overhoop blijven liggen. Ik heb jullie gisteren samen gezien, en de een hoort helemaal niet wat de ander te zeggen heeft, jullie zijn alleen maar met je eigen gelijk bezig. Jullie horen alleen maar de dingen die dat gelijk bevestigen. En zo zijn jullie in een patroon terechtgekomen dat zich zal herhalen tot...'

'Tot?'

'Een van jullie onderuitgaat.'

'Nou, diegene zal ik niet zijn.'

'Je hebt bijna het hele bestuur, en ook het familieberaad, tegen je, Lochlan.'

Hij zweeg, en na een moment voegde ze eraan toe: 'Helpt het als ik je vertel dat een dergelijke dynamiek vrij veel voorkomt in familiebedrijven?'

'Niet echt.'

'En als ik je nou vertel dat we de impasse tussen jullie kunnen doorbreken?'

'Dat lijkt me sterk.'

'Nou, ik zal het je meteen laten zien.'

'Hoe dan?'

'We gaan een plattegrond van je leven maken,' zei ze, reikend naar een stapeltje papier en een pen op de vloer.

Hij liet zijn hoofd achterovervallen en deed zijn ogen dicht. 'Ik had het kunnen weten. Je bent een halve psycholoog.'

'Nee. Ik ben niet geïnteresseerd in verhalen over je jeugd. Ik doe veel meer, ik bied oplossingen. Dat wil je toch wel? In het belang van het bedrijf?'

'Hou toch op. Ik ben de enige die daarom geeft. De rest is alleen maar bezig met winst maken,' snauwde hij.

'Kentallen is dan ook een bedrijf, geen familie.'

'Nee, het is beide. Dat zien zíj niet in, en jij ook niet.'

'Luister, ik ben hier nog maar twee weken en het is me duidelijk geworden wat dit bedrijf voor jou betekent. Niemand rent een brandend gebouw binnen om een andere reden dan liefde. Dit bedrijf is jouw wereld, het maakt deel uit van je identiteit, dat snap ik. Het is je toekomst en het erfgoed van je ouders. Je bent opgegroeid in de wetenschap dat je het op een dag van je vader zou overnemen...'

'Begin alsjeblieft níét over hem,' zei Lochlan op waarschuwende toon. 'Als je denkt dat ik ga luisteren hoe jij de schuld op mijn ouders schuift, dan breng ik je nú naar de ferry.'

Ze keek hem aan en vroeg zich af waar zijn felle reactie vandaan kwam. Ze had zijn ouders amper genoemd en hij begon al te steigeren. 'Oké. Vertel me dan maar waarom jij denkt dat Sholto mij heeft ingehuurd?' vroeg ze, van onderwerp veranderend om hem te kalmeren. 'Waar ligt de wortel van het probleem?'

Hij ging achteroverzitten, zijn enkels gekruist, zijn armen over zijn borst geslagen. Hij was zich er niet van bewust, maar hij sloot zich fysiek voor haar af. 'Dat zal mijn woede wel zijn?'

Alex was aangenaam verrast. Ze had niet zo snel al een eerlijk antwoord verwacht. Ze schreef het woord 'woede' op een vel papier op haar schoot.

'Oké, dus je woede is het probleem. En wat is het doel waar we naar moeten streven? Als jij en ik samen iets willen bereiken, wat moet dat dan zijn?'

'Nou, vrede natuurlijk, zoals iedere schoonheidskoningin je kan vertellen.' Elk woord droop van het sarcasme.

Ze krabbelde het neer. 'Goed. En bedoel je dan een vreedzame werkrelatie? Of vrede met jezelf?'

'Allebei.'

'Dus woede is het probleem en vrede is het doel,' mompelde ze, en ze bekeek zijn profiel terwijl hij uit de hoge ramen van de kantine staarde, alsof er elektroden aan hem verbonden zaten en hij af en toe een schok toegediend kreeg. 'Heb je middelen om dat doel te bereiken? Krijg je steun? Het hoeft niet per se een...'

'Ik doe aan hardlopen.'

'Ja, dat heb je al gezegd. Maar is er ook een persoon, iemand die je als bondgenoot beschouwt, iemand die je in vertrouwen kunt nemen? Heb je zo iemand in je leven?'

'Ja.'

'Wie dan?'

'Rona.'

Nu was het haar beurt om stil te vallen. 'Je hond?'

Hij haalde zijn schouders op. 'Ze luistert naar me.'

En praat ze ook? Alex had het bijna gevraagd. Maar ze knipperde met haar ogen en liet wijselijk niet merken wat ze ervan vond. 'En haar neem je dus in vertrouwen?'

Hij knikte. Maar toen zag ze dat zijn ogen lachten, dat hij hier de spot mee dreef – en dus met háár. Haar ergernis bereikte een hoogtepunt.

'En Skye?'

Hij fronste, verbluft door de gedachte. 'Nee.'

'Waarom niet? Het is duidelijk dat jullie nog close met elkaar zijn.'

'We zijn niet close.'

'Hoe kun je dat nou zeggen? Ze is met je meegegaan in de ambulance. Ze heeft twee dagen en nachten aan je bed gezeten.'

'Ik heb haar daar niet om gevraagd.'

'Ze geeft duidelijk nog veel om je.'

Hij snoof vol verachting. 'Nee hoor.'

Ze keek hem aan in een poging enige greep op deze man te krijgen, maar het was alsof ze graniet met schuurpapier trachtte te bewerken.

‘Denk je nou echt dat ik geloof dat er niets meer tussen jullie is terwijl ze zoveel voor je overheeft? Jullie hebben samen een hond, jullie wilden jullie leven met elkaar gaan delen.’

‘Ja. En daarna niet meer.’

Nee, dacht Alex. Jij hebt haar de bons gegeven, je hebt haar verlaten op de avond voor jullie gingen trouwen, toen haar jurk al klaarhing en haar nagels al waren gedaan, toen de bloemen waren geschikt en de gasten onderweg waren. ‘Waarom niet?’

‘Dat gaat je niks aan,’ zei hij botweg.

Ze probeerde een andere aanvliegroute. ‘Oké. Laten we het dan over vertrouwen hebben. Wie vertrouw je onvoorwaardelijk je leven toe?’

‘Rona.’

Ze had nog nooit een cliënt geslagen, maar ze was ook nog nooit zó in de verleiding gekomen. Ze dwong zichzelf te glimlachen. ‘Ik bedoel, als je leven op het spel stond, op wie zou je dan kunnen vertrouwen? Wie zou jou redden, denk je?’

‘Rona.’

‘Lochlan, hou op over je hond! Het moet een persoon zijn.’

Hij haalde zijn schouders op.

‘Probeer je me nou echt te vertellen dat er niemand op de wereld is die jij kunt vertrouwen?’

Hij keek haar aan met een harde blik in zijn ogen. ‘Vertrouwen wordt zwaar overschat.’

‘Nee,’ sprak ze hem tegen. ‘Vertrouwen is de basis van alles.’

‘Ik heb mijn hond. Daar blijf ik bij.’

Alex zuchtte geïrriteerd. ‘Prima! Dus als bondgenoot noteren we Rona,’ zei ze knarsetandend terwijl ze de naam van de hond op een ander vel papier schreef.

Ze stond op en verdeelde de vellen papier over vier stoelen, precies op het moment dat haar mobiel, die naast haar voeten op de grond had gelegen, begon te trillen omdat er een appje binnenkwam.

Lochlan keek automatisch omlaag. Zijn gezichtsuitdrukking veranderde toen hij de naam zag staan. Hij pakte de telefoon op. ‘Ach, wat schattig,’ sneerde hij. ‘Mijn neef moet de hele tijd aan je denken. En of je morgen weer met hem wilt eten?’

‘Geef terug,’ zei Alex, en ze rukte het toestel uit zijn handen. ‘Dat is privé.’

‘Ik dacht dat je zei dat het geen date was.’

‘Dat was het ook niet.’

‘Waarom bloos je dan?’ vroeg hij terwijl ze de telefoon in haar zak stak zonder het bericht zelf te lezen. ‘Is het niet heel onprofessioneel om met een cliënt te daten?’

‘Hij is geen cliënt,’ zei ze. Waarna ze zich realiseerde dat dat helemaal niet relevant was. ‘En het was geen date.’

‘Dus je spreekt niet nog eens met hem af?’

‘Dat gaat je niets aan.’

‘Ik zou niet weten waarom niet. Je lijkt te vinden dat jij mij alles kunt vragen over de stand van zaken tussen mijn ex-verloofde en mij, maar zodra het over jóú gaat...’

‘Dat is heel wat anders.’

‘Hoezo?’

‘Omdat we hier niet zijn om het over míjn leven of míjn werk te hebben. En omdat jíj er naar mijn professionele mening een puinhoop van maakt. Je privérelaties zijn verstoord – met je familie, met je ex-verloofde – en dat heeft een negatieve invloed op de manier waarop je Kentallen leidt.’

‘Dat is flauwekul.’

‘Dat is het niet, en ik zal het je laten zien. Kom hier eens staan,’ zei ze streng. Ze kwam weer overeind en ging naast de stoel staan die in het midden stond.

Hij keek haar een ogenblik nijdig aan – ze konden beiden amper hun ware emoties nog in bedwang houden – maar hij deed wat ze zei, met een overduidelijk sceptische blik.

Ze haalde diep adem, blij dat ze vanochtend voor het ontbijt had gemediteerd: dat hielp haar altijd bij het beteugelen van haar eigen gevoelens. ‘We gaan een levensplattegrondje maken dat symbool staat voor jou en het systeem waar je momenteel in vastzit. Zo kun je zien met welke dynamiek je te maken hebt. Ga hier maar eens zitten. Deze stoel vertegenwoordigt jou. Oké?’ zei ze met een gebaar naar het vel papier waar zijn naam op stond.

‘Als jij het zegt.’

'En vertel me dan nu waar het probleem "woede", dat we net hebben benoemd, zich bevindt ten opzichte van jouw stoel.' Ze ging achter de stoel staan waar ze het vel papier met WOEDE op had neergelegd.

'Hier,' zei hij schouderophalend.

'Waar? Naar links? Rechts? Vóór je? Wees wat preciezer.'

Hij stond zwijgend op, pakte de betreffende stoel en stapelde hem op de stoel waar hij net had gezeten.

'Daar.'

Alex was even stil, enigszins beduusd, zelfs.

'Oké. Goed. En waar wil je het doel plaatsen dat we net hebben besproken, dat we net als "vrede" hebben geïdentificeerd? Waar zie je dat voor je ten opzichte van jouw positie?'

Hij gebaarde met zijn kin recht naar voren.

'Daar?' Ze pakte de stoel en liep een paar passen bij hem vandaan. 'Hier?'

'Verder.'

Ze maakte nog drie stappen. 'Hier?'

'Verder.'

'Zeg maar ho.' Ze tilde de stoel weer op en liep door. Ze kwam steeds dichter bij de opgestapelde stoelen tegen de muur en bereikte al bijna de dubbele deur.

'Ho.'

Alex zette de stoel neer en keek om. Ze was al bijna de kantine uit, ze kon hem amper nog zien.

'En tot slot je bondgenoot, Rona,' zei ze met een zucht, en ze liep terug om de laatste stoel te pakken.

'Hier,' zei hij, wijzend naar de plek vlak voor zijn voeten.

Ze zette de stoel op zijn plaats en bekeek de indeling die was ontstaan. 'Oké, hier zit jij dus, met het probleem – oftewel je woede – boven op je. Je bondgenoot zit aan je voeten en het doel bevindt zich... eh, bijna buiten.'

Ze knipperde met haar ogen. Zoiets had ze nog niet eerder gezien. Het was net zo'n hopeloos beeld als *De schreeuw* van Edvard Munch: de verlossing leek vrijwel onbereikbaar.

'Hoe voelt het nu je de dynamiek zo voor je uitgestald ziet?'

Hij keek ernaar, liep langzaam rond en liet zijn blik over de verschillende stoelen glijden – de claustrofobische nabijheid van twee ervan en de grote afstand ten opzichte van die ene stoel. Ze zag dat hij in zich opnam wat deze opstelling te vertellen had, zijn schouders gekromd, zijn hoofd gebogen, zijn voeten schuifelend over de vloer. Hij keek haar aan. 'Ik voel het als een bevestiging.'

'Een bevestiging?'

'Ja. Ik heb toch gezegd dat het hopeloos is,' zei hij op matte toon. 'Er valt niets aan te doen. Misschien dat je nu naar me luistert.'

'Lochlan, er is altijd een manier...'

'Nee, niet altijd. Geef het op, Alex, ga naar huis. Dit is jouw probleem niet. Je kunt hier niets uitrichten.'

'Ik ben de beste op dit gebied, Lochlan!' zei ze fel. 'Ik ben de enige die je kan helpen.'

'Daar geloof ik niets van, om eerlijk te zijn. Hoe valt jouw succes eigenlijk te meten?'

Alex wist dat ze het kon bewijzen: haar werk met de bestuursvoorzitter van een grote telecomgroep in de VS had diens denkpatronen doorbroken, waardoor binnen een jaar na dato een winstwaarschuwing was omgezet naar enorme groei; ze had de voorzitter van een Duitse bank geholpen met de hervorming na een bijna-faillissement als gevolg van effectenhandel met voorkennis. Maar dit ging niet om haar werk. Het ging om haar. Hij wist haar niet op waarde te schatten omdat hij haar niet vertrouwde. Niet dat hij ook maar íémand vertrouwde, maar in haar geval kwam erbij dat hij haar ook niet respecteerde.

En kon ze hem dat kwalijk nemen? Vanaf het moment dat ze hier was aangekomen, had ze, om redenen die binnen en buiten haar macht lagen, haar waardigheid en daarmee ook haar autoriteit verloren. En voor een man als hij – geïsoleerd, boos op alles, wantrouwig – was ze daardoor van geen belang. Pogingen tot empathie – glimlachen, spiegelen, koffiezetten – hadden geen impact. Callum had gelijk gehad: ze zou niet tot hem doordringen door met hem te praten. Net zomin als je een bevroren vijver kon openbreken door er bellen overheen te blazen. En zolang hij hier niet voor openstond, kon ze geen verandering forceren.

Ze zette haar handen op haar heupen en liep naar hem toe, haar ogen strak op de zijne gericht. 'Wat is ervoor nodig, Lochlan, om jou zover te krijgen dat je in mij gelooft?'

'Dat gaat niet lukken. Je kunt dit gewoon niet.'

'Waarom niet?'

'Je bent sowieso te jong.'

'De gemiddelde leeftijd van mijn cliënten is achtenvijftig en tot nu toe hebben ze er geen van allen een probleem mee gehad.'

'O nee? Nou, misschien vinden ze het prettig dat je koffiezet en met ze praat, of dat je stoelendansen organiseert. Maar ik zie niets in jou wat me doet geloven dat je het spel op mijn niveau kunt spelen.'

'En wat is daarvoor nodig dan?'

'Gedrevenheid. Vuur. Keiharde ambitie. Een killersinstinct.'

Alex kookte vanbinnen om zijn vernietigende commentaar. Alsof ze haar dagen doorbracht met bloemschikken en danspasjes leren! Hij vond haar een zacht ei, een flowerpowerachtige juf die liefde en harmonie op de werkvloer predikte. Alles in haar wilde hem vertellen wat hier echt aan de hand was. Hij had geen idee met wie of wat hij te maken had. Zij was het archetype van een wolf in schaapskleren. Maar haar weerwoord bleef steken in haar keel. Dat kon niet anders.

'Sorry, Hyde,' zei hij resoluut. 'Je hebt je best gedaan, maar dit gaat niet werken. Ik kan Sholto wel aan. Neem de ferry en ga naar huis.'

En zonder haar zelfs maar de hand te schudden liep hij naar buiten. De deur zwaaide achter hem dicht en ze schopte de dichtstbijzijnde stoel om. Ze kon wel schreeuwen van frustratie.

Ze begon handenwringend door de kantine te ijsberen en dwong zichzelf diep adem te halen. Ja, ze zou maar al te graag vandaag nog vertrekken en terugkeren naar de luxueuze stilte van haar appartement in Mayfair. Het zou heerlijk zijn als ze die man nooit meer hoefde te zien of koffie voor hem hoefde te zetten, als ze geen glimlach tevoorschijn hoefde te toveren terwijl ze hem eigenlijk verfoeide. Maar hoewel er vele redenen waren om te gaan, was er één belangrijke reden om te blijven.

Ze keek door het raam hoe hij naar de uitgebrande mouterij liep en daar praatte met de laatste brandweerlieden die nog bezig waren met onderzoek. Het betreffende gedeelte was nog afgesloten met geel afzetlint, dat zachtjes wapperde in de wind. Ondertussen stond hij met zijn armen grote, dominante gebaren te maken, zeker van zichzelf als altijd.

Maar hij had haar onderschat en daar zou hij de zure vruchten van plukken. Ze had de vriendelijke aanpak geprobeerd, maar als hij een killersinstinct verwachtte, kon hij een killersinstinct krijgen.

'Met de assistente van Miss Hyde,' zei Louise, haar ergernis verbergend om het feit dat de beller precies op het moment belde dat ze het kantoor wilde verlaten. 'O, hoi Alex.'

Het was buiten donker en het regende, de lange lichtbundels van koplampen bewogen over de muren en langs de ramen. Ze liep terug naar het bureau en nam plaats op de hoek, haar jas nog aan. Ze had gehoopt de barrework-out van half zeven te halen.

'Nee, nee, geen probleem, ik was net nog wat aantekeningen aan het maken. Ja, alles gaat goed hier. Carlos is net weg en Jeanette is wat vroeger vertrokken om naar het kerstconcert in St Martin-in-the-Fields te gaan. Hoe gaat het daar? Al vooruitgang geboekt bij Mr Charisma?'

Ze hield haar hoofd schuin en liet de kantoorsleutels lichtjes in haar hand rinkelen. 'Wát? Zijn hond? Tjonge, wat een halvezool,' zei ze met een zucht. 'Serieus, ik snap niet hoe je het uithoudt. Wat ga je nu doen?'

Ze rolde met haar ogen en trok haar jas uit. Ze hield de telefoon tussen haar kin en haar schouder en startte de computer weer op. 'Ja, natuurlijk doe ik dat... Nee, het is oké. Ik was toch nog ergens mee bezig.'

Ze legde haar jas over de stoelleuning, zag ondertussen dat de orchidee nodig water moest hebben en begon te typen. 'Dus je wilt dat ik nu... Ja, ik kom toch langs jouw huis op weg naar het metrostation.'

Ze schraapte haar keel terwijl ze luisterde. 'En kan dat per fietskoerier? Dat gaat sneller... Oké, per auto... Ja, ze kunnen het binnen een uur ophalen dus dan zou je het voor het ontbijt moeten hebben... Prima, app me het adres maar.'

Ze stopte met knikken, haar vingers zweefden nog boven het toetsenbord. En haar stem steeg een octaaf. 'Sorry. Zei je nou dat ik je geweer naar je moet opsturen?'

# 17

De rotorbladen waren net aan het draaien toen ze gebukt over het veld holde. Bij Sholto's aankomst gisteren was de sneeuw grotendeels weggeblazen, zodat er een grote kring van gelig gras was overgebleven, als een graancirkel.

Ze trok met kracht de deur open. 'Allejezus!' riep Lochlan met een hand over zijn borst. 'Je bezorgt me bijna een hartaanval!' Hij fronste. 'Je kunt niet zomaar naar een helikopter rennen als de boel al draait! Stel dat ik al ging opstijgen?'

'Relax. Het is niet mijn eerste keer in zo'n ding. Ik weet echt wel wat ik doe.'

'Wat... wat doe je in godsnaam?' wilde hij weten toen ze de heli in klom en haar kleine weekendtas bij haar voeten neerzette. Ze zwaaide vrolijk naar Mr Peggie, die wegreed in de grijze Land Rover, waarvan alleen de bovenste helft boven het stenen muurtje zichtbaar was. Het was allemaal net op tijd gelukt.

'Ik ga met je mee. Torquil heeft me verteld dat je de helikopter dit weekend zou gebruiken. Ik had aangenomen dat we met de auto zouden gaan.'

'Ik ga niet naar Londen,' zei hij honend.

'Nee, natuurlijk niet, dat weet ik,' zei ze schouderophalend. En toen hij haar vol ongeloof bleef aankijken, voegde ze eraan toe: 'De MacNab, toch?'

'Wát? Jij gaat niet mee!'

'Jawel, dat was de deal. Als jij deze week meewerkte, zou ik met jou meegaan naar de MacNab.'

'Maar ik heb niet meegewerkt!'

'Toch wel. Ik bedoel, ik zie best in dat we niet zoveel hebben gedaan als ik had gehoopt – daar heeft de brand ook een stokje voor gestoken – maar onze sessie eerder vandaag was heel...' Ze nam de tijd om het juiste woord te vinden. 'Verhelderend. We komen er wel, Lochlan, heus.'

'Onzin!'

Ze keek hem schuin aan. 'Denk je niet dat ík daar beter over kan oordelen?'

'Nee.'

'Ik dacht al dat je dat zou zeggen,' zei ze luchtig, zonder aanstalten te maken uit te stappen. Ze zuchtte en haalde enthousiast haar schouders op. 'Nou, ik verheug me hier erg op, hoewel ik eerlijk gezegd ook wel een beetje nerveus ben. Wat is de weersvoorspelling voor dit weekend, weet je dat toevallig?'

Lochlan keek opnieuw vol ongeloof opzij. 'Je gelooft toch niet echt dat ik het meende, dat je mee mocht?'

Ze knipperde met haar ogen. 'Waarom niet? Je hebt het een week geleden toch voorgesteld?' Ze schonk hem een stralende lach. 'Er zijn getuigen.'

'Maar met de brand en zo... We hebben het er helemaal niet meer over gehad.'

'Ik was me er niet van bewust dat we het erover zouden hebben.'

'Godsamme nog aan toe...' mopperde hij verslagen. Het was duidelijk dat hij uit de heli moest klimmen en haar eruit zou moeten sleuren als hij wilde dat ze hier bleef. (Ze zag hem er wel voor aan.) Hij richtte zich woedend weer op het dashboard, waarna hij zich met een ruk weer tot haar wendde, met een verheugde blik op zijn gezicht. 'Wacht eens! Wat trek je aan? Die outfit kan echt niet,' zei hij, doelend op haar skinny jeans en Burberry-jack en de leren kwastjes die aan haar Penelope Chilvers-rijlaarzen bungelden.

'Nee, natuurlijk niet,' grinnikte ze. 'Maak je geen zorgen, mijn uitrusting is onderweg met een koerier. Die komt aan voor het ontbijt.'

'Maar ik maak me wél zorgen. Ik weet maar al te goed hoe het steeds misgaat met jouw bagage, en ik kan je nu alvast vertellen dat ík geen kleren aan je ga uitlenen.'

'Dat zou ik je ook nooit durven vragen,' antwoordde ze glimlachend. 'Als ik in mijn pyjama op jacht moet, dan zij dat zo.' Ze hoopte maar dat ze het lot hiermee niet tartte. De reisgoden waren haar tegenwoordig niet al te gunstig gezind.

Hij keek hoofdschuddend weer voor zich uit en ze ontspande een beetje nu ze weg leek te zijn gekomen met haar bluf. Ze zwegen terwijl hij zich concentreerde op het toestel en de rotorbladen harder begonnen te draaien. Ze deed haar veiligheidsgordel om en zette de hoofdtelefoon op die het hun gemakkelijker zou maken om onderweg met elkaar te praten.

'Ik wist trouwens niet dat je kon vliegen,' zei ze, oprecht onder de indruk.

'Dat weet je strikt genomen nog steeds niet,' mompelde hij met zijn blik recht vooruit gericht.

'Touché.' Alex glimlachte. Ze had misschien een hekel aan hem, maar ze kon zijn grapjes wel waarderen.

Ze stegen op boven de distilleerderij, de neus van de helikopter iets omlaag, Lochlans gezicht geconcentreerd. Ze gleden over de nu rookloze schoorstenen van de eestovens, over de rest van de gebouwen met hun leien daken en eromheen de stenen muurtjes die van bovenaf een willekeurig patroon vormden. De grijze zee aan de andere kant van het veld leek zachtjes tegen de kust te duwen. Alex bewonderde de vergezichten, zag hoe het eiland rees en daalde onder de moors, de gerstvelden en de veenmoerassen, de kustlijn gekarteld met zijn genadeloos scherpe rotsen en door goudgeel omringde baaien. Ze zag Port Ellen en de weg die het eiland op leidde, langs de bed and breakfast annex boerderij (Mr Peggie parkeerde net de Land Rover op de binnenplaats) naar Bowmore en Loch Indaal. Daarna vlogen ze over de woelige baren van de Sound of Islay en over het naburige eiland Jura. Ze richtte haar ogen op de horizon. Achter deze smalle strook zee lag Schotland, de Hooglanden als strenge schildwachten op hun post, de eeuwenoude witte bergtoppen met aan hun voet de dichte sparrenbossen.

Ze keek opzij naar Lochlan, die de heli in opperste concentratie langs paarse wolken stuurde, richting de horizon tot de zon erachter verdween.

'Alles in orde?' vroeg hij zonder zijn hoofd naar haar toe te draaien, zijn stem verrassend helder in haar hoofdtelefoon.

'Ja hoor. Wanneer heb je je brevet gehaald?'

'Als ik je zou vertellen vorige maand...'

'Dan zou ik je niet geloven, nee,' zei ze gniffelend.

'Geen zorgen. Ik laat de motor heus niet afslaan.' Hij zweeg even. 'Hoop ik.'

Alex glimlachte en keek weer uit het raam. Ze vond het fijn om per helikopter te reizen. Afgezien van het gemak was het ook een intiemere, directere vliegervaring dan in een vliegtuig. Ze vond het heerlijk om naar beneden te kijken en het land als een lappendeken te zien liggen.

'Heb je weleens eerder in zo'n ding gezeten?' vroeg hij.

'Een AgustaWestland Grand? Natuurlijk,' zei ze schouderophalend. Dat bedoelde hij niet, dat wist ze best, maar het was tijd om aan hem te laten doorschemeren dat ze niet zomaar iemand was. 'Maar ik geef de voorkeur aan de Bell 430.'

Ze voelde dat hij vluchtig naar haar keek. 'Je reist dus veel per helikopter?' vroeg hij.

'Alleen korte stukken.'

Hij was even stil. 'Nou, dat verklaart waarom je niet erg geïmponeerd was door de Aston.'

'Astons zijn prachtig. Die imponeren altijd.'

'Ja, nou, jij mag jezelf de enige vrouw noemen die ooit in mijn auto heeft gezeten zonder het leer te aaien alsof het een hond is.'

Alex wierp hem een lichtelijk verbijsterde blik toe. 'Dan zou je misschien moeten heroverwegen wat voor type vrouwen je in je auto meeneemt,' grapte ze, zich afvragend om hoeveel dames het eigenlijk ging. Ze dacht aan de vrouw in het beddenlaken van vorig weekend. Wie was zij? Had hij iets serieus met haar?

Na een ogenblik voegde ze eraan toe: 'Trouwens, je auto hoeft zich niet beledigd te voelen, want we weten allebei dat ik niet in staat was om die avond voor wat dan ook waardering op te brengen.'

'Dat weet ik nog zo net niet. Je had duidelijk veel waardering voor de whisky getoond.'

Alex grinnikte. 'Ja, dat moet ik toegeven.'

Hij zweeg weer even. 'Welke vond je het lekkerst? Of weet je dat niet meer?'

'De Macallan-30,' zei ze zonder aarzelen.

Hij knikte. 'Dat is een uitstekende malt. Bijna zo goed als die van ons.'

Weer een stilte. 'Dan is het nog jammerder dat je gisteravond de verborgen malt hebt gemist. Als je de Macallan-30 lekker vindt, zou je die heerlijk hebben gevonden. En het was waarschijnlijk je enige kans ooit om hem te proeven. De oudste maltwhisky ter wereld,' zei hij met een zucht.

'Tenzij ik er een fles van koop.'

'We gaan er veertig mille per stuk voor vragen.'

'O,' zei ze knikkend. 'Dan kan ik er maar beter twee kopen.'

Hij glimlachte en schudde zijn hoofd, zijn blik strak vooruit gericht. 'Ik kan jou niet peilen. Ik begrijp niets van je.'

'Nee, dat heb je wel duidelijk gemaakt,' oordeelde Alex. 'Ik ben voor jou een sfinx, dat weet ik. Om je gerust te stellen: jij bent voor mij ook een raadsel, dus gelukkig kunnen we samen in het duister tasten.' Ze fronste toen ze hoorde hoe dat klonk. Zo had ze het niet bedoeld. 'Je begrijpt wel wat ik bedoel.'

Ze keek weer omlaag naar het grillige landschap, het lange, glinsterende water van Loch Lomond dat zich in de verte uitstrekte, aan alle kanten omgeven door heuvels en bergen, en het blokkerige silhouet van Glasgow, dat zich met zijn industriële skyline tegen de lucht aftekende.

'Wie doen er eigenlijk mee?' vroeg ze.

'Dezelfde groep als anders, in totaal tien, volgens mij. De gastheer en gastvrouw zijn Ambrose Arbuthnott en zijn echtgenote Daisy, vrienden uit mijn studententijd. Zijn familie is eigenaar van het landgoed, Borrodale. Zo'n duizend hectare en twintig kilometer van Perth.'

'Gaat het jou eigenlijk wel lukken met die MacNab?' vroeg ze. 'Twee dagen geleden lag je nog in het ziekenhuis.'

'Praat me er niet van. Maar dit is precies volgens de voorschriften van de dokter. Veel frisse lucht en lichaamsbeweging.'

Alex keek omlaag naar het landschap met zijn talrijke hellingen. Misschien zou dat wat te veel lichaamsbeweging opleveren. 'En wie nog meer? Ambrose en Daisy...'

'Max Fischer en zijn vrouw Emma. Hij is cardioloog, zij verpleegkundige.'

'O.'

'Hm.'

'Ken je hen ook uit je studententijd?'

'Hém wel. Maar vrijwel iedereen die komt, heeft op Stannies gezeten.'

'Stannies?' vroeg ze.

'De University of St Andrews.'

'O.' Ze kreeg een knoop in haar maag. 'Wat heb jij daar gestudeerd?'

'Economie en politicologie.' Hij rolde met zijn ogen. 'Om mijn vader een plezier te doen.'

'Wat had je dan willen studeren?'

'Geografie.'

'Echt?' vroeg ze belangstellend.

Hij keek even opzij. 'Ik heb altijd een vreemde fascinatie voor fluviatiele systemen gehad.'

'Dat is inderdaad vreemd.'

Hij haalde zijn schouders op. 'Waar heb jij gestudeerd?'

'Nergens.'

Er viel een stilte. 'Heb jij niet gestudeerd?'

Ze had een hekel aan deze vraag. 'Nee. Ik wilde liever werkervaring opdoen en ik ben blij dat ik daarvoor heb gekozen. Ik vind dat ik een voorsprong van drie jaar heb genomen.'

'Nou, dat verklaart de onmogelijk jonge leeftijd die je hebt voor jouw positie,' zei hij na een ogenblik.

'Juist,' zei ze kort. 'Bovendien heb ik het hele curriculum bestudeerd. Ik ben net zo gekwalificeerd als iedere andere organisatiepsycholoog, alleen zonder de bul.'

'Je hebt het hele curriculum bestudeerd?' vroeg hij vol ongeloof.

'Ja.'

'Wie doet dat nou? Waarom zou je níét naar de universiteit gaan en ondertussen wel de studie doen?'

'Nou, ik was duidelijk een saaie tiener die zich verveelde.' Ze haalde zichzelf weer eens omlaag om haar ongemak te verbergen, en ze keek quasiontspannen uit het raam. De meeste mensen reageerden net zo verwonderd als hij. De uitstraling die ze nu had, met haar glanzende haar en keurige uitspraak suggereerde een deftige komaf met bijbehorende levensloop: een privéschool, een tussenjaar, en universitaire opleiding en werkervaring bij de bank van een vriend van haar ouders. Maar anders dan hij was zij geen telg uit een voorname familie. Zij had deze positie en uitstraling door hard werken verkregen. Hij had geen idee van haar achtergrond en wat het haar had gekost om zover te komen.

'Goed dan, Ambrose en Daisy,' zei ze luchtig om het gesprek – en zichzelf – te redden. 'Max en Emma...'

'Eh, Sam en Jess. Hij heeft een app ontwikkeld en verkocht, en is op zijn eenendertigste al opgehouden met werken. Zij illustreert kinderboeken. Eh, wie nog meer?' Er verscheen een rimpel in zijn voorhoofd terwijl hij zich tegelijkertijd concentreerde op het vliegen. De schemering had plaatsgemaakt voor duisternis en ze werd zich bewust van de lichten die knipperden om degenen die vaste grond onder de voeten hadden er attent op te maken dat zij door de lucht vlogen. 'O, en natuurlijk Anna en Elise. Zij zijn...'

Alex wachtte. 'Samen?' opperde ze.

'Precies.'

'Wow. Lesbiennes. Wat vooruitstrevend,' reageerde ze op ironische toon.

'Wat?' vroeg hij defensief.

'Je kunt het gewoon zeggen, hoor. Het is geen taboe of zo.'

'Ja, nou...' zei hij, in zijn wiek geschoten. 'Ik wilde discreet zijn.'

Alex rolde met haar ogen. 'Mijn beste vriend op school was gay. Nou en. Wees niet zo'n sukkel.'

'Wat?' protesteerde hij luid.

'Je hebt me heus wel gehoord. Nou, als ik het juist heb...' Ze begon af te vinken op haar vingers. 'Ambrose en Daisy, Max en Emma, Sam en Jess, Anna en Elise...'

'En ik.' Hij haalde zijn schouders op, waarna hij eraan toevoegde 'En jij. Jij en ik.'

'O,' zei ze, en ze schoof wat ongemakkelijk heen en weer. 'Aha.'

'Wat?'

'Niets.'

'Het is duidelijk niet niets. Wat is er?'

'Nou, ik zou willen dat je me had verteld dat dit een uitstapje was met je studievrienden. Ik dacht dat het een soort zakenreisje was.'

Hij lachte vol ongeloof. 'Je hebt me de kans niet eens gegeven, je sprong gewoon als een soort Rambo de cabine in!'

'Je had me uitgenodigd!' wierp ze tegen.

'Eén keer.'

'Eén keer? Hoeveel uitnodigingen had ik dan moeten verwachten?'

'Je weet best wat ik bedoel! Er is sindsdien veel gebeurd, de brand en zo… Bovendien zei ik het alleen maar in het heetst van de strijd.'

'Hoezo heet? Welke strijd? Ik dacht dat het een genoeglijke jachtpartij was.' Het was een onoprechte opmerking, haar toon te onschuldig om geloofwaardig te zijn, maar ze wilde dat hij het zou toegeven, dat hij door afgunst gedreven in een opwelling dat aanbod had gedaan. Begreep hij niet dat hij zich als CEO van een groot bedrijf niet kon veroorloven zo onbezonnen te zijn?

'Je weet heel goed dat ik alleen…'

'Alleen…' herhaalde ze met een blik opzij. Er trilde een spiertje in zijn kaak.

'Laat maar,' mompelde hij.

Er viel een gespannen stilte en ze vroeg zich af waarom elk gesprek met hem eindigde in gekibbel. Was hij zo vermoeiend tegenover iedereen of lag het aan haar? 'En gaan ze het vervelend vinden dat ik van de partij ben, die vrienden van je?' vroeg ze.

'Nee.' Weer een stilte. 'Maar ze zullen wel verbaasd zijn.'

'Tja, sorry.'

Hij haalde zijn schouders op. 'Ze zullen waarschijnlijk de verkeerde conclusie trekken, dus… ik waarschuw je maar vast.'

'Je bedoelt dat ze zullen denken dat wij…' Ze kon zichzelf er nauwelijks toe brengen de woorden uit te spreken. 'Een stel zijn?'

Hij haalde nog eens zijn schouders op. Ze keek opzij. 'Waarschijnlijk wel. Ik neem vrijwel nooit iemand mee.'

'En de vrouwen die jouw autobekleding aaien?'

'Nee.'

'En die van vorig weekend?'

Hij zweeg een moment en fronste. 'Hoe weet jij daarvan?'

'Nou, het ging er niet discreet aan toe, zoals ze daar in de tuin stond met alleen een beddenlaken om zich heen!'

Hij keek geërgerd. 'Ze is gewoon… een vriendin van me.'

'Hm, het was inderdaad een vriendelijk tafereel.'

Hij wierp haar een boze blik toe. 'Het is niets.'

'Als jij het zegt.'

'Ik zeg het. Het is gewoon een wederzijdse afspraak, iets oppervlakkigs als ze in de buurt is. Haar man komt soms op Islay golfen.'

'Haar man? O, fraai,' zei Alex sarcastisch, en ze keek hoofdschuddend de andere kant op.

'Hé, ze zegt dat haar huwelijk niets meer voorstelt en ik geloof haar. En eerlijk gezegd boeit het me niet. We willen geen van beiden méér van elkaar. Ik ben een vrij man, en ik beweer niet dat ik als een monnik leef. Niet dat het jouw zaken zijn – tenzij je natuurlijk denkt dat ik de toekomst van het bedrijf op het spel zet als ze niet op mijn appjes reageert.'

Alex' wangen brandden in het donker, maar ze gaf geen antwoord en zweeg verontwaardigd. Hij was werkelijk verachtelijk. De grond gloeide rood op toen ze twintig minuten later, beiden nog hardnekkig zwijgend, terugkeerden naar vaste bodem. De bloemloze borderplanten bogen in de neerwaartse luchtstroom toen de helikopter neerdaalde op het gazon van een groot stenen landhuis, compleet met een vierkant torentje en een fontein – het water bevroren – in het midden van de grote oprit. Er lag hier geen sneeuw, maar de strenge vorst glinsterde al in de tuin, de grasprietjes stonden recht overeind in hun stijve witte jasjes.

Terwijl Lochlan druk bezig was met de landing bekeek zij het grote huis. Er brandden lampen achter verschillende ramen op alle drie de verdiepingen, het bordes was verlicht en er hing een krans ter grootte van een vrachtwagenwiel op de voordeur. Ze waren nog maar net uit de cabine gesprongen toen de rotorbladen stopten met draaien of de deur ging al open en er kwam een man aanlopen met zandkleurige krullen die op en neer veerden met het enthousiasme van een cockerspaniel.

'Farquhar!' groette hij, zijn armen wijd terwijl zij over het gazon liepen, het gras knerpend onder hun voeten, hun tassen – en Lochlans geweren – over hun schouder geslingerd.

'Noem me maar Lochie,' mummelde Lochlan ondertussen tegen haar.

'Waarom?'

'Omdat ze het merkwaardig zullen vinden als je dat niet doet. Alleen mijn moeder noemde me Lochlan. Elke keer als je het zegt, heb ik het gevoel dat ik een standje krijg.'

'Als het je een vervelend gevoel gaf, had je het beter al eerder kunnen zeggen.'

Hij haalde zijn schouders op. 'Ik dacht dat je maar heel kort zou blijven en dat het dus niet uitmaakte.'

'Nou, sorry dan,' zei ze met een sarcastische glimlach. 'Hashtag *not sorry*.'

Hij grinnikte.

'Hé, man!' zei hun gastheer – ze nam tenminste aan dat het Ambrose was – en hij sloeg zijn armen om hem heen. Hij was lang, minstens een meter negentig, en al bijna net zo breed.

'Gózer,' antwoordde Lochie, en hij sloeg hem hard op zijn rug, klaarblijkelijk als uiting van genegenheid.

Ze lieten elkaar weer los. 'O, hallo,' zei Ambrose, die Alex met een verbaasde en onverholen nieuwsgierige glimlach aankeek. 'Ik ben Ambrose Arbuthnott.'

Ze schudde zijn hand. 'Alex Hyde. Aangenaam.'

'Inderdaad, aangenaam,' zei Ambrose terwijl hij van de een naar de ander keek.

'Eh, Alex doet een managementadviesklus bij ons,' zei Lochie snel, en hij schraapte zijn keel, waardoor hij weer moest hoesten.

'Probeer je hem in het gareel te krijgen?'

'Zoiets,' antwoordde Alex met een glimlach, en ze probeerde niet te rillen van de vrieskou.

Lochie hoestte nog steeds.

'Godallemachtig man, ben je kettingroker geworden of zo?'

Lochie probeerde te glimlachen. Zijn ogen traanden. 'Je hebt dus nog niet gehoord over ons brandje?' zei hij raspend.

'Brand? Bij Kentallen?' vroeg Ambrose, en zijn gemoedelijke grijns verdween als sneeuw voor de zon.

Lochie knikte. 'Jezus. Je hebt het echt niet gehoord?' vroeg hij met een blik op het geschrokken gezicht van zijn vriend.

'Laten we snel naar binnen gaan. De koude buitenlucht zal niet helpen. Iedereen wacht op je,' zei Ambrose met een armgebaar. 'En dan te bedenken dat wij bang waren dat er een ramp zou gebeuren als jij dat ding aan de grond ging zetten.'

'Een ramp?' Alex spitste haar oren.

'Aye, Daisy heeft zich de hele dag te sappel gemaakt over de vraag of hij met het ding zou crashen en de gazons zou verzengen. Hij heeft zijn brevet pas vorige maand gehaald.'

Alex' mond viel verbluft open terwijl Ambrose hun voorging. En Lochies schouders schokten van het lachen terwijl hij achter hem aan liep.

# 18

Ze liepen door een indrukwekkende hal met lambriseringen, waar een grote kerstboom stond en waar aan beide zijden een ronde trap met een rode loper naar boven leidde. De leuningen waren versierd met slingers eucalyptus. Heren met pruiken en dames met kanten kapjes keken vanaf hun portretten streng de ruimte in, afgewisseld met hier en daar een hertenkop met gewei. Op een middeleeuwse houten kast stond een verzameling tinnen kannen uitgestald. Het zag er hier waarschijnlijk al driehonderd jaar zo uit, dacht Alex bij zichzelf.

'Wat heb je het toch leuk ingericht,' zei Lochie droogjes terwijl ze over de krakende oude eikenhouten vloer naar een gang achterin liepen.

Ambrose lachte en loodste ze mee door een reeks kamers met warme tinten en veel donker hout. 'Je klinkt al net als mijn vrouw. Wat zij niet zou geven voor een roomwitte muur.' Hij keek achterom. 'Waar woon jij, Alex?'

'Londen.'

Hij knikte alsof hij dat wel had gedacht. 'Natuurlijk. Mooi dorpje is dat. Welke wijk?'

'Mayfair.'

'O, een statig herenhuis,' plaagde Ambrose, en zijn ogen lichtten op. 'Is dat niet te hoog gegrepen voor jou, Lochie, ouwe jongen?'

'Nee, we... we zijn geen...'

Maar ze waren een kamer binnengelopen en het geroezemoes daar stopte abrupt toen de aanwezigen hen zagen. Haar zagen.

Alex speurde de groep af zonder te bewegen. Ze zag dat de vrouwen bij elkaar zaten op een van de turquoise fluwelen banken en de grote poef die ook dienstdeed als salontafel; ze leunden met hun ellebogen op de knieën en zaten naar elkaar toe gebogen. De mannen stonden bij het vuur, een whisky in de ene hand, en de andere hand nonchalant in de broekzak. Normaal gesproken was ze recht op hen afgelopen – het was waarschijnlijker dat zij potentiële cliënten waren. Maar dit was geen werk, bracht ze zichzelf in herinnering. Of eigenlijk wel, maar dat mocht ze niet uitstralen.

'Beste mensen, de avond is gered,' verkondigde Ambrose. 'Het is Farquhar niet alleen gelukt om niet te verongelukken met zijn vliegmachine, hij heeft ook dit unieke en beeldschone schepsel, Alex Hyde, overgehaald hem te vergezellen.'

God, dat was nog eens een aankondiging, ze zou er bijna verlegen van worden. Alex glimlachte. 'Hoi.'

Een vrouw met donkere krullen stond op van de poef en liep met een glimlach naar haar toe.

'Hoi Alex, ik ben Daisy, de veelgeplaagde wederhelft van deze bink.'

'Hallo.' Ze zag hoe ook Daisy Lochie omhelsde. Hoe hij haar vol genegenheid vastpakte en hoe de gewoonlijke starre onverzettelijkheid in zijn gezicht verzachtte als smeltende boter. 'Ik ben blij dat je goed bent overgekomen. Ik maakte me zorgen.'

'Het ging prima,' stelde Lochie haar gerust. 'Maar het is fijn om te weten dat er iemand is die het wat zou kunnen schelen als ik als een vuurbal zou neerstorten.'

'Over vuur gesproken, hebben jullie gehoord van de brand in de distilleerderij?' riep Ambrose van de andere kant van de kamer, waar hij drankjes stond in te schenken.

'Nee.' Daisy keek verschrikt. 'Wat is er precies gebeurd? Is iedereen in orde? Er is toch niemand gewond geraakt?'

De anderen stonden op en liepen naar hen toe, hun bezorgdheid uitend, terwijl Ambrose terugkwam met de drankjes en die overhandigde aan Lochie en haar.

'Geen zorgen. De mouterij is in vlammen opgegaan, maar alles in aanmerking genomen is het met een sisser afgelopen.'

'Serieus?' vroeg een van de mannen.

'Jezus. Dus het is bij de mouterij gebleven?'

'Yep,' zei Lochlan knikkend.

'Maar alleen dankzij Lochie,' zei Alex, en ze nam een slokje. 'Hij heeft voorkomen dat een grotere explosie heel Kentallen met de grond gelijk zou maken.'

Ze keken hem met open mond aan. Lochlan wierp haar op zijn

beurt een blik toe, kennelijk geërgerd dat hij als held werd getypeerd.

'Wat heb je dan gedáán?' vroeg een vrouw met een blonde bob en een licht accent verrukt.

'Niets...'

'Hij is het brandende gebouw in gerend en heeft de stofcollectoren ontkoppeld zodat de brand zich niet via het buizensysteem kon verspreiden.'

'Kerel!' zei een man met een stoppelbaardje zowel bezorgd als onder de indruk.

'Hij was buitengewoon moedig,' vulde Alex aan. Het kon immers nooit kwaad om een man te prijzen tegenover zijn vrienden. 'Hij had wel dood kunnen zijn. Als de brandweer er niet op tijd was geweest...'

'O mijn god,' reageerden een paar van de vrouwen geschrokken.

'Lochie!' zei een andere vrouw, die haar armen om zijn nek sloeg en hem vervolgens een por tegen zijn arm gaf. 'Idioot! Ongelooflijk dat je jezelf zo in gevaar hebt gebracht.'

'Dat viel wel mee. Het was niet zo gevaarlijk als Alex zegt.'

'De brandweercommandant zei dat hij niet begreep hoe Lochie de hitte had weten te doorstaan,' voegde Alex eraan toe.

Lochie keek haar aan terwijl ook de andere vrouwen hem bewonderend een por gaven.

'Stommeling!'

'Ik heb altijd geweten dat je een dwaas was! Maar wel een dappere.'

'Ik ben Elise, trouwens,' zei de witblonde vrouw met het accent. Ze was tenger, had een volmaakt symmetrisch gezicht en uilachtige ogen.

'Anna,' zei de atletisch gebouwde dame met lang, warrig haar die de eerste por had gegeven.

'Ik ben Emma,' zei een donkerharige vrouw met bobkapsel.

'Hoi,' zei Alex met een glimlach, ze inwendig afvinkend en zich afvragend waar de laatste was. Jess, heette ze toch? 'Alex.'

'Nog een glas?' vroeg Ambrose aan een van de mannen – lang, breedgeschouderd, lange benen.

'En weten ze al hoe de brand is ontstaan?' vroeg de man aan Lochie terwijl ze Ambrose terug naar de bar en de haard volgden, zodat Alex met de vrouwen achterbleef. Lochie voelde zich duidelijk niet 'verantwoordelijk' voor haar.

'Wat leuk. Nieuw bloed in de groep!' zei Emma opgetogen. 'Ik wist niet dat Lochie iemand zou meenemen dit weekend. Ik bedoel, dat doet hij nooit.'

'Niet naar onze bijeenkomsten in elk geval, nee,' beaamde Elise. 'Nou ja, niet sinds je-weet-wel-wie. Hoelang zijn jullie al samen?'

'O, dat zijn we niet, we zijn... min of meer collega's, zou je kunnen zeggen.'

'Min of meer?' vroeg een stem achter haar, en ze draaide zich om naar een opvallende vrouw met lang, donker haar en een rechte pony die een dienblad met blini's in haar handen had.

Alex glimlachte, maar bespeurde in de ogen van de andere vrouwen een zweem van kilte. 'Ik werk momenteel als businessconsultant voor Kentallen. Jij bent Jess, neem ik aan?'

'Ja.'

'Hoi. Ik ben Alex.'

'Hoi, Alex,' zei Jess. 'Heb je trek?'

'Nee, dank je.'

'Weet je het zeker? We kunnen allemaal wel wat brandstof gebruiken. Het wordt morgen een lange dag.'

Alex nam een blini en hoopte maar dat haar kleren er morgen op tijd zouden zijn. Ze ging écht niet in haar pyjama jagen waar déze vrouw bij was. 'Heb je de MacNab al eens gedaan?'

'Nou, ik doe elk jaar een poging,' antwoordde Jess. 'Eén keer kwam ik maar veertig minuten tekort.'

'En jullie?' vroeg Alex aan het groepje, met haar hand voor haar mond terwijl ze kauwde.

'Nope,' zei Emma met een zucht. 'Ik hou Max gezelschap en kijk toe. Gezonde dieren doden voor de lol is niet mijn ding.'

'Hun aantallen moeten beheersbaar blijven, *darling*!' riep de breedgeschouderde man met het roodblonde haar vanaf de andere kant van de kamer. 'De jacht levert geld en banen in de regio op.'

Emma rolde met haar ogen. 'Zoals ik al zei, het is niet mijn ding.'

'Nou, ik had het een paar jaar geleden voor elkaar gehad áls ze toen mijn forel hadden geaccepteerd in plaats van een zalm,' zei Anna pruilend.

'En dat zullen we nog jaren horen,' grinnikte Elise, die zich vrolijk in de handen wreef.

Alex wierp een blik op Lochie. Hij stond bij het haardvuur, diep in gesprek en met rode wangen, maar ze vond dat hij er moe uitzag.

'Lochie is er al twee keer in geslaagd. Hij gaat nu voor drie keer is scheepsrecht,' zei Elise, die haar blik had zien afdwalen.

'Echt? Denk je dat het hem zal lukken?' vroeg Alex.

'Lochie kennende wel. Als hij zijn zinnen ergens op heeft gezet, geeft hij niet op,' zei Jess, die vervolgens een slokje van haar whisky nam. Alex zag de kostbare cocktailring aan haar linkerhand en de subtiele maar schitterende diamantknopjes in haar oren. Haar huid was licht gebruind en ze zag eruit alsof ze met een dure personal trainer werkte. Alex vroeg zich af wat voor app haar echtgenoot had verkocht voor zoveel geld dat hij niet meer hoefde te werken. Ze zou willen dat de mannen en vrouwen niet in twee afzonderlijke groepen stonden, als tieners op een schoolfeest.

Ze probeerde zich Skye tussen deze groep vrouwen voor te stellen. Zij was in vergelijking veel jonger en minder mondain. Ze paste niet in dit kader.

'Het is een nek-aan-nekrace tegen Ambrose, maar ik vrees dat die man van me vastbesloten is de strijd te winnen. De familie-eer schijnt ervan af te hangen,' zei Daisy, en ze sloeg haar ogen ten hemel. 'Hij zegt dat het simpelweg niet zo kan zijn dat de eerste MacNab-hattrick op Borrodale op naam komt te staan van een "ordinaire outsider".'

'Alsof je een Farquhar ordinair kunt noemen,' zei Emma gniffelend. 'Een telg uit een van de voornaamste families van het land.'

'Clans,' verbeterde Anna haar.

'Luister, vergeet de MacNab eventjes, wat ik graag zou willen weten is wat jullie morgenavond aantrekken?' zei Elise, die met haar kleine handen haar haar gladstreek. 'Want ik heb niet echt iets zwarts of met Schotse ruit.'

Alex voelde een steek van paniek door haar buik schieten. Wat? Wat was er morgenavond? Ze zette een glimlach op en luisterde terwijl de vrouwen ieder hun outfit beschreven – een zwarte kokerjurk van crêpestof, vertelde Jess, een zwarte zijden jurk met vlindermouwtjes, aldus Anna...

'Denken jullie dat het oké is als ik een níét zwarte jurk draag die niet lang is?' vroeg Elise, haar ronde blauwe ogen groot van onzekerheid.

'Nou, hoe ziet-ie eruit?' vroeg Emma.

'Zilverkleurig, lengte driekwart, met spaghettibandjes en een plooirok.'

Elise beet op haar lip. 'Want van zwart word ik zo bleek, hè?'

'Ik vind dat je er prachtig uitziet in het zwart,' antwoordde Anna.

'Nee, ik steek er bleekjes bij af.'

Anna haalde haar schouders op.

'Klinkt schitterend,' zei Daisy met een zucht. 'Ik zal echter weer verschijnen in mijn gebruikelijke bruid-van-Frankenstein-gedrocht. Zwarte ruit afgewerkt met kant.'

Jess giechelde. 'Hou op. Die jurk is magnifiek. Heel erg jaren tachtig en toch elk jaar meer up-to-date.'

'Pff,' reageerde Daisy. 'Het is een afschuwelijk geval. Trouw nooit met een clanhoofd, kan ik alleen maar zeggen.'

'En jij, Alex? Wat trek jij aan?' vroeg Emma.

'Eh...' Alex besloot de waarheid te vertellen. Ze trok een lang gezicht. 'Wat gaat er morgenavond dan precies gebeuren?'

Elises adem stokte, Anna fronste. 'Heeft Lochie je dat niet verteld?'

'Nou, hij... Ik bedoel, ik... Het was allemaal nogal last minute,' stamelde ze, want ze wilde niet toegeven dat ze praktisch tot een kaping was overgegaan om hier te komen.

'Morgen is Keepers of the Quaich-avond,' zei Anna.

Ze had het net zo goed in Oudgrieks kunnen zeggen. 'Wat?'

'Dat is een organisatie van whiskyliefhebbers. Heel exclusief. Lochie wordt tot Master of the Quaich benoemd, wat een hele eer is,' legde Anna uit.

'Misschien heeft hij er daarom niets over gezegd,' zei Jess. 'Hij houdt niet van al die poespas.'

'Zou kunnen.' Alex dronk haar glas leeg.

'Ongelooflijk dat hij het je niet heeft verteld,' zei Elise meelevend. 'Mannen en vooruitplannen...'

‘Wil je een jurk van me lenen? We kunnen vast wel iets voor je vinden,’ bood Daisy vriendelijk aan. ‘Hoewel je zo dun bent dat het waarschijnlijk iets uit mijn slanke periode wordt, tussen 2006 en 2009, toen ik op dieet was om de bruidsjurk van de oma van Ambrose aan te kunnen. Een taille van eenenzestig centimeter, nou vraag ik je!’

‘O, heel aardig van je,’ antwoordde Alex. Ze was niet van plan om wéér kleren te lenen, nee, nee en nog eens nee. ‘Maar gelukkig neem ik altijd een zwarte jurk mee. Je weet nooit wanneer-ie van pas komt.’

Het was maar een halve leugen. Ze had inderdaad altijd een lange Amanda Wakeley-jurk van zijdejersey bij zich, met een gedraaide knoop onder de boezem; die was elegant en kon worden opgerold tot een bal, zodat hij nog in de kleinste weekendtas paste. Maar voor een klus op een eilandje voor de Schotse westkust? Voor deze ene keer had ze gedacht dat de jurk overbodig zou zijn. Ze had niet gerekend op een of andere exclusieve ceremonie op een kasteel aan de andere kant van Schotland.

‘Sorry, willen jullie me een moment excuseren?’ vroeg ze, en ze zette haar glas op de dichtstbijzijnde tafel.

‘Door de gang, derde deur rechts,’ zei Daisy discreet.

‘Dank je.’

Louise stond in de derde positie, haar voeten in onmogelijke hoeken naar buiten gedraaid, haar bovenbenen brandend als een gek, toen ze haar telefoon in haar tas hoorde overgaan. Ze kroop over de stapels parka’s met bontkraag die in de hoek lagen om op te kunnen nemen.

‘Ja?’ hijgde ze, nog net op tijd voor de voicemail het zou overnemen. ‘O, Alex.’

Ze liet zich langs de muur naar beneden glijden en staarde naar zichzelf in de spiegels aan de andere kant van de ruimte.

‘Is alles in orde? De auto is een uur geleden vertrokken.’

Het was vrijdagavond half negen. Ze had om half tien een afspraak met Jago in de pub.

‘Zwarte jurk?’ Ze krabbelde overeind en liep op haar tenen de studio uit met een verontschuldigend gebaar naar de vrouw die de barrework-out gaf. 'Die met de kraaltjes, die met kant of met de overlay van chiffon? O, mooi zo. Want ik heb die met kant opgestuurd.'

Met haar telefoon tussen haar schouder en oor geklemd ging ze verder met haar pliés terwijl ze door het raampje in de deur meekeek met de les. Ze glimlachte toen ze hoorde hoe blij verrast Alex reageerde. 'Nou, ik dacht: als je gaat jagen is er een behoorlijke kans dat er daarna een chic diner volgt. De auto is er voor het ontbijt.'

Ze ging op haar tenen staan en maakte een plié in de tweede positie. 'Nee, natuurlijk vind ik het niet erg, ik heb toch niets bijzonders te doen,' zei ze met een arm uitgestrekt boven haar hoofd. 'Doe wat je moet doen. Leer die vent een lesje, Alex.'

Ze lag in het hemelbed naar de met stof beklede knoop in het midden van het baldakijn te staren. De plooien waren allemaal even breed en het motief van de blauw-witte toile ging verloren in een abstracte melange. Het hout was sierlijk bewerkt en het bed woog vast en zeker evenveel als een gezinsauto, hoewel haar tenen de rand van het matras raakten.

De muren waren behangen met hetzelfde motief als de gordijnen en de bedbekleding: een bijna duizelingwekkend bloemrijk en levendig geheel. Het was haar smaak niet, zij hield meer van een rustige, strakke inrichting, maar dit paste bij het huis. Alles ademde geschiedenis. Afgezien van de gekruiste degens en zwaarden op sommige muren, en zelfs een harnas dat verderop in de gang de wacht hield, had het gebouw op zich ook al een rijk verleden. De wanden waren bedekt met een dikke, ruwe kalklaag, er was geen rechte hoek te vinden en de muren waren wel een halve meter dik, met diepe stenen vensterbanken voor de ramen. De deuren waren zo zwaar dat ze kraakten in hun scharnieren, en de vloerplanken waren zo'n vijfenzeventig centimeter breed. Ze had een sluitsteen boven de voordeur gezien waar 1546 op stond, en dat jaartal verbaasde haar niets.

Ze draaide zich met een vermoeide zucht om en keek uit het raam. Ze had de gordijnen niet dichtgedaan. Dat was een gewoonte van haar: ze stond graag op bij het ochtendgloren om aan een productieve dag te beginnen. Ze kon het silhouet van de helikopter op het gazon zien, zijn afhangende rotorbladen net de voelsprieten van een wesp. Lochlans grote concentratie tijdens het vliegen was verklaarbaar nu ze wist dat hij nog maar net zijn brevet had.

Het was een lange dag geweest en de rampzalige opstellingssessie in de kantine leek al wel een week geleden in plaats van acht uur. Maar het diner was boeiend geweest en ze had het gevoel dat ze er goed aan had gedaan om mee te gaan. Hij was hier een ander mens – milder en minder defensief. Hij lachte veel en was vaak het middelpunt. De groep had een eigen taal, met afkortingen en uitdrukkingen uit hun studententijd, met verhalen over de pubs waar ze kwamen en over de mislukte maaltijden die ze bereid hadden toen ze samen in één huis aan de rand van de stad woonden. Ze voelde die bekende steek van spijt om de vriendschappen die ze zelf nooit had gehad, de herinneringen die ze zou hebben opgedaan en waar ze nu nog om zou kunnen glimlachen, zelfs in haar eentje. Wat ze Lochie ook had wijsgemaakt, die drie jaren voorsprong van haar voelden zelden als een slimme zet, al beweerde ze altijd van wel.

Ze deed haar ogen dicht en verdrong de gedachten en bijbehorende gevoelens. Naar de universiteit gaan was voor haar nooit een optie geweest en het was verspilde energie om spijt te hebben van iets wat nooit was gebeurd. 'Wat is er zinlozer, krankzinniger dan innerlijke weerstand te bieden tegen iets wat er al is?' Het was een van haar lievelingscitaten van Eckhart Tolle, een les die ze haar cliënten vaak voorhield. Ze herhaalde het een paar keer opdat het een nog sterkere waarheid zou worden.

Ze voelde haar spieren ontspannen, liet de dag los en verwelkomde de nacht terwijl de slaap haar lichaam binnensloop en ze dieper in het zachte matras zonk, haar haren gespreid over het kussen. Ze had een goede nachtrust nodig en moest wakker worden bij het krieken van de dag, want morgen gingen ze jagen. En ze had niet alleen haar zinnen gezet op het hert, het pluimwild en de zalm.

# 19

*10 februari 1918*

*Lieve Clarissa,*

*Ik was ontzettend blij met je brieven. Hopelijk gaat het met jullie allemaal net zo goed als met mij. Ik ben weliswaar bij Barisis gewond geraakt, zoals je weet, maar ik ben hersteld en nu in goede gezondheid en monter van geest. Het spijt me dat ik niet eerder heb geschreven, maar het is moeilijk er gelegenheid voor te vinden. We zitten er sinds de achtste middenin en gisteren en vandaag waren moeilijk, hoewel we nu versterking hebben gekregen. Dat is maar goed ook, want we waren nog maar met tweehonderd man. Ik weet niet hoelang we het kunnen volhouden. Gisteren was een ellendige dag met de bombardementen waar die rotzakken ons op trakteerden. Dat geeft heel veel lawaai, zoals je je wel kunt voorstellen. Er kwam een granaat tussen de blikken cornedbeef terecht, waardoor ze alle kanten op vlogen, ook de inhoud, dus zijn we water gaan koken voor het eten om de moffen te laten zien dat ze ons niet klein hadden gekregen. Ik heb een exemplaar van mijn testament bijgesloten, voor het geval ik een keer niet op tijd kan wegduiken, maar je ziet die dingen in de lucht van verre aankomen, dus maak je geen zorgen.*

*We hebben twee weken geleden zowaar een partijtje voetbal gespeeld, al liet het veldje te wensen over. Volgens mij was het een kolenakker. Ik ben Frostie of Kit Oakham nog niet tegengekomen. Billy Wilkes wel, maar die is al achttien dagen niet meer bij ons. Zijn bril is kapotgegaan en hij weigerde een nieuwe te kopen, dus is hij achtergebleven bij het transport. Ik weet niet of het hem gelukt is een veiliger taak in de achterhoede te krijgen. Mocht dat zo zijn, dan kan ik het hem niet kwalijk nemen. Hij was de hele tijd op van de zenuwen en hij piekerde veel, wat funest is in deze omstandigheden.*

*Ik moet nu afronden om deze brief op tijd te kunnen afgeven. Breng mijn liefs over aan moeder en vertel haar dat ik gezond en wel zal terugkeren als God het wil. Ik hoop dat het goed gaat met vader, en doe alsjeblieft ook de hartelijke groeten aan Mrs Dunoon.*

*Je liefhebbende broer,*
*Percy*

## *Borrodale House, Perthshire, zaterdag 16 december 2017*

Het ontbijt bestond onder meer uit warme kippers en roerei, inktzwarte thee en sneden toast die zo dik waren dat je ze als deurstopper zou kunnen gebruiken. Alex was vanochtend uiteraard de eerste geweest die uit de veren was, waarna ze voor het raam had gestaan om de auto op te wachten. Het huis lag op een heuvel en het park eromheen was mooier en verzorgder dan ze gisteravond had kunnen zien: er glooiden brede gazons rond het huis, omlijst door oude sparren en daarachter de lager gelegen ruigte van de open moors. Lichte nevelingen lagen als een krans over de tuinen terwijl de onwillige zon voorzichtig de hemel in werd geduwd en er zachte tinten blauw, grijs en groen begonnen te ontluiken. Toen ze de auto bij dageraad knerpend over het grind van de oprijlaan aan had zien komen rijden, was ze stilletjes in haar pyjama en kamerjas door het huis gerend en had ze de chauffeur opgevangen voordat hij kon aankloppen of aanbellen. En toen ze zich had omgedraaid om het huis weer in te gaan, had ze tot haar verrassing gezien dat het huis voor de helft in de steigers stond. Ook dat had ze gisteren bij aankomst in het donker niet opgemerkt.

Het was inmiddels amper lichter geworden. Een strook daglicht stootte zachtjes tegen de nachtwolken alsof die het deksel vormden dat schuin op een steelpan lag. Iedereen behalve Ambrose en zij leek nog half te slapen.

'We moeten zoveel eten als we kunnen,' zei Elise, die een grote kom *cranachan* nam – een traditioneel ontbijt van havervlokken, whisky, room en frambozen dat Alex eerder een dessert leek. 'Het maakt niet uit hoe vol wel ons voelen, we moeten even doorbijten,' zei ze grimmig. 'Over twee uur staan we in een rivier.'

Anna huiverde. 'Waarom gaan we eigenlijk elk jaar weer mee?'

'Omdat jij zo dol bent op de whisky van Ambrose,' antwoordde Sam – lang, breedgeschouderd, asblond – op veelzeggende toon.

'En Mary's kookkunst,' voegde Elise eraan toe. 'Niemand anders maakt zo'n lekkere cranachan als zij.'

'Dank je,' zei Daisy glimlachend. 'Ik zal het aan haar doorgeven.'

'Zo te zien is het ijskoud buiten,' merkte Jess op, die met een bedenkelijk gezicht de nog steeds donkere ochtendschemer achter de ramen bekeek.

'Hoe voel jij je, Alex? Ben je nerveus?' vroeg Daisy terwijl ze het zout en de peper aan Max gaf, die geen ochtendmens leek te zijn en tot nu toe alleen maar met binnensmonds gebrom had gecommuniceerd.

'Nou, ik zie eigenlijk alleen een beetje op tegen het vliegvissen. Dat heb ik nog maar één keer gedaan.'

'Dat komt vast goed, kijk alleen uit waar je gaat staan. Lochie is een goede leermeester.'

'Lochie? Maar... strijden we dan niet tegen elkaar?'

'Normaal gesproken wel, maar omdat voor vanavond de Quaichceremonie gepland staat, hebben we de tijd niet om tot in de nacht door te gaan, dus werken we in tweetallen.'

'Juist ja.' Alex vroeg zich af of Lochie daar al van op de hoogte was. Hij zou er niet blij mee zijn. De hele gedachte achter zijn uitnodiging was zijn dominantie te bevestigen door haar te verslaan. Een partnerschap zag hij natuurlijk niet zitten. Als hij op een kantoor al niet met haar kon samenwerken, dan zag ze het op de moors ook niet gebeuren.

'En kun je met een geweer overweg?' wilde Daisy weten.

'Behoorlijk goed, maar ik heb nog nooit meegedaan aan een sluipjacht.'

Max verbrak zijn ochtendzwijgen met gegrinnik. 'Maar afgezien daarvan ben je er helemaal klaar voor.'

'Precies,' lachte ze, net toen Lochie binnenkwam, zijn gezicht zo verfomfaaid als een beslapen kussen. Hij had zich niet geschoren, zijn haar stond alle kanten op en hij had kringen onder zijn ogen. Het was duidelijk dat hij niet had gedoucht en ze kon zich ineens goed voorstellen hoe hij in hun studententijd was geweest, als huisgenoot met kater.

Hij droeg – net als alle anderen – een overhemd met een trui erover, een tweed kniebroek, dikke knielange kousen met sokophouders en stevige bruine bergschoenen. Alleen aan de kranten op de tafel had een toeschouwer kunnen zien dat het 2017 was, en niet 1917.

'Goeiemorgen, gozer,' zei Ambrose opgewekt. 'Goed geslapen?'

Lochie rolde met zijn ogen en Ambrose grinnikte.

'Heb je trek?' vroeg Daisy terwijl hij zijn begroetende gegrom aan niemand in het bijzonder richtte en recht naar het buffet liep, waar het ontbijt warm werd gehouden onder zilveren koepelvormige deksels. Alex zei niets toen hij schuin tegenover haar naast Jess plaatsnam. Rechts naast Alex was een stoel vrij – die Sam heel attent had verlaten toen Lochie zo laat binnenkwam – maar het was kennelijk niet in Lochie opgekomen mee te gaan in het toneelspel dat ze vrienden waren of dat zij zijn gast was.

'Je kan niet wachten, zie ik wel,' zei Ambrose opgetogen toen Lochie met stille efficiëntie op zijn ontbijt aanviel, zijn hoofd gebogen, zijn schouders gekromd, terwijl hij probeerde wakker te worden. 'Nou, dit belooft voor mij veel goeds,' zei hij handenwrijvend, vooruitlopend op de overwinning.

Lochie trok een wenkbrauw op, maar stopte niet met eten om iets te zeggen.

'Oké, jullie weten hoe we het vandaag gaan doen: we breken met de traditie en we verdelen ons in tweetallen,' zei Ambrose, die zichzelf nog wat thee inschonk.

Alex zag dat Lochie even stopte met eten en zijn ogen liet rondgaan alsof hij checkte of het een grapje was.

'De rugzakken staan klaar in de hal, met kaarten, kompas, thermosflessen, enzovoort. En in de bijkeuken liggen waadpakken. Het eerste stel dat hier terug is met vis, pluimwild en een foto van het geschoten hert, wint. Vergeet niet om op de kaart te noteren waar het hert precies ligt, zodat de jachtopziener ze later kan ophalen,' zei hij, met een nadrukkelijke blik op Max. '"Bij de boom op de heuvel voorbij de rivier" is niet voldoende.'

Max kreunde. 'Daar zou je het niet meer over hebben.'

'Alex heeft net gezegd dat ze niet vist en ook niet aan sluipjacht doet,' zei Sam tegen Lochie, met een duivels genoegen in zijn ogen.

Lochie hield op met eten – zijn vork stopte vlak voor zijn lippen. 'Wat?' Hij keek haar vol ongeloof aan. 'Je hebt nooit gezegd...'

'Je hebt er ook niet naar gevraagd,' antwoordde ze een tikje gegeneerd. O, alsjeblieft, dacht ze, géén ruzie waar al zijn vrienden bij zijn. 'Ik heb me niet...' Ze schraapte haar keel. 'Het spijt me, ik had me niet gerealiseerd dat we in teams op pad zouden gaan. Ik zou niet zijn meegegaan als ik...'

Als ze had geweten dat ze een sta-in-de-weg zou worden? Ze zag de beschuldiging in zijn ogen.

'O, maar zo serieus is het allemaal niet!' zei Elise geschrokken. 'De jongens proberen elkaar de loef af te steken, maar ons zal het een zorg zijn, toch, meiden?'

'Natuurlijk,' beaamde Emma glimlachend.

'Nou, mij niet, eerlijk gezegd,' zei Anna verontschuldigend.

'Zolang ik maar geen blaren krijg,' zei Jess. 'Ik kan vanavond mijn hoge hakken niet dragen als ik blaren op mijn voeten heb.' Ze wierp haar man een waarschuwende blik toe, en Sam zuchtte.

Lochie zweeg en begon weer te eten in nog luidere stilte dan eerder. Alex glimlachte vriendelijk naar niemand in het bijzonder, maar ze voelde zijn ergernis over de tafel heen. Andere mensen, andere plek, maar toch weer Groundhog Day.

Ze waren het eerste tweetal dat naar buiten liep. Lochie had zijn ontbijt razendsnel naar binnen gewerkt toen hij eenmaal besefte hoezeer hij gehinderd zou worden door Alex' nieuwelingenstatus. Snel daarna vertrokken Jess en Sam terwijl Ambrose moest wachten vanwege zijn gastheerschap, en pas weg kon nadat Max en Emma, en Anna en Elise, ook waren vertrokken.

'We zullen beginnen met de jacht, want schieten kun je tenminste wél,' zei Lochie bot. Hij liep met lange passen over het gazon met een natuurlijke vanzelfsprekendheid – bij het ontbijt had ze gehoord dat ze de MacNab sinds hun afstuderen, inmiddels dertien jaar geleden, alle jaren op twee na hadden georganiseerd.

'Oké,' zei ze, blij dat ze niet meteen tot aan hun middel in ijskoud water zouden gaan staan, zoals Max en Emma hadden gepland. Ze duwde haar geweer verder naar achteren over haar schouder terwijl ze rondkeek en de donkere, diepe afdrukken van hun voetstappen in het bevroren gazon zag. Hun rugzakken waren licht, maar het was toch lastig om alles mee te dragen, want ze hadden geweren en een hengel bij zich.

Ze liepen bijna een uur stevig door. Lochie ging haar haast instinctief voor over de moors en Alex vroeg hem maar niet waar ze waren. Het was hier prachtig, maar na een paar kilometer begon het er allemaal hetzelfde uit te zien. Ze zeiden niet veel. Lochie had daarop gestaan omdat de kans dat ze herten zouden spotten zo groter was. Het moeilijkste van de sluipjacht was het vinden van de dieren – dat viel bepaald niet mee in een paar uur – en ze zouden ook nog eens de wind aan de goede kant moeten hebben, want als de dieren lucht van ze kregen, zouden ze al weg zijn voordat Lochie en zij hun geweren van de schouder hadden laten glijden.

'Je zou Rona hier zeker wel graag bij je willen hebben?' vroeg ze hijgend terwijl ze een steile helling op liepen.

'Ik neem haar meestal mee. Ze vindt het geweldig. Dit is het hoogtepunt van haar jaar.'

'Waarom is ze nu dan niet mee?'

'Ten eerste omdat Skye haar dit weekend heeft.'

'Had je haar niet kunnen vragen te ruilen?'

'Misschien wel,' zei hij schouderophalend.

'Dan had ze haar komend weekend toch kunnen hebben in plaats van nu?'

Lochie zweeg een moment. 'Komend weekend gaat ze weg.'

Alex dacht even na en het besef daalde in. De huwelijksreis! Rond deze tijd volgende week zou ze Mrs Alasdair Gillespie zijn. 'O. Ja.'

Ze zwegen weer een tijdje en Alex keek stilletjes opzij, maar hij keek recht voor zich uit.

'Bovendien is ze nog niet mee geweest in de helikopter. Ik weet niet of ze dat prettig vindt. En tot ik er zeker van kan zijn dat ik ons tweeën niet de dood injaag...'

Alex grinnikte om de suggestie dat het prima was om dat risico te nemen met zijn eigen – en háár – leven, maar niet met dat van de hond!

'Wat is er?' vroeg hij, zo te zien verbaasd om haar geamuseerdheid, waardoor ze nog harder moest lachen.

'Niets. Helemaal niets.' Misschien had hij haar helemaal niet op stang willen jagen tijdens de opstellingssessie toen hij zei dat hij zijn hond het meest vertrouwde.

Hij stond stil en keek om zich heen. Ze zag dat de grond onder hun voeten zwart was, met jonge uitlopers die omhoogkwamen, terwijl de heide vijftig meter verderop een vol, borstelig tapijt vormde. 'Dit is *muirburn*,' zei Lochie. 'Daarbij wordt een stuk heide verbrand om nieuwe groei te stimuleren en het leefgebied van vogels te beschermen.' Zijn ogen speurden het moorlandschap om hen heen af. 'Wat betekent dat hier korhoenders zitten.' Hij liet zijn rugzak van zijn schouders glijden. 'Zal ik eerst drijven?'

'Oké.' Ze trok haar geweer uit het foedraal en haalde wat patronen uit de diepe zakken van haar jas.

'Ze vliegen verrekte snel en laag, dus wees alert. En schiet er maar één. Wacht op mijn fluitje,' zei hij, en hij liep weg met de drijfstok.

'*Yes, sir*,' zei ze zachtjes terwijl ze haar gehoorbeschermer opzette en het geweer laadde. En wachtte.

Het duurde een aantal minuten tot hij de plek die hij op het oog had bereikte, maar toen hoorde ze het fluitje. Ze ging klaarstaan, haar gewicht naar voren en de geweerloop naar beneden terwijl hij over de lange grassen sloeg en floot en kwinkelerende geluiden maakte om de vogels van hun plek te drijven.

Een poosje gebeurde er niets en ze begon te denken dat ze een verkeerde stek hadden gekozen, maar toen klonk er nerveus gekakel en gefladder, en bracht ze het geweer instinctief in de aanslag. Ze haalde langzaam adem, legde aan en schoot.

En miste.

Wat? Ze miste vrijwel nooit! Maar deze vogels waren snel. Sneller dan de fazanten waar ze gewoonlijk op joeg.

'Verdomme,' mompelde ze toen ze zag dat Lochie haar misser had opgemerkt en weer begon met drijven.

Bij de vierde poging schoot ze raak. Verdienstelijk, zouden velen vinden, maar zij niet. En terwijl haar korhoen neerdwarrelde en zij het geweer zekerde, stak Lochie zijn arm op – als een bevel.

Ze wist niet wat precies de bedoeling was, maar toen zag ze dat zijn eigen geweer – al uit zijn foedraal – naar de lucht wees.

'Zal ik nu drijven?' riep ze.

Hij antwoordde niet terwijl hij zijn geweer laadde en om zich heen trappend door het gras banjerde.

Woedend om zijn arrogantie keek ze hoe hij in zijn eentje, zonder de hulp van een hond of drijver, te werk ging, instinctief en zeker van zichzelf. Ze wist welk punt hij wilde maken: door zijn inzet als drijver had hij het haar 'gemakkelijk' gemaakt, terwijl hij het zelf alleen afkon – en haar dus de baas was op het gebied waarin zij normaal gesproken uitblonk. Ze ging op een grote kei zitten en sloeg haar armen over elkaar. En hoewel het schot nog geen twee minuten later weerklonk, zou het toch een lange dag worden.

Ze liepen kilometers door zonder te rusten, waarvan minstens drie kilometer langs de rivier, waar Lochie af en toe stopte om een plek te beoordelen voor hij dan weer hoofdschuddend doorwandelde.

'Waar ben je precies naar op zoek?' vroeg ze ten slotte, toen ze langzamerhand snakte naar koffie. Elises advies bij het ontbijt om de maag goed te vullen was wijze raad geweest en ze begon te wensen dat ze een extra stuk toast had genomen.

'Een bekende plek,' zei hij verstrooid, zijn ogen voortdurend op de rivier gericht. 'Vanwege de droge herfst staat het water laag en zijn de vissen dit jaar laat. Ik weet dat hier ergens dichtbij een dieper gedeelte is – de kans is groter dat we daar beet zullen hebben. Er stond een gespleten boom vlak bij een kei aan de oever, je kon je arm door de stronk duwen... Verdomme, het moet hier ergens zijn.'

Alex keek rond. Er stonden natuurlijk overal bomen, sommige waren kromgebogen met hangende takken boven het water, andere leken zich juist aan de hellende oever vast te klampen... 'Kan dat hem zijn?' vroeg ze, wijzend naar een kleine es die op een derde van de hoogte een brede verticale spleet in de stronk had.

'O. Ja.' Zonder een bedankje beende Lochie ernaartoe en klauterde verder over de rotsen, duidelijk in de veronderstelling dat zij zou volgen. Hij bleef met zijn handen op zijn heupen staan en bekeek de plek. 'Aye, hier is het. Laat je rugzak maar daar op de oever liggen en trek het waadpak aan. Ik zal de vlieg wel voor je vastmaken.'

'Geef je me geen instructies? Ik leer er toch meer van als ik het zelf doe?'

'Daar is geen tijd voor.'

'Maar zou het uiteindelijk geen tijd schélen als je het me één keer voordoet? Dan hoef ik het je daarna niet meer te vragen, toch?' Ze glimlachte. 'Delegeren is het devies.'

Het was als grapje bedoeld, maar hij wierp haar een geringschattende blik toe. 'Dit is geen cursus en jij maakt hier niet de dienst uit.'

'Nou,' zei ze zachtjes bij zichzelf terwijl hij zijn waadpak uit zijn rugzak haalde. 'Dat ik even weet waar ik sta.' Ze deed precies na wat hij deed, stapte in het waadpak dat zij te leen had gekregen – niet charmant – en bleef zwijgend staan terwijl hij de vlieg aan de lijn bevestigde.

'We gaan *speycasten*. Heb je daar weleens van gehoord?'

Ze schudde haar hoofd en keek ietwat achterdochtig naar de snelstromende rivier. Moesten ze daar echt in gaan staan? 'Kun jij niet gewoon twee zalmen vangen? Dan zeggen we dat ik een ervan gevangen heb?'

'Nee.'

'Waarom niet? Ik ben blijkbaar alleen maar een hindernis voor je.'

Hij sprak haar niet tegen. 'Het gaat om het principe. Ik weet niet of je daarmee bekend bent?'

Alex zuchtte om zijn sarcasme terwijl hij de vlieg vastmaakte en haar de hengel gaf. 'Kom hier maar staan.'

Ze volgde hem ongemakkelijk naar de rand van de oever en volgde hem tot ze tot haar knieën in het water stond. Ze voelde de kou meteen om het rubber van het pak heen, al bleef ze droog. De stroming was sterk en duwde tegen haar knieholtes.

Ze was bang, maar ze zweeg.

'Kijk nu goed,' zei hij, en hij waadde verder tot het water tot zijn middel reikte. 'We vissen met de rechterschouder parallel aan de oever en we werpen de vlieg in dat stukje stilstaand water daar. Zie je het?'

Hij wees naar een rustig gedeelte achter wat lage rotsen en ze knikte.

'We beginnen met de voorwaartse worp. Hou de hengel met beide handen vast, ver bij elkaar vandaan, de rechterhand boven, de linkerhand onder,' riep hij om zich boven het ruisende water verstaanbaar te maken. 'De energie komt vanuit de handen, oké? De bovenste hand levert ongeveer zestig procent van de kracht, en de onderste dus veertig. Als je beide handen tegelijkertijd gebruikt, ontstaat er een duw-trekbeweging en maximale kracht bij het werpen. Oké?'

Ze knikte. 'Oké.'

'Goed. Nu werp je dus voorwaarts, waarbij het de bedoeling is dat je de hengel recht naar het doel richt.' Hij wees naar een groepje bomen op de tegenoverliggende oever. 'Probeer bij het werpen een grote D-lus te creëren – dat is de vorm die tussen de rechte hengel en de lijn ontstaat als die in een boog over het water beweegt. Hoe groter de D, hoe minder de lijn in contact komt met het water en hoe efficiënter de worp is. Dus een grote D, waarna je de hengel omhoogbrengt.' Ze keek hoe hij de lijn stroomafwaarts uitwierp en hoe de vlieg verderop in het water belandde. De manier waarop hij sprak, deed haar denken aan Skye toen die haar leerde hoe ze whisky moest drinken. 'Dan zwiep je hem achterwaarts over de rechterschouder en laat je de lijn, al draaiend met je lichaam, schieten.' Hij deed het voor in een vloeiende beweging. 'Ten slotte hou je de hengel weer omhoog.' Hij keek haar aan. 'Snap je?'

'Ja hoor.' Het was waarschijnlijk de kortste visles ooit, maar zoals hij het deed, leek het niet heel moeilijk.

Ze haalde diep adem en probeerde te herhalen wat hij haar net had laten zien – maar toen ze met de hengel zwaaide, kwam de vlieg in de takken van een boom achter haar vast te zitten. Een luide stilte en vervolgens zacht gevloek. Hij waadde naar haar toe.

'Wacht! Niet trekken!' riep hij boos toen ze met de hengelstok begon te schudden.

Ze gaf hem de hengel. 'Sorry,' zei ze ineenkrimpend. Ze voelde zich onnozel, wat haar zelden gebeurde.

Hij keek haar kort aan. 'Nee. Het geeft niet,' zei hij met een diepe zucht. 'Het spijt me. Ik had niet moeten snauwen. Ik ben gewoon moe. Ik heb slecht geslapen.'

Ze keek hoe hij de lijn doorknipte en er een nieuwe vlieg aan begon te bevestigen. Hij had de kunstvliegen in zijn borstzak zitten.

'Vanwege de brand?' Hij had ongetwijfeld flashbacks, misschien zelfs nachtmerries, van dat brandende gebouw. Zij had ze in elk geval wel.

'Deels. Maar ik heb gewoon veel aan mijn hoofd momenteel.'

Skye. Ze wist dat hij het over haar had, al zei hij het niet. Aan zijn gespannen kaak zag ze hoe gestrest hij was.

'Hier, probeer nog maar eens,' zei hij, en hij gaf haar de hengel terug. 'Maar kom wat verder het water in en hou de lijn korter.'

Hij stak zijn hand uit om haar te ondersteunen terwijl ze dieper het water in waadde en haar angst tot grote hoogte steeg. Hij verstevigde zijn greep om haar vingers toen haar adem even stokte omdat haar voet uitgleed over een losse kei. Zijn handen waren warm vergeleken met die van haar, en aanzienlijk groter.

'Rustig,' mompelde hij. 'Ik heb je vast. Probeer die grotere steen daar te bereiken. Die ziet er stabiel en vlak uit.' Hij stuurde haar zo goed mogelijk die kant op.

Ze ging op de steen staan en hij waadde terug naar de oever.

'Nou, denk aan wat ik je heb verteld: de lijn uitwerpen, de stok omhoogbrengen, een zwiep terug en laten schieten. De hele gedachte achter speycasten is dat je kunt werpen als er geen ruimte is voor een achterwaartse worp. Bij deze speciale werptechniek maakt het niet uit of er hoge oevers of bomen zijn. Maar je moet het lichaam laten meedraaien. Dat heet het honderdtachtiggradenprincipe.'

Alex trok een wenkbrauw op en dacht aan haar eigen honderdtachtigradentechniek.

'Richt jezelf naar de plek waar de vlieg moet landen. En vergeet niet dat het een kunst is, geen wetenschap. Je moet het voelen.'

En dat deed ze. 'Gelukt!' riep ze opgewonden, en ze maakte een bescheiden dansje in het water toen de vlieg stroomafwaarts neerkwam.

Hij keek lichtelijk verwonderd toe. 'Maar laat het dansen maar liever achterwege. Daar schijnen vissen niet van te houden.'

'Ach, natuurlijk,' zei ze met een lach, en ze beet op haar lip. 'En dit moet ik dus blijven doen?'

'Yep,' zei hij, en hij keek hoe zij nog een paar worpen uitvoerde voordat hij zelf ook bezig ging.

'Dit is eigenlijk best ontspannend,' riep ze na een tijdje, trots dat ze een ritme had gevonden.

'Niet praten!' wees hij haar terecht. 'Je jaagt de vissen weg!'

'O. Ja. Juist.' Ze beet op haar lip en concentreerde zich weer, wierp voorwaarts en...

De lijn bood weerstand en ze trok. Geen beweging in te krijgen. Hij zat ergens aan vast. 'O god,' mummelde ze, overspoeld door een paniekgolf terwijl ze naar Lochie keek, die in een onafgebroken ritme bewoog en eindelijk ontspannen leek te zijn. 'Eh, Lochie...'

Ze zaten op de bemoste rivieroever met hun handen om de doppen van hun thermosflessen terwijl ze slokjes namen van de ossenstaartsoep die ze hadden meegekregen. Lochie keek uit over het water met zijn ellebogen op zijn knieën.

'Het spijt me,' zei ze voor de honderdste keer. 'Ik ben een blok aan je been.'

'Het geeft niet.'

Maar het gaf wél, dat zag ze. 'Ik was niet meegekomen als ik had geweten dat ik je zou hinderen.'

'Nou, zoals je al zei, had ik je uitgenodigd.'

'Lochlan, we weten allebei dat je me alleen maar hebt uitgenodigd omdat je me op mijn plaats wilde zetten. Je wilde me laten zien dat jij hier veel beter in bent dan ik.'

De simpele waarheid lag tussen hen in als een gloeiend kooltje dat te heet was om aan te raken.

'Ja. En moet je zien wat het me brengt,' zei hij ten slotte.

Ze beet weer op haar lip en voelde dat dit misschien de gelegenheid was om tot hem door te dringen, maar ze zette zich toch weer schrap voor de onvermijdelijke afwijzing. 'Weet je, met mijn cliënten heb ik het vaak over de overvloedmentaliteit.' Ze zweeg even en verwachtte dat hij zich zou afwenden, zou weglopen, haar bij haar arm zou pakken en haar in de rivier zou gooien. Maar hij bleef voor zich uit kijken. 'Heb je daar ooit van gehoord?' vroeg ze voorzichtig.

Hij schudde zijn hoofd, kennelijk te vermoeid om tegen haar in te gaan.

'Veel mensen – nou, de meeste eigenlijk – groeien op met het idee dat als de een wint, de ander dan wel moet verliezen. In mijn vakgebied wordt dat het nulsomspel genoemd. Maar wat we liever willen is een win-winsituatie, een scenario dat voordelig is voor beide partijen, dus waarin je samenwerkt in plaats van concurreert.'

'Goed principe,' zei hij. 'En heb je al bedacht hoe je vandaag kunt omtoveren tot een win-winscenario?'

Ze trok een verontschuldigend gezicht. 'Ik vrees van niet, nee, in deze context zie ik geen mogelijkheid.'

'Maar in een andere context wel?' Hij trok een wenkbrauw op. 'Je zult wel een lange lijst hebben met dingen die ik verkeerd doe.'

'Het is net per se zo dat je dingen verkeerd doet, maar dat je manieren kunt vinden om het beter te doen, en momenteel vraag je te veel van jezelf. Je voelt je van alle kanten belaagd en daarom probeer je alles in je eentje te doen.'

'Je wilt dus dat ik ga delegeren. Jouw lievelingswoord.'

Ze glimlachte. 'Ja, dat ook. Maar ook synergie creëren – je hebt iemand nodig met wie je kunt discussiëren, met wie je ideeën uitwisselt en problemen bespreekt. Het is geen teken van zwakte als je naar andere perspectieven zoekt. Je wordt gek als je nergens heen kunt met alle problemen en kwesties waar je dagelijks mee te maken krijgt – en voordat je weer zegt dat je met Rona praat, dat is leuk en aardig, maar zij zegt niets terug!' Ze zweeg even om hem wat lucht te geven. 'Is er ook een persóón met wie je kunt sparren?'

Hij schudde zijn hoofd.

'En Torquil dan? Hij lijkt me betrouwbaar.'

Hij wendde zijn hoofd met een ruk af. 'Nee.'

'Waarom niet?' Ze herinnerde zich dat hij tijdens hun sessie gisteren ook al zo fel had gereageerd toen ze Torquil had genoemd. Wat was er tussen hen gebeurd dat Lochie ertoe had gebracht hem op het familieberaad in zijn gezicht te slaan?

Hij zweeg een lang ogenblik. 'We zijn te verschillend.'

'Is dat erg? Mensen zie eensluidendheid ten onrechte aan voor eenheid, maar dat zijn twee verschillende dingen.'

'Die vent is een robot,' zei hij hoofdschuddend.

Dus de een toonde te veel emotie, en de ander niet genoeg? 'Oké, en Bruce? Die lijkt me verstandig en hij heeft enorm veel ervaring.'

Hij schudde zijn hoofd weer. 'We konden uitstekend met elkaar overweg, maar sinds...' Hij zweeg abrupt en Alex realiseerde zich wat het probleem was: sinds hij zijn dochter de bons had gegeven. 'Ik kan het niet maken. Het is te veel gevraagd.'

'Oké, ik snap het probleem,' zei ze, en haar hart begon wat sneller te kloppen nu ze het punt dat ze wilde maken dichter naderde. 'En Skye?'

Zijn ogen schoten snel en defensief opzij. 'Wat is er met haar?'

'Nou, ik weet dat de situatie... lastig is geweest,' zei ze vlug terwijl ze zag dat zijn voeten bewogen, dat hij rechtop ging zitten en zijn bekertje soep hoger vasthield alsof hij zijn hart beschermde. 'Maar kun je haar niet benaderen, als een vriendin, een collega?'

'Nee.'

'Waarom niet?'

'Alleen al omdat ze geen senior manager is. Het zou ongepast zijn.' Zijn stem klonk weer snauwerig.

Alex staarde hem aan. 'Weet je zeker dat daar de moeilijkheid ligt?'

'Ja, natuurlijk.'

Ze zweeg een moment. 'Herinner je je gisteren, toen ik opperde dat de oorzaak van jouw probleem met Sholto misschien eerder een persoonlijk dan een zakelijk probleem is?'

'Vaag.' Ze zag aan zijn behoedzame, blanco blik dat ze het contact weer kwijtraakte.

'Wat als dat ook voor Skye geldt? Jij en ik weten allebei dat haar ondergeschiktheid binnen het bedrijf niet het probleem is. Nog afgezien van het feit dat zij van plan is naar een andere distilleerderij te vertrekken, is jullie persoonlijke situatie niet duidelijk. Er speelt nog van alles tussen jullie.'

Hij keek nu boos. 'Jij hebt geen idee wat er tussen ons is gebeurd.'

'Jawel. Ik weet dat je haar de avond voor jullie geplande bruiloft hebt laten zitten. En ik heb met eigen ogen gezien hoe jullie je naar elkaar toe gedragen: jullie zijn allebei gespannen en nerveus omdat jullie je geen houding weten te geven.'

'Ik hoef hier niet naar te luisteren.' Hij stond op en gooide het restje soep in het gras achter zich. Maar waar ging hij heen? Hij kon niet bij haar weglopen, niet hier in de wildernis.

'Weet je wat ik denk?' riep ze hem na terwijl hij terugliep naar zijn hengel, die iets verderop in het gras lag.

'Dat kan me niet schelen!'

'Ik denk dat je nog van haar houdt,' zei ze tegen zijn rug. 'Jij houdt van haar en zij houdt van jou, maar ze gaat met een andere man trouwen omdat ze geen idee heeft dat jij nog gevoelens voor haar hebt. En daarom ben je zo kwaad en driftig en onbezonnen: haar verlaten was het slechtste besluit van je leven en je hebt nog maar heel weinig tijd om het recht te zetten.'

Hij was weer in het water en waadde woedend over de rotsen.

'Ik weet dat je me hoort, Lochlan!' riep ze. 'Je hebt geen tijd te verliezen. Vandaag over een week is het te laat. Dan ben je haar voorgoed kwijt en is jullie leven voor altijd veranderd. Kun je daarmee leven?'

Maar er kwam geen reactie. Hij stond met zijn gezicht stroomafwaarts te werpen, de bovenste hand zestig procent duwend en de onderste veertig procent trekkend, een spanningsveld waar de lijn misschien wel van ging vliegen, maar waarin de hengelstok onbuigzaam bleef.

# 20

Er gingen uren voorbij. De soep had een kort verwarmend effect gehad, waardoor ze haar tenen weer had kunnen voelen, maar het bewegingloos tot aan haar middel in het water staan begon zijn tol te eisen en ze begon te huiveren. Het hielp niet dat Lochlan, die nog steeds niet met haar praatte, nu met zijn gezicht op onweer aan de kant zat, waardoor ze steeds nerveuzer werd. Hij had zijn zalm een uur geleden gevangen, maar ze zaten nu in een impasse. Het was eerder wrok dan hoffelijkheid dat hij weigerde verder te gaan tot zij ook beet zou hebben. Het maakte niet uit dat ze allebei wisten dat ze vandaag echt geen vis meer zou vangen. Hij wist dat hij zonder haar niet kon winnen, maar als hij ging verliezen wilde hij haar duidelijk maken dat het haar schuld was. Tot zover de overvloedmentaliteit.

Niet dat ze het goede voorbeeld gaf, want ze had zelf koppig geweigerd om het water uit te komen voor een lunch, hoewel ze wel kon huilen van de honger toen hij aanviel op zijn sandwiches met rosbief en mierikswortel.

De stilte tussen hen duurde voort, ook al klapperden haar tanden. Haar armen deden pijn, maar ze bleef waar ze was en wierp de lijn telkens opnieuw. Het was een automatische beweging geworden, de hengel en lijn leken deel uit te maken van haar lichaam. De zon was achter de bomen verdwenen en stuurde zijn brede stralen door de kale takken, recht in haar ogen.

Ze wierp weer en draaide haar lichaam nog wat verder om het felle licht te ontwijken toen ze een plotselinge ruk voelde. Die kwam zo onverwacht dat ze bijna de hengel losliet.

'O!' Ze bracht haar armen omhoog en trok aan de lijn.

Lochie hoorde de verbazing in haar stem en zijn hoofd schoot omhoog. 'Wat? Wat is er?'

'Ik... Ik geloof dat ik beet heb!' riep ze verschrikt uit.

Hij kwam meteen overeind. 'Oké, oké, nu kalm blijven,' zei hij terwijl hij langs de oever en over de rotsen kwam aansnellen met het grote visnet in zijn hand. 'Als hij weg wil, laat de lijn dan vieren. Hou hem niet tegen. Hij wordt vanzelf moe. Maar als hij meegeeft, haal je hem naar je toe, oké?'

'Eh...' riep ze terwijl het trekken heviger werd en er meer spanning op de hengel kwam te staan.

'Laat gaan, laat gaan. Goed zo... En til de hengel nu een stukje op, niet verder,' zei Lochie. Hij bewoog zich stroomafwaarts, bij haar vandaan. 'Kom deze kant op.'

Ze zette aarzelende passen in zijn richting. Waarom moest zij naar hém toe komen? Waarom kon hij niet háár kant op waden, vroeg ze zich in paniekerige stilte af.

'Ja, zo. We hebben geen haast. Als je de hengel voelt buigen, geef dan wat mee. Hij vecht tegen de hengel en de stroming. Hij wordt vanzelf moe.'

Ze probeerde te kalmeren, hijgend van de onverwachte opwinding en de daaropvolgende worsteling.

'Wat je ook doet, zet de reel niet vast,' zei Lochie waarschuwend, die dicht bij de oever met het water op kniehoogte met het net klaarstond.

'Haal jij hem er niet uit?' riep ze. Waarom ging hij niet verder het water in met dat net?

'Til de hengel omhoog. Ja, omhoog,' zei hij met zijn ogen op het water gericht. 'Hij is nog niet zover. Nog een kleine halve meter.'

Ze voelde dat de spanning toenam, liet de punt wat zakken en voelde de lijn bewegen. 'O god, nee, ik raak hem kwijt,' jammerde ze zachtjes. Haar armen waren moe, haar spieren verkrampten. Ze had niet gegeten, ze had geen lunchpauze genomen. En nu zou die verrekte vis ook nog ontsnappen. Het zou allemaal voor niets zijn geweest. Ze wilde roepen, schreeuwen. 'Mijn armen...'

Maar Lochie keek niet naar haar, zijn ogen richtten zich op het water.

'Kom nog een stap naar me toe,' zei hij op rustige toon, en hij liep zelf wat dieper het water in.

Ze deed wat hij zei, net toen de lijn weer strak begon te staan en de vis boven de oppervlakte uit sprong. Alex voelde een harde ruk aan haar armen en de hengel werd bijna uit haar greep getrokken. Lochie maakte een grote schepbeweging met het net en ving de vis.

'Ja!' riep hij toen hij het net hoog boven het water tilde, met de spartelende vis erin. Die was groot, groter dan de zijne!

'Het is je gelukt! Godallemachtig, niet te geloven!' riep hij uit.

'O mijn god!' gilde Alex, zo goed en zo kwaad als het ging op en neer huppend. Er sprongen zowaar tranen in haar ogen terwijl ze zo snel als ze konden het water uit waadden. 'Is het me gelukt? Is het me echt gelukt?' Ze voelde zich uitzinnig van opluchting. Extatisch.

'Het is je verdomme gelukt!' zei hij lachend, en hij hield het net zo hoog dat ze de vis goed kon zien.

'O mijn god, dat was...' Haar mond bleef openstaan, want ze wist niet wat ze ervan moest zeggen. Het was vreselijk geweest om zo lang in het koude stromende water te staan. Maar nu voelde het heerlijk. 'Dit is geweldig,' hijgde ze met haar handen op haar wangen en haar ogen groot van opwinding.

'Jíj was geweldig!' Hij lachte en keek haar stralend aan. 'Ongelooflijk dat je het hebt volgehouden. Je bent geweldig.'

Ze keek hem aan. Hij had niet eerder zoiets aardigs tegen haar gezegd.

Er viel een stilte. Allebei waren ze verrast dat ze eens een keer geen onenigheid hadden en toen zijn blik op haar mond viel, voelde ze dat haar buik reageerde. Wat...

'Hé, je rilt helemaal. Je lippen zijn blauw. We moeten je warm zien te krijgen,' zei hij, en hij legde het net neer, ritste zijn jack open, omhulde haar met beide kanten en sloeg zijn armen om haar heen. Alex verroerde zich niet toen ze plotseling werd omgeven door zijn warmte en zijn geur. Ze voelde dat haar stijve, halfbevroren spieren ontspanden. Ze sloot haar ogen, dankbaar dat de kou langzaam wegsmolt nu zijn handen over haar rug wreven om de bloedsomloop te stimuleren. 'Is dat beter?' vroeg hij na een paar minuten, zijn stem ronkend in haar oren.

Ze knikte en hij zette een stap achteruit. 'Dank je,' zei ze zacht terwijl ze een lok haar achter haar oor stopte.

'Hm, je lippen worden ook weer roze,' zei hij. 'Maar je moet wat eten. Neem jij een sandwich, dan maak ik dit in orde.' Hij liep naar het net om de haak uit de bek van de zalm te halen.

Alex keek naar zijn rug, nog nahuiverend. Maar niet meer van de kou.

Haar vangst had hun beiden weer goede moed gegeven, en na een korte blik op de kaart leidde Lochie haar vastberaden weg van de rivier naar hogergelegen gebied. Hoewel de schaduwen al langer werden, hadden ze weer hoop. Ze wisten dat zij goed kon schieten, en dat het nog het moeilijkste zou zijn om op tijd een hert in het vizier te krijgen. Daisy en Ambrose hadden voor half zes een bus geregeld waarmee ze van Borrodale zouden vertrekken, en of Lochlan daar nou bij stilstond of niet, zij – als vrouw – had van tevoren tijd nodig om zich klaar te maken.

De rugzakken waren lichter nu ze hadden gegeten en gedronken, maar de tas met wild – die Lochlan droeg, dat was geen onderwerp van discussie geweest – was zwaar, met de twee zalmen die erin zaten en de korhoenders die eraan bungelden.

Ze stopten om de zoveel tijd zodat Lochie door de verrekijker kon turen. In plaats van blauwe lippen kreeg ze nu rode wangen, want ze liepen snel voort – geweren over de schouder, netten en hengels in de hand. De grond was hobbelig en ze moesten voortdurend uitkijken voor konijnenholen, maar na een tijdje lieten ze het heidelandschap van de moors achter zich en begaven ze zich op rotsiger grond met dichte bosgedeeltes. Lochie zag wat hertenkeutels die er volgens hem vers uitzagen. Zij nam dat van hem aan.

Ze gingen verder. Alex vroeg zich af hoeveel kilometer ze hadden afgelegd en hoelang ze erover zouden doen om terug bij het huis te komen. Ze dacht niet dat ze vanavond nog de fut had om naar een galafeest te gaan, ze voelde zich lichamelijk gebroken en wilde liefst een bad nemen en daarna om acht uur naar bed...

Ze voelde Lochies hand op haar arm. 'Sst,' siste hij zacht, met zijn andere hand gebarend dat ze moest hurken.

Dat deed ze, zich afvragend wat hij had gezien. Zwijgend wees hij naar een gebied ten noordnoordwesten van hun locatie. Het licht begon al wat af te nemen en het was lastig om iets waar te nemen tegen de camelkleurige moors. Maar haar oog viel op iets wat bewoog.

Ze voelde haar hartslag versnellen terwijl ze beter keek, en ze dacht een hertenbok met drie hindes te zien. Maar dat was wel een meter of driehonderd bij hen vandaan.

Lochlan haalde het geweer van zijn schouder en ritste het foedraal open. Zijn ogen bleven strak op de groep gericht. 'Ga liggen,' fluisterde hij. 'Hier.'

Ze nam het geweer van hem aan. 'Ik?' vroeg ze fluisterend.

'Het moet met één schot raak zijn,' fluisterde hij terug. 'Jij moet het doen.'

Waarom? Waarom moest zij het doen? Ze ging op haar buik liggen, steunend op haar ellebogen, en voelde het adrenalinegehalte weer tot grote hoogte stijgen – dat ging de hele dag al op en neer.

De grond was vochtig. Ze lagen op veengrond en ze voelde de kou van de aarde door haar lagen tweed heen.

'Check het telescoopvizier,' mummelde hij met de verrekijker voor zijn ogen.

Ze keek erdoorheen en was stomverbaasd. Plotseling zag ze een schitterend edelhert dat wel zo'n honderddertig kilo moest wegen, het gewei een zes- of achtender.

Haar hartslag versnelde nog verder. Het was magnifiek.

'In het vizier?' mompelde Lochie.

'Ja.'

'Richt op ongeveer halve lichaamshoogte, vlak achter de schouderbladen.'

'Vlak achter de schouderbladen,' herhaalde ze vol spanning. Haar handen begonnen te trillen. Ze probeerde rustig adem te halen.

'Daar zitten het hart en de longen – het is een cirkeltje van ongeveer twaalf centimeter. Zorg voor een goed, direct schot.'

'Oké,' fluisterde ze, en ze slikte zwaar terwijl ze het hert zag grazen en tussendoor in de lucht zag snuffelen.

Ze bleef er gebiologeerd naar kijken.

'In het vizier?' vroeg hij na een paar seconden nog een keer.

'Ja.'

'Schiet dan maar als je er klaar voor bent.'

Ze hoorde de onderdrukte urgentie in zijn stem. Spanning bedekt met een laagje geforceerde kalmte.

'Gaat het?'

'Jawel.' Maar het ging niet. Haar handen beefden en haar ademhaling ging te snel. Door de paniek begon het hert voor haar ogen te vervagen en ze bleef van oog wisselen, waarbij ze er steeds één dichtkneep.

Ze hoorde hem zijn hoofd naar haar toe draaien. 'Alex, er zijn meer dan anderhalf miljoen herten in het Verenigd Koninkrijk,' zei hij. 'Hun aantallen moeten worden beheerst. We moeten een deel afschieten. Ze vernielen het landschap als we ze niet onder controle houden.'

'Ja, dat weet ik,' mompelde ze.

'Dus schiet maar.'

'Ja. Goed...' Ze haalde diep adem. Afschieten, niet vermoorden. Ze concentreerde zich weer op het telescoopvizier en zag het bruine oog van het dier in zijn oogkas, zag zijn oren bewegen om geluiden op te vangen. Het zou de kogel niet op zich af horen zoeven en tegen de tijd dat de knal het hert bereikte, zou het al op de grond liggen. Ze had haar vinger op de trekker.

'Dit is onze enige kans, Alex.' Lochie klonk gespannen. Ze hoorde weer de urgentie in zijn stem.

Hij had gelijk. Het was bijna vier uur en de schemering begon al in te zetten. Een hattrick.

Kom op. Ze kón het.

Maar door een traan raakte het hert uit het zicht. Ze liet haar arm zakken. Ze keek naar Lochie, bang om wat ze in zijn gezicht zou zien terwijl ze hem het geweer toestak.

'Het spijt me,' fluisterde ze. 'Ik kan het niet.'

# 21

WEEKLY MONTANIAN
*9 februari 1918*

MAN UIT THOMPSON FALLS BEHOORT TOT VERMISTEN TUSCANIA

*Edward Samuel Cobb uit Thompson Falls, Montana, lid van de reserve-eenheid van de 20e genie sinds 22 december 1917. Hij werd per trein naar het American University Camp in Washington dc gezonden en maakte deel uit van compagnie E, 6e bataljon. Hij was een van de mannen aan boord van de ss Tuscania, die vijf dagen geleden door een Duitse onderzeeër werd getorpedeerd. Het troepenschip, met aan boord 2197 Amerikaanse soldaten die naar oorlogsgebied werden gebracht, ging ten onder voor de kust van Schotland. 267 mannen zijn vermist.*

## *Borrodale House, Perthshire, zaterdag 16 december 2017*

'De familie-eer is hersteld!' riep Ambrose. Hij stak zijn sherryglas omhoog en bracht een toost uit op de MacNab-hattrick van de Arbuthnotts. Ze zaten in hun feestkleding in de bibliotheek. Alex' jurk was vanochtend tegelijk met haar jachtuitrusting aangekomen, hoewel ze liever had gehad van niet, want dan had ze het perfecte excuus gehad om onder vanavond uit te komen. Het was niet zozeer dat ze uitgeput was – het warme bad en een powernap hadden haar weer energie gegeven – maar ze kon Lochies teleurstelling niet aanzien.

Hij was naar omstandigheden grootmoedig geweest. Iets – instinct? – had het hert laten schrikken toen ze hem het geweer overhandigde, en het was verdwenen voor hij een poging had kunnen wagen. Ze had tegenstrijdige gevoelens gehad: aan de ene kant was ze blij dat het dier had weten te ontsnappen. Het was te mooi, ze kon het niet verdragen dat het zou worden gedood, afgeschoten, hoe je het maar wilde noemen. Aan de andere kant had ze graag gezien dat Lochie zijn felbegeerde hattrick kreeg. Zijn wanhoop op de rivieroever was tastbaar geweest, en toen ze de zalm wonder boven wonder had gevangen, was hij euforisch geweest. En zij was zo opgegaan in zijn euforie dat die had gedaan wat de rivier niet was gelukt: ze werd erdoor opgetild en meegesleept. Dus toen ze hem had teleurgesteld terwijl de overwinning binnen hun – haar – handbereik lag, had ze gedaan wat ze in die rivier vier uur lang had geprobeerd te vermijden. Het was haar schuld dat hij had gefaald.

Hij stond aan de bar met een hand in de zak van zijn Schots geruite broek – alle mannen droegen er zo een – en leek wel een andere man dan de frommelige verschijning die ze allemaal bij het ontbijt hadden gezien. Hij had zich gedoucht en geschoren, zijn wangen waren nog roze van een dag in de vrije natuur en zijn houding was ontspannener dan die in dagen was geweest. De artsen hadden gelijk gehad: frisse lucht en lichaamsbeweging waren goed voor zijn herstel. Maar hoewel hij glimlachte en meedeed aan het gesprek, zag ze de teleurstelling onder het oppervlak. Hij leek stoïcijns, maar hij hield zijn gevoelens binnen en alleen zij wist dat ze zijn weekend had verpest. En waarvoor? Ze was geen stap verder gekomen. Hij wilde nog steeds niet naar haar luisteren of met haar praten over Skye, terwijl zijn overdreven felle reactie haar er alleen maar meer van had overtuigd dat ze gelijk had. Ze was er nu zeker van dat daar de sleutel lag en dat ze daar haar strategie op moest afstemmen. Als zij herenigd konden worden, zou Alex haar taak kunnen volbrengen.

'Die jurk is een plaatje,' zei Elise, die naast haar op de fluwelen bank kwam zitten. 'Ik zou willen dat ík zwart kon dragen.'

Alex glimlachte, ze was blij met het compliment. Het was een mouwloze jurk van Dolce & Gabbana met een kanten lijfje, een diepe V-hals en een breed lint onder de buste. Hij kleedde slank af, maar zat niet strak, wat hem flatteus maar ook comfortabel maakte. 'Ik zou verwachten dat jij er in het zwart beeldschoon uitziet.'

'Nee,' verzuchtte Elise, die straalde in haar zilveren outfit. 'Ik word er heel bleek van.'

Alex ving Anna's blik en ze glimlachten naar elkaar. 'Hoe was jullie dag?'

'Weer zo'n stomme forel,' antwoordde Anna met een zucht. 'Dat is mijn achilleshiel aan het worden. Afgezien daarvan schijnen we maar twintig minuten achter Ambrose te hebben gezeten.'

'Jammer.'

'En jullie?' vroeg Elise.

'Nou, het is me wel gelukt om een zalm te vangen, hoewel ik er bijna een longontsteking aan heb overgehouden.' Ze slaakte een vermoeide zucht. 'Maar ik vrees dat mijn misser bij de sluipjacht ons de das om heeft gedaan.'

'Ik dacht dat Lochie had gezegd dat jij een geweldige schutter bent?'

Had hij dat gezegd? Het verraste haar dat hij iets positiefs over haar te melden had gehad. 'Nou, het was ook meer een... psychologische kwestie.' Ze beet op haar lip. 'Ik kon het niet over mijn hart verkrijgen.'

'O, maar dat kun je jezelf toch niet kwalijk nemen?' zei Elise vriendelijk, toen ze zag dat ze ermee in de maag zat.

'Ik vind het gewoon heel vervelend.'

'Ik begrijp het helemaal. Het zijn zulke schitterende dieren. Je moet echt heel vastbesloten en rationeel te werk gaan. Anders heb je het gevoel dat je Bambi vermoordt.'

'Precies.' Ze beet weer op haar lip. 'Maar Lochla... ik bedoel Lochie, is heel erg teleurgesteld. Hij had zijn zinnen op die hattrick gezet.'

'Luister nou, dat is heel lief bedoeld, maar zijn vader kan zich er nu niet meer druk over maken.'

Alex fronste 'Zijn vader?' Ze keek naar Anna – een nuchter, stabiel type. Zij zou het vast wel kunnen uitleggen.

'Lochie heeft zijn vader een hattrick beloofd,' zei ze schouderophalend.

'Maar... zijn vader is toch overleden?'

Anna glimlachte aarzelend. 'Ja. Hij heeft de belofte gedaan...'

Ze hoefde de zin niet af te maken. Alex sloeg geschrokken haar hand voor haar gezicht en voelde zich nu nog schuldiger. Hij had de belofte gedaan aan zijn vaders sterfbed.

'Het schijnt dat zijn vader zelf een drievoudig MacNab-succes nastreefde.'

Elise gaf haar een klopje op haar knie. 'Maak je geen zorgen. Lochie kan volgend jaar weer een poging wagen.'

'Maar dat is toch niet hetzelfde? Dit zou drie keer achter elkaar zijn geweest. Het wordt dan geen échte hattrick.'

'O god, zeg dat niet tegen Ambrose,' zei Daisy kreunend terwijl ze een schaaltje olijven presenteerde.

'Hoi,' zei Emma, die zich bij hen voegde en er prachtig uitzag. Ze had haar haren in een wrong opgestoken, waardoor haar elegante hals en roomkleurige huid mooi uitkwamen. 'Iedereen een beetje bijgekomen? Mijn benen branden nog steeds.' Ze ging naast Anna op de grote poef zitten.

'Nou, gelukkig heb je een lange jurk aan,' zei Anna lachend. 'Onder een mini-jurkje zou dat er angstaanjagend uitzien.'

Jess – die Daisy in de keuken had meegeholpen – kwam de kamer weer in en klapte in haar handen. 'De bus staat buiten,' zei ze. 'Iedereen klaar om te vertrekken?'

Ze mompelden allemaal instemmend, leegden hun glas en streken hun kleding glad. Alex' ogen gleden naar Lochlan en tot haar verbazing waren de zijne al op haar gericht. Ze glimlachte nog eens verontschuldigend. Het was vanavond zíjn grote avond. Hij vroeg zich ongetwijfeld af of zij ook déze gelegenheid voor hem zou verpesten.

De laatste keer dat ze in een bus had gezeten was tijdens een schoolreisje, maar vergeleken daarmee was deze versie een wereld van verschil. Het was een 'klein' exemplaar, maar met verduisterde ramen en extra brede lederen zitplaatsen, beeldschermen voor entertainment en een koelkast vol flessen met goudkleurige folie om de hals – het was de privéjet onder de bussen. Ambrose voorzag iedereen van champagne en nam het voortouw in een singalong van vooral Schotse rugbyliederen terwijl ze badend in luxe over de A9 zoefden.

Lochie oogde nerveus, zijn benen wipten steeds sneller op en neer naarmate ze Pitlochry naderden. Zijn glimlach was net zo groot als die van de anderen, maar hij bleef uit het raam kijken om te zien waar ze precies waren.

En al snel sloegen ze in het dorp Blair Atholl een door bomen geflankeerde laan in en passeerden ze een paar imposante hekken tussen stenen pilaren. Iedereen stopte met zingen terwijl ze door de ramen naar het schitterende domein keken, met nette gazons, een meertje dat glinsterde in het maanlicht en groepjes sparren die het uitzicht verdeelden in fraaie compartimenten. Tot haar lichte schrik zag Alex dat ze uitgerekend door een hertenpark reden. Toen ze een roedel passeerden, hield ze haar ogen op haar handen in haar schoot gericht.

Ze stopten voor een groot wit kasteel, en al voordat de deuren opengingen hoorde ze de doordringende klank van doedelzakken. Daar kreeg ze altijd kippenvel van. Ze stapten een voor een uit de bus, op een rode loper met aan beide kanten soldaten in ceremonieel uniform, met kilt en sjerp, een baret met veer en een musket aan hun zij.

Alex was de laatste die uitstapte. Ze was verbaasd toen ze zag dat Lochie op haar wachtte terwijl de anderen al in koppels vooruitliepen. Hij hield haar zijn in fluweel gestoken arm voor en keek haar met ondoorgrondelijke ogen aan.

'Zullen we dan maar?'

Ze had Borrodale House al indrukwekkend gevonden, maar Blair Castle was ronduit koninklijk met zijn hoge hal waarvan de muren bijna compleet bedekt waren met historische wapens. Er stonden obers al net zo keurig in het gelid als de soldaten buiten, maar zij hielden de gasten zilveren dienbladen met champagne voor, en Lochie en zij namen allebei een glas. Ze voelde hoe nerveus hij was.

'Het klinkt als een grote eer, dat je tot Master wordt benoemd,' zei ze tegen hem terwijl ze stonden te wachten in de korte rij voor de ingang naar de balzaal.

Ze voelde zijn lichaam tegen haar arm verstijven. 'Het is puur ceremonieel. Het heeft niets te betekenen.'

'Behalve dan dat je door je vakgenoten zeer hooggeacht wordt,' wierp ze tegen.

Hij keek haar van opzij aan, maar gaf geen antwoord.

'Jij zou eens moeten leren om een compliment in ontvangst te nemen,' zei ze met een glimlach.

'Ik zou over jou hetzelfde kunnen zeggen.'

'Pardon?'

'Je ziet er prachtig uit in deze jurk.'

Alex' hoofd schoot omhoog en ze keek hem stomverwonderd aan. Ze wist niet hoe ze moest reageren.

Hij grinnikte en keek weer voor zich uit. 'Zie je wel?'

De rij kwam in beweging en ze liepen weer verder. Alex gaf een klein kreuntje, dat niet te horen was vanwege de doedelzakken, toen ze een hertenkop boven de deur naar de balzaal zag hangen. Echt? Zou ze de hele avond met haar mislukking worden geconfronteerd?

Lochie, wiens arm nog steeds door de hare gehaakt was, had de reactie van haar lichaam kennelijk gevoeld, want hij keek haar even aan en volgde haar blik. 'Maak je er maar niet meer druk over,' zei hij zacht.

'Maar...' Ze snapte niet wat haar mankeerde. Wat was er vanmiddag met haar gebeurd? Ze was helemaal niet zo sentimenteel als het ging om de jacht; ze begreep de economie die erachter zat en ze wist dat er veel mensen op het platteland hun geld mee verdienden. Waarom had ze niet geschoten? 'Het spijt me heel erg.'

'Dat weet ik. Je hebt het al honderd keer gezegd.'

'Maar dat was nog voordat ik hoorde over de belofte die je hebt gedaan. Aan je vader bedoel ik.'

Hij keek haar weer aan met die argwanende blik in zijn ogen.

'Anna heeft het me verteld.'

Hij haalde diep adem, duidelijk geïrriteerd. 'Het was maar een... uitdaging. Een weddenschap, een spel. Het heeft niets te betekenen in het grote geheel.'

Ze zwegen een moment.

'Bovendien was het heel verhelderend,' zei hij, met zijn blik recht vooruit, de woorden nauwelijks meer dan gemompel.

'Hoe bedoel je?'

'Nou, je blijkt dus een hart te hebben.'

'Wat?' Ze fronste, van haar stuk gebracht door de opmerking.

'Ik vroeg het me al af,' zei hij schouderophalend. 'Maar het lijkt erop dat je het toch niet in je hebt. Het killersinstinct.'

'Jawel!'

Hij keek haar recht aan. 'Nee.' Zijn stem klonk kalm, bijna te kalm. 'Je had het hert in het vizier en je had kunnen schieten. Maar je deed het niet. Je kon het niet.' Zijn blik was doordringend en zo direct dat ze het gevoel had dat hij recht door haar heen keek.

Of zijn commentaar bedoeld was als compliment of als belediging wist ze eigenlijk niet, maar ze vatte het op als het laatste. Gepikeerd probeerde ze haar arm los te wurmen, maar hij duwde zijn elleboog stevig tegen zijn zij – zodat ze klem zat – op het moment dat een fotograaf plotseling zijn lens op hen richtte. Ze zetten allebei een gemaakt glimlachje op en de sluiter klikte.

De rij was inmiddels bijna opgelost en het volgende moment liepen ze de balzaal in. Die was enorm groot en bomvol. Ze kwamen maar langzaam door de menigte heen, want Lochlan werd in het voorbijgaan door bijna iedereen op de schouder geslagen en verwelkomd. De gehele crème de la crème van de whiskyindustrie wilde hem begroeten. Alex glimlachte beleefd terwijl ze aan verschillende mensen werd voorgesteld, maar voor de verandering prentte ze geen namen in haar geheugen en lette ze niet op de non-verbale uitingen die haar altijd attent maakten op potentiële cliënten. Ze was afwezig en uit haar gebruikelijke vorm. Zijn woorden bleven maar door haar hoofd spoken en het was een opluchting toen ze de krullen van Ambrose een half hoofd boven alle andere hoofden zag uitsteken.

'Nou, ik hoop dat we snel wat te eten krijgen. Ik sterf van de honger,' zei Emma, die ongedurig rondkeek in de zaal. 'Ik had aan het eind van de middag thee met taart mee naar onze kamer genomen, maar Max heeft alles opgegeten toen ik in bad lag! En híj is degene die zijn patiënten vertelt dat ze minder verzadigde vetten moeten eten.'

Alex wist dat zij ook trek zou moeten hebben, maar haar eetlust stond op een laag pitje. Lochlans woorden sneden dwars door haar heen. Wat was er met haar aan de hand? Waarom had ze niet gewoon geschoten?

'Lochie ziet er nerveus uit, vind je niet?' fluisterde Anna tegen de andere vrouwen terwijl de mannen hem goedmoedig begonnen te plagen.

'Mmm, maar ook superknap,' zei Elise glimlachend, en om de een of andere reden keek ze daarbij Alex aan.

'Hij zag er altijd al goed uit in die Schots geruite broek,' zei Jess nippend van haar champagne terwijl ze hem bestudeerde.

'Ho,' lachte Daisy, met een speelse por tegen haar arm. 'Laat Sam het niet horen!'

'Waarom niet?' antwoordde Jess grijnzend. 'Het is een objectieve constatering.'

'Objectieve constateringen zijn niet toegestaan als het om je ex gaat. We weten allemaal dat Sam ervan overtuigd is dat Lochie er spijt van heeft dat hij je heeft laten gaan.'

Alex keek verrast naar Jess. Was zij zijn éx?

'Ze hadden verkering in onze studententijd,' zei Elise toen ze haar verwonderde blik zag. 'Wist je dat niet?'

Alex schudde haar hoofd. 'Nee. We, eh... we praten niet over ons privéleven.'

'O nee, dat is ook zo – jullie zijn min of meer collega's,' zei Emma met een ondeugende blik in haar ogen.

'Ja.'

'Dat zal dan wel,' zei ze grijnzend met een opgetrokken wenkbrauw.

Alex keek verwonderd. 'Ja, echt! Er is niets... Er is verder niets tussen ons.'

'O, kom op!' reageerde Anna lachend. 'We zien allemaal hoe hij naar je kijkt.'

'We zien allemaal dat hij zijn ogen niet van je kan afhouden!' deed Elise een duit in het zakje.

'Dat is niet waar,' protesteerde Alex, die voelde dat ze een kleur kreeg. Ze wisten er niets van, ze hadden niet gehoord hoe hij net tegen haar had gesproken en wat hij had gezegd. Ze wisten niet dat deze zogenaamde 'vriendschap' een schertsvertoning was die ze voor zijn vrienden opvoerden terwijl ze ondertussen strijd leverden om hun eigen eer te redden. Ze wisten niet dat hij haar niet kon uitstaan, dat ze over een week weer thuis zou zijn en dat ze elkaar dan nooit meer hoefden te zien.

Dat plotselinge besef bracht een overweldigende opluchting in haar teweeg. Over een week zou het leven weer normaal zijn: ze zou terugkeren naar haar onberispelijke appartement en haar ochtendsessies pilates, ze zou weer hoge hakken kunnen dragen en haar luxe lunch laten afleveren op haar bureau. Ze zou geen kleding van onbekenden meer hoeven lenen en geen badkamer hoeven delen, en ze zou geen koekjes bij haar koffie krijgen en niet meer steeds kool hoeven eten. Ze kon ontsnappen aan die westelijke wind die haar kapsel ruïneerde en ze hoefde geen levend wezen meer te doden om te bewijzen dat ze goed was in haar werk.

De vermoeidheid sloeg ineens toe en ze liet haar schouders hangen. De emotionele en mentale tol die dit allemaal eiste, het omgaan met zijn nukken, had haar erger afgemat dan ze zich had gerealiseerd. Het was te veel om er vierentwintig uur per dag mee bezig te zijn, zonder respijt.

'Hé, gaat het wel?' vroeg Elise, die bezorgd een hand op haar arm legde. 'We waren maar wat aan het dollen. We bedoelden er niets mee. Als jij zegt dat het tussen jullie slechts zakelijk is, dan is dat zo.'

'Nee, daar gaat het niet om,' zei Alex, en ze probeerde te glimlachen. 'Ik realiseerde me ineens hoe ongelooflijk moe ik ben. Ik heb al weken geen rust gehad, en met vandaag erbij... Het breekt me een beetje op. Ik voel me niet zo goed, eerlijk gezegd.'

'Het is hier ook erg warm,' zei Emma, die omhoogkeek naar het hoge balkenplafond alsof zich daar stoom zou verzamelen.

'Ik geloof dat ik maar even een luchtje ga scheppen,' zei ze, om zich heen kijkend waar de uitgang ook alweer was.

'Natuurlijk. Wil je dat een ons met je meegaat?' vroeg Daisy bezorgd.

'Nee, dat hoeft niet. Het gaat wel. Ik ben zo terug.'

'Oké. Dan wachten we hier op je,' antwoordde Daisy met een glimlach.

Alex draaide zich om en liep weg, maar ving nog net op wat Elise zei. 'O! Moet je zien. Hij kijkt de héle tijd naar haar.'

Haar handen deden zeer van het klappen. De ceremonie en toespraken waren al meer dan een uur bezig en ze voelde de spanning van Lochlan, die naast haar zat, afstralen. Zo had ze hem nog niet meegemaakt. Hij was er steeds heel goed in geweest de schijn op te houden, hij wist zijn emoties en kwetsbaarheid gewoonlijk uitstekend te verbergen achter een olifantenhuid en zijn opvliegendheid. Maar hij was de volgende, en de man op het podium gaf een vlammende speech waarin hij Lochlans kennelijk talrijke prestaties prees. Het was nieuw voor haar dat hij degene was die het was gelukt om de Kentallen-20 tot officiële malt van de Houses of Parliament te maken. Een man aan de naastgelegen tafel leunde naar hem toe en fluisterde.

'Waar is Sholto? Ik dacht dat hij er vanavond ook zou zijn.'

'Nee, hij is verhinderd,' zei Lochie, prutsend aan zijn vlinderstrik, en toen de man verbaasd keek – hij werd tenslotte onderscheiden vanwege zijn verdiensten in de whiskywereld, dus de voorzitter van zijn bestuur zou hier moeten zijn – voegde hij eraan toe: 'Vanwege de brand.'

'O ja, ja, natuurlijk,' zei de man, die de krantenkoppen natuurlijk had gelezen en hem een bemoedigend klopje op de arm gaf. 'Vreselijk. Sterkte.'

'Dank je.' Lochie ging achteroverzitten en richtte zijn blik weer op de spreker op het podium.

'Je hebt hem niet eens uitgenodigd,' zei Alex zacht.

'Hoe weet jij dat nou?'

'Omdat je je hals bedekte, je stem veranderde en sneller met je ogen knipperde. Allemaal klassieke non-verbale signalen dat je liegt.'

Lochie keek even opzij terwijl zij naar de spreker keek. 'Pff. Nou, voor zijn veiligheid.'

'Veiligheid?'

'Zeker. Hij zou ter plekke zijn gestikt met al die loftuitingen aan mijn adres.'

'Ik denk dat je een beetje te hard oordeelt.'

'Ik weet heel goed wat jij denkt,' zei hij bruusk. 'Het is duidelijk waar jouw loyaliteit ligt.'

Ze keek de andere kant op, want ze had geen zin om weer met hem in discussie te gaan. Vandaag was al moeilijk genoeg geweest.

Iedereen begon weer te klappen en keek hun kant uit. Ze hoorde hem zijn keel schrapen terwijl hij met een glimlach op zijn lippen overeind kwam.

Hij zigzagde zich een weg langs de grote ronde tafels en vergulde stoelen en ze zag dat de gezichten bewonderend lachend naar hem opkeken terwijl hij voorbijliep. Hij schudde de hand van de man die al op het podium stond, waarna hij zich naar de zaal toe draaide – zijn handen op de katheder, zijn ellebogen lichtjes uit elkaar, zijn kin omhoog.

Alex fronste omdat ze wist wat dit was: een powerpose. Hij maakte zich groter, presenteerde zich als dominant, herinnerde iedereen eraan dat hij de CEO was die een brandend gebouw in was gerend om zijn bedrijf en daarmee de banen van zijn werknemers te redden.

'Dank u, dames en heren,' zei hij, terwijl hij wachtte tot het applaus verstomde. 'Dank u.' Hij gebruikte geen aantekeningen, het zat allemaal in zijn hoofd.

Hij overzag de aanwezigen met een flauw glimlachje op zijn gezicht, en van een afstandje zag ze plotseling de gelijkenis met zijn neef: zijn donkere haar stond zo sterk in contrast met Callums goudblonde bos, en hun gedrag was zo tegengesteld, dat ze het niet eerder had opgemerkt, maar nu hij daar zo in het licht stond, zag ze dat ze dezelfde fraaie jukbeenderen hadden, plus de vierkantige kin en de diepliggende ogen. Maar terwijl Callum goedlachs was en zijn knappe uiterlijk uitbuitte, had Lochie de neiging tot fronsen en leek hij zich niet bewust van zijn schoonheid.

'Dames en heren, het is een voorrecht om hier vandaag voor u te staan en deze eervolle onderscheiding in ontvangst te nemen. Zoals de meesten van u weten, vloeit door mijn aderen geen bloed maar amberkleurige nectar, en wijd ik mijn hele leven en carrière aan het verbreiden van de liefde die wij voor de whisky delen, naar zoveel mogelijk mensen in zoveel mogelijk landen.'

Hij schraapte zijn keel. 'Dat is niet altijd eenvoudig. Deze industrie kent vele valkuilen. Waar anders moet je drie jaar wachten voordat je écht kunt beginnen? Waar anders probeer je de vraag naar een product over vijftig jaar in te schatten? Waar anders creëer je een DNA uit louter water, gerst en turf – en herhaal je, als er een unieke smaakafdruk is ontstaan, datzelfde alchemistische proces keer op keer opnieuw?'

Hij glimlachte. 'Het antwoord is nergens. Nergens is de onvoorspelbaarheid van niet alleen de vraag maar ook het aanbod zo groot als in onze bedrijfstak. Ons product kan niet worden nagemaakt, al zullen sommige tongen anders beweren. Niet alle whisky is scotch – daarvoor zijn ons water, onze lucht, onze grond en onze pássie vereist. Maar ondertussen hebben wij wel Spaanse sherryvaten en Amerikaanse eikenhouten bourbonvaten nodig, we hebben India nodig om de hoge invoerheffingen te laten zakken, zodat er een complete markt voor ons opengaat, en we hebben Chinese bedrijven nodig om corrupte praktijken uit te bannen, zodat de naam van onze scotch niet wordt aangetast door het stigma van omkoping.

En wat dacht u van het nieuws dat de verkoop van andere sterkedranken ons voor het tweede jaar op rij voorbijstreeft, dat de wodka en gin tegenwoordig winstgevender zijn, dat verscheidenheid de sleutel is? Met zulke uitdagingen in het verschiet is onze cyclus van hoog- en laagconjunctuur, van *boom-and-bust*, toch voorbestemd zich telkens weer te herhalen? We herinneren ons allemaal het "whiskymeer" van de jaren tachtig, toen de vraag afnam, de prijzen kelderden en distilleerderijen door het hele land met waardeloze voorraden zaten. Veel distilleerderijen werden gesloten. Kentallen heeft een aantal keren op het randje gebalanceerd en mijn eigen vader riskeerde een persoonlijk faillissement door het bedrijf financieel te steunen toen de banken dat niet meer deden.' Hij zweeg een moment en keek rustig rond, zo te zien in zijn element. Op-en-top een CEO.

'Dus hoe gaan we om met dergelijke moeilijkheden? Hoe kunnen we floreren ondanks zoveel problemen?' Hij glimlachte kalm en Alex merkte dat hij ergens naartoe wilde. Ze hoorde het aan zijn stem, ze zag het in zijn ogen. Hij leek... opgewonden, en ze besefte dat wat ze eerder voor nervositeit had aangezien eerder rusteloosheid was geweest, ongeduld. Hij had hierop gewacht.

'We floreren, dames en heren, wanneer we weten dat deze elementen geen collectieve ramp voor onze industrie betekenen, maar de perfecte storm. Zeldzame en oude whisky's leveren op veilingen recordprijzen op, en de afnemende voorraad in combinatie met een toename in vraag – zelfs met de groeiende concurrentie en ontoegankelijke sleutelmarkten – maakt dat dit de beste tijd is om te investeren...'

Wát? Ze dacht terug aan haar gesprek met Torquil.

'Dus verheugt het me om vandaag aan te kondigen dat de Kentallen Distillery Group een nieuwe dochteronderneming heeft opgericht, Scotch Vaults, een bedrijf waar private en zelfs kleinschalige investeerders voor het eerst kunnen beleggen in rijpende malts...'

De zaal hield collectief haar adem in en zijn glimlach werd breder. Alex verstijfde. Nee. Dit deed hij niet echt.

'De afgelopen twee jaar hebben we een revolutionair collectief handelsplatform ontwikkeld waarin een individu per liter kan beleggen – niet per vat zoals vroeger alleen mogelijk was. Kleine investeerders kunnen nu zo weinig of zo veel van onze een-, twee- of driejarige rijpende maltwhisky kopen als ze willen, én ze kunnen verkopen wanneer ze willen, zonder minimum duur. En door te investeren in deze jonge whisky's die zich in onze pakhuizen bevinden, hebben ze niet te maken met alle gedoe en kosten die het eindproduct van de industrie met zich meebrengt, zoals overhevelen, vervoer, marketing, botteling en natuurlijk belastingen en accijns.

Tot nu toe was het binnen deze industrie onmogelijk om de enorme schaal die vereist is om een consistent product te realiseren af te stemmen op de behoefte van de kleinschalige investeerder, maar Scotch Vaults zal daar verandering in brengen. Scotch Vaults zal hoge aantallen aandeelhouders verenigen in consortiums waarvan de investeringen aansluiten op de grootschalige langetermijnhoeveelheden die nodig zijn in onze handel.

*Lairds*, dames en heren, vanaf vandaag zullen de investeringskansen in Schotse whisky hun langverwachte plek innemen in de beleggingsmarkt van de drank. Hoge winsten hoeven niet langer beperkt te blijven tot de zeldzame topflessen, maar kunnen ook worden behaald met jongere voorraden. Bovendien zal de markt niet meer alleen voor de elite toegankelijk zijn. Ik zie ernaar uit om te praten met die distilleerderijen die overwegen ook hún voorraden toe te voegen aan de Scotch Vaults-lijsten.' Hij keek stralend rond naar de opgetogen gezichten die hem aankeken. 'Dames en heren, de cyclus van boom-and-bust in de whisky is zojuist een open markt geworden. We zijn er klaar voor. Laten we ertegenaan gaan.'

Het publiek kwam al overeind voordat hij het podium had verlaten. De zaal gonsde van het gejuich en gefluit, de mensen die hij voorbijliep schudden hem de hand, zodat het een aantal minuten duurde voor hij terug was bij hun tafel, waar een joelende Ambrose de glazen bijvulde, en de mannen hem een voor een omhelsden.

'Jij sluwe vos!' riep Max lachend. 'Hoe heb je dit in godsnaam geheim weten te houden?'

'Dat heet discretie,' antwoordde Lochie grinnikend. 'Zou je ook eens moeten proberen als je weer in Soho bent.'

'Maar hoe heb je het voor elkaar gekregen met de software?' vroeg Ambrose. 'Je runt nota bene een distilleerderij. Wie heb je...'

Hij zweeg toen Lochie zijn ogen grijnzend naar de overkant van de tafel liet glijden.

'Sám?' riep Jess, die haar glas bijna liet vallen.

'Nou, ik had immers een nieuw project nodig, darling,' zei hij met een grote grijns.

'Maar je hebt nooit iets gezegd...'

'Dat mocht niet. Lochie deed er heel James Bond-achtig over en zei dat het top secret was.'

'Maar er twee jaar lang niets over zeggen? Ik ben je vrouw! Je had het míj toch wel kunnen vertellen?'

'Ja, maar dan had ik je vervolgens moeten vermoorden. Vergeef me, alsjeblieft?' vroeg hij op speelse toon terwijl hij zich naar haar toe boog om haar een kus op de wang te geven.

Lochie ging weer naast Alex zitten, maar zij lachte niet mee met de anderen.

'Ben je helemaal gek geworden?' fluisterde ze met een vertwijfelde blik in haar ogen toen hij het zich eindelijk verwaardigde haar aan te kijken.

'Waarschijnlijk wel,' gniffelde hij terwijl Ambrose een scheutje whisky in zijn champagne schonk.

'Zoiets kun je niet zomaar doen – en het ook nog eens voor de hele whiskyscene verkondigen,' siste ze toen hij het glas leegdronk, energiek en krachtig, 'als je geen mandaat van het bestuur hebt.'

'Wie zegt dat ik dat niet heb?' vroeg hij zacht. De glimlach lag nog steeds op zijn lippen, maar zijn ogen kregen een harde glans.

'Dat heeft Torquil me verteld. Het voorstel was verworpen.'

'Nou, gelukkig maar dat ik mijn eigen geld heb gebruikt en dat Sam werkt in ruil voor aandelen.'

'Je wéét dat Sholto dit niet over zijn kant zal laten gaan.' Ze liet haar ogen rond de tafel gaan, maar niemand keek naar hen. Ze zaten allemaal geanimeerd met elkaar te praten en hielden zich niet met hen bezig.

'Het is míjn geld,' reageerde hij geërgerd, en zijn goede stemming begon te verdampen. 'Het heeft niets met Kentallen te maken.'

'Jawel!' riep ze uit, al probeerde ze haar stem te dempen. 'Je hebt net Kentallen genoemd als het voornaamste merk in dit verband en je gaat voorraden van Kentallen gebruiken! Dat kun je niet doen zonder instemming van een meerderheid.'

'Nou, als je even terugdenkt, zul je erachter komen dat ik niet specifiek heb gezegd dat we Kentallens voorraden gaan gebruiken. Ik heb alleen gezegd dat het een dochteronderneming wordt. Als je daaruit wilt afleiden dat er voorraden van Kentallen zullen worden verhandeld, dan moet jij dat weten. En ik hoop zeker dat als de aandeelhouders déze respons zien...' Hij keek even rond in de zaal. '... dat ze zich dan bedenken en ervoor zullen tekenen.'

'Hou op een spelletje met me te spelen. Je weet precies wat je zojuist hebt gedaan.'

'Luister,' siste hij met glinsterende ogen. 'Ik kan het bestuur niet dwingen om deel uit te maken van deze onderneming, maar het bestuur kan mij ook niet dwingen om het idee los te laten. De technologie is geregeld, de patenten zijn aangevraagd. En vanaf vanavond zal de hele whiskyindustrie in de rij staan om mee te doen.' Hij gebaarde met een knikje naar de mensen aan de tafels om hen heen, die drukke gesprekken voerden.

'Dit kan het einde van je carrière betekenen, dat weet je. Sholto gaat je eruit werken. Je kunt niet in je eentje zulke besluiten nemen. Een bestuur is er niet voor niets!'

'Het bestuur is een obstakel, snap je dat niet?' snauwde hij, zodat ze terugdeinsde. 'We zitten in een impasse. Schaakmat. We zitten vast. Er móét gewoon iets gebeuren.'

‘En dit is jouw antwoord?’ vroeg ze vol ongeloof. ‘Hier ga je voor? Een solistische actie die je hartstikke kwetsbaar maakt?’

‘Ja,’ zei hij nijdig terwijl hij nog een whiskycocktail van Ambrose aannam. ‘Daar ga ik voor.’

# 22

Terug in Borrodale House ging het feestje verder. Lochies juichstemming had iedereen aangestoken. Vergeten was de vermoeidheid na een dag op de moors, zijn triomf moest gevierd worden. De champagne en whisky vloeiden rijkelijk, de muziek galmde de kamer in via de geluidsinstallatie – ongeveer het enige wat Ambrose aan het huis had toegevoegd tijdens zijn recente bestaan als laird van de clan.

Daisy – die haar gedrocht van tafzijde had verruild voor een oogverblindend zwart jurkje – had het initiatief genomen tot een dans op het keukeneiland, wat had geleid tot een polonaise door de gang naar de hal en om de kerstboom heen terwijl de mannen vervolgens in de zitkamer hun robotachtige danskunsten tentoonspreidden.

Alex, die toekeek vanaf de chaise longue, was dronkener dan ze had gewild. Ze wilde helemaal niet dronken zijn, ze wilde in bed liggen, ver weg van hier. Ze wist dat ze moest nadenken over de gevolgen van Lochies acties en wat die voor haar positie betekenden, maar haar glas werd steeds weer bijgevuld als ze even niet oplette, zodat ze zonder het te willen net zo ver heen was als de rest.

Maar zíj waren vrolijk beschonken en zij was boos. Haar frustraties van de afgelopen weken borrelden steeds heftiger op. Het was allemaal voor niets geweest: andermans kleding dragen, bij onbekenden logeren en zijn beledigingen slikken, dag in, dag uit. En waarvoor? Als Sholto hem eruit kon wippen wegens rebellie, wangedrag of een andere formaliteit – en dat leek haar waarschijnlijk – dan keerde zijzelf onverrichter zake naar huis. Hij had geen idee wat de consequenties van zijn handelwijze waren. Hij had geen idee wat dit voor haar betekende. Dit was niet slechts een kwestie van pech, het was een complete ramp. Door zichzelf op dat podium lof toe te zingen had hij haar leven onbedoeld op zijn kop gezet. En het meest ergerlijke eraan was dat hij dat nooit zou weten.

Ze gooide haar whisky achterover, duwde de rug van haar hand tegen haar mond en voelde de drank prikken in haar keel. Haar maag stond in brand. Ze had het gevoel dat ze spontaan in vlammen zou kunnen opgaan. Haar gloeiende woede stookte het vuur steeds verder op.

Daisy en Max dansten een flamboyante tango van de ene naar de andere hoek, hun wangen tegen elkaar gedrukt en hun lippen komisch getuit, terwijl de anderen joelend toekeken hoe ze grote passen namen, stopten, draaiden en met hun enkels achteruitschopten, en hoe Daisy een van haar – opmerkelijk mooie – benen om die van Max gooide. Het ging allemaal goed tot hij een dubbele draai probeerde te maken en ze het beetje evenwicht dat de whisky hun nog gunde verloren, waardoor ze onder luid gejuich over de lage grote poef vielen.

'Nu ik!' riep Sam. Hij zette zijn glas met een klap neer en stevende – tot haar stijgende schrik – recht op Alex af. 'Nee...' protesteerde ze terwijl hij haar hand pakte en haar met zoveel kracht overeind trok dat haar voeten bijna van de grond werden getild en ze plotseling tegen hem aan stond. Heel even gebeurde er niets en toen ze weer ademhaalde, grijnsde hij en liet haar meteen achteroverzakken.

Ze slaakte een verrast gilletje nu haar lange haren de vloer raakten en de kamer ondersteboven werd gekeerd – ook Lochie. Ze zag hem een fractie van een seconde, tegen de boekenkast geleund, zijn lange benen bij de enkels gekruist op die nonchalante manier van hem, met één hand in zijn zak en de andere rond een glas. Maar het volgende moment was hij alweer weg, of liever gezegd, zíj was alweer weg. Sams arm lag om haar ribbenkast, stevig en robuust, zijn ogen blinkend van vrolijkheid, een been tussen de hare terwijl hij haar ronddraaide en nog eens ronddraaide. Ze was stomverbaasd dat deze man echt kon dansen, haar op de juiste manier vasthield en leidde... Het maakte niet uit dat het haar duizelde of dat ze geen idee had wat ze moest doen. Hij zette haar simpelweg neer, draaide haar rond, ving haar op en trok haar met groot gemak weer naar zich toe.

Ze lachte, uitzinnig en hulpeloos tegelijk, haar haren rondzwiepend terwijl ze vaag het gejoel, geklap en gestamp van de anderen hoorde. Alle anderen behalve Lochie, die geen vin had verroerd, zelfs zijn drankje niet naar zijn lippen had gebracht.

Ze lachte nog harder, want iets aan zijn houding vertelde haar dat haar plezier ten koste ging van het zijne. Het was misschien een kleinzielige wraak, maar het was het enige wapen dat ze nog had. Tot zover de overvloedmentaliteit.

Ze dansten en dansten. Alex stond zichzelf toe te ontspannen en Sam de leiding te geven. Hij mocht haar achteroverslingeren, ronddraaien en optillen. Ze kon zich de laatste keer dat ze zich zo vrij had gevoeld niet herinneren, en toen het liedje voorbij was, sprongen ze met z'n tweeën op en neer, joelend met de anderen, hun armen om elkaar heen geslagen alsof ze oude vrienden waren.

'Dat was geweldig!' riep Elise – die een vrolijke dronk had – terwijl Alex, nog draaierig, voorzichtig door de kamer naar de anderen liep.

'Nou, dat had niets met mij te maken,' zei Alex bescheiden, met een blik op Jess. 'Jouw man is een uitmuntende danser!'

'Ik weet het. Hij heeft het geleerd voor onze bruiloft.'

'Goh, wow,' zei Alex lachend, nog buiten adem, een hand op haar borst. 'Dat is niet voor niets geweest. Dat was... heerlijk,' pufte ze. 'Ik weet niet of ik ooit zo met iemand heb gedanst.'

'Nee.'

Alex' adem stokte en haar glimlach bevroor. Lag het aan haar of gedroeg Jess zich... koeltjes? 'Ga jij niet dansen?' vroeg ze. 'Ik zou het maar doen. Ik zie niet in waarom Daisy en ik de enigen zouden moeten zijn. Pfiew... Ik denk dat ik nog dagen duizelig ben.'

'Nou, ik kan moeilijk met mijn eigen man gaan dansen. Dat zou maar saai zijn, nietwaar?' grapte Jess, die haar drankje neerzette en de kamer rondkeek, op zoek naar haar ex. 'Waar is Lochie? Hij had een paar goeie moves, kan ik me herinneren.'

Alex hield haar glimlach stevig op haar lippen geplakt, hoewel het horen van zijn naam haar al misselijk maakte. Ze was nu zo kwaad op hem dat ze hem niet eens wilde zién.

Ze hoorde haar telefoon – die op de armleuning van de bank lag – trillen en zag de ledflits oplichten. 'O,' mummelde ze, lichtjes wankelend terwijl ze het toestel pakte. 'Jezus, zes berichtjes. Wie...'

'O, Lochie! Daar ben je. Kom eens,' gebood Jess.

Er verscheen een glimlach om Alex' lippen toen ze de berichtjes las. 'Hoe ver is Edinburgh hiervandaan?' vroeg ze. Er vormde zich een idee in haar hoofd. Want waarom niet? Het was nu toch allemaal voorbij. Er was geen sprake meer van belangenverstrengeling en ze was zo boos dat ze er roekeloos van werd. De ongepastheid was nu eerder een aansporing.

'O, niet zo ver,' zei Anna. 'Een kilometer of zeventig.'

Lochie kwam naar hen toe, zijn bewegingen soepel en traag als van een panter. 'Wat is niet zo ver?'

'Edinburgh,' zei Anna met een hik. Ze legde een hand over haar mond, verbaasd als in een tekenfilm. 'O, pardon! Het is hier ongeveer een uur vandaan, toch?'

'Ja. Hoezo?'

Anna haalde haar schouders op. 'Alex vroeg ernaar.'

'Lochie, dans met mij.' Jess stak haar hand uit en begon verleidelijk met haar heupen te wiegen. 'Het is jouw schuld dat mijn echtgenoot twee jaar lang dingen voor me geheim heeft gehouden, dus het minste wat je kunt doen is me nu door de kamer te laten zwieren.'

'Wat is er in Edinburgh, Alex?' vroeg Elise lachend, die doorhad dat er iets spannends in de lucht hing.

Maar Alex beet op haar lip en knipoogde. Niet wat, maar wie. 'Ik ga even een telefoontje plegen.' Ze grijnsde en liep wiebelig door de kamer zonder haar hoofd op te tillen.

'Waar ga je naartóé?' vroeg Ambrose op klaaglijke toon toen ze hem passeerde. 'Toch niet naar bed?'

'Ik ga alleen maar even bellen,' antwoordde ze lachend. 'Ik ben zo terug.'

'Maar het is half vier 's nachts!' riep hij haar na.

'Precies. Echt, ik ben zo terug!'

Ze wankelde de hal in, op weg naar de voordeur – ze had vanochtend half uit het raam moeten hangen om bereik te krijgen. Het was koud buiten de zitkamer met het haardvuur, en er verscheen kippenvel op haar blote armen terwijl ze met haar vingers onhandig de grendels van de enorme deur probeerde te schuiven.

'Fuck,' siste ze toen er een nagel brak bij het openen van de laatste grendel. Die was oud en stijf en kwam alleen los met een plotselinge beweging. Ze deed de deur open en hapte naar adem toen de nachtlucht binnenzweefde...

'Wie ga je bellen?'

De stem klonk hard en ze draaide zich verrast om. Lochie beende langs de kerstboom naar haar toe. Hij had zijn fluwelen jasje uitgetrokken – geen wonder, na de boybandimitaties van de mannen – zijn vlinderstrik zat los en zijn overhemd hing half uit zijn broekband. Ze voelde haar maag samentrekken nu ze hem zo zag. Hij liep hier rond alsof het huis van hem was.

Even was ze in verwarring. Wat deed hij hier? Had Jess hem niet uitgenodigd voor een rumba? 'Waarom ben je niet aan het dansen?'

'Geef antwoord,' snauwde hij. 'Wie wil je bellen?'

Hij stond vlak voor haar stil, probeerde haar te intimideren met zijn lengte, met het feit dat dit zijn terrein was – dat het zijn vríénden waren en niet die van haar.

'Daar heb je niets mee te maken,' zei ze, en ze voelde haar prettige roes van zojuist alweer vervagen.

'Wel als je mijn neef belt.'

'Wát?' Ze geloofde haar oren niet. 'Denk je nou echt dat jij het recht hebt...'

'Geef hier.' En voor ze het wist had hij de telefoon uit haar hand gegrist.

'Hoe durf je!' riep ze woedend. Ze stak haar hand ernaar uit, maar hij hield hem omhoog, buiten haar bereik. 'Je hebt het recht niet om je met mijn privéleven te bemoeien.'

'Privé...' Zijn gezichtsuitdrukking veranderde toen hij op het scherm keek en de naam zag staan. 'Ik dacht dat je...' Zijn stem stierf weg.

Sholto? Hij had verondersteld dat ze Sholto ging bellen, als een spionne die de bestuursvoorzitter vertelde wat er tijdens de ceremonie was gebeurd? Ha! Alsof die dat niet al wist: zijn telefoon had vast en zeker de hele avond roodgloeiend gestaan.

Hij liet zijn arm zakken en ze pakte de telefoon uit zijn hand.

'Je zei dat er niets tussen jullie was.' Zijn stem klonk zacht. Ze kon hem niet peilen – nog steeds niet na een flinke hoeveelheid champagne en whisky.

'O? Nou, misschien was dat ook wel zo, maar laten we eerlijk zijn, alles is veranderd dankzij jouw stunt van vanavond,' sneerde ze. 'Nu jij ervoor hebt gezorgd dat jij je functie en ik mijn mooie opdracht gedag kan zeggen, kunnen we doen waar we zin in hebben, verdomme,' zei ze, en ze gooide haar armen dronken in de lucht. 'Ik hoef zelfs niet meer te doen alsof ik je aardig vind.'

Hij staarde haar aan. 'Dus dát ben je nu van plan. Je gaat Callum versieren?'

'Versíéren?' spotte ze. 'Alsjeblieft! Ik heb er niets voor hoeven doen. Hij zit al vanaf het begin achter mij aan. Ik hoef maar te kikken.'

Ze zag een spiertje trillen in zijn kaak terwijl hij zijn tanden opeenklemde. 'Je realiseert je natuurlijk wel dat je een van de velen bent. Ik bedoel, je weet toch hoe hij in elkaar steekt?'

'Ja. Hij is leuk. En grappig. En charmant. Het tegenovergestelde van jou,' zei ze tergend. 'Het is nauwelijks te geloven dat jullie familie van elkaar...'

'Zo is het wel genoeg.'

'Nee, toevallig niet,' zei ze, vastbesloten om hem eens goed de waarheid te vertellen. Het was haar niet gelukt om hem mee te krijgen in haar manier van denken. Het was haar niet geluk om hem beroepsmatig te verslaan, maar ze kon hem nu wel de waarheid vertellen en dat zou ze doen ook. Zolang ze nog in zijn buurt moest verkeren, zou ze niet langer de geduldige professional uithangen, want hij was haar cliënt niet meer. Ze kon doen wat ze wilde. Ze kon zich net zo slecht gedragen als hij. Weg met de fluwelen handschoentjes. 'Jij bent de onaangenaamste, arrogantste, koppigste man die ik ooit heb ontmoet. De afgelopen twee weken zijn de ergste uit mijn carrière geweest. Elke dag met jou was een kwelling. Ik kan niet wachten tot ik terug ben op dat eiland om mijn koffers te pakken en te vertrekken, zodat ik jou nooit meer hoef te zien.'

'Geweldig. Ik vlieg je er graag heen. Dan gaat het nog wat sneller,' snauwde hij.

'Fijn!'

'Zeg dat wel!' Hij keek haar boos aan en haalde net zo snel adem als zij. 'Voor mij is het ook geen pretje hoor, om jou om me heen te hebben terwijl ik heel veel shit aan mijn hoofd heb. Plus de brand en de nieuwe ontwikkelingen... En overal waar ik kijk duik jij op. Ik kan niet aan je ontsnappen. Niet op het werk, niet in het weekend, zelfs 's nachts niet. Als ik mijn ogen dichtdoe, ben jij daar! Ik ga hiernaartoe en jij bent erbij! Je danst met mijn vrienden, belt verdomme mijn neef voor een hete date...'

Het geluid van de klap – van haar hand op zijn wang – was zo hard dat ze er allebei van schrokken, en de schrik in Alex' ogen werd alleen maar groter toen ze de afdruk van haar hand op zijn wang zag verschijnen. Hij keek haar woedend aan. Woedend en verslagen.

'O,' hijgde ze, haar ademhaling snel en oppervlakkig, haar schouders opgetrokken toen ze besefte wat ze had gedaan. Ze had nog nooit iemand geslagen. Ze wilde hem zeggen dat het haar speet. Ze wilde het ongedaan maken. Ze zag aan de donkere blik in zijn ogen dat hij op het punt stond haar terug te slaan en elk woord, elke gedachte bleef steken.

Tot hij haar het volgende moment zoende, zijn woede verwisseld voor hartstocht, zijn mond op de hare, haar rug tegen de deurpost geduwd, de kou vergeten nu hij haar tegen zich aan drukte. Heel even kon ze niet bewegen. Een ogenblik lang stond ze stokstijf stil, kon ze niets beginnen, maar haar lichaam begon zich instinctief te roeren onder zijn aanraking, haar lippen reageerden op zijn tong en hun wederzijdse frustratie explodeerde in een verlangen zoals ze dat ze nog nooit had gekend. Elk nijdig woord dat ze hadden gewisseld, elke belediging, werd nu verruild voor een al net zo heftig zoenen en aanraken.

Ze wilde elk plekje van hem verkennen, ze woelde met haar handen door zijn haar, haakte haar been om zijn been om hem dichter tegen zich aan te trekken. Ze wilde dit moment voor altijd vasthouden – maar merkte dat ze hem in plaats daarvan van zich af duwde.

'Wat...' hijgde hij verward.

'Ik kan dit niet.'

'Alex...'

'Dit is een vergissing.' Haar stem klonk moeizaam, de woorden waren een worsteling, een leugen, want dit was beter dan ze ooit had meegemaakt. Ze kon niet geloven dat ze het al die tijd niet had ingezien. Zelfs twee minuten geleden was het nog achter een sluier verscholen geweest, maar nu... nu was het alsof je een olifant achter een kussen probeerde te verbergen.

'Nee. Het is geen vergissing.' Zijn ogen maakten contact in een zeldzaam moment van eerlijkheid tussen hen. Geen spelletje of powerplay. Ze voelden het allebei, ze wilden het allebei, hun verlangen opborrelend tot een kookpunt. 'Dit is verdomme het enige wat nog klopt.'

Ze schudde haar hoofd en schoof hem met haar hand van zich af, creëerde ruimte tussen hun zojuist nog innig verstrengelde lichamen. De woorden kwamen weer opborrelen uit haar diepste binnenste. Nee. Het kon niet. 'Dit is een vergissing,' herhaalde ze met trillende stem. 'Het is nooit gebeurd. Hoor je me? Het is niet gebeurd.'

# 23

*Borrodale House, zondag 17 december 2017*

De sfeer aan het ontbijt was ingetogen. Ze hadden allemaal een kater en lieten de worstjes en roereieren staan. Zwijgend slurpten ze van hun sterke thee. Sommigen waren niet eens naar beneden gekomen. Lochie was een van hen.

Alex onderging het op haar beurt met een vastbeslotenheid die ze eigenlijk niet voelde. Ze had maar weinig geslapen. Tijdens de uren dat ze had liggen woelen in dat reusachtige hemelbed had ze geprobeerd de gebeurtenissen op een rijtje te zetten. Hoe en wanneer was er tussen hen iets veranderd? De klap was uiteraard het cruciale moment geweest, maar was het ook echt het éérste? Hoe zat het met de blikken die hij haar toewierp toen zij met Sam danste? De manier waarop hij haar arm had vastgehouden op de rode loper? Zijn compliment toen ze het kasteel binnenliepen? Of misschien was het daarvóór al gebeurd: zijn armen om haar heen toen ze zo huiverde nadat ze de zalm had gevangen, de jaloezie die bleek uit zijn vragen na haar etentje met Callum, zijn onverwachte komst naar de boerderij om haar op te halen voor de proeverij van de oude verborgen malt alsof het een date was, de minieme beweging van zijn vinger op het moment dat ze zijn naam schreeuwde toen hij schijnbaar levenloos op de vloer lag, of het schokje dat ze die eerste dag in het bezoekerscentrum had gevoeld toen hij haar aankeek, toen ze Callum nog voor hem aanzag en hij te laat was.

Was het toen al begonnen, op dat eerste moment? Dat kon toch niet? Zij was erop getraind menselijk gedrag te duiden, de non-verbale signalen op te pikken waarvan mensen niet eens wisten dat ze die afgaven. Het was ondenkbaar dat ze dit niet in zichzelf had weten te herkennen.

Nee, ze hadden vanaf het begin af aan met elkaar in de clinch gelegen. De passie van vannacht was slechts een tijdelijk, vluchtig gevolg van te veel whisky, een verkeerde afslag in de verwarrende chaos die ontstond als zij bij elkaar in de buurt waren.

Na het ontbijt ging ze terug naar haar kamer en nam een lang, warm bad. Daisy had geopperd dat ze om een uur of elf naar de tearoom in het dorp zouden gaan, aangezien de mannen hadden afgesproken te gaan golfen. 'En nu maar hopen dat ze een swing kunnen maken zonder om te vallen,' had Emma hoofdschuddend gezegd.

Alex had zich aangekleed en zich bij de anderen op het bordes gevoegd, waar ze voor het eerst opmerkte dat er een maretak boven de deur hing. Even bleef ze stokstijf stilstaan alsof het een teken was dat hun geheime moment van hartstocht aan iedereen onthulde. Hing die tak daar vannacht ook al? Ze vroeg het zich af en keek naar de deurpost alsof ze verwachtte dat hun afdruk daar te zien was.

Tot haar opluchting vertrokken ze voordat de mannen zich verzamelden. In de auto werd gezellig gekletst, ondanks de katers die hun allemaal parten speelden. Het leek Alex logisch dat zij zich rustig hield, aangezien zij de nieuwkomer was en Lochie haar zelfs niet had uitgenodigd, niet echt, al wisten de andere vrouwen dat niet. Ze zat met haar elleboog op de rand onder de ruit, haar kin in haar hand, uit het raam te kijken terwijl ze over het met rododendrons bezaaide domein naar het dorp reden.

De tearoom was schilderachtig – een witgekalkt gebouwtje met boogramen die uitzicht boden op het dorpsplein – en het lukte om een tafel aan het raam te bemachtigen, waarop in het midden een kleine geurkaars stond te flonkeren. Daisy en Emma liepen naar de counter om de taartjes en cakes in de vitrine te bekijken.

'We hebben geluk,' zei Elise met een zucht terwijl ze haar jas uittrok. 'Meestal komen we hier vlak nadat de kerkdienst is afgelopen en dan is er geen tafel te krijgen.'

'Nou, dan hebben we nu inderdaad geluk,' reageerde Alex met een glimlach en toonloze stem terwijl ze deed alsof ze de menukaart bekeek. Nog een paar uur en dat zou dit allemaal achter haar liggen.

'De scones zien eruit alsof ze een dode koe nog tot leven kunnen wekken,' zei Daisy, die neerplofte op haar stoel. 'Ik neem er twee.'

‘Ik ga mezelf op een eclair trakteren.’ Emma’s ogen lichtten op. ‘Het is járen geleden dat ik een eclair heb gegeten.’

De serveerster kwam naar hun tafel. ‘U wilt niets bij uw thee?’ vroeg ze Alex toen ze de bestelling nog eens doornam.

Iedereen keek haar verwachtingsvol aan.

‘Een stukje shortbread, graag,’ zei ze ten slotte, zich afvragend hoe ze dat naar binnen zou krijgen. De gebeurtenis van vannacht raakte in haar hoofd verre van op de achtergrond, maar begon juist steeds meer plek in te nemen. Er brandden tranen achter haar ogen en haar keel voelde dichtgeschroefd, haar mondhoeken zakten telkens als ze vergat te glimlachen.

Hoe had ze dit kunnen laten gebeuren? Hoe kon ze hem weer onder ogen komen?

‘De suiker geeft je vast een oppepper. Je ziet er nogal peely-wally uit vanochtend,’ zei Emma vriendelijk.

Alex wist nog steeds niet precies wat peely-wally was, hoewel de eerdere opmerking van Mrs Peggie en de klank in Emma’s stem suggereerden dat het iets betekende als bleekjes of ‘spichtig’ zoals ze de laatste weken ook steeds werd genoemd. Het was duidelijk dat een vetpercentage van zestien procent en een hartslag in ruste van vierenzestig per minuut hier in Schotland minder nagestreefd werd dan in Londen of New York.

‘En wat ga jij doen met de kerst, Alex?’ vroeg Elise opgewekt, alsof ze haar ongemak aanvoelde.

‘Ik blijf dit jaar rustig thuis.’

‘Ga je een kalkoen braden?’

‘O nee. Nee, ik ben in mijn eentje, dus ik denk dat ik een salade neem.’

Er viel een verbijsterde stilte.

‘Een saláde? Als kerstmaaltijd?’ riep Daisy zo luid uit dat ze de kaars per ongeluk uitblies.

‘O, kijk nou wat je doet,’ morde Elise.

‘Ben je gek geworden? Dat kan niet! Kom Kerstmis dan bij ons vieren!’ ging Daisy verder terwijl Alex een luciferboekje uit haar tas haalde, waarbij er een stapeltje visitekaartjes in een zilveren clip op de grond viel.

'O nee, ik wil me niet opdringen,' zei Alex tegen Daisy, die nog steeds een onthutste blik op haar gezicht had. Ze trok een lucifer los en streek hem af, maar hij brak. En de volgende ook. Haar vingers werkten vandaag niet mee.

'Hier,' mompelde Emma, die het stapeltje kaartjes oppakte. Ze fronste toen ze het teruggaf. 'Cereneo?'

'Waarom niet?' antwoordde Daisy. 'De anderen komen ook.'

'Echt?' vroeg Alex verrast.

'Jazeker!' Anna haalde haar schouders op. 'Max werkt meestal of kan opgeroepen worden dus die arme Emma zit anders in haar eentje thuis, en Elises familie woont zo ver weg, helemaal in Uppsala, dat we daar liever in de zomer naartoe gaan. En mijn familie... Nou, liever niet. Maar wat onze zonminnende vriendin hier betreft, zij en Sam komen meestal niet. Jullie zitten gewoonlijk op een tropisch eiland, toch?'

'Dit jaar niet,' snoof Jess. 'Het weer wordt te onvoorspelbaar. We wachten liever tot januari.'

Anna haalde haar schouders nog eens op.

'Nou, het is heel lief aangeboden, maar ik vlieg op tweede kerstdag naar mijn vader. Die woont in Zwitserland,' zei Alex.

'Waar ergens?' vroeg Emma.

'Aan het Vierwoudstrekenmeer.'

'Mooi,' reageerde Emma glimlachend.

'Nou, het aanbod blijft staan,' zei Daisy. 'Ik meen het. Je kunt ook van hieraf naar Genève vliegen.'

'Dank je.' Alex glimlachte, maar was absoluut niet van plan om het aanbod aan te nemen.

'Luister, vergeet de kerst nu eventjes,' zei Jess ongeduldig, en ze schoof haar stoel naar voren. 'Nu we onder ons zijn, zonder de mannen die in onze nek hijgen, leg eens uit hoe het precies zit tussen jou en Lochie? Want wíj begrijpen er niets van.'

'Ik weet niet of er überhaupt iets te begrijpen valt,' wierp Alex tegen. 'Ik ben als consultant naar het bedrijf gehaald. Ik heb een paar weken met hem samengewerkt en ik vertrek... nou, waarschijnlijk morgen weer.' De woorden klonken haar schokkend in de oren nu ze ze hardop uitsprak.

'Ja, dat zeg je steeds,' zei Jess. 'En hij zegt het ook. We snappen dat dat het officiële verhaal is, maar we geloven er niets van. Er is beslist iets gaande tussen jullie tweeën.' Ze keek rond naar de anderen. 'Ja, toch?'

'En of.'

'Zeker.'

'Absoluut,' zeiden ze in koor.

'Ik bedoel, het is niet normaal – zelfs niet voor Lochie – om met zijn vuist tegen een muur te slaan.'

'Pardon?' vroeg Alex verwonderd.

Jess knikte. 'Ja hoor. Vannacht. Hij liep de bibliotheek binnen en sloeg hard tegen de muur.'

'Dat wist ik niet!' giechelde Anna opgetogen.

'Nou, ik hoorde het alleen maar omdat ik naar de keuken liep om nog een fles te halen. Ik stak mijn hoofd om de deur omdat ik dacht dat hij over het bed was gestruikeld of zo – ik bedoel, laten we eerlijk zijn, we waren allemaal ladderzat – en daar stond hij, dubbelgevouwen met zijn vuist in zijn andere hand, te vloeken als een dragonder. Emma heeft moeten controleren of hij niets gebroken had, toch, Emma?'

'Ja, dat klopt,' antwoordde Emma met een zucht. 'Maar gelukkig viel het mee.'

'Ik maak me eerder zorgen om de muur,' mompelde Daisy.

Alex keek hen stomverwonderd aan. Ze wist niet waar ze moest beginnen: het feit dat Lochie tegen een muur liep te beuken of het feit dat er een bed in de bibliotheek stond. Ze ging voor het laatste, dat leek haar veiliger, en wie weet, kon ze er tijd mee winnen.

'Waarom staat er een bed in de bibliotheek?' vroeg ze.

Daisy wierp haar een schaapachtige blik toe. 'O, nou, er was van zijn kant even wat misgegaan in de communicatie. Ik vrees dat hij ons niet had verteld dat jij hem dit weekend zou vergezellen. Dus toen jullie vrijdagavond aankwamen, nou, eh...' Ze trok een verontschuldigend gezicht. 'Toen hebben we jou zijn kamer gegeven en hem in de bibliotheek ondergebracht. Normaal gesproken zou het niets hebben uitgemaakt – we hebben een heleboel slaapkamers – maar met de verbouwing is het halve huis buiten gebruik.' Daisy haalde haar schouders op. 'Maar het was geen probleem, hoor. Ik heb tegen hem gezegd dat hij ons dan maar eerder op de hoogte had moeten stellen. Van iemand van zijn leeftijd en met zijn achtergrond mag je toch verwachten dat hij de boel goed organiseert. We hebben een stretcher neergezet. Het matras is niet om over naar huis te schrijven, maar er is nog nooit iemand gestorven aan een stijve nek.' Ze keek even naar Emma. 'Toch?'

'Niet voor zover ik weet,' antwoordde Emma droogjes.

'Emma werkt in de verpleging en is expert op het gebied van stijve nekken,' zei Anna grijnzend.

'En waarom heeft hij tegen de muur geslagen?' vroeg Alex.

'Nou, we hoopten eigenlijk dat jij ons dat zou kunnen vertellen. Ik geloof dat jij net naar bed was gegaan, maar dat kan natuurlijk toeval zijn. Of niet.'

De serveerster kwam de potten thee brengen en zette ze op de tafel met een dienblad vol verschillende vintage koppen en schotels.

'De scones en het gebak komen eraan,' zei ze.

'Bedankt,' mompelde Anna. Maar alle ogen waren op Alex gericht.

'Het spijt me,' zei Alex, die bijna onder hun onderzoekende blikken bezweek. 'Ik weet niet wat jullie willen dat ik zeg. Ik had geen idee dat hij tegen een muur had geslagen.'

'Dus er is vlak daarvoor niets tussen jullie voorgevallen?' drong Jess aan.

'Nope.' Alex schudde haar hoofd en hield haar ogen neergeslagen terwijl ze het deksel van haar theepot opende en de thee roerde.

De anderen zuchtten allemaal.

'Nou, dat is dan heel raar. Ik snap niet waar hij zo door van slag kan zijn geweest,' zei Anna. 'Ik bedoel, hij is gewoonlijk zo evenwichtig.'

Alex snoof onwillekeurig. 'Sorry.' Ze legde haar hand verontschuldigend voor haar mond.

'Hoezo? Niet dan?' vroeg Emma.

'Nou, nee,' zei ze met een blik op hun verwonderde gezichten. Ze zweeg een ogenblik en vroeg zich af of ze er nog iets over zou moeten zeggen. Ze slaakte een zucht. Wat maakte het uit? Over een paar uur was ze hier weg en zou ze geen van hen ooit nog terugzien. 'Eerlijk gezegd is hij een van de wispelturigste en humeurigste mensen met wie ik ooit heb gewerkt. Ik bedoel, ik weet dat jullie hem allemaal veel beter kennen dan ik – al sinds jullie studententijd – maar in zijn werkomgeving? Het spijt me zeer, maar daar is hij verre van "evenwichtig".'

Ze keken elkaar allemaal aan alsof ze hem een seriemoordenaar had genoemd.

'Die bewering zul je toch echt met bewijzen moeten onderbouwen,' zei Jess, de eeuwige poortwachter, roerend in haar eigen thee.

'Goed dan. Nou, het spijt me te moeten zeggen dat hij fysiek behoorlijk agressief kan zijn. Hij heeft niet alleen de financieel directeur tijdens het familieberaad een klap gegeven, maar hij heeft mij ook twee keer op hardhandige wijze uit zijn kantoor gezet,' begon ze. 'Hij is nukkig en onprofessioneel, trekt zonder waarschuwing of overleg vooraf de stekker uit deals. Hij heeft ongepaste verhoudingen met personeelsleden...' En toen ze haar fronsend en niet-begrijpend aankeken, voegde ze eraan toe: 'Affaires. Hij heeft affaires met vrouwelijke werknemers...'

'Ho, wacht eens even,' zei Jess gedecideerd. 'Skye telt niet. Hij hield van haar. Ze zouden gaan trouwen.'

'Nee, daar heb je gelijk in, Skye telt niet,' beaamde ze. 'Maar het meisje van de administratie dan? En er was blijkbaar ook nog een dame uit de mouterij. Hij is de CEO van een kleine, hechte gemeenschap. Het is onacceptabel dat hij zo omgaat met het personeel. Dat brengt rancune en verdeeldheid teweeg, en het ondermijnt zijn gezag...'

'Nou, eerlijk gezegd, na wat hij met Skye heeft moeten doorstaan, heeft hij wel recht op een beetje begrip, vind je niet? Zijn vader was net gestorven en dan dát? Jezus nog aan toe, wie zou er niet even uit de bocht vliegen?'

Alex fronste. 'Hoe bedoel je? Dan wát?'

'Ze deed het met zijn neef,' zei Emma met een verbaasd gezicht. 'Wist je dat niet?'

Alex was met stomheid geslagen. Skye had hem bedrogen? 'Maar ze heeft mij verteld dat hij haar de bons had gegeven.'

'Ha! Dat geloof ik graag. Zo klinkt het alsof zíj het slachtoffer was, nietwaar? Alsof hij haar vlak voor hun bruiloft zomaar in de steek liet?' vroeg Jess misprijzend. 'Wat mij betreft had hij haar in haar bruidsjurk in een volle kerk voor het altaar de waarheid moeten zeggen, zodat iedereen het kon horen. Wie zou hem dat kwalijk kunnen nemen?' Ze schudde haar hoofd. 'Nee, die meid is goed weggekomen. Hij heeft het huwelijk de avond van tevoren afgeblazen en haar de vernedering en schaamte bespaard door haar bedrog geheim te houden – al moet hij hebben geweten dat iedereen die hoorde dat hij haar "de bons" had gegeven zou veronderstellen dat híj de slechterik was. Net als jij.'

Alex bleef zwijgend zitten. Ze voelde zich bedonderd en onnozel. Skye had hem bedrogen? Jess had gelijk dat zij had aangenomen dat hij haar zomaar in de steek had gelaten. 'Maar het is zo onlogisch... Ik begrijp niet waarom Lochie bereid zou zijn om over te komen als de slechterik?'

'O, begrijp me niet verkeerd. Ik denk niet dat hij dat alleen voor Skye heeft gedaan. Hij was heel goed bevriend met Bruce, haar vader. Ik denk dat hij wist hoe beschaamd Bruce zou zijn als hij wist wat zijn dochter had gedaan. Het is daar tenslotte een heel kleine gemeenschap,' zei Jess. 'Bovendien was die hele toestand voor hem ronduit vernederend. Kun je je voorstellen hoe iedereen zou reageren als op de distilleerderij bekend werd dat zijn verloofde met zijn neef de koffer in was gedoken?' Ze schudde haar hoofd. 'Nee, daar is Lochie te trots voor.'

Alex beet op haar lip. De wereld leek net iets te snel te draaien, waardoor ze geen houvast meer had. Ze was boos en teleurgesteld. Skye had tegen haar gelogen. Ze had zich opzettelijk beter voorgedaan om haar voor zich te winnen. Alex dacht terug aan alles wat Skye haar over hun relatie had verteld en ze vroeg zich af wat de waarheid was, want Skye had hem de schuld gegeven, had het toegeschreven aan zijn woede na de dood van zijn vader. Ze had gezegd dat hij haar van zich af had geduwd.

En misschien was dat ook wel zo. Misschien was dat haar reden geweest om haar heil bij een ander te zoeken. Misschien had ze zich verwaarloosd gevoeld.

Maar zelfs dan, wat was Callums excuus voor het verleiden van de verloofde van zijn neef? Jaloezie? Of een compleet onvermogen om grenzen te respecteren, zowel op het persoonlijke als het professionele vlak? Dacht hij dat zijn rijkdom en familienaam betekenden dat hij alles kon maken, dat hij kon krijgen wie hij wilde – zelfs als hij daarmee zijn eigen bloed bedroog? Geen wonder dat Lochie zo kwaad was geweest toen Callum hem vóór was op de dag dat Alex arriveerde, toen ze met hem uit eten ging, toen hij Callums appjes zag, toen ze hem vannacht probeerde te bellen... Geen wonder dat ze niet langer een goede band hadden, zoals Callum die avond in de pub had gezegd. Lochie had natuurlijk een hartgrondige hekel aan hem. En dat kon Alex hem niet kwalijk nemen.

'Het was uiteindelijk beter zo. Lochie is de dans ontsprongen,' merkte Anna op. 'De balans tussen hen klopte van geen kant.'

'Weten jullie dat ze nu verloofd is met die andere vent?' zei Emma, die naar de serveerster glimlachte toen die de bordjes met scones en gebakjes neerzette.

'Jezus, nee, dat wist ik niet! Die heeft er geen gras over laten groeien, zeg,' reageerde Anna met een greep naar een scone.

'Hé, die zijn van mij,' zei Daisy terwijl ze haar hand wegduwde.

'Je kunt er heus geen twee op.' Anna glimlachte en pakte hem toch. 'Zo erg kan die kater ook weer niet zijn.'

'Wat bedoel je met "de balans tussen hen"?' vroeg Alex, totaal niet geïnteresseerd in het gebak terwijl ze toekeek hoe Elise stukjes van een blauwebessenmuffin trok en opat.

'Nou, ik had altijd het idee dat Skye hem gebruikte, dat ze hem vooral aan de haak had geslagen omdat hij "de grote baas" was.'

'Hij is geen zalm, hoor,' grinnikte Daisy.

'Praat me niet van zalm,' kreunde Anna.

Alex staarde naar de langwerpige stukjes shortbread die onaangeroerd op haar bordje lagen. Het suiker glinsterde in het ochtendlicht. Ze werd misselijk. O god. Ze wreef met haar handen over haar gezicht. 'Had ik dit maar geweten,' mummelde ze.

'Sorry, we namen aan dat je het wist,' zei Daisy.

'Maar waarom zou ze eigenlijk?' vroeg Jess. 'Alex is naar Islay gekomen om met hem te werken. De breuk met zijn verloofde is dan niet echt relevant.'

'Nou, ik pas een holistische werkwijze toe en ik had het moeten weten, want het werpt een heel ander licht op alles. Het is mijn schuld.' Ze was boos op zichzelf. Het was haar niet gelukt om zich met hem samen in zijn leven te verdiepen, dus had ze Skyes verhaal voor waar aangenomen.

'Hoe bedoel je?' vroeg Daisy. 'Ik dacht dat je businesscoach was, en geen psycholoog.'

'Dat ben ik ook niet, maar ik gebruik wel elementen uit de sociale psychologie. Ik kijk naar de mens als geheel en probeer erachter te komen waar de onbalans zit. Niemand functioneert in een vacuüm en ons persoonlijke leven zal altijd invloed hebben op ons professionele leven. Soms heeft dat een positief effect en maakt het ons meelevender of geduldiger. Of het heeft een negatief effect, zoals in Lochies geval, waardoor we boos en overgevoelig worden.'

'Arme Lochie. Dat het nou juist hém moest overkomen. Hij kon het er echt niet bij hebben,' zei Daisy met een zucht. 'Alsof zijn vertrouwen al niet genoeg op de proef was gesteld.'

'Op de proef gesteld?' vroeg Alex, die haar maag weer voelde samenkrimpen.

'Ja, met zijn ouders.' En toen Alex haar blanco bleef aankijken, voegde ze eraan toe: 'De zelfmoord van zijn moeder?'

Wat? Alex kreeg het plotseling koud. Nog een aanknopingspunt waar ze geen weet van had? Skye had alle nadruk op de dood van zijn vader gelegd. Hoe had ze zoiets verschrikkelijks als zelfmoord kunnen weglaten? 'Wanneer?' Het woord kwam als een fluistering.

'Hij was zestien. Ze leed al jaren aan depressies en had al eerdere pogingen gedaan. De artsen zeiden telkens weer dat het alleen maar een schreeuw om hulp was, maar Lochie wist wel beter. Hij liep herhaaldelijk weg van zijn kostschool. Hij is een keer ontsnapt tijdens een hardloopwedstrijd, is ook een keer stiekem midden in de nacht vertrokken, en een keer onder het mom van een bezoek aan de dorpswinkel. Ze moesten hem fysiek in bedwang houden om hem de auto in te krijgen als hij terug moest. Elke keer was hij weer hysterisch omdat hij wist dat zijn vader de artsen geloofde en de pogingen niet serieus nam. Lochie was doodsbang, hij wilde niet dat ze alleen zou worden gelaten. Tot hij op een dag gelijk kreeg en ze inderdaad zelfmoord pleegde. Ze is de zee in gelopen.'

Ze waren nu allemaal stil. Alex had het gevoel dat ze een verdovend middel toegediend had gekregen. Alles leek zwaar en traag. Ze kon wel huilen. Om hem, om die wanhopige jonge knul die had geprobeerd zijn moeder te redden terwijl er niemand naar hem luisterde. Was het een wonder dat hij alleen zijn hond nog vertrouwde?

'God, het is zo verdrietig,' fluisterde Jess met tranen in haar ogen. 'We zijn in onze studententijd vier jaar samen geweest en ik geloof dat er geen week voorbijging zonder dat hij schreeuwend wakker werd.'

Alex staarde haar aan en voelde een vreemde mengeling van woede en verontwaardiging en jaloezie. 'Waarom zijn jullie uit elkaar gegaan?'

Er verscheen een barstje van pijn in Jess' beheerste kalmte. 'Het was zijn besluit, niet dat van mij.' Ze aarzelde, wilde de woorden zo te zien liever niet uitspreken. 'Waar het op neerkomt... is dat hij me op een gegeven moment 's nachts in zijn slaap een blauw oog sloeg,' zei ze met een zucht. 'Het was uiteraard niet zijn bedoeling. Uiteráárd niet. Ik nam het hem ook helemaal niet kwalijk. Maar hoewel ik dat telkens weer tegen hem zei, was hij zo van slag om wat hij had gedaan dat ik hem met geen mogelijkheid kon overhalen van gedachten te veranderen. Hij zei dat het voor mij niet veilig was om bij hem te zijn, dat hij beter alleen kon blijven.'

'Jezus,' fluisterde Alex terwijl de anderen, die het verhaal al kenden, bedrukt hun hoofd schudden.

'Ik heb hem gesmeekt om er nog eens over na te denken. Echt gesméékt. Ik kon de gedachte dat hij alleen zou zijn niet verdragen, maar hij was niet te vermurwen. Hij kon het zichzelf niet vergeven.' Ze wreef met haar handen over haar gezicht en trok een gepijnigde blik. 'Na een tijdje leerde ik Sam kennen en... ben ik verdergegaan met mijn leven,' zei ze schouderophalend. 'Maar ik voel me zelfs nu nog steeds verantwoordelijk voor hem.'

'Dat begrijp ik,' zei Alex knikkend, die voelde hoeveel nadruk Jess in haar woorden legde, en het spoortje dreiging in haar ogen waarnam toen ze elkaar even aankeken. Wist Jess dat Alex hem pijn kon – zou – doen?

'Ik dacht dat Skye precies was wat hij nodig had toen ze een relatie kregen,' ging Jess verder. 'Ze had een onschuldige uitstraling die hij volgens mij als rustgevend ervoer. Ze voelde ongecompliceerd, veilig. Ik denk dat hij daar, na alles wat hij met zijn ouders had meegemaakt, behoefte aan had.'

'Tot hij erachter kwam dat ze allesbehalve onschuldig was,' zei Emma somber.

'Ja, maar weet je?' zei Jess, die haar theekopje pakte. 'Als ik heel eerlijk ben, denk ik dat het al eerder fout ging tussen hen. Zijn vader is nooit over de dood van zijn moeder heen gekomen. Hij nam het zichzelf kwalijk dat hij Lochies smeekbeden niet serieus had genomen, en ik denk dat Lochie nu wel zou toegeven dat hij hem dat diep vanbinnen ook kwalijk nam. Ze waren allebei boos en verdrietig en ze wisten geen van beiden hoe ze ermee om moesten gaan. En toen duidelijk werd dat zijn vader zichzelf dooddronk, ook voor zijn ogen, was Skye niet sterk genoeg om hem te helpen. Het was niet per se haar schuld, ze wilde alleen maar een aangenaam, rustig leven en in plaats daarvan kwam ze in die akelige situatie terecht. Misschien had ik het niet veel beter gedaan. Hij heeft iemand nodig die sterker is dan wij allebei.'

'Arme Lochie, als het om vrouwen gaat, lijkt hij telkens van de regen in de drup te vallen,' mompelde Daisy.

Alex voelde haar hartslag versnellen tot een galop bij de gedachte aan de hartstocht die vannacht tussen hen was losgebarsten. Hij had meer met haar gemeen dan ze ooit voor mogelijk had gehouden: ze hielden beiden hun gevoelens voor zich, verdeelden hun moeder, vader en geliefde in afzonderlijke, verzegelde doosjes die ze zelden openden. Kwamen ze daarom steeds met elkaar in conflict? Voelde hun zoen daarom zo goed?

'Nou, goddank heeft hij Alex nu aan zijn kant,' zei Anna, toostend met haar delicate theekopje. 'Het wordt hoog tijd dat het geluk hem voor de verandering eens toelacht.'

'Proost,' zei Elise instemmend. Ook zij stak haar kopje omhoog, en de rest volgde.

'Op Alex! Moge zij zijn ziel redden!' zei Anna op theatrale toon.

'Of op zijn minst zijn functie,' reageerde Emma grijnzend.

Alex glimlachte toen Elise zich naar haar toe boog en haar omhelsde, maar inwendig voelde ze zich beroerd. Zij dachten allemaal dat zij een vriendin was, of op zijn minst een bondgenote. Het was simpelweg in geen van hen opgekomen dat ze eerder een slang was die door het gras glibberde en wachtte op het juiste moment om toe te slaan.

# 24

De lunch was toepasselijk genoeg een hertenbout, die een gunstige invloed leek te hebben op ieders kater. De mannen hadden maar vier holes gespeeld voordat de wind – niet de hoofdpijn natuurlijk, had Daisy spottend gezegd – hen naar binnen had gejaagd. Ze hadden de middag doorgebracht met kranten lezen, spit – een kaartspelrage uit hun schooltijd – en films kijken vanaf de banken in de zitkamer. Het was Lochie – ongeschoren en onverzorgd in zijn jeans en op sokken, met een vaalzwart T-shirt dat af en toe tegen zijn gespierde buik kleefde – voor de verandering gelukt niet naar haar te kijken, alsof hij haar schaduw kon volgen of aanvoelde waar ze was. Steeds weer wist hij zichzelf van haar weg te manoeuvreren. Aan de manier waarop hij zich telkens afwendde zag ze dat hij kwaad was en zich fysiek en mentaal voor haar afsloot. Gelukkig leek niemand het op te merken. De vrouwen leken haar verklaring dat ze slechts collega's waren te geloven, en de grapjes en plagerijtjes die de kamer rondgingen bleven grotendeels beperkt tot verwijzingen naar de studententijd en de sneue pogingen van Ambrose om een baard te laten groeien.

Ze bladerde door FT *Magazine*, de zaterdagbijlage bij de *Financial Times*, toen zijn telefoon – weer – ging en hij zich met een kreun van zelfmedelijden van de bank hees om weer iemand van een distilleerderij die wilde meedoen aan Scotch Vaults te woord te staan.

Ze keek hoe hij de kamer uit liep, met zware en toch soepele passen als een grote kat over het parket, zijn telefoon tegen zijn oor gedrukt, zijn stem nog heser nu die naast rookschade door whisky was aangetast, en herinnerde zichzelf er prevelend aan dat een zoen niets veranderde.

'Iemand zin in thee?' vroeg ze, want ze vond dat ze zich als een keurige gast moest gedragen, aangezien ze vrijdagavond met lege handen was gekomen en Mary, de huishoudster, nu de rest van de dag vrij was.

'Ja, graag,' zei iedereen in koor, de een enthousiaster dan de ander.

Ze liep door de lange gang naar de grote keuken aan de andere kant van het huis. Aan de buitenkant van de ramen flapperden grote stukken plastic om de steigers heen, en nadat ze de waterkoker had aangezet, stuurde ze Louise een appje om haar te laten regelen dat er morgen een luxe geschenkmand van Fortnum & Mason zou worden bezorgd als bedankje voor de gastvrijheid. Ze liep naar de voorkant van de keuken en keek door het grote raam naar de fraaie tuin, haar handen op het aanrecht geleund. De om de vormgesnoeide buxus gedrapeerde lichtjes begonnen te twinkelen nu de schemering inviel, en ze wist dat ze dus snel zouden vertrekken. Ze konden elkaar niet blijven vermijden, of ze het nou leuk vonden of niet, ze zouden zij aan zij in een metalen reuzenballon zitten, zijn bovenbenen maar een paar centimeter...

Ze herinnerde zich weer het gevoel van zijn benen tegen de hare de vorige nacht, en ze boog haar hoofd, probeerde de herinnering te verdrijven. Nee.

Nee.

Ze schudde haar hoofd om de gedachten uit te wissen als op een magnetisch tekenbord, liep naar de voorraadkamer – en slaakte bijna een kreet van schrik.

'O mijn god!' zei ze met een hand tegen haar borst. 'Ik... ik wist niet dat hier iemand was.'

Lochie keek haar met knipperende ogen aan en stak de telefoon in zijn hand omhoog. 'Hier is het bereik het best,' zei hij rustig, zijn ogen als een scherpschutter op haar gericht.

'O.' Er viel een stilte en ze voelde haar lichaam reageren op zijn aanblik. Of ze het nu wilden toegeven of niet, er was iets tussen hen veranderd. Zijn handen hadden haar gestreeld, zijn tong had haar geproefd; zij had zijn haar tussen haar vingers gevoeld, zijn been tussen haar dijen. Dat had zich allemaal in haar lijf geëtst, ze kon het niet meer terugdraaien en ze kon haar woorden ook niet meer terugnemen. *Dit is een vergissing.*

Ze keek weg, kon hem niet in de ogen blijven kijken. Het was gemakkelijker geweest toen ze hem nog kon aanstaren tot hij zijn ogen neersloeg, het was eenvoudiger geweest om een hekel aan hem te hebben, toen ze nog geloofde dat hij alles was wat Sholto haar had verteld: een rebel, een roekeloze dissident. En misschien was hij dat ook allemaal wel, maar hij was meer: alleen, eenzaam, verlaten en hij zoende fantastisch… Ze schudde haar hoofd weer en kneep haar ogen dicht.

'Wat is er?'

'Niets,' mompelde ze, en ze haalde een pak melk uit de koelkast die naast hem stond.

Ze hoorde zijn voetstappen die haar de keuken in volgden en voelde zijn ogen in haar rug terwijl ze de waterkoker pakte en de stoom haar toch al roze wangen nog roder maakte. 'Wil je ook een kop thee?' vroeg ze beleefd, zonder zich om te draaien.

Er viel een korte stilte. 'Ach, ja.'

'Graag of niet, hoor. Ik ga je niet dwingen.' Ze schonk de melk in de koppen.

'Echt niet? Je hebt anders vaak genoeg geprobeerd me dingen te laten doen die ik niet wilde doen.'

'Nou, inmiddels weet ik wel dat jij nooit iets doet wat je niet wilt doen.' Haar stem klonk snibbig en ze draaide zich om om de melk terug…

Hij stond recht achter haar. 'Dat klopt. En jij? Doe jij wél dingen die je niet wilt doen?'

Ze slikte, want ze wist dat hij hun zoen in gedachten had. 'Heel vaak.' Hij moest eens weten hoe waar dat was. 'Dat heet een compromis sluiten.'

'O, noemen we dat zo?' Zijn blik lag op haar mond. 'En hoe noemen we afgelopen nacht dan?'

'Een vergissing.'

Hij schudde zijn hoofd. 'Zo voelen vergissingen niet.'

Ze dwong haar stem om haar niet te verraden. 'We waren allebei dronken,' zei ze langzaam. 'Het was een lange dag geweest, ik was emotioneel na die toestand met dat hert, jij had nog een hoop adrenaline in je aderen na het aankondigen van de nieuwe onderneming…'

Hij keek haar aan alsof ze onzin praatte.

'Dat geloof je niet echt.'

'Jawel hoor.'

Hij zette een stap dichterbij. Zoveel dichterbij dat ze zijn tenen bijna tegen de hare kon voelen. 'Alex, alcohol dwingt mensen niet om dingen tegen hun wil te doen. Drank vermindert alleen maar hun remmingen zodat ze juist doen waar ze al eerder aan hebben gedacht.'

Haar hartslag nam een vlucht nu de herinnering aan de hartstocht tussen hen de lucht weer begon te kleuren, evenals haar wangen. 'Nou, ík had er niet eerder aan gedacht. Jij bent mijn cliënt en ik raak nooit emotioneel bij cliënten betrokken.'

'En lichamelijk?'

Het weerwoord kwam aan als een klap. 'Dat is precies het type opmerking dat ik van jou zou verwachten,' zei ze fel, en ze drong langs hem heen om de melk terug te zetten.

'Shit, Alex, zo bedoelde ik het niet...'

'Nee. Maar ik ben er klaar mee.' Ze pakte het dienblad maar hij ging voor haar staan.

'Wacht. We moeten hierover praten. Je kunt niet doen alsof het niet gebeurd is. Je verwacht toch niet echt dat we op dezelfde voet als voorheen door kunnen gaan?'

'Nee, goed gedaan, Lochlan. Als je je carrière al niet eigenhandig had gesaboteerd – wat je wel hebt gedaan – is onze samenwerking nu onmogelijk geworden. Hoe dan ook, gefeliciteerd, je bent eindelijk van me af.' Ze probeerde hem voorbij te lopen, maar hij pakte haar bij de elleboog.

'Waar heb je het over?'

'Waar dénk je dat ik het over heb?' vroeg ze met een kort, humorloos lachje terwijl de tranen achter haar ogen brandden. Haar emoties lagen gevaarlijk dicht aan de oppervlakte. 'Het is voorbij. Denk je nou echt dat jouw solistische acties geen gevolgen zullen hebben? Wat jij zelf ook mag denken, Sholto laat dit echt niet zomaar toe. Je gaat morgen terug en dan kom je erachter dat je uit je functie bent ontheven. En ik dus ook.'

'Nee, je snapt het niet. Je kent niet alle details.'

Maar ze schudde haar hoofd. Ze weigerde te luisteren naar zijn arrogante overtuiging dat hij onaantastbaar was. 'Ik weet dat Sholto helemaal gelijk had over jou.' Dat was niet waar. Dankzij zijn groep vriendinnen wist ze nu het fijne van de zaak. Ze wist nu dat hij net als zij in elkaar zat – een wirwar van goed en kwaad, iemand die gekwetst was, verlaten en teleurgesteld door bijna iedereen van wie hij had gehouden. Hij was niet het prototype slechterik dat Sholto in zijn kantoor in Edinburgh had beschreven, althans dat was hij niet alléén. Maar het zou sowieso niet hebben uitgemaakt. Al was hij de meest barmhartige samaritaan ter wereld, dan nog had ze een taak te vervullen – en falen was geen optie. Ja, het was spijtig dat haar succes ten koste van hem zou zijn gegaan, maar ze twijfelde er niet aan dat hij in haar geval precies hetzelfde zou hebben gedaan. Maar nu was het allemaal vergeefs. Zonder het te beseffen had hij met zijn daden alles voor haar verpest. Hij had de enige manier om van haar af te komen gevonden. 'Je bent een ongeleid projectiel en een aanfluiting. Je hebt er niet alleen voor jezelf een puinhoop van gemaakt, maar ook voor mij.' Er prikten tranen in haar ogen, maar ze knipperde ze meteen terug. Ze ging níét huilen waar hij bij was. 'Je heb geen idee wat je hebt aangericht. Echt geen idee.'

'Alex...'

'Laat me met rust, Lochlan.' Ze liep hem voorbij. 'We zijn uitgepraat.'

Ze stonden allemaal op de treden van het bordes te zwaaien. Hun haren werden achterwaarts en omhooggeblazen in de werveling van de rotorbladen terwijl de helikopter rustig de lucht in steeg. Ze hadden mobiele nummers en mailadressen uitgewisseld, maar Alex glimlachte haar namaakglimlach in de wetenschap dat ze geen van hen ooit nog zou zien. Hoe leuk ze hen ook vond, ze waren zíjn vriendengroep, zíjn bondgenoten.

Ze veranderden van richting, lieten Borrodale achter zich en wonnen snel aan hoogte. De lichten flitsten in de eindeloze donkerte, de tuin leek slechts nog ruimte en het landschap louter een landkaart.

Ze zwegen. Alex keek omlaag naar de steden onder hen – de lange linten van lantaarns langs autowegen en straten, schijnwerpers gericht op voetbalstadia en tennisbanen, koplampen en achterlichten die reisbewegingen markeerden, levens die werden geleid.

Hij draaide aan een paar knoppen en ze voelde dat zijn blik om de zoveel tijd even haar kant op kwam. Ze hoorde zijn ademhaling in haar hoofdtelefoon. Ze keek nog hardnekkiger uit het raam omlaag naar de grillige Cairngorms. Het duurde lang voordat hun zwijgen werd doorbroken.

'Alex.'

Ze wendde zich nadrukkelijk af, de stilte die in de cabine hing, was luider dan het geronk van de rotorbladen.

'Alex, ik weet dat je niet met me wilt praten. Ik weet dat ik vorige nacht een grens ben overgegaan en dat ik me vanmiddag in de keuken als een klootzak heb gedragen. Het spijt me, oké? Maar luister eens, jij bent je klus bij Kentallen niet kwijt. En dat weet ik omdat ík mijn functie niet kwijt ben. Hij kán me niet ontslaan. Ik ben alleen maar op de zaken vooruitgelopen. Hij zal pisnijdig zijn, ja, maar hij kan me er niet uit schoppen.'

Ze draaide zich naar hem toe. Daar was weer die aanmatigende arrogantie, zijn overtuiging dat hij onaantastbaar was. Hoe kon het dat hij de gevolgen van zijn daden niet overzag? 'Je hebt hem de perfecte mogelijkheid gegeven om een motie van wantrouwen tegen je in te dienen.'

Hij knipperde met zijn ogen. 'En als hij dat doet, is er nog geen wettelijke reden voor mij om terug te treden.'

'Maar hoe denk je in godsnaam door te kunnen gaan zonder zelfs maar een greintje steun of respect als dat gebeurt?' wilde ze weten. 'Ik begrijp niet dat jij niet snapt hoe wankel je positie nu is.'

'Ik blijf omdat het moet, niet omdat ik het wil.'

'Waarom? Waarom zou je moeten blijven? Hoe kun je zo leven?'

Hij zweeg een lang moment. 'Omdat ik de enige factor ben die voorkomt dat de distilleerderij moet sluiten.'

Alex keek verbluft opzij. 'Wat? Waarom zou Kentallen moeten sluiten?'

'Omdat ze de boel willen verkopen.'

'Heb je het over de deal met Ferrándor?' vroeg ze verbaasd.

'Weet je daar dan van?'

'Ik weet dat je een paar jaar geleden de stekker uit die deal hebt getrokken.'

'Reken maar, verdomme.'

Ze wachtte op uitleg, maar die kwam niet. 'Waarom dan...'

'Luister, je weet inmiddels genoeg van Kentallen. Je weet dat we niet bijkopen of overdoen: we verkopen onze rijpende malts niet aan andere distilleerderijen voor gebruik in hun blended whisky; we bezitten en managen onze eigen turfgronden op het eiland, we kopen gerst van de lokale boeren, bijvoorbeeld Mr Peggie; we beheren onze eigen voorraden en bottelen al onze whisky op het eiland... We kunnen misschien niet concurreren met de productiecapaciteit van een Glenfiddich of Macallan, maar we zijn wel de grootste werkgever op Islay.'

'En waarom zou de verkoop aan Ferrandor daar verandering in brengen?'

Ze zag het spiertje in zijn kaak weer trillen. 'Omdat ze praktisch alles van het eiland zouden weghalen. De voorraad en de bottelarij zouden naar Speyside verhuizen, de promotie, marketing en reclame zouden worden verplaatst, de gerst en de turf zouden per schip worden aangevoerd... En dat zou allemaal ten koste gaan van de bedrijvigheid en infrastructuur op Islay.'

'Dat zouden ze nooit doen,' zei ze zacht, denkend aan Mr Peggie. Zijn familie bewerkte dat land al bijna een eeuw en had al die tijd gerst aan de distilleerderij geleverd. Ze keek om zich heen en zag dat ze het North Channel al overstaken, ze zag Jura en daarachter Islay liggen, als gigantische stapstenen in de zee.

'O nee? Zou je nog steeds zo loyaal tegenover mijn familie staan zijn als je wist dat ze mijn vader op zijn sterfbed, toen hij ijlde en onder de medicatie zat, de contracten hebben gebracht en hebben geprobeerd hem die te laten ondertekenen?' Hij keek met een felle blik opzij. 'Hoor je wat ik je vertel? Ze hebben geprobeerd een stervende man te manipuleren en te misleiden om er zelf voordeel uit te halen. Als ik niet toevallig was langsgekomen en ze had tegengehouden...' Zijn stem stierf weg en het werd stil.

Was dit echt waar? Had Sholto geprobeerd een stervende man te bedriegen? Alex staarde opzij naar zijn vastbesloten opeengeklemde kaken terwijl hij zijn geconcentreerde blik op de donkere hemel voor hen gericht hield. 'Torquil heeft me verteld dat de deal van tafel is.'

'Torquil zegt zoveel.'

'Hij zei dat er voor elke huidige baan maar liefst drie banen in de productieketen zouden worden gecreëerd.'

'Ha. Heeft hij dat gezegd?'

Ze kon haar ogen niet van hem afhouden, zo opstandig als hij eruitzag, zelfs en profil.

'En jij denkt dat ze de verkoop zullen doorzetten als jij vertrekt?'

'Ik hoef niet eens te vertrekken. Hun huidige plan is de weg vrij te maken voor een vijandige overname, met of zonder mij aan het roer.'

Alex keek stomverbaasd opzij, ze kon hem amper nog volgen. Hij was paranoïde. Echt, hij leed aan paranoia. Dat kon niet anders.

'Huidige plan?' vroeg ze, terugdenkend aan wat Torquil haar die dag in zijn kantoor had verteld. 'Je bedoelt de productie van andere dranken? Zoals wodka en gin?'

Hij lachte bitter. 'Geloof me, ze hebben geen enkele interesse in een verscheidener aanbod en uitbreiding van het bedrijf.'

'Jawel hoor. Het is goedgekeurd in de jaarvergadering. Volgens Torquil was het de eerste keer in jaren dat een meerderheid akkoord ging met een voorstel van jouw kant.'

'Alleen omdat het hun echte doel in de hand werkt.'

'En dat is?' drong ze aan. De lichten van Port Ellen doken als de vlammen van stormlampen in de verte op.

'Om uitbreiding voor een dergelijke move te financieren hebben we twee opties: of we herinvesteren onze winst – zoals ik graag wil – of we gaan over tot de uitgifte van meer aandelen, waar de anderen voor zijn. Maar het is een paard van Troje. Ze weten dat mijn invloed wordt verminderd door de uitgifte van meer aandelen en dat mijn meerderheidsstem teniet wordt gedaan. Ze weten ook dat al mijn geld momenteel in de Scotch Vaults-onderneming zit, zodat ik geen aanvullende aandelen kan kopen om mijn belang te behouden. En als mijn meerderheidsbelang is geneutraliseerd, wordt het een proxyoorlog.'

Alex staarde hem van opzij aan. Zijn verhaal kwam overeen met wat Torquil haar had verteld en ze wist heel goed wat een proxyoorlog was: de vijandige onderneming zou aandeelhouders overhalen om hun volmachtstem te gebruiken voor het installeren van een nieuw management dat de verkoop vervolgens kon goedkeuren.

Alex hield haar adem in toen ze besefte wat dat betekende. Als het waar was wat Lochie zei, was Sholto niet alleen de antagonist in deze strijd, maar ook een mol die heimelijk de belangen van een verborgen derde partij behartigde. En zij had zich voor zijn karretje laten spannen. Ze was zijn dodelijkste wapen.

Plotseling werd ze misselijk. Van zichzelf.

'Wie weet hier nog meer van?'

'Niemand die me gelooft. Peter en Doug bijvoorbeeld. Ik heb geprobeerd het ze te vertellen. Van Mhairi weet ik het niet zeker, ik denk dat ze wel haar twijfels heeft. En wat mijn neven betreft, het heeft geen zin om...' Hij snoof laatdunkend. 'Het interesseert ze geen ene moer wat er gebeurt, zolang zij elk kwartaal maar hun geld kunnen binnenharken.' Hij slaakte een zucht. 'Luister, ik vertel je dit alleen maar omdat... Nou, omdat je misschien wel de enige bent die het zal begrijpen. Misschien ben jij wel de enige die aan mijn kant staat – en ik wil niet dat je je terugtrekt vanwege wat er vorige nacht is gebeurd.'

'Dat zal ik ook niet doen,' antwoordde ze fel, verontwaardigd om zijn woorden en wat ze suggereerden. Ze was Skye niet.

'Zoals je al zei, het was een... opwelling,' zei hij met zijn blik strak voor zich uit gericht. 'We waren dronken.'

Geloofde hij dat echt? Ze keek uit het raam nu ze daalden, alsof ze aan een touw werden neergelaten. Onder hen blonk de koperen ketel op de binnenplaats in de veiligheidsverlichting. De weelderige kerstboom stond in groot contrast met de dunne zwartgeblakerde dakbalken van de mouterij. Kentallen was gesloten en verlaten, maar het weekend was bijna voorbij.

Hij concentreerde zich nu volledig op de landing en ze zei geen woord meer tot de motor was uitgeschakeld en de rotorbladen langzamer gingen draaien.

'Home, sweet home,' mummelde ze, terwijl ze haar veiligheidsgordel losmaakte en haar hoofdtelefoon afdeed. 'Bedankt voor de lift.'

'Graag gedaan.' Hij keek hoe ze haar weekendtas pakte, die achter haar stoel lag. Ze draaide zich terug en viel stil. Hij staarde haar aan, zijn lichaam gespannen, zijn blik open en ze kreeg weer dat gevoel – hevig en intensief – dat ze telkens kreeg wanneer ze elkaar te dicht naderden. Die bruine ogen leken dobbelstenen die haar toekomst konden breken – of maken?

Ze knipperde en weigerde om het moment zijn natuurlijke verloop te gunnen. Ze wendde zich af, klaar om uit de heli te springen.

De sneeuw was het hele weekend blijven liggen. Sterker nog, er was meer bij gekomen: de voetstappen van werknemers op de parkeerplaats waren bijna niet meer te zien onder het nieuwe laagje. Het kostte Lochie een aantal minuten om de auto warm en de voorruit schoon te krijgen terwijl zij op de passagiersstoel in haar handen zat te blazen.

'Wat een verschil in temperatuur,' zei ze toen hij eindelijk instapte, zijn schouders tot zijn oren opgetrokken.

'Aye, het is ijskoud,' zei hij, ook in zijn handen blazend. Het lukte bij de eerste poging om de auto te starten.

'Je hoeft dit echt niet te doen. Ik kan ook op Jack wachten om me te komen ophalen.'

Lochie snoof. 'Met zijn been? Kun je lang wachten. Dan vinden ze je morgenochtend bij het openen van de hekken in de vorm van een bevroren standbeeld. Bovendien kom ik toch langs de Peggies.'

Ze reden weg en ze liet haar hoofd achteroverleunen tegen de hoofdsteun. Het leer was zo zacht als haar nieuwe handschoenen van Connolly, de dure geur deed haar denken aan haar echte leven, dat waarin ze thuishoorde, hoewel het uit haar gezichtsveld was verdwenen op het moment dat ze van de ferry stapte en er storm op komst was. Het was déze wereld die niet echt was: Lochlan, Callum, de Peggies, Skye...

Ze legde haar handen op de zitting en streek met haar duimen over het leer terwijl ze over de gladde kronkelweg reden. Misschien zou ze zelf zo'n wagen kopen als deze opdracht achter de rug was – als een aandenken, een souvenir, een aardigheidje waarin ze om zichzelf kon lachen, om de vele beoordelingsfouten die ze op dit kleine eiland had gemaakt.

Ze reden om de steile helling heen en ze zag de lichtjes van de fraaie boerderij verderop, vlak bij de weg. Het enige bewoonde gebouw tot in een omtrek van drie kilometer. Zo te zien had Mrs Peggie een andere gast in de groene kamer. Niet dat ze zin had om vanavond over koetjes en kalfjes te praten. Maar ze had toch geen trek. Ze wilde in bad en dan naar bed. Ze moest nadenken, haar positie opnieuw bepalen. Niets of niemand bleek te zijn wat ze dacht en ze voelde zich gevaarlijk stuurloos.

Hij trok aan de handrem, zette de motor uit en sprong voor ze hem kon tegenhouden uit de auto om haar weekendtas en geweer te pakken.

'Kom maar, het is glad,' zei hij, en hij stak zijn arm uit, net zo hoffelijk als zijn neef een paar avonden eerder had gedaan.

Ze haakte haar arm door de zijne en samen liepen ze voorzichtig over het pad, haar hart bonkend bij de gedachte aan wat er bij de deur zou kunnen gebeuren, met nog vers in haar geheugen wat er de vorige nacht bij de deur van Borrodale House was gebeurd. Dacht hij hetzelfde? Spookte die zoen ook door zijn hoofd? Tot haar schrik zag ze dat ook Mrs Peggie een flinke bos maretak boven de deur had gehangen. Het leek wel een complot!

'Nou, welterusten alvast.' Ze probeerde kordaat te klinken en legde haar hand al op de deurknop.

'Alex, wacht...'

Ze draaide zich om. Ze was er zeker van dat hij het bloed in een stroomversnelling door haar aderen hoorde bonzen.

'Ik wilde alleen maar zeggen dat ik... ondanks alles blij ben dat je dit weekend mee bent geweest.'

'O.' Ze trachtte de grote golf van teleurstelling dat hij geen stap dichterbij kwam van zich af te zetten. 'Ja. Ik ook. Het was leuk.' Léúk?

'En ik weet dat ik me heb misdragen. Of je het nou gelooft of niet, het is niet mijn gewoonte om mooie vrouwen mijn kantoor uit te gooien...'

Hij vond haar mooi?

'Wat ik wil zeggen, denk ik, is dat ik nu weet dat ik je kan vertrouwen. Het spijt me dat het zo lang heeft geduurd voor ik me dat realiseerde. Ik ben een rotzak geweest.'

'Inderdaad,' beaamde ze. Haar mond werd droog terwijl ze besefte dat ze hem – eindelijk, onopzettelijk – precies naar de plaats had gemanoeuvreerd waar ze hem hebben wilde. Maar alles was nu veranderd. De spelers waren van rol veranderd.

‘Dus vanaf morgen zal ik me goed gedragen. Reken maar op een charmeoffensief.’

Haar glimlach vervaagde. Ze wist niet of ze daarmee om zou kunnen gaan.

Hij grijnsde. ‘Wie weet, misschien kun je me écht helpen.’

Ze haalde haar schouders op. ‘Misschien.’ Hoe kon ze doen wat haar was gevraagd nu ze wist hoe de vork eigenlijk in de steel zat?

Even wist hij haar blik te vangen en voelde ze haar buik weer reageren zoals op dat moment vlak voor hij haar de vorige nacht zoende, en zoals op het moment vlak voor ze uit de helikopter was gesprongen. Hij grijnsde opnieuw en begon achteruit over het tuinpad te lopen.

‘Misschien word jij mijn redding wel.’ Hij grinnikte plotseling op dezelfde luchthartige manier als bij zijn vrienden. ‘Misschien ben jij wel als een engel uit de hemel op mijn pad gekomen, Alex Hyde.’

Alex keek hem na en kon wel janken. Eerder uit de hel.

# 25

## *Islay, 14 maart 1918*

*Alles kwam weer tot leven. De bomen stonden in knop, de hellingen waren bezaaid met krokussen en primula's als stipjes zonneschijn terwijl ze langsfietste met haar haren in de bries. De hooglanders graasden op de velden boven de zee en hun lage, sonore geloei weerklonk door de zachte lucht terwijl de zon langzaam begon te dalen.*

*Ze zou best willen stoppen om bloemen te plukken – hun kleur en geur zouden de ziekenzaal opfleuren, ze wilde de lente graag mee naar binnen nemen. Maar stoppen betekende tijdverlies en tijd had ze tegenwoordig nooit genoeg. Haar dag op het veld was zwaar geweest. Nu de grond zachter werd en de dagen lengden, werkten ze langer om de gewassen in te zaaien. Maar haar vader wilde beslist niet dat ze in het donker thuis zou komen. Dus tussen de lange werkdag en de lange nacht bleef er maar weinig tijd over om hem te bezoeken, hem voor te lezen en zijn hand vast te houden.*

*Hij was de afgelopen week pas weer wat gaan eten en hij was bijna net zo spichtig als zij: het delier van de griep had weken geduurd en de hoofdverpleegster had haar een aantal keren gezegd dat ze zich 'op het ergste moest voorbereiden' en 'zich niet te erg aan hem moest hechten', maar zij begreep het niet. Niemand begreep het.*

*Zij, Clarissa, had hem gered. Hij was meer dood dan levend geweest op die rotsen, bijna uit het zicht, met de vloed die alweer naderde, en zijn redding – tegen de verwachting in – had haar eigen wil om te leven weer doen ontwaken. Haar verloofde was dood. Haar geliefde broer was dood. De dood bepaalde nu het leven voor de achterblijvers – iedereen werd erdoor getekend – en ze had zich aan het geredde leven van deze soldaat vastgeklampt alsof het haar eigen redding betrof. Want er moest meer in het leven bestaan dan te gaan slapen met de ondergaande zon en te wachten op de post, dan de enkele vrije uren door te brengen met bezorgd wringende handen en een rimpel in het voorhoofd. Er moest hoop op schoonheid en vrede zijn, hoop op plezier en liefde.*

*Dus had ze hem voorgelezen terwijl hij kwijnde, en had ze zijn hand vastgehouden terwijl hij sliep, en had elke dag gevoeld dat zijn greep steviger werd, had ze de kleur op zijn huid zien terugkeren naarmate het virus aan kracht verloor. Zijn gebroken botten groeiden weer aan elkaar, en de soep en de rust en de warmte van het zachte bed deden de rest.*

*Ze fietste het dorp in en zag aan de stand van de zon dat ze hoogstens een uur had voordat ze hem weer zou moeten verlaten. Ze liet haar bel vrolijk rinkelen voordat ze de hoek omsloeg en de hoofdstraat in reed.*

*'Goedenavond, Mrs McPhee,' riep ze toen ze haastig kwam aanrijden, zo haastig dat haar opwaaiende petticoat haar in kousen gehulde benen liet zien.*

*'Goedenavond, Miss Clarissa,' riep de vrouw glimlachend terug, en ze zette hoofdschuddend een stap opzij terwijl het meisje langs de winkel reed en verder naar het Port Ellen Hotel, dat dienstdeed als tijdelijk ziekenhuis.*

*Ze ging voor de laatste vijftig meter op de trappers staan en gooide de fiets bijna tegen de muur voor ze zich naar binnen haastte en haar rok gladstreek.*

*De hoofdverpleegster trok een wenkbrauw op bij de aanblik van haar rode wangen, verwarde haar en glanzende ogen terwijl ze op haar afstevende om het nieuws van vandaag te horen.*

*'En?'*

*'Hij heeft vandaag een paar stappen gezet...'*

*Clarissa's adem stokte en haar handen vlogen naar haar wangen. 'Wat fijn!'*

*'Maar dat heeft hem afgemat, Miss Clarissa. Hij moet rusten.'*

*'Eh... Slaapt hij?' Ze strekte haar hals om door het glas in de deur bij de geïmproviseerde ziekenzaal, eigenlijk de lobby, naar binnen te kijken. 'Mag ik naar hem toe?'*

*De verpleegster zuchtte. 'Hij is daarbinnen. Hij heeft naar je gevraagd. Maar hij is nog erg zwak...' riep ze haar na toen het meisje het weer op een sprinten zette. 'Tien minuten, meer niet!' zei ze terwijl de deuren al open- en dichtklapten, en nog een paar keer heen en weer bleven zwaaien.*

## *Islay, maandag 18 december 2017*

'Ze hebben een wát gevonden?'

'Een teddybeer. Ik bedoel, het is maar een kleintje, maar toch...' grinnikte Skye, die haar telefoon tevoorschijn haalde en een foto liet zien van een versleten goudgeel beertje met één oranje glazen oog en een kale buik. 'Onder in het vat. Een leeg vat, uiteraard. Het dreef niet rond in de whisky.'

'Er zat een beertje verstopt bij de verborgen malt? Maar wie heeft het in dat vat gedaan?' vroeg Alex, die de foto met forensische grondigheid bestudeerde. 'En waarom?'

'Dat komen we waarschijnlijk nooit te weten,' zei Skye schouderophalend. 'Ik vraag me af of er misschien een kindje is gestorven en de moeder de babyspullen niet wilde bewaren omdat ze de aanblik niet kon verdragen.'

'God, dat zou droevig zijn. En het ligt daar al die tijd al?'

'Aye. Sinds 1932, denken ze. Dat is het jaartal dat op het vat staat – net als op de rest van de verborgen vaten.'

'Bedoel je trouwens dat er nog meer spullen in zaten, afgezien van het beertje?'

'Aye, er zat ook een babydekentje in, heel schattig: blauw-wit geruit met rode stiksels aan de randen.' Ze legde haar telefoon terug op de tafel. 'We gaan een verkiezing houden om een naam voor het beertje te bepalen; de winnende naam wordt op het feest bekendgemaakt.'

'Feest?' vroeg Alex terwijl ze een slokje koffie nam.

'Ja. Aanstaande donderdag is er een kerstfeest. Wist je dat niet?'

'Nee.'

'Och, maar je moet natuurlijk wel komen,' zei Skye, die haar handen met gespreide vingers over de rand van de tafel legde.

'Dat lijkt me geen goed idee. Ik werk hier immers niet.'

'Maar je bent hier al twee weken.'

'Ik ben maar voor korte tijd ingehuurd.'

'Maar het is een *cèilidh*,' drong Skye aan alsof dat de doorslag zou geven.

'En Schotse volksdansen zijn niet aan mij besteed,' zei Alex op besliste toon. 'Het is aardig van je om me uit te nodigen, maar ik heb er eigenlijk ook geen zin in. Ik ben hartstikke moe, ik heb wel een maand slaap nodig. Het was een enerverend en boeiend weekend,' zei ze veelbetekenend, en ze keek Skye strak aan. Ze probeerde het onderwerp al aan te snijden sinds ze hier was – het was de reden waarom ze had voorgesteld samen koffie te drinken – maar Skye had kennelijk niet door dat Alex minder hartelijk was dan anders.

Skye sloeg met haar handpalm op de tafel, ze had het weer niet opgepikt. 'Het is ook mijn afscheidsfeest, zij het onofficieel.'

'Skye...'

'Kom alsjeblieft, ik sta erop.' Ze boog zich een stukje voorover. 'We zijn toch vriendinnen?'

Waren ze dat? Vertelden vriendinnen elkaar leugens? Hoewel alles wat Skye haar had verteld feitelijk waar was, had ze toch gelogen door dingen weg te laten. Ze wist dat de reden waarom Lochie haar had laten zitten de hele kwestie een ander aanzien gaf. 'Natuurlijk...'

'Dan is het bij dezen afgesproken, jij komt gewoon.'

Alex slaakte een ongeduldige zucht. 'Oké, ik kom langs, maar ik blijf maar heel even.'

Skye keek haar aan. Eindelijk had ze door dat Alex zich terughoudend opstelde.

'Alex, is er iets mis?'

'Waarom vraag je dat?'

'Nou, je doet een beetje... afstandelijk. Heb ik iets misdaan?'

Alex aarzelde. Ging dit haar überhaupt aan? Dat Skye Lochie had bedrogen, veranderde alles. Niet alleen veranderde het haar kijk op deze vrouw en wat haar leugen over hun zogenaamde vriendschap zei, maar belangrijker nog, het dwarsboomde haar plannen: ze wist nu dat er geen verzoening zou plaatsvinden, Lochie was te trots om zoiets ooit te vergeven en te vergeten. Skye was niet het antwoord waar ze op had gerekend.

Maar door de korte stilte die ze liet vallen, wist Skye ineens genoeg. Ze bedekte haar mond en neus met haar handen. 'O god, ze hebben het je verteld!'

Alex hield haar adem in, vroeg zich af of ze moest liegen om haar de vernedering te besparen, maar toen knikte ze. Ze wilde persoonlijk ook heel graag weten waaróm Skye was vreemdgegaan. 'Ja.'

'Ik wist het!' riep ze uit. 'Zodra ik hoorde dat jij mee was gegaan, wist ik dat ze het je zouden vertellen.' Haar grote ogen keken Alex over haar vingers heen wanhopig aan. Er verscheen een diepe frons in haar voorhoofd en de pijn en schaamte trokken over haar gezicht. 'Ik durf te wedden dat ze niet konden wachten! Ze hebben me nooit gemogen!'

'Dat is niet waar.'

'O nee?' Ze ging opstandig rechtop zitten. 'Hebben ze me een slet genoemd?'

'Nee! Absoluut niet.'

'Want het is niet gegaan zoals zij denken.'

Alex keek haar aan. 'Hoe is het dan gegaan?'

'Hij nam steeds meer afstand, zoals ik je heb verteld. Ik was erg in de war, ik begreep niet wat ik verkeerd had gedaan. En toen...' Ze snikte en verborg haar gezicht in haar handen. 'O god. Ik dacht dat dit allemaal verleden tijd was. Maar ik zie het aan je ogen. Je vindt me een misbaksel.'

Alex reikte over de tafel heen en gaf een meelevend klopje op haar arm. 'Skye, luister. Niemand vindt je een misbaksel. Hij heeft het ook bij Jess gedaan, ook van haar nam hij steeds meer afstand. Hij wist niet hoe hij zijn verdriet moest verwerken, noch het verdriet om zijn moeder, noch het verdriet om zijn vader. En dat weet hij nog steeds niet.' Ze schonk haar een invoelende blik en gaf een kneepje in haar onderarm. 'Het was ongetwijfeld een ongelooflijk moeilijke situatie. Niemand neemt het je kwalijk.' Ze haalde haar schouders op. 'Bovendien is het uiteindelijk allemaal goed gekomen, toch?'

Skye bestudeerde haar nagels. 'O ja?'

Wat? Alex keek haar aan. 'Hoe bedoel je?'

'Nou, sinds de brand en wat jij hebt gezegd... je weet wel, dat er nog iets tussen ons speelt.' Skye keek haar met grote ogen aan. 'Ik denk nu steeds: stel dat we het inderdaad te snel hebben opgegeven?'

Alex voelde de vloer onder haar stoel een stukje wegzinken. Ze werd duizelig, voelde zich gedesoriënteerd. Waarom zei Skye dit nú – nadat ze had toegegeven dat ze Lochie had bedrogen? 'Maar Alasdair dan?'

'Al?' Skye keek gepijnigd. 'Al is een schat. Hij is heel lief voor me, snap je? Ik bedoel, hij heeft niet zo'n dure auto, geen prachtig huis en voorname achternaam, maar... we passen bij elkaar. We begrijpen elkaar. Het is gemakkelijk tussen ons.'

'Nou, dat is dan toch duide...'

'Maar Lochie... Die heeft glamour en is avontuurlijk, snap je?' onderbrak ze haar met rode wangen en glinsterende ogen. 'Het leven voelt op de een of andere manier grootser met hem. Hij is net Heathcliff, zoals hij over de moors beent. En hij is opwindend en sexy en o mijn god, hij is supergoed in...'

'Jaja,' zei Alex snel, die daar liever niets over wilde horen.

'Ik bedoel, samen zijn met Al is alsof ik een paar oude lievelingssloffen aantrek, maar sinds jij hebt gezegd dat Lochie nog gevoelens voor me heeft, denk ik steeds maar weer: wil ik echt de rest van mijn leven met Al doorbrengen? Waar is de energie? Waar is de vitaliteit? Zal ik over twintig jaar niet gek worden van verveling?' Met een vertwijfelde blik op haar gezicht pakte ze Alex' handen. 'Alex, wees eens eerlijk: sta ik op het punt om de domste fout van mijn leven te maken?'

'Skye, op die vraag kan ik onmogelijk antwoord geven.'

'Doe alsjeblieft een poging. Jij bent tenslotte degene die het allemaal weer naar boven heeft gehaald. Ik dacht dat het klaar was. Achter de rug. Voltooid verleden tijd. Maar toen zei jij al die dingen...'

Haar stem stierf weg en ze keek Alex vol verwarring aan.

Alex haalde diep adem in een poging zowel zichzelf als Skye te kalmeren. Skye had een punt. Zij had het inderdaad naar boven gehaald. Ze had inderdaad het verlangen en de spijt tussen hen opgemerkt, toch? 'Oké, luister. Ten eerste: geen paniek. Maak even pas op de plaats. Neem de tijd om na te denken – goed na te denken – over wat je wilt en met wie je samen wilt zijn. Het huwelijk is een grote stap. Het is een belofte voor altijd. Maar je moet eerlijk en moedig zijn.' Ze slikte en had het gevoel dat haar woorden kleiner, strakker, harder werden. Ze kon amper geloven dat ze dit zei. Maar toch. 'Als Lochie de man is met wie je samen wilt zijn, dan moet je hem dat vertellen.'

'Maar wanneer dan? Al komt vrijdag en de bruiloft is al de dag daarop.' Haar stem klonk bijna hysterisch. Het was duidelijk dat ze hier al dagen over piekerde.

'Vrijdag is pas over vier dagen.'

'Maar... Maar alles is al geregeld. Het gaat gebeuren. Ik neem morgen een spraytan en ik laat mijn nagels doen. En mijn bikinilijn. En mama gaat de bloemen ophalen...'

'Je hebt genoeg tijd, Skye.'

'Nee, want Lochie zit in Edinburgh. En Joost mag weten wanneer hij terugkomt.'

Alex' hoofd kwam met een ruk omhoog. Hij zat in Edinburgh? Dat hoorde ze voor het eerst. Ze keek naar buiten en geloofde bijna niet dat ze het had gemist toen ze vanochtend aankwam: het veldje waar de helikopter gisteravond was geland, was nu leeg.

Ze voelde een golf van woede door zich heen gaan. Ze hadden voor vanmiddag een bijeenkomst gepland. Ze had verondersteld dat ze eindelijk iets kon bereiken na die mooie woorden bij de voordeur gisteravond, over vertrouwen en reddende engelen. Ze dacht dat ze een doorbraak had bewerkstelligd, maar hij deed het dus wéér: hij stuurde haar met een kluitje in het riet. Ze had zichzelf voor de gek gehouden. Die zoen had voor hem niets te betekenen gehad en was alleen door de whisky ingegeven.

'Alex?'

Ze realiseerde zich dat Skye haar aankeek en op een reactie wachtte. Op goede raad. 'Luister, je moet in elk geval weten wat je wilt vóórdat je Al het jawoord geeft,' zei Alex kalm. 'En als je het huwelijk inderdaad wilt afblazen, dan kun je het Alasdair maar beter zo snel mogelijk vertellen.'

Skye knikte heftig. 'O, maar ik kan hem toch niet aandoen wat Lochie mij heeft aangedaan?' Ze liet haar hoofd in haar handen vallen, heen en weer geslingerd tussen twee mannen. 'Dat was afschuwelijk, ik dacht dat ik er nooit overheen zou komen. Zijn gezicht die avond. Hij was… gebroken. Ik zag steeds alleen maar zijn gezicht als ik mijn ogen sloot.'

'Dit is niet dezelfde situatie.'

'Maar ik heb hem bedrogen, Alex. En dan zou ik Al nu hetzelfde aandoen?'

Alex probeerde haar frustratie te maskeren. Ze had hier geen zin in. Haar hoofd tolde en ze probeerde na te gaan wat Lochie in Edinburgh deed, maar ze kon slechts één realistisch scenario bedenken: Sholto had toch die bestuursvergadering geïnitieerd. Lochie had het verkeerd ingeschat en had zijn hand toch overspeeld. 'Niemand zegt dat je dat gaat doen, toch? Als Al de man is van wie je houdt, gaat alles gewoon door zoals gepland.' Ze keek haar schuin aan. 'Oké, dat feest gaat donderdag plaatsvinden, nietwaar?'

'Ja.'

'Nou, breng dan wat tijd met Lochie door. Hij zal tegen die tijd vast wel terug zijn…'

Toch?

'Hij kan moeilijk het kerstgebeuren van zijn eigen bedrijf aan zich voorbij laten gaan.'

Zou het donderdag nog zijn bedrijf zijn?

'Er heerst dan een ontspannen sfeer, iedereen zal zich vermaken. Spreek hem aan, dans eventueel met hem en kijk hoe dat voelt. Geef hem de kans met je te praten. Misschien zijn er dingen die hij tegen je wil zeggen waarvoor hij niet eerder de gelegenheid heeft gehad, of misschien heeft hij simpelweg het gevoel dat hij ze niet kán zeggen. Misschien moet je hem wat hoop geven.'

'Hoop,' mompelde Skye.

'Precies.'

Skye pakte Alex' handen weer vast. 'O god, je komt toch wel naar het feest, hè? Alsjeblieft? Ik geloof dat ik het anders niet kan.'

Alex knikte en onderdrukte een zucht. Dit was niet het moment om te zeggen dat ook zíj hier tegen die tijd misschien niet eens meer zou zijn. 'Ja, natuurlijk.'

'Beloofd?'

'Ik zal mijn best doen.'

Alex zat nog aan de kantinetafel en keek uit het raam. Skye was inmiddels veertig minuten geleden vertrokken en de koffiekop in Alex' handen was nu koud. Een paar kuipers aan de overkant daagden elkaar uit voor een wedstrijdje vaten rollen – dat was een kersttraditie, had ze gehoord van de kantinejuffrouwen, die, nog steeds in blauw huisschort met bijpassend mutsje, aan het raam stonden. Ook andere werknemers kwamen tevoorschijn uit hun werkplek of leunden uit het raam om de mannen toe te juichen terwijl zij hun shirts uittrokken en hun spieren spanden. In de sneeuw.

'Ik vind Mungo leuk,' hoorde ze een van de vrouwen zeggen – Mary, dacht Alex dat ze heette. Ze had haar armen over haar boezem gelegd terwijl ze naar het spektakel keek. 'Dat klinkt precies goed, vind ik.'

'Wie zegt dat die beer een jongetje is?' vroeg de middelste vrouw verontwaardigd. Zij was degene die Alex' steeds weer shortbread bij de koffie gaf.

'Mijn Euan vindt dat het Archibald moet worden, naar de oprichter,' zei Eileen, de oudere vrouw die links van haar stond. 'Want als het een bedrijfsmascotte wordt...'

'Ach, maar het was niet alleen Archie die het bedrijf begon, maar ook zijn broer Percy,' wierp Mary tegen. 'Als je die koers gaat varen, dan geef je de hoge omes alleen maar een extra aanleiding om te ruziën: wie van de oorspronkelijke broers was de rechtmatige oprichter? Ze vliegen elkaar al genoeg in de haren.'

'Nou, ik zie niet in waarom daar discussie over zou moeten zijn,' snibde Eileen. 'We weten allemaal dat Archies directe afstammelingen de meest gerechtvaardigde aanspraak kunnen maken – Sholto en Torquil dus. Lochies kant van de familie, hoe charmant ook, is maar komen aanwaaien.' Toen de andere vrouwen haar met opgetrokken wenkbrauwen aankeken, legde ze uit: 'Geadopteerd. Dat weten jullie toch wel? Iedereen weet dat, het is geen geheim.'

Nee, het was geen geheim. Alex wist het ook. Mrs Peggie had het haar verteld, die dag in de boerderij. Torquil ook.

Waarom had ze eigenlijk niet meer aandacht besteed aan dat belangrijke gegeven? Alex was verzonken in gedachten en sloeg geen acht meer op het gebeuren op de binnenplaats. Ze hoorde het gejoel niet, ze hoorde zelfs de rest van het gesprek tussen de vrouwen niet. In haar oren weerklonken slechts twee woorden telkens opnieuw: geadopteerd. Beer. Geadopteerd.

Beer.

Ze wist niet waarom ze in haar hoofd waren blijven hangen of waarom dat ertoe deed.

Maar ze voelde dat ze belangrijk waren.

# 26

*Islay, woensdag 20 december 2017*

'Mrs Peggie, is er warm water?' Alex stak haar hoofd om de deur van de kleine keuken, waar de pensionhoudster een koolraap aan het snijden was. De ontbijttafels waren afgeruimd en de voorbereiding van het avondeten was in volle gang.

'Natuurlijk,' zei de oude dame met een glimlach. De temperatuur van het water was duidelijk een bron van trots. 'Wil je in bad?' Ze legde het mes neer en veegde haar handen af aan haar schort.

'Als het kan. Ik heb het nogal koud na mijn wandeling.'

'Och, jij en je dagelijkse lichaamsbeweging. Weer of geen weer. En nu sneeuwt het dikke vlokken. Jij bent een taaie, dat moet ik je nageven.' Met een vriendelijke glimlach liep ze naar Alex toe. 'Ga je gang, meid. Ik zal de thermostaat wat hoger zetten voor het geval de tortelduifjes ook koud zijn bij terugkomst.'

In de kamer logeerde de komende nachten een Noors stel op huwelijksreis. Overdag beklommen ze Schotse bergen en 's nachts beklommen ze elkaar, zo te horen aan de krakende beddenveren.

Mrs Peggie en Alex liepen samen de gang in, waar rode kerstslingers over de schilderijen waren gedrapeerd. 'Ik heb schone handdoeken op je bed gelegd.'

'Dank u,' zei Alex glimlachend. Ze bedacht dat ze deze plek zou missen. Over minder dan een week was het Kerstmis en over een paar dagen zou ze weer thuis zijn. Het was nu twee dagen geleden dat Lochie naar Edinburgh was vertrokken en ze had niets van hem gehoord. Ook Sholto had haar telefoontje niet beantwoord. Wat ze ook aan het doen waren, ze leken wel in pauselijk conclaaf bijeen te zijn – niet toegankelijk voor buitenstaanders. Het was voorbij. Ze had verloren.

Maar het was niet alleen de haar voorheen onbekende bitterheid van de mislukking die haar stak. Ze verwonderde zich ook over de spijt die ze voelde bij de gedachte dat ze deze trotse, verweerde boerderij met het zalmroze bad, de sleetse velours bank, het ronde Chinese tapijt, de onyx asbakken die al in geen veertig jaar waren gebruikt, en het kleine haardvuur met zijn soezerige warmte zou moeten verlaten. Maar meer nog zou ze de Peggies missen, met hun rustige manier van doen en hun onveranderlijke routines, zoals ze als radertjes in een uurwerk op elkaar waren ingespeeld rondom de gasten die in hun huis kwamen logeren, en rondom de schapen en runderen tussen het veld en de stal.

Ze beklom de trap, ging de badkamer binnen om de badkraan open te draaien en liep verder naar haar kamer, waar ze op het vensterzitje plaatsnam. De grijze zee in de verte had vanochtend een koude, harde schittering, de wind ging als een zweep tekeer over het oppervlak en de lucht was bezwangerd met sneeuw. Ze legde haar voorhoofd tegen het glas en keek hoe de grote vlokken als stille legers aan parachutes neerdwarrelden. Was ze echt een wandeling gaan maken in dit weer? Dat leek gekkenwerk, maar ze had geen keus gehad, ze moest bellen. Ze kon geen dag voorbij laten gaan zonder te vragen hoe het ging: elke nieuwe dag kon er weer iets misgaan. Wat voor een ander alleen maar vervelend hoefde te zijn, was voor hem potentieel dodelijk.

Ze huiverde toen een vlaag kou haar bereikte, en ze zag dat Mrs Peggie het raam op een kier had gezet om de kamer te luchten. Ze stond op, trok het dicht en keek nog even naar de sneeuwvlokken die dansend rondtolden. Gelukkig hoefde ze niet in dit weer naar de distilleerderij te rijden. Dat werd weer een middagje whist leren spelen met Mrs Peggie. Ze liep terug naar de badkamer om te kijken of het bad al was volgelopen toen haar ogen op de aquarel aan de muur vielen. Het schilderijtje was niet echt haar smaak, maar het had een zekere charme en het kleurgebruik was fraai. Rechtsonder stond een handtekening. Ze tuurde en las: MORAG DUNOON, 1928.

Ze begon haar sokken uit te trekken, maar stopte toen en bekeek het schilderijtje nog een keer.

Wat?

## *Islay, donderdag 21 december 2017*

'O jezus, daar gaan we weer met de horoscoop.'

Ze keek verrast op en voelde een schok door zich heen gaan toen ze hem zag staan alsof hij nooit weg was geweest, alsof het prima was om zomaar te vertrekken, zonder een woord vooraf, en drie dagen niets van zich te laten horen. Klaarblijkelijk had hij geen moment gedacht dat zij zich misschien wel zou afvragen wat er aan de hand was en of hij nog zou terugkomen, of ze hem ooit nog zou zien.

'Je bent er weer.' Haar stem klonk rustig en ze deed haar uiterste best om haar armen en voeten stil te houden, om zichzelf niet te verraden met non-verbale signalen die anderen gaven. Want zij was anders dan alle anderen.

'En jij bent er ook. Ik wist niet zeker of je er nog zou zijn.' Hij liep naar binnen en ze volgde hem met zijn ogen.

'Natuurlijk.' Ze slikte. 'Ik heb een klus te klaren.'

Hij glimlachte meesmuilend. 'Denk je nog steeds dat je me kunt redden?'

Ze dwong zichzelf hem aan te kijken. 'Ik weet het niet. Wat denk jij? Of heeft Sholto de bijl er al in gezet?'

'Hij heeft een dappere poging gedaan. En ik moet toegeven dat mijn nek behoorlijk pijn doet – er zijn wel wat slagen hard aangekomen.'

'Maar?'

Hij stond nu vlak voor haar. 'Maar zoals ik je al had verteld: zolang ik een meerderheidsbelang heb, kan hij me niets maken.'

Ze kon zich de druk waar hij onder stond echter levendig voorstellen. Alex keek de andere kant op en voelde dat haar wangen rood kleurden door haar versnelde hartslag. Het spel was nog gaande. Ze had nog een kans. 'Nou, gefeliciteerd.'

'Alex...'

Ze draaide haar gezicht naar hem toe, keek hem vluchtig aan en negeerde de blik in zijn ogen. 'Dan gaan we nu dus aan het werk. Gelukkig maar. Ik zou het zonde vinden als mijn inspanningen voor niets waren geweest.'

Ze voelde dat zijn ogen op haar rustten terwijl ze de laatste voorbereidingen trof. Na zijn onverwachte appje, nog geen uur geleden, had ze weinig tijd gehad, maar het was haar gelukt om alle tafels en stoelen tegen de muur te zetten, en hoewel de kantinejuffrouwen na de lunch nog in de keuken bezig waren met opruimen en schoonmaken, hadden ze de metalen luiken dichtgetrokken en was Alex er zeker van dat ze niets konden horen boven de kerstliedjes op de radio en hun eigen gebabbel uit.

Hij zette een stap achteruit en hield binnen wat hij had willen zeggen. 'Oké. Vertel me dan maar eens wat de wetenschappelijke gedachte hierachter is,' zei hij, scheutig met welwillendheid na zijn voorlopige overwinning. 'Ik mag hopen dat die er wel is?'

'Leuk hoor,' grapte ze met een geforceerde glimlach. Want dit was de bedoeling. Dit was fase één van wat ze hier kwam doen. Eindelijk kon ze aan het werk.

'In het kort: door een fysieke beleving te creëren waarin je je beweegt, wordt het probleem somatisch gemaakt, dat wil zeggen dat het ín je lichaam gaat zitten en úít je geest wordt gehaald,' legde ze uit. 'Het is een uitstekende techniek bij problemen waar geen oplossing voor lijkt te zijn – als er een patroon is ontstaan en een bepaalde gedachtegang steeds weer de bestaande overtuiging bevestigt. Als je er een fysieke ervaring van maakt, werpt dat een nieuw licht op het verhaal. Ik heb deze methode talloze keren gebruikt als ik het idee had dat iets in het systeem van de cliënt invloed had op zijn of haar functioneren.'

'Aha.' Hij kwam midden in de ruimte naast haar staan. 'En waar wil je me hebben?'

Ze slikte. Daar kon ze nu beter niet aan denken. 'Oké, vandaag leggen we de focus niet op het "wij" – bijvoorbeeld jij en Sholto. We gaan zijn naam vanaf dit moment niet meer noemen.'

'Kan ik me helemaal in vinden.'

'We leggen de focus op het "ik". Kom hier maar eens naast me zitten.'

Hij kreunde, maar ze loodste hem mee naar twee stoelen, waar ze een stapeltje papier en wat pennen had neergelegd. Ze namen plaats en ze haalde diep adem en keek hem aan met een neutrale blik, althans dat hoopte ze. 'We beginnen met het probleem – zoals jij het ziet. Wat is volgens jou het grootste probleem dat in jou geworteld zit?'

Hij keek haar aan. Zijn houding werd al minder zelfverzekerd. Dat hij dit met haar aanging – dat hij haar zijn reddende engel liet zijn – had misschien gemakkelijk geleken, maar het was nu al een uitdaging voor hem. En ze was nog niet eens echt begonnen.

Hij zweeg en zijn adamsappel bewoog op en neer terwijl hij naar een punt op de vloer staarde, en ze wist dat hij iets probeerde te bedenken wat geloofwaardig klonk maar niet de waarheid was. 'Eh...'

Na een stilte van een minuut of twee zei ze: 'Wil je dat ik een suggestie doe? Dat ik het probleem formuleer zoals ík het zie? Je mag me natuurlijk corrigeren als je vindt dat het niet klopt.'

Hij haalde zijn schouders op.

'Zoals we vorige week al hebben besproken, draait het vooral om vertrouwen.' Door de manier waarop ze het uitsprak – dat ene, simpele woord – zag ze dat hij ontspande.

Hij knikte. 'Ja... Daar zou ik inderdaad weleens problemen mee kunnen hebben.'

Zou je dénken, wilde ze uitroepen. Maar het begin was er.

'Oké, dus jij bent Lochie, uiteraard.' Ze schreef zijn naam op het bovenste vel papier en ze tekende er een pijl naast. 'En het probleem is vertrouwen, of eigenlijk het gebrek eraan, wantrouwen dus.' Ze schreef 'vertrouwen' op een ander vel, opnieuw met een pijl. 'Super. Een goed begin.' Ze schonk hem een bemoedigende glimlach. 'Eerlijkheid is goed.'

'Dat zal wel.' Hij keek haar strak aan en haar maag maakte een buiteling.

'En welk doel wil je bereiken door het oplossen van je vertrouwensissues?' vroeg ze.

'Eh...' Hij slikte en zijn handen omklemden zijn knieën als een onbewuste uiting van spanning. Hij bracht zijn vuist naar zijn mond en kuchte. 'Betere relaties?'

'Oké, mooi. Dus jij hebt het gevoel dat je betere relaties met mensen zult kunnen onderhouden als we het vertrouwensprobleem oplossen.'

Ze beet op haar lip terwijl ze 'relaties' opschreef, zich ervan bewust dat hij haar gadesloeg.

'En op wie of wat denk je te kunnen bouwen op de route van het probleem naar de oplossing?' Ze trok haar wenkbrauwen op. 'En kom nou niet weer aan met je hond, oké?'

Hij grijnsde. 'Nou, wie zou je willen aanbevelen?'

'Ambrose, bijvoorbeeld? Jullie zijn duidelijk goede vrienden.'

'Ja, als het op plezier maken en rugby aankomt. Praten is niet...'

'Niet jullie ding?'

'Mannen praten niet.'

Ze zuchtte. 'Dat hoor ik maar al te vaak,' zei ze moedeloos. 'En Jess dan? Zij geeft veel om je.'

Hij schudde zijn hoofd. 'Te veel samen meegemaakt. Ze... weet soms niet goed waar de grens ligt.'

Zijn ogen bleven haar blik vasthouden en ze voelde dat haar neutraliteit werd gekleurd door iets wat sterker was. Ook zij had Jess' complexe gevoelens voor hem opgemerkt. 'Ik begrijp het.'

'Het is beter om het ongecompliceerd te houden.'

'Ja,' beaamde Alex, en ze vroeg zich af of ze toch nog bij Rona zouden uitkomen.

'En wat dacht je van jou?' vroeg hij.

'Van míj?'

'Waarom niet?'

Ze knipperde met haar ogen. 'Omdat je gek van me wordt? Omdat ik hier niet lang meer zal zijn? Kies maar uit.'

'Nou, kan ik je niet bellen als ik ergens mee zit? Je doet toch aan videobellen met je cliënten, als het zo uitkomt?'

'Jawel, maar het is op zich beter om fysiek iemand in de buurt te hebben, iemand bij wie je je op je gemak voelt.'

Hij leunde achterover en haalde zijn schouders op. 'Maar er is niemand anders. Jij of de hond. Kies maar.'

'Wow, dat is nog eens een overtuigend argument,' grapte ze, zich verschuilend achter een luchtige glimlach. 'Goed dan, om een beetje constructief te werk te kunnen gaan noteren we mij als jouw bondgenoot.' Ze schreef haar eigen naam op voordat ze hem weer aankeek. 'Is er nog iets wat je wilt toevoegen, zijn er belangrijke elementen die ontbreken?'

Ze maakte een waaier van de beschreven vellen papier en liet ze aan hem zien. 'Nee. Volgens mij dekt dit de lading wel.'

'Oké.' Ze stond op en nodigde hem uit hetzelfde te doen. 'Goed, als eerste stap wil ik graag dat je deze vellen in de constellatie plaatst die het beste weergeeft hoe je momenteel tegenover de issues staat waarover we het nu hebben. Gebruik de pijlen om te wijzen in de richting waar de energie volgens jou naartoe vloeit. En anders draai je ze om, als een soort blokkade.'

Lochie bleef even zwijgend staan met een blik op de vellen papier. Daarna liep hij naar het midden en legde daar zijn naam neer.

Alex keek hoe hij een paar passen naar voren liep en 'vertrouwen' neerlegde, met de pijl terugwijzend naar zijn naam. Drie passen verder legde hij 'relaties' met de pijl bij 'vertrouwen' vandaan wijzend. Alex sloeg hem aandachtig gade terwijl hij bleef staan met het laatste vel, waar haar naam op stond, zich afvragend waar hij het zou neerleggen. Ten slotte koos hij een plek naast 'vertrouwen'.

Zwijgend bekeek Alex de constellatie. Haar hartslag versnelde. Ze had haar eigen naam nog nooit op zo'n vel zien staan.

'Oké,' zei ze uiteindelijk, en ze keek hem aan. 'Ben je hier tevreden over? Heb je het gevoel dat deze opstelling de huidige stand van zaken weerspiegelt?'

Hij knikte.

'Goed. Kom nu eens bij het papier staan met jouw naam erop,' zei ze. Hij deed wat ze vroeg. 'En haal nu diep adem, sluit je ogen en vertel me precies wat je voelt als je op een van de elementen stapt. Je moet die energie wórden, in de eerste persoon tegen me praten. Denk er niet over na, ga het vooral niet analyseren, zeg gewoon wat er in je opkomt. Begrijp je?'

'Natuurlijk.'

'En probeer terwijl je praat de energie in je lichaam te voelen die bij het betreffende element hoort. Probeer je te concentreren op de plek waar je die voelt – je keel, je onderbuik, je maag, je hart? We hebben allemaal energiecentra, of chakra's, voor de verdeling en flow van energie of prana of chi. Het maakt niet uit hoe je het wilt noemen, het komt op hetzelfde neer: onze gevoelens zijn in ons lichaam geworteld.'

'Oké.' Hij keek sceptisch, maar hij gaf tenminste geen sneer en schopte geen stoelen om.

'Dus doe je ogen maar dicht en vertel me wat je voelt als je Lochie bent?'

'Ik voel me... eh... sterk. Zelfverzekerd.' Ze zag zijn ogen achter zijn oogleden bewegen. 'Best machtig. Succesvol...'

Hij opende één oog. 'Moet ik ook negatieve dingen zeggen?'

'Zeg gewoon wat er in je opkomt.'

Hij ademde uit. 'Nou, dan ook boos, denk ik. En een beetje, ik weet niet... mistig?'

'Interessant,' mompelde ze. 'En wáár voel je het als je die emoties onderkent? Wordt het ergens warm? Laat het me maar zien met je handen.'

Hij wachtte even en bracht zijn handen toen naar zijn zonnevlecht, boven in de buik.

Ze knikte en klopte hem lichtjes op de arm om aan te geven dat hij zijn ogen weer kon opendoen.

'Dat ging uitstekend,' zei ze. 'Dan wil ik graag dat je hier nu hetzelfde doet – op de plek van het probleem. Sluit je ogen en concentreer je weer op je lichaam. Wat voel je als je aan "vertrouwen" denkt? Hoe reageert je lichaam?'

Hij deed zijn ogen weer dicht. 'Ik voel me... leeg. Blanco.' Hij klonk verbaasd. 'Ik voel niets... Het is alsof alles is weggehaald. Al mijn energie. Ik kan niet bewegen.'

'En als je je handen ergens zou willen plaatsen, om aan te geven waar in je lichaam...'

Zijn handen gingen meteen naar zijn hart.

Alex keek naar hem en maakte notities voor ze hem zijn ogen weer liet opendoen.

'Oké. Dan gaan we nu naar het doel: relaties.'

Hij haalde diep adem maar volgde haar. Ze draaide hem zo dat hij in de richting keek van de pijl op het papier.

'Wat voel je hier als je denkt aan het hebben van een relatie?'

Hij sloot zijn ogen. 'Ik voel me gefrustreerd. Rusteloos. Ik zit vast.' Hij stak zijn handen omhoog. 'Het zit... hier ergens,' zei hij, wijzend naar zijn keel.

'Oké, prima.' Ze maakte een notitie en bracht hem naar het laatste vel papier.

‘En als laatste komen we bij je bondgenoot, die je kan helpen je doel te verwezenlijken,’ zei ze. Ze wilde haar eigen naam niet hardop zeggen. ‘Wat gebeurt er hier?’

‘Warm. Koud... Irritatie. Jaloezie.’ Hij deed zijn ogen open. ‘Waarom zou ik jaloers op jou moeten zijn?’

Ze legde een hand op zijn arm. ‘Denk daar nu niet over na. Sluit je ogen weer. Wat nog meer? Gewoon zeggen wat er in je opkomt.’

‘Machtig...’ Hij fronste. ‘Hulpeloos...’

Alex beet op haar lip terwijl ze schreef. ‘En waar voel je dit allemaal?’

Hij aarzelde. ‘Daar.’ Hij legde zijn handen op zijn navel.

Hij deed zijn ogen weer open en keek haar aan. ‘Hier kun je toch geen chocola van maken?’

‘Jawel hoor,’ zei ze rustig, en ze deed een poging te glimlachen. ‘Zullen we gaan zitten?’

Ze schraapte haar keel. ‘Goed, dat was een heel interessante oefening. We hebben ons een ruimtelijk beeld van jouw situatie gevormd.’

Hij keek haar aan met een aandachtige concentratie die ze nog niet eerder bij hem gezien had.

‘Nou, als je naar de vellen papier kijkt zoals jij ze op de grond hebt gelegd, zie je dat je de pijl voor vertrouwen naar jezelf terug hebt gericht – wat impliceert dat je jezelf vertrouwt, maar niemand anders. Het doel, het aangaan van betere relaties, is áchter dat element geplaatst, bij jou vandaan, alsof het erdoor wordt geblokkeerd. En tot slot is er nog je bondgenoot, in de vorm van ondergetekende, het mechanisme dat het mogelijk zou moeten maken om een geheel van het patroon te maken. En je hebt mij naast het vel met “vertrouwen” gelegd, wat suggereert dat je me vertrouwt.’

‘Dat doe ik ook.’

Ze haalde diep adem, wilde dat hij de andere kant op zou kijken, of naar de vellen papier. In elk geval niet naar haar.

‘Dus dat was je onbewuste weergave van het patroon. Daarna zijn we er snel en intuïtief doorheen gegaan. En de gevoelens over jezelf – toen je op je eigen naam of identiteit stond – waren op zichzelf genomen, buitengewoon positief: je bent dynamisch, energiek, zelfverzekerd, maar je erkent dat er ook boosheid in je zit. En je zei "mistig". Alsof je de weg niet voor je zag, en toen ik je vroeg waar je die energie voelde, wees je hiernaar.' Ze deed het voor bij zichzelf. 'Wat helemaal correspondeert met wat je zei, want de zonnevlecht is ons middelpunt, de basis van onze energie, van daadkracht. Hier voelen we het vermogen om zelfbewust te zijn en controle over ons eigen leven uit te oefenen. Maar als de energie wordt geblokkeerd, voelen we dat als warmte.'

'En waarom krijgt iemand dan zo'n energieblokkade in de zonnevlecht?' vroeg hij. Hij probeerde niet sceptisch te kijken, maar dat lukte niet helemaal.

'Dat gaan we proberen uit te zoeken, maar er kan bijvoorbeeld sprake zijn van angst voor afwijzing. En in dit centrum komen we ook vaak onderdrukte verlangens en vrijheidsdrang tegen.'

Hij staarde haar aan met een blik die niet liet zien of hij dacht dat ze hartstikke gek was of dat hij nooit een wijzere persoon had ontmoet dan zij.

'Maak je geen zorgen, het wordt allemaal logischer als we alles hebben doorgenomen.' Ze wierp een blik op haar notities. 'Oké, vervolgens gingen we verder met het probleem dat je hebt, namelijk vertrouwen – of het gebrek eraan – maar daar wil ik graag later op terugkomen, dus laten we eerst naar het doel gaan: betere relaties. Toen ik je vroeg hoe je je op dat punt voelde, zei je gefrustreerd en rusteloos, en dat je vastzat. En weer matchte je lichaam met wat je instinct je vertelde, want een blokkade van het keelchakra – je wees immers naar je keel – duidt op het onvermogen te communiceren. De woorden worden letterlijk binnengehouden. Met andere woorden, jij kunt geen stem geven aan de taal van relaties.'

Hij legde zijn armen over elkaar en sloeg zijn ene been over het andere. 'Juist ja.'

Ze boog zich glimlachend voorover en haalde zijn armen van elkaar. 'En je benen ook, graag. Je blokkeert met je houding wat ik tegen je zeg. Het is belangrijk om open en ontvankelijk te zijn voor wat we hier leren.'

Hij deed wat hem werd gevraagd, maar hij keek zo ongemakkelijk als een tiener op een paaldansles.

'Nou, bij het onderwerp "bondgenoot" sprak je in tegenstellingen: warm versus koud. Machtig versus hulpeloos.'

'Zei ik niet ook "jaloers"?'

'Ja.'

'Nou, wat betekent dat? Ik ben niet jaloers op je – hoewel je een prachtige verzameling schoenen hebt,' zei hij droogjes.

Ze lachte. 'Het betekent niet dat je jaloers óp mij bent. Alweer: deze negatieve gevoelens wijzen op een blokkade in het energiecentrum. Het heiligbeenchakra waar je naar wees, is gerelateerd aan ons fundamentele zelf en aan onze relaties, onze connectie met anderen, ons vermogen om anderen te accepteren. Dus als dat geblokkeerd is, kan het zich manifesteren als jaloezie of een behoefte aan controle, powerplay, de angst voor verraad.'

'Dus wat jou als mijn bondgenoot betreft...' Hij fronste.

'Het suggereert dat je niet zéker weet of je me kunt vertrouwen. Je wilt het wel, maar je hebt tegenstrijdige gevoelens jegens mij.'

Hij knipperde met zijn ogen, maar zweeg.

'Laten we teruggaan naar het vertrouwen.'

'O, goed.'

'Hier had je de heftigste reactie. Het leek wel alsof je je compleet afsloot. Je zei dat je je leeg voelde, blanco, dat je geen energie had en niet kon bewegen.' Ze beet op haar lip. 'En toen ik vroeg waar je de warmte voelde, wees je naar je hart.'

'Ben ik nu dood?' zei hij met een stalen gezicht.

Ze grijnsde. 'Het hartchakra draait, in tegenstelling tot wat de meeste mensen denken, niet om romantische liefde. Het is in feite de bron van empathie, zelfliefde en vergeving. Je kent toch wel de zegswijze "dat iets je aan het hart gaat"?'

'Natuurlijk.'

'Die uitdrukking komt hiervandaan. En een geblokkeerd hart leidt tot schuldgevoel, boosheid, verontwaardiging.' Ze hield haar hoofd schuin. 'Ik heb gezien dat je vaak met je schouders draait.'

Hij haalde zijn schouders nu op. 'Daar hou ik mijn spanning vast, volgens mijn masseuse.' Hij keek erbij alsof de theorieën van zijn masseuse al net zo 'alternatief' waren als die van haar.

'Nou, stijfheid tussen de schouders is nog een uiting van geblokkeerde energie in het hartchakra. Maar wat je lichaam je vertelt, luid en duidelijk, is dat jouw issues met vertrouwen voortkomen uit schuldgevoel en boosheid om iets. Kennelijk iets waarvoor je jezelf nog vergeving moet schenken.' Ze bracht haar hoofd omlaag in een poging oogcontact met hem te maken. 'Is er iets wat in je opkomt als ik dat zeg?'

'Nope.'

Het antwoord klonk te zeker en kwam te snel.

'Echt niet?' Het was haar beurt om sceptisch te kijken. 'Want volgens de constellatie die we net hebben doorgenomen, zit hier voor mij een zelfverzekerde, krachtige man die geen vertrouwen heeft in mensen – al wil hij dat wel hebben – en die geen stem kan geven aan liefde of genegenheid, al zou hij dat wel willen. En zijn lichaam schreeuwt – als hij ernaar luistert – dat hij zijn schuldgevoel moet laten varen en zichzelf moet vergeven. Maar hij heeft geen enkel idee waar dat over kan gaan?'

Hij staarde haar aan en ze wist dat hij het wél wist. Ze zag het in zijn ogen.

'Lochie, praat met me. Vertel me... Er wordt wel gezegd dat datgene waartegen je vecht juist sterker wordt, en dat datgene waar je weerstand tegen biedt, blijft voortduren. Zegt dat je niets? Je zult nooit verder komen als je dit niet onder ogen ziet. Je hoofd weet al dat je zo niet door kunt gaan – daarom zei je dat het mistig voelt, met andere woorden, dat je geen zicht hebt op de weg. Je wordt er mentaal, emotioneel en geestelijk door geblokkeerd, en daar loop je telkens weer tegenaan. Het zal elke relatie die je aangaat stukmaken tot je het oplost en achter je kunt laten.'

Ze wist dat haar woorden raak waren – ze wist dat hij zijn relatie met zowel Jess als Skye kapot had gemaakt – maar hij zei niets.

Ze probeerde het opnieuw.

'Er is een filosoof die Eckhart Tolle heet, misschien heb je weleens van hem gehoord. Hij heeft iets gezegd wat mij is bijgebleven, namelijk: "Wat is er zinlozer, krankzinniger dan innerlijke weerstand te bieden tegen iets wat er al is?" Ken je die uitspraak?' vroeg ze.

'Je bent wel een liefhebber van citaten, hè?'

'Ik luister graag naar mensen van wie ik denk dat ze wijzer zijn dan ik,' zei ze luchtig. 'Het punt is dat jij vecht tegen iets wat er al ís, iets wat al is gebeurd. Je wordt beperkt door je verleden, zowel emotioneel als fysiek. Je neemt álle verantwoordelijkheid op je om te voorkomen dat Kentallen wordt overgenomen en dat de distilleerderij wordt gesloten, je hebt het gevoel dat alleen jíj al die banen kunt veiligstellen, maar dat kan van geen enkel individu worden verwacht. Het is niet eerlijk en niet realistisch. En het is ook niet waar. Het is alleen maar een veiligheidsmaatregel die jouw brein heeft gecreëerd om jou hier te houden, op deze plek, in dit bedrijf, waar je altijd bent geweest. Door de overtuiging dat je hier niet weg kunt vanwege de distilleerderij wordt het probleem – of de bedreiging – van weggaan je uit handen genomen.'

Hij keek haar nu niet aan maar bleef strak naar de muur staren. Ze zag aan zijn ademhaling dat ze hem bij de kladden had. 'Wat houdt jou hier, Lochie... Je vader?'

Zoals ze had verwacht, stond hij op uit de behoefte te bewegen, actief te zijn, dynamisch. Hij strekte zijn armen boven zijn hoofd om kracht uit te stralen, om te verdoezelen dat hij zich kwetsbaar voelde.

'Vertel me eens wat over hem,' zei ze, terwijl ze keek hoe hij ijsbeerde en weigerde stil te staan.

'Er valt niets te vertellen.'

'Ik weet dat hij een paar jaar geleden is overleden.'

'Dat klopt.'

'Kun je me vertellen wat er is gebeurd?'

'Hij heeft zichzelf doodgedronken.' Hij spuugde de woorden bijna uit. 'Dát is er gebeurd.'

'Wat erg,' zei ze zacht, en ze kromp ineen bij het zien van zijn pijn, plotseling blootgelegd en rauw, als een pulserende tumor die onder een afgestroopte huid tevoorschijn kwam. 'Ik begrijp hoe pijnlijk dat voor je geweest moet zijn.'

'O ja?' De zweem van een sneer. 'Echt? Of zeg je dat gewoon omdat het zo hoort?'

Ze aarzelde. 'Nou, mijn vader was ook alcoholist. Ik weet hoe een drankverslaving levens kan verwoesten.'

Hij stond stil en keek haar aan. 'Jezus, sorry. Dat wist ik niet.'

'Nee, waarom zou je ook?' zei ze schouderophalend. Ze dwong

zichzelf te glimlachen. 'Het is niet iets wat je graag aan de grote klok hangt, toch?'

'Nee.'

Hij liep naar de dichtstbijzijnde tafel en leunde ertegenaan, zijn lange benen voor zich uitgestrekt en gekruist bij de enkels, zijn ogen naar de grond gericht. Hij slaakte een diepe zucht en wachtte even.

'Het ironische is dat hij niet dronk voordat mijn moeder overleed.' Hij snoof kort. 'Iedereen lachte altijd om het feit dat hij niet van whisky hield. Een geheelonthouder die een distilleerderij bezat. Maar toen mijn moeder stierf...' Hij haalde diep adem. 'Toen mijn moeder stierf, was hij kapot. Hij had het gevoel dat het zijn schuld was.'

'Dacht hij dat hij haar had kunnen tegenhouden?' Lochies hoofd kwam met een ruk omhoog en ze keek hem verontschuldigend aan. 'Daisy heeft het me verteld. Ik vind het heel erg.'

Hij haalde zijn schouders op, maar dat kostte enorme inspanning. Door de pijn vertrokken de spieren in zijn gezicht, zodat zijn glimlach een grimas werd. 'Nee, het was een bevrijding voor haar. Ze had een lang verleden van depressies. Ik denk dat ik, eh... dat ik er ergens altijd rekening mee hield.'

Alex keek hem aan en ving een glimp op van de jongen die was opgegroeid met een moeder van wie hij wist dat ze hem op een dag zou verlaten. Het was hartverscheurend en ze moest zichzelf uit alle macht dwingen om op haar stoel te blijven zitten en haar handen op haar schoot gevouwen te houden.

'Het was bijna een grotere schok dat mijn vader... instortte toen ze het had gedaan.' Hij zweeg lange tijd en Alex vulde de stilte niet met platitudes. Hij hield zijn armen nu gekruist boven zijn hart. 'Ik kan me zijn eerste drankje zelfs nog herinneren, waarmee het allemaal begon. Het was op de dag van de uitvaart. We kwamen binnen nadat we afscheid hadden genomen op de begraafplaats, en hij liep rechtstreeks naar de bar om zichzelf wat in te schenken – een forse bel whisky. En die sloeg hij in één keer achterover. En vervolgens schonk hij er nog een in.'

Zijn greep werd strakker, zijn handen omklemden zijn ellebogen, hij boog zijn hoofd voorover en maakte zichzelf klein. Alex voelde dat ze zijn houding spiegelde. Ze kon zich de pijn die hij gevoeld moest hebben toen hij zijn achtergebleven ouder ook langzaam zag wegkwijnen tot het einde kwam amper voorstellen. Was het een wonder dat hij mensen niet vertrouwde als de twee mensen die hem boven alles hadden moeten stellen zich niets aan hem gelegen hadden laten liggen? Hij was in de steek gelaten en bedrogen – door zijn ouders, door Skye...

'Hij probeerde wel beter te worden. Er zijn tijden geweest waarin ik dacht dat hij zich herpakte. We bedachten doelen waar hij naartoe kon werken: The Ashes in Lord's Cricket Ground, de MacNab... Maar hij was al te ver heen. Zijn lichaam was een wrak en hij had de geestelijke kracht niet om tegen de verslaving te vechten. De drank had hem in zijn greep.' Hij knikte en beet op zijn onderlip. 'Op zijn sterfbed heeft hij spijt betuigd over wat hij had gedaan. Het speet hem dat hij me in de steek had gelaten. En ik geloof dat hij dat meende.'

'Maar je kunt het hem niet vergeven.'

Zijn blik flitste haar kant uit als de kling van een zwaard. 'Nog niet.'

'Denk je dat je er nu misschien een begin mee hebt gemaakt?'

'Hoe dan? Hoe verandert dít nou iets?'

'Nou, je ziet nu zelf wat het met je doet, de impact die het heeft op je relaties, je carrière. Je zit vast in een cyclus die je niet kunt doorbreken: je leeft in oorlog met je eigen familie en het bestuur, er is hier geen enkele persoon die je kunt vertrouwen en je werkt hier elke dag omringd door datgene waar jouw vader aan kapot is gegaan. Dit is toch geen houdbare situatie?' Ze haalde haar schouders op. 'Er moet iets gebeuren.'

'En wat dan? Moet ik het opgeven? Ze geven wat ze willen?'

'Dat heb ik niet gezegd. Maar nu je het noemt, kunnen we die optie wel verkennen: als je je verantwoordelijkheidsgevoel tegenover de werknemers en de gemeenschap hier even opzijzet, is het dan wel zo'n vreselijke gedachte? Wat houdt jou hier? Is het zogeheten erfgoed van dit bedrijf niet alleen een keten om je nek?'

Hij staarde haar aan.

'Wil je de komende dertig jaar echt zo leven? Sholto dwarszitten en tegenwerken? Wat zijn jouw eigen dromen? Heb je ooit overwogen die te volgen of ben je op dit pad terechtgekomen voor je de kans kreeg om erover na te denken? Ben je hier alleen maar omdat je vindt dat je het je ouders verschuldigd bent om voort te bouwen op hun nalatenschap? Waar doe je het voor? Dit is jóúw leven.'

Ze keek hem aan en zag dat hij snel ademhaalde en dat zijn wangen rood kleurden van de emotie. Ze zag zijn behoefte om te spreken, de blokkade in zijn keel. Ze voelde het ook in haar eigen keel: ze wist dat er woorden zaten die niet gezegd konden en zouden worden, waardoor haar hart alleen nog maar zwaarder aanvoelde, al zat ze hier naar hem te glimlachen alsof ze het meende.

'Lochie, Skye vertrekt over een paar dagen. Ze heeft een nieuwe baan, treedt uit de schaduw van haar vader. Denk je niet dat dit jouw kans kan zijn om ook uit jouw vaders schaduw te treden? Je zou met haar samen kunnen zijn. Opnieuw kunnen beginnen.'

'Wat? Nee, ze gaat trouwen,' zei hij met een donkere uitdrukking op zijn gezicht.

'Ze twijfelt.'

Hij fronste en keek de andere kant op. 'Waarom zeg je dit? Je kunt toch niet echt denken...'

'Skye heeft je ooit gelukkig gemaakt. En ja, ze heeft een fout gemaakt – een grote zelfs – maar ik heb zo het idee dat jij ook niet perfect was. Je vader stierf en je nam steeds meer afstand. Je hebt nog een kans om het recht te zetten. Wees gelukkig, Lochie! Kies voor je geluk! God weet dat je het verdient.'

Hij stond op en liep naar haar toe. 'Alex, begrijp je nou niet...'

'Nee. Jíj begrijpt het niet.' Ze slikte en vroeg zich af of ze de woorden zou kunnen uitspreken. 'Ik moet je iets vertellen. Iets waar ik pas gisteren achter ben gekomen en... Het spijt me, maar het is geen goed nieuws.'

Hij verbleekte. 'Wat is er dan?'

Ze haalde diep adem en maakte oogcontact.

'Je weet dat jouw grootvader is geadopteerd?'

Hij keek verbaasd. 'Ja.'

Ze beet op haar lip. 'Die adoptie is nooit wettelijk vastgelegd.'

'Wat?' Hij keek verbluft.

'Het was na de oorlog, een chaotische tijd. Er waren mensen ontheemd, vermist... Het kwam veel voor dat mensen de weeskinderen van hun vrienden en verwanten adopteerden. Met al het andere wat er moest gebeuren, waren er maar weinigen die de adoptie formeel regelden. En het ziet ernaar uit dat je overgrootmoeder dat ook niet heeft gedaan.'

Hij fronste. 'Maar... wat heeft dat hiermee te maken? Wat maakt het uit of mijn grootvader wel of niet wettelijk is geadopteerd?'

'Nou, in de statuten van het bedrijf staat dat zowel de voorzitter als de CEO een lid van de familie moet zijn. En volgens de wettelijke definitie van het begrip "familie" gaat het dan om bloedverwanten of wettig geadopteerden.'

Hij zweeg lange tijd, met een rimpel in zijn voorhoofd, om het tot zich te laten doordringen. Het waren dus niet zijn Rambo-achtige acties die voor hem het einde zouden betekenen, maar het ging om papíérwerk?

'Hoe weet jij dat eigenlijk?'

'Ik kwam er bij toeval achter. Mrs Peggie en ik hebben wat oude dozen met foto's doorgenomen. Er was een foto bij van jouw overgrootmoeder Clarissa met je grootvader, en Mrs Peggie vertelde dat Clarissa hem na de oorlog had geadopteerd. Het was maar een terloopse opmerking. Ik dacht er op dat moment niet bij na. Maar ik hoorde van de week iets waardoor ik aan het denken werd gezet. Ik ben naar de kerk gegaan en heb de archieven bekeken. En er zijn een huwelijksakte en een overlijdensakte van jouw grootvader George aanwezig, maar verder niets. De koster zei dat ik ook nog online kon kijken, en dat heb ik gedaan – jij zat toch in Edinburgh – en hoewel ik een geboorteakte van hem vond, in Cumbria, zijn er geen adoptiepapieren te vinden. Niets. Wettelijk heeft er geen adoptie plaatsgevonden.'

Hij keek haar aan met een ondoorgrondelijke blik in zijn ogen. 'Nee. Ik bedoel hoe weet jij wat er in de statuten staat?'

Ze slikte om haar vergissing. Van de zenuwen had ze te veel uitleg gegeven, een klassiek signaal bij het vertellen van een leugen – of in elk geval het ontwijken van de waarheid. 'Ik heb jullie juristen in Edinburgh gebeld en zij hebben me een exemplaar gestuurd.'

'En waarom zouden ze dat doen?' vroeg hij rustig, langzaam. 'Jij bent geen aandeelhouder.'

'Ik weet het.' Haar stem klonk zacht. 'Maar Sholto heeft me overal toegang toe gegeven.'

Plotseling gleed het wantrouwen over zijn gezicht, nu hem duidelijk werd dat ze heulde met de vijand.

'Hij zei dat ik alles mocht opvragen wat mij kon helpen om jou te helpen...' zei ze snel.

'Hoezo helpt dit dan?' wilde hij weten. 'Heb je enig idee wat je hebt gedaan? Je hebt me niet geholpen! Je hebt me genaaid! Met jouw gesnuffel in vertrouwelijke zaken en familiekwesties heb je de juristen erop attent gemaakt dat ik wettelijk gezien geen Farquhar ben. En je kunt er vergif op innemen dat het slechts een kwestie van tijd is voordat dat onder Sholto's aandacht wordt gebracht!'

'Dat weet ik en het spijt me! Het was niet mijn bedoeling,' zei ze wanhopig, en ze probeerde hem te kalmeren terwijl hij weer begon te ijsberen. 'Maar daarom ben ik hier nog en vertel ik je dit. Daarom wilde ik deze constellatieoefening met je doen, zodat je zelf zou inzien dat je beter af bent, veel beter af, als je dit hier én hen allemaal achter je laat...'

'Deze oefening?' Hij gebaarde naar de constellatie op de vloer en schopte tegen de papieren. 'Denk je dat ik me hierdoor beter voel?' De minachting spatte eraf.

'Ja! Je zou gelukkiger kunnen zijn dan je je ooit zult kunnen voorstellen zolang je hier vastzit!' Ze liep naar hem toe en pakte hem bij de arm. 'Neem ontslag, Lochie. Volgens de statuten krijg je een gouden handdruk mee. Neem die aan. Laat dit allemaal achter je en begin ergens anders opnieuw! Het is geen verlies. Je verliest er niets aan! Je zult een vermogend man zijn en je hebt een nieuwe uitdaging in de vorm van Scotch Vaults. Probeer Skye terug te krijgen. Het kan een win-winsituatie worden. Overvloedmentaliteit, weet je nog?' Ze raakte buiten adem en ze liet zijn arm los. Ze zag de woede in zijn ogen branden. 'Alsjeblieft, Lochie. Je hebt geen keus. Je kunt dit gevecht niet winnen. Het is over en uit.'

# 27

## *Islay, 13 mei 1918*

*'Op naar Amerika! Ik heb gewonnen!' riep ze met haar armen in de lucht terwijl ze ronddraaide met de boterbloemen onder haar voeten en de zon op haar gezicht.*

*'Dat is niet eerlijk, jij had een voorsprong!' protesteerde Ed half lachend, half hijgend toen hij de top van de helling bereikte en zich languit in het gras liet vallen. 'De volgende keer zal ik je verslaan,' kreunde hij terwijl hij zich op zijn rug draaide en zijn armen boven zijn hoofd uitstrekte.*

*'Dat zeg je altijd,' giechelde ze, en ze plofte naast hem neer. Ze zag dat de milde lente haar rol met verve speelde en hem kleur gaf terwijl deze mooie, wilde, verlaten plek hem langzamerhand genas. Het gips was van zijn been gehaald en hij liep nu meestal zonder stok. 'Alleen als jij erbij bent,' had zuster MacLennan gezegd tijdens een van haar vele uitbranders aan het adres van Clarissa omdat ze hem te veel vermoeide.*

*Maar Clarissa was ervan overtuigd dat zij wist wat het beste voor hem was. Ze hadden uren over het goudgele strand gelopen om zijn spieren sterker te maken, die verzwakt waren na al die tijd dat hij in bed had gelegen. Ze hadden rust genomen en de picknicks gegeten die zij had ingepakt, dus hij was ook aangekomen. Ze hadden flink doorgelopen en uiteindelijk waren ze deze glooiende velden op gerend naar de top van de klif, zodat hij fitter was geworden en zeelucht had opgesnoven waardoor zijn ogen nu de hele tijd helder glansden. Alleen als jij erbij bent, had zuster MacLennan hoofdschuddend gezegd.*

*Hij was weer de man die hij was geweest voordat hij op de rotsen was geslagen, voordat hij aan boord ging van dat schip: levendig en grappig, welbespraakt met zijn glamoureuze accent en weemoedige verhalen over bergen die de heuvels van Islay op molshopen lieten lijken.*

*Gek genoeg, beschamend genoeg zelfs, was ze dankbaar voor alles wat er die nacht was gebeurd en waardoor hij hier was terechtgekomen: de Duitsers voor de torpedo die zijn schip had tegengehouden in zijn stille tocht langs deze kust, de rotsen die hem hadden gebroken zodat hij moest blijven terwijl alle andere soldaten waren vertrokken.*

*Ze keek hoe zijn ademhaling tot rust kwam en zijn wimpers schaduwen op zijn wangen wierpen. Zijn handpalmen streken verstrooid over het gras en hij koesterde zich in de weldadige warmte, zijn geboorteland duizenden kilometers achter zijn hoofd, over de horizon heen. Zo dichtbij. Zo ver weg.*

*Ze zouden elkaar nooit hebben ontmoet. Als de wereld niet gek was geworden, zou hij thuis zijn in Montana en niet op een Schots eiland bovenaan een klif liggen met een meisje dat haar overleving aan die van hem had verbonden. Maar ze hadden elkaar wél ontmoet: ziekte, oorlog, geweld – alles wat lelijk was – hadden samengespannen om ze bij elkaar te brengen, en nu ontstond uit al die lelijkheid op wonderbaarlijke wijze iets moois. De sterren blonken helderder nu ze wist dat hij eronder sliep, de bloemen knikten lieflijker omdat hij erlangs rende. De wereld had zijn lied terug, het leven zijn lach. Soms wist ze niet of ze het kon verdragen, dan was de schoonheid te fel, de zoetheid te rijp.*

*Ze ging naast hem liggen, draaide haar hoofd op het gras naar hem toe en zag de zwarte maantjes in zijn ogen groeien terwijl hij haar aankeek. En het was zo'n vreemd gevoel, alsof ze tegelijkertijd viel en vloog, zijn vingertoppen tegen de hare zowel brandend als balsemend. Het was het heerlijkste op de wereld en het vreselijkste, want het kon niet zo blijven.*

*Het zou niet zo blijven. Ze had haar werk te goed gedaan. Hij was weer gezond en sterk, en fit genoeg om te vechten. Hij was opgeroepen. Hij zou over tien dagen vertrekken.*

*Op naar Frankrijk.*

## *Islay, donderdag 21 december 2017*

Het dorpshuis was een witgeverfd laag gebouw met een leien dak en eenvoudige ramen, die uitzicht boden op de zee. De plek op het uiteinde van de landtong – het was het laatste gebouw in het dorp voordat de kust de hoek omsloeg en zich in plooien verder ontvouwde in de richting van de distilleerderij, zo'n anderhalve kilometer verderop – was geïsoleerd en winderig. Er was meer sneeuw voorspeld en de massief ogende zee weerspiegelde de zware hemel.

Alex trapte op de rem van de oude Land Rover en ging met haar kin bijna op het stuur op zoek naar een plek om te keren. De kleine parkeerplaats was helemaal vol en langs de laan ernaartoe stonden de laatste honderd meter auto's achter elkaar geparkeerd. Ze keek naar het kleine gebouw – de oranje gordijnen belemmerden haar het zicht, maar om de voordeur glinsterden kerstslingers in het licht van de buitenlamp, en zelfs met de ramen gesloten hoorde ze de muziek: strijkstokken die snel en vlot over vioolsnaren dansten onder gejuich en geroep door de avondlucht.

Ze zag een modderige glooiing in de hoek, te steil voor de meeste andere auto's – kleine wagens met gedeukte bumpers en roestvlekken op de wieldoppen, maar dit monster kon overal komen en ze reed langzaam omhoog. Ze zette de motor en koplampen uit en probeerde zichzelf ertoe te brengen in beweging te komen.

Ze waren allebei daarbinnen: een flirterig glimlachende Skye die hoopvol viste naar aanwijzingen, en Lochie die de rol waarvoor hij was geboren en getogen nu alleen nog spéélde, gereduceerd tot een mimeacteur die deed alsof hij de baas was terwijl zijn werknemers met hem dansten en kerst vierden.

Hij had haar zonder nog een woord te zeggen achtergelaten in de kantine, waarna ze het gebrul van de Aston duidelijk door de dikke stenen muren had gehoord. Ze wist niet waar hij naartoe was gegaan of wat hij nu deed of wat zijn volgende zet zou zijn. Ze had hem simpelweg moeten loslaten in het vertrouwen dat ze hem genoeg redenen had gegeven om haar advies op te volgen. Maar zou hij dat ook doen? Niets was ooit voorspelbaar bij hem.

Ze keek naar de goudverlichte ramen en dacht aan het uitgelaten feest dat daarachter gaande was. Ze had een hekel aan zichzelf om wat ze had gedaan, om het gevoel dat ze hem had gegeven, maar ze kon nu niet vluchten of wegkijken. Het was bijna achter de rug. Ze moest dit afmaken. Vanavond moest er een einde aan komen.

Ze duwde de deur open, bleef staan en keek naar binnen. Het was een vrolijk en chaotisch tafereel: er zwierden kilts, mensen haakten hun armen in elkaar, lachend en springend, anderen stonden bij de bar – drie rijen dik – te kletsen met een drankje in de hand. Er hingen kerstslingers aan de dakbalken en er stond een kleine kerstboom in een pot op het podium waar het orkestje speelde: violisten en een accordeonist die met hun voeten op de grond tikten en hun hoofd in de maat op en neer bewogen. Aan weerskanten stond een grote opblaaskerstman.

Ze liep langzaam verder en speurde de zaal af naar de enige twee mensen die ze vanavond hoefde te zien. In de hoek zaten Hamish en Bruce – allebei met een kilt aan – diep met elkaar in gesprek, hun hoofd naar elkaar toe gebogen, hun glazen whisky tussen hen in. Torquil droeg een Schots geruite broek en praatte met een roodharig meisje dat ze een paar keer in de kantine had gezien. Maar waar was…

'O mijn god, waar was je?'

Ze voelde een hand op haar elleboog en draaide zich om naar Skye, die haar met sprankelende ogen aankeek. 'Het spijt me, ik werd opgehouden.'

'Twéé uur?' vroeg Skye half lachend, half jammerend.

'Ik… eh… moest dringend een cliënt te woord staan. In New York.' Ze keek naar Skye. Haar wangen waren rood en ze haalde snel en opgewonden adem. 'Heb je gedanst?'

'Pfiew! Ja, non-stop. Vermoeiend hoor. Kom mee naar de dansvloer.'

'Ik kan geen *reel* dansen.' Haar ogen speurden de zaal af naar Lochie. Waar was hij? Had hij dit toch aan zich voorbij laten gaan?

'Er is echt niets moeilijks aan. De mannen doen al het harde werk. Zolang zíj weten waar ze je moeten neerzetten en wanneer ze je moeten ronddraaien, gaat het prima.'

'Dat klinkt angstaanjagend.'

Skye lachte. 'Drink jezelf gewoon wat moed in. Hier.' Ze gaf haar haar glas. 'Je moet sowieso wat inhalen.'

Alex nam een slokje, wachtte op de gloed in haar keel en genoot ervan. 'En hoe gaat het? Met je-weet-wel-wie?'

'We hebben nu twee keer samen gedanst.'

Dus hij was er wel. Dat was tenminste iets. Ze ontspande een beetje. 'Echt?'

'Ja. Ik bedoel, ik zeg wel samen, maar het is geen slowdansen of zo. Dus niet wang aan wang, maar hij is nu twee keer mijn danspartner geweest, wat al heel wat is... gezien het feit dat hij me het hele jaar amper heeft aangekeken...' Ze beet op haar lip.

'Nou, dat is mooi.'

'Ach ja.' Haar gezicht betrok.

'Wat is er?'

'Ik voel me gewoon zo schuldig. Iedereen komt naar me toe om me te feliciteren en me geluk te wensen... En ik denk steeds aan Al.'

'Niet doen. Niet aan hem denken tot je zeker weet wat je wilt. Het moet jouw besluit zijn, je moet er zelf helemaal achter staan. Trouw niet met hem uit schuldgevoel.'

'Je hebt gelijk.'

'Wacht gewoon af hoe deze avond zich ontwikkelt. Hebben jullie al gepraat?'

'Nee, nog niet. Maar misschien werkt hij daarnaartoe, snap je? Hij kijkt af en toe naar me met een vreemde blik in zijn ogen.'

'Oké.' Alex keek rond. Ze voelde zich beroerd. Wilde het liefst vluchten. 'Waar is hij?'

'Hij stond net nog daar, bij de bar. O ja, daar is hij, kijk. Met het geruite overhemd.'

Alex keek en zag hem en profil. De lampen aan het plafond creeerden schaduwen op zijn gezicht. Hij stond bij een paar jongens van de vergistingsruimte. Maar hij praatte niet en leek in gedachten verzonken te zijn. Afwezig.

'God, wat ziet hij er goed uit, hè?' mompelde Skye.

Absoluut. 'Ach, ja.'

Alsof hij voelde dat hij werd gadegeslagen, keek hij plotseling op.

Ze kon dit niet. 'Ga gewoon een praatje met hem maken,' mompelde Alex, en ze gaf Skye een por met haar elleboog. Ze deed het toch.

'Echt? Zal ik dat doen?'

Nee. 'Natuurlijk. Dit is de perfecte gelegenheid.'

'Nou, ik heb inderdaad een drankje nodig nu ik er geen meer heb,' giechelde ze.

'Laat hem er een voor je bestellen. En vraag hem hoe laat het is. Of hij je wil helpen met... Weet ik veel, je haar of zo. Vraag hem gewoon om kleine attenties.'

'Waarom?'

'Dat doet iets met het brein, daardoor geloven mensen dat ze je nog leuker vinden dan ze al doen.'

'Cool!'

Alex keek haar na en zag dat Lochies blik op haar gericht bleef, en niet op Skye.

'Hé, onze mooie afwezige! Waar heb jij gezeten?'

Ze keek om en zag Callum ineens voor haar staan, met die brutale lach op zijn gezicht en een vrolijke blik in zijn ogen. 'Jij bent niet makkelijk te pakken te krijgen, zeg! Je hebt al mijn appjes genegeerd.'

'Ik was een paar dagen weg... onbereikbaar,' zei ze stijfjes. Ze voelde een steek van woede bij zijn aanblik, woede omdat ze zich had laten vleien door zo'n casanova, woede omdat ze met hem had geflirt. Ze wist al hoe hij was voordat ze had ontdekt wat hij zijn eigen neef had aangedaan, maar ze had zich eenzaam en afgemat gevoeld, en hij was knap om te zien. En heel even had het voor de hand gelegen dat ze kon doen wat ze wilde en zonder meer haar impulsen kon volgen. Maar dat was een illusie geweest. Ze leefde in de echte wereld, waar alles altijd gevolgen had, en waar altijd, maar dan ook altijd, verplichtingen waren om na te leven.

Hij zette een stap in haar richting. 'Ik wil graag weer met je afspreken. Ik denk de hele tijd aan je. Wat dacht je van dat tweede etentje waarover we het hebben gehad? We kunnen hier nu wegglippen.'

'Vergeet het maar,' zei ze bot.

Ze zag de verwarring op zijn gezicht, de zelfverzekerde glimlach vervaagde. 'Maar... we hebben het toch leuk gehad? Ik dacht...'

'Dat had je dan verkeerd gedacht.'

Ze maakte aanstalten bij hem weg te lopen, maar hij pakte haar elleboog vast. 'Alex, wacht, ik begrijp het niet. Wat is er gebeurd? Heb ik iets misdaan?'

'Niet tegenover mij, Callum, en die kans zul je ook niet krijgen.'

'Ik kan je niet volgen, hoor.'

Ze zette een stap naar hem toe. 'Ik weet het van jou en Skye,' zei ze zacht.

Zijn gezichtsuitdrukking veranderde. 'Wat?'

'Na alles wat je hebt gezegd over dat jullie zo goed met elkaar overweg konden, dat jullie net broers waren... En vervolgens deed je hem dát aan? Dat vind ik walgelijk.'

'Nou, luister eens even...'

'Nee. Hou je mond, ik hoef het niet te horen, begrepen?' Ze trok haar arm los.

'Alex!'

Ze baande zich een weg door de menigte, bij hem vandaan en naar de bar om nog een glas whisky te bestellen. Ze dronk het in één teug leeg. Skye had gelijk, ze moest zich moed indrinken om deze avond door te komen. Ze was hier nog maar vijf minuten en het was nu al niet te doen.

Het feest was in volle gang, iedereen had plezier, zette de bloemetjes buiten, maar zij niet. Zij was nog aan het werk. Probeerde de deal rond te krijgen.

'Wat was dat? Ruzie met je vriendje?'

Lochie was naast haar komen staan, legde zijn ellebogen op de bar, leunde naar voren met een drankje in zijn handen en keek haar van opzij schuin aan.

'Nee, niets.'

'Het zag er niet uit als niets. Er zijn maar weinig mensen die de grijns van het gezicht van mijn neef weten te vegen.'

Ze slikte. 'Ik heb hem verteld dat ik weet wat hij jou geeft geflikt.'

Lochie kneep zijn ogen tot spleetjes. 'En wat is dat precies?'

Ze wierp hem een blik vol ongeloof toe. Meende hij dit nou? 'Skye?' fluisterde ze.

Er verscheen een verbaasde blik op zijn gezicht, gevolgd door licht ironische geamuseerdheid. 'Nou, dank je voor je loyaliteit, maar ik vrees dat je de verkeerde neef de waarheid hebt gezegd.'

'Wat?' De vloer leek een paar centimeter te zakken.

'Je onderschat het heilige boontje van de familie. Zoals ik ook heb gedaan. Hij is echt de zoon van zijn vader,' zei hij met een blik op Torquil, die inmiddels in een intens gesprek met de roodharige verwikkeld was. 'Sholto's troonopvolger. De prins-regent van Kentallen.'

Torquil had Skye verleid? 'Maar... hij is getrouwd! Hij heeft een gezin. Torquil... zou dat nooit doen,' riep ze uit.

En toen ze zijn gezichtsuitdrukking zag, zei ze: 'Waaróm zou hij dat doen?'

'Hij doet wat hij kan om mij dwars te zitten. Naar bed gaan met mijn verloofde was een eenvoudige manier om iedereen te laten zien dat ik ben wat ze zeggen: labiel, onvoorspelbaar, onbeheerst.'

Het was waar – dat waren inderdaad de dingen die Sholto tegen haar over hem had gezegd.

'En ik moet hem nageven dat het heeft gewerkt,' zei hij schouderophalend. 'Die klap tijdens het familieberaad was niet mijn beste moment, maar ik had het net het uur daarvoor gehoord. Hij schepte er veel genoegen in om het bij het ontbijt terloops te laten weten...' Hij sloeg zijn drankje achterover.

Alex kromp ineen. Torquil had haar verteld dat Lochie hem die klap had gegeven vanwege de Ferrandor-deal, terwijl híj al die tijd de antagonist was geweest. En het was niet alleen Lochie die hier het slachtoffer van was. Wat zij tegen Callum had gezegd... Ze draaide zich om, op zoek naar hem. Hij stond te praten met een klein groepje mensen, maar zijn lichaamstaal was gesloten, defensief.

'Ik moet mijn verontschuldigingen aan Callum aanbieden.'

Lochie legde een hand op haar arm. 'Nog niet.'

Ze slikte toen ze zich weer realiseerde waarom ze hier vanavond ook alweer aanwezig was. 'Nee. Natuurlijk niet.' Ze legde een hand op zijn onderarm. 'Hoe gaat het met je?'

'Ik heb me weleens beter gevoeld.' Hij keek opzij en hield haar blik vast.

'Waar ben je vanmiddag naartoe gegaan? Ik maakte me zorgen om je.'

'Ik heb hardgelopen. Ik moest nadenken.'

'Lochie, het spijt me heel erg,' zei ze zacht.

Hij haalde zijn schouders op. 'Jij kunt er niets aan doen.'

O nee? Ze wendde zich af, voelde zich ellendig. 'Heb je nagedacht over wat ik heb gezegd?'

Hij snoof. 'Welk gedeelte precies?'

'Een nieuw begin, weg van hier.'

Hij keek haar weer aan met een veelbetekenende blik in zijn ogen. 'Ja.'

'Skye zei dat jullie samen hebben gedanst.'

'Dat klopt. Ze kan goed dansen.' Hij zweeg even. 'Dans jij de reel?'

'God, nee zeg.'

'Het stelt niets voor, zolang je de man maar laat leiden.'

Ze glimlachte flauwtjes. 'Niet mijn sterkste punt, vrees ik.'

'Nou, dan kun je maar beter met mij gaan dansen. Ik ben hier zo ongeveer de enige die jou in toom kan houden.'

'Ha! Dat had je gewild!' kaatste ze terug.

'Niet dan?' Zijn ogen sprankelden plotseling onder de lichtjes en ze zag de whisky erin dansen toen hij ineens haar hand pakte. 'Nou, laten we het maar proberen.'

'Wacht! Nee, Lochie...' Maar hij trok haar achter zich aan alsof ze een vlieger in de wind was. De violen waren gestopt met spelen, besefte ze toen ze de dansvloer op kwamen. Iedereen leek zich op te stellen voor een nieuwe dans.

'Alex!' riep Skye opgewonden – dronken – toen ze hen zag. 'Lochie! Kom, doe mee. We hebben nog twee dansers nodig.'

'Wat?' vroeg ze verward terwijl Skye haar andere hand pakte en haar in een rij meetrok, waar ze tegenover Callum kwam te staan. Hij keek haar aan met een wantrouwende, teleurgestelde blik, en ze voelde het schuldgevoel knagen. 'Nee.' Ze wendde zich paniekerig tot Skye. 'Ik... kan niet volksdansen. Ik heb het nooit gedaan.'

'Geeft niks,' zei Skye glimlachend. 'De jongens helpen je er wel doorheen, toch, Cal?'

Maar voordat Cal kon reageren, klonken de eerste noten op de accordeon en ging iedereen klaarstaan. Lochie stond nu tegenover haar.

'Deze heet "Hamilton House",' legde Skye uit. 'Daarbij treedt het meisje de man naast haar echtgenoot tegemoet, tevens haar minnaar, maar dan, als je verwacht dat man nummer twee, of de minnaar, haar zal laten draaien, wendt ze zich tot de man naast hem en is híj degene die haar omdraait. Het is een dans waarin veel wordt geflirt,' zei ze met een glimlach.

Alex begreep er geen woord van. 'Maar ik heb geen idee wie, wat of waar,' zei ze met stijgend ongemak terwijl de vrouw rechts van haar in beweging kwam en de ruimte tussen de rijen in danste.

'Kijk gewoon wat zij doet,' lachte Skye terwijl de vrouw met een soort stap-hak-teenpas in Lochies richting huppelde, waarna ze Callum aan zijn rechterzijde een arm gaf. 'Lochie zorgt wel dat je terechtkomt waar je moet terechtkomen, nietwaar, Lochie?'

'Aye.'

Alex keek hem aan en hij keek terug met een glimlach. Zo te zien had hij plezier om haar paniekerige reactie. Het leek wel een herhaling van de avond van de goudkleurige glitterrok.

Maar er was geen tijd om erbij stil te staan want plotseling veranderde iedereen negentig graden van richting en bevond Alex zich aan het eind van een rij, hield de vrouw haar rechterhand vast en stond Skye tegenover haar. Wat? Hoe was dat gebeurd?

Skye knipoogde naar haar en de twee rijen bewogen naar elkaar toe, stampend met de voeten, waarna ze weer terugliepen en hun groep – opnieuw – van vorm veranderde, deze keer in een kring. Ze gingen een keer rond naar de ene en toen de andere kant, als kinderen op de kleuterschool, en ze keek verwonderd hoe de man en vrouw zich toen het midden in draaiden.

Ze kon het niet bijhouden. Het gebeurde allemaal weer van voren af aan – rijen werden kringen die weer rijen werden – en ze voelde de whisky doordringen tot haar bloedsomloop. Dat verminderde haar plankenkoorts, maar beïnvloedde ook haar begrip van de vormen die ze maakten, en ze gaf een gilletje toen ze een hand op haar rug voelde en Skye haar in het midden tussen de twee rijen duwde.

Lochie bevond zich vlak voor haar en ze probeerde de stap-hak-teenpas die ze de vrouw had zien doen uit te voeren in Callums richting, maar ze had nog maar net besloten met welke voet ze zou beginnen toen de man rechts van Callum naar haar toe zwierde, haar handen met zijn beide handen vastgreep en haar in het rond liet draaien. Ze kreeg niet eens de tijd om naar adem te happen voor ze ineens tussen Skye en Callum in een rij was gemanoeuvreerd. Ze liepen, ze stampten, ze liepen terug – en toen voelde ze Lochies handen op de hare, zijn greep stevig terwijl hij haar ronddraaide met zijn ogen strak op haar gericht.

Haar haar werd van haar schouders getild en de zaal suisde duizelingwekkend snel om haar heen. Ze lachte – eerder van schrik dan van vrolijkheid, hoewel het wél een vrolijk gebeuren was. En toen stond ze opnieuw in een rij tussen Callum en een andere man in. Het herhaalde zich allemaal weer – rijen, stampen, rijen, een kring – en toen weer Lochie die haar zo snel ronddraaide dat ze het gevoel had dat haar voeten het niet konden bijhouden, dat hij haar op elk moment van de grond kon tillen, hoog in de lucht, met alleen zijn ogen die haar daar hielden.

En toen was het voorbij. Ze stonden weer in de rij en Skye danste met Callum. Ze probeerde op adem te komen en volgde de anderen terwijl er geklapt, gelachen en gejoeld werd. De hele tijd was ze zich ervan bewust dat Lochies ogen op haar gericht waren.

Ze probeerde niet terug te kijken. Het voelde geladen. Gevaarlijk. Echo's van afgelopen weekend klonken als alarmbellen in haar oren. Dat mocht niet weer gebeuren. Dat zou hem alleen maar van het ingeslagen pad afbrengen. Ze was hieraan begonnen en ze moest het afmaken. Dat kon niet anders.

Maar de drang was te sterk. Terwijl de muziek doorging – tien, twaalf minuten – liet ze zich rondzwieren als wier in zee, liet ze mensen haar hand vastpakken en ronddraaien en hier neerzetten, daar neerzetten. Ze merkte het amper. Ze zag alleen maar hem.

Ze probeerde hem uit koers te brengen, en toen hij met Skye danste en haar ronddraaide, juichte en klapte ze harder mee, gooide lachend haar hoofd achterover, moedigde hem aan. Maar toen het weer hún beurt was, voelde ze de vonk tussen hun handpalmen. Het was onmiskenbaar, onvermijdelijk en ze wist niet hoe ze het kon tegenhouden… niet tot een warme hand de hare pakte, een hand die ook haar huid had willen beroeren.

De violen stopten met een uitbundige hoge noot, als een auto die hard remde, en iedereen klapte en joelde, sommigen stampten, anderen legden hun hand op hun borst om op adem te komen. Maar Alex niet. Ze bleef de hand die de hare had gepakt vasthouden en ging zwijgend op haar tenen staan om hem te zoenen – zijn goudkleurige haar tussen haar vingers, die brede glimlach op haar lippen.

'Jezus, ik had geen idee dat Callum en jij iets hadden,' zei Skye giechelend aan de andere kant van de toiletdeur.

'We hebben ook niets.'

'Nou, dat zou je anders wel zeggen! Ik zei toch dat hij een casanova was. Niemand kan hem weerstaan. Zelfs jij niet.'

Alex staarde naar haar spiegelbeeld. Het behang met roze stippen achter haar was in de spiegel al net zo lelijk als in het echt. Ze herkende zichzelf nauwelijks. Wie was zij? Wanneer was ze deze persoon geworden? Haar eyeliner was uitgelopen als die van Debbie Harry en haar haar zat wild na een avondje wervelen over de dansvloer. Callum had haar na die zoen niet meer losgelaten – een verontschuldiging was niet eens nodig geweest – en ze hadden de laatste zes reels achter elkaar gedanst. Ze had geen idee wat voor reels en het kon haar niet schelen. Ze was doodmoe, maar het werkte wel – zolang ze maar niet ging zitten of in de buurt van de bar kwam waar Lochie stond.

'Ik dacht dat jij hem ook niet had kunnen weerstaan,' zei Alex nadrukkelijk, misschien zelfs een beetje wreed. Maar ze was nu dan ook dronken, net zo dronken als de rest.

'Hè?'

'Toen ik hoorde dat jij Lochie had bedrogen, nam ik aan dat je dat met Callum had gedaan.'

Het toilet werd doorgespoeld en Skye kwam het hokje uit. Ze botste bijna tegen de wand terwijl ze naar de wastafels wankelde.

'Maar Torquil? Echt?' vroeg Alex, aandringend op een antwoord, een verklaring. 'Hoe haalde je dat nou in je hoofd? Hij is nou niet echt onweerstaanbaar... Skye?'

Skye keek haar aan. 'Hij was er gewoon, Alex. Terwijl Lochie continu op een berg liep te somberen en zichzelf bleef kwellen, was Torquil aardig voor me. Hij gaf me aandacht. Luisterde naar me. Hij werd een vriend. Ik was eenzaam.'

'Hij heeft je gebruikt.'

Dat was een klap in Skyes gezicht. 'Wat? Nee!'

'Sorry hoor, maar je was een pion in zijn spel. Hij zocht naar manieren om Lochie te schaden, te verzwakken. En jij hebt hem de kans gegeven.'

Skyes gezicht betrok bij haar boze, meedogenloos directe woorden. Haar lippen trilden en er dreigden tranen op te wellen.

Alex had meteen spijt. 'O... sorry, het was niet de bedoeling zo hard te oordelen. Ik ben gewoon... Het was gewoon een schok. Ik zou willen dat je het me had verteld.'

'Ik dacht dat je het wist,' snikte Skye luid, dramatisch en dronken. 'Jij... je zei dat ze het erover hadden.'

Ze had gelijk, het was een redelijke aanname dat zijn naam genoemd was. Alex gaf een kneepje in haar schouder. Het verwoesten van andermans leven was vanavond haar specialiteit. 'Let maar niet op mij. Ik heb te veel gedronken. Het spijt me.'

Skye boog haar hoofd en huilde. 'Nee, ík heb te veel gedronken,' zei ze bevend terwijl Alex water op haar handen en gezicht spatte. 'Ik krijg de hele avond al drankjes aangeboden. Ik voel me een bedriegster.'

'Dat ben je niet. Je bent geen bedriegster.'

'Maar wat zullen de mensen denken als ze erachter komen...'

'Het zijn hun zaken niet. Wat kan het je schelen wat anderen denken? Hún toekomstige geluk staat toch niet op het spel?'

Alex sloeg haar armen om haar heen en liet haar even uithuilen op haar schouder. De arme meid was een wrak en het was Alex' schuld. Alles was Alex' schuld. Deze hele puinhoop.

Skye keek op naar haar spiegelbeeld. 'God, ik zie er niet uit. Ik dacht dat blozende wangen aantrekkelijk waren, maar het lijkt wel alsof ik elk moment een hersenbloeding kan krijgen.'

'Niet waar.' Ze keek naar de beeldschone roze Skye die mogelijk alles zou hebben wat zij nooit kon krijgen: hém. Ze pakte een tissue en veegde zachtjes Skyes uitgelopen mascara weg.

'Wat zie je er droevig uit,' mompelde Skye.

'Ik? Nee, het gaat prima.' De meest vertelde leugen ter wereld.

'Waarom praat je nooit over jóúw problemen? We hebben het altijd over die van mij.'

Alex zweeg een ogenblik, ze wist het even niet meer. 'Mijn problemen zijn gewoon… gewoon heel saai. En stom.' Ze forceerde een glimlach. 'Klaar om naar de zaal te gaan?'

'Het zal wel moeten. Het is nu of nooit met Lochie, toch? Als we het nu niet uitspreken, zullen we dat nooit doen.'

Alex knikte, de verdoofdheid breidde zich uit naar haar hart. 'Zo is het.'

Ze liepen de gang weer in, maar toen Alex het dansgewoel weer zag, zette ze een stap achteruit. Ze kon dit niet, ze kon er niet naar kijken, ze kon niet meer doen alsof met Callum…

'Weet je, ik heb het eigenlijk nog heel warm, ik ga eerst even buiten afkoelen.'

'Zal ik met je meegaan?'

'Nee, ga jij maar doen wat je moet doen. Ik kom er zo weer aan. Ik heb alleen maar wat frisse lucht nodig.'

'Oké. Daar is de achterdeur,' zei Skye met een dubbele tong, en ze wees naar een korte brandgang met een nooddeur. 'Maar geef een gil als je me nodig hebt, oké? Ik ben er voor je, Alex, zoals jij er voor mij bent. Partners in crime, toch?'

Alex probeerde te glimlachen, maar de tranen dreigden los te brasten en ze wankelde naar buiten, waar ze naar adem hapte in de ijzige kou. Ze had geen jas aan en haar schoenen waren totaal ongeschikt voor de sneeuw. De muziek werd gedempt toen de deur dichtsloeg en ze wendde haar gezicht naar de avond, te ongelukkig om de schoonheid van de met diamantjes bezaaide hemel te bewonderen.

Ze leunde tegen de motorkap van een Datsun en legde haar hoofd in haar handen. Waar was ze mee bezig?

'Je houdt mij niet voor de gek, hoor.'

Ze liet haar handen zakken en keek achterom naar Lochie, die tegen de muur naast de achterdeur leunde. Had ze zich net vlak langs hem gehaast?

'Met dat hele verliefdheidsgebeuren dat je daarbinnen op touw hebt gezet, bedoel ik. Ik neem aan dat het voor mijn ogen bestemd is, maar ik ben bang dat ik er niet in trap.' Hij had een fles in zijn hand en nam een fikse slok. Zijn hoofd lag schuin achterover tegen de muur en hij keek haar aan vanonder zijn zware oogleden. Hij was nu echt dronken, gevaarlijk dronken, op het punt beland dat alle remmen wegvielen.

Ze durfde het niet te ontkennen, want ze wist dat elk woord dat ze in dit gesprek zou uitspreken een stap buiten het pad was dat hij zou moeten volgen. Ze moest gefocust blijven. Hij zuchtte en wendde zijn blik af, waarop ze lange tijd zwegen.

'Het lijkt erop dat alles in elkaar dondert, Hyde.' Hij nam een slok voordat hij haar weer aankeek. 'Ik neem aan dat dit niet bij je taakopvatting hoorde, dat ik voor je zou vallen?'

Haar lichaam tintelde bij het horen van zijn woorden, maar ze bleef zwijgen.

'Ah, nou... het is wel gebeurd. Nog een probleem dat je moet oplossen.' Hij deed zijn ogen dicht. 'Niet dat het wat zal uitmaken. We kunnen vanavond alle waarheden spuien die we willen, want morgen zul je me toch vertellen dat het aan de alcohol lag. En dan doen we allebei net alsof we dat geloven.'

Ze wist niet wat ze moest zeggen. Ze durfde niets te zeggen. Elk woord dat zijn lippen verliet maakte dat ze wilde dansen en springen, en als ze vrij was om haar instincten te volgen zou ze nu al in zijn armen liggen. Maar ze was niet vrij. En het kon niet.

Hij schudde zijn hoofd en keek haar weer aan. 'Had je echt niet eerder dan zaterdag door wat er tussen ons gaande was?'

'Nee.'

Hij sloot zijn ogen weer en snoof glimlachend. 'Ik weet nog precies op welk moment ik het wist.' Hij deed zijn ogen open. 'De brand... Jouw stem. Je wilde wanhopig dat ik zou blijven leven. Het klonk alsof je me nodig had. Er was niets en plotseling was jij er. Als een explosie in mijn hoofd.'

In het donker begonnen stille tranen over haar wangen te stromen. Want ze wilde het hem vertellen, ze wilde zeggen dat het voor haar ook zo voelde.

Aan de zijkant van het gebouw ging een deur open en er viel een strook licht op de grond. Het volume van de muziek vertienvoudigde even en ze keek opzij, precies op het moment dat er een goudblond hoofd om de hoek tuurde.

'O, daar ben je!' Callum grijnsde blij toen hij haar zag. 'Skye zei al dat je buiten was… Ah, Lochie!' Hij aarzelde toen hij zijn neef in de schaduw tegen de muur zag leunen. 'Ik stoor toch niet, hoop ik?'

'Natuurlijk niet,' antwoordde Lochie, die nog een slok nam. 'We waren alleen maar de toestand in de wereld aan het bespreken, toch, Hyde?'

'Ja.' Ze herkende haar eigen stem nauwelijks.

'Ik kwam even kijken of alles in orde was. Je bevriest nog. Heb je het niet koud?'

'Jawel,' zei ze zacht, en ze keek achterom naar Lochie.

Hij knipperde traag met zijn ogen, die haar alles en niets tegelijk vertelden.

'Je vindt het toch niet erg, neef van me?' vroeg Callum.

'Nee hoor. Neem haar maar mee,' mompelde Lochie zonder zijn ogen van haar af te wenden. 'Ze is van jou.'

# 28

*Thompson Falls, Montana, 4 juni 1918*

*De vos had een vrouwtje gevonden. De afgelopen weken had ze de twee vanaf de veranda gadegeslagen, stilletjes wiegend op de stoel terwijl ze dartelden en achter elkaar aan joegen aan de rand van de open plek. Ze keek graag naar hun dikke, borstelige staarten en puntige oortjes die uit het lange gras omhoogstaken, terwijl achter hen wasberen in de bomen klommen en eekhoorns hazelnoten lieten vallen.*

*In de verte smolt de sneeuw op de blauwe bergtoppen en ontloken de bossen in groentinten. Overdag hamerden er spechten, 's nachts gleden er uilen door de lucht, elanden trokken hun trage pad door de bomen en het gejank van lynxen doorboorde de stilte als een mes door een strook zijde. De wereld kwam weer tot leven.*

*Maar in een ander land, aan de andere kant van een verre zee, was het niet de natuur die het landschap deed dansen, maar waren het kanonnen en geweren die de aarde lieten schudden en de rivieren rood kleurden, daar waar de bloemen in de loopgraven verkommerden en waar geen vogel de bleke lucht durfde te doorkruisen. En in dat land lag het lichaam van haar zoon – ver van huis en achtergelaten door deze uitbottende lente die zonder hem tot bloei kwam.*

*Hij zou nooit meer het ruisen van het smeltwater horen dat naar beneden stroomde, nooit meer de zachtheid van margrietjes tegen zijn huid voelen. Hij zou de vossenwelpen niet hun eerste wankelende stapjes in het zonlicht zien zetten, of uitgroeien tot de man die hij was voorbestemd te worden. Hij was van de aardkorst geplukt en er was geen spoor van hem overgebleven. Er was geen lichaam om te begraven, het leek of hij nooit had bestaan. Alleen de banier met gouden ster achter het raam herinnerde eraan dat een dappere soldaat zijn leven voor zijn land had gegeven. Maar er was niemand die zijn ster zag, alleen de vossen waren getuige van haar verlies.*

## *Islay, vrijdag 22 december 2017*

Ze moest met haar arm de sneeuw van de zitting vegen, met haar mouw strak over haar rode handen getrokken. Ze ging op het bankje zitten en keek uit over de zee. Die glinsterde wit, als een spiegel. Haar ademhaling kwam na een minuut tot rust, maar het zou langer duren voordat haar wangen weer hun normale kleur zouden aannemen. Hoewel ze er gezond uitzag, bleef de kater koppig in haar lichaam hangen. Ze had het ontbijt niet eens kunnen zíén en de verleiding om weer in bed te kruipen en zich onder de dekens te verstoppen was, voor de verandering, overweldigend geweest. Ze zou vandaag toch niet naar de distilleerderij gaan. De grenzen tussen Lochie en haar waren nu te fragiel en ze moest de zaken helder houden. Professioneel. Ze moest hem over die streep krijgen.

Zou de distilleerderij trouwens wel open zijn? De sneeuw bleef maar neerdwarrelen, misschien waren de wegen wel gesloten. Misschien hadden de schoolkinderen vandaag wel een vrije dag.

Haar telefoon trilde en ze zag een appje van Callum binnenkomen. Alweer. Ze beet op haar lip en verwijderde het zonder het te openen. Ze keek naar de horizon. Daarachter lag Amerika. Ze was niet trots op zichzelf, ze vond zichzelf nu niet eens aardig, want ze had hem gebruikt als wapen om Lochie van zich af te houden – alsof dat had gewerkt! Ze had hem gebruikt om Lochie pijn te doen, en dat betekende dat ze niet veel beter was dan Torquil. Wie was zij om hem te veroordelen? Hij had die klap in zijn gezicht meer dan verdiend, maar zij dan? Als hij eens wist wat ze had gedaan…

Ze vroeg zich af wat hij aan het doen was nu hij wettelijk gezien niet langer een Farquhar was. Wat was er gebeurd – als er al iets was gebeurd – tussen hem en Skye nadat zij was weggegaan? Die arme Skye. Ze dacht niet dat hij haar in zijn toekomstplannen zou betrekken.

Haar telefoon trilde weer en ze wierp er met een zucht een blik op.

Het was een onbekend nummer, maar toen ze het bericht las, wist ze maar al te goed wie het had gestuurd.

*Wilde je laten weten dat Lochlan een uur geleden zijn ontslag heeft ingediend, dat ik verheugd heb geaccepteerd. Gefeliciteerd met dit klinkende resultaat.*

Hun ademhaling hing als wolkjes in de ijskoude cabine. Mr Peggie had niet veel gezegd toen Mrs Peggie op kordate toon had verkondigd dat Alex over de moors zou lopen als hij haar niet zou brengen. En hij had zelf ook nog 'wat klusjes te doen', had hij gezegd. Binnen een half uur had Mrs Peggie ze op weg gestuurd met een thermosfles en in folie verpakte *lardy cake*, 'voor het geval dat'.

De sneeuwschuiver van de tractor maakte de eenbaansweg met meedogenloze efficiëntie schoon. De sneeuw stoof naar beide kanten, waar zich banken vormden terwijl het apparaat achterop zout strooide. Alex zat uit het raam te kijken, haar vingers bezorgd friemelend aan de envelop op haar schoot.

De tractor draaide tussen de stenen pilaren door de oprijlaan op. Hij wist precies hoe hij moest rijden. Door de bomen heen ving ze een glimp van het grote landhuis op, waar het licht in sommige kamers al aan was nu het al begon te schemeren, al was het nog maar net twee uur geweest. Maar daar gingen ze niet naartoe en ze dankte de hemel dat de oude boer had ingestemd, want ze zou het in haar eentje nooit gevonden hebben.

Ze sloegen een onverhard pad in en reden door een bijna alpien landschap, de takken van sparren doorbuigend onder het gewicht van de sneeuw. Ze wist dat ze door een ultieme stilte zouden worden overvallen als ze zouden stoppen. Ze hadden net zo goed op de top van de wereld kunnen zijn als op een besneeuwd Schots eiland. Er waren geen sporen van andere voertuigen te zien – de Aston was sowieso geen optie in deze weersomstandigheden – wat suggereerde dat hij het huis vandaag niet had verlaten.

'Nou, daar zijn we dan,' zei Mr Peggie op zijn gebruikelijke eenvoudige manier toen ze een bocht namen en ze een ronde oprit bereikten met een moerbeiboom in het midden. Het huis was op zichzelf als adembenemend – een stenen gebouw in regencystijl met hoge ramen en een bordes met drie treden naar de voordeur – maar met de laag sneeuw op de vensterbanken, het dak en de ronde buxusvormen in de bloembedden, was het nog betoverender. Het was qua afmeting misschien maar een kwart van het grote huis, maar het had drie keer zoveel charme. 'Ik draai de tractor wel even terwijl jij aanklopt.'

'O, ik ga niet aankloppen,' zei ze vlug. 'Ik ga alleen deze envelop in de brievenbus doen.' Achter de oprit zag ze een dubbele garage, waar de neus van de Aston zichtbaar was onder de half neergelaten deuren.

'Hoef je hem niet te spreken?' vroeg Mr Peggie fronsend.

'Alles wat hij moet weten zit hierin.'

'Aye, nou ja,' zei Mr Peggie na een korte stilte. 'Je moet het zelf weten. Ik kan wel even wachten. Mrs P. heeft erop toegezien dat ik niet verhonger.'

Ze sprong uit de cabine, landde zacht in de sneeuw en liep naar de voordeur, maar ze kon het niet laten bij het langslopen even door de ramen te kijken. Er stond een antiek hobbelpaard achter een van de ramen, achter een ander raam zag ze een piano en verderop zag ze licht branden, ergens achter in het huis.

Ze beklom de treden naar het bordes en zocht naar de brievenbus – maar die was er niet. Ze keek rond. Verdorie. Hadden ze iets gemist? Was er een brievenbus bij de hekken? Ze keek nog eens goed, maar er was niets. Ze moest de envelop hier voor de deur achterlaten. Maar kon dat wel? In de sneeuw zou hij nat worden, net als de inhoud.

Ze holde terug naar de tractor, die inmiddels naar het pad gedraaid stond. 'Mr P., het duurt nog een moment, want er is geen brievenbus. Ik zoek even een achterdeur waar ik de envelop op een plek kan achterlaten waar er geen sneeuw op zal vallen.'

Mr Peggie maakte een toostend gebaar met zijn flessendop vol thee en zijn snee lardy cake, alsof hij dit wel had verwacht. 'Aye.'

Ze sloot de cabine weer en rende weer over de oprit, waar ze nu voorbij het bordes en langs de andere ramen liep. Binnen zag ze gewichten en een loopband, en in een andere kamer een gigantisch tv-scherm en een bank. Het was duidelijk welke helft van het huis hij bewoonde. Ze sloeg de hoek om, liep langs een besneeuwde heg en stond stil. Door een openstaande deur scheen licht op een gazon.

De schrik sloeg haar om het hart en ze keek rond om te zien waar hij was. Had hij de tractor gehoord? Het ding maakte tenslotte een hoop lawaai.

Rechts van haar hoorde ze een geluid en ze zag een schuurtje waarvan de deur ook open was. Hij was daarbinnen!

Ze keek weer naar de open deur van het huis en zonder zichzelf de kans te geven zich te bedenken rende ze ernaartoe en gooide de brief naar binnen, op de droge vloer. Op het moment dat ze zich omdraaide, hoorde ze weer een geluid vanuit het schuurtje komen en begon ze snel terug te hollen naar waar ze vandaan was gekomen. De sneeuw knerpte onder haar voeten.

Ze was bijna de hoek om toen...

'Alex?'

O god. Haar maag zakte een stukje bij het horen van zijn stem en buitelde rond bij het zien van zijn gezicht. 'Hoi.'

Hij had een stapel hout in zijn armen en keek haar verbluft aan. 'Wat doe jij hier?'

'Ik... Ik wilde net weggaan.'

'Dat zie ik.'

'Ik heb iets voor je achtergelaten.'

Hij keek fronsend door de deuropening naar binnen en zag de envelop op de vloer liggen. 'Is het je factuur?'

Ze snoof en deed een vergeefse poging om te lachen. 'Nee.'

'Wacht. Waarom heb je zo'n haast? Kom binnen.'

'Ik moet terug. Mr Peggie wacht op me. Ik wilde je niet storen.'

'Goh. En ik maar denken dat het jouw hobby was om mij te storen,' grapte hij. Maar ze was niet in de stemming voor grapjes, en hij duidelijk ook niet echt. Hij zag er vermoeid uit: ongeschoren met donkere kringen onder zijn ogen van een fles whisky en een slapeloze nacht.

'Ik wilde hem in je brievenbus gooien, maar... Tja, die lijk je niet te hebben en ik kon hem moeilijk in de sneeuw achterlaten.'

Hij staarde haar aan zonder zich ervan bewust te zijn hoe aantrekkelijk hij was met zijn arm vol hout en een diepe frons in zijn voorhoofd.

'Alex, wat is er aan de hand?'

'Lees de brief alsjeblieft, dan zul je het begrijpen.' Haar stem haperde. Ze wilde dit niet. Met hem praten, zich betrokken voelen...

Hij liet het hout op de sneeuw vallen en liep naar haar toe. Haar voorbij.

'Waar ga je naartoe?' vroeg ze toen ze hem de hoek om zag slaan. Ze wachtte een ogenblik voordat ze hem volgde, en zag dat hij met Mr Peggie stond te praten. 'Nee, wacht...'

Maar de grote wielen draaiden alweer en de oude boer was onderweg naar huis terwijl de sneeuw bleef vallen.

'Ik heb tegen hem gezegd dat ik je wel terugbreng,' zei Lochie, die terugliep en haar aankeek. Er vond een onuitgesproken gesprek tussen hen plaats en ze voelde de intensiteit die ze altijd in haar lichaam gewaarwerd als hij dichtbij was. Hij pakte haar bij de arm en loodste haar mee naar het huis.

'Lochie, nee...'

'Nou, dit is een hele verandering,' zei hij ironisch terwijl hij haar door de deuropening meetrok. 'Dat ik je mee naar binnen sleur in plaats van je eruit te gooien.'

De keuken was groot, had lichtblauwe vrijstaande units en een enorm kookeiland in het midden met een oud eikenhouten werkblad waarop een geopende fles merlot stond. Hij pakte de envelop van de vloer en legde hem op het blad, liep naar een kast en haalde nog een glas tevoorschijn. Hij schonk haar zonder iets te zeggen wijn in en gaf haar het glas.

Ze nam een dankbaar slokje terwijl hij naar het aanrecht liep en zijn eigen glas pakte. Er stonden een paar borden en een kom omgekeerd te drogen en er lag een trui over de leuning van een stoel. Er lag een exemplaar van *The Times* open op een sportpagina, en bij de muur werd een iPad opgeladen. Rona – de slechtste waakhond ter wereld – kwam binnentrippelen vanuit de gang en checkte of er iets in haar eetbak zat voordat ze doorkreeg dat Alex er was en naar haar toe liep om geaaid te worden.

Lochie leunde tegen het aanrecht, zijn benen bij de enkels gekruist, en keek haar aan. Hij zei nog minder dan Mr Peggie, wat haar behoorlijk op de zenuwen werkte.

'Je ziet er beter uit dan ik had gedacht,' zei ze om de stilte te doorbreken. 'Hoe voel je je?'

'Doodop. Ik heb een kater. En ik heb niet geslapen.'

'O.' Ze beet op haar lip. 'Wat is er gisteravond gebeurd nadat ik was vertrokken?'

Hij keek haar schuin aan. 'Bedoel je of er iets is gebeurd tussen Skye en mij?'

Ze keek de andere kant op. Dat was precies wat ze bedoelde, maar ze had spijt van de vraag zodra die haar mond had verlaten.

'Er is niets gebeurd en er gaat ook niets gebeuren. We hebben gepraat, meer niet.'

'Waarover?'

Hij haalde zijn schouders op. 'De voogdij over de hond.'

'Lochie!'

'Wat wil je nou?' vroeg hij. 'Wat dacht jij dan dat we elkaar te vertellen hadden? Dacht je dat ik mijn eeuwige liefde aan haar zou verklaren? Dat ik haar terug wilde? Dat wil ik niet. Ze is gelukkig met hem en jij hebt haar alleen maar in verwarring gebracht. Ze passen goed bij elkaar. Dat ga ik niet in de weg staan.'

'Maar gistermiddag vond je zelf ook...'

'Ik vond helemaal niets.'

'Oké, maar je leek te begrijpen dat dit je laatste kans was. Haar laten gaan slaat nergens op.'

'Nee. Wat nergens op slaat, is dat jij zo graag wilt dat ik me met Skye verzoen,' zei hij langzaam. 'Waarom dring je daar zo op aan?'

Ze keek hem knipperend met haar ogen aan. 'Dat weet je best.'

'O ja? Vertel het me alsjeblieft. Want volgens mij is het verrekte duidelijk wat ik zou willen.' Hij spreidde zijn armen in een open gebaar. 'Ik heb niets te verbergen.'

Haar hart bonkte, het ging allemaal te snel. Hier was ze niet voor gekomen. Het was precies wat ze had willen vermijden. 'De elementen "ik, wij en het", weet je nog?'

'O, hou toch op met die onzin,' zuchtte hij, en hij nam een slokje van zijn wijn.

Ze haalde adem en probeerde kalm te blijven, maar ze voelde het garen van de spoel in haar handen sneller en sneller afrollen en de huid van haar vingers verbranden. 'Jouw relatie met Skye is alleen mislukt omdat...'

'Omdat ze is vreemdgegaan.'

'Nee,' wierp ze tegen. 'Dat was maar een symptoom van de problemen die er al waren. Jullie hadden het moeilijk. Je vader was net overleden, je was boos, Lochie, je hield haar op afstand. We hebben de constellatie doorgenomen en...'

Hij sloeg haar gade. 'Weet je, met alle adviezen die je geeft, krijg ik niet de indruk dat je ze ook op jezelf toepast. Ik geloof niet dat ik de enige ben die geen voeling meer heeft met die ik-wij-het-bullshit.'

'Het gaat hier niet om mij.'

'Integendeel, ik zou zeggen dat het inmiddels allemaal om jou draait. Wat zei je gisteren ook weer? Een van je geliefde citaten? De dwaasheid om weerstand te bieden tegen wat er al is of zoiets? Nou, er is iets tussen ons, wat het ook precies moge zijn. Het is er al. En jíj bent degene die weerstand biedt, die zich ertegen verzet!'

Ze keek de andere kant op. Hij begreep niet waarom het nooit iets kon worden en zij kon het hem niet vertellen. Dit had allemaal niet mogen gebeuren – ze had het niet zien aankomen – maar het was onmogelijk om zich los te maken uit de wirwar waarin ze verstrikt was geraakt. Ze had uit zijn leven willen wegglippen, maar zo eenvoudig was het natuurlijk niet. Als ze wilde vertrekken, moest ze zichzelf uit het net dat zich om haar heen sloot bevrijden. 'Luister, ik ben hier niet naartoe gekomen om ruzie met je te maken.'

Er viel een stilte. 'Nou, we lijken er wel goed in te zijn,' zei hij met een zucht. Hij wendde zich af en vulde zijn glas bij. Hij nam een slok en keek uit het raam naar de deels nog verlichte tuin – de schuurdeur stond open en de houtblokken lagen op de sneeuw.

'Ik ben gekomen om afscheid te nemen. Ik ga vanavond terug.' Haar woorden kaatsten terug van zijn roerloze rug. Hij gaf geen antwoord. 'Alles wat ik wilde zeggen, staat in de brief. Maar lees die alsjeblieft pas als ik weg ben.'

Hij draaide zich om, keek haar aan en wierp vervolgens een blik op de envelop op het werkblad. 'Waarom?'

'Dat lijkt me beter,' zei ze rustig.

Het waren precies de verkeerde woorden. 'Lochie, nee!' Maar hij was er met enkele passen en had voor ze het wist de envelop in zijn hand. Er vlogen snippers papier als confetti in het rond terwijl hij hem openscheurde, waarna hij haar afscheidsbrief op Mrs Peggies blauwe postpapier las.

Haar hart klopte in haar keel en ze wendde zich af. Ze voelde zich kwetsbaar, naakt. Ze had hier nooit naartoe moeten komen. Waarom had ze dat gedaan? Het was een vergissing geweest en ergens moest ze het hebben geweten – maar ze had de verleiding nog een laatste glimp van hem op te vangen niet kunnen weerstaan.

'Alex.'

De brief lag nog in zijn handen, maar toen ze de blik op zijn gezicht zag, wist ze dat ze klaar waren met het wisselen van woorden. Er zou niet meer worden geruzied. Hij had gelijk: ze verzetten zich tegen iets wat er al was. Hij liep naar haar toe, tilde haar op en zette haar op het eikenhouten werkblad terwijl haar enkels zich achter zijn rug kruisten en haar mond zich al op de zijne drukte. Want ze wist heel goed waarom ze hiernaartoe was gekomen: ze was gekomen voor een afscheid dat recht deed aan wat er tussen hen was.

Het haardvuur wierp zijn gloed op hun huid en er lag een deken tot over hun heupen gedrapeerd nu ze ineengestrengeld op de bank lagen, met de lege merlotfles op de vloer ernaast, samen met een half leeggegeten schaal gerookte zalm en schijfjes citroen, en een kom waar aardbeien in hadden gezeten.

Lochies vingers streelden haar middel en haar hoofd lag op zijn borst. Ze keken hoe de vlammen flakkerden en flonkerden. Het was nu al een paar uur helemaal donker buiten en de sneeuwvlokken dwarrelden nog steeds neer op de vensterbanken.

'Hoeveel zou er gevallen zijn, denk je?' mompelde ze terwijl ze zijn borsthaar op haar wang voelde kietelen.

'Wel zo'n dertig centimeter, vermoed ik. Het is nu ook behoorlijk winderig. De ferry's gaan nu vast niet.'

'Dan maar een Sea King.' Het was een grap, maar een slechte grap. Ze lachten geen van beiden bij het vooruitzicht van haar vertrek. Hij zweeg en ze hoorde het bonzen van zijn hart tegen haar oor. Ze tilde haar hoofd op en keek hem aan. 'Niet dat ik ook maar één seconde geloof dat je me vanavond terug zou brengen naar de boerderij, ook niet als de ferry's wel zouden gaan.'

'Natuurlijk niet.' Zijn ogen keken terug – zelfverzekerd, zonder twijfel.

Ze verborg haar glimlach door een kus op zijn borst te geven. 'Maar de Peggies maken zich misschien wel zorgen. Ze verwachten me.'

'Ik heb Mr P. verteld dat we wat dingen moesten bespreken en dat je eventueel in een van de logeerkamers kon blijven slapen.'

'Denk je dat hij je geloofde?'

Lochie grinnikte. 'Nee.'

Ze lachte zelf ook zachtjes, maar haar lach verstilde toen de waarheid tot haar doordrong. 'Ik zal ze missen.'

Zijn lichaam verstrakte lichtjes. 'Zij zullen jou ook missen.'

'Ik had nooit verwacht dat ik aan ze gehecht zou raken.'

'Dat begrijp ik.' Hij zweeg even en hij liet zijn vingers zachtjes over haar huid glijden. 'Maar je zou ook... niet kunnen weggaan.'

'Ik hoor hier niet.'

'Je zou hier kunnen horen.'

'Het is een prachtig eiland. En ik vind het hier heerlijk, maar... ik heb mijn eigen leven. In Londen. Ik heb een bedrijf dat ik moet runnen, ik heb cliënten, mijn appartement. Verplichtingen.'

'Nou, dan beginnen we klein. Blijf in elk geval met Kerstmis.'

Ze sloot haar ogen en duwde haar gezicht in zijn oksel, genietend van zijn geur. 'Ik zou willen dat het kon. Maar het kan niet.'

'Waarom niet?'

'Dat heb ik je verteld. Verplichtingen.'

Hij keek naar het haardvuur en het spiertje van zijn kaak trilde weer alsof hij zich inhield.

'Ik wil niet dat je gaat.'

Ze perste haar lippen op elkaar en onderdrukte haar tranen weer. Ze hoorde aan zijn stem dat het niet de eerste keer was dat hij deze woorden had uitgesproken. Had hij ze tegen zijn moeder gezegd? Of zijn vader?

'Ik wil ook niet gaan,' fluisterde ze, haar stem gesmoord van de emotie. 'Maar dit is niet het echte leven, voor geen van ons beiden. Het zou gewoon niet gaan.'

‘Waarom niet?’

‘Omdat…’ Er gleed toch een traan over haar wang. ‘Omdat dit voor mij een ramp is. Wij samen. Het had nooit mogen gebeuren. Het is onethisch, onprofessioneel. Als naar buiten zou komen dat ik voor mijn cliënt ben gevallen…’

Zijn hand tilde haar kin omhoog en hij keek haar aan. ‘Hoe vaak moet ik het je nog vertellen? Ik ben jouw cliënt niet: ik heb geweigerd met je samen te werken, ik heb je niet ingehuurd. En je hebt ook nog eens gefaald: in plaats van me een betere baas te maken heb je ervoor gezorgd dat ik mijn baan kwijt ben. Het spijt me, maar je bent de afgelopen weken vooral een heel mooie, heel hinderlijke vrouw geweest die zich in mijn kantoor en omgeving verdacht heeft opgehouden.’

Ze grinnikte en veegde de traan met de rug van haar hand weg. ‘Niemand anders zal er zo naar kijken.’

Ze had gelijk en ze wisten het allebei. Maar zijn hand vond haar bovenbeen en bracht het omhoog over zijn heup, zodat ze nog dichter tegen hem aan lag. Ze voelde haar hartslag versnellen terwijl hij haar moeiteloos op zich trok en haar gezicht met zijn handen omvatte.

‘Ik dacht dat je moe was.’ Er gleed een langzame glimlach over haar lippen. ‘Je zei dat je niet had geslapen.’

Hij glimlachte terug, zijn ogen zowel droevig als hunkerend. ‘Hyde, jij zegt steeds tegen mij dat je de ferry moet halen. We hebben geen tijd om te slapen.’

# 29

*Islay, zaterdag 23 december 2017*

De kapel was niet verwarmd. Dat was natuurlijk voor niemand een verrassing, maar met het dikke pak sneeuw dat overal lag, konden de kleine elektrische kachel en de kaarsen aan de uiteinden van de kerkbanken niet zoveel uitrichten. Alex trok haar rode jas dichter om zich heen. Die was niet gevoerd en dus veel te dun, maar het was de enige geschikte jas die ze hier had. Ze waren onderweg op de boerderij geweest, waar ze zich had verkleed. De weg was nog steeds begaanbaar door Mr Peggies werk met de tractor gisteren. Als Mrs Peggie zich al had afgevraagd waar de ongebruikelijke schittering in haar ogen vandaan kwam, zei ze dat niet. Ze had alleen maar een portie warme kippers aangeboden voor ze weer vertrokken.

Alex zat alleen op de achterste rij, haar knieën tegen elkaar gedrukt, rillend van de kou te kijken hoe de kerkbanken volliepen. Er waren geen roosvensters of glas in lood, geen sierpleisterwerk of uitbundige bloemen, maar slechts hoge ramen in elke muur met klimop en lijsterbessen over de vensterbanken gedrapeerd.

Alasdair was al voor in de kerk nerveus aan het ijsberen terwijl zijn getuige herhaaldelijk controleerde of de ringen wel in de zak van zijn jasje zaten – het had kennelijk toch niet zo'n goed idee geleken om Rona als ringendrager te laten optreden. Alex kon haar ogen niet van de bruidegom afhouden: hij had een zacht, jong gezicht, iets uitstekende oren en een verlegen glimlach. Hij bleef maar aan zijn gilet trekken en knikte blij als er vrienden naar hem toe kwamen om hem op de schouder te slaan en geluk te wensen. Ze voelde zich alleen al bij de aanblik verachtelijk om wat ze had geprobeerd – wat ze hem had willen aandoen, een nietsvermoedende onbekende. Hij had haar nog nooit gezien, haar geen kwaad gedaan. Hij had haar alleen maar zonder het te weten in de weg gelopen…

'Hoi.' Lochie ging naast haar zitten en drukte zijn dij tegen haar aan terwijl hij de knopen van zijn jas losmaakte. 'Heb je het warm genoeg? Wil je deze aan?'

Ze schudde haar hoofd en merkte op hoeveel energie er in zijn bewegingen zat.

'Jij lijkt nogal tevreden met jezelf te zijn,' zei ze met een glimlach, en ze wilde dat ze zijn gezicht weer kon aanraken, zijn mond weer kon kussen. 'Waar ben je geweest?'

Hij haalde diep adem en keek haar met glinsterende ogen aan. 'Ik heb met Sholto gepraat. Ik heb hem verteld dat ik zo snel mogelijk de voorwaarden voor mijn vertrek wil regelen.'

'Je lijkt er vandaag ineens behoorlijk blij mee te zijn.'

'O ja? Nou, misschien begin ik in te zien dat er ook leven bestaat buiten dit eiland,' mompelde hij, en hij liet zijn ogen als trippelende muizen over haar heen gaan. 'Jezus, wat zie je er goed uit in het rood. Weet je nog dat je dit de eerste keer dat ik je zag ook droeg. Ik viel nog net niet om.'

'Pff. Dat heb je dan goed verborgen weten te houden,' zei ze spottend. 'Ik meen me te herinneren dat je niet kon wachten om weg te komen.'

'Wat moest ik anders doen? Callum had duidelijk al zijn zinnen op je gezet. Het was hém een klap geven, of de muur.'

'Jij en je muren,' zei ze afkeurend, en ze hield even zijn nog steeds blauwe knokkels van het vorige weekend omhoog.

Hij knipperde met zijn ogen. 'Je bent het waard.'

Ze keken elkaar aan, verloren zich even in elkaar, en ze verlangde ernaar hem aan te raken. Ze zou willen dat de situatie anders was.

'Is het goed als wij hier komen zitten?' vroeg iemand, wijzend naar de plekken verderop in de bank.

'Natuurlijk,' zei Lochie, en ze stonden op om ze erlangs te laten.

Buiten begonnen de doedelzakken te spelen en iedereen draaide zich om in de bank om een blik op de bruid te werpen.

Alasdair leek elk moment te kunnen flauwvallen en de getuige duwde hem op zijn plek vooraan in het gangpad terwijl iedereen ging staan. De melodie van 'Highland Cathedral' vulde het kerkje. Alex ging staan en keek om op het moment dat Skye binnenschreed.

Haar haar zat niet in de bekende paardenstaart, maar was opgestoken met lange krullen aan weerskanten, en ze droeg contactlenzen. De jurk kleedde slank af, ze droeg een bolero van wit namaakbont en had een boeketje witte rozen in haar handen. Bruce hield haar arm trots vast. Ze zag er nerveus uit, maar ook prachtig, en haar gezicht ontspande toen ze haar bruidegom aan het eind van het gangpad op haar zag staan wachten.

'Wat ziet ze er mooi uit,' fluisterde Alex tegen Lochie.

'Aye, zeker.' Hij knikte en hield zijn ogen even op de bruid gericht, waarna hij haar weer aankeek en een kneepje in haar hand gaf. 'Geen spijt,' prevelde hij.

De doedelzakken hielden op met spelen toen Bruce Skyes hand in die van Alasdair legde en iedereen weer ging zitten.

Lochies hand daalde neer op haar bovenbeen en ze keek nerveus om zich heen, bang dat mensen het zouden zien. Ze had ermee ingestemd de dienst bij te wonen voor ze zou weggaan. Lochie had haar overgehaald door – terecht – te zeggen dat Skye teleurgesteld zou zijn als ze een paar uur voor haar grote moment zou vertrekken. Bovendien zocht ze naar excuses om haar onvermijdelijke vertrek uit te stellen. Het was moeilijker om hem achter te laten dan ze had gehoopt.

'Wat doe je nou?' fluisterde ze, en ze probeerde zijn hand van haar been te duwen.

'Dat maakt toch niet meer uit? Laat ze maar kijken.'

'Waar heb je het over? Natuurlijk maakt het uit. Dit is een kleine gemeenschap. De mensen zullen roddelen!'

'Laat ze maar. Ik heb een besluit genomen.' Hij keek haar aan met een verheugde blik. 'Ik ga Islay verlaten, ik laat het allemaal achter me. Je had gelijk – ik moet opnieuw beginnen. Ergens anders.'

Hij keek haar veelbetekenend aan en ze voelde dat haar lippen een glimlach begonnen te vormen.

'O ja?' fluisterde ze, en ze voelde de vlinders in haar buik opstijgen. 'Heb je een bepaalde plek in gedachten?'

'Skye! Hier!'

Alex bracht haar arm omhoog en de ogen van bruid werden groot toen ze haar aan de rand van de menigte zag staan. Lochie was weer verdwenen en de aanwezigen stonden in groepjes te praten. De confetti was al gegooid, de foto's waren genomen. Ze waren klaar om naar de receptie te gaan. En zij was klaar om te vertrekken.

'Je ziet er schitterend uit,' zei ze bewonderend toen Skye naar haar toe kwam en haar omhelsde.

'Och, ik zie er straks niet uit op de foto's,' lachte Skye, haar ogen deppend.

'Onzin, je ziet er mooier uit dan ooit.'

Skye keek haar aan. 'En ik voel me gelukkiger dan ooit. Ik had geen idee dat het zo zou voelen.' Ze beet op haar lip. 'Het is niet te geloven dat ik bijna...'

Alex pakte haar handen. 'Luister, dat was mijn schuld. Helemaal mijn schuld. Ik had het bij het verkeerde eind en ik heb jou meegesleept, jou in verwarring gebracht. Het spijt me zo. Echt. Ik heb er een puinhoop van gemaakt. Van alles. Kun je het me vergeven?' vroeg ze op dringende toon.

'Ja, natuurlijk,' antwoordde Skye, die haar bezorgd aankeek. 'Er valt niets te vergeven. Je probeerde alleen maar te helpen.'

'Nee, ik was egoïstisch. Ik had het bijna voor je verpest.'

'Maar dat heb je niet gedaan.' Skye kneep zachtjes in haar hand. 'Luister, het is een herkenbaar fenomeen en het heeft een naam. Koudwatervrees.'

'Nou, daar weet ik alles van.' Alex grijnsde en gleed met haar ene voet achter het andere been, als een flamingo. Ze had een minuut of twintig geleden het gevoel in haar tenen verloren, lang voordat ze buiten in de sneeuw waren gaan staan, en haar suède schoenen met hoge hak waren geruïneerd, maar dat kon haar niet schelen. Ze moest dit doen voor ze wegging.

Skye sloeg met een zachte blik in haar ogen haar kersverse echtgenoot gade. 'Weet je, we hebben hier een gezegde: "Een klein vuurtje dat je verwarmt, is beter dan een groot vuur waaraan je je brandt."' Ze keek Alex weer aan. 'Bovendien hebben Lochie en ik uiteindelijk gepraat. Nadat jij donderdagavond was weggegaan hebben we de lucht geklaard en alles gezegd wat we de afgelopen anderhalf jaar onder het tapijt hadden geveegd.' Ze slaakte een diepe zucht. 'Hij was boos, ik was in paniek en ik denk dat we allebei genoeg hadden gedronken om op te houden met spelletjes spelen en te zeggen waar het op stond. Vanaf nu zal het tussen ons een stuk beter gaan. Ik denk echt dat we weer vrienden kunnen zijn. Dat maakt me blij.'

'Wie maakt mijn bruid blij?' vroeg een stem en ze draaiden zich om naar Alasdair.

'O, Al, dit is Alex. Ik heb je over haar verteld.'

'Alex,' zei hij, en hij schudde haar met een vriendelijke glimlach de hand. 'Fijn je eindelijk te ontmoeten. Ik heb de afgelopen weken meer over jou gehoord dan over de voorbereidingen voor de bruiloft. Jij moet wel heel aardig en speciaal zijn.'

'Nou, daar ben ik niet zo zeker van,' zei ze lachend, en zij en Skye wisselden een veelzeggende blik.

Hij keek Skye aan en stak haar zijn arm toe. 'Onze koets wacht. Ben je er klaar voor, mijn koningin?'

'Gaat u voor, mijn prins,' reageerde Skye lachend, en ze veegde haar wangen weer droog.

'Eh, luister, ik ben er niet bij,' zei Alex verontschuldigend. 'Ik heb een reservering op de ferry van twee uur. Ik ben alleen gebleven omdat ik jullie nog even wilde zien en feliciteren. Het spijt me.'

Skye keek haar een ogenblik aan – en barstte toen in lachen uit, met meer tranen in haar ogen als gevolg. 'O, jij bent me er eentje, Alex! Je had me bijna tuk!'

Alex had niet gedacht dat een pakhuis zo geschikt gemaakt kon worden voor een bruiloft. De opgestapelde whiskyvaten waren versierd met zijden linten, de balken van het plafond met klimop en er stonden lange eettafels in de gangpaden met aan weerskanten een kerstboompje. In het laadgedeelte voorin was een dansvloer gecreëerd en op het podium ernaast zat een harpiste liefdesliedjes te spelen. Ze zou later worden vervangen door de dj.

Lochie stond te praten met wat van de jongens, die hem probeerden over te halen lid te worden van een lokaal voetbalteam, want zijn ontslag was nog geheim tot de vaststellingsovereenkomst was getekend. Alex mengde zich onder de mensen en maakte een praatje met wat werknemers van Kentallen en enkele familieleden van Skye die – toepasselijk genoeg – speciaal waren overgekomen van het Isle of

Skye. Ze geloofde nog steeds niet dat ze hier nog steeds was. Waaróm was ze hier nog? Haar missie was voltooid, het was tijd om te gaan. Maar toch...

Ze had het eindelijk weer warm. Ondanks het dikke pak sneeuw buiten was het pakhuis niet heel groot, en ze dacht er zelfs over om haar jas uit te trekken. Ze excuseerde zich bij het groepje waarmee ze stond te praten over het duurzame-energieproject in de Sound, en baande zich een weg door de aanwezigen in de richting van de uitgang, want ze wilde haar make-up bijwerken voor ze aan tafel zouden gaan voor de bruiloftsbrunch.

'O. Sorry...' Iemand botste tegen haar aan en stond met zijn gaatjesschoenen op haar tenen, en ze kromp ineen terwijl Callum zich omdraaide.

Hij viel even stil toen hij haar in het rood zag staan, net als bij hun eerste kennismaking. 'Neem me niet kwalijk,' zei hij kortaf, en hij maakte aanstalten weg te lopen.

'Callum, wacht,' zei ze, en ze pakte zijn arm vast.

Hij keek haar aan. Hij was zo knap, zo gekwetst, zijn gezichtsuitdrukking bijna identiek aan die van zijn neef.

'Alsjeblieft. Ik moet je mijn verontschuldigingen aanbieden. Ik heb met je gevoelens gespeeld en...'

'Me valselijk beschuldigd.'

'Ja, ik heb je onterecht beschuldigd en...'

'Me gebruikt.'

'En je gebruikt, inderdaad. Het spijt me.'

Hij liet de verontschuldiging als een kroonluchter tussen hen in hangen – zwaar en helder – waarna hij haar een glimlach schonk. 'Ach, dat hoeft niet. Het was het waard.'

'Hè?'

'Nou, anders had je me nooit gezoend. En nu heb ik een avond met je lopen zoenen terwijl jij en mijn neef dat kat-en-muisspel speelden.'

Haar adem stokte. 'Je... Je had het dóór?'

'Alex, zelfs een blinde had kunnen zien wat er tussen jullie gaande was.'

Haar mond viel open terwijl hij lachte. 'Jij bent niet te geloven!' riep ze uit en ze gaf hem een por tegen zijn arm.

'Nou, ik zal een gegeven paard niet in de bek kijken. En al helemaal niet als die bek, of mond, zo prachtig is,' zei hij grijnzend.

'Jij bent onverbeterlijk,' zei ze giechelend, en ze maakte aanstalten weg te lopen, maar hij greep haar vast bij de elleboog.

'Zeg, Alex...'

Ze keek achterom.

'Doe hem geen pijn, oké?'

Ze knipperde met haar ogen en voelde de glimlach van haar lippen glijden. 'Nee.'

Callum knipoogde en ze glipte het pakhuis uit, op weg naar de dichtstbijzijnde toiletten, bij de kantine. Er was een pad door de sneeuw gemaakt en daar lagen rubberen matten op. Er stond een korte rij en het gesprek leek plotseling even te stoppen toen ze binnenliep. Een paar vrouwen begonnen weer opgewonden te fluisteren toen ze het hokje binnenging. Ze vroeg zich af of het door haar rode kleding kwam. Of zou iedereen het simpelweg al weten, van haar en de baas?

Voor de spiegel concentreerde ze zich op haar make-up, zich bewust van de heimelijke blikken, waarna ze beleefd glimlachte voor ze wegliep. Ze hoorde dat ze weer in koortsachtig geroddel losbarstten toen ze buiten stond. Haar ogen vielen op Lochies verlichte kantoor aan de overkant van de binnenplaats. Ze liep er voorzichtig naartoe door de sneeuw, die tot boven haar enkels kwam. Als haar schoenen niet al eerder geruïneerd waren, waren ze dat nu beslist wel.

'Hoi...' zei ze terwijl ze haar hoofd om de deur stak. 'O.'

Twee paar ogen keken haar aan vanachter het bureau.

'Ah, Alex,' zei Sholto, net toen Lochie klaar was met schrijven en hem het vel papier overhandigde. 'Wat een perfecte timing.'

'Wat is er aan de hand?' vroeg ze zacht.

'Lochie en ik hebben net de vaststellingsovereenkomst getekend. Hij is officieel, wettelijk niet langer onze CEO – wat we snel bekend zullen maken.' Sholto glimlachte. 'Normaal gesproken zou ik iets clichématigs zeggen, dat we hem erg zullen missen bijvoorbeeld, maar ik denk dat dat een belediging zou zijn voor de intelligentie van beide partijen.'

'Maar hij heeft gisteren pas ontslag genomen,' zei Alex, die zich ongemakkelijk voelde bij de aanblik van hun lachende gezichten. 'Hoe kan het papierwerk zo snel...'

'Zo snel geregeld zijn?' vroeg Lochie, die de dop weer op zijn pen deed. 'Sholto is er niet de persoon naar om dingen aan het toeval over te laten, hè, beste neef? Je kunt ervan uitgaan dat hij het papierwerk al in zijn la had liggen, reikhalzend uitkijkend naar de dag dat hij het me kon laten tekenen.' De woorden hupten met een wrange lichtheid van zijn tong, hij leek bevrijd te zijn van zijn ketenen.

Sholto, die geen moeite deed om het te ontkennen, stak zijn hand uit en Lochie pakte hem aan. Beiden waren ze grootmoedig – bijna hartelijk – nu het achter de rug was. 'Nou, ik moet zeggen dat het geen gekke deal voor je is, Lochlan. Gouden handdruk is de juiste term voor het bedrag dat je meekrijgt. Je zult een zachte landing maken.'

'Dankzij Alex kom ik op mijn pootjes terecht,' zei Lochie, die in geheimtaal sprak, met zijn ogen op haar gericht.

Sholto volgde zijn blik en knikte. 'Nou, ze hebben me inderdaad verteld dat zij de beste in haar vak is.' Hij liep naar haar toe en keek haar met zijn kleine, priemende ogen aan. 'Trouwens, het is goed dat je langskomt, Ms Hyde. Jij was de volgende op mijn lijstje. Dit is voor jou.' Hij stak zijn hand in zijn binnenzak en gaf haar een vel papier. Ze hoefde er niet naar te kijken om te weten wat het was. 'Gefeliciteerd. Je hebt uitstekend werk geleverd.'

Alex knikte. Ze keek hoe Sholto naar buiten liep en de lucht uit het kantoor meenam. Ze stond te rillen en wist dat Lochie haar aanstaarde en dat er een vraag in de koude lucht hing.

Langzaam draaide ze zich naar hem toe. Hij werd lijkbleek nu Sholto's woorden – *Ze hebben me inderdaad verteld dat zij de beste in haar vak is... Gefeliciteerd* – en zijn triomfantelijke houding tot hem begon door te dringen.

Ze huiverde en sloeg haar armen om zichzelf heen in een poging het rotsblok dat Sholto net een duw had gegeven tegen te houden. 'Jeetje, wat is het hier koud,' zei ze met een ongebruikelijk zachte stem. 'Zullen we teruggaan naar de receptie? De toespraken beginnen zo, volgens mij.' Ze keek hem aan en keek weer weg. 'Lochie?'

'Gefeliciteerd?' Zijn blik was hard. Onderzoekend. 'Waar feliciteerde hij je mee? Je bent ingehuurd om mijn functioneren te verbeteren. Ik heb ontslag genomen, dus waarom...' Hij knipperde met zijn ogen. 'Hoezo heb je uitstekend werk geleverd als je niet hebt kunnen doen waarvoor je was ingehuurd?' Zijn gezichtsuitdrukking veranderde. Hij stond op, liep naar haar toe en griste de cheque uit haar handen alsof hij een klein kind zijn snoepgoed afpakte. 'Of heb je dat wél gedaan?'

Hij keek naar de zes nullen en de tijd werd elastisch en dijde uit. 'O, ik begrijp het,' zei hij ten slotte, de woorden een zware zucht alsof ze uit zijn maag waren gestompt. Hij schudde zijn hoofd, boog het voorover en legde zijn handen op zijn heupen. En die aanblik – alsof hij een verslagen god was – bracht een snik in haar keel teweeg. Er sprongen tranen in haar ogen, maar ze bleef roerloos staan en hij zweeg lange tijd. De stilte bonsde om hen heen en hij ademde moeizaam. 'Dus dát was de opdracht: maak hem niet een betere baas, maar zorg ervoor dat hij vertrekt.' Hij snoof vol ongeloof. 'Jezus christus, dat had ik niet zien aankomen.'

'Lochie...'

'Nee, nee.' Hij hield haar tegen met een zwaaiende vinger vlak voor haar neus, hoofdschuddend, zijn ogen naar de vloer gericht, nog steeds zijn gedachten ordenend. Ze beet op haar lip terwijl ze het besef van haar bedrog als een vlek over zijn gezicht zag trekken. '"Welk warrig web weven we toch..."' citeerde hij Sir Walter Scott, '"... als we ons oefenen in bedrog."' Zijn stem klonk zacht, langzaam, afgemeten. De schok vertraagde zijn woorden als een verdovend middel, het verraad een traag vergif dat zijn aderen bevuilde. Hij keek haar in de ogen, zijn blik kwam aan als een zweepslag. 'Je hebt me van het begin af aan misleid. Het was allemaal een leugen.'

'Niet waar.'

'Niet waar?' spotte hij terwijl hij langzaam om haar heen begon te lopen, er genoegen in scheppend dat ze ineenkromp. Ze was lamgeslagen en zijn ogen voelden als messen op haar lichaam. 'Je hebt tegen me gezegd, en ik citeer: "Ik ben je vijand niet, Lochlan." Dat waren je exacte woorden. Tijdens onze eerste bijeenkomst.'

'Ik wist het toen nog niet. Ik dacht...'

'Wat?' snauwde hij. 'Wat dacht je, Alex?'

Ze keek hem aan. 'Ik dacht dat je was wat hij had gezegd dat je was. Gevaarlijk en roekeloos en een risicofactor.'

'O, maar dat ben ik toch ook!' riep hij, zijn ogen glinsterend van een woede waardoor hij half waanzinnig leek. 'Dat ben ik allemaal.'

'Nee. Dat ben je niet.' Ze schudde haar hoofd. 'Ik ken je nu.'

Hij stond stil. 'Je kent me nu?' Zijn ogen waren vervuld van misprijzen.

'Ja.' Ze beefde onder zijn minachting.

'Je kent me nu?' Hij begon weer te lopen. 'Je kent me nu.' De verandering in zijn intonatie vertelde haar dat het concept van vraag in feit was overgegaan. 'En toch ben je ermee doorgegaan. Zelfs nadat ik je had verteld wat hij zou doen als ik zou weggaan – wat er met de mensen zou gebeuren, hun gezinnen, hun banen... Toch ging je door.' Hij staarde haar weer vol ongeloof aan. 'Het is nu allemaal jouw schuld. Dat snap je toch wel?'

'Lochie, alsjeblieft.' Ze kwam weer in beweging, hem smekend om te luisteren, om haar de kans te geven het uit te leggen. 'Je begrijpt het niet. Het zou zuiver zakelijk zijn. Een simpele deal om jou eruit te werken. He is nooit persoonlijk geweest.'

'Niet persoonlijk?' fluisterde hij, zijn ogen tot gevaarlijke spleetjes knijpend. 'Jij hebt het verdomme steeds over mijn vertrouwensissues, dat ik door mijn ouders in de steek ben gelaten, dat ik mezelf moet bevrijden, mijn eigen koers moet uitzetten... En dat vind jij niet persoonlijk? Ik vind dat wél persoonlijk!' schreeuwde hij. 'Ik heb me voor je opengesteld en al die tijd was jij alleen maar op zoek naar mijn zwakke plekken.' Met een holle lach gooide hij zijn handen in de lucht. 'Maar hé! Ik kan het je nauwelijks kwalijk nemen. Een slordige miljoen valt niet te versmaden. Dat begrijp ik best.' Hij greep haar bij haar kin en dwong haar hem aan te kijken. 'Maar doe niet alsof het feit dat je me leerde kennen iets te betekenen had,' siste hij, zijn adem warm op haar gezicht.

De tranen stroomden haar over de wangen en vloeiden over zijn vingers. 'Ik zweer je dat ik nooit had verwacht dat er iets tussen ons zou zijn.'

'Nee, je had gewoon nooit verwacht dat je zou worden betrapt. Er was geen "ons" tot ik ontslag had genomen – daar heb je wel voor gezorgd. Ik kon springen of geduwd worden, maar je wilde zeker weten dat ik mijn functie zou neerleggen. Pas toen je jouw miljoen aan mij had verdiend, kon er sprake zijn van een "ons". Jij dacht van twee walletjes te kunnen eten. Dat je me kon hebben én me kon bedriegen.' Hij keek naar haar alsof ze een stuk oud vuil was. 'Ik vraag me af of Sholto wist met wie hij in zee ging toen hij je inhuurde, want tot op dat moment hadden ze alles geprobeerd: me provoceren, uitlokken, Skye van me vervreemden, onze relatie kapotmaken. Tot ze in de roos schoten door jou op me af te sturen en me te laten geloven in een leugen.'

'Het was geen leugen. Ik meende alles wat ik zei. Ik wil echt dat je het beter gaat doen. Ik vind echt dat je beter kon vertrekken. Je zat in een patstelling.'

'Een patstelling?' Hij liet haar los alsof hij vond dat ze bedorven, ziek, vies was. 'Nou, moet je horen, ik ben schaakmat gezet. Ik lig eruit. Hij heeft gewonnen. Jij hebt gewonnen. Dit is jouw meesterwerk, Alex. We zijn allemaal marionetten in jouw poppenspel geweest. Jij hebt aan de touwtjes getrokken om ons naar je pijpen te laten dansen.'

'Nee, dat is niet waar. Alles wat er tussen ons gebeurd is, was echt. Ik wilde jou. Ik wilde je geen pijn doen.'

Hij was even stil. 'En toch heb je dat gedaan. Het geld betekende meer.' Hij keek haar lang aan, de verlatenheid zichtbaar in zijn ogen. Ze zag dat hij dit pad al eerder had bewandeld. Bedrogen worden was voor hem niets nieuws. 'Ik heb me in je vergist. Je hebt het wel.'

'Wat?' vroeg ze.

'Het killersinstinct, Alex. Sholto had gelijk. Gefeliciteerd.' Hij pakte haar hand en bracht die als een geweer naar zijn voorhoofd. 'Je hebt geschoten en me geraakt, schat. Tussen de ogen.'

# 30

*Mayfair, Londen, zondag 24 december 2017*

'Met de assistente van Alex Hyde.'

Louise Kennedy's zakelijke stemgeluid doorboorde de stilte van het kantoor met het hoogpolige tapijt, waar de ruimte werd gekenmerkt door de geur van lelietjes-van-dalen.

'Nee, het spijt me, die is niet bereikbaar. Met wie spreek ik?'

Haar vingertoppen met hun gelakte nagels stonden klaar boven het toetsenbord, de cursor op het schermpje knipperde terwijl ze wachtte op de naam. Wat een pech dat de telefoon was gegaan in de anderhalve minuut dat ze hierbinnen was. Ze was alleen maar even langsgegaan om het geschenktasje van Fortnum op te halen, dat ze vrijdagmiddag per ongeluk onder haar bureau had laten staan, met daarin de belangrijke cranberrycompote voor haar moeder. Ze had het natuurlijk kunnen negeren, maar de gewoonte om meteen op te nemen was lastig te doorbreken.

'Ik heb een naam nodig als ze terug...' Ze zorgde ervoor dat ze niet in de microfoon van haar headset zuchtte toen de beller volhield, haar niet geloofde. Het was duidelijk iemand die niet gewend was nul op het rekest te krijgen. Haar vingers bewogen ongeduldig in de lucht alsof ze een pen ronddraaide.

'Nee, dat is niet mogelijk, ze is hier niet.' Een keurig verzorgde wenkbrauw ging omhoog nu de stem van de beller scherper begon te klinken. 'Dat is vertrouwelijk, vrees ik,' zei ze nu kordater, want ze wist heel goed hoe ze moest omgaan met mensen die zichzelf belangrijk vonden. 'Maar ik kan haar wel vragen om u te bellen. Weet ze waar het over gaat?' Haar vingers begonnen weer te bewegen.

Buiten draaiden de blauwe zwaailichten van een ambulance achter de van taupekleurige jaloezieën voorziene ramen langs. De heldere hemel wierp korte schaduwen op de grond. Winkelende mensen met lastminute-aankopen liepen langs, hun hoofd over hun telefoon gebogen, hun schoenen klakkend over de stoep.

Ze perste haar lippen op elkaar terwijl de vrouw bleef doorpraten. Zoals ze al had verwacht. 'Ik begrijp het. Dus het gaat om een níéuwe cliënt.' De zelfingenomen manier van spreken die de vrouw bezigde, had een intense persoonlijke band gesuggereerd. 'Ja, veel mensen kennen Ms Hyde... Dat geloof ik graag, maar we hebben een wachtlijst, en ze heeft tot juni geen ruimte meer. Zal ik uw gegevens noteren, zodat we tegen die tijd contact kunnen opnemen?'

Haar wenkbrauwen schoten verder omhoog nu zelfingenomen overging in pedant. De beller realiseerde zich misschien niet dat zij de poort was die toegang bood tot Alex. 'Nou, zoals ik al zei, Ms Hyde is momenteel aan het werk voor een cliënt. U mag natuurlijk op den duur terugbellen als u van gedachten ver...'

Ze stond op het punt de verbinding te verbreken.

Drie, twee, een...

Maar toen liet ze haar hand op het bureau vallen alsof ze was neergeschoten; de woorden klonken nog na in haar oor alsof ze stuk voor stuk met een knal over de lijn waren binnengekomen. Ze leunde op haar ellebogen en keek geconcentreerd naar haar spiegelbeeld op het blanco scherm. Er viel een lange stilte.

'Sorry, kunt u dat herhalen?' zei ze ten slotte met een ongebruikelijke trilling in haar anders altijd zo deftig afgemeten stem. 'Wát?'

De taxi was voor een stoplicht gestopt. Ze zag haar bleke gezicht weerspiegeld in het glas terwijl ze keek hoe de winkelende mensen de boetieks in de stad in en uit liepen alsof ze deel uitmaakten van een complexe dans. Het was een wonder dat er niet meer botsingen plaatsvonden, dat er niet meer op tenen werd gestaan, dacht ze bij zichzelf, gegeven de enorme aantallen, maar aan de andere kant wist ze hoe goed mensen (zonder het te beseffen) waren in het lezen van lichaamstaal. Ze keek niet naar hun gezichten, alleen naar hun lopende benen, hun bungelende tassen, hun gehandschoende handen, terwijl ze alleen of in koppels, paren en groepjes voortbewogen. Vreugdevol, want het was bijna kerst.

Aan de oostkust viel natte sneeuw en de waterige vlokken dropen over de ruiten, waardoor de kerstlichtjes in honderden duizelingwekkende stukjes braken. Ze was uiteindelijk met een vissersboot overgevaren, had een flink bedrag betaald om van het eiland af te komen. Er was geen tijd geweest om Louise te bellen – of eigenlijk had ze niet gewild dat Louise haar zou horen in de staat waarin ze verkeerde – en ze had in de haven gewoon een plaatselijke taxi genomen. De chauffeur zou de rest van de week niet meer hoeven werken na wat ze hem betaalde om haar naar de luchthaven van Edinburgh te brengen.

Het stoplicht sprong op groen en de taxi kwam weer in beweging. Haar telefoon ging en ze haalde hem uit haar tas. Ze fronste toen ze de naam op het scherm zag verschijnen.

Ze haalde diep adem. 'Louise, je bent vandaag toch niet aan het werk? Ik hoef je er toch niet aan te herinneren dat het zondag is, én de dag voor Kerstmis?' Ze staarde naar de achterkant van de hoofdsteun en probeerde normaal te klinken. 'O, ik begrijp het. Nou ja, zolang je maar belooft dat dat alles is. Zelfs ík werk vandaag niet.'

Ze beet op haar lip, die weer begon te trillen. Ze duwde haar wijsvinger tegen haar neus.

'Ja, missie geslaagd... Ja, dank je.' Haar stem haperde. 'Ja hoor, ik ben heel tevreden. Ik ben nu op weg naar het vliegveld. Nog tien minuten... Nee, Edinburgh. Ik kon geen vlucht vanaf Glasgow krijgen.'

De woorden kwamen er snel uit, haar stem begon hoger te klinken en ze leunde met haar hoofd achterover. Even hield ze de telefoon op een afstandje van haar oor. Ze sloot haar ogen en haalde weer diep adem. 'Sorry, ja, ik ben er nog. Wat is er?'

Ze fronste. 'Wie?'

Het duurde een moment voor de naam tot haar doordrong. En het kwartje viel. 'Ja, die ken ik,' zei ze langzaam. 'Wat wil hij?'

Ze snoof toen Louise het uitlegde. 'Nee, absoluut niet. Het is de dag voor kerst. Ik ben drie weken weg geweest. Ik wil naar huis. Ik vlieg over twee dagen naar Zwitserland en ik heb gewoon even tijd voor mezélf nodig!' Haar stem klonk weer hoger en ze liet haar hoofd vooroovervallen. Ze wreef met haar vrije hand over haar slapen. 'Sorry, ja, het gaat goed. Het gaat prima.' Ze zuchtte. 'Kun je hem niet terugbellen en uitleggen dat ik tot het nieuwe jaar niet beschikbaar ben...'

Ze fronste. 'Wát heeft hij gedaan? O jezus.'

Ze slaakte een vermoeide zucht en keek uit het raam. Het vliegveld stond aangegeven op de rotonde die ze naderden. Dit gebeurde niet echt. Maar ze kon toch geen nee zeggen? 'Fúck,' zei ze, met gesloten ogen duwend op haar slapen. 'Is er een stoel vrij op een avondvlucht? Rond zes uur?' Ze slikte en knikte. 'Zeven uur dan. Ja, prima. Boek die maar en app me het exacte adres... Ja, dat weet ik. Oké, dank je... O, en Louise, mocht ik ooit nog terugkomen in Londen, plan dan in het nieuwe jaar een gesprek voor ons tweeën in. We moeten het nodig hebben over een loonsverhoging en je opleidingsmogelijkheden... Natuurlijk meen ik dat, ik zou me zonder jou geen raad weten. Fijne kerstdagen.'

Ze leunde naar voren terwijl de chauffeur de richtingaanwijzer al aan had.

'Sorry, de plannen zijn gewijzigd,' zei ze vermoeid. 'Kunt u me naar Perth brengen?'

'Godzijdank, je bent er,' zei Daisy, die een uur later de treden van het bordes af rende om haar te begroeten terwijl ze de taxichauffeur betaalde. 'We wisten niet wie we anders moesten bellen.'

'Geen probleem. Ik was in de buurt,' jokte ze toen Daisy haar om de hals viel. 'Hoe gaat het met hem?'

Daisy schudde haar hoofd. 'Niet goed. Ambrose en Max zijn nu bij hem.'

'Waar zijn ze?' vroeg Alex, die haar geweer uit de kofferbak haalde en de rest van haar bagage met moeite over het grind meetrok.

'O, laat maar staan, een van de jongens kan je spullen zo wel naar binnen brengen,' zei Daisy. 'Ze zijn in de bibliotheek. De jongens hebben geprobeerd hem te kalmeren, maar hij is helemaal van slag. Het lijkt erop dat hij alles kwijt is. Alles.'

'Oké.' Alex knikte. 'Ik praat wel met hem.'

'Hé...' Daisy legde een hand op haar arm en keek haar plotseling bezorgd aan. 'Gaat het wel? Is er iets gebeurd?'

'Wat? Met míj?' vroeg Alex verbaasd, verrast dat iemand haar bleke gezicht en gebrek aan energie had opgemerkt. 'O nee hoor, het gaat prima,' zei ze glimlachend. De meest vertelde leugen ter wereld.

'Je ziet er bleek uit.'

'Ik heb het alleen koud. En ik ben moe. Ik verheug me erop naar huis te gaan.'

'Dat kan ik me voorstellen,' zei Daisy terwijl ze de treden naar de voordeur beklom. 'Wanneer vertrek je?'

'Vanavond,' antwoordde Alex, die verzweeg dat ze een uur geleden op weg was naar het vliegveld toen ze het telefoontje kreeg.

Ze liepen door de dubbele deur waar het met Lochie allemaal was begonnen – de maretak hing er natuurlijk nog – en door de hal waarvan ze niet had verwacht dat ze er ooit nog zou komen. Twee jongetjes en drie meisjes – een jaar of vijf, zes, misschien zeven? – denderden gillend van de trap. De meisjes richtten Nerf-geweren op de jongens, die voor hen uit renden en neongroene schuimkogels op hun rug afgevuurd kregen.

'Níét binnen, zei ik!' riep Emma, leunend over de balustrade van het balkon, haar donkere haar om haar gezicht. 'O, Alex! Je bent er!'

De anderen renden tevoorschijn toen ze hun stemmen hoorden – Anna en Elise.

'Je bent er!' riep Elise uit. 'Godzijdank!'

'We dachten dat we je niet te pakken zouden krijgen, laat staan dat je hiernaartoe zou kunnen komen,' zei Anna terwijl Emma de trap af holde en zich bij hen voegde. De bezorgdheid was van hun gezichten af te lezen.

'Ik was min of meer in de buurt,' mompelde ze terwijl iedereen haar begroette met een omhelzing, alsof ze een van hen was, en niet de judas in hun midden, degene die hun dierbare vriend bedrogen had. 'Wie...' vroeg ze met een verblufte blik op de kinderen die door de hal scheurden en het bordes af holden, naar het gazon.

'O, de smerigste en luidste zijn van mij: Bella, Charlie en Miles,' zei Emma rollend met haar ogen. 'Ze zijn helemaal wild, vrees ik. Zo gaat het altijd als we hier logeren; ik heb ze niet in bad kunnen krijgen sinds ze woensdag zijn aangekomen.'

'Mijn meisjes hebben een slechte invloed,' zei Daisy hoofdschuddend. 'Die hebben niet eens een excuus nodig.'

'Ik... Ik wist niet dat jullie kinderen hadden,' zei Alex verwonderd. 'Waar hadden jullie ze vorig weekend verstopt?' Had ze ze over het hoofd gezien of zo, vroeg Alex zich af. Was ze echt zo erg met zichzelf bezig?

'Ze logeren in het MacNab-weekend altijd bij mijn moeder. Dan is het verboden voor handenbindertjes. *Party time* voor de volwassenen.'

'O, vandaar.' Ze realiseerde zich dat ze allemaal naar haar keken en ze probeerde een rechte houding aan te nemen en zich professioneel op te stellen. 'En Sam, hoe gaat het met hem?'

'Max heeft hem nagekeken, maar het is niet zijn vakgebied,' vertelde Emma.

'Nou, tenzij hij een hartstilstand krijgt,' zei Max zelf, die net op dat moment de hal in kwam lopen. 'Wat een reële mogelijkheid is als hij zo doorgaat. Wat fijn dat je er bent.' Hij gaf haar een luchtige kus op de wang. 'Ik heb hem een kalmerend middel gegeven.'

'Denk je dat jij iets kunt doen?'vroeg Elise, die op haar nagels beet.

Alex knikte. 'Het is mijn vak. Helpen bij zo'n crisis is een kolfje naar mijn hand.'

'Hij is daarbinnen,' zei Daisy, en ze wees naar de bibliotheek. 'Ambrose is bij hem.'

'Oké, dank je.'

'Wij gaan naar de keuken, oké?' zei ze. 'Ik zal koffiezetten.'

'Prima.' Alex hoorde hun gespannen, bezorgde stemmen wegsterven terwijl zij naar de bibliotheek liep en aanklopte.

De deur ging bijna meteen open, waardoor ze schrok en een stap achteruit zette. 'O!'

'Sorry,' zei Ambrose, die de kamer uit glipte en zich bij haar in de hal voegde. 'Ik wist niet dat je er was. Ik wilde net naar de anderen gaan. Hij slaapt.'

'O,' zei ze weer.

'Max heeft hem een uur geleden iets gegeven, die arme kerel heeft zichzelf uitgeput. Hij heeft de hele nacht niet geslapen.'

'Wat is er precies gebeurd?' Ze keek hem aan. 'Volgens mijn personal assistant heeft hij een slechte deal gefinancierd?'

'Meer dan slecht, het is rampzalig.' Hij zuchtte. 'Luister, ik neem aan dat Lochie je wel iets heeft verteld over Sams succes?'

Ze knikte.

'Hij had het goed voor elkaar. Hij hoefde nooit meer te werken na de verkoop van de app, maar hij is er de persoon niet naar om de rest van zijn leven op een jacht aan de Franse Rivièra door te brengen. Hij wilde blijven meedoen. Het maakte niet uit in wat voor business, hij ging voor de uitdaging. Computergames, whiskyhandel, wat dan ook. Hij ging er prat op dat hij in elke markt kon slagen. Maar deze keer heeft hij op het verkeerde paard gewed. Hij heeft tien miljoen pond in aandelen gekocht van een biotechbedrijf dat het eerste zou zijn met een prenatale test gebaseerd op het screenen van foetaal DNA – maar het patent is afgewezen op een formaliteit, omdat de basis een natuurlijk biologisch proces is. Of zoiets.'

'En dus is de waarde van de aandelen gekelderd,' zei ze, waarmee ze de vinger op de oorzaak van Sams crisis legde.

Ambrose knikte.

Tien miljoen was een hoop geld. Slechts weinigen konden na zo'n gigantische tegenvaller overeind blijven, laat staan weglopen, maar Alex glimlachte.

'Maak je geen zorgen. We helpen hem hierdoorheen.'

'Zal ik hem wakker maken?'

'Nee, laat hem maar slapen. Dat is het beste voor hem als hij de hele nacht wakker heeft gelegen. Zelfs veertig minuten slaap zal al helpen. Hij zal helderder kunnen nadenken als hij wakker wordt.'

'Zin in koffie terwijl we wachten?'

'Ja, lekker.'

Toen ze een moment later binnenliepen, zat iedereen in de keuken aan de grote tafel. De kerstliedjes op de achtergrond waren niet afgestemd op de sombere sfeer die er heerste. De hoofden schoten verwachtingsvol omhoog.

'Dat was snel!' zei Daisy.

'Hij slaapt,' reageerde Alex.

Ze slaakten een collectieve zucht.

'Nou, dat is goed, toch?' zei Elise. 'Aangezien hij de afgelopen nacht niet heeft geslapen?'

'Ja, maar Alex kan zo niks beginnen,' merkte Emma op.

'Het is niet erg.'

'Maar je bent helemaal hiernaartoe gekomen en nu is hij buiten westen? Wat stom dat je hem die slaappil hebt gegeven,' zei Emma, die haar echtgenoot een klap op de arm gaf.

'Ik probeerde hem rustig te houden,' protesteerde Max.

'Het geeft echt niks,' zei Alex. 'Ik heb mijn vlucht omgeboekt naar tien over zeven. Als ik hier maar vertrokken ben tegen half vijf, is het goed.'

'Nou, het is heel aardig dat je dit doet... Wat zijn jouw plannen voor kerst eigenlijk?' vroeg Max, in een nobele poging tot een praatje. Hij trok een stoel voor haar naar achteren terwijl Daisy een kop koffie inschonk en haar die aanreikte.

'Ik blijf gewoon rustig thuis. Ik ben al bijna negen weken niet thuis geweest, dus het zal fijn zijn om gewoon terug te zijn en... neer te ploffen.'

'Komt er familie langs?' vroeg Max.

'Nee. Ik heb alleen mijn vader en die woont in Zwitserland, dus ik vlieg op tweede kerstdag naar hem toe.'

Max trok een wenkbrauw op, maar als hij het al vreemd vond dat ze niet op tijd voor Kerstmis ging, zei hij dat niet. 'Leuk.'

'Ja.'

'Ga je skiën?'

Alex aarzelde. 'Nee. Dat niet.'

'O, kun je niet skiën? Na de MacNab zou ik aannemen dat je kon skiën, je leek erg goed in outdoordingen.'

Alex keek naar haar koffie. 'Nou, ik kan ook wel skiën, maar mijn vader niet,' zei ze met een glimlach.

'Oké. Mijn collega's van orthopedie zeggen altijd tegen hun patienten dat er een leeftijd komt waarop het geschok en gehobbel het risico niet meer waard zijn. Je kunt maar zo vallen en een nieuw heup nodig hebben, nietwaar?'

'Ja, klopt.' Ze glimlachte flauwtjes en wilde van onderwerp veranderen. 'Trouwens, waar is Jess? Is ze er niet?'

'O, die moest nog wat laatste inkopen doen,' zei Daisy, die een zak aardappelen van een plank in de voorraadkamer pakte.

Alex knikte. Was dat niet een beetje gek, dat een vrouw ging winkelen als haar echtgenoot midden in de nog narokende ruïne van zijn financiële imperium stond?

‘Ik geloof dat ze er even uit moest,’ zei Anna alsof ze haar gedachten las. ‘Om haar hoofd leeg te maken.’

‘Ja, dat begrijp ik.’

‘Goed, wie gaat me helpen met de piepers?’ vroeg Daisy. Ze zette een paar grote pannen midden op de tafel en rommelde in de bestekla om er dunschillers uit te halen. ‘Vele handen maken licht werk.’

Iedereen kreunde.

‘Wat?’ wilde Daisy weten, en ze zette haar handen op haar heupen. ‘Ik ga niet in mijn eentje voor jullie koken.’

‘Oké. Geef maar,’ zei Anna. Ze pakte een dunschiller en gaf er ook een aan Elise.

‘En maken jullie je ook even nuttig, jongens, door de houtmanden te vullen. Je kunt maar beter het zware werk gedaan hebben voordat het donker is.’

Ambrose en Max stonden met theatrale tegenzin op, maar ze protesteerden niet – ze wisten wel beter – en Alex hoorde ze een minuut later lachen in de gang terwijl ze hun laarzen aantrokken.

‘O nee, ik bedoelde jou niet,’ zei Daisy, die naar de dunschiller in Alex’ hand reikte. ‘Ik ga jou niet aan het werk zetten. Het is al erg genoeg dat we je hiernaartoe hebben gehaald, naar een slapende patiënt, terwijl je inmiddels al zo ongeveer thuis had kunnen zijn.’

‘Maar het is geen probleem. Ik heb liever wat te doen.’

‘Ik denk dat je de gelegenheid te baat moet nemen om even pas op de plaats te maken,’ zei Daisy, die haar toch de schiller teruggaf terwijl Alex een aardappel uit de zak pakte. ‘Ze ziet er moe uit, vinden jullie niet?’ vroeg ze de anderen.

‘Ja,’ beaamden Emma en Anna en Elise.

‘Dat komt doordat je zwart draagt,’ zei Elise met een klopje op haar hand. ‘Daar word je bleek van.’

‘O mijn god, niet weer, hè,’ reageerde Anna grinnikend, die behendig aan het schillen was.

‘Vertel eens, Alex, wat ga ja na Zwitserland doen?’ vroeg Daisy belangstellend. ‘Volgens Jess zei je personal assistant dat je tot juni vol zit?’

Had Jess dus gebeld? Alex wist niet waarom haar dat verbaasde, het was tenslotte haar echtgenoot die in een crisis verkeerde. ‘Eh, ja, maar dat is minder erg dan het klinkt... Eind volgende maand ga ik voor een lange reis naar Sri Lanka.'

'Geweldig!' zei Anna. 'Voor je werk?'

'Nee, het is een yogacentrum waar ik elk jaar naartoe ga.' Ze rolde met haar ogen. 'Hoewel ze me wel hebben gevraagd of ik daar een stressmanagementcursus zou willen geven als aanvulling op de lessen mindfulness.'

'Maar dat ga je niet doen?' vroeg Elise.

Alex schudde haar hoofd. 'Nee, ik ga erheen om mijn batterijen op te laden. Ik moet weer ruimte in mijn hoofd creëren. Het probleem bij mijn werk is dat ik door steeds de problemen van andere mensen te analyseren, niet aan die van mezelf toekom. Ik moet tijd in mijn agenda vrijmaken om aan mezelf te werken, anders doe ik het nooit.'

'Je moet vast heel gedisciplineerd zijn om je werk en privéleven van elkaar te scheiden?' vroeg Anna.

'Dat klopt. Als ik met een cliënt werk, heb ik de neiging mijn eigen leven te verwaarlozen. Ik ga naar hen toe, concentreer me op hún leven, hou hún werkschema aan, ontmoet hún collega's en soms ook vrienden en familie.'

'Zoals je ons hebt ontmoet.'

'O nee, ik bedoelde niet...' zei Alex snel. 'Met jullie is het anders.'

'Echt? Of ga je vanavond terug naar Londen om in je eigen leven terug te stappen? En zijn wij dan alleen maar de vrienden van een voormalige cliënt van je?'

'Ik heb het gevoel dat we bevriend zijn geraakt.' Alex aarzelde en voelde een scherp randje. 'Toch?'

'Natuurlijk,' zei Elise snel, met een klopje op haar hand terwijl ze Anna een blik toewierp.

'Zeker,' zei Daisy, maar haar ogen waren op de groenten gericht en Alex was niet overtuigd.

Er viel een ongemakkelijke stilte, waarna de hoopjes aardappelschillen op de tafel groeiden. Op de achtergrond zong Bing Crosby 'Snow' – een van de lievelingskerstliedjes van haar moeder – terwijl Ambrose en Max buiten achter het raam over het grindpad heen en weer sjouwden met kolen en houtblokken. De koude oostenwind blies het haar uit hun gezicht.

Ze waren net aan de wortels en pastinaken toe toen aan de andere kant van het huis een plotseling gekletter klonk.

'Wat was dat?' riep Emma uit terwijl ze allemaal opsprongen.

'O shit,' siste Daisy toen ze het geknerp van grind op de oprit hoorde. 'Dat ontbreekt er nog maar aan! Jess komt terug op hetzelfde moment dat Sam weer tegen de muren opvliegt.'

'Maak je geen zorgen, hou haar maar even hier, ik ga wel naar hem toe,' zei Alex, die haar tas pakte, zich de keuken uit haastte en rechtstreeks naar de bibliotheek liep. Ze haalde diep adem en klopte weer op de deur. Ze zag dat de sleutel aan de buitenkant zat. Was het echt zo erg? Er kwam geen reactie, maar ze hoorde wel gestommel. Ze ging naar binnen.

Sam liep door de kamer te ijsberen en de vloer lag bezaaid met scherven blauw glas – van een vaas? Of een asbak?

'Sam?' Ze liep verder naar binnen en sloot de deur achter zich, precies op het moment dat ze Jess hoorde binnenkomen en zijn naam hoorde roepen.

Hij keek naar haar en trok verward zijn wenkbrauwen op toen hij haar zag. 'Alex? Wat doe jij hier? Waar is Lochie?'

'Die is er niet. Jess heeft naar mijn kantoor gebeld. Ze dacht dat het goed was als wij met elkaar zouden praten, jij en ik.' Hij keek haar blanco aan en ze wist niet eens zeker of hij wel luisterde. Had hij Jess' stem in de hal gehoord? Misschien vroeg hij zich af waar zijn vrouw was. 'Ik weet niet of je weet wat ik precies voor werk doe, maar ik ben businesscoach. Ik ben gespecialiseerd in het helpen van mensen – leiders – als ze… in de problemen zitten, zoals jij nu.'

Hij staarde haar een ogenblik aan, waarna hij naar zijn haren greep en zich afwendde. 'Jezus, wat heb ik aan een goed gesprek? Alles is weg! Ik heb het verkloot!'

'Ja, dat weet ik. Dat is vreselijk.' Ze sloeg hem nauwlettend gade. 'Hoe gaat het met je?'

Zijn adamsappel bewoog op en neer. Hij zette zijn handen stevig op zijn heupen, keek naar zijn voeten en probeerde zich te beheersen. 'Het gaat wel,' zei hij. Maar de toppen van zijn vingers waren wit en zijn schouders zaten vijf centimeter hoger dan normaal.

'Echt?'

Hij keek haar aan en liet zich gaan toen hij haar bezorgde gezicht zag. 'Fuck, nee! Wat heb ik verdomme gedaan? Ik had álles. Ik ben getrouwd met de vrouw van mijn dromen, ik heb een prachtig huis, ik zwom in het geld. En ik heb het vergooid. Ik had de boel net zo goed compleet in de fik kunnen steken.'

Alex liep naar het grote bureau en leunde ertegenaan. Ze stond nu dichter bij hem en kon dus haar stem dempen – zodat hij zich op haar zou moeten concentreren – maar niet zo dichtbij dat hij het gevoel zou hebben in de val te zitten. Ze zag dat hij bewegingsruimte nodig had en ze wilde ook dat hij bleef bewegen. Zolang hij op zijn benen bleef staan, zou hij waarschijnlijk open en mededeelzaam blijven. Als hij op de bank zou gaan zitten, was de kans groot dat hij zich zou afsluiten, zowel fysiek als mentaal.

'Luister, ik weet dat het er nu even niet best uitziet, maar ik kan je verzekeren: als je één keer een vermogen hebt verdiend, kun je dat ook een tweede keer,' zei ze kalm en nuchter. Te veel medeleven zou de indruk wekken dat ze medelijden met hem had, wat de paniek zou vergroten. 'En dat ga je ook doen. Ik werk de hele tijd met mensen zoals jij, Sam. Mensen die risico nemen, ondernemende mensen. Verliezen hoort gewoon bij de overwinningscurve. Niemand die het gemaakt heeft, is aan de top gekomen zonder tegenslag te hebben gehad. Je gaat dit overwinnen.'

'Dat weet je niet.'

'Jawel.' Door de rust die ze uitstraalde, begon hij te kalmeren.

Hij kneep zijn ogen samen. 'Hoe dan?'

'Scotch Vaults bijvoorbeeld – daar zou het fundament voor je tweede fortuin kunnen liggen. Het is een uitstekend idee, en jullie zijn de eersten die deze specifieke markt aanboren.'

'Weet Lochie dat jij dat denkt?'

Ze haalde haar schouders op, ook al voelde ze een schok door zich heen gaan bij het horen van zijn naam. 'Het maakt voor Lochie niet uit wat ik denk. De vraag is nu of jij erin gelooft.'

Hij keek uit het raam en bewoog zijn kaak nerveus heen en weer van de stress terwijl zijn vingers op zijn dij trommelden en zijn gestalte een verstarde, gespannen indruk maakte. Het was moeilijk om deze broze, zenuwachtige man te verenigen met het feestbeest van vorig weekend, de man die haar alle hoeken van de kamer had laten zien in een flamboyante salsa. Maar er was sindsdien ook veel veranderd. Sinds Lochie in dit vertrek had geslapen, was hun leven aan scherven gevallen.

De deur achter haar ging open. Ze veronderstelde dat het Jess was die kwam kijken hoe…

'Wat de fuck?'

Ze draaide zich om en zonk bijna op de grond toen ze Lochie zag staan, met een enorme bos gele tulpen in zijn handen, vermoedelijk bedoeld voor de vaas die aan gruzelementen gesmeten op de vloer lag. Ze keek hem aan. Hij had al net zulke glazige ogen als de gestreste man die achter haar stond. Ze kreeg geen adem. Kon het niet bevatten. Wat deed hij hier?

Plotseling hoorde ze een beweging, en ze draaide zich weer om, nu naar Sam, die in haar gezichtsveld verscheen en op Lochie afging.

'Sam? Wat is er in godsnaam gaande?' snauwde Lochie verbijsterd. 'Jess vroeg me om deze tulpen in de vaas te zetten en ik kom binnen en tref háár hier aan?'

'Ah, ja, goed hoor. Ik zet ze wel in het water, kerel.' Sam gaf hem een verontschuldigend klopje op de schouder. 'Wees daar trouwens voorzichtig, hè?' Hij wees naar de glasscherven op de vloer. 'Ik heb wat glaswerk moeten breken, vrees ik… nou ja, om jullie samen in dezelfde ruimte te krijgen.'

Wat?

'Wat de fuck is er aan de hand?' bulderde Lochie, die zich omdraaide toen Sam snel naar de deur liep en zich erachter verschool. Alleen zijn hoofd en de vingers van één hand waren nog zichtbaar.

'Dit heet een crisisinterventie.' Sam keek naar haar en knipoogde. 'Jullie beiden moet het uitpraten. Succes ermee.' En voor ze het wisten had hij de deur dicht – en op slot – gedaan.

'Dit méén je niet!' schreeuwde Lochie, rammelend aan de deurkruk. Maar de sleutel zat aan de buitenkant en het was een oude, zware deur die vijf eeuwen van Ambrose' voorouders had overleefd. Die ging nu niet meegeven. 'Dit is verdomme niet grappig. Doe nú de deur open. Nú! Sam! Ambrose! Stelletje rotzakken!'

En voordat Alex zich kon herpakken sloeg hij met zijn vuist tegen de muur, waarna hij zich meteen vooroverboog en zijn hand vastgehield. 'Fuck! Fuck! Fuck!'

Alex keek stil en onthutst toe. Dit was zo gepland? Ineens snapte ze de vreemde sfeer die in de keuken had gehangen, onder de andere vrouwen die haar weer in de groep opnamen, die deze poppenkast op touw hadden gezet zonder te weten of zij inderdaad het beste was wat hun vriend ooit was overkomen – of het slechtste.

'Loch...'

'Nee!' Zijn stem klonk giftig en hij draaide zich bliksemsnel om, zijn vinger als een geweer op haar gericht. 'Jij houdt je mond. Jouw woorden zijn niets waard.'

Hij had natuurlijk gelijk. Ze had van meet af aan tegen hem gelogen.

'Ik wil je niet eens aankijken. Verdomme, het is toch niet te geloven...'

Hij begon met zijn vuist op de oude eikenhouten deur te beuken. 'Doe de deur open, klootzakken die jullie zijn!'

Maar er kwam niemand en ze zeeg neer op de bank, want haar knieën weigerden dienst, haar lichaam liet haar in de steek. Nadat hij een minuut of twee op de deur had staan bonken, gaf ook hij het op en bolde er een stilte tussen hen op. Ze durfde nog niet naar hem te kijken, maar even later hoorde ze zijn ijsberende voetstappen over het parket.

Alex keek weer naar de gesloten deur en vroeg zich af hoelang dit ging duren. Hoe was het mogelijk dat ze van een besneeuwd eiland was gevlucht om hem te ontwijken, om een aantal uren later met hem in hetzelfde vertrek opgesloten te worden? Stonden de anderen achter de deur te luisteren?

'Hoe weten ze er eigenlijk van?' vroeg ze kalm.

'Hoe denk je?' snauwde hij. 'Ik heb gebeld dat ik geen kerst zou komen vieren en ja hoor, de Spaanse inquisitie was er niets bij.'

'Maar je bent hier toch.'

'Ja. Want ze zijn mijn vrienden. Ze wilden me helpen.'

Alex knikte en gebaarde om zich heen. Dit noemden ze helpen?

Ze zuchtte en heel even zag ze zichzelf zitten: haar benen over elkaar geslagen, haar schouders opgetrokken, haar hoofd gebogen – de klassieke low-powerpose die haar cliënten van haar niet mochten aannemen. Maar tot haar verrassing lukte het haar niet om zich te vermannen. Het was gemakkelijker gezegd dan gedaan. Haar ledematen voelden zwaar en haar hart leek stroperig te bonzen. Want voor de verandering had ze de dingen niet onder controle. Ze wilde hier niet zijn, maar ze wist ook niet waar ze dan wél wilde zijn. Ze had geen thuis, alleen maar een thuisbasis, ze had geen familie, alleen maar verplichtingen, en anders dan hij had ze geen vrienden, niet meer. Die waren terzijde geschoven voor haar ambitie. Haar focus was steeds meer op alleen collega's en cliënten gericht geweest. Ze had na een lange beklimming de top bereikt, maar tegen welke prijs? Ze was alleen, leeg en afgemat.

'Wat heb je ze verteld?'

'De waarheid,' zei hij kil. 'Dat je hebt gelogen. Me erin hebt geluisd.'

De pijn in zijn stem deed zeer, maar ze hield haar ogen op hem gericht en knikte. 'Ja.' Ze wierp een blik op haar handen. 'Maar waarom doen ze dit dan? Nadat ze dat allemaal te weten zijn gekomen, zullen ze me toch zeker een harteloos kreng vinden?'

Hij keek haar aan, van zijn à propos gebracht door de meedogenloosheid waarmee ze zichzelf veroordeelde. 'Ja, waarschijnlijk wel.'

'Dus...'

'Ze zullen wel denken dat jij een goede reden had.'

Alex zweeg en dwong zichzelf verbluft te fronsen. 'Waarom zouden ze dat denken?'

'Emma heeft iets gezien wat volgens haar een verklaring zou kunnen zijn.'

'Emma?' vroeg Alex verbaasd. 'Wat zou zij nou...'

'Ze heeft een visitekaartje gezien dat uit je tas viel. Cereneo of zoiets?'

Hij sloeg haar nauwlettend gade en ze wist dat de schrik van haar gezicht was af te lezen. 'Zij is neuroverpleegkundige. Ze zegt dat ze weleens patiënten naar die kliniek hebben gestuurd. Ze zijn er gespecialiseerd in baanbrekende therapieën voor mensen met een dwarslaesie...'

Alex voelde de lucht uit zich wegtrekken door een ongekend grote schok. Nee. Alsjeblieft niet.

'Het schijnt dat je haar hebt verteld dat je tweede kerstdag bij je vader in Zwitserland op bezoek gaat.' Hij keek haar recht aan. 'Ze zei ook dat de behandeling die hij krijgt als hij inderdaad in die kliniek verblijft heel duur is.' Zijn stem klonk vragend, onzeker zelfs, maar zijn ogen bleven op haar gericht, probeerden haar in te schatten, de waarheid te zoeken. 'Is het waar?' En toen ze geen antwoord gaf: 'Jij hebt ergens in het begin tegen me gezegd dat je het geld dat je voor deze klus kreeg nodig had om een familielid in grote nood te helpen. Ik dacht dat het onzin was, maar dat was het niet, hè?'

Alex probeerde adem te halen in een poging haar lichaam weer te laten functioneren. Ze stond op en liep met snelle passen naar de deur. Ze beukte erop met haar vuist. 'Doe de deur open!' eiste ze. 'Horen jullie me? Als er nu niemand komt om de deur open te doen, bel ik de politie!'

Ze draaide zich om, want ze wilde er zeker van zijn dat hij haar niet zou volgen, maar het vertrek werd wazig. Hij was op de bank gaan zitten. Haar ogen vulden zich met hete tranen en ze kon hem nog maar amper zien.

'Alex.'

'Hou op. Niet doen,' zei ze met de weinige autoriteit die ze nog bezat.

'Waarom heb je mij verteld dat hij was gestorven?'

'Dat heb ik niet gezegd.'

'Je hebt wel de suggestie gewekt. Je wilde dat ik dat zou concluderen. Je hebt me verteld dat hij alcoholist was – in de verleden tijd. Maar iedereen die met een alcoholist te maken heeft gehad, weet dat er van verleden tijd geen sprake is. Het houdt pas op als iemand overlijdt. Als mijn vader was gestopt met drinken en veertig jaar lang geen druppel meer had aangeraakt, was hij tot aan zijn laatste dag nog steeds alcoholist geweest. Je wilde dat ik zou denken dat hij dood was.'

Alex dwong zichzelf kalm te blijven. 'Nou en?'

'Nou en?' Hij snoof. 'Nou, er is een groot verschil tussen hebzucht en de behoefte een ander te helpen, Alex. Het verandert alles.' Hij stond op en zette een stap in haar richting, maar stopte toen hij haar zag terugdeinzen. 'Als je me vertelt dat je hebt gedaan wat je hebt gedaan omdat je het geld nodig had voor hém, zou ik het kunnen begrijpen. Vergeven.'

Elk woord was als een pikhouweel in de rotswand om haar heen. 'Ik heb je vergeving niet nodig. Ik kan leven met wat ik heb gedaan. Ik had zo mijn redenen.'

Hij aarzelde en probeerde duidelijk tot achter haar façade door te dringen. 'Dus dat miljoen is bedoeld voor... waarvoor? Een operatie?' opperde hij. 'Een supergeavanceerde rolstoel? De beste zorg voor de rest van zijn leven?'

Ze gaf geen antwoord.

'Vertel het nou,' eiste hij plotseling, nu weer met een boze blik. Hij begon weer te ijsberen. 'Vind je niet dat ik mag weten waarom jij mijn leven hebt verwoest? Heb je dat gedaan om zíjn leven te redden?'

Ze schudde haar hoofd. 'Ik ga het er niet over hebben.'

'O jawel! Je bent me op zijn minst een verklaring schuldig!'

Ze voelde de adrenaline een vlucht nemen toen hij naar haar toe liep, zijn donkere ogen fel en zijn wangen rood.

'Vertel nou!'

'Nee.'

Hij stond nu voor haar, zijn hand in een harde greep om haar elleboog. 'Vertel!'

'Ik koop er vrijheid mee, oké?!' Ze flapte de woorden eruit voor ze ze kon tegenhouden. De paniek, frustratie en vermoeidheid samengebald in een explosieve mix. 'Hij heeft niemand anders. Zoals je gisteren al zei: het is allemaal mijn schuld.'

Hij keek haar aan, probeerde het te begrijpen, de hiaten op te vullen. 'En je moeder dan? Waar is zij?'

'Weg,' snauwde ze, het woord broos. 'Ze heeft ons na de brand verlaten.'

'Brand?' Zijn ogen vernauwden zich en ze wist dat hij dacht aan haar wanhopige kreet in de nacht van de brand op de distilleerderij. Hoe die kreet het enige was wat tot hem doordrong toen hij bewusteloos op de vloer lag. Het was de stem geweest van iemand die eerder zo'n vlammenzee had meegemaakt.

Ze zuchtte verslagen. Hij wist nu toch bijna alles – bij elkaar gepuzzeld middels een visitekaartje en giswerk. 'Hij had gedronken.' Haar stem klonk zacht, haar ogen richtten zich langs zijn schouder op een plek op de vloer. 'Hij viel in slaap op de bank en liet een brandende sigaret op het gordijn vallen. Toen hij wakker werd, stond de hele kamer in lichterlaaie.' Ze schudde haar hoofd en voelde de lang onderdrukte herinneringen bovenkomen. 'Op de een of andere manier lukte het hem om boven te komen en mijn moeder en mij wakker te maken.' Ze slikte, ervoer weer de doodsangst van die nacht – de zwarte rook, zijn struikelende voeten, haar moeders hoge gegil van verbijstering. 'We... we konden niet meer langs de trap naar beneden. Het vuur greep zo snel om zich heen dat we onze matrassen en dekbedden naar buiten moesten gooien om erop te springen. Mama en ik gingen eerst. Mama was in orde maar ik kwam ongelukkig terecht en brak mijn enkel. Ik kon niet bewegen maar mijn vader was in paniek – hij was nog steeds stomdronken – dus hij sprong uit het andere raam en kwam neer op het betegelde terras. Hij brak beide benen en zijn bekken, en zijn ruggengraat was verbrijzeld.'

'Jezus.'

Lochie keek geschokt en ze keek hem grimmig aan. Als hij dacht dat die gebroken botten het ergste waren, vergiste hij zich. 'Pas toen hij in de ambulance werd geschoven, dacht hij aan Amy.'

'Amy?'

De tranen begonnen nu te vallen, hete, zware druppels leed, en de woorden waren ineens net zo onstuitbaar als de tranen. 'Mijn zus. Ik was zeventien, zij negentien. Ze studeerde aan de University of Bristol, maar ze was onverwacht teruggekomen na een ruzie met haar vriendje. Mama en ik lagen al in bed toen ze thuiskwam en wij wisten niet dat ze er was. We hadden geen idee. En tegen de tijd dat we erachter kwamen, toen papa zich herinnerde dat ze haar hoofd om de deur had gestoken om hem te begroeten...' Ze kneep haar ogen stijf dicht bij de herinnering aan haar moeders gil en hoe ze had geprobeerd het huis in te rennen terwijl de vlammen uit het dak sloegen. Haar hoofd viel in haar handen en ze snikte heftig toen Lochie met een kreun van pijn zijn armen om haar heen sloeg.

'O, Alex,' zei hij zacht in haar haar, wrijvend over haar rug terwijl ze huilde. 'En dan ook nog onze brand... Waarom heb je niets gezegd?'

Ze schudde boos haar hoofd. Hoe? Waar had ze moeten beginnen? Met welke emotie? Het verdriet om haar zus, die daar niet eens had moeten zijn? Woede op haar vader omdat het zijn schuld was? Wanhoop om haar moeder, die was vertrokken – die hen allebei in de steek had gelaten – niet bij machte hem te vergeven of haar te zien?

Ze trok zich terug, woedend om haar eigen tranen, en keek langs hem heen naar de grijze dag achter het raam. 'Mijn moeder vindt het heel moeilijk, nu nog steeds, om bij mij te zijn. Amy en ik leken heel erg op elkaar.' Ze snoof, duwde de rug van haar hand tegen haar mond en probeerde op adem te komen. 'Ik begrijp het wel. Ze kan het niet helpen. Ik weet dat ze van me houdt, ze kan alleen niet... bij ons zijn. Het is te zwaar.'

'Maar...'

'Nee, er is geen maar,' zei Alex. 'Ze heeft haar kind verloren. In haar ogen heeft haar man de dood van haar dochter op zijn geweten en dat is verschrikkelijk. Ik kan het haar niet kwalijk nemen.'

'En je vader? Neem je het hém kwalijk?'

Ze hield haar blik strak op hem gericht, weigerde weg te kijken, zag de onverkwikkelijke, gecompliceerde waarheid onder ogen. 'Ja. En hij betaalt de prijs voor wat hij heeft gedaan, elke dag weer wel duizend keer.' Ze dacht aan hem, plat op zijn rug, starend naar het plafond. In één klap was hij van zijn alcoholisme genezen, maar alleen omdat de drang naar drank voor altijd onbevredigd bleef. Zijn armen bleven langs zijn lichaam liggen en er schoten afschuwelijke krampen door zijn lamme benen, waardoor hij schreeuwde van de pijn. 'Hij is nog meer kwijt dan Amy en mama: hij kan niet meer bewegen.' Ze slikte en keek hem opstandig aan. 'Wat had ik dan moeten doen? Hem ook in de steek laten?'

'Niemand zou het je kwalijk nemen.'

'O, geloof me, ik haat hem, zoals jij jouw vader haatte. Zijn zwakte heeft ons gezin verwoest, en natúúrlijk wilde ik doen wat mijn moeder heeft gedaan: hem daar laten liggen en nooit meer teruggaan! Maar hij is mijn vader, de enige die ik ooit zal hebben. Dus dit...' Ze gooide haar armen in de lucht, gebarend naar de ruimte om hen heen, waar ze samen stonden. '... dat ik veertien jaar lang me de pleuris heb gewerkt, dat ik met jóú heb gewerkt, was mijn oplossing. Als ik het geld voor zijn zorg in die kliniek kon verdienen, was dat het beste wat ik kon doen. Ik bel elke dag zijn medische team, ik bezoek hem elke maand. Meer kan ik niet doen. Ik moest hem het beste van het beste geven, dan zou ik bevrijd zijn van mijn verplichtingen aan hem. Dan zou ik aan mijn eigen leven kunnen beginnen.'

Hij keek haar aan. 'Maar... Je leerde mij kennen.'

Ze verstijfde. 'J-Ja.' Ze bracht haar kin omhoog en rechtte haar rug, werd groter, sterker en krachtiger dan ze zich voelde. 'Dus moest ik kiezen en ik heb voor hem gekozen. En dat zou ik nog steeds doen,' zei ze vastberaden maar met een trilling in haar stem. 'Heus.'

'Natuurlijk,' zei hij. 'Ik begrijp het.'

Vergeving? Daar had ze niet op gerekend en niet om gevraagd, maar ze voelde het als een bries over zich heen blazen. Haar schouders zakten omlaag; ze had niet eens doorgehad dat ze tot haar oren opgetrokken waren geweest. Haar lichaam ontspande.

Het begrip tussen hen bloeide op toen hun ogen contact maakten en die bekende vonk weer oversloeg. 'Alex...'

Zijn hand tastte naar de hare, maar ze stond op voordat hij haar kon aanraken en liep naar de bank, waar ze haar tas had neergelegd. Het was nog niet voorbij.

'Ik heb iets voor je.' Hij keek hoe ze een grote bruine A4-envelop tevoorschijn haalde en naar hem uitstak. 'Ik wilde hem volgende week naar je opsturen. Maar ik kan me de verzendkosten nu besparen.'

Zijn ogen flitsten naar de hare, deels geamuseerd, deels op zijn hoede. 'Wat is dit?'

'Je verzekeringspapieren.' En toen ze zijn frons zag, voegde ze eraan toe: 'Figuurlijk gesproken, bedoel ik. Niet letterlijk. Het gaat over je familie. Je kent maar de helft van het verhaal.' Ze slikte. 'Ik heb je maar de helft gegeven.'

Hij opende de envelop zonder iets te zeggen. Er gleed een blik van verwarring over zijn gezicht toen hij er een stapeltje fotokopieën uit trok.

'Dit is bewijs dat je nog steeds alle recht hebt op je plek als CEO bij de Kentallen Distillery Group. Je bent familie in alle opzichten.'

'Wat?' fluisterde hij met een diepe frons terwijl hij naar het grote bureau liep en door de vellen papier bladerde: kopieën van een handgeschreven brief, twee zwart-witfoto's, een kleurenfoto en een landschapsschilderijtje. Hij legde ze allemaal naast elkaar en staarde er niet-begrijpend naar. 'Ik begrijp niet wat dit allemaal betekent.'

Alex liep naar hem toe en wees naar de kleurenfoto die Skye haar vanaf haar telefoon had gestuurd. 'Ik neem aan dat je hebt gehoord van de teddybeer die ze maandag in een verborgen whiskyvat hebben gevonden?'

'Vaag, hoewel ik er met alles wat er in Edinburgh speelde, weinig aandacht aan heb besteed.'

'Nou, toen Skye me deze foto liet zien, gingen er belletjes bij me rinkelen. Het beertje kwam me bekend voor, maar ik wist niet waarvan. Het bleef door mijn hoofd spoken. Toen herinnerde ik me dat ik het bij de Peggies op een paar oude foto's had gezien.' Ze wees naar de foto's van de vrouw en het kind op het kerkhof, en naar die van de verpleegsters en soldaten in het ziekenhuis.

'Wacht eens, waarom ken jij de fotoverzameling van de Peggies zo goed?'

Ze snoof even. 'Die ken ik helemaal niet. Maar ze hebben dozen met materiaal van Mr Peggies vader geërfd, de plaatselijke brigadier. Vol brieven, logboeken en foto's. Die hebben ze doorgenomen met de bedoeling alles aan het museum te schenken. Ik kwam toevallig binnen toen Mrs Peggie ermee bezig was.'

'En toen kwam je er dus achter dat mijn grootvader was geadopteerd,' zei hij, denkend aan hun gesprek in de kantine.

Ze knikte en wees naar de foto van de verpleegster. 'Ik hoef je waarschijnlijk niet te vertellen dat die vrouw daar Clarissa Farquhar is, jouw overgrootmoeder. Zij is degene die het belang van veertig procent van haar broer Percy in Kentallen erfde toen hij was omgekomen in de oorlog. Gecombineerd met haar eigen dertien procent heeft dat jou je meerderheidsbelang opgeleverd.'

'Ja. Ik weet wie ze is.'

'Maar weet je ook wie hij is?' Ze wees weer naar de foto.

'Die jongen met het gebroken been?' zei hij turend. 'Nee.'

'Hij was een Amerikaan, Edward Cobb. Hij was bijna om het leven gekomen toen de ss Tuscania in februari 1918 werd getorpedeerd.'

Lochie keek even op toen ze het troepenschip noemde. Hij had ervan gehoord, de naam was verweven met de geschiedenis van het eiland.

'Clarissa heeft hem gered. Ze zag hem op de rotsen liggen en heeft hem mede verpleegd. Hij had een gebroken been en andere verwondingen, maar hij leed ook aan de Spaanse griep. Ze dachten dat hij eraan zou overlijden – hij had het waarschijnlijk al onder de leden voordat ze New York verlieten – maar zij verpleegde hem en hij werd beter. Hij bleef nog vier maanden op Islay terwijl zijn been genas.'

'Wat is er daarna met hem gebeurd?'

Alex zuchtte. 'Hij werd toen zijn been hersteld was meteen naar Frankrijk gestuurd. Hij kwam negen dagen later om het leven.'

Lochie kromp ineen. 'Jezus.'

'Clarissa trok zich terug en verliet het eiland een tijdje. Haar verloofde was in 1916 omgekomen, haar broer vlak nadat de ss Tuscania was gezonken, en toen Edward ook nog... Ze zei dat ze een tijdje weg wilde en ging in het Peak District wonen, samen met haar huishoudster.'

Hij haalde zijn schouders op, duidelijk zonder een idee te hebben waar dit verhaal naartoe ging. 'Oké.'

Ze pakte de foto met het kind op het kerkhof. 'Wie is dit, denk je?'

Lochie zuchtte en keek. Hij herkende de vrouw meteen als Clarissa. 'Nou, dat zal mijn grootvader George zijn. Hij is het kind dat zij na de oorlog heeft geadopteerd – of eigenlijk niét heeft geadopteerd.'

'Juist. En zie je wat hij daar vasthoudt?' zei ze, wijzend naar de foto en de brief naar hem toe schuivend.

'Een beertje.'

'Hetzelfde beertje dat de moeder van Edward Cobb vanuit Amerika stuurde na het nieuws over de torpedoaanval. Zie je? Ze zegt dat ze het meestuurt omdat ze hoopt dat hij dan minder heimwee zal hebben.'

Ze zag zijn ogen heen en weer bewegen terwijl hij de brief snel doorlas. 'Oké,' zei hij weer. 'Dus mijn grootvader had Edward Cobbs teddybeer. Nou en?'

'Het is hetzelfde beertje als in het verborgen whiskyvat is aangetroffen.' Ze wees naar Skyes foto van het beertje in het dekentje onder in het geopende vat. 'De voor de hand liggende vraag is: waarom is het erin gelegd? Skye dacht dat het kind misschien wel was gestorven en dat de moeder de babyspullen niet meer wilde zien, maar het ook niet over haar hart kon verkrijgen om ze helemaal weg te doen.'

Lochie fronste. 'Dat is nogal vergezocht.'

'Omdat er ook geen andere uitleg was, leek het de meest plausibele verklaring.'

Hij wierp haar een ironische blik toe. 'Maar jij hebt een andere verklaring, neem ik aan.'

'Ja. Kijk nog eens naar deze foto met de soldaten,' zei ze, wijzend naar het detail dat ze de eerste keer wel had gezien maar niet geregistreerd. Het was nauwelijks zichtbaar in de lichte tinten grijs: dat hun handen elkaar raakten, slechts de ene pink die de andere liefkoosde, maar het was genoeg om hun glimlach te verbreden en hun ogen te laten stralen. Alex wist nu hoe liefde eruitzag, glanzend als een zonnestraal. Zij voelde zich zo als Lochie haar aankeek. 'Zie je hoe ze elkaar aanraken? En er is een bankje op de kliffen dicht bij de boerderij met een gegraveerde tekst over het verre Amerika. Voor hem, van haar. "Ter nagedachtenis aan EC," staat er, met daaronder "CF". Edward Cobb en Clarissa Farquhar waren geliefden.'

Zijn blik gleed onderzoekend over haar gezicht, het woord als een gong die hun lichamen aan het vibreren bracht. 'En ze heeft een baby van hem gekregen.'

'Wacht... Zeg je nou dat mijn overgrootmoeder heeft gedaan alsof ze haar eigen kind had geadopteerd om geheim te houden dat ze een baby had gekregen uit de relatie met haar Amerikaanse soldaat?' vroeg hij vol ongeloof.

'Ja! Daarom zijn er geen documenten. In die tijd zou een onwettig kind, geboren in de voornaamste familie op het eiland, een schandaal zijn geweest.'

'Maar hoe dan? Hoe heeft ze dat gedaan? Een zwangerschap verberg je niet zomaar.'

'Precies. En daarom verdween ze een tijdje. Haar huishoudster, Mrs Dunoon – die zelf net weduwe was geworden – deed alsof zij zwanger was toen ze samen het eiland verlieten, zogenaamd om Clarissa's verdriet te verwerken. Ze reisden naar het Peak District, waar niemand hen kende. Clarissa kreeg het kind en kwam met de baby terug naar Islay. Ze deed alsof ze hem had geadopteerd nadat Mrs Dunoon aan de Spaanse griep bezweken was. Maar dat was niet zo.'

Hij keek verbluft. 'En dat weet jij omdat...'

'Omdat Mrs Dunoon de tante van Mrs Peggie was.' Ze wees naar de kopie van de aquarel. 'En dat schilderijtje, door haar vervaardigd en ondertekend, hing in mijn kamer en is tien jaar na haar veronderstelde dood geschilderd. Ik denk dat Mrs Dunoon uit de weg bleef, in Cumbria, en dat Clarissa haar voor de rest van haar leven een goed inkomen betaalde. Als drie mensen het weten, is het tenslotte geen geheim meer.'

Lochie wierp haar een verbijsterde blik toe. Ze wist dat het veel was om te verwerken. Het had haar eerst ook geduizeld.

'Dus...'

Ze zag dat hij de theorie probeerde te ontrafelen, nog weigerde te geloven wat ze hem vertelde en wat dat betekende.

'Maar waarom zou ze die babyspullen in dat vat hebben gestopt? Wat kan daar de reden voor zijn?'

'Dat weet ik niet zeker, maar ik denk dat ze alles moest verbergen wat de baby aan zijn vader kon linken. Mrs Peggie heeft me verteld dat Edward Cobbs moeder in 1932 naar het eiland kwam, in het kader van de Gold Star Pilgrimage. Nou, als zij Clarissa en haar kleinzoon – jouw grootvader – heeft ontmoet, zou het dan kunnen zijn dat Clarissa haar de waarheid heeft verteld, of dat ze een gelijkenis heeft gezien? George zou toen dertien zijn geweest, dus wie weet? Misschien leek hij wel sprekend op zijn vader. Maar of Dorothy Cobb nu wel of niet achter de waarheid kwam, Clarissa zou niet het risico hebben willen nemen dat anderen erachter zouden komen. Haar vriendschap met Ed was alom bekend. Als ze ook nog met zijn moeder werd gezien, zouden mensen vermoedens kunnen krijgen en gaan praten... Het zou toch kunnen dat ze het enige fysieke bewijs dat hem aan zijn vader koppelde wilde verbergen? Een van de eerste dingen die Skye tegen me zei, was dat het beste aan blender zijn is dat het een generatie duurt voordat een fout die je maakt wordt opgemerkt. En inderdaad. We zijn inmiddels drie generaties verder. Dat heeft ze goed gedaan.'

Hij trok een wenkbrauw op. 'Als jij er niet was geweest, waren we er nooit achter gekomen.'

'Sorry,' zei ze glimlachend.

'Daar meen je niks van.'

'Nee.' Ze zag hem naar de foto's kijken, naar de brief, naar de waarheid. 'Lochie, misschien geloof je me niet, maar ik wilde al deze informatie echt naar je opsturen. Ik moest alleen eerst wat afstand nemen.'

Hij wierp haar een blik toe. 'Terwijl de betaling ondertussen werd geregeld, bedoel je?'

'Ja. Volgens mijn overeenkomst met Sholto moest ik ervoor zorgen dat jij ontslag zou nemen terwijl je dacht dat je dat besluit zelf had genomen. En dat heb ik gedaan. Ik kan er ook niets aan doen dat je daarna in het bezit bent gekomen van informatie die de waarheid rond de zogenaamde adoptie openbaart.' Ze trok een wenkbrauw op.

'Je bent een angstaanjagende dame, Alex Hyde.'

Ze glimlachte. 'Dank je.'

Ze keken elkaar weer diep in de ogen en ze begon de papieren netjes op elkaar te leggen. 'Wat ga je nu doen? Sholto heeft je ontslag nog niet openbaar gemaakt, toch?'

'Nee, hij zei dat hij ermee zou wachten tot na de kerst. De distilleerderij is tijdens de feestdagen immers gesloten.' Lochie zuchtte, ging op het bureau zitten en kruiste zijn enkels. 'Maar ik heb formeel ontslag genomen, hij heeft me er niet uit gegooid. Ongeacht de adoptiekwestie heb ik me vrijwillig teruggetrokken. Hij hoeft het niet terug te draaien.'

Het werd Alex koud om het hart. Daar had ze geen rekening mee gehouden, ze had gedacht dat ze alles goed had overzien. 'Maar hoe moet het dan met Kentallen?' Skye had natuurlijk een andere baan, maar ze dacht aan Bruce en Hamish, de Peggies... 'Als jij niet terugkeert, kan Sholto de volmachtstemmen overhalen om de overname goed te keuren. En dan sluiten ze de tent.'

Lochie keek haar even nadenkend aan en ze zag dat hij overwoog iets met haar te delen. 'Niet per se,' zei hij ten slotte. 'Ik heb het gevoel dat Sholto mijn ontslag niet zal doorzetten als hij ziet wat ik in mijn bezit heb.'

Hij liep naar het raam, hurkte en pakte wat glasscherven van de vloer. 'En dat is?'

Met de scherven in zijn geschaafde hand keek hij haar aan. 'Het rapport over de brand is binnengekomen, vlak voordat ik donderdagavond naar het feest ging. Het was geen ongeluk. Het was brandstichting.'

Haar mond viel open. 'O mijn god. Weten ze door wie?'

'Nee. Maar ik wel.'

'Wie dan?'

'Kun je dat niet raden?'

'Sholto?' Haar adem stokte toen hij een wenkbrauw optrok. 'Torquil?'

'Ik denk dat het allemaal deel uitmaakt van het plan dat Sholto en hij hebben gesmeed om de werkzaamheden op Islay te belemmeren met het oog op de Ferrandor-deal. Het is een stuk gemakkelijker om een distilleerderij te sluiten als die al buiten bedrijf en zelfs afgebrand is.'

Alex kon haar oren niet geloven. Dat hij Skye had verleid om zijn neef dwars te zitten was al laag, maar brandstichting?

'Hoe weet je dat het Torquil was? Heeft hij bekend?'

Lochie glimlachte bij de gedachte alleen al. 'Nee, maar ik wist al dat hij het was sinds de dag dat ik uit het ziekenhuis terugkeerde, lang voordat het rapport binnenkwam... Ik heb beelden van de bewakingscamera's.'

Alex fronste. 'Maar de bewakingscamera's waren defect. Ik was bij de vergadering aanwezig. Torquil en jij bekvechtten over de reparatiekosten.'

Hij stond op en legde de scherven in een keurig stapeltje op een hoge plank, waar ze geen kwaad konden.

'Exact. En daarom zijn ze na de brand niet gecheckt. Een tijdje terug, toen de stoppen waren doorgeslagen – meer was het niet, niemand anders heeft de moeite genomen het te controleren – leek het mij handig om wat extra toezicht te kunnen houden, open en bloot verborgen. Het is verbazingwekkend wat mensen doen als ze zich onbespied wanen.'

Een onwillekeurige lach stroomde als een golf door haar lichaam. 'Lochie! En dan zeg je dat ík angstaanjagend ben!'

'Nou, zij speelden een vuil spel, dus...' Hij haalde zijn schouders op.

'Ga je hem aangeven?'

'Dat hangt van Sholto af. Ik zou kunnen worden overgehaald om de informatie voor me te houden als hij en zijn zoon met onmiddellijke ingang opstappen. Natuurlijk zal ik tijd kwijt zijn aan Scotch Vaults in Londen, maar als ik terug zou kunnen keren als voorzitter...'

Londen? Hij liep weer naar haar toe. 'Maar dat is chantage.'

'Jij zegt chantage, ik zeg dat er zo zaken worden gedaan binnen familiebedrijven.' Hij grijnsde. 'Er moeten dingen veranderen aan de top. Er moet een nieuw bestuur komen met meer externe kandidaten, meer vrouwen...' Hij trok een wenkbrauw naar haar op.

'Ik?'

'Waarom niet? Je hebt me net laten zien dat je om het bedrijf geeft en ik weet dat je alleen al vanwege de Peggies de band tussen Kentallen en de gemeenschap wilt behouden. Bovendien is het maar een paar dagen werk per jaar. Ik denk dat Callum geschikt zou zijn als CEO. Hij heeft het goed gedaan op de afdeling vermogensbeheer.'

'Callum?'

'Ik weet dat we zo onze strubbelingen hebben gehad, maar we hebben altijd hetzelfde gedacht over de dingen die er echt toe deden.' Hij zette een stap dichter naar haar toe, pakte plotseling haar hand en drukte er een kus op. 'We hebben bijvoorbeeld dezelfde smaak als het om vrouwen gaat.'

Door zijn aanraking maakte haar hart een sprongetje en tintelde haar huid, maar ze deinsde toch terug. 'Lochie...'

'Wat is er?'

Ze slikte. 'Er is te veel gebeurd. Hebben we het niet verpest? Vanaf het begin leek het concept van "ons" tot mislukken gedoemd.'

Hij knikte. 'Eerder vandaag zou ik het met je eens zijn geweest. Maar de situatie is veranderd. Jij kent mij, maar ik ken jou nu ook. Ik wil jou, Alex, en ik weet het wederzijds is.'

'Maar willen is niet genoeg. Er zijn duizenden redenen waarom het niet gaat werken.'

Hij glimlachte. Zelfverzekerder, brutaler, dichterbij. Zijn handen op haar heupen terwijl hij zijn hoofd vooroverboog. 'Ah, maar weet je, een wijze, angstaanjagende, prachtige vrouw heeft me ooit iets verteld.'

'Wat dan?' fluisterde ze. Ze kon niet anders dan glimlachen en voelde zich steeds minder standvastig nu zijn handen naar haar middel gleden.

'We hebben maar één reden nodig waarom het wel gaat werken.'

# 31

'Ik heb niets om aan te trekken.'

'Super. Doe dat dan maar aan.'

Ze lachte, viel achterover op het bed en legde een arm over haar gezicht. 'Lochie, ik meen het! Van alle dingen die ik niet heb meegenomen...'

'Je bedoelt afgezien van kleding voor je werk, de jacht en een bal...' Ze gooide hem een kussen toe, dat hij opving. 'Een tóga ligt niet echt voor de hand, hoor.'

'Nou, ik vrees dat Ambrose en Daisy erg hechten aan hun kerstspel. Je kunt er niet onderuit. Het is traditie.'

'Maar dat wist ík toch niet.' Ze grijnsde toen hij het kussen op de vloer gooide en op handen en voeten over het bed naar haar toe kroop. Ze waren al twee uur aan het 'uitpakken' en de vriezer beneden zat vol met een aantal grote flessen champagne die versneld koud moesten worden nadat de voorraad die voor vanavond bedoeld was al bij de lunch was geconsumeerd – die op tafel was gekomen nadat het Lochie en haar was gelukt om door het raam te ontsnappen en ze een dramatische achtervolgingscène hadden opgevoerd, waar de hele vriendengroep bijna een collectieve hartaanval van had gekregen.

'Nee, je wist het niet omdat je dacht dat je mijn hart kon breken en ermee weg zou komen. Nou, wij hebben manieren om het je betaald te zetten. Laat dat maar aan mijn vrienden over.' Hij gaf haar een kus. En nog een. 'Maak je geen zorgen. Het wordt eerder een komedie dan een tragedie.'

'Ik moet dan maar een laken omdoen.'

'Goed idee. Gebruik dit dan maar,' zei hij, en hij trok het beddenlaken van Egyptisch katoen weg zodat haar evakostuum in volle glorie te bewonderen was en ze een gilletje gaf. Hij keek haar aan met een ondeugende grijns. 'We hebben het hier toch niet nodig.'

*Borrodale House, Perthshire, eerste kerstdag, 2017*

De tafel zag er net zo feestelijk uit als zij allemaal. De mannen droegen hun Schots geruite broeken en fluwelen jasjes weer, en de vrouwen gingen gekleed in hun mooiste zwarte jurken (behalve Elise natuurlijk, die droeg iets roods). De kaarsen wierpen een warme, flakkerende gloed die iedereen flatteerde – ook de hertenkoppen aan de muur – en het knappende haardvuur danste en vlamde levendig.

Rona, die met Lochie in de trein was meegekomen, lag ervoor. Telkens als er een *Christmas cracker* uiteen werd getrokken kreunde ze, maar ze waagde het niet haar plek te verlaten, voor het geval haar nog iets te eten ten deel zou vallen. Alex, die geraakt was geweest door de blijdschap waarmee zelfs de hond haar hier had begroet, keek de tafel rond met een rust die ze haar hele volwassen leven nog niet had gekend.

De dag was volmaakt geweest. Ze hadden allemaal uitgeslapen – althans degenen zonder kinderen – waarna ze hadden genoten van cranachan en rond de kerstboom geschenken hadden geopend terwijl de kinderen speelden met de cadeautjes uit hun kerstsokken. De vrouwen hadden een sok voor Lochie samengesteld – haar eigen komst was nog onverwachter geweest dan het vorige weekend – met een miniatuurflesje van zijn favoriete malt (buiten die van Kentallen) van Emma, een paar door Daisy gebreide jachtkousen, een ingelijste foto van hem op zijn eenentwintigste, enorm aantrekkelijk, van Jess, en een exemplaar van *How to Win Friends and Influence People* van Anna en Elise – dat hij prompt aan haar had gegeven. Alex' eigen lastminutekerstgeschenk voor hem was een vliegticket naar Genève voor de volgende dag. Zijn geschenk voor haar was de kleine modelauto van een Aston Martin, die hij had gekregen toen hij zijn auto kocht en hen beiden deed denken aan die idiote avond in de regen.

Naderhand hadden ze een wandeling over de moors gemaakt om weer trek te krijgen. Lochie had haar hand vastgehouden wanneer hij maar kon, en Alex had de glimlach niet van haar gezicht kunnen krijgen. Na terugkomst hadden ze gevochten om het warme water toen ze bijna allemaal tegelijk in bad wilden.

De kinderen waren al lang en breed van tafel om verstoppertje te spelen. Alex keek hoe Anna verstrooid een katje uit Elises haar plukte en Max vals speelde bij het trekken aan een Christmas cracker met zijn vrouw, hoe Jess een groene plastic vlinderstrik op het zijden exemplaar van Sam bevestigde en Ambrose in Daisy's middel kneep terwijl hij haar een kus op de wang gaf als dank voor het heerlijke diner. En Lochie... Lochie zat naast haar, zijn hand rustte op haar bovenbeen, hun enkels verstrengeld onder de tafel terwijl Sam met hem sprak over een biotechbedrijf dat een kunstmatige baarmoeder ontwikkelde, speciaal voor extreem vroeg geboren baby's.

Lochie gaf haar een kneepje en keek opzij. Allebei werden ze verwarmd door de gloed die tussen hen was ontstaan. Ze voelde zich een ander mens. Herboren.

'Een toost,' riep Ambrose. Hij schoof zijn stoel naar achteren en hield zijn whiskyglas omhoog.

Het werd stil en Rona keek verwachtingsvol op.

'Ik denk dat we het er allemaal over eens zijn dat het een hele dobber was om vandaag door te komen. Deze prille liefde hier,' zei hij met een quasigeringschattend knikje naar hen beiden, 'is werkelijk weerzinwekkend.'

'Weerzinwekkend!' joelde iedereen, en Lochie lachte hoofdschuddend.

'Ik heb ze eerder in de voorraadkamer betrapt, waar ze stonden te zoenen. En ik heb ze een laatste waarschuwing gegeven, want we hebben hier wel huisregels: zoveel geluk wordt in Borrodale House niet getolereerd.'

Daisy gooide verontwaardigd een servet naar hem toe, die op de kandelaar terechtkwam en in brand zou zijn gevlogen als Sam er niet meteen water overheen had gegooid, waarbij Max' schoot ook doorweekt raakte.

'Hé!' protesteerde hij, en hij sprong op terwijl iedereen lachte en Rona hoopvol om hen heen dartelde.

'Maar ik denk dat ik namens iedereen hier spreek als ik zeg wat een... ópluchting het is om onze oude kameraad Lochie hier samen te zien met iemand die veel, véél beter is dan hij! Alex, je bent gek dat je dit met hem aangaat, maar we zijn je dankbaar dat je ons van hem verlost – en uit mijn wijnkelder weghoudt. Hij is een prima kerel, maar het leven heeft hem niet altijd meegezeten. Geen roos zonder doornen, toch?'

Iedereen juichte en Lochie kreunde. Alex boog zich naar hem toe en gaf hem een kus op de wang.

'Maar als hij in jou zijn evenknie heeft gevonden, Alex, dan zal dat ongetwijfeld wederzijds zijn. Zoals mijn dierbare moeder altijd zei als ze mijn vader overtroefde bij een meningsverschil: "Met heet water blus je vuur." Waarmee ik maar wil zeggen dat jullie elkaar verdienen.'

Alex lachte.

'En tegenover jullie allemaal, lieve vrienden, wil ik de toost uitbrengen die mijn vader altijd voor deze dag bewaarde – en heb wat begrip voor de geïmproviseerde vertaling uit het Gaelic.' Hij schraapte zijn keel en stak zijn borst vooruit.

'Moge het fijnste wat je ooit hebt gezien, het ergste zijn wat je ooit zult zien.

Moge de muis je voorraadkast nooit met tranen in zijn ogen verlaten.

Moge je altijd gezond en wel zijn tot je oud genoeg bent om te sterven...'

Hij wendde zich met een emotionele blik op zijn gezicht tot Alex en Lochie.

'En moge je altijd zo gelukkig zijn als wij je op dit moment toewensen. Welkom bij de familie, Alex,' zei hij met een knipoog voordat hij zijn hand met glas naar voren stak als ware hij Robert the Bruce, koning Robert I van Schotland met een slagzwaard, zodat de druppels whisky in het rond vlogen. 'Gelukkig kerstfeest, stelletje klojo's van me! En dan nu het dak eraf!'

# EPILOOG

## *Islay, 30 april 1932*

*De twee vrouwen zaten op het bankje uit te kijken over het grote zilveren oppervlak van de oceaan die hun landen als een glazen vel aan elkaar verbond.*

*Ze zwegen nu, na hun aanvankelijke vele wederzijdse vragen en antwoorden. De rust daalde als een mantel over hen neer. Het had iets troostends om hier samen te zitten, om te kijken hoe de wind danste, de lange grassen streelde en de huid van de zee kietelde, om te luisteren naar de papegaaiduikers die net buiten hun gezichtsveld op de rotsige kliffen rondwaggelden, hun roep net het gekraak van zware deuren. Want dit was Schotland, het land dat hem had gered, en dit waren de mensen die van hem hadden gehouden.*

*'Ed zat hier graag. Het was zijn lievelingsplek,' zei Clarissa, die een lok haar achter haar oor stopte terwijl de zon vanachter een wolk tevoorschijn kwam en de witte zonnestralen op het water dansten. 'Toen hij weer op de been was, liepen we samen naar boven als onderdeel van zijn dagelijkse lichaamsoefening, en dan rustten we hier uit. Ik denk dat hij dan het gevoel had dat hij dichter bij u was.'*

*'God zegene je.' Dorothy pakte haar hand. 'Hij had de zee nog nooit gezien voor hij naar Frankrijk voer. Hij zei dat het een van de fijne dingen van de militaire dienst was: dat hij wat van de wereld zou zien.'*

*Maar wat voor wereld, dacht ze. Waar mannen werden gered om daarna hun dood tegemoet te gaan, waar liefde en loyaliteit vaak geen gelukkige afloop kenden. Was het het waard geweest?*

*Haar ogen vielen op de mooie donkerharige jongen, slungelig en met een goudkleurige huid, die met gekruiste benen verderop op het gras zat en een stok zat te snijden. Hij was bedachtzaam en beheerst voor zo'n jong kind, met een zachtaardig karakter en de vriendelijke glimlach van zijn vader. Hij had haar begroet met een stevige omhelzing, alsof hij op haar had gewacht, alsof hij had geweten dat ze zou komen.*

*Ze glimlachte door haar waas van tranen en knikte. Ze was nu een oude vrouw, maar ze geloofde nog steeds wat ze als meisje had meegekregen: dat waar God met de ene hand iets wegneemt, hij teruggeeft met de andere. Dus misschien was het de moeite waard geweest, uiteindelijk. Haar kind had liefde gevonden. En verloren.*

*Maar hij leefde voort.*

# DANKWOORD

Sommige verhalen moet je met moeite opspitten. Ze zijn zo verborgen dat het lijkt alsof je steenkool aan het delven bent, met een lepel als gereedschap. Andere krijg je als een rijpe perzik in de schoot geworpen, en ik ben blij te zeggen dat dit verhaal er zo een was – en daarom gaat mijn grootste dank uit naar die dierbare, niet bij naam te noemen vriendin die me de afgelopen zomer onder het genot van een fles champagne een anekdote vertelde en vervolgens lachend toekeek hoe ik er zes maanden mee liep te stoeien.

Om dit boek te kunnen schrijven moest ik me verdiepen in de wereld van de whisky en het distilleren. Ik heb zelfs een risicoanalyserapport gelezen, van kaft tot kaft, met aanbevolen richtlijnen op het gebied van brandpreventie in brouwerijen en distilleerderijen! En bij de research naar de geschiedenis en achtergrond van Islay kwam ik het tragische verhaal van de ramp met de ss Tuscania tegen. Hoewel de personages uit mijn plot fictief zijn, komen de details van de gebeurtenissen van die nacht overeen met de ware toedracht, en ik wil graag speciaal twee plaatselijke boeren noemen, Robert Morrison en Duncan Campbell, die de soldaten van de kliffen hebben gered en ze bij hen thuis in veiligheid hebben gebracht. Zij werden vanwege hun heldendaad benoemd tot Officier in de Orde van het Britse Rijk, en het was Duncans zus, Anne, die de hele nacht door boter karnde om de overlevenden eten te kunnen geven. En dan was er nog de plaatselijke brigadier van politie, Malcolm MacNeill, die de moeilijke taak had te proberen de doden die op de kust aanspoelden te identificeren. Hij vulde eenentachtig pagina's in zijn notitieboek met aantekeningen over de schokkende vondsten na de ramp, en hij correspondeerde met alle Amerikaanse moeders die hem schreven. Hoewel hij er volgens zijn familie nooit over sprak, had hij alle brieven en al het geschreven materiaal bewaard in dozen op de zolder van zijn huis, waar ze na zijn dood werden aangetroffen. Ze werden aan het lokale Museum of Islay Life geschonken en ze zijn daar nog steeds. Als je ooit het genoegen hebt om Islay te bezoeken, raad ik je aan om daar enige tijd door te brengen, maar ook als het bij dit boek blijft, hoop ik dat je het met me eens zult zijn dat dergelijke moed en compassie in herinnering moeten blijven en waardering verdienen.

De website van Islay (www.islayinfo.com) was een fantastische bron van informatie over het leven op het eiland, zowel in het verleden als in het heden, en als je meer wilt lezen over de ss Tuscania kan ik je het boek *Crusade and Pilgrimage* van William Stevens Prince van harte aanbevelen.

Verder is er natuurlijk mijn eigen persoonlijke vriendenkring van slimme, boeiende mensen die me met hun gevarieerde wijsheid blijven verrijken, in het geval van dit boek in het bijzonder Isabel Dean over de socratische leerwijze, tafelgenoot WK, die me wees op de briljante TED-talks waardoor ik veel heb geleerd over lichaamstaal, en TCM, die me uitleg heeft gegeven over constellaties – of opstellingen. Dank jullie wel.

Aan het hele team van Pan Mac: blijf vooral doen waar jullie zo goed in zijn! Jullie hebben een gelikte organisatie waar toch een ontzettend aangename sfeer heerst. Het is een groot genoegen om met jullie samen te werken. Ik weet dat ik slechts het topje van de ijsberg zie van wat jullie allemaal doen, maar weet dat elke voor mij geleverde inspanning zeer gewaardeerd wordt. Het is een eer om bij jullie te horen.

Amanda, mijn agent en steun en toeverlaat, we werken nu al tien jaar samen (inderdaad, het is omgevlogen, hè?) en jij bent steeds mijn schaduw op dit pad geweest, altijd vlakbij. Dank je voor je kalmte en je goede raad. Je helpt me dit schip op koers te houden.

En wat mijn familie betreft: ik kan jullie nooit genoeg bedanken voor wat jullie me geven, woorden kunnen het gewoonweg niet uitdrukken, vandaar de eindeloze knuffels. Ik hou ontzettend veel van jullie. Nooit veranderen.